KNAUR

Über den Autor:

Alec Martens hat Thriller und Sachbücher zu brisanten Wissenschaftsthemen verfasst, darunter etliche Top-Ten-Bestseller. Vom Brautwerber über den Schatzsucher bis hin zum Spin-Doktor hat er sich in den verschiedensten Berufen versucht, Glück und Erfüllung aber vornehmlich in seinen Büchern gefunden. Folgerichtig ist Alec Martens ein Pseudonym.

ALEC MARTENS

DAS LABOR

THRILLER

KNAUR

Besuchen Sie uns im Internet:
www.knaur.de

Aus Verantwortung für die Umwelt hat sich die Verlagsgruppe Droemer Knaur zu einer nachhaltigen Buchproduktion verpflichtet. Der bewusste Umgang mit unseren Ressourcen, der Schutz unseres Klimas und der Natur gehören zu unseren obersten Unternehmenszielen. Gemeinsam mit unseren Partnern und Lieferanten setzen wir uns für eine klimaneutrale Buchproduktion ein, die den Erwerb von Klimazertifikaten zur Kompensation des CO_2-Ausstoßes einschließt. Weitere Informationen finden Sie unter: www.klimaneutralerverlag.de

FSC www.fsc.org
MIX
Papier aus verantwortungsvollen Quellen
FSC® C083411

Originalausgabe Oktober 2021
Knaur Taschenbuch
Ein Imprint der Verlagsgruppe
Droemer Knaur GmbH & Co. KG, München

Redaktion: Regine Weisbrod
Covergestaltung: ZERO Werbeagentur, München
Coverabbildung: Login / shutterstock.com
Illustration im Innenteil: vectorK / Shutterstock.com
Satz: Adobe InDesign im Verlag
Druck und Bindung: CPI books GmbH, Leck
ISBN 978-3-426-52778-8

2 4 5 3 1

Prolog

INKUBATION

Jimin Holland kämpft jetzt für die große Sache, und es fühlt sich gut an, verdammt gut sogar. Für etwas, das größer ist als sie, unendlich viel größer als wir alle: *Justice,* Gerechtigkeit.

Der Name steht für beides: für den großen Plan und vor allem für die geniale Führung, die ihn ersonnen und die Besten dafür gewonnen hat. Tausende hochspezialisierter Fachkräfte, und jede von ihnen kämpft an ihrem Platz. Für Justice, die »Morgenröte einer besseren Welt«.

So umschrieb es Jeannie, die Tutorin, die Jimin im letzten Jahr rekrutiert hat, und seit damals ist nichts mehr, wie es vorher war. Seitdem kämpft Jimin wie alle bei Justice für die kommende, gerechte Welt. Und gegen menschlichen Müll wie die Indonesierin, die vor ihr in der Küche ihres Penthouse-Apartments in Ost-Jakarta kniet, nackt.

Dr. Shinta Suganda, Anfang vierzig, nur drei, vier Jahre älter als Jimin. Mikrobiologin bei *Raya Pharmalab,* vor allem aber: Verräterin.

»Wer ist *Sida?*« Jimin drückt ihr die Mündung der Makarow ins volle schwarze Haar.

»Ich weiß es nicht. Oh Gott, ich weiß es doch nicht!«

So geht das jetzt zum dritten Mal hin und her, und allmählich hat Jimin die Schnauze voll.

»Bring sie zum Sprechen, dann zum Schweigen.« Genau so hat Phil es ihr aufgetragen, der Mann, von dem sie alle Aufträge bekommt. In dem kleinen Hafen in Ost-Java verplombte Container abholen, die angeblich zu Ballen gepresste Heilkräuter enthalten, und bei Raya abliefern. Zerlumpte Kids im Hafenslum einsammeln, angeblich für ein »Gesundheits- und Bildungsprogramm«, und in der Klinik-Einheit von Raya abliefern. Jimins ganzes Leben dreht sich seit ein paar Monaten um das Pharmalabor, von dem sie zuvor noch nie gehört hatte. So wie sie vorher noch nie in Indonesien war und seit letztem Herbst praktisch hier in Jakarta lebt. Doch obwohl sie fünf Sprachen mehr oder weniger fließend spricht, machen ihr die Eigenheiten der indonesischen Grammatik manchmal noch zu schaffen.

»Wer steckt hinter dem Account sida@belanet.org?«

»Bela-was?«, jammert Suganda. »Nie gehört, ich schwör's!«

Mit der Verräterschlampe redet Jimin sowieso nur englisch. Anscheinend hat Suganda in den USA studiert, dem näselnden Ostküsten-Tonfall nach, der Jimin früher zur Weißglut gebracht hätte. Im weißen Amerika war sie immer »die kleine Asiatin«, auf die alle herabsahen. Dabei bringt sie achtzig Kilo auf die Waage, fast nur Knochen und Muskeln, verteilt auf eins achtzig Körpergröße und verpackt in schwarzes Leder.

Jimin ist halb südkoreanisch, halb texanisch und hat einen US-amerikanischen Pass. Die wuchtige Statur hat sie von ihrem Vater, Ex-Streifenbulle in Austin, von der koreanischen Mutter die schmalen Augen und die rekordverdächtig platte Nase. Ein Makel, für den sie ihre ganze Kindheit hindurch verspottet und gemobbt wurde. Bis sie mit Kraft- und Straßenkampftraining anfing und lernte, jedem, der ihr krummkam, die Nase zu plätten. Doch an ihrem Neid und Kummer änderte das wenig. Über dieses zerfressende Gefühl, nirgendwo richtig hinzugehören, immer und überall der abstoßende Außenseiter zu sein, ist sie erst hinweg, seit sie zu Justice gehört.

Seitdem fühlt sie sich schon im Voraus ein bisschen so, wie sie alle sein werden, wenn sich der große Plan erst erfüllt hat: *»makellos rein und unfassbar reich«*. Dass Leute wie sie endlich mal ganz nach oben kommen, ist seit Ewigkeiten fällig und dermaßen gerecht, dass Jimin das Heulen kriegt, wann immer sie daran denkt. Glückstränen, Triumphtränen, ganz klar.

Wie könnte sie bezweifeln, dass es genau so kommen wird? Für ihren Job bei Justice bekommt sie unfassbare fünf Millionen US-Dollar. Zunächst ein Handgeld von zwanzig Riesen pro Monat, den riesengroßen Rest dann, wenn der Job erledigt ist. Also in ein paar Wochen.

Falls sie es nicht vermurkst. Ein Fehler, und sie ist raus, das hat ihr Phil immer wieder eingetrichtert. Aber das hier ist die Chance ihres Lebens. Die wird Jimin nicht vermasseln. Garantiert nicht.

Wichtiger als die Kohle ist sowieso die Community. Seit sie bei Justice ist, hat ihr Leben einen Sinn. Endlich weiß sie, warum sie auf der Welt ist. Auf diesem verfickten Dreckslochplaneten, hätte sie früher gedacht, aber das war falsch. Sie gehört zu den Auserwählten. Alle anderen, die nicht für Justice kämpfen, werden tot sein oder menschlicher Müll.

So wie Suganda, die den Kopf zurückgelegt hat und flehend zu ihr aufsieht.

»Hände hoch, hab ich gesagt!«

Suganda hebt die angewinkelten Arme höher.

Kleine, feste Brüste, registriert Jimin, makellose, karamellbraune Haut. Scharfe Bitch, hätte sie in ihrem früheren Leben gedacht. Und das hübsche Gesicht mit dem Stahlgriff ihrer Makarow zurechtgehämmert, bis die großen, dunklen Augen, der herzförmige Mund, die edel geformte Nase zu einem blutigen Brei verschwommen wären.

Aber das ist vorbei. Der Neid, die Bitterkeit, die Einsamkeit – alles vorbei.

»Mach, was nötig ist, bis du die Antworten hast.« Jimin hat Phil nie gesehen, sie kennt nur seine eindringliche Telefonstimme und das Gerücht, das ihn umgibt wie ein Mantel aus Licht: Angeblich gehört er zum inneren Zirkel von Justice.

Biologen, Pharmakologen, Mediziner, IT-Experten, Security-Spezialisten, Ingenieure, Militärs und Polizeioffiziere engagieren sich bereits im großen, streng geheimen Kampf. Und Fachkräfte wie

Jimin, die noch vor wenigen Monaten eine einfache Auftragsmörderin war. Ausknipserin, Kopflocherin, wie auch immer. Gut gebucht und okay bezahlt, aber total entfremdet und frustriert. Ständig unterwegs, um auf Kommando jeden wegzuräumen, der den Mächtigen dieser Welt im Weg war. Ob Konkurrenten, Schuldner, Dissidenten, vor Jimins Makarow waren sie alle gleich. Gleich tot. So wie es Jimin gleich war, warum und von wem sie zum Tode verurteilt worden waren. Zwei Schüsse in die Stirn, der Nächste.

»Wem gehört der Account sida@belanet.org? Mach das Maul auf, Schlampe. Wir wissen, dass du an diese Sida eine Mail geschickt hast. Obwohl du anschließend deine digitalen Spuren verwischt hast. Nur leider nicht gut genug.«

Sugandas Augen sind weit aufgerissen, sie atmet stoßweise. Aber ihr Mund ist noch immer zusammengepresst.

Nicht mehr lange, Fotze, denkt Jimin. Sie würde ihr die Zunge schon noch lockern. Auch wenn Phil ihr untersagt hatte, »sichtbare Gewalt« anzuwenden.

Schon dass sie Suganda gezwungen hat, sich nackt auszuziehen, hätte Phil möglicherweise missfallen. Aber auf diesem Gebiet ist nun mal sie die Expertin.

Jimin geht um die Kniende herum, kauert sich vor ihr hin. »Wir haben deine Eltern, Bitch«, teilt sie Suganda mit. Die vollen, geschwungenen Lippen öffnen sich wie erwartet, und Jimin rammt ihr den Lauf ihrer Waffe in den Rachen. »Entweder du kooperierst, oder deine Alten landen im Abfall, kapiert?«

Suganda röchelt und nickt. Jimin reißt die Makarow ruckartig zurück. Zähne splittern, Blut quillt aus dem nicht mehr ganz so hübschen Mund. Sie dreht die Waffe um und schlägt Suganda mit dem Stahlgriff auf die Stirn.

Volltreffer, exakt auf den Schönheitsfleck. Suganda kippt schreiend nach hinten, und Jimin hockt sich ihr rittlings auf die Brust. Sie spürt, wie sich der Brustkorb der Verräterin mühsam unter ihrem muskulösen Hintern hebt und senkt.

Die Biologin ist jetzt in Schockstarre. Sie versucht nicht mal, Jimin irgendwie von sich herunterzubekommen. Durch Zappeln, Strampeln, Kratzen, nichts davon. Sie liegt nur da, atmet keuchend und starrt Jimin an.

»Der Small Talk ist vorbei.« Jimin zippt ihre Bikerjacke auf, zieht ihr Smartphone heraus, klickt die Foto-App auf. »Erkennst du deine alten Herrschaften?«

Suganda starrt wie hypnotisiert auf das Display. Dabei muss sie doch schon öfter mal gesehen haben, wie Daddy und Mommy nebeneinander auf ihren bequemen Lehnstühlen sitzen. Na gut, vielleicht nicht ganz wie auf diesem Foto, das Jaresh, Jimins Teampartner, vor einer halben Stunde mit Selbstauslöser geknipst und ihr geschickt hat.

Links der herzkranke Dad, der sich die Hosen vollgepisst hat, rechts die demente Mom. Beide mit geschlossenen Augen, zur Seite gekippten Köpfen, offenbar bewusstlos. Beide mit einer Pistole an der Schläfe, die der mittig hinter den Lehnstühlen stehende Jaresh in den Händen hält. Mit seinen eins fünfundachtzig, den breiten Schultern, den stoppelkurzen schwarzen Haaren unter der echten Ray-Ban und dem falschen Vollbart sieht er ziemlich imposant aus.

Irgendwas zwischen Terrorist und Wildwest-Goldgräber, denkt Jimin, während Suganda krampfhaft zu schluchzen beginnt.

Sie verstaut ihr Handy wieder in der Jacke, holt stattdessen die Halbliterflasche Wodka heraus. »Gar nicht so einfach, so was hier bei euch zu kaufen«, teilt sie Suganda mit.

Sie schraubt die Flasche auf, schiebt sie ihr zwischen die Zähne und füllt den Fusel zügig in das Zielobjekt um. »Wer ist *Sida?*« Sie zieht die leere Flasche zurück, lehnt sich nach hinten und rammt den klobigen Flaschenhals in Sugandas Schritt. »Was hast du an den Account sida@belanet.org geschickt?«

Suganda zuckt am ganzen Körper. Sie würgt und keucht, ihr Gesicht ist schweißnass und blutbespritzt. Anscheinend ist sie kurz vor einer Panikattacke. Aber sie will immer noch nicht reden.

»Also gut.« Jimin seufzt. »Das hier wollte ich dir eigentlich ersparen.«

Sie zieht erneut ihr Smartphone aus der Jacke und hält ihr das zweite Foto vor die Nase. Es zeigt Mrs und Mr Suganda senior auf ihrem Ehebett liegend, beide von der Taille abwärts nackt. Jaresh kniet am Fußende zwischen ihnen, den Hals nach hinten verdreht, und grinst in die Kamera. Die Makarows in seinen Händen stecken alarmierend tief im grauen Schamhaargekräusel von Mom und Dad.

»Gib mir Antworten, dann wird alles wieder gut.«

Suganda schluckt und nickt.

Jetzt ist sie so weit.

Seltsam, denkt Jimin, wie bereitwillig Zielobjekte sogar offenkundige Lügen glauben, wenn ein bestimmter Punkt überschritten ist. Wenn sie alles tun würden, um ihr beschissenes kleines Leben zu retten. Und nicht kapieren, dass es eben deshalb vorbei ist.

Suganda wimmert und japst ihre Beichte aus sich heraus. Jimin braucht kaum noch mit der Flasche nachzuhelfen. Auftragsgemäß nimmt sie das Gewinsel mit dem Smartphone auf. Was Suganda alles geleakt hat. Wie schockiert sie war, als sie kapierte, was in der geheimen Laborabteilung bei Raya angeblich abging. Wie sehr sie ihre Eltern liebt und bla, bla. Nur mit dem Klarnamen von Sida hält sie immer noch hinterm Berg.

»Okay, auch das hätte ich uns beiden lieber erspart.«

Ein halbherziger Schlag mit der Makarow genügt, um Sugandas keck geformte Nase zu zertrümmern. Und da endlich schnauft sie auch den Namen aus sich heraus.

Jimin speichert die Audiodatei ab. »Warum hast du das gemacht, du blöde Fotze? Warum hast du die Daten weitergegeben? Das war *top secret,* verfickt noch mal!«

Suganda gibt ihr keine Antwort, und Jimin will auch gar nichts mehr hören. Nicht von der da. Angeblich haben sie und die anderen Wissenschaftler, die bei Raya an dem Geheimprojekt arbeiten, schon mehrfach Justice persönlich getroffen. Trotzdem hat nichts, was die Verräterin noch sagen könnte, für Jimin irgendeinen Wert.

Auch wenn sie so viele Fragen hat, die ihr niemand beantworten kann. Wie sieht Justice aus? Ist sie eine Frau (wovon Jimin überzeugt ist) oder ein Mann (wie zum Beispiel Jaresh glaubt)? Andere meinen, Justice wäre eine Gruppe von Leuten, ein oberster Führungszirkel. Einmal hat Jimin sogar erzählen gehört, Justice wäre ein Supercomputer. Das ist natürlich Bullshit.

Von Gerechtigkeit können nur Menschen träumen. Um eine gerechte Welt einzurichten, brauchst du Mumm und Moral. Justice muss eine Frau sein.

Einmal ihre Ausstrahlung wie Sonnenstrahlen auf sich spüren – für Jimin würde ein Traum in Erfüllung gehen. Und das hat Suganda einfach so weggeschmissen? Sie war schon auf dem Weg in die gerechte Welt. Ihr neues, besseres Leben hatte schon begonnen, doch dann hat sie es weggeworfen wie Dreck.

Die Wut kocht in Jimin hoch. Wieder greift sie sich ihre Pistole und haut den Griff auf Sugandas Stirn, diesmal mit voller Wucht.

Die Bitch röchelt, ihr Kopf kippt weg, die Augen weiß verdreht.

Eigentlich schade, denkt Jimin. Die Wissenschaftlerin hätte ihr sagen können, worum es bei dem geheimen Laborprojekt geht, so ganz konkret. Die einen meinen, dass es sich um ein revolutionäres Medikament handelt, das Bewusstsein und Intelligenz explosionsartig steigert. Die Mächtigen der jetzigen Welt versuchen verzweifelt, die Entwicklung dieser genverändernden Superdroge zu verhindern, aber Justice hat trotzdem einen Weg gefunden. Andere wiederum reden von einem ultimativen Virus, das Justice in dem Geheimlabor züchten lässt, damit niemand übrig bleibt außer den Gerechten. Nach dieser Version soll jeder, der für Justice kämpft, durch einen Impfstoff immunisiert werden, der gleichfalls bei Raya entwickelt wird.

Sooft Jimin darüber nachdenkt, sie kann sich nicht entscheiden, welche der beiden Versionen sie für wahrscheinlicher hält. Und welche ihr besser gefällt.

Vielleicht geht es auch um etwas ganz anderes. Nur Justice kennt den Weg in die neue Welt, in der Reichtum und Glück gerecht verteilt sein werden. An die Auserwählten, die alle anderen hinter sich lassen.

Jimin wird ihren Beitrag leisten, was immer von ihr verlangt wird. Folter, Feuer, Blutvergießen, sie ist zu allem bereit. Sie wird nicht zurückbleiben, so viel steht fest. Sie wird in der gerechten neuen Welt leben, makellos rein und unfassbar reich.

Im Gegensatz zu Suganda.

Jimin rappelt sich auf, geht zum Küchentisch und greift sich die finale Kleidung, die sie für das Zielobjekt ausgewählt hat. Die Schlampe hat ein ganzes Zimmer voller Designerklamotten, aber Jimin hat beschlossen, dass sie ihre letzte Reise in einem schlichten, blassblauen Leinennachthemd antreten wird. Schließlich ist es schon tief in der Nacht. Vermutlich wollte sie sich gerade ins Bett legen, als sie aus irgendeinem Grund beschloss, das Küchenfenster zu öffnen und sich weit hinauszubeugen.

Zu weit. Zumal bei ihrem Trunkenheitsgrad. Oder hatte sie vor, ihrem Leben ein Ende zu machen? Der alkoholisierte Geist kann auf seltsame Ideen kommen.

Jimin achtet darauf, sich selbst und das Nachthemd nicht mit Sugandas Blut zu besudeln, als sie der weiterhin Bewusstlosen das Kleidungsstück überzieht. Die Schnapsflasche steckt so fest in der Schlampe drin, dass sie erst herausfällt, als Jimin sie aufgerichtet hat und zum Fenster schleift. An das Klirren, mit dem die Flasche auf dem Steinboden zerschellt, werden sich die Nachbarn bestimmt erinnern, wenn sie von Polizisten befragt werden.

Das Deckenlicht hat Jimin vorher ausgeschaltet, das Fenster weit geöffnet. Fünfter Stock, das sind locker dreizehn, vierzehn Meter bis zum gepflasterten Hinterhof. An sichtbarer Gewalt in Sugandas Gesicht wird es nicht mangeln, aber so ein Sturzflug hinterlässt eben Spuren.

Um null Uhr dreiundzwanzig lehnt Suganda im offenen Fenster, allerdings nur kurz. Sie klappt nach vorn zusammen und hängt wie ein Lumpensack über der Brüstung. Jimin, die hinter ihr am Boden kauert, hält sie an den Unterschenkeln fest.

Sachte nur, um keine verräterischen Griffspuren zu hinterlassen. Und doch fest genug, damit das Zielobjekt nicht einfach kopfüber an der Hauswand hinunterrutscht.

Suganda hat ihr neues Leben weggeworfen, als wäre es Müll. Also ist es nur gerecht, beschließt Jimin, dass sie wie Abfall aus dem Fenster fliegt.

Sie stemmt ihre Hände unter Sugandas Hintern und stößt sie im hohen Bogen hinaus. Die Wissenschaftlerin wiegt nicht viel mehr als Jimins früherer Hund, ein Deutscher Boxer namens Herman. Jimin hat den bulligen Rüden vergöttert, bis ihr klar wurde, wie ähnlich er ihr sah, nicht nur der platten Nase wegen. Da erschoss sie ihn, zwei Kugeln in die Stirn. Aber das war in ihrem früheren Leben.

Sugandas Körper schlägt im Hinterhof auf, und Jimin verlässt das Penthouse auf dem gleichen Weg, auf dem sie gekommen ist. Die Dachterrassentür, die sie vorhin mit dem Elektrodietrich geöffnet hat, zieht sie hinter sich wieder zu. Dann ab über die Dächer und drei Blocks weiter westlich die Feuerleiter hinunter, die in einem Areal voller Sperrmüll und Abfalltonnen endet.

Sie zieht die Kawasaki hinter einem Stapel ausrangierter Holzpaletten hervor. Gerade als sie an dem noblen Apartmenthaus vorbeifährt, geht im Erdgeschoss in mehreren Fenstern Licht an. Aus einiger Entfernung kommt bereits ein Polizeiwagen herbeigejault, und Jimin wird unvermittelt klar, dass der Name, den Suganda schließlich doch noch preisgegeben hat, eindeutig deutsch klingt.

Damit kennt sie sich aus. Ihr texanischer Vater hat deutsche Wurzeln, und sie selbst hatte in ihrem früheren Leben etliche Jobs in Germany. Zweimal in München, einmal in Frankfurt, zuletzt in Berlin.

Na logisch, denkt Jimin, als sie auf die Stadtautobahn einbiegt und die schwere Maschine beschleunigt. Raya Pharmalab wurde im letzten Herbst von einem deutschen Pharmaunternehmen gekauft. Die Frau, an die Suganda die geheimen Informationen durchgestochen hat, muss eine der Führungsfiguren aus Deutschland sein, die sich seitdem bei Raya breitgemacht haben.

Jimin hat noch genau im Ohr, wie Suganda den Namen artikuliert hat. Mühsam, weil er für asiatische Sprechwerkzeuge schwer auszusprechen ist. Und mit einem bedauernden Unterton.

»Lotte Gerlach.«

Phase eins

INFEKTION

Nacht zu Donnerstag,
4. April 2019

1

Um kurz vor Mitternacht verabschiedet sich Lotte Gerlach von ihrem Mann. Sie hat ein ungutes Vorgefühl, und wie so oft beschließt sie, darüber hinwegzugehen.

Eine nächtliche Spritztour steht ihr bevor, wie sie das im Grunde liebt. Etwas überraschend anberaumt, aber kein Grund, sich graue Haare wachsen zu lassen. In Gedanken sagt es sich Lotte immer wieder vor.

Lächelnd beugt sie sich zu Paul hinab, der im Erkersessel über einem Album voll gelbstichiger Fotografien brütet. Er will sämtliche Details der Lilienthal-Villa, die sie vor einem Jahr gekauft haben, »kompromisslos rekonstruieren«. Das versichert er bei jeder Gelegenheit, und Lotte zweifelt nicht daran, dass er es durchziehen wird. Paul ist ein erstklassiger Kunsthistoriker und ein gewissenhafter Mann. Ihr selbst ist nicht so wichtig, ob wirklich alle Schnörkel, Zinnen und Bleiglasfenster, die das Altbaujuwel einst geziert haben, wieder an Ort und Stelle gelangen, aber mit dem Erwerb der schmucken kleinen Villa im Ritterburgenstil hat sich auch ihr eigener Traum erfüllt.

Und vielleicht mehr noch der Traum ihres Vaters.

Paul klappt das Album zu und steht auf. »Fahr vorsichtig, hörst du?«, sagt er in besorgtem Tonfall.

Lotte ist seit zwölf Jahren mit ihm zusammen, seit neun verheiratet und immer noch in ihn verknallt. »Na klar«, gibt sie zurück und küsst ihn zärtlich auf den Mund.

Er trägt ein übergroßes brombeerfarbenes T-Shirt, unter dem die Boxershorts fast verschwinden, und seine rehbraunen Locken sind schon wieder schulterlang. Sie hat sich für den streng geschnittenen, mitternachtsblauen Chanel-Hosenanzug entschieden, passend zu ihrem nächtlichen Roadtrip, und sie genießt den Kontrast zu Pauls zwanglosem, fast schon intimen Outfit.

Paul ist kaum größer als sie und zwei Jahre jünger, gerade mal siebenunddreißig. Vor allem ist er viel zurückhaltender und vorsichtiger. Als sie sich vorletztes Jahr für das schneeweiße 350er SLK Sportcabrio als Dienstwagen entschied, fiel er fast in Ohnmacht. Er selbst fährt eine betagte A-Klasse; das sagt eigentlich alles über die Glamour- und Risikotypen, die sie verkörpern.

Er will sie an sich ziehen, aber Lotte schlängelt sich aus seiner Umarmung. »Ich muss los. Gib Dion einen Kuss von mir.« Ihr kleiner Junge, gerade fünf geworden, der ihr Glück perfekt macht.

Denn das hier ist kein Albtraum, schärft sich Lotte ein, sondern immer noch mein unfassbar glückliches Leben.

Noch vor wenigen Jahren war für sie unvorstellbar, dass sie jemals auf einer solchen goldenen Insel leben würde. In einem Anwesen wie diesem, in Lichterfelde gelegen, der ehemaligen Villenkolonie im Südwesten Berlins. Doch nachdem sie den atemberaubend dotierten Job bei ClarTop bekommen hatte, war Geld plötzlich kein Problem mehr. Ihr Leben auf einmal ein Strom aus aufregenden Begegnungen, internationalen Kongressen, Fünfsternehotels und Businessclass-Flügen.

Nur die beunruhigenden Vorahnungen ist sie seitdem nicht mehr losgeworden. Im Gegenteil, sie wurden immer drückender. Aber davon lässt sich Lotte nicht beirren, schließlich hat sie seit Langem gelernt, mit einem unguten Grundgefühl zu leben. Eigentlich schon, seit sie ein kleines Mädchen von sieben, acht Jahren war und ihr Vater anfing, ihr Geschichten aus der unheimlichen Welt der Bakterien, Viren und Protozoen zu erzählen. Und von den Schlachten, die heroische Forscher und Ärzte gegen die feindlichen Stämme führten.

Unten in der Eingangshalle nimmt Lotte die Seitentür, die direkt ins Nebengebäude führt. Ursprünglich zum Verstauen von frostempfindlichen Kübelpflanzen gedacht, wurde der Anbau der Villa schon zu Kaisers Zeiten als Garage zweckentfremdet. Sehr zum Ärger von Baumeister Gustav Lilienthal, dem Bruder des legendären Flugpioniers Otto – und zum Missfallen von Paul, der die Garage am liebsten zur Orangerie rückverwandelt hätte.

Doch damit biss er bei Lotte auf Granit.

Mit der Fernbedienung öffnet sie Garagen- und Hoftor, steigt in ihr Cabrio und stößt rückwärts hinaus. Sie hat kein Übernachtungsgepäck dabei, nur die Unterlagen für das Treffen mit dem *High Potential,* der heiß umworbenen Nachwuchskraft, die sie auf Geheiß ihres Vorstands morgen früh in München interviewen soll. Und am besten sofort rekrutieren, den Arbeitsvertrag unterschreiben lassen, den sie fix und fertig in der Tasche hat.

Dass sie kurzfristig irgendwo hinreisen muss, im In- oder Ausland, meist mit Flugzeug oder ICE, ist für Lotte nichts Ungewöhnliches. Mit Medienvertretern sprechen, pharmakritische Aktivistinnen umgarnen, Führungskräfte und hochkarätige Talente einstellen oder notfalls feuern – das und einiges mehr gehört zu ihrer Stellenbeschreibung.

Schließlich ist sie leitende Managerin für PR und HR, Public Relations und Human Resources, in einem boomenden Pharmaunternehmen, dessen Strukturen größtenteils noch aus der Start-up-Phase stammen. Dabei nähert sich ClarTop mit Raketengeschwindigkeit der Milliarden-Umsatzgrenze und beschäftigt mittlerweile fast dreitausend Mitarbeiter an zwei Standorten.

Einer davon ist ihr Stammsitz in Berlin-Adlershof, der andere das Labor in der indonesischen Hauptstadt Jakarta, das sie im letzten Jahr übernommen haben. *Raya Pharmalab,* eine der weltweit führenden Einrichtungen für die Entwicklung innovativer Impfstoffe und Medikamente.

2

Der Abend ist still und kühl. Auf der Straße wartet Lotte mit laufendem Motor, bis sich die Tore wieder geschlossen haben. Dabei späht sie mehrfach in Rück- und Seitenspiegel, aber so verstohlen, als wollte sie nicht einmal von sich selbst ertappt werden. Wie sie nach dem »Killer« Ausschau hält, der die Mikrobiologin Dr. Suganda vor drei Tagen aus dem Fenster ihres Penthouse-Apartments in Jakarta gestoßen haben muss.

Fünfter Stock, die Wissenschaftlerin war sofort tot, als sie auf der Straße aufschlug. Laut Polizei ein *»häuslicher Unglücksfall ohne Fremdverschulden, möglicherweise auch Suizid«*. Doch als Lotte die Nachricht bekam, war ihr erster Gedanke, dass Shinta Suganda zum Schweigen gebracht worden war.

Die Forscherin hatte ihr Informationen zugespielt, die niemals hätten weitergegeben werden dürfen. Dafür musste sie mit dem Tod büßen, jedenfalls höchstwahrscheinlich. Seitdem fühlt sich auch Lotte verfolgt. Mal mehr, mal weniger. Andauernd schaut sie sich um, glaubt Schemen im Schatten, Blicke auf ihrem Rücken zu spüren, und dann wieder kommt sie sich paranoid vor. Aber wieso paranoid? Sieben Menschen sind gestorben, mindestens. Unter dubiosen bis grässlichen Umständen. Zumindest laut Dr. Shinta Suganda, ehe sie sich als Nummer acht in die Todesliste einreihte.

Warum hat die Chefin mich auf diesen Nacht-und-Nebel-Trip geschickt? Das fragt Lotte sich fast unablässig, seit Dr. Toppert sie vor gerade mal anderthalb Stunden angerufen hat. Ein auch für ihre Verhältnisse ungewöhnlich kurzfristiger Auftrag.

»Am besten nehmen Sie das Auto, Lotte, dann sind wir flexibler. Nur für alle Fälle«, schob Toppert hinterher, und Lotte fragte nicht nach. Sie liebt es, mit dem SLK über nächtliche Autobahnen zu brausen. Es verleiht ihr ein Gefühl, als wäre alles möglich, als gäbe es keine Grenzen, weder im Raum noch in der Zeit. So sah sie es auch bis vor ein paar Tagen. Bis die indonesische Mikrobiologin ihr die Dokumentation der geheimen Versuchsreihe schickte und Lottes älteste Albträume mit einem Schlag wahr zu werden schienen.

Brutschränke voller Glasbehälter, in denen es apokalyptisch wimmelt … Mit einem Klick werden Schranktüren entriegelt, Ampullen fallen heraus, zerschellen auf dem Boden, und dann … »Stell dir nur vor, was das für ein Desaster wäre!« Die sanfte Stimme ihres Vaters, Märchenerzählertonfall, in ihrem Kopf. Wie seit dreißig Jahren. »Zum Glück ist alles doppelt und dreifach gesichert. Wenn aber doch mal was schiefgehen würde …« Die Luft um Lottes Kopf herum verdunkelte sich, fast undurchsichtig vor flirrendem Ungeziefer …

In den Bildern, die Papas Geschichten in ihr hervorriefen, waren die Viren, Sporen, Protozoen immer winzig klein, doch gerade so für das bloße Auge sichtbar. Bis heute sieht sie die so in Träumen und unbewachten Momenten: als stäubchenkleine Ungeheuer, kugelförmig oder mit Stacheln ausgestattet, die unbeirrbar in sie eindringen, durch Mund, Nase, Augen, jede noch so winzige Öffnung ihres Körpers.

Schluss mit dem Spuk … Lotte wischt sich über die Augen. Das Garagentor hat sich geschlossen, das Tor zur Zufahrt auch. Vom Gartentürchen daneben führt die Attrappe einer Zugbrücke zu ihrer Haustür. Rostige Ketten inklusive, die Paul letztes Jahr bei einem Trödler gekauft hat.

Tudor-Revival-Stil. Lotte war sofort fasziniert von dem bizarren Bauwerk mit Ritterburgoptik, es sprach ganz klar die Paranoikerin in ihr an. Apropos … Was weiß die Chefin von den Machenschaften in ihrer asiatischen Niederlassung? Hat sie mitbekommen, was Suganda ihrer PR-Managerin an Materialien durchgestochen hat? Soll Lotte deshalb auch zum Schweigen gebracht werden, in dunkler Nacht irgendwo zwischen Berlin und München?

Zum Beispiel durch einen Fake-Unfall mit Fahrerflucht, denkt Lotte und sieht schon den Truck vor sich, der in einem unbelebten Autobahnabschnitt plötzlich in ihrem Rückspiegel auftauchen wird.

Aber das glaubt sie doch nicht im Ernst?

Nein, natürlich nicht. Zumindest will sie nicht glauben, dass irgendwer bei ClarTop hinter den grässlichen Vorfällen in Jakarta steckt. Schon gar nicht Clara Toppert.

Und doch ist da diese Stimme tief in ihr, die immer lauter wimmert: *Lotte, fahr nicht!*

Warum nicht? Weil das Interview in München vorgeschoben ist, eine Falle, um auch sie umzubringen? Blödsinn.

Nie wird Lotte vergessen, wie ernst und leidenschaftlich sie in der Firma über ethische Grundsatzfragen diskutiert haben, bis endlich der komplette Vorstand mit den »*Sieben ethischen Prinzipien*« einverstanden war, die Lotte für die Imagekampagne des Unternehmens formuliert hat. Die *Vision* der Gründer ist *»eine Erde ohne unheilbare Krankheiten, befreit von vermeidbarem Leiden und vorzeitigem Tod«*. Die *Mission* von ClarTop besteht entsprechend darin, *»alle verfügbaren Ressourcen für die Entwicklung von Heilmitteln und Impfstoffen einzusetzen, die dazu beitragen können, dass Menschheitsgeißeln wie Krebs, Aids, SARS, Ebola schnellstmöglich besiegt werden«*.

Diesen edlen Zielen haben Clara Toppert und die anderen Gründer ihr Leben gewidmet. Wie könnten sie da gleichzeitig zynische Züchtungen vorantreiben, die allem Anschein nach nur einen Zweck haben: möglichst effizient Menschen zu töten?

Ausgeschlossen, sagt sich Lotte. Sie kennt Toppert mehr als nur ein bisschen, während Dutzender gemeinsamer Abende an Hotelbars rund um den Globus sind sie sich nähergekommen. Und die promovierte Biologin gehört nicht zu den Zeitgenossen, die mit ihrer Meinung hinterm Berg halten.

Toppert brennt für ClarTop, für ihre *Mission*, da ist sich Lotte sicher. Sie hat viele Jahre in renommierten Laboren in Europa und den USA an mikrobiologischen Projekten gearbeitet, ehe sie sich mit Ende vierzig entschloss, ihr eigenes Unternehmen zu gründen. »Aus Frustration, verstehen Sie, Lotte«, ereiferte sie sich einmal,

»weil die Pharmakonzerne genauso wie die Weltgesundheitsorganisation immer nur den kurzfristigen Trends hinterherhecheln.

Nehmen Sie Ebola, Dengue, SARS oder was auch immer: Wenn irgendwo eine Epidemie ausbricht, werden zig Millionen in Projekte zur Erforschung des Ausbruchsgeschehens gepumpt. Aber kaum ist die Seuche abgeklungen, trocknen diese Fördertöpfe wieder aus. Die Suche nach Impfstoffen wird abgebrochen, die Erprobung von Medikamenten eingestellt. Dabei wissen alle Beteiligten ganz genau, dass die nächste Virusepidemie immer schon vor der Tür steht.«

Lotte erinnert sich an den fragenden, irgendwie spöttischen Blick, den die Chefin ihr an dieser Stelle zuwarf. Wahrscheinlich war sie ein wenig erschauert, wie so oft, wenn das Gespräch auf das verheerende Wirken von Viren und sonstigen Erregern kam. *Erreger!* Schon das Wort macht ihr eine Gänsehaut. Dagegen erweckt die stämmige Vorständin mit der silberfarbenen Kurzhaarfrisur und der überraschend dunklen Stimme jederzeit den Eindruck, dass sie zur Not auch mit bloßen Fäusten gegen tödliche Virenstämme in die Schlacht ziehen würde.

»Gerade die Coronaviren mutieren so schnell und häufig, dass sich an fünf Fingern abzählen lässt, wann auf SARS und MERS eine neue Variante folgen wird«, fuhr Toppert fort. »Und diesmal vielleicht eine, die sich nicht mehr in einem lokalen Ausbruchsgeschehen totläuft, sondern von Land zu Land, womöglich sogar von Erdteil zu Erdteil springt. Eine Pandemie! Verstehen Sie, Lotte: Wir könnten, ja, wir müssten längst über einen Basisimpfstoff verfügen, der auch künftigen Corona-Varianten sämtliche Stacheln ziehen würde. Aber einseitiges Shareholder-Value-Denken bei den Pharmakonzernen und kurzsichtiges Wiederwahlkalkül seitens der politischen Kaste verhindern ein ums andere Mal, dass diese lebenswichtigen Projekte zu Ende geführt werden.«

Erneut warf die Chefin ihr einen prüfenden Blick zu. Natürlich weiß sie, dass Lotte ihr Pharmaziestudium im zweiten Semester abgebrochen hat, um sich stattdessen auf PR und Kommunikation zu verlegen. Aber Lotte hat niemals eingestanden, was sie zu dem abrupten Richtungswechsel bewogen hat. Ein tiefes Unbehagen, das sie urplötzlich befallen konnte, wenn sie sich einem mikrobiologischen Labor näherte oder gar in entsprechenden Räumlichkeiten befand. Und das keineswegs nur, wenn es sich um ein Hochsicherheitslabor handelte, mit Ein- und Ausgangsschleusen, das man bloß im Vollschutzanzug mit externer Luftzufuhr und zwei bis drei Paar Handschuhen übereinander betreten darf.

Manchmal genügte schon der Anblick der Brutschränke voller Zellkulturen, untermalt vom Surren des Elektromotors, der die Viren im Cyrotank auf minus hundertsechzig Grad kühlt. Es löste eine Flut verstörender Bilder in Lottes Kopf aus, begleitet von Paniksymptomen wie Herzrasen, Schweißausbruch, unbezwinglichem Fluchtimpuls. Und der sanften, dabei fast manisch beharrlichen Stimme ihres Vaters, der auf seine Art die Katastrophe zu verarbeiten suchte.

Anfangs glaubte Lotte noch, ihre *Laborphobie* würde sich durch Gewöhnung geben, doch sie wurde im Gegenteil ärger. Schließlich musste sie sich eingestehen, dass sie an einer Art posttraumatischem Belastungssyndrom litt, mitgeschleppt seit frühen Kindheitstagen, als ihre Mutter aus scheinbar heiterem Himmel an Aids erkrankt war. Und nach einem schrecklichen Martyrium verstorben.

Jahrelang hatte Elisa Kastner das HI-Virus unbemerkt in sich getragen, bis ihr Immunsystem kollabiert und die damals noch tödliche Krankheit ausgebrochen war. Nie wird Lotte vergessen können, wie sich ihre Mama binnen weniger Monate von einer blühend schönen jungen Frau in ein graues, kraftloses Knochenweiblein verwandelte.

Von alledem weiß Toppert natürlich nichts, doch ihr fragender Blick in der abendlichen Hotelbar ließ erahnen, dass sie sich so ihre Gedanken machte. Über die mitreißende Begeisterung, mit der ihre

PR-Führungskraft den heldenhaften Kampf gegen Viren, Sporen und Bakterien beschwören konnte. Und über den Unterton von Panik, den sie bei Lottes euphorischen Ansprachen und Pressebriefings wohl herausspürte.

Die suggestive Mischung aus lauter Euphorie und leiser Panik ist das Geheimnis von Lottes ungewöhnlich erfolgreicher PR-Arbeit. Diese Zusammenhänge sind ihr selbst lange schon klar, und seit jenem Zwiegespräch in der schummrigen Hotelbar nimmt sie an, dass auch Toppert sie zumindest erahnt. Eigentlich war es ein ziemlich einseitiger Dialog, zu dem sie selbst fast nur zustimmende Gesten und Floskeln beisteuerte. Ob es in einem Hotel in New York, London oder Mumbai war, könnte sie nicht mehr mit Sicherheit sagen, doch den fragenden, fast schon anmaßenden Blick der Chefin spürt sie noch immer auf ihrem Gesicht. Ein Blick, als wollte Toppert sagen: *Dieser Mix aus Angst und Begeisterung – einfach ideal!*

Wieso ideal?, fragt sich Lotte. Weil sie gerade deshalb so emsig mitgeholfen hat, die glanzvolle Fassade von ClarTop zu erschaffen: um nicht sehen zu müssen, was sich dahinter verbirgt?

Sie schüttelt den Kopf. Schluss jetzt damit. Sie hat noch nie auf diese ängstliche Stimme in ihrem Innern gehört, jedenfalls nicht, wenn es sich vermeiden ließ. Dadurch hat sie es so weit gebracht, also wird sie sich auch jetzt nicht von irgendwelchen flauen Vorgefühlen kirremachen lassen.

Die Straße ist dunkel und menschenleer. Leise rauschen die Alleebäume im Wind. Lotte stellt den Automatikwahlhebel auf *Drive* und fährt schwungvoll los.

3

Sie hatte geglaubt, dass sie sich im Auto sicherer fühlen würde als im ICE, aber das erwies sich als Irrtum. Im Zugabteil sitzt du wie auf dem Präsentierteller, schon richtig, aber auf der Autobahn ist die Lage noch viel weniger kontrollierbar.

Kaum war sie in Steglitz auf die A 115 aufgefahren, ging der Horror los. Überall nur noch potenzielle Verfolger. Zuerst der bullige Kawasaki-Fahrer, der zwanzig Minuten lang hinter ihr herfuhr, egal, ob sie mit achtzig dahinzockelte oder das Gaspedal plötzlich durchtrat. Dann in einer Baustelle auf einmal dieser schwarze SUV-Koloss mit getönten Scheiben, der so dicht auffuhr, als wollte er ihr zierliches Gefährt vor sich herschieben.

Wenn sie beschleunigte, gab der Fahrer gleichfalls Gas. Als sie abbremste, fuhr er nicht etwa vorbei, sondern ließ die Lichthupe flashen, bis Lotte genervt wieder aufs Gaspedal trat. Hinter dem Steuer glaubte sie einen kräftigen jungen Mann auszumachen, mit kurz geschorenen Haaren und wildem Vollbart, dem es vielleicht einfach einen Kick versetzte, rotblonde Cabriofahrerinnen zu schikanieren. Für einen Auftragskiller verhielt er sich definitiv zu auffällig, aber das beruhigte Lotte kaum. Obwohl der Audi-SUV, kaum war die Baustelle vorbei, an ihr vorbeizog und nach Sekunden mit dem Horizont verschmolzen war.

Also hatte er sich in der Baustelle mit seiner fetten Q8-Karre nur nicht auf die verengte Überholspur getraut? Wahrscheinlich, sagte sich Lotte und entspannte sich ein wenig. Bis sie kurz danach auf der rechten Spur von zwei Lkws in die Zange genommen wird, während ein Konvoi gleichförmiger grauer Kleinbusse mit rumänischen Kennzeichen neben ihr die Überholspur blockiert.

Eine gefühlte Ewigkeit lang sitzt Lotte in der Falle. Sie behält den Lkw hinter ihr und den Truck vor ihr gleichermaßen im Auge und versucht, gleichmäßig zu atmen. Ihr Herz rast. Der Laster hinter ihr fährt so dicht auf, dass sie im Rückspiegel nur noch eine Wand aus rostigem Blech und stumpfem Chrom sieht. Wenn der Trucker will, kann er sie mit seinem Dreißigtonner überrollen, ohne sehr viel mehr als ein Rumpeln unter den Achsen zu spüren.

Genau, wie sie es vorausgesehen hat.

Der Schweiß läuft Lotte den Rücken herunter, ihre Fünfhundert-Euro-Bluse fühlt sich klatschnass an. Und dann biegen die beiden Lkws bei der Ausfahrt Niemegk von der Autobahn ab, und Lotte hat wieder freien Blick. Die Fahrbahn vor ihr und im Rückspiegel ist nahezu leer. Auch der Konvoi rumänischer Handwerkerbusse ist verschwunden, ohne dass sie mitbekommen hätte, wie das zugegangen ist.

»Du spinnst, Lotte«, teilt sie sich mit. »Reiß dich mal zusammen.«

Doch von der nächtlichen Autobahn hat sie genug. Bei der nächsten Gelegenheit biegt sie auf die Landstraße ab, überquert gegen ein Uhr bei Wittenberg die Elbe und folgt der B 2 in Richtung Leipzig. In dem spärlich besiedelten Heidegebiet sind die Straßen nahezu leer, sodass sich keine Verfolger unauffällig an sie heranpirschen können.

Doch es gibt sowieso keine Verfolger, stellt Lotte fest, nachdem sie die leere Landstraße im Rückspiegel immer wieder beäugt hat. Niemand interessiert sich hier für dich. Niemand weiß, dass du überhaupt hier bist.

Sie will es glauben, zumindest für den Augenblick. Sie schaltet das Radio ein und erwischt eine Nostalgiesendung, Pop-Hits aus den späten Achtzigern. Als Lotte ein Grundschulkind war, ihr Vater ein brennend ehrgeiziger Pharmaziestudent und ihre Mutter noch am Leben.

Aber daran will sie jetzt ganz bestimmt nicht denken. Sie wird irgendwo stoppen und sich einen Kaffee besorgen. Und sie wird sich die Geschehnisse der letzten Wochen und Monate durch den Kopf gehen lassen. Um endlich den Entschluss zu fassen, den sie schon viel zu lang vor sich herschiebt.

Soll sie vor ihrer Chefin vertrauensvoll alles ausbreiten, was sie von Suganda erfahren hat? Soll sie besser gleich zur Polizei gehen, weil der Vorstand von ClarTop vielleicht doch irgendwie mit drinhängt? Oder muss sie ganz im Gegenteil den Mund halten, alles vergessen, was sie gesehen und gehört hat, wenn sie nicht wie die mutige Mikrobiologin in Jakarta enden will?

Vergessen, vom Hals schaffen, denkt Lotte, vor allem den verdammten Stick vernichten, auf dem sie die Beweise gespeichert hat. Die Dokumentation der geheimen Testreihe, die Polizeiakten, Fotos, Sektionsberichte, Gedächtnisprotokolle, das grässliche Video … Weg damit, möglichst heute noch!

Aber wie könnte sie einfach für sich behalten, was aus all den Materialien mit schreiender Klarheit hervorgeht: dass ein hochaggressives Virus eine tödliche Epidemie auslösen wird, wenn nicht irgendwer den Drahtziehern rechtzeitig das Handwerk legt?

Warum gerade ich?, fragt sich Lotte dann wieder. Wieso soll gerade sie alles riskieren, was sie doch eben erst gewonnen hat: ihren Traumjob, ihr traumhaft glückliches Leben?

Kurz vor Leipzig fährt sie auf einen TOTAL-Autohof und holt sich in der Tankstelle einen großen Automatenkaffee im Pappbecher. Während sie auf dem schummrig beleuchteten Parkplatz neben ihrem Auto auf und ab geht, trinkt sie das bittere Gebräu in kleinen Schlucken. Dabei immer wieder erschauernd, vor Kälte oder Unbehagen, aber daran ist sie gewöhnt. Es hat nichts zu bedeuten, denkt Lotte, es gehört zu mir, wie ein Schatten, seit so vielen Jahren.

Der Nachthimmel ist schwarz, mit dichten Wolken bedeckt. Lotte nimmt ihn kaum wahr, so wie sie auch den stämmigen Kawasaki-Fahrer, der in einiger Entfernung von seiner Maschine steigt und mit wiegenden Schritten auf die Toilettenräume zuhält, nur am Rande registriert. In Gedanken ist sie in Jakarta, der turbulenten asiatischen Metropole, die ihr bei ihrem ersten Indonesientrip so hell, optimistisch, vor Vitalität übersprudelnd erschien.

Und die ihr jetzt, nur sieben Monate später, wie der apokalyptische Ort vorkommt, an dem das Tor zur Hölle aufspringen wird.

Wenn es nicht bereits begonnen hat, sich zu öffnen.

Sieben Monate zuvor
(Mitte September 2018)

4

Bei der Feier anlässlich der Übernahme von Raya Pharmalab verzichteten sie absichtlich auf jeden Pomp. Der Vorstand von ClarTop hatte rund fünfzig handverlesene Gäste zum Empfang in der obersten Etage des Verwaltungsgebäudes in Ost-Jakarta eingeladen – darunter die Führungskräfte von Raya, Wissenschaftler und Manager, soweit sie übernommen wurden, sowie diverse lokale Würdenträger und Medienvertreter. Außerdem natürlich der bisherige Eigentümer, der renommierte Pharmakologe und gewiefte Unternehmer Dr. Goib Bashibu.

Fast schon grenzte es an ein Wunder, dass er ClarTop den Zuschlag gegeben hatte, obwohl auch Pharmagiganten wie Glaxo oder Sanofi interessiert gewesen waren, sich das renommierte Labor und seine fast dreihundert Wissenschaftler einzuverleiben. Nicht zu vergessen die Schatztruhe voller Patente, die Raya Pharmalab in seiner gut dreißigjährigen Firmengeschichte angehäuft hatte.

Vor dem Empfang hatten Toppert und Bashibu bei einer Pressekonferenz den »hochkarätigen Zusammenschluss« gewürdigt. Lotte und ihr Team hatten Flyer und Hochglanzbroschüren verteilt und auch dann noch Fragen von Medienvertretern beantwortet, als Toppert und Bashibu die Bühne längst wieder verlassen hatten. Die allgemeine Stimmung war friedlich, ja wohlwollend, als wäre ClarTop eine Art Charity-Verein ohne Profitinteresse und allein dem Wohlergehen der Menschheit verpflichtet.

Lotte war sich bewusst, dass sie zu dieser Einschätzung durch suggestive Briefings und enthusiastische Hintergrundgespräche maßgeblich beigetragen hatte. Das mutmaßliche Wunder allerdings, die Bekehrung von Bashibu, war allein Toppert zu verdanken.

Der graubärtige Gründer von Raya Pharmalab hatte den Ruf, überaus geschäftstüchtig zu sein. Dank zweier fulminant erfolgreicher Krebsmedikamente war ClarTop in den letzten Jahren zwar in die Oberliga der globalen Pharmaunternehmen aufgestiegen, doch mit Giganten wie Pfizer oder Merck konnten sie nicht annähernd mithalten. Wenn einer der großen Konzerne ein Angebot abgeben würde, wäre der Newcomer aus dem Rennen. Davon gingen die meisten Insider aus, und das nahm auch Lotte an, doch sie hatten ihre Rechnung ohne Clara Toppert gemacht.

Allem Anschein nach hatte sie Bashibu ein unwiderstehliches Angebot unterbreitet. Am Charme der burschikosen Chefin lag es sicher nicht, und der stets emotionslos agierende Endfünfziger mit der gedrungenen Gestalt und dem bohrenden Blick wäre für etwaige Avancen ihrerseits auch kaum empfänglich gewesen. Doch aus irgendeinem Grund willigte er ein, ClarTop sein Lebenswerk für einen mittleren dreistelligen Millionenbetrag zu überlassen – in Dollar allerdings, nicht in Indonesischen Rupiahs. Dabei hatten angeblich noch weitere global führende Pharmakonzerne ihre Hüte in den Ring geworfen.

Lotte bewunderte Toppert aufrichtig für diesen Coup. Mit glühenden Wangen und betörenden Worten sang sie das Loblied auf ihre Chefin, deren segensreiches Wirken auch die Menschen Indonesiens bald schon spüren würden.

Als der letzte Lokalreporter mit patriotisch geschwellter Brust abgezogen war, eilte sie in den Empfangssaal hinauf, wo mittlerweile alle Ansprachen gehalten worden waren und soeben das Büfett eröffnet wurde. Lotte freute sich auf gedünsteten Wasserspinat, ihr Lieblingsgemüse seit ihrer Thailand-Phase, und auf die Chance, ein paar Minuten durchzuatmen, nachdem sie seit sechs Uhr früh Ortszeit ununterbrochen auf Achse war.

Doch Sicherheitschef Fritz Müller-Herrlich trat ihr in den Weg. »Der General ist vor einer halben Stunde gegangen«, teilte er ihr mit, wobei er wie üblich keine Miene verzog. »Er hat die ganze Zeit auf dich gewartet, Lotte.« Müller-Herrlich, ein Hüne Anfang vierzig im skinny geschnittenen schwarzen Maßanzug, tippte auf seine Rolex. »Wenn du dich beeilst, erreichst du ihn noch im Präsidium.«

Lotte unterdrückte einen Seufzer. Fritz war der Einzige aus dem ClarTop-Führungszirkel, mit dem sie manchmal Reibereien hatte. Zweideutige Formulierung, aber eindeutig passend.

»Präsidium?«, wiederholte sie. »Was für ein General denn?«

»National Police Headquarters. Na, fällt der Groschen?« Fritz redete abgehackt wie stets. »Der Vizepolizeichef. General Abdhurraman Wasisto. Was ist denn? Der heißt wirklich so.« Er simulierte ein Grinsen. Sein Gesichtsausdruck änderte sich so langsam, als würden nacheinander mehrere Hebel in seinem Kopf umgelegt. »Wir sind einer nach dem anderen bei ihm angetanzt. Sämtliche Vorstände, Abteilungsleiter und so weiter. Nur du hast geschwänzt.«

»Ich hatte zu tun, Fritz.« Sie ärgerte sich über sich selbst, weil sie sich vor diesem Lackaffen rechtfertigte. Das Problem war nur, sie fand ihn ziemlich attraktiv. Ohne seinen Anzug sah er wahrscheinlich aus wie Alexander Skarsgård, der erotischste Tarzan aller Zeiten.

Doch anscheinend stand ihr ein Date mit einem deutlich weniger attraktiven Mann bevor. Der Vizepolizeichef war laut Bashibu »eine der einflussreichsten Persönlichkeiten Indonesiens«. Der Raya-Gründer hatte Toppert dringend empfohlen, das Wohlwollen des Generals »mit allen geeigneten Mitteln« zu sichern. »General Wasisto ist gefallsüchtig und eitel, glücklicherweise, Frau Doktor. Sie brauchen ihm nur kräftig zu schmeicheln, schon frisst er Ihnen aus der Hand.«

Bashibu ließ allerdings offen, ob er verbale Schmeicheleien oder handfestere Gefälligkeiten meinte. Zum Beispiel eine gut aussehende ClarTop-Mitarbeiterin, die ihm zum Tagesausklang ins Büro geschickt wurde … Blödsinn, dachte Lotte, das ist nicht Topperts Stil. Und natürlich war der Chefin klar, dass sie bei so etwas niemals mitspielen würde.

Gegen taktische Flirts hatte Lotte nichts einzuwenden. Ganz im Gegenteil, meistens machte es ihr Spaß. Entsprechend war sie darauf eingestellt gewesen, dem eitlen Uniformträger bei einem Glas Champagner ein wenig den Kopf zu verdrehen. Die Wirkung ihrer tiefseeblauen Augen war oftmals überwältigend, vor allem bei nicht mehr ganz jungen Herren mit einem eher traditionellen Rollenverständnis. Aber Lotte hatte angenommen, dass ihr Tête-à-Tête mit dem Vizepolizeichef hier im Saal stattfinden würde oder allenfalls in einem Nebenraum.

»Soll ich dir ein Auto besorgen?«, riss Fritz sie aus ihren Gedanken. »Oder schaffst du das selbst?«

Sie warf einen raschen Blick zu Toppert, die am anderen Ende des Saals ins Gespräch vertieft war. Mit Bashibu und einem hochaufgeschossenen Mann Mitte vierzig. Dr. Dr. Dadin Syamsu, der alte und neue Geschäftsführer von Raya Pharmalab. Studium der Ökonomie in London, der Biologie und Pharmakologie in Princeton. Ein Spitzenmann, allerdings auch ein aalglatter Typ.

Gestern hatte Lotte ihm seinen Arbeitsvertrag zur Unterzeichnung vorgelegt. Sie hatte kein gutes Gefühl dabei, Bashibus langjährigen Vertrauten zum Leiter der neuen Niederlassung zu machen, aber so stand es nun mal im Übernahmevertrag. ClarTop hatte zugesichert, eine Anzahl der bisherigen Angestellten zu übernehmen, die meisten von ihnen hochangesehene Wissenschaftler und erfahrene Fachkräfte für Verwaltung, Produktion und Vertrieb. Aber wie fast immer in solchen Fällen mussten sie auch ein paar zweifelhafte Kompromisse eingehen, und die Besetzung der lokalen Führungsposition mit dem undurchsichtigen Syamsu war aus Lottes Sicht nicht gerade ideal. Auch wenn er für diesen Job zweifellos qualifiziert war.

»Ja, bitte, besorg's mir, Fritz.« Sie ließ sich ihr Amüsement nicht anmerken, während sie zusah, wie sein Gesichtsausdruck von leer über ent- zu begeistert wechselte. »Das Auto, meine ich.«

Sie ließ ihn stehen und ging zum Ausgang des Empfangssaals, wo ein livrierter Kellner mit einer Verbeugung die Tür für sie öffnete. Vor den Aufzügen stand ein weiterer Bediensteter, dessen einzige Aufgabe es war, den Lift für die geschätzten Gäste des Unternehmens herbeizuholen. Er drückte auf den Knopf und verbeugte sich gleichfalls vor ihr.

Obwohl sie sich im achten Stock befanden, kam sich Lotte in dem fensterlosen Vorraum mit der dunklen Holzvertäfelung und den Messingrahmen um die erdbraunen Lifttüren wie tief unter der Erde vor.

Sie fischte ihr Smartphone aus der Seitentasche des sandfarbenen Prada-Kleids, das sie für sich ihre Nofretete-Kutte nannte. Wegen seines irgendwie pharaonischen Designs und weil es aus ägyptischer Popeline war. Sie wählte die Nummer von Toppert, die den Anruf sofort entgegennahm.

»Fahren Sie schon mal los, Lotte«, sagte die Chefin dann aber nur. »Ich rufe Sie in fünf Minuten zurück und erkläre Ihnen alles.«

Ehe Lotte etwas erwidern konnte, war die Leitung tot.

Na denn, dachte sie. Was sind schon fünf Minuten Warterei, wenn du danach *alles erklärt* bekommst?

Zumindest würde sie auf der Fahrt zum Polizeipräsidium ein paar Eindrücke von Jakarta bekommen. Von der Dreißig-Millionen-Metropole hatte sie außer dem Flughafen (verglichen mit Berlin-Schönefeld ein Traum an Eleganz und Funktionalität) und dem chaotischen Straßenverkehr noch nicht viel gesehen. Dabei war sie seit drei Tagen in der Stadt, doch ebenso wie die fast vollständig angereiste Vorstandsriege hatte sie von früh bis spät – von *sehr* früh bis *sehr* spät – rangeklotzt, damit bis zur feierlichen Neueröffnung wirklich alles in trockenen Tüchern war.

Allein das Briefing der lokalen PR- und Pressedamen hatte sie viele Stunden und noch mehr Nerven gekostet. Lotte wollte den Nachwuchskräften näherbringen, wie sie mit kritischen Fragen umgehen konnten. Sie hatte es mit einem Rollenspiel versucht, aber mentalitätsbedingt bewirkte schon die leiseste Kritik, dass die jungen Asiatinnen regelrecht versteinerten. »Wir verlieren unser Gesicht«, sagten oder signalisierten sie, und als gleich drei von ihnen in Tränen ausbrachen, hatte Lotte es vorläufig aufgegeben.

Ein dunkles Gongen verkündete, dass der Aufzug eingetroffen war. Der Liftboy stand stramm und salutierte.

5

Lotte fuhr zur Straßenebene hinunter und trat durch das klotzige Marmorportal nach draußen. Es war schwülheiß, die Luft so voller Abgase, dass jeder Atemzug in den Bronchien brannte. Dazu die Geräuschkulisse einer asiatischen Megametropole zur Rushhour.

Sie überprüfte den Sitz ihrer Hochsteckfrisur und verharrte einen Augenblick mit nach oben abgewinkelten Armen. Doch statt kühlendem Wind zog sie nur die Blicke männlicher Passanten auf sich. Sie lächelte einen jungen Tuk-Tuk-Fahrer an, der sie im Vorbeistrampeln hingerissen anstarrte, und ging auf den schwarzen Audi A6 am Straßenrand zu.

Der Fahrer öffnete mit einer Verbeugung die Fondtür der extralangen Limousine. Alle im Vorstand waren dafür gewesen, die firmeneigene Wagenflotte nebst Chauffeuren abzuschaffen, aber im statusbewussten Südostasien kam das nicht infrage. Mit dem Taxi zu fahren war unter der Würde von Führungskräften, auch wenn es in Jakarta mit dem Label *Golden Bird* ein gut ausgebautes Netzwerk von Luxusmietwagen samt Fahrer gab.

Mit einem satten Plopp schloss sich hinter ihr die Wagentür, und der akustische Tumult des Straßenverkehrs verebbte. Lotte beugte sich vor. »National Police Headquarters, Trunojoyo Street.«

Der Fahrer, ein unscheinbarer Mann mit Uniform und Mütze, warf ihr im Rückspiegel einen Blick zu und nickte fast unmerklich. Vielleicht war es wiederum mit seiner Würde schwer vereinbar, eine Frau zu chauffieren, sagte sich Lotte. Aber daran würde er sich gewöhnen müssen.

Auch wenn Jakarta mit seinen Hochhäusern und achtspurigen Highways vergleichsweise modern und weltoffen wirkte, war Indonesien ein überwiegend muslimisch geprägtes Schwellenland. Es gab Unmengen an Moscheen mit hoch in den Himmel ragenden Minaretten, von denen gerade jetzt wieder der Ruf der Muezzins erschallte. Im Vorüberfahren sah Lotte, wie Männer sich auf den Trottoirs zu Boden warfen und gen Mekka verbeugten. Routiniert stiegen Passanten, die anderen Göttern anhingen, über die Betenden hinweg. Lotte sah Hindus und Sikhs mit leuchtfarbenem Turban, Araber im weißen Burnus, fliegende Händler auf Mopeds, pompös gekleidete Frauen aus der Oberschicht, die aus Shopping Malls im Tausendundeine-Nacht-Stil traten, gefolgt von Dienerinnen, die mit Einkaufstaschen beladen waren.

Eine fremde, verwirrende Welt, auch für Lotte, obwohl sie für ihren früheren Arbeitgeber – ein internationales Modeunternehmen – häufig in Bangkok gewesen war. Jakarta war viel größer und noch chaotischer als die thailändische Hauptstadt. Ganze Familien, von ausgemergelten Greisen bis hin zu Horden halbnackter Kleinkinder, lebten auf der Straße und streckten jedem Passanten die

Bettlerhände entgegen. Direkt daneben fuhren die Reichen und Mächtigen in japanischen und deutschen Luxuslimousinen vorbei. Im Straßenbild waren so gut wie keine Europäer oder Nordamerikaner zu sehen; die wenigen weißen Touristen oder Geschäftsleute wurden ungeniert angestarrt. An jeder größeren Kreuzung standen Denkmäler, die Staatsgründer Sukarno in patriarchalischer Pose verherrlichten.

Das Durcheinander aus tiefer Rückständigkeit und greller Modernität, asketischer Frömmigkeit und unbekümmertem Konsum, unfassbarer Armut und schamlos zur Schau gestelltem Reichtum verursachte in Lottes Kopf ein Schwindelgefühl. Als sie die Augen schloss, sah sie unvermittelt das Labor auf dem Areal von Raya Pharmalab vor sich, das sie vorgestern mit Toppert und einigen anderen Führungskräften besichtigt hatte. Sicherheitsstufe zwei, also zumindest ohne Schutzanzug und Schleusen. Aber das Surren der Cyrotanks, das Rauschen der Zentrifugen und das gläserne Funkeln in den Brutschränken waren schlimm genug.

Als eine Wissenschaftlerin sie lächelnd aufforderte, einen Blick in ihr Mikroskop zu werfen, schaffte es Lotte irgendwie, die abscheulich gestachelten Ungeheuer in Augenschein zu nehmen, ohne sich etwas anmerken zu lassen. Die Forscherin hieß Dr. Shinta Suganda und war Lotte auf Anhieb sympathisch. Sie war Anfang vierzig, eine karamellhäutige Schönheit im weißen Kittel und mit blitzend weißen Zähnen.

Doch nach einem kurzen Small Talk über Viren, Impfstoffe und die großen Hoffnungen, die sie bei Raya mit der Übernahme durch ClarTop verbanden, musste Lotte den Rückzug antreten. Angeblich ein dringender weiterer Termin, tatsächlich war sie am Rand einer Angstattacke. Ihr Herz hämmerte, der Schweiß lief ihr in den Nacken, dabei war es im Labor dank Klimaanlage ziemlich kühl.

Auf die Besichtigung der weiteren Laborbereiche – Forschung und Entwicklung in einem brandneuen Nebengebäude, Testung und Produktion in zwei älteren, langgestreckten Flachbauten hinter dem Verwaltungsturm – hatte Lotte wohlweislich verzichtet und sich in ihrem Büro in der PR-Abteilung verschanzt.

Angeblich musste sie unaufschiebbaren Papierkram erledigen, doch stattdessen legte sie die Beine hoch, kühlte sich die Stirn mit einem nassen Handtuch und überlegte, ob sie wieder das Rauchen anfangen sollte. Oder ihren Job bei ClarTop aufgeben, denn für ein Pharmaunternehmen zu arbeiten, wenn man sich vor Laboren fürchtete, war irgendwie nicht gesund. Auch wenn nichts sonst auf der Welt ihr einen solchen Kick gab, ihr Adrenalin stärker sprudeln ließ, sie sich lebendiger fühlen ließ als gerade die unterschwellige Panik, die ein mikrobiologisches Labor in ihr zum Brodeln brachte.

Eine gute Stunde später hatte sie sich wieder so weit im Griff, dass sie an der restlichen Besichtigungstour teilnehmen konnte. Das Areal von Raya, am äußersten östlichen Rand von Jakarta gelegen, war gut zwei Hektar groß und beherbergte außer den Verwaltungs- und Laborgebäuden noch eine Reihe von Hallen, in denen größere Chargen produziert, abgefüllt und etikettiert werden konnten. An eine der Hallen schloss sich ein schmuckloses Steingebäude an, das wie ein kleines Notfallkrankenhaus ausgestattet war und bei Bedarf »für klinische Testreihen« aktiviert wurde.

Lotte fand das merkwürdig, sowohl die abgelegene Lage dieser Einheit als auch die Tatsache, dass Raya überhaupt eine solche Einrichtung unterhielt. Normalerweise fand die klinische Erprobung neuer Medikamente oder Impfstoffe in Krankenhäusern statt oder in Räumlichkeiten, die bei Bedarf angemietet wurden. Doch Dr. Dr. Syamsu war sichtlich stolz auf die Intensivbetten mit Beatmungsgeräten und den durch Schleusen und Unterdruckbelüftung gesicherten Isolierbereich, der nach seinen Worten das »Herzstück« der Test-Einheit war.

»Hatten Sie jemals einen Notfall, bei dem Probanden im Rahmen einer Testung isoliert werden mussten?« Die Frage hatte Lotte auf der Zunge gelegen. Doch weder Toppert noch irgendwem sonst schien

etwas ungewöhnlich vorzukommen, und so hatte sie ihre Frage wieder hinuntergeschluckt.

Der Chauffeur umkurvte im Schneckentempo einen monströsen Holden-Pick-up, der zwei bonbonbunte Kleinwagen unter sich begraben hatte. Polizeisirenen, Hupen, Geschrei. Uniformierte sperrten die Unfallstelle mit Flatterband ab. Lotte sah ihnen zu, ohne es richtig wahrzunehmen. Sie grübelte über die Seltsamkeiten bei Raya nach, bis ihr Telefon sie aus ihren Gedanken riss.

»Lotte, ganz kurz nur.« Die Chefin kam wie immer sofort auf den Punkt. »Der General war offenbar enttäuscht, weil Sie ihm bei unserer kleinen Feier nicht vorgestellt wurden. Bashibu hat ihm vorher von Ihnen vorgeschwärmt. ›Die rotblonde PR-Lady mit dem Elfenbeinteint und den Model-Maßen‹, Sie können es sich vermutlich denken.« Verblüffend geschickt ahmte sie Bashibus Akzent und Tonfall nach.

»Aber warum haben Sie mich denn nicht ...«, begann Lotte.

»Umso mehr wird er sich geschmeichelt fühlen«, fiel ihr die Chefin ins Wort, »wenn Sie ihn jetzt persönlich zu Ihrem Antrittsbesuch aufsuchen.«

»War das Ihre Idee, Clara?«

Toppert gab ein unbestimmtes Brummen von sich. »Eine Privataudienz bei der grauen Eminenz von Jakarta – das ist Ihre Chance, Lotte. Also machen Sie was draus, Sie Kommunikationsgenie!«

Wieder legte sie auf, bevor Lotte noch eine Frage stellen konnte.

Kurz darauf fuhr der Chauffeur an den Straßenrand und schaltete den Motor aus. »Police Headquarters, Madam.« Er drehte sich zu ihr um und nickte ihr mit der Andeutung eines Lächelns zu.

Eigentlich sieht er ganz nett aus, dachte Lotte. Und eigentlich hatte Toppert recht: Der General würde über ihren Besuch erfreut sein. Sie musste einfach nur ihren Job machen, damit hier von Anfang an alles in die richtige Spur kam.

Deine alte Schwäche, Lotte, tadelte sie sich selbst. Durch ihre Grübeleien konnte sie sich alles und jeden verdüstern. Sodass sie am Ende nur noch Gefahren und Verfolger sah.

Genau wie ihr Vater, der mit dem Tod seiner geliebten Ellie nie fertiggeworden war. Und mit dem Wissen, dass sie ihn Jahre zuvor mit einem anderen Mann betrogen hatte, der das Aidsvirus in sich trug.

6

Der Mann hinter dem mächtigen Schreibtisch war breitschultrig und groß gewachsen. Auf den Fotos, die Lotte von ihm gesehen hatte, war er ihr ältlich und unscheinbar vorgekommen, doch der echte Wasisto wirkte fit und viril. Fast schon gut aussehend, dachte Lotte, trotz seiner Uniformbrust voll papageienbunter Orden und dem bleistiftstrichdünnen Schnurrbart.

Entgegen Mahlbergs Prophezeiung schien er allerdings wenig erfreut über Lottes Besuch. Tatsächlich sah er sogar ausgesprochen verärgert aus. So als fühlte er sich irgendwie hintergangen.

Forsch näherte sich Lotte seinem Schreibtisch, der wie ein stilisierter Elefantenkörper designt war. Sie gab sich Mühe, ihr gewinnendes Lächeln unterwegs nicht zu verlieren. Gar nicht so einfach, wenn man aus fünfzehn Meter Entfernung mit Blicken wie dunkle Stoßzähne niedergestarrt wurde. Während vor den Panoramafenstern wie zur Untermalung schwarze Wolken über den Abendhimmel trieben.

»Guten Tag, Herr General«, sagte Lotte. »Es ist sehr freundlich von Ihnen, mich um diese Stunde noch zu empfangen.«

Der polierte, altersdunkle Holzboden knarrte bei jedem Schritt. Die braunen Ledermöbel unter den Fenstern sahen schwer und tief aus, wie Schlammlöcher, aus denen man nie mehr freikommen würde. Aber der General machte sowieso keine Anstalten, ihr einen Sitzplatz anzubieten. Oder sie auch nur zu begrüßen.

Schon dass er Lotte unten an der Eingangspforte warten ließ, hätte sie warnen müssen. Der Uniformierte hinter der schusssicheren Scheibe hebelte den Teller mit ihrer Visitenkarte auf seine Seite und musterte sie abweisend. »Zu General Wasisto, bitte«, musste sie mehrfach wiederholen, bis er zum Telefon griff und ein paar Worte auf Indonesisch bellte, ohne Lotte aus den Augen zu lassen.

Danach verging eine Ewigkeit, und nichts Sichtbares passierte. Es war gespenstisch still in der Zentrale der Nationalen Polizeibehörde, nur ab und an hörte sie eine Tür zuschlagen oder ein Telefon klingeln. Neben der Wachpforte gab es drei Lifte, doch während der rund zwanzig Minuten, die Lotte wartete, betrat oder verließ niemand das Gebäude, und die Aufzüge blieben unbenutzt.

Als endlich eine Lifttür zischend aufsprang, fuhr Lotte zusammen. Ein blutjunger Polizist trat in die Halle und marschierte zackig auf sie zu. »Madam, bitte folgen.« Ohne ihre Zustimmung abzuwarten, wendete er auf dem Absatz und marschierte zum Lift zurück.

Lotte schloss zu ihm auf. In einem hierarchiebewussten Land wie diesem war es schon ein kleiner Affront, einen Besucher erst Ewigkeiten warten und dann durch eine niedere Charge abholen zu lassen. Der Junge ist höchstens zwanzig, hatte Lotte gedacht, als der Lift sie ins oberste Stockwerk brachte, ein Praktikant oder allenfalls ein Anwärter. Irgendetwas lief hier entschieden schief.

»Entschuldigen Sie die Störung«, sagte sie nun mit leicht verrutschtem Lächeln, als sie vor Wasistos Schreibtisch angekommen war. Das Möbelstück war mit grauem Leder überzogen, die Beine liefen in Elefantenfüße aus. Auf der weiten Fläche verloren sich ein enormes schwarzes Festnetztelefon, das mit einem Dutzend Lämpchen blinkte, und eine grün bespannte Tischlampe im *Film-noir*-Stil.

»Leider habe ich es vorhin bei unserem Empfang nicht geschafft, Sie zu begrüßen«, fuhr Lotte fort. »Das möchte ich hiermit nachholen.« Sie streckte ihm die Rechte über die tischtennisplattengroße Fläche entgegen und gönnte ihm einen tiefen Blick aus ihren großen, intensiv blauen Augen.

Aus der Nähe sah der General noch fitter und fescher aus. Er war Ende vierzig und wäre glatt für Mitte dreißig durchgegangen. Seine Arm- und Brustmuskeln sprengten fast die bis zum Hals hinauf zugeknöpfte Uniform, auf der die Orden metallisch blinkten. Die gegelten Haare, die er scharf zurückgekämmt trug, glänzten wie ein stählerner Helm.

»Ein Händedruck, nur damit ich ruhig schlafen kann«, sagte Lotte. »Dann bin ich schon wieder weg, und wir beide können den verdienten Feierabend genießen.«

Eigentlich ein idiotischer Satz, doch er schien etwas in ihm berührt zu haben. Plötzlich sah der General weit weniger abweisend aus.

Er beugte sich vor, wenn auch nur minimal, sodass sie gerade so seine Rechte ergreifen konnte. Sie war kühl und hart, und er drückte ihre Hand nur kurz, aber so fest, dass es fast schon wehtat. »Nur dafür sind Sie gekommen? Für diesen Händedruck?« Er sprach amerikanisch gefärbtes Englisch, ohne einen Anflug von asiatischem Akzent.

Er hat Toppert zugesichert, dass sie sich an ihn wenden könne, wenn es Probleme gibt, schoss es Lotte durch den Kopf. Und jetzt glaubt er, sie will umgehend eine Gefälligkeit von ihm einfordern. Ergibt das irgendeinen Sinn? Immerhin würde es Wasistos eigenartiges Verhalten erklären.

»Einzig aus diesem Grund, General«, sagte sie. »Wenn ich gewusst hätte, dass ich Sie beim Büfett nicht mehr antreffen würde, hätte ich mich von meinem Termin früher losgeeist. Aus Respekt und simpler Höflichkeit – so bin ich nun mal erzogen worden.«

Sie sah ihm an, dass sein Misstrauen dahinschmolz. Er erhob sich und kam mit den Bewegungen eines satten Raubtiers um den Elefantentisch herum auf sie zu.

»Gelobt seien Ihre Eltern, Frau Gerlach«, sagte er. »Was macht Ihr Vater beruflich?«

Eine heikle Frage, doch Lotte hatte sich schon vor langer Zeit einige Antworten zurechtgelegt. »Er ist gleichfalls in der Pharmabranche«, sagte sie, während Wasisto so nah neben sie trat, dass sie seinen Geruch wahrnahm.

Wie nasses Eisen, dachte sie, der Geruch von frischem Blut.

Tatsächlich hatte es bei ihrem Vater nur zum Pharmareferenten gereicht, da er das Studium abbrechen musste, um nach dem Tod seiner Frau seine kleine Tochter zu versorgen. Dabei hatte er immer davon geträumt, ein erfolgreicher Forscher wie Louis Pasteur oder Robert Koch zu werden, die Impfstoffe und Arzneien gegen tödliche Seuchen und Krankheiten entwickelt hatten. Stattdessen war er schon vor dem Start durch ein Virus zu Fall gebracht worden, das seiner Frau bei einem One-Night-Stand verabreicht worden war. Eine grimmige Schicksalsironie, die auch ihm einen Knacks versetzt hatte.

Der General musterte sie von oben bis unten. Was er zu sehen bekam, schien ihm zu gefallen.

»Feierabend ist ein gutes Stichwort«, sagte er. »Darf ich Sie zu einem Drink einladen? In unserer Bar auf der Dachterrasse werden ganz ordentliche Cocktails gemixt.«

Für Lotte war klar, dass die Einladung nicht ernst gemeint oder zumindest nicht ohne Hintergedanken ausgesprochen worden war. Wenn sie darauf einging, musste das in seinen Augen heißen, dass sie eben doch gekommen war, um eine Gefälligkeit zu erbitten. Und mit ihrer Gesellschaft zu bezahlen.

Sie lehnte höflich ab und schüttelte ihm nochmals die Hand. Minuten später saß sie wieder hinter den getönten Scheiben der Firmenlimousine und ließ sich zu ihrem Hotel in Kemang chauffieren, dem kleinen Expat-Viertel in Central Jakarta.

Eigentlich ist ja gar nichts passiert, sagte sie sich. Natürlich hatten sie – wie von Bashibu souffliert – den Vizepolizeichef zu dem Empfang eingeladen, damit er auf ihrer Seite war, falls es künftig Schwierigkeiten mit lokalen Behörden geben sollte. Vielleicht hatte Toppert ihn auch für den Fall der Fälle um persönlichen Beistand gebeten, und möglicherweise war im Voraus schon eine gewisse Menge Schmiergeld geflossen.

Das würde erklären, warum der General sie anfangs so abweisend behandelt hatte – wie jemand, der für eine empfangene Wohltat viel früher als erwartet eine Gegenleistung erbringen soll. Doch es erklärte keineswegs, weshalb Toppert sich auf solche trüben Transaktionen einlassen sollte.

Schließlich hatten sie nicht vor, hier in Jakarta krumme Geschäfte zu betreiben, oder? Außerdem war Indonesien ein demokratischer Staat mit – mehr oder weniger – funktionierender Gewaltenteilung, und General Wasisto gehörte dem innersten Machtzirkel an. Falls es zwischen ihm und ClarTop tatsächlich diskrete Vereinbarungen gäbe, müsste es um kriminelle Machenschaften im ganz großen Stil gehen.

Und das ist natürlich Bullshit, entschied Lotte, während sie die pompöse Lobby ihres Fünfsternehotels durchquerte und mit dem Lift zu ihrer Executive Suite hochfuhr.

Empfangszimmer mit Gästetoilette, dahinter Büro, Wohnzimmer, Schlafzimmer, riesiges Bad en suite, zusammen rund hundertsechzig Quadratmeter, den umlaufenden Balkon nicht mitgerechnet. Überall standen Vasen mit frisch geschnittenen Blumen, Schalen mit Obst, Teller mit Gebäck. Lotte liebte den bizarren Luxus solcher Oberschichthotels in Schwellenländern. Sie kam sich dann immer wie auf der Bühne vor, in einem Theaterstück, in dem alle mit Feuereifer bei der Sache waren und doch niemand seine Rolle hundertprozentig ernstnahm.

Galt das nicht auch für das Zwei-Personen-Stück, in dem sie und der General sich eben produziert hatten? *The Beauty and the Beast* – ein Drama, das schon so oft gespielt worden war, dass man es eigentlich nur noch mit ironischen Übertreibungen aufführen konnte. Der grimmige Machthaber und die scheue Schönheit …

Lotte lachte leise auf, während sie das Schlafzimmer betrat. In jedem Zimmer gab es zwei große Wandmonitore. Auf dem einen liefen Nachrichten, auf dem anderen Börsenmeldungen, beides ohne Ton. Sie stieg aus ihrer Nofretete-Kutte und griff sich den goldfarbenen Seafolly-Bikini, Modell »Goddess«, um vor dem Abendessen noch eine Runde zu schwimmen.

Im Infinity-Pool auf dem Hoteldach wäre sie fast mit einer enormen Schwimmerin zusammengestoßen. Die Person trug Badekappe, Taucherbrille und ein schwarzes Tankinitop. »Na, Lotte«, rief Toppert prustend und wassertretend, »haben Sie den alten Griesgram ein bisschen aufgeheitert?«

Lotte bejahte und musste gleichfalls prusten.

Sie hatte sich alles nur eingebildet. Toppert und Machenschaften, das passte nicht zusammen. Natürlich hatte die Chefin keinerlei finstere Hintergedanken, als sie Lotte zu Wasisto schickte. Und der General hatte einfach über irgendwelchem dienstlichen Ärger gebrütet, als sie bei ihm hereingeplatzt war.

Das ist alles, sagte sich Lotte. Sie würde früh schlafen gehen, und morgen wären alle Schatten wieder verflogen.

Donnerstag,
4. April 2019, morgens

7

Hätte sie damals im Herbst schon merken müssen, dass bei Raya etwas faul war?

Lotte denkt darüber nach, während sie neben ihrem SLK auf der Raststätte hin und her geht. Es ist kurz vor zwei, der Himmel so schwarz wie an jenem Abend in Jakarta, nur die Luft ist dreißig

Grad kühler. Sie fröstelt in ihrer burgunderroten Button-down-Bluse, die am Rücken und unter den Armen immer noch schweißfeucht ist.

Wenn du in Schwellenländern Geschäfte machen willst, musst du wissen, wen du zu schmieren hast. So hatte sie es auch in Bangkok, Dhaka und Kuala Lumpur erlebt, als sie noch für das Modeunternehmen tätig war. Nicht dass sie selbst Schmiergelder verteilt hätte, aber sie hatte oft genug mitbekommen, wie mehr oder weniger prall gefüllte Umschläge den Besitzer wechselten.

Doch so etwas läuft auf den unteren bis mittleren Ebenen ab. Dass die Vorstandsvorsitzende eines Pharmaunternehmens und der Vizepräsident einer nationalen Polizeibehörde zusammen krumme Geschäfte machen, kommt vielleicht auch mal vor. Aber nicht, wenn es sich bei der einen Seite um die Chefin von ClarTop handelt. Ausgeschlossen, denkt Lotte. An die moralische Integrität von Clara Toppert glaubt sie nach wie vor.

Jedenfalls im Prinzip. Auch wenn seit letztem September viele dubiose Dinge geschehen sind.

Es beginnt zu regnen. Lotte hält nach einem Papierkorb für ihren Kaffeebecher Ausschau, der noch zu einem Drittel gefüllt ist. Das Gebräu ist bitter und so kalt, wie sie selbst sich fühlt.

Sie hat sich doch nicht etwa eine Erkältung eingefangen? Oder gar ein Grippevirus? Das hätte ihr gerade noch gefehlt.

Sie kippt den restlichen Kaffee in den Rinnstein und geht zum Abfallcontainer einige Schritte weiter links. Mit einer Fingerspitze hebt sie den schmierig aussehenden Deckel an und schiebt den Pappbecher durch den Spalt. Als sie sich umwendet, um zum Auto zurückzugehen, rennt sie fast gegen eine massige Gestalt.

Wie damals im Pool, als sie beinahe in Toppert hineingetaucht wäre.

»Sorry«, sagt sie und geht um die bullige Gestalt im schwarzen Bikeranzug herum. Hinter dem Helmvisier sehen sie schmale Augen aus einem fleischigen Gesicht mit auffällig platter Nase an.

Ein Asiat, denkt Lotte und schluckt. Wie der Killer, der Suganda aus dem Fenster geworfen hat …

Im Vorbeigehen schaut sie über die Schulter zurück. Der Biker ist eine Frau, mit breiten Hüften und kleinen, aber unübersehbaren Brüsten unter der Ledermontur. Eine hochgewachsene Asiatin, vielleicht Koreanerin, dem massiven Körperbau nach.

Noch immer laufen Lotte Schauer über den Rücken, bestimmt nur wegen der Erkältung, die bei ihr möglicherweise im Anzug ist.

Sie steigt in ihr Cabrio, startet den Motor und schaltet die Klimaanlage auf fünfundzwanzig Grad. Die Bikerin wuchtet sich auf ihre Kawa, zieht die klobigen Handschuhe an und fährt an Lotte vorbei, ohne sie zu beachten.

Viertel nach zwei. Bis zu ihrem Meeting in München sind es noch fast sechs Stunden, und laut Navi ist sie in gut vier Stunden am Ziel.

Also alles unter Kontrolle, denkt Lotte und fährt fröstelnd los.

8

Abstand halten, herrje! Was ist daran so schwer zu verstehen?«

Jareshs heisere Stimme in ihrem Ohrhörer bringt den Zorn in Jimin zum Brodeln. Doch sie ist Profi genug, um sich nichts anmerken zu lassen. »Kommt nicht wieder vor.«

Im Seitenspiegel ihrer Miet-Kawa kann sie gerade noch erkennen, wie Jaresh in seinem SUV hinter dem Zielobjekt herzockelt. Dabei hält er den perfekten Abstand ein.

»Der Trick besteht darin«, erklärt er ihr von Neuem, »so weit auf Distanz zu bleiben, dass sie den Verdacht nicht loswird, aber auch nicht überprüfen kann, ob sie …«

»Ich hab's kapiert«, fällt sie ihm ins Wort.

Mit einem Grunzen beendet Jaresh das Gespräch.

Noch so ein Fehler, denkt Jimin, und ich bin raus. Dabei hatte sie nur das Beste im Sinn. Das Beste für Justice. Sie wollte der Deutschen einen Schreck einjagen, damit die endlich aus der Deckung kommt. Jemanden anruft, um ein Treffen zu verabreden, und sie zu dem Ort führt, wo sie die Top-Secret-Infos gebunkert hat.

Gestern früh sind sie in Berlin angekommen, und seitdem haben sie alles auf den Kopf gestellt, um die Scheißdateien zu finden. Jimin und Jaresh haben stundenlang Gerlachs Villa durchforstet, USB-Sticks und Speicherkarten eingesammelt. Die beiden IT-Cracks von Justice haben sich in Gerlachs Notebook, Smartphone und Cloud-Space gehackt, genauso ergebnislos. Immerhin können sie seitdem jedes Telefongespräch und jede Text- oder Sprachnachricht auf ihrem Smartphone mitverfolgen. Aber die aufgetakelte Managerin denkt gar nicht daran, die geleakten Informationen mit irgendwem zu teilen.

Als im Lichtkegel ihres Motorrads ein weißes P auf blauem Grund auftaucht, biegt Jimin auf den verlassenen Parkplatz neben der Landstraße ab. Bevor sie ganz zum Stehen gekommen ist, schaltet sie das Licht aus, lässt den Motor aber laufen.

Nach gut einer Minute fährt die Deutsche in ihrem weißen Sportwagen mit höchstens sechzig, siebzig Sachen vorbei. Jareshs SUV folgt ihr mit solchem Abstand, dass Lotte Gerlach im Rückspiegel gerade noch einen Lichtschimmer wahrnehmen kann.

Phils Anweisungen treiben Jimin in den Wahnsinn. Sie sollen Lotte Gerlach beschatten, dabei aber unbedingt auf Distanz bleiben. Das Flittchen ein bisschen beunruhigen, um sie aus der Reserve zu locken, aber mehr auf keinen Fall. Bis Phil sie ausdrücklich zur »finalen Behandlung« freigibt.

»Justice braucht noch etwas Zeit«, hat er seine Instruktionen begründet. »Alle Projekte sind auf der Zielgeraden, und in dieser hochsensiblen Phase müssen wir jedes Aufsehen vermeiden.«

Die Todesfälle bei Raya hätten schon genug Staub aufgewirbelt. Wenn jetzt auch noch eine Führungskraft des Mutterunternehmens zu Tode käme, würden deutsche Bullen die Ermittlungen aufnehmen. »Das können wir nicht gebrauchen«, so Phil weiter. »Die deutsche Kriminalpolizei ist ein ganz anderes Kaliber, die können wir nicht so einfach stoppen. Die graben alles um, bis sie die Dateien gefunden haben.«

Jimin war beunruhigt und gekränkt, aber sie biss die Zähne zusammen. Für sie fühlt es sich einfach falsch an, tatenlos hinter der rotblonden Schlampe herzuschleichen.

Bestimmt hat Justice keine Ahnung, was hier vorgeht, sagt sich Jimin. Was für eine Riesenchance uns hier durch die Lappen geht, nur weil Phil es so will. Wenn ich Lotte Gerlach ausknipse, kann sie keinem mehr was verraten. Wir haben alles auf den Kopf gestellt und nichts bei ihr gefunden, keinen Stick, keine Speicherkarte oder DVD mit den geleakten Dateien. Die deutschen Bullen würden erst recht nichts finden, zumal sie nicht einmal wüssten, wonach sie suchen sollten.

Am Ende ihres Telefonats mit Phil gab sie sich doch noch einen Ruck. Auf die Gefahr hin, dass er sie rüffeln würde, weil sie nicht wie ein braver Soldat einfach seine Befehle befolgte.

Wie der brave Soldat Jaresh.

»Wann kriege ich die Freigabe?«, fragte sie.

»Wenn wir das Datenversteck gefunden haben«, antwortete er prompt, »oder bei Gefahr im Verzug. Vorher krümmst du dem Zielobjekt kein Haar. Ist das klar, Jimin?«

»Absolut«, sagte sie, doch es fühlte sich absolut falsch an.

Sie hat fünfzehn Jahre lang erfolgreich als Freelancer gearbeitet, sie weiß genau, wie es an der Front zugeht. Besser als dieser Sesselfurzer, hätte sie früher gesagt, doch das wäre falsch. Phil muss herausragende Qualitäten haben, sonst hätte ihn Justice nicht für diese Position ausgewählt. Und seine Stimme lässt tief in Jimin irgendetwas schmelzen. Das ist speziell, so etwas hat sie noch nie erlebt.

Aber hier liegt Phil daneben, das spürt Jimin. Sie haut den ersten Gang rein und fährt weiter durch die Nacht. In der Ferne kann sie gerade noch einen rötlichen Schimmer von Jareshs Rücklichtern sehen. Er wird sich weiter zurückfallen lassen, und sie wird die Beschattung für die nächsten Stunden übernehmen.

Routine. Aber vielleicht geht ja doch noch was, muntert sich Jimin auf.

Sie fröstelt in ihrem Bikeranzug. Das deutsche Wetter ist eine Herausforderung, fast mehr noch als die deutsche Sprache. Dreißig Grad kälter als in Jakarta. Und zwanzig weniger als in Austin, wo ihr Dad vor zehn Jahren seine Stelle als Streifencop *»wegen fortgesetzter sinnloser Gewalttätigkeit«* verloren hat.

In Texas, Dad. Das muss dir erst mal jemand nachmachen.

Jimin hat sich für einen anderen Weg entschieden.

Für sinnvolle Gewalt.

Für Justice.

9

Die Schützenstraße im Münchner Bahnhofsviertel ist an diesem Aprilmorgen um sieben Uhr früh schon ziemlich belebt. Clubbesucher und Partygänger, die die Nacht zum Tag gemacht haben, bahnen sich ihren Weg durch erstaunliche Mengen an Obdachlosen, die mitten in der Fußgängerzone auf dem Boden sitzen und die Schnapsflasche kreisen lassen. Pflichtbewusste Angestellte, die Aktenmappe unterm Arm, hasten in Richtung Bahnhof oder U-Bahn. Ein halbes Dutzend dunkelhäutiger junger Männer, elegant gekleidet, mit Smartphones und kabellosen Ohrhörern ausgestattet, schlendern müßig durch die Szenerie. Auch die Straßenreinigung ist bereits unterwegs, und zwei Polizisten, eine blond bezopfte Frau und ein orientalischstämmiger Mann mit gewaltigem Schnauzbart, stehen vor dem Eingang zum *Anna*-Hotel und beobachten das Geschehen.

Was für ein Kontrast zu Jakarta, denkt Lotte, während sie langsam in Richtung Innenstadt geht. Wie sauber, ordentlich, übersichtlich hier alles ist. Keine fliegenden Händler am Straßenrand, keine Schalen mit offenem Feuer im Rinnstein, um das sich zerlumpte Scharen in der Morgendämmerung versammeln. Sogar die Penner sehen hier beinahe schon arriviert aus. Solide gekleidet und wohlgenährt dank öffentlicher Wohlfahrt und einer Bürokratie, die besser funktioniert als fast überall sonst auf der Welt.

Sie hat ihren SLK im Parkhaus gegenüber dem *Anna* abgestellt und fürs Erste nur einen Blick in das großräumige Café im Erdgeschoss des Hotels geworfen. Von dem High Potential, laut Dossier ein fusselbärtiger Jüngling mit Nerd-Brille, noch keine Spur.

Zügig geht Lotte an den Polizisten vorbei und lässt den lärmenden Wagen der Straßenreinigung hinter sich. Sie hat ihr Jackett und zusätzlich den lichtgrauen Übergangsmantel angezogen, gleichfalls von Chanel, trotzdem ist ihr kühl. Bis zu ihrem Frühstücksmeeting bleibt ihr noch eine Stunde, und die braucht sie auch, um einen klaren Kopf zu bekommen. Und um sich zu vergewissern, ob ihr jemand folgt.

Zum Beispiel die Kawa-Fahrerin.

Eigentlich glaubt Lotte nicht, dass die noch an ihr dranhängt. Oder jemals hinter ihr her war. Aber sie weiß genau, wie stimmungsabhängig sie bei solchen Einschätzungen ist. Den größten Teil der Nacht war sie sich sicher, dass der »Killer aus Jakarta« hinter ihr her wäre. Im Moment neigt sie zu der Meinung, dass sie aus zufälligen Beobachtungen und Begegnungen ein Verfolgungsgespinst zusammenfantasiert hat. Weil niemand weiß, dass Shinta Suganda ihr die Informationen geschickt hat, kann logischerweise auch niemand hinter ihr her sein.

Jedenfalls dann nicht, wenn die den anonymen Account und die verschlüsselte Verbindung benutzt hat. Lotte hat es ihr genau erklärt, und eigentlich bezweifelt sie nicht, dass Shinta alles richtig gemacht hat. Die Methode, die Lotte ihrerseits von der russlanddeutschen Bloggerin Katia Wozniak gelernt hat, ist nicht besonders kompliziert.

Katia steht als pharmakritische Grundrechtsaktivistin zwar auf der anderen Seite, aber Lotte hat sich trotzdem auf Anhieb mit ihr verstanden. Seit Jahren warnt Wozniak unermüdlich vor einem angeblich drohenden »Dauer-Ausnahmezustand à la *1984*« und behauptet, »die Mächtigen fast aller Länder« würden jeden Vorwand nutzen, um Freiheitsrechte einzuschränken. Die Pharmakonzerne seien dabei ihre willigen Erfüllungsgehilfen, da sie mit Impfungen gegen angeblich supergefährliche Viruserkrankungen und Medikamenten gegen erfundene oder aufgebauschte Krankheiten Unsummen verdienen könnten.

Lotte hat mehrmals stundenlange Diskussionen mit der wortgewaltigen Aktivistin geführt, einmal sogar vor laufender Kamera in einem Park in Kreuzberg. Das Video ist auf YouTube hunderttausendfach angeklickt worden. Den Kommentaren nach zu urteilen, glauben Katias Follower nach wie vor mit erdrückender Mehrheit, dass Unternehmen wie ClarTop von sinistren Verschwörern gesteuert würden. Aber es gibt auch eine ganze Reihe nachdenklicher Posts, die Lottes Argumente für zumindest teilweise nachvollziehbar erklären.

Obwohl Katia ihr und ihren PR-Kollegen in der Pharmabranche das Leben schwermacht, hat Lotte Respekt vor der sechsunddreißigjährigen Influencerin. Sie vermutet, dass Katia wegen ihrer russlanddeutschen Wurzeln übersensibel hinsichtlich etwaiger Freiheitsbeschränkungen ist. Zumindest gehört sie nicht zu den Aluhutträgern, die überall Komplotte von Zionisten oder der Bilderberg-Konferenz wittern.

In ihre Gedanken versunken, bleibt Lotte unvermittelt stehen.

Ein bauchiger Lederhosenträger rempelt sie von hinten an und geht dann auf Bayerisch schimpfend an ihr vorbei. Lotte nimmt es kaum wahr.

Was denn, wenn Katia Wozniak mit ihren düsteren Prophezeiungen mehr oder weniger ins Schwarze getroffen hat?, überlegt sie. Wenn es hier tatsächlich um eine Verschwörung geht? Um eine Epidemie, die nicht nur »erfunden« oder »aufgebauscht«, sondern durch ein im Labor gezüchtetes Virus tatsächlich ausgelöst werden soll, nur damit ClarTop anschließend als Retter in der Not auftreten kann? Mit gleichfalls im Geheimen entwickelten Medikamenten und Impfstoffen, durch die sie Milliarden verdienen würden?

Der Gedanke ist in den letzten Tagen schon mehrfach in ihr aufgeblitzt, doch jedes Mal hat sie ihn sofort wieder weggedrückt. Er ist einfach zu ungeheuerlich. Auch jetzt schüttelt sie energisch den Kopf und geht mit schnellen Schritten weiter auf den Karlsplatz mit seinen neobarocken Bauten und dem überschwänglich sprudelnden Springbrunnen zu.

Dabei schaut sie sich immer wieder nach allen Seiten um. Doch von der stämmigen Asiatin im Bikeranzug ist nichts zu sehen.

Wie denn auch, denkt Lotte und setzt sich auf den gemauerten Rand des Springbrunnens. In dieser lebensfrohen Kulisse haben düstere Verfolger, apokalyptische Verschwörer und sonstige Gespenster schlicht keinen Platz.

10

Hi, Rittersmann«, sagt Lotte um zehn nach acht ins Headsetmikro. Ihr Smartphone liegt vor ihr auf dem Cafétisch, zwischen einem Glas frisch gepresstem Ananas-Mango-Saft und dem Brotkorb mit Vollkornbrötchen und Dinkelcroissant. Auf dem Display lächelt Paul sie verträumt an. »Nein, der Kandidat ist bis jetzt nicht erschienen. Ans Telefon geht er auch nicht. Ich hoffe sehr, dass er mich nicht hängen lässt.«

»Dich hängen lassen? Kann ich mir nicht vorstellen.« In der morgendlichen Rushhour könne man sich leicht um eine Viertel- oder auch eine halbe Stunde verspäten, fügt Paul etwas ernsthafter hinzu.

Das weiß sie natürlich auch, doch im konkreten Fall überzeugt es sie kein bisschen. Wenn ich zum Interview für eine hochdotierte Stelle verabredet wäre, sagt sie sich, würde ich doch alles tun, um nicht zu spät zu kommen. Zumindest würde ich meiner Meetingpartnerin eine Nachricht schreiben.

»Bestimmt hast du recht«, sagt sie stattdessen. »Und was macht unser kleiner Ritter?«

»Der kämpft mit seinem linken Pantoffel, der partout nicht an seinen rechten Fuß will.«

Sie beide lachen. Im Hintergrund hört sie, wie Dion protestiert.

Das Café ist mittlerweile gut gefüllt. Es gibt ein Büfett für die Hotelgäste und Frühstück à la carte für externe Kunden. Das Publikum besteht aus Gutverdienern aller Schattierungen: Geschäftsleute in Business-Outfit, aufgedrehte Medienschaffende, die farbenfrohe Jacketts oder Halstücher tragen, und Damenzirkel, die schon mal die erste Piccolo-Runde klarmachen. Weiter hinten im Raum gibt es noch eine lärmige Gruppe, Männer mit Vollbärten und Designer-Lederjacken, die aus der Ferne wie eine Art Edel-Biker aussehen.

Die Bauchdecke zieht sich Lotte kurz zusammen, dann ist Dion am Telefon.

»Das stimmt überhaupt nicht«, teilt er seiner Mama mit. Er hat die Pantoffeln extra andersrum angezogen, weil er ein Forscher werden will wie Opa Robert, Lottes Vater. Also hat er heute mal erforscht, »ob man Pantoffeln nicht auch so herum ankriegt, und stell dir vor, Mama, das klappt!«.

»Ist aber nicht so bequem, oder?«, fragt Lotte. Sie ist schwer gerührt, allerdings auch leicht beunruhigt. Für das plötzliche Erwachen von Dions Forscherdrang kann es nur eine Erklärung geben: Ihr Vater hat angefangen, seinem Enkel von der geheimnisvollen Mikrowelt zu erzählen, die er selbst einst erforschen wollte.

»Nö, nicht so richtig, ist aber nicht schlimm«, ruft Dion mit Feuereifer, doch Lotte nimmt ihn nur noch im Hintergrund wahr.

Sie hat die ganze Zeit über die Eingangstür im Auge behalten, und eben kommt ein schlaksiger junger Mann mit Nerd-Brille herein. Sie kann sein Gesicht nicht richtig erkennen, er dreht sich gleich nach rechts weg und geht auf die Toilettenräume zu.

»Gib mir noch mal Papa, Dion, ja?«, sagt sie schnell und steht auf. Sie steckt ihr Smartphone in die Jackentasche und schlängelt sich zwischen den vollbesetzten Tischen auf die andere Seite des weitläufigen Raumes zu. »Paul, er ist da, ich muss Schluss machen. Ich melde mich wieder.«

Sie beendet das Gespräch, sieht sich nach allen Seiten um, aber das Junggenie ist nicht mehr zu sehen. Wenn er es überhaupt war. Auf jeden Fall muss er die Tür zu den WCs genommen haben.

Der Bereich davor ist von den bärtigen Männern belagert, die Lotte aus der Ferne wie Platincard-Biker vorkamen. Aus der Nähe sind es einfach Rocker, mit Bierflaschen vor sich auf den Tischen, die angetrunken herumgrölen und so deplatziert wirken wie Wikinger in einem *Manufactum*-Laden. Plötzlich löst sich eine massige Gestalt in schwarzer Ledermontur aus dem lärmenden Haufen und verschwindet durch die Tür zu den WCs.

Die »asiatische Killerin«? Lotte läuft es kalt den Rücken herunter. Sie begreift nicht, was hier gespielt wird, ob sie dabei ist, in eine Falle zu tappen, oder sich alles wieder mal nur einbildet. Vielleicht ist der Brillentyp wirklich mein Kandidat und wollte nur schnell noch mal aufs Klo? Und vielleicht hat die Gestalt in der schwarzen Lederkluft mit der Kawasaki-Fahrerin vom Autohof nicht das Geringste zu tun.

Vielleicht, vielleicht … Aber wieso hat die Asiatin vorhin an der Autobahn genauso lang Pause gemacht wie ich?, fällt ihr plötzlich ein. Handelt es sich vielleicht sogar um dieselbe Kawasaki, die schon bei Berlin hinter ihr hergefahren ist? Noch ein Vielleicht, und was davon stimmt, wird sie nie erfahren, wenn sie nicht auf der Stelle nachsieht.

Da hat sich Lotte schon zwischen den Rockern durchgedrängt, die Tür aufgezogen und läuft die Treppe zu den Waschräumen hinab. Zwei junge Frauen kommen ihr entgegen, Typus Literaturstudentinnen in engagiertem Gespräch. »Denk an *Die Pest* von Camus: Es gibt Situationen, da musst du einfach machen, was dein Gewissen dir rät«, hört Lotte und ist schon vorbei.

Unten geht es rechts zu den Herren-, links zu den Damentoiletten. Beide Türen werden fast gleichzeitig geöffnet, ein älterer Mann mit Spazierstock und eine beleibte, mittelalte Frau treten in den Vorraum. Lotte drückt sich in eine Nische, zieht ihr Handy aus der Tasche und gibt vor, ins Chatten vertieft zu sein.

Bis die dicke Dame und der humpelnde Herr sich die Treppe hochgequält haben, vergeht mindestens eine Minute. Hinter den Türen zu den Toilettenräumen ist es ganz still. Lotte überlegt, ob sie einen Blick hinter die Tür links riskieren soll – notfalls kann sie immer noch sagen, sie hätte sich geirrt. Doch bevor sie sich entschieden hat, geht die Tür auf, und der junge Mann mit der Nerd-Brille kommt heraus.

Eine gewisse Ähnlichkeit mit dem Gesicht aus ihrem Dossier ist vorhanden, aber dieser Jüngling ist definitiv nicht ihr Kandidat.

Er geht an ihr vorbei, ohne sie zu beachten, nimmt drei Stufen auf einmal und verschwindet oben im Café.

Also ist sie wieder mal Phantomen hinterhergejagt?

Lotte öffnet die Tür zu den Damentoiletten und späht in den langgezogenen Raum. Niemand zu sehen. Sie tritt zögernd ein, stellt sich vor ein Waschbecken und betrachtet sich im Spiegel. Ihr Gesicht ist bleich und schimmert vor feinem Schweiß. Obwohl sie immer noch fröstelt.

Sie beugt sich vor, hält die Hände unter den Strahl und schaufelt sich kaltes Wasser ins Gesicht. Weiter hinten rauscht die Spülung, eine Kabine wird aufgeriegelt.

Als Lotte sich wieder aufrichtet, sieht sie im Spiegel gerade noch die Asiatin in der schwarzen Lederkluft, die sich hinter ihr vorbeizwängt und im nächsten Moment durch die Tür ist.

Dieselbe Frau, die sie auf dem Autohof fast umgerannt hat? Unmöglich zu sagen, dort war es dunkel, und die Asiatin trug einen Helm.

Trotzdem will Lotte ihr eilends hinterher, doch vor der Treppe versperren ihr drei ältere Damen den Weg. Sie sind in angeregter Stimmung, offenbar die Piccolo-Runde. Als Lotte sich endlich an ihnen vorbeigedrängelt hat und die Treppe hochgesprintet ist, kann sie von der Asiatin keine Spur mehr entdecken.

Aber das habe ich mir nicht nur eingebildet, sagt sich Lotte. Das muss die Bikerin von der Raststätte gewesen sein. Und höchstwahrscheinlich auch dieselbe Person wie auf dem Motorrad direkt hinter Berlin. Hochgewachsen, stämmige Statur, schwarze Kawa, schwarzer Bikeranzug. So viele Zufälle gibt es nicht.

Die Frau muss also hinter ihr her sein. Aber was hat sie vor?, überlegt Lotte. Wenn sie mich zum Schweigen bringen soll, warum hat sie nicht letzte Nacht zugeschlagen? Auf dem Autohof im Dunkeln hätte niemand etwas bemerkt. Sie hätte Lotte in aller Ruhe abstechen und in der Dunkelheit verschwinden können.

Was in ihr hoch und immer höher kriecht, ist keine Unruhe, kein Unbehagen mehr, sondern nackte Angst.

Zurück an ihrem Tisch, winkt sie den Kellner herbei. »Hat ein junger Mann mit Brille nach mir gefragt?«

Der Kellner, ein Süditaliener mit schimmerndem Bartschatten, schüttelt den Kopf. »Bedaure, Signora.«

»Und haben Sie eine Asiatin bemerkt«, hakt Lotte nach, »stämmig, mit schwarzem Motorradanzug?«

Er verneint erneut, jetzt eher befremdet.

Lotte lächelt ihn vage an und wirft einen Blick auf ihre Cartier-Uhr, Modell »Panthère«. Zwanzig vor neun. Sie wird dem Junggenie eine Nachricht schreiben und noch bis halb zehn warten, beschließt sie, dann wird sie der Chefin von ihrem Fehlschlag berichten und anschließend nach Berlin zurückfahren. Die heiß begehrte Nachwuchskraft hat wahrscheinlich irgendwo bei der Konkurrenz unterschrieben. Es wäre nicht das erste Mal, dass sie in einer solchen Situation versetzt würde, sagt sich Lotte.

Aber das hier fühlt sich trotzdem anders an. Als wäre das ganze Meeting von vorne bis hinten ein Fake. Nur, zu welchem Zweck?

Sie bestellt schwarzen Tee gegen das Frösteln und die Müdigkeit nach einer Nacht ohne Schlaf. Sie nippt an ihrer Tasse, knabbert am Croissant und behält die Eingangstür im Auge. In Gedanken ist sie weit weg, bei ihrem zweiten Jakarta-Trip im Januar.

Drei Monate zuvor
(Mitte Januar 2019)

11

In den ersten Monaten nach der offiziellen Übernahme hatte Lotte jede Menge Arbeit mit der neuen Niederlassung, aber es gab keine größeren Probleme. Sie telefonierte häufig mit ihrer Stellvertreterin vor Ort, und einmal wöchentlich veranstaltete sie Webinare, um die lokalen Kolleginnen mit den PR- und Pressestandards von ClarTop vertraut zu machen.

Erfahrungsgemäß dauert es Jahre, bis ein Unternehmen nach seiner Übernahme integriert ist. Je älter und traditionsreicher die einverleibte Firma, desto langwieriger ist diese Prozedur. Lotte war also, genauso wie der Vorstand und alle anderen Abteilungsleiter, auf zähe Anpassungsprozesse gefasst. Doch abgesehen von kleineren Missverständnissen und Reibereien verlief der Integrationsprozess gerade in ihrem Verantwortungsbereich überraschend glatt.

Am 9. Januar 2019, einem Mittwoch, bestellte Dr. Toppert sie zu einer Besprechung in ihr Büro. Es war früher Vormittag, ein grauer Wintertag, und die Flure des schlichten Verwaltungsgebäudes wirkten noch düsterer als gewöhnlich. An der südöstlichen Stadtgrenze Berlins hätte längst der postfuturistische Neubau des Firmenhauptquartiers in den Brandenburger Himmel wachsen wollen, eine kühne Glas-und-Stahl-Kreation in der Form eines leicht vornübergekippten C, das sich mit dem oberen Ende an einem hochaufragenden T abstützt. *CT*, die Initialen von ClarTop.

Doch als wäre das Pfusch- und Pannenvirus vom nahen Großflughafen auf ihr Projekt übergesprungen, kam der Neubau aufgrund von Planungsfehlern, behördlicher Trägheit und bizarren Baumängeln nur schleppend voran. Der ursprünglich für Anfang 2020 geplante Umzug ins neue Domizil war vorsichtshalber um ein Jahr verschoben worden, und sogar dieser Termin begann bereits wieder zu wackeln.

Weder das trübe Wetter noch die triste Architektur der provisorischen Unternehmenszentrale konnten jedoch Lottes Stimmung trüben. Seit Toppert sie vor drei Wochen, bei der Weihnachtsfeier von ClarTop, vor aller Augen und Ohren gelobt und als »Säule unseres Erfolgs« bezeichnet hatte, rechnete Lotte damit, von der Chefin einbestellt zu werden. Zwecks Beförderung, Gehaltserhöhung, zusätzlicher Bonusausschüttung, was auch immer. In jedem Fall etwas sehr Erfreulichem.

Entsprechend schwebte sie förmlich die Treppe zur Vorstandsetage hinauf. Im siebten Stock kam ihr Security-Leiter Müller-Herrlich in gestrecktem Lauf entgegen, in der Tat herrlich anzusehen. Doch sein Gesicht war nicht ausdruckslos wie fast immer, sondern verzerrt und zornrot.

»Alles cool, Fritz?«, rief sie ihm zu.

Er fletschte im Vorbeisprinten die Zähne, die prächtig aussahen, gesund und makellos wie vermutlich alles an ihm. Doch das würde Lotte niemals überprüfen können, eine Affäre oder auch nur ein One-Night-Stand kam für sie nicht infrage. Nicht mal mit dem herrlichen Fritz.

Dass sie früh heiraten und ihren Mann nie betrügen würde, stand für sie seit ihrem achten Lebensjahr fest. Seit sie heimlich mit angehört hatte, wie ihre Mutter auf dem Sterbebett liegend ihrem Mann die Einzelheiten ihres Fehltritts gestand. Monatelang hatte Ellie hartnäckig behauptet, sie könne sich nicht erklären, wie das Humane Immundefizienz-Virus in ihren Körper gelangt sei. Ihre Beichte nur wenige Tage vor ihrem Tod erschütterte die kleine Lotte mindestens so sehr wie ihren Vater. *›Er stand auf superharten Sex, verstehst du, Robert? Er hat mich stundenlang hammerhart durchgefickt, bis ich ganz wund war. Und ich fand das auch total geil.‹*

Aber das war das Letzte, woran Lotte denken wollte, während sie die Tür zur obersten Etage aufzog und auf Topperts Büro am anderen Ende des Flurs zuschwebte. Was würde die Chefin ihr anbieten? Womit würde sie »die Säule unseres Erfolgs« für ihren unermüdlichen Einsatz belohnen?

Ein wenig wurde ihre Euphorie bereits gedämpft, als sie im Vorzimmer der Vorständin auf verstörte Gesichter traf. Topperts Assistenten Carl und Anton, zwei junge Männer mit Doktortiteln und Model-Maßen, lauschten sichtlich verschreckt dem akustischen Gewitter, das sich hinter der Tür zu Topperts Büro entlud. Die Chefin tobte, zu verstehen war nichts, doch auch Lotte war beeindruckt: So hatte sie Toppert nie erlebt.

Mit mir hat das Unwetter nichts zu tun, im Gegenteil, sagte sie sich. Sie war die perfekte Problemlöserin. Jeder ihrer Personalvorschläge und jeder ihrer PR-Slogans performten zu mindestens hundertzwanzig Prozent. Ein Volltreffer nach dem anderen, peng, paff! Ob in Berlin oder in Jakarta, sie hatte ihren Laden im Griff.

Die Medien berichteten fast nur noch positiv über ClarTop; die gefürchtete Aktivistin Katia Wozniak schoss ihre Giftpfeile fast nur noch auf Wettbewerber ab, und die hochkarätigen Nachwuchskräfte standen vor Lottes Tür fast schon Schlange. Fachkräftemangel? Kein Thema für ein Unternehmen, das gerade erst zum europaweit zweitbeliebtesten Arbeitgeber der Pharmabranche gewählt worden war.

Hinter der Tür knallte Toppert den Hörer auf, dass es schepperte. »Wo bleibt denn Lotte?«, röhrte sie, offenbar immer noch auf hundertachtzig.

Anton und Carl sahen sie beinahe mitleidig an. Keine Ursache, Jungs, dachte Lotte und marschierte in die Höhle der Löwin.

»Na endlich, Lotte. Setzen Sie sich. Ich habe gerade mit Jakarta telefoniert. Da hat jemand Mist gebaut, und Sie …«

Toppert unterbrach sich und starrte Lotte aus blassblauen, zu Schlitzen verengten Augen an.

Lotte fragte sich, wie der Satz wohl weiterging. *»Und Sie sind schuld, Lotte«?*

Toppert griff sich einen Kugelschreiber, warf ihn in die Luft und fing ihn wieder auf. Sie trug einen weit geschnittenen schwarzen Hosenanzug, der ihre kräftige Figur mit großzügigem Faltenwurf umspielte.

»Und Sie nageln wir dafür ans Kreuz, Lotte«?

Sie beeilte sich, auf einem der beigen Sessel vor dem Schreibtisch Platz zu nehmen. Die abgenutzten Teile sahen aus, als stammten sie noch aus DDR-Beständen, wie der größte Teil des Mobiliars. Nicht nur in Topperts Büro, sondern im gesamten Haus, aber hier wirkte es besonders bizarr. Doch Lotte hatte es geschafft, den Medien sogar den Sperrmüllcharme im Stammsitz von ClarTop als sichtbare Beweise von Bescheidenheit und Bodenständigkeit zu verkaufen.

»Und Sie müssen das wieder hinbiegen, Lotte. Auf der Stelle. Sie düsen da jetzt hin und räumen auf. Und zwar absolut lautlos.«

»Was ist denn eigentlich passiert?«, fragte Lotte.

»Das ist nicht der Punkt.« Die Chefin warf erneut den Kugelschreiber hoch und vergaß, ihn wieder aufzufangen. Das edel aussehende Schreibgerät landete auf einem dünnen blassrosa Schnellhefter, der mittig auf dem Schreibtisch lag. Der Slogan *»ClarTop – für eine heilere Welt«* auf dem Kugelschreiber war von Lottes Position aus deutlich zu lesen. Natürlich gleichfalls ihre Kreation.

»Entscheidend ist, dass bei Raya überhaupt nichts mehr passiert, was von uns nicht genehmigt worden ist«, fuhr Toppert fort. »Habe ich mich klar ausgedrückt?«

Lotte nickte zögernd.

»Die dürfen da drüben nicht mal mehr *husten,* bevor ich es abgesegnet habe.« Die Chefin schüttelte energisch den Kopf. »Ich habe eben mit Bashibu telefoniert«, fügte sie hinzu und presste die Lippen zusammen.

Als wäre ihr etwas herausgerutscht, das sie besser für sich behalten hätte.

»Dieser Doppel-Doc Syamsu ist Geschichte«, setzte Toppert neu an. »Mitsamt seiner« – sie ruderte mit den strammen Armen – »Seilschaft, Truppe, nennen Sie es, wie Sie wollen. Im Labor, aber auch in der Verwaltung. Die haben doch tatsächlich versucht, ein eigenes Projekt bei Raya durchzuschleusen.« Erneutes Kopfschütteln. »Aber zum Glück sind sie aufgeflogen.«

Allmählich schien sich Toppert ein wenig zu beruhigen. Je vager sie die Geschehnisse in Jakarta umschrieb, desto lösbarer schien ihr offenbar der entstandene Schlamassel. Zumal sie gerade dabei war, die Angelegenheit in die Hände ihrer bewährten Problemlöserin zu legen.

»Wenn Sie in Jakarta aufschlagen, sind Syamsu und Co. schon von der Bildfläche verschwunden«, fuhr die Vorständin fort. »Den Rest erledigen Sie bitte absolut geräuschlos. Ich verlasse mich auf Sie.«

Sie griff sich den Kugelschreiber und zielte damit auf Lotte. »Wir haben nichts zu tun mit diesem Fremdprojekt, und wir wollen nicht wissen, worum es da eigentlich ging. Sie werden alles Nötige veranlassen, damit es dieses Projekt nie gegeben hat. Niemals! Haben Sie mich verstanden?«

»Noch nicht so ganz«, sagte Lotte.

Toppert furchte die Stirn. »Sie sind doch sonst nicht so schwer von Kapee. Alles, was Sie brauchen, finden Sie hier.« Sie beugte sich vor und schob den dünnen Papphefter über den Tisch. »Ihr Flieger geht um siebzehn Uhr irgendwas, also nehmen Sie die Beine in die Hand.«

Lotte schnappte sich den Hefter und sprang auf.

»Sie sind eine unserer Besten, Lotte«, sagte die Chefin. »Tun Sie, was erforderlich ist. Nicht mehr und nicht weniger.«

»Ich nehme Gina und Piet mit«, sagte Lotte.

»Ausgeschlossen. Das ist ein One-Woman-Job. *Woke* Wasserträger sind da nur im Weg. Hier ist die einsame Wölfin gefragt. Das haben Sie doch drauf?« Erneut starrte sie Lotte an, bis die erneut halbherzig nickte. »Und wenn Sie zurück sind, reden wir über Ihre künftigen Titel und Würden.«

Damit war Lotte entlassen.

12

Der Schnellhefter enthielt kaum mehr als eine Auflistung der Stellen, die bei Raya *»aufgrund der gegebenen Umstände«* vakant waren. Dazu zählten neben dem Niederlassungsleiter je zwei Virologen, Mikrobiologen und Laborassistenten sowie zwei Verwaltungsfachkräfte.

Insgesamt neun Positionen, die quasi über Nacht neu zu besetzen waren. Ein gewaltiger Kraftakt, dachte Lotte, auch wenn sie für jede offene Stelle mindestens drei Kandidaten in der Pipeline hatte.

Sie würde ein spontanes Casting veranstalten, mit verkürzten Auswahlverfahren und entsprechend erhöhtem Risiko, die eine oder andere Position mit suboptimal geeigneten Bewerbern zu besetzen. Aber ihr blieb keine Wahl, die Lücken mussten umgehend geschlossen werden, damit die laufenden Forschungs- und Entwicklungsprojekte bei Raya nicht ins Stocken gerieten.

Syamsu und seine »Seilschaft« waren mit sofortiger Wirkung aus dem Unternehmen ausgeschieden. Per Handy hatte Toppert kurz vor Lottes Abflug noch angedeutet, dass der ungetreue Niederlassungsleiter und seine Gefolgsleute »reiß- und beißfeste Knebelverträge« unterschrieben hätten und im Gegenzug »großzügig abgefunden« worden seien.

Was genau bei Raya passiert war, das dieses Durcheinander verursacht hatte, wurde auch in dem Dossier nicht mal in blumigen Metaphern umschrieben. Dabei hatte Lotte auf ihrem Nachtflug nach Jakarta via Singapur genügend Zeit, zwischen den Zeilen zu lesen. Doch da war nicht einmal heiße Luft.

Sie klappte die Rückenlehne ihres Businessclass-Sessels zurück, nippte von ihrem Champagner und durchforstete ein weiteres Mal das magere Dossier. Die Stewardessen von Singapore Airlines, wie immer beeindruckend hübsch und hilfsbereit, servierten Limettencreme zum Dessert, und Lotte wusste immer noch nicht, worum es bei ihrer Mission eigentlich ging. So wenig wie zuvor beim Hauptgang, Champagnerhühnchen, oder bei der Vorspeise, einem üppigen Shrimpscocktail.

Das Dossier enthielt kein Wort zu dem »Fremdprojekt«, das Dr. Syamsu »durchgeschleust« hatte. Und erst recht keine Silbe zu Ex-Eigentümer Bashibu, obwohl der aller Wahrscheinlichkeit nach der Drahtzieher des Geheimprojekts war. Warum sonst hätte Toppert ihn telefonisch angeschrien? Noch vor wenigen Monaten, sagte sich Lotte, waren Toppert und Bashibu beste Verbündete gewesen. Nicht gerade Seelenverwandte, aber beide mit ihrem Deal offensichtlich hochzufrieden.

Was war seitdem bei Raya passiert? Toppert und einige ihrer Vorstandskollegen waren im Verlauf des Winters noch mehrmals in Jakarta gewesen, doch von Misshelligkeiten war zumindest zu Lotte nichts durchgedrungen.

Auch Fritz Müller-Herrlich, fiel ihr ein, war noch ein- oder zweimal in Indonesien gewesen. Um Sicherheit und Logistik bei Raya den Standards von ClarTop anzupassen, aber das lief gleichfalls reibungslos. Die überwiegend altgedienten Fahrer und Security-Leute waren laut Fritz »voll motiviert«, als ihnen auf mehrtägigen Fortbildungsseminaren nahegebracht wurde, wie die entsprechenden Prozesse bei ClarTop gehandhabt wurden.

Doch vorhin auf der Treppe, als sie auf dem Weg zu Topperts Büro war, war Fritz an ihr vorbeigestürmt, allem Anschein nach außer sich vor Wut. Weshalb? Das musste auch mit Raya zu tun haben, sagte sich Lotte, für so etwas hatte sie einen Riecher. Außerdem lag es auf der Hand, hier einen Zusammenhang zu vermuten.

Bashibu hatte Syamsu & Co. angestiftet, hinter Topperts Rücken das ominöse Fremdprojekt in den Raya-Laborräumen durchzuziehen. Toppert war ihm auf die Schliche gekommen und hatte ihn zusammengeschrien.

Und Fritz Müller-Herrlich? Was hatte er bei Raya falsch gemacht? Hätte seine Sicherheitstruppe Alarm schlagen müssen? Mit den Vorgängen im Labor haben die doch nichts zu tun, grübelte Lotte bei dem Espresso macchiato, den ihr die Stewardess mit dem Schönheitsfleck auf der linken Wange serviert hatte. Mit aufgeschäumter Sojamilch.

Vielleicht war Bashibu wie in alten Zeiten dort ein und aus gegangen, und die Security-Männer hatten ihn passieren lassen, obwohl er keine Zutrittsberechtigung mehr besaß? Möglich, dachte Lotte, aber es überzeugte sie nicht. Wenn der Sicherheitsdienst versagt hatte, müssten sie auch diese Positionen neu besetzen, und davon war in dem Schnellhefter keine Rede.

»Bei örtlichen Behörden etwa anfallende Gebühren sind sofort und

bar zu entrichten«, hieß es dort abschließend. »*Cash in Landeswährung befindet sich im Tresor des Vorstandsbüros.*« So banal und nüchtern die Anweisung auch klang, aus irgendeinem Grund beunruhigte sie Lotte mehr als die Dutzende Interviews, die sie in den nächsten drei Tagen führen musste. Wenn auch bei Weitem nicht so sehr wie die Frage, worum es bei dem geheimen »Fremdprojekt« gegangen war.

Eigentlich wollte sie es gar nicht wissen. In ihrem Kopf explodierten ganze Batterien von Brutschränken voller Reagenzbehälter, und Myriaden an bösartigen Erregern stoben hervor, sobald sie auch nur flüchtig an das »Geheimprojekt« dachte.

»Wie oft habt ihr es gemacht?«, fragte ihr Vater gleichzeitig in Lottes Kopf. In diesem müden und doch unnachgiebigen Tonfall, den er seit damals nie mehr losgeworden war. »Ich wusste es nicht, ich wusste es doch nicht, wie hätte ich wissen können, dass er Aids hat?«, jammerte Lottes Mutter. Und ihr Vater aufs Neue, im exakt gleichen Tonfall wie vorher: »Wie oft habt ihr's gemacht?« Bis seine Frau irgendwann einen Heulkrampf bekam. »Ich weiß es nicht mehr. Warum ist das so wichtig? Warum, Robert, warum?« Er stieß einen Klagelaut aus, bei dem der achtjährigen Lotte auf der anderen Seite der Schlafzimmertür fast das Herz stehen blieb. »Warum, Ellie, du fragst allen Ernstes, warum? Weil der verfluchte Hund dir jedes Mal eine tödliche Ladung Viren reingepumpt hat! Jedes, jedes verdammte Mal!«

Lotte schloss und öffnete mehrfach rasch hintereinander die Augen. Ein bewährter Trick, der die Stimmen und Bilder in ihrem Kopf verblassen ließ.

Toppert hatte sie angewiesen, auf keinen Fall nachzuforschen, was es mit Syamsus Machenschaften auf sich hatte. Sie sollte nur geeignete Kandidaten für die offenen Stellen auswählen und dafür sorgen, dass es das verdammte Projekt nie gegeben hatte.

Das war alles, und genau das würde sie tun. Niemand war für diese Aufgabe besser geeignet als sie.

13

Auf der indonesischen Hauptinsel Java war es schon später Nachmittag, als Lotte nach rund achtzehnstündiger Anreise in Jakarta landete. Nachdem sie die Einreiseprozedur hinter sich gebracht und ihren Koffer vom Förderband gehievt hatte, rief sie zu Hause an. In Berlin war es kurz nach elf.

Bei Paul ging nur die Mailbox an, und sie hinterließ eine kurze Nachricht. *»Bin gut angekommen, melde mich später, Küsschen dir und Dion.«*

Sie war in euphorischer Stimmung, obwohl sie auf dem Flug nach Singapur und in der zweiten Maschine nach Jakarta zusammen kaum drei Stunden geschlafen hatte. Sie würde nicht zulassen, dass Bashibu und Syamsu das Image von ClarTop besudelten, an dem sie seit zwei Jahren hingebungsvoll poliert hatte. Das hier war ihre Chance, es bei ClarTop ganz nach oben zu schaffen, und sie würde den Stier bei den Hörnern packen.

Notfalls auch bei den Testikeln, dachte Lotte und musste grinsen.

Toppert und das gesamte Board hatten mit dem »Geheimprojekt« nicht das Geringste zu tun, das war ihr immer klarer geworden, je länger sie darüber nachgedacht hatte. Je weniger sie alle davon wussten, desto besser, da hatte die Chefin absolut recht. Falls Syamsu und Co. gegen irgendwelche Gesetze verstoßen hatten, würden sie sich möglicherweise mitschuldig machen, wenn sie ihr Wissen nicht offenbarten. Und wenn doch, würde ein Teil des Fallouts an ClarTop kleben bleiben.

Doch das würde Lotte zu verhindern wissen, und die erste und wichtigste Maßnahme bestand darin, dass sie sich selbst nicht kompromittierte. Also nicht nur keine Fragen stellte, sondern auch konsequent weghörte und notfalls Maulkörbe verteilte.

Was ich nicht weiß, macht mich nicht heiß, dachte Lotte, das würde hier ihre Devise sein.

In der Ankunftshalle hielt sie vergeblich nach einem Bediensteten in der Livree der Raya-Chauffeure Ausschau. Als ein durchtrainiert aussehender Endvierziger in militärisch geschnittener Uniform auf sie zutrat, winkte sie ab. »Kein Bedarf.«

»*Mrs Gölläck?*«, beharrte er mit der Andeutung eines Lächelns. »*From ClarTop, Germany?*«

Sie bejahte zögernd. Er nestelte eine Plastikkarte aus seiner Uniformjacke, die ihn als »*Senior Officer*« einer Firma namens SecLog Asia auswies. »*We make Security for Raya, Madam.*« Er salutierte und griff mit der Linken nach ihrem Gepäck.

»Moment.« Lotte zückte ihr Smartphone und rief Toppert an. Die Chefin bestätigte ihr, dass »im Zuge der Umstrukturierung« der komplette Sicherheits- und Logistikbereich an SecLog outgesourct worden sei. »Die haben beste Referenzen, Lotte. Sicherheit, Spionageabwehr, alles top. Mit denen wäre der Schlamassel nie passiert.«

»Und warum erfahre ich das jetzt erst?«, fragte Lotte.

Die Vorständin schnappte nach Luft. »Sie machen wohl Witze. Security fällt nicht in Ihre Zuständigkeit.«

»Zweifelhafte Machenschaften vertuschen aber schon?«, fragte Lotte, unterbrach jedoch vorher die Verbindung.

Die folgenden Tage gehörten zum Härtesten, was sie bis dahin an beruflichen Herausforderungen durchgestanden hatte. Kandidateninterviews von früh bis spät, dazwischen fieberhaftes Studium der Bewerbungsmappen. Und, am forderndsten von allem, so gelassen wie möglich die Gerüchte runterkochen, die durch die Flure und Büros von Raya Pharmalab schwirrten.

Abwiegeln, ohne richtig hinzuhören.

Für Bullshit erklären, was sie gar nicht erst an sich rangelassen hatte.

Angeblich habe es »Unglücksfälle« gegeben. Lotte untersagte der gesamten Belegschaft per Dienstanweisung, sich an »*übler Nachrede*« und »*Verschwörungsgefasel*« zu beteiligen.

Damit unmissverständlich klar war, in wessen Namen sie Befehle erteilte, hatte sie ihren Stützpunkt nicht in der PR-Abteilung eingerichtet, sondern im protzigen Büro des Niederlassungsleiters, in dem früher Dr. Bashibu residiert hatte. Und nach ihm Dr. Dr. Syamsu, wenn auch nur für wenige Monate.

Am zweiten Tag mittags hörte sie zufällig in der Kantine, wie sich zwei Frauen flüsternd über eine »Katastrophe« ereiferten, die angeblich nur knapp vermieden worden sei. Lotte machte auf dem Absatz kehrt, setzte sich zu den beiden an den Tisch und fragte mit arglosem Lächeln, von welchem Vorfall sie sprächen.

Die Schilder an ihren Jackenaufschlägen wiesen sie als Forscherinnen aus. Eine von ihnen hieß Dr. Shinta Suganda, und Lotte erinnerte sich, dass sie der gut aussehenden Wissenschaftlerin schon einmal begegnet war. Im Labor 2, als sie selbst am Rand einer Panikattacke gewesen war.

Sie schloss kurz die Augen, atmete gleichmäßig ein und aus. »Es ist nichts passiert«, sagte sie mit Nachdruck. »Absolut nichts. Ende der Story.« Sie starrte die beiden Frauen abwechselnd an.

Dr. Suganda hielt Lottes Blick fast eine halbe Minute stand. Dann senkte sie den Kopf und nickte kaum merklich.

Lotte verbuchte es als weiteren Sieg. Sie würde die dummen Gerüchte zum Verstummen bringen. Und den Laden wieder auf Kurs. Dafür arbeitete sie wie im Rausch. Je weniger sie zum Nachdenken kam, desto besser fühlte sie sich.

Sie grillte vier Kandidaten für den Posten des Niederlassungsleiters und konferierte stundenlang mit Toppert und dem Finanzvorstand. Schließlich stellte sie einen in Basel promovierten Ökonomen ein, der einen Masterabschluss in Infektiologie hatte und nicht halb so brillant war wie Syamsu, aber hoffentlich doppelt so solide.

Dr. Robeth Akatha war ein untersetzter, dicklicher Hindu Ende dreißig von der Insel Bali. Er schien außer sich vor Glückseligkeit, als Lotte ihm mitteilte, dass er der neue Boss von Raya war. Sie bat ihn, ihr bei der Besetzung der anderen Stellen beratend zur Seite zu stehen, und registrierte leicht beunruhigt, dass er an seinem Selbstbewusstsein und seiner Menschenkenntnis würde arbeiten müssen. Er fiel auf offensichtliche Bluffs herein und ließ sich durch auftrumpfendes Verhalten einschüchtern. Aber das wird schon noch werden, munterte sie sich selbst auf. Vor allem Toppert hatte sich energisch für Akatha als neuen Filialchef ausgesprochen, und gegen seine fachliche Qualifikation war tatsächlich nichts einzuwenden.

Abends telefonierte sie immer eine Viertelstunde lang mit ihren Lieben, »dem großen und dem kleinen Ritter«. Mehr war zeitlich nicht drin, aber Pauls und Dions Stimmen zu hören gab ihr einen Energieschub, sodass sie anschließend stundenlang weiterarbeiten konnte.

Am Freitagnachmittag, als sie schon glaubte, mit dem Gröbsten durch zu sein, erschienen zwei Uniformierte von der städtischen Polizei. Der ältere stellte sich als Leutnant Toma vor und erklärte in leicht fehlerhaftem Englisch, dass »staatliche Erforschungen« angeordnet worden seien.

»Und was wollen Sie erforschen?«, fragte Lotte. Sie saß hinter Bashibus klotzigem Schreibtisch aus schwarzen Tropenhölzern. Die Polizisten standen mitten in dem rund vierzig Quadratmeter großen Raum, auf halber Strecke zwischen Tür und Tisch. Besonders der jüngere der beiden fühlte sich sichtlich unwohl.

»Wir haben eine Meldung erhalten«, sagte Leutnant Toma. »Es soll hier zu Sicherheitsproblemen gekommen sein.«

»Sicherheitsprobleme.« Lotte wiederholte den Begriff, der in ihren eigenen Ohren mit einem Mal bedrohlich klang. »Wir könnten Raya Pharmalab nach Thailand oder Malaysia verlegen«, sagte sie und rieb sich die Schläfen. »Dann wären Sie alle angeblichen Sicherheitsprobleme los. Außerdem natürlich fünfhundert Arbeitsplätze, erhebliche Steuereinnahmen und einen nationalen Champion in der Pharmaindustrie.«

Die Polizisten sahen jetzt eher verstört aus. Der jüngere schüttelte den Kopf und starrte seinen Vorgesetzten beschwörend an. Lotte hätte beinahe aufgelacht, doch sie konnte sich gerade noch zusammenreißen.

Natürlich hätte sie General Wasisto ins Spiel bringen können, dann wäre der Spuk vermutlich schnell vorbei gewesen. Aber irgendwie hatte sie kein gutes Gefühl dabei.

Mit den beiden Kerlen würde sie auch so fertigwerden, sagte sie sich. Wasisto hob sie sich besser für eine Situation auf, in der sie ihn wirklich brauchte. Außerdem waren die Anweisungen in Topperts Dossier in diesem Punkt erfreulich klar.

»*Bei örtlichen Behörden etwa anfallende Gebühren sind sofort und bar zu entrichten.*« Lotte hatte die ganze Zeit schon geahnt, wie der Satz gemeint war.

»Wie kann ich Ihnen also behilflich sein?«

»Ersatzweise käme auch eine Ausgleichszahlung infrage«, murmelte der Leutnant. »Das ist eine übliche Methode, um die Akten zügig zu verschließen.«

»Ich verstehe, Leutnant Toma.« Lotte zog eine der zahlreichen Schreibtischschubladen auf. Sie hatte drei Kuverts mit Banknotenbündeln vorbereitet, und dies war offenbar der Zeitpunkt, um eines davon über den Tisch zu schieben. »Wenn ich richtig unterrichtet bin, beträgt die Gebühr in diesem Fall zwanzig Millionen Rupiahs?« Ohne ihn aus den Augen zu lassen, nahm sie das kleinste der drei Kuverts und legte es vor sich auf den Tisch.

Der Leutnant leckte sich die Lippen. Sein Untergebener begann, von einem Bein aufs andere zu treten. Zwanzig Millionen Rupiahs entsprachen etwas mehr als tausend Euro. Und damit mehreren Monatsgehältern eines kleinen Beamten wie Toma.

»Das trifft zu, ja«, sagte der Leutnant mit heiserer Stimme.

Lotte schob das Kuvert auf seine Seite des Tischs und sah zu, wie er sich der Beute näherte. »Ende der Untersuchung?«, sagte sie, gerade als er sich den Umschlag schnappte.

Toma schob den Geldpacken in seine Uniformjacke. Der jüngere Polizist verfolgte jede seiner Bewegungen mit brennenden Blicken.

»Die Akte ist verschlossen, Madam«, bestätigte der Leutnant und tippte sich an die Mütze.

Am nächsten Tag überließ Lotte dem neuen Niederlassungsleiter das Büro, das sie vorübergehend mit Beschlag belegt hatte. Robeth Akatha verbeugte sich vor ihr, und Lotte fragte sich wieder, ob er wirklich der richtige Mann für diesen Posten war. Wenn Bashibu anklopfen und ein kleines Zusatzprojekt vorschlagen würde, wie würde der neue Niederlassungsleiter reagieren? Besaß er Mumm genug, sich dem selbstbewussten Ex-Eigentümer zu widersetzen?

Doch zum Glück gab es ja die Sicherheitstruppe von SecLog, die laut Toppert auch in »Spionageabwehr« kompetent war. Lotte war sich nicht sicher, ob das die Fertigkeiten waren, die sie in dieser Situation benötigten, aber wie Toppert richtig angemerkt hatte: Security fiel nicht in ihre Zuständigkeit.

Lotte war hochzufrieden mit dem Erfolg ihrer Mission. Und ziemlich erschöpft. Sie hatte alle Herausforderungen gemeistert, alle Erwartungen erfüllt. Und ihre Akkus restlos geleert.

Der Security Officer, der sie zum Flughafen fuhr, musste sie wecken, als sie am Terminal angekommen waren. Und kaum hatte Lotte eingecheckt und ihren Platz im Flieger eingenommen, fielen ihr die Augen wieder zu.

Donnerstag,
4. April 2019, vormittags

14

Lotte wartet bis Punkt zehn, dann ruft sie vom Café *Anna* aus Toppert an. »*Der Teilnehmer ist zurzeit nicht erreichbar.*« Sie versucht es im Vorzimmer der Vorständin, mit dem gleichen Resultat.

Weder Anton noch Carl am Platz? Seltsam. Normalerweise hält mindestens einer der beiden Assistenten die Stellung.

Im *Anna* ist mittlerweile jeder einzelne Stuhl besetzt. Der ganze Raum schwirrt vor Tellerklappern, Messerklirren, aufgekratzten Stimmen. Alle scheinen bestens gelaunt zu sein. Nur Lotte fühlt sich zunehmend angeschlagen, auch psychisch.

Das geplatzte Interview hier war Fake, denkt sie erneut. Obwohl es nach wie vor keinen Sinn ergibt.

Sie kramt in ihrer schwarzen Gucci-Aktentasche. Glücklicherweise hing das gute Stück noch an ihrem Stuhl, als sie von der Toilette zurückkam. Manchmal bist du so was von konfus, Lotte, tadelte sie sich, nachdem sie die Tasche durchwühlt hatte. Ihre Unterlagen, Brieftasche, Schlüssel, Schminktäschchen, alles noch da.

Zusätzlich war sie, ganz unten in einem Seitenfach, auf etwas gestoßen, womit sie nicht gerechnet hatte. Eine angebrochene Packung *Milobran,* ein Sedativum auf Benzodiazepin-Basis. Die Tabletten sind ihr zuletzt vor drei Jahren verschrieben worden. Offiziell wegen Schlafstörungen, vor allem aber gegen ihre Angstanfälle. Lotte kann sich nicht erinnern, das Zeug eingesteckt zu haben.

Eine Tablette genügt, um ein Pferd zu betäuben. Damals hat sie manchmal ein Viertel oder ein Fünftel von dem Pressling abgeknabbert, wenn die innere Unruhe unerträglich wurde. Aber bei Unterdosierung lässt sich die Wirkung kaum kalkulieren. Ein und dieselbe Menge kann, je nach Tagesform, höchst unterschiedlich durchschlagen. Mal wurde Lotte von bleierner Müdigkeit befallen, dann wieder spürte sie überhaupt keinen Effekt. Weshalb sie bald wieder davon abkam, das Zeug tagsüber krümelweise zu konsumieren.

Doch seit sie die Packung in ihrer Tasche entdeckt hat, denkt ein Viertel oder Fünftel von ihr unablässig darüber nach. Wie schön es wäre, dieses Starkstromkribbeln hinter ihrem Nabel herunterzudimmen. Die manische Märchenerzählerstimme ihres Vaters zu dämpfen. Die Bilder in ihrem Kopf.

Der fremde Mann, der sein Glied in Mama steckt und Viren in sie reinpumpt. Wieder und wieder, obwohl sie schon blutet ... Die Brutschränke, die sich von selbst öffnen und palettenweise Ampullen voller Viren ausspucken ... Die Tollwuterreger, von denen Papa ihr erzählt hat. Wie der Fuchs den Schäferjungen biss und beide sich mit Schaum vorm Mund im Gras wälzten. Weil die Viren durch ihre Blutbahnen bis in den Kopf vorgedrungen waren und die Gehirne ihrer Opfer zerstörten. »Wie Räuber, Lotte, die ein Haus überfallen, alle totschlagen, alles in Stücke hauen und anzünden.«

Sie öffnet und schließt mehrfach die Augen. Als der Kellner vorbeihastet, bittet sie um die Rechnung.

»Nicht gekommen?«, fragt er, und sekundenlang starrt sie verständnislos in das dunkelbraune, klassisch designte Gesicht des Sizilianers.

»Wie? Ach, der«, sagt sie dann, um einen leichten Tonfall bemüht, »ein Bewerber, das passiert immer wieder mal.«

Jetzt ist es an ihm, verständnislos dreinzusehen. Lotte rundet den Rechnungsbetrag großzügig auf und schwenkt ihre Platincard. Während der Kellner davoneilt, um den Kartenscanner zu holen, ruft sie sich ins Gedächtnis, wie zufrieden sie damals im Januar war, als sie aus Jakarta zurückkam.

Aber es hilft nichts, die quälende Unruhe, eher schon Angst, klumpt sich in ihrem Bauch wie ein Drahtbündel, durch das Starkstrom jagt.

Im Grunde hat sie damals schon gespürt, dass ihnen die ganze

Angelegenheit auf die Füße fallen würde. Trotz Topperts erneut überschwänglichem Lob. Trotz ihrer Ankündigung, bei der es Lotte die Sprache verschlug. »Erst einmal kriegen Sie einen Extrabonus. Achtzigtausend, ist das ein Wort?«

Lotte starrte sie wortlos an.

»Im März nehmen wir die Umstrukturierung des Vorstands in Angriff«, fuhr Toppert fort. »Ich will Sie im Board haben, Lotte, als *Chief Communication Officer.* Also treten Sie bis dahin in keine Fettnäpfchen, noch sind nicht alle Pappenheimer auf Kurs.«

Lotte vergaß zu atmen.

»Verdoppelte Bezüge«, fügte die Chefin hinzu. »Und verdreifachte Boni. Ein Drittel als Unternehmensaktien, der Rest cash. Könnten Sie damit leben, Lotte?«

»Wir sind nur knapp an einer Katastrophe vorbeigeschlittert«, flüsterte Shinta in Lottes Kopf. Sie presste sich die Fäuste auf die Augen. »Ich bin überwältigt, Clara«, brachte sie hervor. »Ich weiß gar nicht, was ich sagen soll.«

»Für ein Dankeschön ist es jedenfalls noch zu früh.« Die Chefin hob den Arm und zeigte vage in Richtung Fernost. »Zunächst mal darf da drüben nicht mehr das Geringste schiefgehen.«

Ihr Smartphone vibriert, aber es ist nicht die Chefin, sondern Paul. Lotte verstaut Karte und Belege in ihrer Brieftasche, zieht ihre Jacke an, darüber den Mantel, greift sich ihre Aktentasche und geht zum Ausgang.

»Paul? Liebster?« Ihre Stimme zittert. »Irgendwas ist hier nicht okay.«

»Was ist los, Lotte? Du hörst dich nicht gut an.«

Jemand tippt ihr auf die Schulter, sie fährt herum und starrt in das Gesicht des Kellners. »Ihre Brieftasche. Die haben Sie liegen gelassen.«

Lotte schafft es irgendwie, ihm zu danken. Die Brieftasche zu schnappen und aus der Tür zu stürzen, die paar Stufen hinab in die Fußgängerzone, wo es wie aus Kübeln schüttet.

»Ich rufe gleich zurück«, schreit Lotte gegen den prasselnden Regen an. »Wenn ich im Auto bin!« Sie beendet das Gespräch, wirft sich die Kapuze über und rennt geduckt zum Parkhaus auf der anderen Straßenseite.

Sie hat das undeutliche Gefühl, dass rechts hinter ihr, unter dem Vordach des *Anna*-Hotels, eine kräftige Gestalt in schwarzer Bikermontur steht und ihr hinterherschaut. Aber sie zwingt sich weiterzurennen, ohne über die Schulter zu sehen.

Hirngespinste, denkt sie. Warum sollte die Asiatin mit der Kawasaki hier draußen im Regen auf sie warten? Es ergibt so wenig Sinn wie ihre Idee, der Termin mit der Nachwuchskraft könnte gestagt worden sein, um sie in die Falle zu locken.

In was für eine Falle denn, verdammt noch mal? Wofür soll es gut sein, sie so provozierend auffällig zu verfolgen? Die Koreanerin, oder was sie sein mag, hätte sie seit gestern mehrfach ohne Aufsehen erledigen können. Hofft sie vielleicht, dass Lotte sich vor lauter Panik selbst um die Ecke bringt?

Okay, das könnte tatsächlich der Plan sein, denkt Lotte. Sie ist auf dem besten Weg, eine Angstattacke zu kriegen. Wenn sie jetzt ins Auto steigt und losfährt, kann es gut sein, dass sie einen Unfall baut.

Bei Shinta waren sie aber nicht so zimperlich, denkt sie dann, während sie im Parkhaus die Treppen hochrennt. Wenn sie so durch den Wind ist wie jetzt, würde sie am liebsten stundenlang rennen. Zehn Kilometer, fünfzehn, zwanzig, bis sie alle Stresshormone verfeuert hat.

Oder haben sie es bei Shinta genauso gemacht?, schießt es ihr durch den Kopf: Sie verfolgt und terrorisiert, bis sich die Biologin vor lauter Panik selbst in den Tod gestürzt hat?

Wie auch immer, bei mir schafft ihr das nicht, sagt sich Lotte. Glücklicherweise hat sie das Milobran in ihrer Tasche entdeckt.

Im sechsten Stock sprintet sie zu ihrem SLK, lehnt sich gegen die Fahrertür und atmet tief durch. Sie hat ihr Auto, ihr Handy, ihre

Brieftasche, alles an Bord. Sie wird sich hinter das Steuer setzen und erst mal Paul zurückrufen.

Oder nein, vorher wird sie mit der Zungenspitze an einer Tablette lecken. Mit den Schneidezähnen ein paar Stäubchen von dem Pressling schaben. Nur für den Placeboeffekt.

15

Mach dir keine Sorgen, Paul, ich bin schon wieder okay.« Wohlige Trägheit, dazu eine Prise Euphorie. Etwas in ihr hat das Gefühl sofort wiedererkannt und wie einen lange vermissten Freund begrüßt.

»Ich bin nur ein bisschen gestresst«, fährt sie fort. »Manchmal komme ich mir vor wie der berühmte Hamster im Rad. Da brettere ich die halbe Nacht durchs Land, und der Rotzbengel lässt mich hier sitzen! Erscheint einfach nicht, ohne wenigstens abzusagen. Also düse ich jetzt zurück nach Berlin. Die Stapel auf meinem Schreibtisch sind bestimmt nicht kleiner geworden.«

Mittlerweile sitzt sie hinter dem Steuer, aber der Gedanke, jetzt loszufahren, kommt ihr absurd vor. Die Rückenlehne nach hinten klappen, schon besser. Hände auf dem Lenker, überhaupt nicht bewegen, ideal.

»Zumindest klingst du wieder etwas munterer«, sagt Paul in leicht skeptischem Tonfall. »Mach dir doch einfach noch einen faulen Tag, Liebes. Geh ins Museum oder zum Shoppen, nimm dir ein schönes Hotelzimmer, und morgen nach dem Frühstück machst du dich relaxt auf den Rückweg.«

Ach, Paulchen, denkt Lotte, in deiner Welt ist so was kein Problem. Aber in meiner Stress- und Hektikmühle geht das gar nicht.

Er hat ihr gerade erzählt, wie sein heutiger Tagesplan aussieht.

Um zwölf Uhr Treffen mit dem Denkmalschützer wegen der geplanten Bleiglasfenster im Erdgeschoss ihrer Ritterburg. Um eins Dion aus der Kita abholen, dann mit dem Jungen zum Spielplatz. Später noch ein bisschen die Ausstellung für das kleine Museum vorbereiten, das er für sein Spezialgebiet begeistern konnte: *Die Geburt der modernen Illusionskunst in der Renaissance.*

»Schön wär's«, sagt sie aber nur. »Ich muss los, Paul.«

»Warum wundert mich das nicht? Aber fahr langsam, Lotte, okay? Ach so, ja, das wollte ich dich noch fragen«, fügt er hinzu, bevor sie zustimmen kann, »hast du ein Buch gesucht? Im Lesezimmer?«

»Was hab ich?« Sie hat Mühe, sich zu konzentrieren. »Wie kommst du jetzt darauf?«

»Na ja, ich habe die Bücher doch gerade erst alle einsortiert. Und vorhin kam es mir vor, als ob einiges durcheinandergeraten wäre.«

»Versteh ich nicht.« Sie spürt einen Stromstoß hinter dem Nabel, aber nur ganz gedämpft.

»Ich hab da so eine Ahnung«, sagt Paul. »Vielleicht hat unser kleiner Ritter aus Goethes gesammelten Werken eine Burgmauer gebaut?«

Sie beide müssen lachen. »Gib Dion einen Kuss von mir«, sagt Lotte und gähnt verstohlen.

»Und was ist mit mir?«

Lotte sieht ihn vor sich, wie er letzte Nacht in dem goldfarbenen Chintzsessel gesessen hat, in Shirt und Boxershorts, die kastanienbraunen Haare verwuschelt, das Album mit Uraltfotos auf den Knien.

»Du kriegst einen besonders zärtlichen Kuss«, sagt sie und beendet das Gespräch.

Der Schlüssel steckt im Zündschloss, aber ihn zu drehen, loszufahren, wieder raus auf die Piste, kommt ihr noch immer absurd vor. Nicht weil sie Angst vor irgendetwas hätte, sondern weil es einfach keinen vernünftigen Grund gibt, irgendetwas zu tun.

Außer hier zu sitzen und sich in wohliger Trägheit zu wiegen. Kein Frösteln, keinen kalten Schweiß, keinen zuckenden Starkstrom im Bauch zu spüren.

Du wirst lachen, Paul, denkt sie, aber bei jedem Trip wie dem hier denke ich darüber nach. Irgendeinen Anlass zu finden, warum ich hier übernachten muss. Ein Hotelzimmer zu nehmen, *Vier Jahreszeiten* oder *Bayerischer Hof*. Und dann aber nicht ins Museum oder shoppen zu gehen. Sondern zu machen, was Mama damals mit ihrem Lover gemacht hat. Beziehungsweise er mit ihr. Mich hammerhart durchficken zu lassen, stundenlang, bis ich total wund bin, Paul.

Ihre Augen werden feucht, doch sie fühlt sich gut. Die Bilder strömen durch sie hindurch, aber sie machen ihr keine Angst.

Nicht dass ich große Lust hätte auf so ein Abenteuer, Paul, beichtet sie lautlos weiter, aber die Bilder sind eben in mir drin. Die Wörter, die Mama und Papa damals geseufzt und geschrien haben. Und die Bilder, die sie dadurch in mich hineingehämmert haben. Ich bin sie nie mehr losgeworden, und irgendwann ist mir klar geworden: Das will ich auch gar nicht. Sie gehören zu mir. Genauso wie die Geschichten, die Papa mir von den Schlachten zwischen Virenstämmen und Killerzellenschwadronen erzählt hat. Auch diese Bilder sind für immer in mir. In meinem eigenen Museum der Illusionskunst.

Sie gehören zu mir. Ich will sie nicht loswerden. Ich will nur nicht, dass sie mich umbringen.

»Das ist doch nicht zu viel verlangt, Paul«, flüstert Lotte vor sich hin. »Oder?«

Sie ist kurz davor einzuschlafen, als sie ein Schaben am Seitenfenster hört. Ein Kratzen wie mit Krallen, denkt Lotte und sieht eine große Katze vor sich.

Doch als sie die Augen aufmacht und den Kopf nach links dreht, starrt sie in das breite Gesicht der Asiatin, die ihre Nase an der Scheibe noch platter drückt.

Das kann nicht sein, denkt Lotte. Ihr Verstand arbeitet schwerfällig. Milobran hat die Tendenz, die Grenze zwischen Traum und Realität zu verwischen. Sie schließt die Augen, presst die Fäuste auf ihre Lider.

Als sie erneut hinschaut, ist niemand da draußen in der düsteren Parkhausetage. Natürlich nicht, denkt Lotte. Im Seitenfenster spiegelt sich vage ihr eigenes Gesicht. Blass und ein wenig verquollen.

Sie fährt sich mit gespreizten Fingern durch die Haare, wirft ihre rotblonde Mähne über die Schulter zurück. Der Powernap hat ihr gutgetan, beschließt sie, jetzt ist sie wieder bereit, in die Schlacht zu ziehen.

Lotte legt den Sicherheitsgurt an, startet den Dreihundert-PS-Boliden und fährt schwungvoll los.

16

Sie cruist durch München, lässt sich treiben, ohne auf die Richtung zu achten. Schwabing, Neuhausen, dann wieder zurück in die City, später Solln, Grünwald, ganz egal.

Noch hält die Wirkung der Viertelpille an, die sie vorhin abgeknabbert hat. Mit der Zungenspitze zärtlich angestupst, im Mund hin und her gerollt, bis es nur noch eine seifig schmeckende Schleimspur war.

Lotte denkt an ihre Eltern, und es fühlt sich gut an. Viel besser als normal. Elisa und Robert hatten sich Ende der Siebzigerjahre in Berlin kennengelernt und sofort ineinander verliebt. Sie wurden ein Paar, zogen zusammen, heirateten, und 1980 kam Lotte zur Welt. Ihr Vater war zweiundzwanzig und wartete auf einen Pharmazie-Studienplatz.

Seit Kinderzeiten träumte er davon, einmal ein berühmter Forscher zu werden, der bahnbrechende Heilmittel gegen Krebs und andere Plagen der Menschheit entwickelte. Und damit auch reich wurde, ein geehrter Wissenschaftler in einer standesgemäßen Villa. Aber sein Abi-Schnitt war zu mau, also musste er immer wieder mit ansehen, wie jüngere Bewerber mit besseren Zeugnissen an ihm vorbeizogen. Er blieb zu Hause und kümmerte sich um Lotte, während ihre Mutter arbeiten ging.

Elisa, genannt Ellie, war drei Jahre älter als er und hatte ihren Abschluss schon in der Tasche. BWL und Sozialpädagogik, eine ungewöhnliche Kombination, aber sie wusste genau, was sie wollte. Sie hatte eine gehobene Position in der Verwaltung eines psychosozialen Beratungscenters. Eine solche Einrichtung wollte sie später einmal leiten und so ausbauen, wie es ihrer Meinung nach notwendig war. Familienberatung, Beziehungsberatung, Schuldnerberatung, Suchtberatung … Für Ellie Kastner gab es auf der ganzen Welt kein Problem, das durch gute Beratung nicht gelöst werden konnte.

So lernte sie ihren One-Night-Lover kennen. Lotte hat nie erfahren, wie er hieß oder wie er aussah. Wie alt er war, ob er hübsch oder hässlich war, welchen Beruf er hatte, welche Nationalität. Das alles spielte offenbar keine Rolle. Der Fremde, der ihr Leben zerstören sollte, irrte in dem labyrinthischen Bauwerk umher, in dem das Beratungscenter untergebracht war, und stand plötzlich in Ellies Büro.

Vielleicht hatte er es darauf angelegt, vielleicht öffnete er wahllos Türen und schaute nach, wer dahinter am Schreibtisch saß. Ellie war damals Ende zwanzig und hübscher, als ihre Tochter jemals werden sollte. Üppiges, kupferrotes Haar, Augen von intensivem Blau und eine sehr helle Haut mit einem Hauch von Sommersprossen.

Irgendwie schaffte er es, sie zu einem Drink einzuladen, und anschließend gingen sie zusammen ins Bett. Nachdem Ellie zu Hause angerufen und Robert erzählt hatte, sie müsse die ganze Nacht durcharbeiten.

Es war alles ihre Schuld, räumte sie kurz vor ihrem Tod ein. Sie war Robert nie zuvor untreu gewesen, und sie hätte niemals mit diesem anderen mitgehen dürfen. Im Rückblick sei auch für sie völlig klar gewesen, wie diese Geschichte zwangsläufig enden würde. Er war süchtig nach hartem Sex, das hatte er ihr gleich beim ersten Drink erzählt. »*Aber irgendwie hat er mich sofort gepackt, verstehst du das denn nicht, Robert?*«, jammerte sie auf dem Sterbebett. »*Ich habe keine Sekunde daran gedacht, dass er krank sein könnte, ich hab an gar nichts mehr gedacht. Es war einfach nur der beste Sex, den ich jemals hatte, ist das wirklich so unverzeihlich?*«

»*Wie oft habt ihr's gemacht, wie oft?*«, schrie Lottes Vater, immer in diesem gepressten Tonfall, der Lotte den Atem abschnürte.

»*Die ganze Nacht, die ganze verdammte Nacht, wie oft willst du mich das noch fragen?*«, antwortete ihre Mutter, die vollkommen erschöpft klang. »*Bis ich total wund war, ich hab geblutet, und er auch. Und ja, verdammt noch mal, so muss es passiert sein, durch eine dieser offenen Wunden …*« Sie atmete röchelnd aus und ein. »*Wie oft willst du das noch von mir hören? Bis ich meinen letzten Seufzer gemacht habe? Kannst du mir nicht bitte, bitte verzeihen, Robbie?*«

Kraftloses Weinen. Sein Schweigen nach dieser Frage zog sich ewig hin. Lotte, die frierend im Flur stand, vor der Tür zum Elternschlafzimmer, ihren Lieblingsplüschhund an sich gepresst, bettelte ihren Papa in Gedanken an. *Bitte, bitte, mach, was sie sagt. Damit das hier endlich aufhört. Damit Mama in Frieden einschlafen kann.*

Dass sie nie mehr aufwachen würde, hatte er ihr schon erklärt. Sie konnte sich nur nichts darunter vorstellen.

»*Ja, Ellie, ja, natürlich*«, hörte sie ihn irgendwann murmeln. Halb in Tränen erstickt, fast unverständlich. »*Ich verzeihe dir, natürlich verzeihe ich dir.*«

Doch sie gab ihm keine Antwort.

Sie hat ihn nicht mehr gehört, dachte Lotte damals und denkt sie heute genauso. Und er hat es sowieso nicht so gemeint.

Er hatte es versucht, tage- und tagelang. Deshalb die immer gleichen, quälenden Fragen. Aber er konnte ihr nicht vergeben. In seinen Augen hatte sie alles zerstört. Ihre Ehe, ihre Familie, seinen Traum, ein erfolgreicher Pharmaforscher zu werden. Nach jahrelangem Warten hatte er endlich einen Studienplatz an der Freien Universität Berlin bekommen. Doch er war gerade erst im dritten Semester, als er sich wieder exmatrikulieren ließ. *»Ich muss mich um Lotte kümmern«*, erklärte er bei Ellies Beerdigung jedem, der ihm zuhörte.

Lotte spürte schon damals, dass es nur ein Teil der Wahrheit war. Sein Selbstvertrauen war in eine Milliarde Splitter zerplatzt. Wie könnte er länger glauben, dass er dazu berufen sei, ein zweiter Robert Koch zu werden? Die feindlichen Stämme, gegen die er in die Schlacht ziehen wollte, hatten ihn schon besiegt, bevor der Kampf begonnen hatte.

Als Lotte aus ihren Gedanken emportaucht, steht sie mit ihrem Cabrio auf einem Parkplatz vor einem Landgasthof. Sie hat keine Ahnung, in welcher Gegend sie ist und wie sie hier hingeraten ist, aber solche Aussetzer kennt sie noch von früher. Aus den Zeiten, als sie in jeder Lebenslage Milobran geschluckt hat.

Mal eine Viertel-, dann zur Abrundung eine Fünftelpille, ein paar Stunden später noch ein paar Krümelchen, wenn das wohlige Gefühl nachließ. Dann irgendwann geriet alles ins Rutschen, die Zeit verklumpte sich, blähte sich auf, platzte wie eine Kaugummiblase. Und Lotte fand sich an den bizarrsten Orten wieder, ohne eine halbwegs klare Vorstellung, wie sie von A nach B gelangt war. Ganz zu schweigen von C.

Aber alles kein Problem. Sie beugt sich vor, startet das Navi und wartet, bis sich die Karte aufgebaut hat.

Aha, sie ist bei einem Kaff namens Kinding. Passend zu ihrem Herumwaten in Kindheitserinnerungen. Die A 9 ist nicht weit von hier, wahrscheinlich ist sie ordnungsgemäß Richtung Berlin gefahren und hat die Autobahn aus irgendeinem Grund bei Kinding verlassen.

Zum Beispiel weshalb? Na klar, um einen Happen zu essen, die Toilette aufzusuchen, was denn sonst. Ihr Gehirn arbeitet schon fast wieder normal. Nur ist leider auch die innere Unruhe zurück, das elektrische Zucken hinter dem Nabel, das anlasslose Erschauern.

Halb so wild, Lotte. Das stehst du jetzt durch, befiehlt sie sich. Glaub nur nicht, dass du schon wieder eine Milo einwerfen könntest. Keinen Krümel. Denk nicht mal dran.

Sie steigt aus, Tasche über der Schulter, verriegelt das Auto und marschiert auf den Landgasthof *Weißer Hirsch* zu. Fachwerk, Blumenkästen, Lüftlmalerei. Ein touristischer Traum.

Halb drei Uhr nachmittags ist vorbei, anscheinend hat sie sich für die rund hundert Kilometer seit München viel Zeit gelassen. Aber alles gut. Auch in der Firma scheint sie niemand zu vermissen. Jede Menge Routine-Mails, aber kein Rückruf, weder von Toppert noch von Carl oder Anton. Umso besser, sagt sich Lotte.

Der geräumige Gastraum ist nur spärlich besetzt. Nachdem sie sich frischgemacht hat, wählt sie einen Tisch in einer Nische, von der aus sie die Szenerie im Blick hat. Nur für den Fall, dass eine kräftig gebaute Frau in Bikermontur durch die Tür kommen sollte.

Was natürlich nicht passieren wird, sagt sich Lotte.

Sie bestellt eine Salatplatte mit Meeresfrüchten und eine große Flasche Mineralwasser.

Der Duft der Shrimps und Königskrabben weckt Erinnerungen, auf die sie lieber verzichtet hätte. An ihren einsamen Lunch nach dem abendlichen Treffen mit Dr. Robeth Akatha, vor gut einem Monat, als sie zum dritten Mal in Jakarta war. Der neue Niederlassungsleiter schaffte es kaum, ihr in die Augen zu sehen. Während er die grauenvollen Vorfälle auf dem Firmengelände beschönigte, die Lottes erneuten SOS-Einsatz erforderlich gemacht hatten.

Auch jetzt würde sie lieber an alles andere denken als an die niedergebrannte Halle und den von grässlichen Verbrennungen entstellten Leichnam. Ganz zu schweigen von den Katakomben unter dem rußigen Schutt. Aber sie muss endlich zu einem Entschluss kommen, was sie mit dem Stick voll brandgefährlicher Informationen machen soll.

Dafür muss sie erst einmal Klarheit gewinnen, was sich bei Raya tatsächlich abgespielt hat. Hinter den Kulissen und über Monate hinweg, auch dann noch, als sie vermeintlich alle illoyalen Mitarbeiter ersetzt und alle Sicherheitslücken geschlossen hatten.

Ein Monat zuvor
(Mitte März 2019)

17

Fast zwei Monate ging alles gut. Unter Dr. Akathas Regie übertraf Raya sogar die optimistischsten Erwartungen des Vorstands. Der neue Niederlassungsleiter schien ein wahrer Glücksgriff zu sein.

Das Labor funktionierte wie eine gut geölte Maschine. Die erfahrenen Wissenschaftler in Jakarta zogen ihre Projekte plangemäß durch, einige sogar schneller als ursprünglich erwartet.

Gleich zwei der Wirkstoffkombinationen, die bei Raya als mögliche Heilmittel gegen Prostatakrebs erprobt wurden, erbrachten verheißungsvolle erste Resultate. Lotte ließ sich die Steilvorlage nicht entgehen und gab eine Kaskade an Pressemeldungen heraus, die wiederum den Aktienkurs von ClarTop emporschießen ließen.

Von geheimen »Fremdprojekten«, ominösen Unglücksfällen, knapp vermiedenen Katastrophen war keine Rede mehr. Natürlich fragte Lotte nicht ausdrücklich nach, und sie nahm an, dass Toppert und die anderen Vorstände es genauso hielten. Was ich nicht weiß …

Aber da gibt es auch nichts zu wissen, sagte sie sich.

»Der Sumpf ist ausgetrocknet, brava, Lotte«, so hatte es die Chefin bei einem weiteren Vieraugengespräch in ihrem Büro Ende Januar zusammengefasst. »Den Extrabonus behandeln Sie bitte diskret«, hatte sie hinzugefügt, »sonst geht das große Gejaule los von wegen Gleichbehandlung und Sie wissen schon.«

Damit hatte Lotte kein Problem. Sie arbeitete härter als die anderen leitenden Manager, und ihre Performance lag dauerhaft über dem Soll. Aber was Raya betraf, hatte sie genauso dauerhaft ein flaues Gefühl.

Auch wenn die schlechten Nachrichten seit Wochen ausblieben. Auch wenn die Chefin mit Hochdruck daran arbeitete, sie für die vorgesehene neue Vorstandsposition in Stellung zu bringen. *Chief Communication Officer.* Vielleicht sollte sie sich dann auch eine Uniform mit drei Reihen quietschbunter Orden zulegen, dachte Lotte, für ihre nächste Audienz bei General Wasisto.

Bei der Vorstellung musste sie grinsen, aber nur kurz. Sie sah das schnurrbärtige Gesicht des Vizepolizeichefs vor sich, das sich ihrem mit gespitzten Lippen näherte. Hoffentlich muss ich ihn nie wiedersehen, dachte sie.

Das war am elften März, und zwei Tage danach bekam sie einen Anruf von Toppert. Auf ihrem privaten Handy, von einem Anschluss, den sie nicht kannte.

»Was halten Sie davon, Lotte, wenn wir heute Abend zusammen essen gehen?«, fragte Toppert. Sie bemühte sich offenkundig um einen aufgeräumten Tonfall, doch das Ergebnis klang nicht allzu überzeugend. »Ich kenne da ein nettes Lokal, draußen am Müggelsee.«

Lotte gab sich ihrerseits Mühe, erfreut zu klingen, doch ihr Bauchgefühl sagte ihr, dass es keinen Anlass zur Freude gab. Toppert hatte sie schon ein paarmal eingeladen – allein oder mit weiteren Führungsfiguren –, aber diese Geschäftsessen hatten im noblen *China Club* über dem *Adlon* stattgefunden oder in Promitreffs wie dem *Borchardt*. Dass sie sich jetzt weit draußen am alleröstlichsten Stadtrand mit ihr treffen wollte, verhieß in Lottes Augen nichts Gutes.

»Das *Ehrlich* in Friedrichshagen, zwanzig Uhr«, sagte die Chefin und legte auf.

Ehrlich jetzt?, dachte Lotte.

Von der ClarTop-Zentrale in Adlershof bis hinaus nach Friedrichshagen war es nur ein Katzensprung, aber an diesem siebten März hatte sie den ganzen Tag über Termine in der City-West. In einer Cocktailbar am Savignyplatz traf sie sich um achtzehn Uhr mit einer Journalistin, die an einer Reportage über bahnbrechende neue Krebstherapien arbeitete. Auf diesem Gebiet galt ClarTop mittlerweile als Shootingstar, was nicht zuletzt der neuen Firmentochter in Jakarta zu verdanken war.

Enthusiastisch schilderte Lotte die »ermutigenden Ergebnisse« eines aktuellen Forschungsprojekts von Raya. Die Hinweise mehrten sich, dass Prostatakrebs genauso wie Gebärmutterhalskrebs durch Viren verursacht werde. »Durch HPV, Humane Papillomviren«, erläuterte sie und erschauerte. »Unsere Wissenschaftler in Jakarta arbeiten mit Hochdruck an einem Impfstoff, der uns alle – Frauen ebenso wie Männer – gegen diese hochgefährlichen Viren immunisieren kann. Parallel entwickeln wir Medikamente, die es künftig möglich machen sollen, HPV-induzierte Karzinome auf sanfte Weise zu heilen. Ohne Skalpell, Bestrahlung oder Chemotherapie.«

Die Journalistin war begeistert, Lotte voll auf Adrenalin. Sie überließ ihrer Gesprächspartnerin einen Stapel Hochglanzbroschüren und forderte sie auf, sie jederzeit zu kontaktieren, wenn sie noch

Fragen habe. »Ich hoffe sehr, dass wir unser hochspannendes Gespräch bald einmal fortsetzen können«, fügte sie hinzu. »Mein nächster Termin ist am anderen Ende der Stadt.«

Normalerweise hätte sie wie beiläufig erwähnt, dass die Clar-Top-Chefin höchstpersönlich sie zum Essen eingeladen habe. Aber ihr Bauchgefühl raunte Lotte zu, dass sie dieses spezielle Date besser nicht an die große Glocke hängen sollte.

Für die rund dreißig Kilometer quer durch die Stadt brauchte sie gut eine Stunde. Beinahe mit jeder Minute wuchs ihre Unruhe, und als sie um kurz vor acht am Westufer des Müggelsees entlangfuhr, war sie schon fast sicher, dass Toppert mit einer Hiobsbotschaft auf sie wartete.

Was habe ich falsch gemacht?, grübelte sie. Nicht irgendwann und irgendwo, sondern im Januar in Jakarta?

Hätte sie doch zu General Wasisto gehen sollen, anstatt nur die beiden Stadtpolizisten zu schmieren? Waren etwa neue Ermittlungen wegen der ominösen »Unglücksfälle« aufgenommen worden?

Der Müggelsee dehnte sich zu ihrer Rechten unter dem blaugrauen Abendhimmel, scheinbar endlos wie ein Meer. Doch Lotte nahm es kaum wahr. Es war ungewöhnlich mild für Mitte März, und unter anderen Umständen hätte sie das Verdeck ihres Cabrios geöffnet, um ihre Haare im Frühlingswind wehen zu lassen.

Jetzt aber war ihr im Gegenteil danach, sich irgendwo zu verkriechen. Das miese Grundgefühl, mit dem sie ständig lebte, hatte die Neigung, sich mit ihrem schlechten Gewissen zu verbünden. Dann drohte da draußen nicht nur die Hölle loszubrechen, dann war auch noch *sie* schuld daran.

So wie jetzt gerade.

Du hast es verbockt, Lotte, wegen dir geht alles den Bach runter.

So wie ihre Mutter schuld war, auf irgendwie schicksalhafte Weise. Wie in den alten griechischen Dramen: ein einziges Mal etwas Unbedachtes getan, ohne böse Absicht, einfach aus einem Impuls heraus. Und viel später zeigt sich, dass du damals etwas ins Rutschen gebracht hast. Ein Steinchen nur, aus dem ein Klumpen geworden ist und schließlich, viele Jahre später, eine Schlammlawine, die alles mit sich reißt, zermalmt, unter sich begräbt.

18

Lotte quetschte den SLK in den letzten freien Parkplatz hinter dem *Ehrlich*. Schon der Name kam ihr wie Hohn vor, eine Anspielung auf die Lüge, bei der Toppert sie irgendwie ertappt hatte.

»Aber ich hab nicht gelogen, ich doch nicht«, wimmerte es in Lottes Kopf. Mit der Stimme ihrer sterbenskranken Mutter, die kurz darauf alles zugegeben hatte. Ihre Lügen, ihre Untreue, ihren tödlichen Betrug.

Lotte betrat das Restaurant durch die Hintertür und sah sich suchend um. Der Gastraum war gut gefüllt, doch normalerweise war es kein Problem, Toppert in einer Menschenmenge zu entdecken. Es war eher so, dass alle anderen neben ihr zu schrumpfen, wenn nicht zu verschwinden schienen. Was nicht nur an ihrer kräftigen Statur lag, sondern mehr noch an ihrer gebieterischen Aura.

Heute jedoch hatte Lotte Mühe, die Chefin zwischen all den unbekümmerten Ausflüglern aufzuspüren. Der Müggelsee war ein beliebtes Freizeitziel, mit Bootsverleih und Schiffsrundfahrten, Würstchenbuden und Badestränden. Entsprechend bestand das Publikum aus Familien mit kleinen Kindern und aufgekratzten Rentnern, die die Gläser gegeneinander klirren ließen.

Toppert saß an einem Tisch in einer Wandnische ganz hinten im

Saal. Anscheinend wollte sie sichergehen, dass niemand aus ihrem Netzwerk ihr zufällig über den Weg lief. Und wenn doch, würde der Betreffende sie höchstwahrscheinlich nicht erkennen, dachte Lotte.

Im schwarzen, übergroßen Jogginganzug, mit schwarzem Schweißband um die Stirn bot die Chefin einen befremdlichen, ja fast schon verstörenden Anblick. Auch wenn sie die verspiegelte Sonnenbrille nicht auf der Nase trug, sondern neben ihrem Smartphone auf dem Tisch platziert hatte.

»Setzen Sie sich hin, Lotte. Und sehen Sie sich das an.« Ohne sich mit einer Begrüßung aufzuhalten, hielt sie Lotte ihr Phablet unter die Nase.

Lotte spürte, wie ihre Augen sich ruckartig weiteten. Auf dem Display war ein qualmender Schutthaufen von der Größe eines halben Fußballfelds zu sehen. Zwischen rußgeschwärzten Stahlträgern, die wie ein Dinosaurierskelett aus den Trümmern ragten.

Nicht Schlammlawine, aber Feuersbrunst, schoss es ihr durch den Kopf, während sie auf den Stuhl gegenüber von Toppert sank.

»Das war mal Halle E«, sagte die Chefin. »Ganz hinten rechts.«

Auf dem Gelände von Raya, ergänzte Lotte in Gedanken. Halle D links daneben sah unversehrt aus, soweit auf dem Bildausschnitt zu erkennen. Abgesehen von dem breiten, an den Rändern ausgefransten schwarzen Streifen, der sich an der Seitenwand bis zum Dach hochzog. Die Klinik-Einheit mit Intensivbetten und Isolierbereich, die bisher von Halle E verdeckt worden war, erhob sich nun weithin sichtbar an der oberen Schmalseite des Stahlskeletts.

Toppert wischte über das Display. »Und das ist von dem Virologen übrig, den Sie im Januar eingestellt haben. Wie hieß er noch gleich?«

Lotte schloss die Augen, aber zu spät. Die Brandleiche mit dem wie zerkochten, lippen- und lidlosen Gesicht hatte sich schon in ihre Netzhaut eingebrannt.

»Dr. Iqbal Mahmudin«, presste sie hervor und lehnte sich so weit wie irgend möglich zurück.

Toppert klickte das Foto weg und legte das Smartphone neben ihrer absurden Spioninnenbrille auf den Tisch. Stattdessen griff sie sich eine der laminierten Speisekarten und schob Lotte das zweite Exemplar zu. »Die Schmorgurkengerichte sollen gut sein«, sagte sie, doch es klang teilnahmslos.

Lotte gab vor, die Speisenangebote zu studieren. Ihr war übel, noch immer sah sie die Brandleiche vor sich, und bei dem Wort *Schmorgurken* wurde ihr noch übler.

»Verdammt noch mal, Lotte«, sagte Toppert, »ich dachte, Sie hätten den Laden auf Vordermann gebracht.«

»Was um Himmels willen ist denn …«

Die Chefin schnitt ihr mit einer Handbewegung das Wort ab. »Das ist nicht der Punkt, ich dachte, das hätten Sie kapiert. Der Punkt ist, was jetzt getan werden muss, um unser Investment zu retten. Und Ihre Karriere.«

Sie tippte mit dem Zeigefinger auf die Speisekarte. »Es gibt eine *falsche* Version der Geschehnisse, die muss weg, aus allen Akten, allen Köpfen, wo auch immer. Verlassen Sie sich nicht auf irgendwelche Versprechungen. Sie selbst müssen das machen. Capito?«

Lotte brachte ein minimales Nicken zustande.

»Angeblich Brandstiftung«, ereiferte sich die Chefin. »Das ist absolut inakzeptabel. Angeblich wurde das Feuer gelegt, um etwas zu vertuschen, das sich auf keinen Fall ereignet haben kann. Nicht bei Raya, nicht bei uns.«

Eine Kellnerin näherte sich ihrem Tisch und wurde von Toppert linkshändig weggewedelt.

»Übereifrige Ermittler haben eine Obduktion veranlasst«, fuhr die Vorständin fort. »Stellen Sie sich das mal vor. Todesursächlich waren angeblich nicht die Brandverletzungen, sondern – ich zitiere sinngemäß – *›ein massiver Zytokinsturm‹*, durch den Lunge, Herz, Blutgefäße, Nieren, Nervensystem und Gehirn in kürzester Zeit zerstört worden seien. Was so natürlich nicht passiert sein kann.«

»Um Gottes willen, Clara.« Lotte spürte, wie sie bleich wurde. In ihrem Kopf sauste es, Brutschränke explodierten, Milliarden stachliger Viren schwärmten aus.

Sie klammerte sich am Tischrand fest, für einen Moment schien alles um sie herum zu schwanken. Ein Zytokinsturm, dachte sie, zum Beispiel durch einen massiven Virenangriff ausgelöst, wenn der angegriffene Organismus über keine angemessenen Abwehrmöglichkeiten verfügt. Aber *todesursächlich*? Durch totale Selbstzerstörung des Organismus in kürzester Zeit? Was für ein Virus kann einen solchen Horror auslösen?

»Jetzt mal ganz ruhig.« Toppert sah sie aus zusammengekniffenen Augen an. Sie wirkte besorgter, als Lotte sie je erlebt hatte. Doch im Vergleich zu dem Unwetter in Lottes Innern war die Chefin die Ruhe selbst.

»Anscheinend hat auch Ihr Dr. Mahmudin gemauschelt«, fuhr Toppert fort. »Aber noch ist nichts passiert, was Sie nicht wieder hinkriegen würden.«

Wieso *mein* Mahmudin, begehrte Lotte lautlos auf. »Wie denn gemauschelt?«, würgte sie stattdessen hervor.

Die Chefin gab ihr keine Antwort. Sie winkte die Kellnerin herbei und bestellte zweimal Schmorgurken Königsberger Art plus zwei Gläser Grauburgunder.

»Zur Nervenstärkung, prost«, sagte sie, als die Gläser vor ihnen standen. »Jetzt heißt es, eiserne Ruhe bewahren. Da will uns jemand Ärger machen, das ist doch klar. Diese ganze Ermittlung ist ein einziger Schwindel. Der Obduktionsbullshit geht doch auf eine Verwechslung zurück, auf Fake, Pflichtvergessenheit, Amtsanmaßung, nennen Sie es, wie Sie wollen. Dieser Mahmudin ist bei einem bedauerlichen Brandunglück umgekommen, Ende der Story.«

Toppert entfaltete ihre Papierserviette und breitete sie auf ihrem Schoß aus. »Was er in Halle E zu suchen hatte, wissen wir noch nicht, aber es spielt auch keine Rolle. Die Halle wurde zuletzt nur als Lager für Verpackungsmaterial und solche Sachen genutzt. Vielleicht hatte er ein Rendezvous mit einer Kollegin, einer Assistentin, was weiß ich, und während er auf sie wartete, hat er sich eine Zigarette angezündet – irgendetwas in dieser Art. Verstehen Sie, was ich sage?«

Sie hielt kurz inne, warf Lotte einen Blick zu. »Die plausibelsten Erklärungen sind immer banal«, redete sie weiter, fast schon in dem manischen Erzählertonfall von Lottes Vater. »Er tritt die Kippe nicht richtig aus, ein Luftzug lässt die Funken hochwirbeln, und irgendwelches Zeug in den Regalen fängt Feuer. Da war ja alles in Plastik verpackt, Sie erinnern sich doch sicher. Flaschen, Kisten, Schutzanzüge, Handschuhe, außerdem jede Menge Chemikalien in Plastikkanistern, alles ein gefundenes Fressen für das Feuer. Als Mahmudin merkt, was er angerichtet hat, ist es zu spät. Für ihn selbst, denn da kommt er nicht mehr raus, und für Halle E, denn die brennt lichterloh. Haben Sie das Bild?«

Lotte senkte den Kopf, um Topperts bohrendem Blick auszuweichen. Stattdessen bekam sie Schmorgurkenstücke in Kapernsoße zu sehen, die soeben serviert wurden.

»Lassen Sie es sich schmecken«, sagte die Kellnerin.

»Wäre doch gelacht.« Die Chefin griff nach ihrem Besteck. »Noch Fragen, Lotte?«

Sie schüttelte den Kopf. In diesem Moment hätte sie sich nicht getraut, den Mund aufzumachen. Aus Angst, dass sie schreien oder wimmern würde. Oder sich über den Tisch erbrechen.

Mein Mahmudin?, dachte sie wieder. Bei dem Einstellungsgespräch im Januar hatte der indonesische Virologe einen hervorragenden Eindruck auf sie gemacht. Abgesehen von seiner fast schon beunruhigenden Magerkeit. Auch Toppert hatte sich damals sehr angetan gezeigt. Ein Wissenschaftler mit Topausbildung und besten Referenzen.

»Nehmen Sie den Flieger morgen früh, sechs Uhr irgendwas«, sagte Toppert. »Und in Jakarta düsen Sie direkt zu unserem General. Die Akte mit dem Forensikquatsch muss weg. Das bösartige Gerede von wegen ›Entzündungssturm‹ muss aufhören. Von wegen

›riskante Experimente‹, alles versuchter Rufmord. Machen Sie das bei Raya jedem klar, unmissverständlich klar. Ihr Mahmudin kriegt ein ordentliches Begräbnis, natürlich auf Firmenkosten, und die Witwe trösten wir mit einem Scheck. Geld heilt keine Trauer, schon klar, aber es kann ein Pflaster auf der schmerzenden Wunde sein.«

Sie schob sich ein Stück Gurke in den Mund, kaute kopfschüttelnd und schluckte. »Ende der Story«, wiederholte sie, nahm ihre Papierserviette vom Schoß und ließ sie auf den fast unberührten Teller niedersegeln.

Wie ein Leichentuch, dachte Lotte.

19

Vom internationalen Flughafen in Jakarta fuhr Lotte als Erstes zu Raya. Es war nach neunzehn Uhr Ortszeit. Im Verwaltungsgebäude würde sie niemanden mehr antreffen, außer Robeth Akatha, den sie per WhatsApp-Nachricht gebeten hatte, auf sie zu warten.

Toppert hatte sie angewiesen, sich direkt an den Vizepolizeichef zu wenden, aber das ging einfach nicht. Zuerst musste sie sich ein eigenes Bild machen.

Zumindest bis zu einem gewissen Grad.

Der Chefin gegenüber würde sie sich notfalls damit herausreden, dass sie den General zu so später Stunde ohnehin nicht mehr angetroffen hätte. Und wenn doch, hätte sie nur unnötig riskiert, ihn durch ihren abendlichen Überfall zu verärgern.

Sie ließ ihr Gepäck in der Obhut des SecLog-Chauffeurs, der die Wagentür aufriss und salutierte, als sie aus dem Fond der Audi-Stretchlimousine stieg.

Dabei fiel ihr ein Kollege ein, der PR für Audi machte und ihr erzählt hatte, dass der Ausdruck »Stretchlimousine« von seinem Vorstand offiziell geächtet worden sei. *Langversion* ja, *Stretchlimousine* nein.

Feuertod ja, Entzündungssturm nein, dachte Lotte, während Robeth sie auf der Treppe vor dem Eingangsportal mit einer Verbeugung begrüßte.

»Lassen Sie das doch, Robeth, geben Sie mir einfach die Hand«, sagte sie lachend, und der leicht übergewichtige Infektiologe im knapp sitzenden weißen Hemd errötete. »Was ist in Halle E passiert, was meinen Sie?«, hakte sie nach, bevor sich der Niederlassungsleiter wieder halbwegs gefasst hatte.

Doch diesmal hatte er sich im Griff. »Wir wissen nicht, was Mahmudin da draußen gesucht hat.« Er zuckte mit den Schultern. »Er war ein starker Raucher, wissen Sie?« Robeth schaute sie aus braunen Kulleraugen an. »Er hat auf Schritt und Tritt geraucht, natürlich nicht im Labor, aber sonst überall. Auch wenn wir alles mit diesen *No-smoking*-Stickern gepflastert haben, er konnte es einfach nicht lassen. Und Sie wissen ja, gerade in Halle E hatten wir jede Menge leicht brennbares Zeug gelagert.« Er zuckte noch einmal mit den Achseln.

Wenn er nicht so schwitzen würde, wäre er überzeugender, dachte Lotte. Doch gegen ihren Willen war sie beeindruckt.

Hatte Toppert ihre Version der Ereignisse bereits in Umlauf gebracht? Oder war es tatsächlich die plausibelste Erklärung? Was nahelegen würde, dass bei den polizeilichen Ermittlungen tatsächlich an den Fakten gedreht worden war.

Vielleicht würde morgen wieder Leutnant Toma von der Stadtpolizei erscheinen und Schließen der Akten gegen eine »Ausgleichszahlung« vorschlagen?

Lotte dachte kurz darüber nach. Unwahrscheinlich, entschied sie. Dafür waren die Untersuchungen zu weit fortgeschritten. Zu viele Personen waren beteiligt, darunter ein Pathologe, der die Leiche obduziert und (angeblich) die Spuren einer tödlichen Autoimmunreaktion im Organismus des Verstorbenen entdeckt hatte.

Die Akte jetzt noch zu schließen, lag nicht mehr in der Macht eines kleinen Leutnants. Dafür braucht es die Autorität des Generals, sagte sich Lotte, während Robeth sie in sein Büro komplimentierte.

Dort erwartete sie eine Überraschung. Der Schreibtisch des Ex-Eigentümers war verschwunden. Im hinteren Drittel des riesigen Raumes, den das enorme Möbel aus schwarzem Tropenholz gefüllt hatte, verlor sich ein zierlicher, nahezu unsichtbarer Tisch aus farblosem Acryl.

»Hat Bashibu das Ding abholen lassen?«

»Wer, bitte?« Robeth schwitzte stärker. »Ach so, der Ex-Boss, ja. Er sagt, er hängt so an dem alten Teil, und er hat großzügig dafür bezahlt. Zehn Millionen Rupiahs!« Er rollte mit den Augen.

Lotte lief es kalt den Rücken herunter. Ziehen Bashibu und sein alter Adlatus Syamsu hier immer noch die Fäden? Hat Mahmudin mit ihnen *gemauschelt,* wie die Chefin es ausgedrückt hat? Und Robeth haben sie gleichfalls eingespannt?

»Schönes Möbel. Steht für Transparenz, ja?« Sie nickte in Richtung Acryltisch.

Robeth strahlte sie an. »Transparenz, ganz genau. Raya Pharmalab hat nichts zu verbergen.«

»War Bashibu persönlich hier?« Lotte stellte sich dicht vor den dicklichen Niederlassungsleiter. Er roch nach kaltem Schweiß, der typische Angstgeruch, den sie auch von sich selbst kannte.

»Wie kommen Sie darauf?« Er wich ihrem Blick aus.

»Er steht auf der schwarzen Liste, Robeth. Er hat hier keinen Zutritt, genauso wie Syamsu. Die Männer von SecLog haben die Anweisung, niemanden von der alten Belegschaft durch die Tür zu lassen.«

Seine Augen begannen zu zucken. »Keiner von denen war hier. Wieso auch? So ein milliardenschwerer Boss kommt doch nicht persönlich vorbei, um einen alten Tisch abzuholen.« Er beobachtete sie verstohlen, allmählich kam er in Fahrt. »Es war so: Dr. Bashibu hat mich irgendwann letzte Woche angerufen. Der Tisch sei ein Erinnerungsstück und so weiter. Ob wir uns nicht davon trennen wollten, er zahle auch einen guten Preis.«

Robeth wischte sich mit dem Handrücken über die Stirn. »Das Angebot kam mir gelegen, Lotte, ich hatte das Teil sowieso schon aussortiert. Zu protzig-altmodisch für meinen Geschmack. Wir haben ihm dann den Tisch geliefert, und er hat die zehn Millionen auf das Firmenkonto überwiesen. Alles korrekt, mit Rechnung und Kaufvertrag.«

Umgerechnet circa fünfhundert Euro. Lotte dachte fieberhaft nach. Irgendetwas stimmte nicht mit diesem Tisch-Deal, aber sie bekam nicht zu fassen, was es war. Das altehrwürdige Möbel enthielt Unmengen an Schubladen und Geheimfächern. War das der springende Punkt? Hatten sie geheime Papiere aus der Firma geschmuggelt? Belastende Dokumente, ausgespähte Forschungsergebnisse?

Aber wieso umständlich mit einem alten Tisch statt einfach per Klick und Stick?

»Sie haben sich doch vergewissert, dass alle Fächer und Schubladen leer waren?«, fragte sie.

Robeth' Augen zuckten noch immer. »Na klar.«

»Wer hat eigentlich die Polizei gerufen?«

»Wie jetzt? Sie meinen, wegen dem Feuer?«

Sie nickte, ohne eine Miene zu verziehen.

»Sie sind von selbst gekommen, kurz nach der Feuerwehr. Die habe ich alarmiert, es gab meterhohe Flammen, riesige Rauchwolken, und wenig später ist auch eine Ambulanz eingetroffen. Standardprozedur, nehme ich an. Und während sie noch am Löschen waren und die Nachbargebäude mit Schaumteppichen eingedeckt haben, kamen noch vier Mann von der Stadtpolizei. Das Kommando hatte ein Leutnant Toma.«

Also doch, dachte Lotte.

Die Polizisten hätten den gesamten »Unglücksort« abgesperrt, fuhr er fort, und noch bevor die Löscharbeiten richtig beendet waren, hätten sie angefangen, in den qualmenden Trümmern herumzustochern.

Robeth hob einen Arm und wischte sich mit dem Ärmel seines durchgeschwitzten Hemdes über die Stirn. Dabei war es kühl in dem Büro, das ohne den klotzigen Chefschreibtisch noch überdimensionierter wirkte.

Die Klimaanlage rauschte. Lotte trat fröstelnd ans Fenster. Von hier aus hatte man eigentlich einen guten Blick auf die Hallen hinter dem Verwaltungsgebäude. Aber es war zu dunkel, das Gelände nur durch ein paar schummrige Nachtlichter erhellt. In den Laborgebäuden waren etliche Fenster erleuchtet, doch das fahle Neonlicht drang kaum durch die heruntergelassenen Jalousien.

»Und was haben die gesucht?«, fragte Lotte, ohne sich zu Robeth umzudrehen.

»Mahmudin, nehme ich an. Leutnant Toma hatte mich als Erstes gefragt, ob jemand von den Mitarbeitern vermisst werde. Wir hatten das gecheckt und von Labor 2 die Meldung bekommen, dass Mahmudin nach der Mittagspause nicht an seinen Arbeitsplatz zurückgekehrt sei. Ansonsten waren alle an Bord.«

Es habe nicht lange gedauert, keine zehn Minuten, bis sie die Überreste des Virologen geborgen hätten, fuhr Robeth fort. »Ich habe genau da gestanden, wo Sie jetzt stehen, Lotte, als sie mit dem armen Kerl auf einer Trage zwischen den Trümmern hervorkamen. Er war tot, das habe ich sogar aus dieser Entfernung sofort gesehen. Er war völlig verbrannt und ver…, ver…«

Er gestikulierte. Lotte sah es im spiegelnden Fenster, ohne sich umzuwenden. »Verkohlt«, vollendete er.

Verschmort, dachte sie, und erneut wurde ihr übel.

Donnerstag,
4. April, nachmittags

20

Lotte stochert in ihrem Salat, schiebt Shrimps und Tintenfischringe hin und her.

Je länger sie über die Ereignisse in Jakarta nachdenkt, desto unruhiger wird sie. Und desto labyrinthischer kommt ihr das alles vor, wie ein unergründliches Rätsel. Dabei wollte sie sich doch endlich darüber klar werden, was bei Raya eigentlich passiert ist. Ob sie selbst wirklich in Gefahr schwebt und was sie jetzt machen soll.

Der Gastraum im *Weißen Hirsch* hat sich mit Kaffeegästen gefüllt. Kellnerinnen in Dirndl-artigen Kleidern eilen von Tisch zu Tisch, werfen Lotte skeptische Blicke zu.

Die einsame Kundin sitzt seit bald zwei Stunden vor ihrem langsam, aber sicher verwelkenden Salat. Die Wasserflasche hat sie längst geleert, zwei Latte macchiato obendrein. Lotte ist sich bewusst, dass sie einen befremdlichen Anblick bieten muss. Wie sie sich mal hektisch in alle Richtungen umschaut, dann wieder gegen das Einschlafen ankämpft.

Sie kann so nicht weiterfahren, ausgeschlossen. In immer kürzeren Abständen fallen ihr die Augen zu, nur für eine Sekunde, dann schreckt sie wieder hoch. Doch am Steuer wäre das die eine Sekunde zu viel.

Aber sie kann hier auch nicht sitzen bleiben. Genauso ausgeschlossen. Ihre Angst schraubt sich mehr und mehr zu Panik hoch. Ihr Rücken fühlt sich klatschnass an. Angstschweiß, sie kann ihn riechen. Sie verliert zunehmend die Kontrolle. Über sich selbst, über die ganze Situation hier.

Zu viele Leute in diesem viel zu großen, viel zu unübersichtlichen

Saal. Die wuchtige Gestalt ganz da hinten an einem Tisch, könnte das nicht die Asiatin sein? Und wer sagt eigentlich, dass nur die Kawa-Fahrerin hinter ihr her ist?

Vielleicht wechseln die sich ja ab, überlegt Lotte. Ganz bestimmt sogar. Seit sie letzte Nacht in Berlin losgefahren ist, hat sie immer wieder versucht, sich einzureden, dass sie Gespenster sieht.

Dass niemand hinter ihr her ist, weil niemand weiß, was Shinta ihr offenbart hat. Dass die indonesische Wissenschaftlerin sowieso nicht ermordet wurde, sondern nur unglücklich gestürzt ist. Dass Mahmudin versehentlich Halle E angezündet hat und in den Flammen umgekommen ist. Dass sich die »Todesfälle« im Januar aufgrund unglücklicher Umstände ereignet haben – und nicht etwa als »planmäßiges Ergebnis« verbrecherischer Experimente.

Ich hab's versucht, denkt Lotte. Ich hab's immer wieder und mit aller Kraft versucht.

Aber sie schafft es einfach nicht, sich noch länger etwas vorzumachen. Oder ist es nur ihre Angst, die alles in albtraumhafte Beleuchtung taucht? Sodass eine zufällige Abfolge unglücklicher Ereignisse wie eine Serie kaltblütiger Morde aussieht?

Lotte erschauert so heftig, dass es sie am ganzen Körper schüttelt. Sie muss hier raus. Als eine Kellnerin zu ihr herüberschaut, hebt sie zittrig die Hand.

Ob der *Weiße Hirsch* auch ein Hotel sei, bringt sie hervor.

Die Kellnerin, eine füllige Blondine um die fünfzig, verschränkt die Arme unter dem Push-up-Dekolleté. »Ja, freilich haben wir Fremdenzimmer.« Sie sieht Lotte abwartend an.

»Ich fühle mich gerade nicht so gut.« Lotte hat Mühe, auf das leicht aufgedunsene Gesicht unter der blonden Hochsteckfrisur zu fokussieren. »Wenn ich für ein, zwei Stunden ein Zimmer haben könnte …«

»Na, so ein Etablissement sind wir aber nicht.« Die Dirndl-Frau verzieht das Gesicht. »Ein Einzelzimmer mit Waldblick können S' gerne haben, hundert Euro pro Nacht, hundertfuchzehn mit Frühstück.« Sie dreht sich halb um und zeigt zum Tresen am anderen Ende des Saals. »Zahlen können S' bei meinem Mann. Bar und im Voraus.«

Lotte nickt. Sie will sich wirklich nur für eine Stunde oder so hinlegen. Und garantiert wird sie kein Auge zumachen. Aber sie muss hier raus, sonst dreht sie durch. Ihr Herz hämmert, sie schwitzt wie verrückt.

Irgendwie schafft sie es, die blonde Walküre anzulächeln. »Dann sind Sie die Chefin? Herzlichen Glückwunsch, Sie haben hier ein schönes Anwesen.«

»Danke sehr, das hört man gern.« Die Wirtin entspannt sich sichtlich.

Auch Lotte fühlt sich ein bisschen lockerer. Schließlich ist sie Kommunikationsexpertin und CCO in spe. Sie kann die Realität nicht verändern, aber durch die Macht ihrer Worte kann sie bewirken, dass die Welt heller und freundlicher aussieht.

Ist das noch Illusionskunst, fragt sich Lotte, wenn die Künstlerin auf ihre eigenen Täuschungen hereinfällt?

Beim Wirt bezahlt sie ihr Essen, das sie kaum angerührt hat, und das Zimmer, das sie kaum nutzen wird. Sie nimmt den klobigen Schlüssel entgegen, schaut sich noch einmal im Gastraum um – keine Asiatinnen, weder stämmige noch zierliche – und geht die knarrende Treppe zu den Fremdenzimmern hinauf.

Eigentlich bräuchte sie jetzt drei, vier Stunden Schlaf. Doch sie ist so voller Panik, dass sie eine Milobran nehmen müsste, um in den Tiefschlaf zu kommen. Wenn sie eine ganze Milo schluckt, ist sie aber für mindestens acht Stunden ausgeknockt. Und wenn sie weniger nimmt, die Hälfte oder zwei Drittel, ist die Wirkung unkalkulierbar. Vielleicht wird sie dann noch müder, kann aber trotzdem nicht einschlafen. Oder sie wacht nach einer halben Stunde wieder auf, noch panischer als zuvor und gleichzeitig wie betäubt. Von Kopf bis Fuß in Blei gegossen.

Das Zimmer ist eng, aber nett und freundlich. Möbel aus hellem Holz, abgezogene Landhausdielen. Auch das von der Wirtin angepriesene Panorama ist vorfindbar, jedenfalls wenn man das karge Gehölz hinter der Autobahn als Wald interpretiert.

Der Parkplatz unter Lottes Fenster ist bis auf wenige Lücken besetzt. Ein paar Boxen links von ihrem SLK steht ein schwarzer SUV.

Mit einem Ruck schließt sie die Vorhänge.

SUVs gibt es wie Sand am Meer. Die meisten schwarz und klotzig groß.

Lotte zieht ihre Jacke aus, Schuhe, Hose, Bluse. Sie geht in das kleine Bad, schaufelt sich kaltes Wasser ins Gesicht. Duschen wird sie nachher, bevor sie sich wieder auf den Weg macht.

Jetzt erst mal hinlegen, befiehlt sie sich, und gleichmäßig atmen. Ein und aus, ein und aus. Bis sich dein Pulsschlag beruhigt hat.

Der geht allerdings steil nach oben, als Lotte die Hand auf die Klinke der Badtür legt. Draußen lautes Knarren, wie von Schritten.

Ist da jemand im Zimmer?

Sie hält den Atem an. Dielen ächzen, Möbel erzittern. Ganz langsam zieht Lotte die Tür auf.

Niemand zu sehen. Bestimmt ist nur irgendwer draußen im Flur vorbeigegangen.

Oder versteckt sich die Asiatin in einem Winkel, den Lotte von hier nicht einsehen kann? Hinter der Badtür? Im breitbeinigen Bauernschrank? Unter dem Bett mit dem verschnörkelten Rahmen und dem absurd aufgetürmten Oberbett?

Das Herz hämmert ihr in der Brust, dass es wehtut.

Quatsch, da ist niemand, sagt sie sich und stößt die Tür weit auf. *Alles safe,* wie es in den Katastrophen-Thrillern heißt, die ihr Vater so gerne liest. In Wirklichkeit ist nichts und niemand jemals *safe,* lautet die Botschaft solcher Bücher.

Sie schaut hinter der Badtür nach, unter dem Bett, sogar im

Schrank. Sie vergewissert sich, dass sie die Zimmertür abgeschlossen hat. Langsam geht ihre Pulsfrequenz zurück, aber noch immer klopft ihr Herz bis hoch in die Schläfen.

Okay, eine halbe Milo, beschließt Lotte. Sie weiß es ja noch von früher: Das Zeug schenkt dir traumhaft traumlosen Schlaf. Danach fühlst du dich, als würdest du aus dem Jungbrunnen krabbeln.

Jedenfalls meistens.

Wird schon gutgehen, sagt sie sich und drückt einen Pressling aus dem Blister. Sie beißt die Hälfte ab, schluckt und sinkt aufs Bett.

Im Wegdämmern kommt ihr ein Gedanke, der sie vage beunruhigt: Wie sind die Milos eigentlich in meine Tasche geraten?

Die Packung lag doch immer in ihrem Nachttisch, und die Tasche hat sie sich erst vor zwei Monaten gekauft, als sie mit den Pillen längst aufgehört hatte?

Oder bringt sie da etwas durcheinander?

Aber da ist ihr Kopf schon wie in Watte gewickelt. Während sie noch darüber nachdenkt, schläft Lotte ein.

21

Jimin hockt auf der Rückbank in Jareshs schwarzem SUV, hinter den geschwärzten Fenstern. Die Kawasaki hat sie weiter vorne an der Straße abgestellt, wo sie vom Gasthof aus nicht zu sehen ist.

Sie bleibt auf Distanz, wie Phil es unbedingt will. Währenddessen sitzt Jaresh im Gastraum dieses bayerischen Folkloreschuppens und beobachtet, was die Schlampe am anderen Ende des Saals so treibt.

Eigentlich heißt er Fred, aber seit er zu Justice gehört, nennt er sich Jaresh. »*Du brauchst auch einen neuen Namen*«, hat er schon mehrfach zu ihr gesagt, »*für dein neues Leben.*« Wahrscheinlich hat er recht, trotzdem hält sie noch an ihrem alten Namen fest. Jimin Holland. Sie mag den Klang, die geheimnisvolle Aura. Früher war es fast das Einzige, was sie an sich selber mochte.

»*Nothing, nada*«, teilt Jaresh ihr per Telegram-Nachricht mit. »*Sie sitzt einfach nur da, stochert in ihrem Salat und starrt vor sich hin. Crazy Kraut.*«

Jimin gibt vor, sein Erstaunen zu teilen, seine zunehmende Frustration. Dass in ihr im Gegenteil Hoffnung keimt, verrät sie nicht.

Von ihrer Aktion in dem Café in München wissen weder Jaresh noch Phil. Und sie dürfen es auch nie erfahren. Während Lotte Gerlach noch in den Toilettenräumen im Untergeschoss war, hat Jimin die Pillenpackung in der schicken Aktentasche der Bitch versenkt. Blitzschnell, quasi im Hinausgehen und trotzdem ganz unten, damit es nicht gleich auffällt. Dann postierte sie sich ein paar Schritte abseits vor dem *Anna* im strömenden Regen.

Es war nicht viel mehr als ein Schuss ins Blaue, aber irgendwas musste sie versuchen. Sie konnte ja nicht einfach zusehen, wie die Verräterin irgendetwas ausbrütete, um Justice zu zerstören. Das wäre doch praktisch auch schon fast Verrat.

Das Päckchen Beruhigungspillen hat sie vorgestern Vormittag im Nachttisch von Lotte Gerlach entdeckt, als sie die schräge Raubritter-Villa nach Datenträgern durchsuchte. Nachdem endlich alle Bewohner aus der Tür waren, erst die Schlampe, dann ihr niedlicher Mann und der kleine Bengel.

Die Fotze leidet an Angstattacken, interessant, sagte sich Jimin, als sie noch im Schlafzimmer der Gerlachs »*Milobran*« googelte. Ein extrastarkes Schlafmittel, auch als Angstlöser bewährt.

Für alle Fälle nahm sie die Packung mit. Erst nachträglich kam ihr die Idee, wie sich die Pillen nutzbringend einsetzen ließen. Einen angebrochenen Blister behielt sie zurück, den Rest schob sie der Schlampe unter. Wenn sie ihr auf dem Rückweg nach Berlin nur genügend Angst einjagten, sagte sich Jimin, würde sie irgendwann ihre Taschen durchsuchen und – oh Wunder – auf *Mummy's little helpers* stoßen.

Genauso war es offenbar gekommen. Lotte Gerlach stürmte aus dem Café und rüber ins Parkhaus. Jimin stand sich bei strömendem Regen die Beine in den Arsch, aber wer nicht rausgefahren kam, war ihr Zielobjekt. Also ging sie nachsehen, und da hing die Bitch wie ausgecheckt hinter dem Lenker, die Pillenpackung auf dem Beifahrersitz.

Als Jimin sich dem Seitenfenster näherte, schreckte sie aus dem Dämmerschlaf auf. Glasige Augen, ziemlich benebelt, registrierte Jimin, und seitdem hält sie sich schwer zurück. Ganz so, wie Phil es will.

Von München bis hierher brauchte Gerlach fast vier Stunden. Sie kroch wie unter Schwachstrom die Straßen entlang, bog unmotiviert ab, hielt immer wieder grundlos an und starrte vor sich hin.

Jaresh wunderte sich schwer. Jimin erklärte ihr seltsames Verhalten damit, dass die Bitch um eine Entscheidung ringe. »Soll sie zu den Bullen gehen, ja oder nein. Soll sie mit einem Zeitungsschmierer reden, ja oder nein.«

In ihrem Lieblingsszenario rauscht die berauschte Bitch grenzdebil grinsend gegen einen Brückenpfeiler. Den Gefallen, sich selbst das Genick zu brechen, hat sie ihnen bisher nicht getan, aber das kann ja noch kommen, denkt Jimin, als sie eine weitere Message von Jaresh erhält.

»*Was geht da ab?*«, schreibt er auf Englisch. »*Sie hat gerade bezahlt, und der Wirt hat ihr einen Riesenschlüssel übergeben. Jetzt geht sie durch die Hintertür raus. Mit Mantel und Aktentasche. Auf der Tür steht*

FREDMEN ZIMMER
GASTE WC

Wtf?«

Nee, Fredman, denkt Jimin, da steht *Fremdenzimmer.* Verfickte Scheiße, das darf nicht wahr sein, die pennt einfach ihren Rausch aus. Anstatt sich um den nächsten Betonpfeiler zu wickeln.

»*Hotelzimmer & Klos*«, schreibt sie zurück.

»*Echt jetzt? Trifft die hier einen Lover, oder wie? Bleib, wo du bist. Ich geh mal nachsehen.*«

Beschissen gelaufen, denkt Jimin. Probieren musste sie es trotzdem. Aber wenn sie Pech haben, liegen sie hier bis morgen früh auf der Lauer.

Eine ganze Nacht mit Jaresh in einem Auto, das hätte ihr gerade noch gefehlt. Sie hat immer nur allein gearbeitet, und der haarige Jaresh ist nicht gerade ihr Typ.

Aber vielleicht macht die Schlampe ja auch nur ein Nickerchen, um neue Energie für Jimins Lieblingsszenario zu tanken?

Ein Monat zuvor
(Mitte März 2019)

22

Nachdem sie einen Latte macchiato getrunken hatte, fühlte sich Lotte wieder etwas sicherer auf den Beinen. Sie bat Robeth, alle verfügbaren Lichter auf dem Gelände einzuschalten und sie zum »Unglücksort« zu begleiten, damit sie die Schäden in Augenschein nehmen konnte.

Jeder mit einer Stablampe bewaffnet, marschierten sie zum anderen Ende des weitläufigen Raya-Areals. Unterwegs fragte Lotte den Niederlassungsleiter weiter aus. Robeth kam ihr nun gefasster vor, regelrecht abgeklärt. Ohne zu zögern, antwortete er auf ihre Fragen.

Kurz nachdem der tote Dr. Mahmudin geborgen wurde, sei ein grauer Kastenwagen vorgefahren, die Brandleiche in einen Plastiksack verpackt und in den Laderaum verfrachtet worden. Der Kastenwagen sei zügig wieder abgefahren, vermutlich zum Leichenschauhaus.

Behutsam fragte Lotte weiter und schloss aus seinen Antworten, dass Robeth von einer möglichen Obduktion des verstorbenen Virologen nichts wusste. Geschweige denn von den vorgeblichen Resultaten.

Woher also weiß Mahlsberg, was in dem Sektionsgutachten steht?, überlegte sie. Durch Leutnant Toma? Unwahrscheinlich. Durch General Wasisto? Das ergibt noch weniger Sinn.

Rein theoretisch konnte Bashibu die Chefin alarmiert haben, nachdem er durch seine Kontakte bei der Polizei erfahren hatte, dass die Ermittlungen einen für ihn unerfreulichen Verlauf nahmen.

Blödsinn, sagte sich Lotte. Selbst wenn der Ex-Eigentümer von Raya hier immer noch die Finger im Spiel haben sollte – was für ein Interesse könnte Toppert daran haben, ihm aus der Patsche zu helfen?

Darauf gab es einfach keine vernünftige Antwort, entschied Lotte.

Die eingestürzte Halle war mit Flatterband abgesperrt. Der Geruch nach kaltem Rauch erschwerte das Atmen. Lotte schlüpfte unter der Absperrung durch und stakste unentschlossen zwischen den Trümmern umher. Glücklicherweise trug sie ihren schwarzen Jil-Sander-Jumpsuit, da würden Rußflecken zumindest nicht so auffallen. Ob sich die schwarze Schmiere wieder entfernen ließ, stand allerdings auf einem anderen Blatt.

Schmiere, das Wort hallte in ihr nach. Schmiergeld, Schmiere stehen, dachte Lotte, schmierige Typen. Wie Toma? Bashibu? Robeth? Der General?

Sie hatte keine Vorstellung, was sie eigentlich suchen sollte, oder wo. Obwohl sie unablässig darüber nachdachte, verstand sie nicht einmal ansatzweise, was hier möglicherweise passiert war.

Was eventuell daran lag, dass sie es wirklich nur mit einem tragischen Unglücksfall zu tun hatten. Verursacht durch unerlaubtes Rauchen, Punkt. Wie Toppert und Robeth es in schöner Eintracht vorauszusetzen schienen.

Aber mal angenommen, dachte Lotte, dass es nicht so banal und harmlos ist. Dass Bashibu und Syamsu immer noch ihr Geheimprojekt durchziehen und Mahmudin mit ihnen »gemauschelt« hat, also sich irgendwie hat hineinziehen lassen.

Was ist dann passiert? Wurde der Virologe umgebracht, weil er aussteigen wollte? Oder entsprach der Obduktionsbericht schlicht der Wahrheit, und Mahmudin war durch eine »überschießende Autoimmunreaktion« ums Leben gekommen, wie sie nicht zuletzt durch Viren ausgelöst werden kann? Dann wäre das Feuer absichtlich gelegt worden, um die wahre Todesursache zu verschleiern – was auch geklappt hätte, wenn Leutnant Toma (oder wer auch immer) nicht die Untersuchung der vermeintlichen Brandleiche angeordnet hätte.

Aber das ergibt noch weniger Sinn, sagte sich Lotte. Um die eigentliche Todesursache zu verdecken, wäre fast jede andere Lösung besser gewesen. Sie hätten einen Autounfall mit explodierendem Benzintank fingieren oder die Leiche auf Nimmerwiedersehen verschwinden lassen können, was auch immer. So aber sieht es beinahe so aus, als hätten sie die Aufmerksamkeit absichtlich auf sich selbst gelenkt.

Mit Absicht – oder weil ihnen keine andere Wahl blieb?

Lotte atmete vorsichtig ein und aus. Die Rußpartikel, die sie mit jedem Atemzug einsog, legten sich auf ihre Bronchien wie ein zäher

Film. Von den geschwärzten Betontrümmern um sie herum und dem stellenweise rissigen Fundament strahlte noch immer Wärme aus, trotzdem begann sie zu frösteln.

»Passen Sie auf, Lotte!«, rief Robeth, der vor dem Absperrband stehen geblieben war. Mit der Stablampe leuchtete er ein rechteckiges Loch im Boden an, keine zwei Schritte vor ihr. »Der Schacht ist nicht gesichert.«

Abrupt blieb sie stehen und richtete den Lichtkegel auf das Bodenloch. Es entpuppte sich als schmaler Treppenschacht, mit neun oder zehn steinernen Stufen, die steil abwärtsführten.

»Was ist da unten?« In ihrem Kopf begann es zu sausen.

Ein unterirdisches Labor. Düstere Gänge unter der Erde, mit Schränken voller Glasbehälter ... Reagenzgläser, Ampullenfläschchen ... Sie sah es vor sich, obwohl von hier aus nur ein Schutthaufen am Fuß der Treppe zu erkennen war. *»Stell dir vor, Lotte, der Laden da unten fliegt in die Luft«,* raunte ihr Vater in ihrem Kopf, *»und all die tödlichen Erreger kommen frei ...«*

»Nichts Besonderes«, sagte Robeth hinter ihr im Dunkeln. »Hier hat früher mal ein Fabrikgebäude gestanden. Das Ding wurde vor zwanzig Jahren oder so abgerissen, um Platz für die Hallen zu schaffen. So steht es jedenfalls in der Firmenchronik. Nur das Fundament und die Kellerräume darunter sind übrig geblieben. Soweit ich weiß, werden die Katakomben schon lange nicht mehr genutzt.«

Lotte trat einen Schritt vor und ließ den Lichtstrahl die Stufen hinuntertanzen. Bevor sie es sich anders überlegen konnte, gab sie sich einen Ruck und stieg hinab.

»Das ist keine so gute Idee, Lotte«, sagte Robeth, dessen Stimme plötzlich drei Töne höher war. »Sie könnten sich verletzen.«

Lotte gab ihm keine Antwort. Sie erschauerte bei jedem Schritt, als ob ihr Spinnen über den Rücken liefen.

Ein verstecktes Labor unter der Erde ... geheime Experimente mit tödlichen Viren, ahnungslosen Probanden und überforderten

Wissenschaftlern … Es würde so vieles erklären, dachte sie. Aber gab es so etwas nicht nur in wilden Verschwörungstheorien und in den abenteuerlichen Geschichten, die ihr Vater vor vielen Jahren für sie erfunden hatte?

Auf der untersten Stufe blieb sie stehen. Bizarr geformte Betonbrocken, Bruchstücke der herabgestürzten Hallenwände, türmten sich vor einer rußgeschwärzten Feuertür, die halb offen stand. Dahinter zeichnete sich ein leicht abschüssiger Gang ab, die Wände mit fleckig grauer Ölfarbe bemalt. Er war vielleicht vier oder fünf Meter lang und mit kaputten Büromöbeln zugemüllt. Dreibeinige Tische, Drehsessel mit vornübergekippter Rückenlehne, Aktenschränke ohne Türen oder Rückwand.

Mit dem Feuer hatte dieses Durcheinander nichts zu tun. Die Möbel waren mit einer dicken Staubschicht bedeckt. Sie mussten vor längerer Zeit ausrangiert und hier unten eingelagert worden sein. Die Tür war offenbar erst geöffnet worden, nachdem der Brand unter Kontrolle gewesen war.

Auch die Stahltür am anderen Ende des Gangs wirkte massiv, soweit das im Schein der Taschenlampe zu erkennen war. Doch wie ihr Gegenstück hier vorne an der Treppe ähnelte sie sehr viel eher einer gewöhnlichen Feuertür als einer Sicherheitsschleuse vor einem modernen Labor.

Vor allem aber war sie offenkundig seit Langem nicht mehr benutzt worden. Die aussortierten Möbelstücke blockierten den Zugang.

Lotte legte eine Hand auf einen der Betonbrocken, die sich vor ihr im Treppenschacht verkeilt hatten. Er fühlte sich rau an, warm und ein wenig glitschig. Jedes dieser Trümmerstücke musste mehrere Zentner wiegen. Sie beiseitezuwuchten oder darüberzuklettern war unmöglich.

So oder so hätte sie keinen Fuß in die Katakomben setzen können. Schon bei der Vorstellung, so einen düsteren Gang entlangzugehen, legte sich eine kalte Hand um ihr Herz. Geschweige denn, die Stahltür am anderen Ende zu öffnen und die dahinter befindlichen Räumlichkeiten zu betreten. Lotte vergaß fast zu atmen, vor ihrem inneren Auge schälten sich die Umrisse eines albtraumhaften Labors aus der Dunkelheit …

Doch all das gab es nur in ihrem Kopf, beruhigte sie sich. In ihrer Fantasie, die seit ihrer Kindheit in Endlosschleife die immer gleichen Bilder produzierte. Und das hier war schließlich nicht ihr persönlicher Albtraum – oder der ihrer Familie –, sondern die nüchterne Realität.

Vor Erleichterung kamen ihr fast die Tränen. Topperts Ausspruch fiel ihr ein: »Die plausibelsten Erklärungen sind immer banal.« Oder so ähnlich.

Genauso ist es, dachte Lotte, wandte sich um und ging die Treppe wieder hoch.

»Wo wurde die Leiche eigentlich gefunden?«, fragte sie Robeth, als sie wieder auf seiner Seite des Absperrbands stand.

»Soweit ich das erkennen konnte, irgendwo da.« Mit der Lampe leuchtete er vage in den hinteren Bereich von Halle E, gut zwanzig Meter jenseits der Treppe. Für einen Sekundenbruchteil blitzten die Fensterreihen an der Vorderfront der Klinik-Einheit auf und versanken wieder im Dunkeln.

Erneut lief ihr ein Schauer den Rücken hinunter. »Okay, das reicht mir erst mal.«

Schweigend gingen sie zurück zum Verwaltungsgebäude. Halb zehn war vorbei, und Lotte spürte, wie müde sie war. Aber es fühlte sich gut an, mehr nach Entspannung als nach Erschöpfung. Vielleicht konnte sie im Hotel noch eine Runde durch den Dachterrassenpool kraulen und sich anschließend in der Bar einen Drink gönnen. Vielleicht sogar in Gesellschaft eines dieser …

Lächelnd schüttelte sie den Kopf. Das sicher nicht. Sie würde mit ihren beiden Rittern telefonieren und anschließend ins Bett gehen. Allein.

Zumindest glaubte sie jetzt ziemlich klar vor sich zu sehen, was hier in den letzten Tagen passiert war. Und was nicht.

Dr. Mahmudin war einem Brandunglück zum Opfer gefallen, das er vermutlich selbst verursacht hatte. Bis zur Mittagspause hatte er laut Robeth an seinem Platz im Labor gearbeitet, folglich konnte er nicht wenige Stunden später an rapider Totalzerstörung seiner Blutgefäße, Nervenbahnen und lebenswichtiger Organe verstorben sein. Anderenfalls hätte er bereits in den Vormittagsstunden massive Symptome aufweisen müssen, hohes Fieber, unerträgliche Kopfschmerzen, Herzinfarkt, Schlaganfall, Krampfanfälle, zunehmendes Versagen der Atmungsorgane.

Es sei denn, sagte sich Lotte, Robeth hatte sie angelogen, und Mahmudin war vor der Mittagspause gar nicht an seinem Arbeitsplatz. Sondern wo, bitte sehr? Vielleicht in dem geheimnisvollen Keller unter Halle E?

Erneut schüttelte sie den Kopf. Um herauszufinden, ob Robeth ihr die Wahrheit gesagt hatte, müsste sie die anderen Mitarbeiter im Labor befragen. Doch damit würde sie gegen Topperts Anweisung verstoßen. Und wozu sollte das wiederum gut sein?

Das sind doch alles Hirngespinste, hörte sie die Chefin in ihrem typischen Tonfall sagen, untermalt von beidhändigem Abwinken.

Der Obduktionsbericht muss eine Fälschung sein, sagte sich Lotte. Gleich morgen wird Leutnant Toma hier erscheinen, um einen weiteren Erpressungsversuch zu starten.

Doch auch diese Variante kam ihr noch immer wenig wahrscheinlich vor. Toma war ein kleiner Ganove in Uniform. Das hier wäre eine Nummer zu groß für ihn, mindestens.

So oder so würde sie kein Risiko eingehen. Topperts Instruktionen ließen ihr ohnehin keinen Spielraum. Sie würde den General kontaktieren, und was auch immer hinter dem reißerischen Obduktionsbericht steckte, es würde sich umgehend in Luft auflösen.

»Ich glaube, Sie haben recht, Robeth«, sagte sie zum Abschied, »Mahmudin hat das Feuer vermutlich selbst verursacht. Tod durch Nikotinsucht, Ende der Story.«

Sie schüttelte seine Hand, bevor Robeth sich wieder verbeugen konnte, und enterte die Audi-Stretchlimousine, ehe der Chauffeur ausgestiegen war, um ihr die Fondtür zu öffnen.

23

Als Lotte eintrat, rappelte sich eben ein kräftiger Mann mit angegrautem Bart vom Boden auf. Er hatte in der Fensternische gekniet oder gekauert. Sein Gesicht sah sie nur im Halbprofil, am auffälligsten war der Bart, der die untere Gesichtshälfte wie eine dichte, exakt beschnittene Hecke umgab.

Im ersten Erschrecken glaubte Lotte, dass sie sich in der Tür geirrt hätte. Was aber nicht sein konnte, der junge Polizist – oder Praktikant – hatte für sie angeklopft und dann zackig auf dem Absatz kehrtgemacht.

Erst als sich der Mann in der Nische zu ihr umwandte, erkannte sie ihn und erschrak erneut.

Vor dem bohrenden Blick der dunklen Augen, die sie bis in den Traum verfolgt hatten. Genauso wie seine Lippen, die sich ihrem Mund im Schlaf unaufhaltsam näherten. Doch jetzt lagen sie inmitten der grau gesträhnten Hecke wie zwei Schlangen am Grund eines Brunnens.

In der Fensternische war ein verblichener kleiner Teppich auf dem Boden ausgebreitet. Ein Gebetsteppich, wurde Lotte klar. Hatte sie den General bei der Anrufung Allahs gestört? War es ihm unangenehm, dass sie ihn überrascht hatte?

Er beobachtete sie lauernd, während sie auf ihn zuging. Den Gebetsfleck mitten auf der Stirn hatte er letztes Mal noch nicht gehabt, da war Lotte sich sicher. So wenig wie den seltsam gleichmäßig in eine Richtung sich sträubenden Bart.

Wasisto ist fromm geworden, dachte sie. Kann das sein?

Ihr luftiger, blasstürkisfarbener Prada-Fummel kam ihr mit einem Mal unangemessen vor. Was hatte sie sich eigentlich gedacht, als sie dieses Kleidchen mit dem nicht gerade puritanischen Ausschnitt gewählt hatte?

In puncto Fitness hatte Wasisto eher noch zugelegt. Über Bizeps und Brustmuskeln spannte sich seine Uniformjacke wie ein Raubtierfell.

Lotte war durcheinander und beunruhigt. Für einen kurzen Moment hatte sie den Eindruck, dass die Szene hier alles, was bei Raya passiert war, in ein anderes Licht rückte. Als würden plötzlich sämtliche Mosaiksteinchen zusammenpassen und einen Sinn ergeben. Doch es war mehr eine Ahnung, ähnlich einem Traumbild, das man im Aufwachen vergeblich festzuhalten versucht.

»*Mrs Görlack*«, sagte der General mit honigweicher Stimme und streckte ihr beide Hände entgegen. Sein Griff jedoch war so hart wie seine Augen, die sie unablässig belauerten. »Wie schön, Sie wieder einmal begrüßen zu dürfen. Was verschafft mir die Ehre?«

Er ließ ihre Hände los und deutete zu den Sesseln vor der Fensterfront. Es war früher Vormittag, der Himmel bedeckt, die Luft draußen schwülheiß und gelblich grau vor Smog. Auf dem Tischchen zwischen den Sesseln stand eine enorme Schale mit duftendem Obst. Orangen, Mango, Bananen, kiloweise, dazu ein einziger Teller mit einem Messer, das mehr wie ein Skalpell aussah.

Was soll das hier alles?, dachte Lotte wieder.

Mit einer fließenden Bewegung ging der General in die Knie, rollte den Gebetsteppich zusammen und legte ihn auf die Fensterbank. Ohne Lotte aus den Augen zu lassen, setzte er sich in einen der erdbraunen Ledersessel und bedeutete ihr, ihm gegenüber Platz zu nehmen.

»Falls ich ungelegen komme, Herr General …«

»In diesem Fall wären Sie nicht hier, meine Liebe.« Er schüttelte den Kopf, seine Lippen zuckten.

Wie Schlangen, dachte sie erneut. War der Gebetsfleck nur aufgemalt? Oder hatte sich Wasisto tatsächlich dem Glauben zugewandt? Und wenn ja, aus Überzeugung oder aus politischem Kalkül?

Indonesien war das größte mehrheitlich muslimische Land der Welt, ging es ihr durch den Kopf. Mit weit über einer Viertelmilliarde Einwohnern, von denen fast neunzig Prozent den Propheten Mohammed anbeteten. Doch der junge, erst nach dem Zweiten Weltkrieg gegründete Staat bestand nicht nur aus unzähligen Inseln, sondern auch aus zahlreichen Ethnien, deren Mitglieder wiederum diversen Religionen anhingen. Es gab buddhistische, hinduistische, animistische, auch christliche Indonesier, und laut Verfassung war der Staat in religiöser Hinsicht neutral.

In den letzten Jahren hatte allerdings eine fundamentalistische Spielart des politischen Islam massiv an Einfluss gewonnen. Um den Vorwurf zu entkräften, dass er kein guter Muslim sei, umgab sich der Staatspräsident mit Imamen und anderen strenggläubigen Ratgebern, die es darauf abgesehen hatten, im ganzen Land die Scharia einzuführen. In der Provinz Aceh im Norden der Insel Sumatra galt das archaische Stammesgesetz bereits seit Anfang der Nullerjahre.

Dagegen waren die Hauptstadt Jakarta und die Ferieninsel Bali noch immer Orte hedonistischer Freizügigkeit. Doch unter dem Einfluss radikaler Imame wurden die Freiräume enger. Die queere Szene in Süd-Jakarta und auf Bali beispielsweise wurde durch Razzien und willkürliche Verhaftungen drangsaliert, und der Druck auf junge Frauen wuchs, sich in der Öffentlichkeit zu verschleiern oder zumindest das Kopftuch zu tragen.

All das ging Lotte blitzschnell und in konfusen Fetzen durch den

Kopf, während sie in dem unangenehm tiefen Ledersessel gegenüber Wasisto Platz nahm. Sie schlug die Beine übereinander und zupfte an ihrem Rocksaum. Die Spitze ihres Valentino-Slingbacks berührte fast den rechten Stiefel des Generals. Sie wünschte sich weit weg von hier.

Aber das ist nicht professionell, ermahnte sie sich. Sie würde durchziehen, was nötig war.

Ihre burgunderrote Gucci-Handtasche stellte sie neben sich auf den Boden. Darin befand sich der DIN-A5-Umschlag, dick wie ein Taschenbuchthriller, den sie in ihrer Hotelsuite im Schließfach vorgefunden hatte. ClarTop hatte die komplette siebte Hoteletage zum Sonderpreis für Langzeitmieter gebucht, vier Suiten, von denen mindestens zwei ständig durch leitende Mitarbeiter belegt waren. Gerade jetzt waren der Finanzvorstand und zwei Controller aus Berlin vor Ort.

Lotte war in der »Präsidentensuite« einquartiert worden, die normalerweise der Chefin und ihren beiden Stellvertretern vorbehalten war. Nach Topperts Anweisung hatte sie den verschlossenen Umschlag in ihre Handtasche gesteckt, um ihn dem Vizepolizeichef zum gegebenen Zeitpunkt zu überreichen. Ihr war klar, dass in dem Kuvert ein weit höherer Betrag sein musste, als sie Leutnant Toma übergeben hatte. Sie hatte den Umschlag abgetastet und war zu dem Schluss gekommen, dass er irgendetwas zwischen zehntausend Dollar und zwanzigtausend Euro enthalten musste. Je nachdem, ob es sich um Einhundert-Dollar- oder Zweihundert-Euro-Scheine handelte, die jeweils höchsten Einheiten in beiden Währungen.

»Herr General, wenn ich gleich zur Sache kommen dürfte. Ihre Zeit ist kostbar, und auch ich habe noch eine Menge zu erledigen.«

Er schoss einen Blick auf sie ab, der ihr Unbehagen potenzierte. So war es ihr schon das letzte Mal ergangen, aber diesmal machte der General sie regelrecht konfus. Als er sich vorbeugte, um eine Orange von der Obstschale zu nehmen, klirrten die Orden an seiner Brust. Er griff sich das mörderisch aussehende Messer und begann die Orange zu schälen. Geschickt schnitt er die Schale in einem Stück ab, sodass sie als Spirale herunterhing. Dann löste er eine Rippe aus dem nackten Fruchtfleisch, das köstlich roch und vor Saft triefte. Er spießte den Apfelsinenschnitz mit der Messerspitze auf und hielt ihn Lotte hin.

»Sie zuerst, Frau Gerlach.«

Im ersten Impuls wollte sie ablehnen und entschied sich blitzartig um. Wenn sie ihn mit irgendetwas kränkte, würde er sich weigern, ihr zu helfen. Was dann passieren würde, wollte sich Lotte lieber nicht vorstellen. Geschweige denn es erleben. Wie Toppert zürnte, Wasisto wütete und Leutnant Toma sie mit Versprechungen erpresste, die einzuhalten nicht in seiner Macht stand.

Sie griff nach dem Schnitz, doch der General schüttelte den Kopf. Er hielt ihr das aufgespießte Orangenstück dicht unter die Nase. Die Lippen im tiefen Brunnen seines Bartes öffneten sich, und Lotte tat es ihm gleich.

Unwillkürlich schloss sie die Augen, als sich der glitschige Schnitz zwischen ihre Lippen schob. Es schmeckte wundervoll, doch ihre Kehle war so eng, dass sie kaum schlucken konnte. Sie spürte die Spitze des Messers an der Unterlippe.

Als sie die Augen wieder öffnete, saß der General zurückgelehnt in seinem Sessel und biss in die Orange. Der Saft lief ihm aus den Mundwinkeln und tropfte auf den Teller, den er sich irgendwie zwischen Kinn und Kragen geklemmt hatte. Um den Mund herum war sein Bart orangerot verfärbt, es sah beinahe aus, als würde er einen Batzen rohes Fleisch verschlingen. Er kaute und schmatzte, und dabei sah er Lotte unverwandt an.

Lauernd, mit einer Beimischung von Spott. Als wisse er genau, wie unangenehm ihr all das hier war, und würde es eben deshalb genießen.

Erneut beugte er sich vor, tauchte seine Hände in die bereitstehende Wasserschale, nahm ein weißes Leinentuch von einem kleinen Stapel, tauchte es gleichfalls ins Wasser und säuberte sich aufreizend ruhig Mund und Bart. Ohne Lotte aus den Augen zu lassen.

»Was haben Sie auf dem Herzen, meine Liebe?« Er warf das Tuch zurück auf den Tisch. Wenn man nur auf seine Worte und den honigweichen Stimmklang achtete, war er die Liebenswürdigkeit selbst.

Lotte gab sich einen Ruck. Unterwegs hatte sie sich zurechtgelegt, was sie ihm sagen würde und was nicht. An dieses Skript hielt sie sich, als sie in groben Zügen schilderte, was auf dem Gelände von Raya passiert war.

Das Feuer in Halle E. Der Wissenschaftler, der den Brand fahrlässig verursacht hatte und in den Flammen ums Leben gekommen war. So weit, so banal. Wenn auch tragisch.

Wasistos Gesichtsausdruck blieb unbewegt. Vergeblich versuchte sie zu erraten, ob er über den Zwischenfall bereits informiert war.

»Wenn es nur um das Feuer ginge, wäre ich bestimmt nicht zu Ihnen gekommen«, fuhr sie fort. »Aber bei der Stadtpolizei scheint irgendetwas durcheinandergeraten zu sein. Es gibt einen Obduktionsbericht, doch der kann sich unmöglich auf den verstorbenen Wissenschaftler beziehen. Die dort vermerkte Todesursache ist …«, sie zögerte kurz, aber Wasisto zeigte nach wie vor wenig Interesse, »… grotesk falsch. Da muss eine Verwechslung vorliegen.«

»Eine Verwechslung bei den Akten?« Er beugte sich ruckartig vor, griff sich eine Banane von der Obstschale und begann sie zu schälen. »Und das bekommen Sie nicht alleine hin? Sie enttäuschen mich, Frau Gerlach.«

Ohne aufzustehen oder seine Position zu verändern, rückte er mit seinem Sessel noch näher an Lotte heran. Seine gespreizten Schenkel schlossen sich um ihre übereinandergeschlagenen Beine. Sein Körpergeruch, nasses Eisen, stieg ihr in die Nase.

»Wer führt die Ermittlungen?«

Lotte entdeckte orangerote Fleischfasern über seiner Oberlippe, wo er noch vor einem halben Jahr einen strichdünnen Schnurrbart getragen hatte. Der heckenartige Bart, den er sich stattdessen stehen ließ, war gut zwei Zentimeter lang und sträubte sich aus irgendeinem Grund fast waagrecht von seinem Gesicht ab.

Gegelt vielleicht, dachte sie, aber danach sah es eigentlich nicht aus. Vor allem war das jetzt keineswegs ihr vordringlichstes Problem.

»Ein Leutnant Toma, glaube ich«, brachte sie hervor.

»Ach so, das glauben Sie nur?« Er näherte die Banane ihrem Gesicht, dabei schnappte er demonstrativ mit dem Mund. »Haben Sie ihn nicht schon im Januar kennengelernt, Lotte?«

Vor Verblüffung ging ihr Mund auf, und Wasisto schob ihr die Bananenspitze zwischen die Zähne. Ehe sie zubeißen konnte, hatte er ihr die Frucht tief in den Rachen gedrückt. Lotte rang um Atem. Er beugte sich nach vorn, packte sie mit der Linken um den Nacken und schob mit der Rechten die Banane noch tiefer in ihren Mund.

»Warum sind Sie nicht schon im Januar gekommen?«, fragte er sie in unverändert liebenswürdigem Tonfall. »Da wäre es noch sehr viel leichter gewesen, die Flammen auszutreten. Bildlich gesprochen, Lotte.«

Sie keuchte und hustete.

»Schlucken«, ermahnte er sie. »Nicht würgen, dadurch wird es nur schlimmer. Runterschlucken, Lotte.«

Sie kämpfte gegen den Drang an, ihm ihr Knie in den Schritt zu rammen. Das hier war eine Vergewaltigung, »bildlich gesprochen«. Sie konnte von Glück sagen, wenn er sich damit zufriedengab.

Sie keuchte und schluckte. Bananenbrei füllte ihren Mund, ihren Rachen, ihre Kehle. Bananenbrei lief ihr aus dem Mund und übers Kinn. Sie kämpfte darum, der Pampe den Zutritt zu ihrer Luftröhre zu versperren. Und den Weg in ihr Dekolleté.

»So ist es gut«, sagte er schließlich und reichte ihr ein Leinentuch, das er für sie in die Wasserschale getaucht hatte.

Sie säuberte sich, so gut es ging. Unter seinen unverwandten Blicken.

»Ich wollte Sie nicht belästigen, Herr General«, brachte sie hervor und fragte sich, wie tief er sie noch erniedrigen wollte. Und sie sich selbst. »Ich dachte, ich bekomme das alleine hin.«

»Alleine, Lotte?« Das schien ihn zu erheitern. »Und denkst du immer noch, dass du es alleine schaffst?« Er rückte mitsamt seinem Sessel von ihr ab.

Sie schüttelte den Kopf. »Bitte helfen Sie mir, diese Angelegenheit aus der Welt zu schaffen.« Sie nahm ihre Handtasche auf und zog das Kuvert heraus. »Mit einem herzlichen Gruß von Frau Dr. Toppert.«

Sein Blick ruhte jetzt auf ihrem Dekolleté. Sie hatte nicht gewagt, sich auch dort vor seinen Augen zu säubern. Es fühlte sich klebrig an.

Ich fühle mich klebrig, dachte Lotte. Von ihm beschmutzt.

Mit einer knappen Kopfbewegung wies er sie an, den Umschlag auf dem Tisch zu deponieren. »Die Akte wird komplett vernichtet«, sagte er in geschäftsmäßigem Tonfall. »Der ganze Vorgang wird ungeschehen gemacht, einschließlich der Vorfälle im Januar. Ist das in Ihrem Sinn, Frau Gerlach?« Als wäre nichts gewesen, kehrte er zur förmlichen Anrede zurück.

»Sehr sogar. Nur eine Bitte noch, Herr General.«

Er war schon im Begriff gewesen, sich zu erheben. Nun hielt er inne und sah sie ungeduldig an. »Was denn noch?«

Sollte sie es wagen? Plötzlich schlug ihr das Herz wieder bis hinauf in die Schläfen. Wenn er es in die falsche Kehle bekam – nettes Bild nach dem, was *ihr* eben passiert war –, verweigerte er ihr vielleicht doch noch seine Hilfe.

Aber ich muss es versuchen, dachte sie und gab sich einen fast schon verzweifelten Ruck. »Ich muss die Dokumente eigenhändig vernichten. Verstehen Sie das nicht falsch, Herr General. Eine Anweisung von Frau Dr. Toppert. Sie kennen meine Chefin, also können Sie sich vorstellen, was passiert, wenn man ihre Befehle nicht auf Punkt und Komma befolgt.«

Wasisto starrte sie mindestens eine halbe Minute lang an, dann entschloss er sich, laut und künstlich zu lachen. »Okay, meine Liebe, mit Clara legen wir uns besser nicht an.«

Er stand auf und marschierte zackig zu seinem Schreibtisch. Lotte beobachtete das Spiel seiner Rückenmuskeln. Auch sein strammer Hintern zeichnete sich unter der eng sitzenden Uniform ab. Doch in Gedanken war sie nicht bei seinem möglicherweise prachtvollen Arsch, sondern bei Leutnant Tomas Ermittlungsakte.

Der General schnauzte auf Indonesisch Befehle ins Telefon. Seine Stimme klang nicht mehr honigweich, sondern scharf wie ein Säbel. Er beendete das Gespräch und wandte sich zu Lotte um. »Der Leutnant hält die Akte in seiner Dienststelle für Sie bereit. Dort können Sie die Dokumente meinetwegen selbst an den Reißwolf verfüttern. Unter einer Bedingung.«

Mit wenigen schnellen Schritten war er wieder bei ihr und trat so nah vor sie, dass sein merkwürdiger Bart fast ihre Stirn berührte. »Schwören Sie, dass Sie die Akte restlos vernichten werden. Keine zurückbehaltenen Blätter, keine Kopien, weder Papier noch digital.«

Er packte ihre Hand, ohne ihre Zustimmung abzuwarten, und presste sie schmerzhaft zusammen.

»Ich schwöre es«, sagte Lotte.

24

Auf der Rückbank des Stretch-Audi atmete Lotte tief durch. Sie fühlte sich immer noch beschmutzt, aber das würde vorbeigehen. Schon während sie ein Erfrischungstuch aus ihrer Handtasche holte und sich Gesicht, Ausschnitt und Hände säuberte, begann das miese Gefühl zu verblassen.

Darunter kam etwas ganz anderes zum Vorschein. »*Du hast es geschafft, Lotte*«, rief ihr Vater in ihrem Kopf. »*Du hast es allen gezeigt. Ich wusste immer, dass du es draufhast.*« Darin hatte er sie seit ihrer Kindheit gedrillt: besser zu sein als jeder andere. Niemals aufzugeben. Vor keinem Kampf zurückzuschrecken. Härter zu sein als alle anderen, auch gegen sich selbst.

»*Du wirst die Karriere machen, die mir nicht vergönnt war, Lottilein. Du wirst es nach ganz oben schaffen und mit deiner Familie in einer wunderschönen Villa leben, wie ich es mir damals erträumt habe. Für uns drei, Kleines – dich, Ellie und …*« *Seine Stimme brach, er begann heiser zu schluchzen.*

Der Fahrer beobachtete sie im Rückspiegel. Es war der durchtrainierte Asiat Ende vierzig, der sie bei ihrem ersten Jakarta-Trip am Flughafen abgeholt hatte. »*Yovan Prakoso, Senior Officer – SecLog Asia*« stand auf dem Plastikschild, das unter dem Rückspiegel baumelte.

Lotte atmete tief durch. »Zur Stadtpolizei, bitte«, sagte sie und nannte ihm die Adresse von Leutnant Tomas Revier.

Er nickte mit der Andeutung eines Lächelns, legte den Gurt an und fuhr samtweich los.

Ein Teil von ihr stand unter Schock, das war ihr zumindest vage bewusst. Aber gewisse Teile von ihr hatten immer unter Schock gestanden, seit dreißig Jahren, also kannte sie sich damit aus. Sie konnte damit umgehen, sie war nicht so leicht einzuschüchtern wie Menschen, die nie zuvor traumatisiert worden waren und sich entsprechend leicht das Maul stopfen ließen. Mit dem Bananenritual des Generals oder sonstigen Psychotricks.

Bei ihr klappte das nicht, sagte sich Lotte, in ihrem tiefsten Innern war sie praktisch immer in Panik und hatte in harten Lektionen gelernt, trotzdem auf Kurs zu bleiben. Bei ihrem Pharmaziestudium hatte das noch nicht geklappt, danach umso besser. Mittlerweile war sie fast perfekt darin, gerade das unbeirrbar durchzuziehen, was ihr eine Heidenangst einflößte.

Und damit auch große Mengen an Adrenalin durch ihre Blutgefäße jagte, ihren Pulsschlag hochschnellen ließ, den metallischen Geschmack auf ihre Zunge zauberte, von dem Stresshormoncocktail, nach dem sie höchstwahrscheinlich süchtig war.

Das haben Sie nicht bedacht, Herr General, dachte Lotte. Er würde sich noch wundern, wozu sie imstande war.

Das Polizeirevier, in dem Leutnant Toma Dienst schob, war ein billig aussehendes Betonhochhaus in Ost-Jakarta, kaum fünf Kilometer von Raya entfernt.

Lotte meldete sich an der Eingangspforte, die dunkelrote Gucci-Handtasche an sich gedrückt wie einen Kopf, den sie im Würgegriff hielt. »Zu Leutnant Toma, er erwartet mich.«

Aber dalli, sagten ihr Blick und ihr Tonfall. Der diensthabende Uniformierte griff zum Telefon, und Minuten später saß Lotte in einem schäbigen, nahezu unmöblierten kleinen Büroraum.

Die Fenster waren geschlossen, trotzdem drang das Tosen des Straßenverkehrs betäubend herein. Ein altertümlicher Ventilator drehte sich langsam unter der Decke, weitgehend wirkungslos.

Die Einrichtung bestand aus zwei Stühlen und einem kleinen Tisch, alles aus verbeultem, abgestoßenem Blech. Zwischen den Stühlen stand tatsächlich ein Reißwolf, wie sie zum Zerkleinern vertraulicher Dokumente verwendet wurden. Eine staubgraue kleine Mülltonne mit einem Deckel darauf, der einen gezähnten Schlitz enthielt.

Leutnant Toma trat ein und nickte Lotte zu. Er war etwa Anfang vierzig, ein unscheinbarer Mann, den sie in einer Menschenmenge kaum wiedererkannt hätte. Beim letzten Mal war er forsch aufgetreten, davon war nichts mehr übrig. Er versuchte offensichtlich, sich ungerührt zu geben, keine leichte Aufgabe, wenn man sich plötzlich in der Verliererrolle wiederfand. Eben noch war er das Krokodil, im

Begriff, seine Zähne ins Fleisch seines Opfers zu schlagen. Jetzt konnte er froh sein, wenn nicht er selbst von der viel mächtigeren Bestie verspeist wurde, die seine vermeintliche Beute beschützte.

Toma nahm neben Lotte Platz und legte einen dünnen Schnellhefter vor sich auf den Tisch. »Fangen wir an, Frau Gerlach?« Er deutete mit der Schläfe auf den Reißwolf und klappte die Mappe auf.

Der Schnellhefter enthielt zehn, zwölf bedruckte Blätter, darunter einen kleinen Stapel Fotografien. Der Leutnant nahm das oberste Blatt und schickte sich an, es an den Reißwolf zu verfüttern.

»Halt«, sagte Lotte. »Ich mache das hier allein.«

Sie nahm ihm das Blatt aus der Hand und legte es vor sich auf den Tisch. Es war engzeilig beschriftet, natürlich auf Indonesisch. *»Laporan autopsi«* stand fett und unterstrichen in der ersten Zeile. Vermutlich hieß das »Obduktionsbericht«. Einige Zeilen darunter entdeckte sie den Namen des verstorbenen Virologen, *Dr. Iqbal Mahmudin*, aber der Rest war für sie nicht zu entziffern.

»Ich habe den Befehl, bei Ihnen zu bleiben.« Leutnant Toma sah sie abwartend an.

»Kommt drauf an, was du mir anbietest«, las sie von seinem runden Gesicht ab.

»Und ich habe das hier für Sie.« Lotte öffnete ihre Handtasche und nahm den Umschlag heraus, den sie am Vorabend noch bei Raya aus dem Safe geholt hatte. Es war eines der drei Kuverts, die sie im Januar vorbereitet hatte, um den Leutnant und etwaige weitere Störenfriede ruhigzustellen. Der dritte Umschlag lag in ihrem Büro parat. Wenn alles lief wie geplant, würde sie Robeth nachher entsprechend instruieren.

»Für Ihre Mühen, Leutnant Toma.« Sie platzierte das Kuvert vor ihm und zog den Schnellhefter zu sich herüber. »Ich brauche höchstens zehn Minuten. Eine weitere Ausgleichszahlung erhalten Sie, wenn wir hier fertig sind.«

Toma leckte sich die Lippen. Seine Hände zuckten, offenbar

kämpfte er mit sich, noch war seine Angst stärker als seine Gier. »Ich muss mich vergewissern, dass Sie wirklich alles vernichtet haben. Und dass es keine Kopien gibt«, sagte er in bedauerndem Tonfall.

»Kein Problem. Sie dürfen anschließend gerne meine Handtasche durchsuchen. Unter diesem Kleid kann ich ja nicht gut etwas verstecken, oder was meinen Sie?« Sie breitete die Arme aus und lächelte ihn an.

Der Leutnant schaute kurz hin und schnell wieder weg. »Auch Ihr Smartphone«, stieß er hervor.

»Aber sicher.« Lotte nahm den Hefter auf und fächelte sich damit warme Luft zu.

Wie zwei Raubkatzen stürzten sich Tomas Hände auf den Umschlag, der blitzartig unter seiner Uniformjacke verschwand. »Fünf Minuten«, sagte er und war im nächsten Moment aus der Tür.

Macht zehn Millionen pro Minute, dachte Lotte. Zum Glück nur Rupiahs.

Sie brauchte zweieinhalb Minuten, um die Dokumente mit ihrer Handykamera zu fotografieren und vom Reißwolf zu Luftschlangen verarbeiten zu lassen. Weitere zwei Minuten – beziehungsweise zwanzig Millionen –, um die GIF-Dateien an einen anonymen Account auf einem Server in Weißrussland zu senden, den die Bloggerin Katia Wozniak ihr »als Zwischenlager für toxische Daten« ans Herz gelegt hatte. *Belanet.org.*

Vor der Tür besprach sich der Leutnant in gedämpftem Tonfall mit einem Untergebenen. Ihr Wortwechsel klang wie ein zweistimmiger Countdown.

Als die letzten dreißig Sekunden anbrachen, begann Lotte damit, fieberhaft die Fotos in ihrer Handy-App zu löschen. Sie schaffte es gerade noch, das Smartphone auszuschalten und in ihre Handtasche zu werfen. Dann ging die Tür auf, und Leutnant Toma kehrte zurück.

»Alles vernichtet.« Sie strahlte ihn an. Ihre Wangen fühlten sich heiß an. Sie sah Toma an, wie begehrenswert er sie fand. Und wie sehr ihm bewusst war, dass sie für ihn unerreichbar war.

Er war schließlich nur ein kleiner Leutnant, und sie gehörte dem General.

25

Am 11. Januar 2019 ging bei der Leitstelle Jakarta-Ost ein anonymer telefonischer Hinweis ein: Bei dem Pharmalabor RAYA PHARMALAB hätten sich ›mehrere Todesfälle‹ ereignet, angeblich infolge ›geheimer Laborexperimente‹, die ›außer Kontrolle geraten‹ seien.«

Lotte saß an ihrem Schreibtisch in der Presseabteilung von Raya und starrte auf den Bildschirm vor ihr. Absatzweise gab sie Leutnant Tomas Ermittlungsakte in einen Online-Translator ein und fragte sich jedes Mal, was daran Lüge und was Wahrheit war.

»Bei dem anonymen Anrufer handelt es sich mutmaßlich um eine Frau mittleren Alters. Sie sprach Indonesisch ohne auffälligen Akzent. Mutmaßlich Javanerin, gebildet, möglicherweise eine Wissenschaftlerin, die im Labor von RAYA *arbeitet und daher über Insiderkenntnisse verfügt. Auf Nachfragen des diensthabenden Beamten bezüglich der näheren Umstände ging sie nicht ein. ›Untersuchen Sie das!‹, mit diesen Worten beendete sie das Gespräch.«*

Das unscheinbare Wortpaar traf Lotte wie ein Stromschlag. *»Mehrere Todesfälle«* bereits im Januar? In der Kantine hatte sie damals mitbekommen, wie die Forscherin Dr. Shinta Suganda mit einer Kollegin flüsternd von einer »Katastrophe« sprach, die bei Raya nur knapp vermieden worden sei.

Hatte sie sich auf die *»geheimen Laborexperimente«* bezogen, von denen die anonyme Anruferin angeblich gesprochen hatte? Handelte es sich bei Shinta und der vermeintlichen Whistleblowerin vielleicht um ein und dieselbe Person? Oder hatte Toma den ganzen »Vorgang« mehr oder weniger frei erfunden, um eine Grundlage für seine Erpressung zu schaffen?

Lotte ging nach wie vor davon aus, dass Tomas Ermittlungen weitgehend eine Luftnummer waren. Möglicherweise hatte eine unzufriedene Raya-Mitarbeiterin zum Telefon gegriffen, weil ihr die Machenschaften von Syamsu (und Ex-Eigentümer Bashibu) gegen den Strich gingen. Toma hatte die kümmerlichen Anhaltspunkte dann so aufgebauscht und verdreht, dass es bei den vorgeblichen Geheimversuchen sogar Tote gegeben haben sollte.

Sie tippte sich mit der Zeigefingerspitze gegen die Unterlippe (wo sie am Vormittag Wasistos Messerspitze gespürt hatte). Je länger sie über die »Todesfälle« und die beinahe eingetretene »Katastrophe« nachdachte, desto unruhiger wurde sie.

Eigentlich sollte sie nicht mehr hier am Schreibtisch sitzen. Ihre Mission war beendet, und zwar hundertprozentig erfolgreich. Im Hotel hatte sie bereits ausgecheckt, ihr Gepäck war im Kofferraum des Firmenwagens verstaut, den sie in Gedanken nur noch *Stretch-Audi* nannte.

Es war gleich halb vier nachmittags. Um kurz vor sieben ging ihr Flieger nach Singapur, von dort um halb zehn weiter nach Berlin. Von Robeth hatte sie sich bereits verabschiedet, nachdem er ihr berichtet hatte, dass Leutnant Toma erschienen sei, um den Umschlag in Empfang zu nehmen. Alles wie geplant.

Robeth hatte sie nicht gefragt, was der Umschlag enthielt, er hatte überhaupt nichts gefragt.

Sie spürte noch den Bananengeschmack im Mund und Wasistos stramme Schenkel, die sich um ihre übereinandergeschlagenen Beine schlossen. Aber sie schaffte es, null Emotionen mit diesen Erinnerungsbildern zu verbinden. Darin war sie geübt. Und wie zuweilen, wenn sie sich von ihren Gefühlen abgekoppelt hatte, stand ihr plötzlich die Frage vor Augen, der sie sonst immer aus dem Weg ging.

Hatte der namenlose Lover ihrer Mutter nicht nur das tödliche Virus verpasst, sondern sie in derselben Nacht auch geschwängert? Rein rechnerisch war es möglich, dass er Ellie das Leben genommen und Lotte das Leben geschenkt hatte. Vielleicht in ein und demselben Akt, vielleicht nacheinander. Erst das mörderische Virus, dann den schöpferischen Samen. Oder umgekehrt.

Lotte schüttelte den Kopf und gab weitere Absätze aus Tomas Akte in die Online-Maske ein.

»*Zwei Tage darauf wurde die leitende Personalmanagerin, Charlotte* GERLACH, *Nationalität deutsch, durch Polizeileutnant Jussuf* TOMA *in den Räumlichkeiten von* RAYA *befragt, einer Firmentochter des deutschen Pharmazieunternehmens ClarTop.*

Die GERLACH *hielt sich in Jakarta auf, um bei* RAYA *diverse Entlassungen und Neueinstellungen durchzuführen. Auf entsprechende Fragen erklärte sie, das Personalrevirement sei aufgrund mutmaßlicher Untreue und versuchten Diebstahls geistigen Eigentums seitens einiger der nunmehr gekündigten Personen erforderlich geworden. Auf Strafanzeigen werde unternehmensseitig verzichtet, jedoch liege die Schlussfolgerung nahe, dass die anonyme Denunziantin im Kreis der Entlassenen zu suchen sei.*

Die Behauptung, dass bei RAYA *hinter dem Rücken der neuen Eigentümer ›geheime Laborexperimente‹ durchgeführt worden seien und/oder es zu ›mehreren Todesfällen‹ gekommen sei, wurde von der* GERLACH *glaubwürdig zurückgewiesen. Das sei ›systemisch ausgeschlossen‹, die Kontrollen seien penibel und engmaschig.*

Die Ermittlungen wurden daraufhin eingestellt. Die anonym erhobenen Vorwürfe sind offenkundig gegenstandslos. – Gez. Polizeileutnant TOMA«.

Das alles roch nach einem eingespielten Betrugs- und Erpressungsmodell, bei dem bloß jeweils die Namen der ausersehenen Opfer eingesetzt und die vermeintlichen Tatumstände variiert wurden, sagte sich Lotte. Doch ihre Versuche, sich selbst zu beschwichtigen, hatten einen entscheidenden Makel. Eigentlich sogar zwei.

Sie selbst hatte im Januar gehört, wie sich die beiden Wissenschaftlerinnen flüsternd über eine beinahe eingetretene »Katastrophe« austauschten. Außerdem gab es da noch den Obduktionsbericht, in dem detailliert ausgeführt wurde, dass Dr. Mahmudins Tod durch *»Sepsis und Multiorganversagen infolge eines massiven Zytokinsturms«* verursacht worden sei.

Auf den beigefügten Vierfarbfotos im DIN-A4-Format war naturgemäß nicht zu erkennen, ob es sich bei der stark entstellten Brandleiche tatsächlich um die Überreste von Dr. Iqbal Mahmudin handelte. Anhand seines Zahnstatus sei der Virologe jedoch eindeutig identifiziert worden, hieß es in dem gerichtsmedizinischen Gutachten weiter.

Ebenso eindeutig war für den forensischen Pathologen, der die Sektion durchgeführt hatte, dass Mahmudin, als das Feuer seinen Körper erfasste, nicht mehr am Leben war. Der Tod sei etliche Stunden vor Ausbruch des Brandes eingetreten. Möglicherweise handele es sich also um Brandstiftung zu dem Zweck, die eigentliche Todesursache zu verdecken, folgerte der Forensiker abschließend.

Andererseits war es nach wie vor möglich, dass der Obduktionsbericht genauso wie die ganze Polizeiakte gefälscht war. Nicht nur möglich, korrigierte sich Lotte, sondern plausibler als alles andere.

Sie schenkte sich Wasser aus der Karaffe nach und leerte das Glas mit zwei großen Schlucken. Den Bananengeschmack wurde sie durch noch so viel Flüssigkeitszufuhr nicht los. Und den Beigeschmack oraler Vergewaltigung noch weniger.

Vor allem aber wurde das elektrische Kribbeln in ihrem Magen mit jeder weiteren Passage aus Tomas Akte stärker. Waren die möglichen »Todesfälle« im Januar durch dieselbe Symptomatik verursacht worden wie bei Mahmudin? Gehörte Mahmudin also zu den Wissenschaftlern, die das »geheime Laborexperiment« durchgezogen hatten – und hatte sich schließlich selbst mit der Substanz infiziert, die einen *»massiven Zytokinsturm«* mit nachfolgender tödlicher Sepsis hervorrief?

Lotte öffnete und schloss mehrfach die Augen, aber es half nichts. Erneut sah sie ein unterirdisches Labor vor sich, beklemmend enge, fensterlose Räume, in denen das mörderische Serum entwickelt wurde … aber zu welchem Zweck?

Und in der Klinik-Einheit, die direkt neben Halle E lag, hatten sie dann arglosen Probanden ihren Horrorwirkstoff injiziert? War das allen Ernstes vorstellbar?

Raya ist ein renommiertes Unternehmen, sagte sich Lotte, das in den drei Jahrzehnten unter Bashibus Leitung niemals auch nur vom Schatten eines Skandals gestreift worden ist. Im Gegenteil, sie haben Dutzende segensreicher Arzneimittel und Impfstoffe entwickelt und serienweise Preise für innovative Forschung, ethische Standards, *Best Practice Management* und so weiter eingeheimst.

Wieso sollten dieselben Gründer- und Führungsfiguren, die Raya zu solchem Leuchtturmglanz verholfen hatten, auf einmal menschenverachtende Experimente durchführen?

Für Aktivistinnen wie Katia Wozniak läge die Antwort auf der Hand: Bashibu und Syamsu konnten sich entschlossen haben, ein neuartiges Virus zu züchten oder ein vorhandenes zu optimieren, um eine weltweite Epidemie auszulösen. Und, natürlich, um sich mit dem parallel entwickelten Impfstoff eine goldene Nase zu verdienen.

Um keinen Verdacht auf sich zu lenken, hatten sie das Labor zuvor an ein anderes Unternehmen verkauft. Ihr Plan wäre demnach, das Virus eine gewisse Zeit lang wüten zu lassen und dann als Retter in der Not aufzutreten – solche oder ähnliche Komplotte schmiedeten Pharmakonzerne rund um die Erde angeblich seit vielen Jahren. Ihre Verbündeten waren habgierige Investoren und eine Politikerkaste, die nur auf einen Vorwand wartete, um demokratische Grundrechte einzuschränken. Oder, besser noch, ein für alle Mal abzuschaffen.

In den Verschwörungsgeschichten, die Katia und ihre Mitstreiter verbreiteten, fehlten daher auch selten die »geheimen Zusätze«, die dem Impfstoff angeblich beigemischt werden sollten. Persönlichkeitsverändernde Psychowirkstoffe, die aufsässige Bürger in unterwürfige Untertanen verwandelten. Oder sogar Nanochips für umfassende Überwachung der »durchgeimpften« Bevölkerung.

Lotte presste die Lippen aufeinander. Erneut sah sie Wasisto vor sich, den Gebetsfleck auf der Stirn, den sonderbaren Bart. Hing etwa auch der General irgendwie mit drin? Ging es nicht um kriminelle Bereicherung, sondern um … ja, was eigentlich? Islamistischen Terrorismus? Die Zerstörung der »ungläubigen« westlichen Zivilisation durch gottgefällige Virenschwärme?

Oder drehe ich jetzt völlig durch?, dachte Lotte.

Sie drückte sich eine Faust auf den Mund, weil sie fürchtete, gleich loszuschreien. In ihrem Kopf redete der Erzähler mit der Stimme ihres Vaters auf sie ein. Albtraumbilder von explodierenden Brutschränken mischten sich mit dem realen Horror der Überreste von Dr. Mahmudin, dessen Gesicht eine geschrumpfte, schwärzlich-rote Fratze mit leeren Augenhöhlen und einem Mund ohne Lippen war.

Ich muss mit Shinta Suganda sprechen, beschloss Lotte. Auch wenn Toppert ihr strikt verboten hatte, irgendwen bei Raya wegen des »Fremdprojekts« zu befragen.

Also glaubst du auf einmal doch, dass an den Gerüchten etwas dran ist?, verhörte sie sich selbst. Das Blut rauschte ihr so laut in den Ohren, dass sie Mühe hatte, ihre eigenen Gedanken herauszufiltern.

Nein, natürlich nicht, glaubte sie zu verstehen.

Entsprechend behutsam würde sie vorgehen, um – wie Toppert es ausgedrückt hatte – das Investment von ClarTop nicht zu gefährden. Genauso wenig wie ihre eigene Karriere, die Berufung in den Vorstand, mit dem Toppert sie für ihren Einsatz belohnen würde.

Chief Communication Officer. Das bedeutete nicht nur Reichtum, sondern noch spannendere Herausforderungen in ihrem Beruf.

Und es bedeutete, dass sich ihre Träume erfüllen würden, wenn auch auf andere Weise, als sie und ihr Vater es sich früher mal zusammengesponnen hatten.

Auf dem Weg zum Flughafen würde sie Paul anrufen, beschloss Lotte. Er hatte letzte Woche erwähnt, dass das Haus auf dem Nachbargrundstück demnächst zum Verkauf stünde. Eine Jahrhundertwende-Villa im Tudor-Revival-Stil wie ihre. Paul könnte auch dieses Haus restaurieren, und anschließend würde ihr Vater dort einziehen.

Lotte war sicher, dass ihre – dann schon drei – Ritter allesamt von dieser Idee begeistert wären.

Jetzt musste sie sich nur noch vergewissern, dass an den Anschuldigungen von Leutnant Tomas vermeintlicher Whistleblowerin wirklich nichts dran war.

26

Lia, sei so gut und ruf Dr. Suganda im Labor an.«

Lotte stand in der Tür zum Vorzimmer ihres Büros. Die beiden indonesischen Assistentinnen, Min und Lia, waren in ihre Arbeit vertieft. Lia feilte an der wöchentlichen Mitarbeiter-Motivations-Mail, die Lotte vorhin noch mit ihr durchgegangen war. Min telefonierte mit dem lokalen Fernsehsender, der eine Reportage über innovative Hightech-Unternehmen in Jakarta bringen wollte.

»Sie soll zu mir ins Büro kommen«, fuhr Lotte fort. »Es geht um die Förderung weiblicher Nachwuchswissenschaftler, du weißt schon. Ich glaube, dass sie so etwas wie das Gesicht der Kampagne werden könnte.«

»Ja, klar, mach ich sofort.« Lia strahlte sie an. »Super Idee. Ich sag ihr, sie soll sich beeilen, weil du gleich zum Flughafen musst.«

»Danke, lieb von dir.« Lotte schloss die Tür und setzte sich wieder hinter ihren Schreibtisch.

Zuerst hatte sie überlegt, ob sie die Wissenschaftlerin heimlich kontaktieren und sich irgendwo in einer Bar mit ihr treffen sollte. Aber dafür fehlte ihr die Zeit, und außerdem sah es so viel harmloser aus.

Nur für den Fall, dass Robeth eben doch mit Bashibu unter einer Decke steckte. Oder auch, falls er von Toppert beauftragt worden war, ihr über Lottes Aktivitäten vor Ort zu berichten.

So ein Schachzug war der Chefin ohne Weiteres zuzutrauen. Sie war vielleicht nicht direkt ein Kontrollfreak, aber sie neigte dazu, ihre Umgebung im Auge zu behalten. An Vertrauensseligkeit litt sie jedenfalls nicht, und Lotte konnte es ihr nicht verdenken. Wenn man ganz oben auf der Pyramide stand und letzten Endes für alles den Kopf hinhalten musste, was die niederen Chargen möglicherweise verbockten, war es nur natürlich, dass man sich abzusichern versuchte.

Genau das würde auch sie selbst jetzt tun. Um anschließend beruhigt davondüsen zu können.

Es klopfte.

»Herein.« Lotte stand auf und ging der Wissenschaftlerin mit raschen Schritten entgegen. »Vielen Dank, Dr. Suganda, dass Sie so kurzfristig Zeit für mich haben.« Sie verlieh ihrer Stimme einen warmen Tonfall. »Beziehungsweise für die weiblichen Nachwuchstalente, die ich mit Ihrer Hilfe für Raya gewinnen will.«

Die Indonesierin sah sie verwundert an. Mit einem Lächeln bat Lotte sie, in einem der Sessel Platz zu nehmen. Plötzlich fühlte sie sich unsicher, fast eingeschüchtert, wie es ihr manchmal mit älteren Frauen passierte. Dabei betrug der Altersunterschied zwischen ihnen gerade mal fünf Jahre.

Doch Shinta Suganda hatte verwirklicht, woran Lotte gescheitert war. Sie arbeitete als Forscherin in einem angesehenen Pharmalabor. Dazu kam, dass sie umwerfend gut aussah. Die dunklen Augen in dem karamellbraunen Gesicht drückten eine Mischung aus hellwacher Intelligenz und tiefer Empathie aus, die Lotte sonst nur mit ihrer Mutter verband.

»Aus Ihrer Personalakte weiß ich, dass Sie sich für die Chancengleichheit von Mädchen einsetzen«, fuhr sie fort, als sie sich vor der Fensterfront gegenübersaßen. »Wir planen, eine Anzahl begabter junger Indonesierinnen, die Pharmazie oder Mikrobiologie studieren wollen, durch Stipendien zu fördern. Könnten Sie sich vorstellen, sich als das Gesicht dieser Kampagne zu engagieren?«

Shinta ordnete ihre perfekte Frisur. Sie kam Lotte angespannt vor. Ahnte sie, weshalb sie in Wahrheit gerufen worden war? Oder überlegte sie, ob sie die Gelegenheit nutzen und Lotte anvertrauen sollte, was ihr seit Langem auf dem Herzen lag?

»Ihr Vorschlag ehrt mich.« Shinta sprach mit erhobener Stimme. »Wenn es um weibliche Gleichberechtigung geht, können Sie immer auf mich zählen.« Sie legte eine Pause ein und schaute Lotte bedeutungsvoll an. »Gerade am letzten Wochenende habe ich wieder eine Veranstaltung moderiert, bei der Schulabgängerinnen für ihre herausragenden Leistungen gewürdigt wurden.«

Die Wissenschaftlerin schaute demonstrativ zur Tür, hinter der die Assistentinnen mit der Tastatur ihrer Notebooks klapperten, und wieder zu Lotte. »Wenn Sie möchten, zeige ich Ihnen einen Ausschnitt aus dem Video von der Abschlussfeier«, fügte sie lauthals hinzu.

Lotte nickte. Als Shinta sie weiter erwartungsvoll ansah, wiederholte sie für die Zuhörerinnen im Vorzimmer: »Ja, gerne, das interessiert mich sehr.«

Sie kam sich vor wie auf der Bühne. Lampenfieber inklusive. Ihr Pulsschlag stieg rapide an, während Shinta ihr Smartphone aus dem weißen Kittel holte, den sie über dem streng geschnittenen schwarzen Hosenanzug trug. Sie wischte auf dem Display herum, öffnete eine App und legte das Handy zwischen ihnen auf den Tisch.

Ein YouTube-Video startete. Lotte brauchte einen Moment, um zu verstehen, was auf dem kleinen Bildschirm zu sehen war. Und zu welchem Zweck. Zehn, fünfzehn US-amerikanische Highschool-Girls, die in einer feierlichen Zeremonie ihre Abschlusszeugnisse überreicht bekamen. Würdenträger hielten Reden, die Mädchen freuten sich, lachten oder schluchzten ergriffen. Es handelte sich offenbar um einen Hollywoodschinken, nur auf Indonesisch synchronisiert.

Shinta glaubt, dass wir abgehört werden, ging es Lotte durch den Kopf. Sie spürte, wie ihre Augen immer größer wurden. Und ihre Kehle enger.

Die Wissenschaftlerin stellte das Video so laut, dass die Handylautsprecher schepperten. Die Assistentinnen im Vorzimmer waren nicht mehr zu hören.

Lotte lehnte sich zu ihr hinüber. »Wie haben Sie das im Januar gemeint?«, fragte sie schnell. »Das mit der ›Katastrophe‹?«

Shinta befeuchtete sich die Lippen und schluckte. Dann beugte sie sich ruckartig vor, sodass ihr Mund beinahe Lottes Ohr berührte.

»Es gab eine klinische Testreihe mit sechs Toten«, flüsterte sie. »Natürlich inoffiziell. Sechs von sechs Probanden waren nach maximal zweiundsiebzig Stunden tot. Alles wie geplant. Danach sollte Phase zwei beginnen, ein Großversuch mit Hunderten Testpersonen. Das hätten sie nicht unter Kontrolle halten können – auf keinen Fall.« Sie schluckte. »Das habe ich damals mit der drohenden ›Katastrophe‹ gemeint. Die wurde dann zumindest aufgeschoben, als Sie Syamsu und Konsorten rausgeschmissen haben.«

Lotte starrte sie an. Schauer rannen ihr den Rücken hinab. »Aufgeschoben?«, flüsterte sie. »Heißt das …?«

»Ich muss gehen.« Suganda wurde schlagartig bleich. Bleicher, als Lotte es bei ihrem Hauttyp für möglich gehalten hätte. »Ich habe schon zu viel gesagt.«

Sie wollte sich erheben, doch Lotte ergriff ihre Hand und hielt sie fest. »Warten Sie, Shinta. Schreiben Sie mir alles, was Sie wissen. Schicken Sie mir eine Mail an sida@belanet.org. Richten Sie sich da auch einen anonymen Account ein. Und gehen Sie immer über Proxy-Server dort rein. Wissen Sie, wie das geht?«

Shinta sah aus, als würde sie gleich in Ohnmacht fallen. Aber sie erwiderte Lottes Blick, und schließlich nickte sie.

Als das Video stoppte, zuckten sie beide zusammen.

»Da bin ich wie gesagt gerne dabei, Frau Gerlach«, rief Shinta unnatürlich laut. »Jetzt will ich Sie aber wirklich nicht länger aufhalten, sonst verpassen Sie noch Ihren Flieger.«

Sie sah Lotte noch einmal an, ihr Blick schien zu flackern. Dann wandte sie sich um und verließ das Büro.

Donnerstag,
4. April, abends

27

Lotte schreckt aus dem Schlaf. Sie liegt in einem schmalen Bett, die Federn ächzen, die Bettdecke auf ihr ist dick und schwer.

Wo bin ich hier? Ihr Verstand arbeitet nur mühsam, ihr Herz klopft viel zu schnell.

Schwerfällig setzt sie sich auf. Ihr Körper fühlt sich bleiern an, der Schädel wie in einen Helm gezwängt. Ihre Haare, die Stirn schweißnass.

Im Dunkeln zeichnen sich die Umrisse eines kleinen Zimmers ab. Klobiger Schrank gegenüber dem Bett, daneben die Tür. Rechts ein Fenster, durch den Vorhang schimmert orangegelbes Licht.

Wirre Bilder flackern ihr durch den Kopf. Sie hat die Tabletten in ihrer Aktentasche gesucht. Sie hat alles durchwühlt, doch da waren keine Milos …

Wie kann das sein? Sie hat doch vorhin eine halbe Pille geschluckt? Also war das im Traum? Und was jetzt, das Suchen oder das Schlucken?

Sie tastet nach rechts, findet eine Nachttischlampe, knipst sie an.

Na also. Da liegt die Packung neben ihrem Smartphone. Das Display, als sie darauftippt, zeigt 18:53 Uhr.

So früh noch? Das verdammte Zeug, denkt Lotte. Sie hat keine zwei Stunden geschlafen. Der berüchtigte Effekt bei Unterdosierung: immer noch extrem gestresst und zusätzlich todmüde.

Zumindest weiß sie jetzt wieder, wo sie ist. In diesem Landgasthof bei … wie hieß es noch gleich … Kinding. Der *Weiße Hirsch*.

Lotte schiebt die Decke zurück, will die Beine über den Bettrand heben. Und erstarrt in der Bewegung.

Draußen das blubbernde Geräusch eines schweren Motorrads. Angestrengt lauscht sie zum Fenster hin. Die Stresshormone in ihrem Speichel kann sie fast schon schmecken.

Unten geht die Tür zum Restaurant auf. Leute kommen heraus, rufen durcheinander. Autotüren werden zugeknallt, jemand hupt.

Dann wieder Stille. Auch das Motorrad ist nicht mehr zu hören.

Die Kawasaki? Ist die Asiatin gekommen? Oder weggefahren? Ergibt das irgendeinen Sinn?

Lotte rappelt sich auf, geht fast taumelnd zum Fenster. Jeder Gedanke, jede Bewegung ist mühsam.

Sie späht durch den Schlitz zwischen den Vorhanghälften. Da hinten, am anderen Ende des Parkplatzes, steht ihr SLK, grazil und wie sprungbereit. Drei Boxen weiter rechts ein klotziger schwarzer SUV.

Der erinnert sie an irgendetwas, aber sie kann sich nicht konzentrieren. Ihr Puls ist viel zu schnell, die Schauer auf ihrem Rücken fühlen sich schon wieder an wie Spinnenbeine.

Mindestens eine Minute lang starrt sie nach draußen. Vor ein paar Stunden, als sie hier die Vorhänge zugezogen hat, hat der auch schon da draußen gestanden. Aber das ist es nicht, was sie so irritiert.

Sondern, Lotte? Denk nach …

Sie klopft sich mit der flachen Hand auf den Hinterkopf. Stochert in dem Nebel hinter ihrer Stirn. Dann endlich fällt es ihr ein.

So ein Blechdinosaurier hat gestern, als sie von Berlin aus losgefahren ist, ewig an ihrer Stoßstange geklebt. Hinter dem Steuer ein breitschultriger Typ mit Vollbart.

Also ist ihr der auch seit letzter Nacht gefolgt, genauso wie die Asiatin auf dem Motorrad?

Oder geht die Paranoia wieder mit ihr durch? Zumal vor ihrem geistigen Auge ein anderer Mann mit Vollbart auftaucht, an den sie jetzt auf keinen Fall denken will.

Der erste SUV war ein Audi, fällt ihr ein. Ein Q8. Und der da drüben?

Sie zieht den Vorhang ein Stück zur Seite, schiebt sich näher an die Scheibe heran. Aber es ist zu dunkel, sie kann nicht erkennen, um was für eine Marke es sich handelt.

Dafür gerät ihr etwas anderes ins Blickfeld, genau unter ihr.

Ein schweres Motorrad, schwarz. Direkt vor der Hauswand abgestellt, als sollte es von ihrem Zimmer aus nicht gesehen werden.

Lotte weicht vom Fenster zurück, stolpert über den Bettvorleger und knallt beinahe hin.

Verdammt, was jetzt? Die liegen da unten auf der Lauer. Oder sind die schon im Haus? Vielleicht bereits hier im Zimmer?

Langsam atmen, ein und aus. Nicht zu tief, Lotte, und nicht zu flach. Wie von der Stresstherapeutin empfohlen, die sie letztes Jahr heimlich aufgesucht hat. Ein und aus.

Sie geht zur Tür, drückt die Klinke herunter. Abgeschlossen. Sie schaltet das Deckenlicht ein und dreht sich mühsam, wie gegen einen mechanischen Widerstand, zum Zimmer hin um.

Niemand da, wie denn auch. Das hat sie doch vorhin schon alles kontrolliert. Im Schrank und unterm Bett. Allerdings hat sie zwischendurch wie tot geschlafen. Wenn in der Zeit jemand hereingekommen wäre, hätte sie das niemals mitgekriegt.

Ihr Herz hämmert. Die Tür zum Bad, denkt Lotte. Hat sie die nicht zugemacht, bevor sie sich hingelegt hat? Jetzt ist sie angelehnt. Wie in dem Märchen von Papa … *Das kleine Mädchen geht in sein Zimmer zurück. Komisch, es ist ganz dunkel. Hat sie das Licht nicht vorhin angelassen? Doch, ganz bestimmt …*

Lotte hat ihre Unterwäsche an, trotzdem fühlt sie sich plötzlich nackt. Sie spürt, wie sich die feinen Härchen in ihrem Nacken aufstellen, als sie ums Bett herumgeht und die Hand auf die Klinke der Badtür legt.

Sie reißt die Tür auf, schaltet Licht ein.

Niemand da. Wanne, Becken, Klo, hier kann sich keiner verstecken.

Mit einem Mal kommt sie sich kindisch vor. Du und dein Verfolgungswahn. Das spielt sich alles wieder nur in deinem Kopf ab. Niemand ist hinter dir her. Denk nach, Lotte!

Aber nachdenken ist Schwerstarbeit, wenn sie so drauf ist. Alles fühlt sich an wie unter Wasser. Jede Bewegung, jeder Gedanke.

Ihr Gesicht im Spiegel bleich, die Augen schreckgeweitet. Sie schleppt sich zu der altmodischen Wanne, dreht die Hähne auf. Links warm, rechts kalt. Während sie die Wasserströme mischt, sieht sie erneut die Bilder vor sich, mit denen sie eben aus dem Schlaf geschreckt ist.

Wie sie ihre Aktentasche durchwühlt hat. Wieder und wieder, aber die Milos waren nicht da. Dabei hatte sie die in Wirklichkeit doch längst gefunden, und zwar genau da, wo sie im Traum gesucht hat.

Ihr Gehirn arbeitet immer noch schwerfällig. Während sie BH und Slip abstreift und in die Wanne klettert, wird ihr trotzdem klar, warum sie gerade das geträumt hat.

Weil die Tabletten nicht in ihrer Aktentasche hätten sein dürfen.

Sie hat die Prada-Tasche erst vor zwei Monaten gekauft, als sie mit den Pillen längst aufgehört hatte. Ihre letzte Milobran-Packung hat sie lange vorher in ihren Nachttisch gelegt und seither nicht mehr angerührt.

Lotte kauert in der Wanne, duscht sich mit der kraftlos spuckenden Brause ab. Der Schlauch ist zu kurz, und das Duschgel-Fläschchen lässt sich nicht aufdrehen.

Aber das sind gerade nicht ihre größten Probleme.

Irgendjemand war an deiner Aktentasche, Lotte, und hat die Milos reingesteckt. Jemand, der deine Schwachstelle kennt. Deine Angstattacken und deine mühsam abtrainierte Gewohnheit, dich mit Benzo-Pillen runterzufahren.

Sie hockt sich in die Wanne, lässt das Wasser laufen und versucht, sich zu konzentrieren. Ihr Herz wummert wie verrückt. Spinnenkarawanen rennen ihren Rücken hoch und runter. Sie stellt den Warmwasserhahn ab und lässt den eiskalten Strahl auf Arme und Beine prasseln.

Das muss im *Anna* passiert sein, dämmert ihr. Das Nachwuchstalent-Double und die Asiatin haben sie zu den Waschräumen gelockt. Und während sie da unten war, hat Mrs Plattnase sich an ihrer Tasche zu schaffen gemacht. Oder auch Mr Vollbart.

Lotte sieht es so plastisch vor sich, als wäre sie dabei gewesen. Wie er ihre Aktentasche öffnet, die Pillenpackung hineinschiebt und schon wieder weg ist, bevor der Kellner etwas bemerkt.

Oder war es eher so? Er drückt dem Kellner einen Fünfziger in die Hand, damit der einen Augenblick wegsieht. Dann durchsucht er Lottes Mantel und Tasche, und als er nicht findet, was er sucht – Stick, Speicherkarte, irgendeinen Datenträger –, kommt Plan B zum Einsatz: das Milobran …

Lotte stellt das Wasser ab und klettert aus der Wanne. Sie ist so ausgelaugt, dass sie am liebsten Tag und Nacht schlafen würde. Und so sehr unter Stress, dass ihr, noch während sie sich abrubbelt, schon wieder der Schweiß ausbricht.

Was für eine bescheuerte Idee, sich hier ein Zimmer zu nehmen! Sie sitzt in der Falle. Es fühlt sich an, als würde sich ein Strick um ihren Hals zuziehen. Als würde gleich eine Bio-Bombe durch ihr Fenster krachen, ein Ballonglas voll tödlicher Viren, und genau vor ihren Füßen zerplatzen.

Sie kann hier nicht bleiben. Aber sie kann auch nicht von hier weg.

Nicht, solange die da unten auf der Lauer liegen.

Nicht, solange sie sich fühlt wie ein Roboter, dem der Saft ausgeht.

Lotte quält sich in ihre Unterwäsche, ihre Bluse. Mit Fingern aus Gummi, die ewig an den Knöpfen rumfummeln. Während es draußen auf dem Parkplatz erneut lärmig wird. Stimmen, Gelächter, startende Motoren.

Was mache ich jetzt, verdammt?

Sogar ihr Slip fühlt sich klamm an. Wie gerne würde sie Pauls beruhigende Stimme hören. Er ist nie auch nur halb so gestresst wie Lotte andauernd. In seiner Welt gibt es kein Problem, das sich durch ruhiges Nachdenken nicht lösen ließe.

Trotzdem kann sie ihn nicht anrufen, ausgeschlossen. Wenn sie so drauf ist wie jetzt, redet sie ein bisschen vernuschelt, gleichzeitig langsamer als normal. Paul merkt dann sofort, dass sie wieder Milobran genommen hat. Obwohl sie ihm geschworen hat, zumindest tagsüber die Finger von dem Zeug zu lassen.

Er würde sich schrecklich aufregen. »*Du darfst auf keinen Fall auch nur einen Meter mit dem Auto fahren*«, sie hört schon seine beschwörende Stimme. »*Bleib, wo du bist, Lotte, ich hole dich ab.*«

Das hätte ihr gerade noch gefehlt. Sie darf Paul nicht in die Sache hier reinziehen.

Auf Strümpfen geht sie zum Fenster, drückt die Stirn gegen die Scheibe, späht nach unten.

Das Motorrad ist nicht mehr da. Der SUV allerdings steht nach wie vor zehn Meter neben ihrem Cabrio. Riesenhaft, ein Mausoleum aus schwarzem Blech.

Sie kneift die Augen zusammen, doch es ist zu düster. Sie kann nicht erkennen, um was für ein Modell es sich handelt. Und das Kennzeichen kann sie aus dieser Entfernung schon gar nicht lesen.

Aber hey, sie hat doch ein Smartphone! Warum hat sie nicht eher daran gedacht? Sie dreht sich um, geht zum Nachttisch, greift sich das Handy und wischt dann ratlos auf dem Display herum.

Jede Menge Messages, Mails, verpasste Anrufe. Von Mitarbeiterinnen und Kollegen, aber das hat alles Zeit.

Was hatte sie noch gleich mit dem Smartphone vor? Konzentrier dich, Super-Lotte, mach schon!

Na klar, die Kamera. Sie geht zurück zum Fenster, öffnete die App, zoomt den SUV ran. Ein Audi Q8, allerdings mit Frankfurter Kennzeichen. Frankfurt am Main, nicht an der Oder.

Wie viele von diesen Blechkolossen mag es auf deutschen Straßen geben? Wie wahrscheinlich ist es, dass da drüben genau der Wagen steht, der gestern am anderen Ende des Landes hinter ihr war?

Schwerfällig formt sich die nächste Frage in ihrem Kopf. Wenn sie hinter dir her sind, warum verhalten sie sich so auffällig?

Darüber hat sie ja seit gestern immer wieder nachgegrübelt. Auch diesmal fällt ihr nur eine Antwort ein. Und die klingt noch immer nicht besonders überzeugend.

Psychoterror. Sie wollen dich in den Wahnsinn treiben, Lotte, oder gleich in den Selbstmord. Wie es ihnen – möglicherweise – bei Shinta gelungen ist.

Ergibt das irgendeinen Sinn? Sie denkt darüber nach, minutenlang.

Ja, nein, sie weiß es nicht, verdammt! Seit sie im Januar in Jakarta war, ergibt gar nichts mehr auch nur halbwegs Sinn.

Eins aber weiß sie: Sie kann hier nicht bleiben. Sie ist todmüde und gleichzeitig so voll zuckender Unruhe – sie kriegt einen Schreianfall, wenn sie nicht sofort hier rauskommt.

Also quält sie sich in ihre Valentino-Stiefeletten, sammelt ihre Siebensachen zusammen, schmeißt alles in ihre Aktentasche und geht zur Tür.

Und wenn sie da draußen lauern, im dunklen Flur? Links Vollbart, rechts Plattnase?

Sie schüttelt den Kopf, fummelt den Schlüssel ins Schloss, zieht die Tür auf.

Der Flur ist schummrig beleuchtet und menschenleer. Vom Restaurant unten dringt kein Laut herauf.

Lotte fischt das Smartphone aus ihrer Tasche, checkt die Uhrzeit.

23:17 Uhr.

Wie bitte? Wie kann das sein?

Als sie aufgewacht ist, war es doch gerade erst kurz vor sieben. Hat sie mehr als vier Stunden da drinnen rumgekramt? Es fühlt sich nach viel weniger an.

Aber gerade das passiert, wenn du Milobran nimmst. Die Zeit klumpt sich zusammen oder dehnt sich, wird labbrig wie die Uhren auf Dalí-Gemälden.

Vielleicht ist sie zwischendurch noch mal weggedöst? Egal jetzt. Lotte schließt hinter sich ab, tapst den Gang entlang, die Treppe runter, und überall gehen sensorgesteuerte Sparlampen an.

Unten geht sie nach rechts, wie sie gestern gekommen ist. Doch die Milchglastür zum Restaurant ist abgeschlossen, und dahinter ist es stockfinster.

Die haben schon zu. Wie komme ich jetzt hier raus?

Paniktrommeln in der Brust, im Kopf. Sie muss sich zusammenreißen, um nicht an der Klinke zu rütteln. Oder zu schreien oder etwas noch viel Unsinnigeres zu tun.

Bleib ruhig, Lotte. Denk nach …

Der Hinterausgang, na klar, fällt ihr ein. Der Wirt hat ihr ja gestern alles erklärt. »Wenn S' in der Nacht abreisen wollen, kein Problem.«

Lotte dreht sich um, folgt dem Gang bis zum anderen Ende und wirft den Schlüssel in die Box neben der Hintertür. Die ist nicht abgeschlossen, wie vom Wirt versprochen. Bevor sie sich erneut ausmalen kann, wer draußen alles lauert, drückt sie die Klinke herunter und tritt in die Nacht hinaus.

Sie achtet darauf, dass die Tür hinter ihr wieder ins Schloss fällt, wie der Wirt es sich ausgebeten hat. Außen gibt es nur einen starren Knauf, also kann niemand hinein, wie es auch auf dem Schild steht: »*Unbefugte haben keinen Zutritt*«.

Lotte studiert das Schild, denkt darüber nach, schließlich gelingt es ihr, sich davon loszureißen. Sie geht rechts um das Haus herum, gelangt zum Parkplatz.

Hier verlieren sich nur noch ein paar wenige Autos auf der weiten Fläche. Lottes SLK steht absurd weit vom Haus entfernt, am anderen Ende des schummrig beleuchteten Platzes. Der SUV ist verschwunden.

Es regnet in dünnen Schnüren, aber sie bekommt es kaum mit. In Zeitlupe überquert sie den Parkplatz, ihr Auto fest im Blick.

Hier ist weit und breit niemand. Kein Mr Q8, keine Mrs Kawa. Nur du, Lotte, und dein Herz, das wie verrückt klopft.

Sie muss es bloß bis zum Auto schaffen, dann wird alles gut. Sie wird schön langsam nach Hause fahren, über Bundes- und Landstraßen, auch wenn es länger dauert als auf der Autobahn.

Mehr als sechzig, siebzig Stundenkilometer schafft sie in diesem Zustand nicht. Damit ihr nicht die Augen zufallen, muss sie alles aufbieten, was sie an Tricks draufhat. Singen, Vorträge halten, mit imaginären Gesprächspartnern diskutieren. Kaffeepause, wenn nichts anderes mehr hilft.

Sie klickt die Türen auf, sackt in den Fahrersitz, und bevor ihr die Augen wieder zufallen können, fummelt sie den Zündschlüssel ins Schloss und fährt los.

Wenige Tage zuvor
(Anfang April 2019)

28

Die entscheidende Sitzung, mit der Lotte in den Vorstand berufen werden sollte, war auf den achten April angesetzt. Eine Woche zuvor war laut Toppert »so weit alles klar für Ihren Gipfelsturm, Lotte, aber halten Sie die Stilettos still«.

Lotte fragte nicht nach, worauf sich das einschränkende »so weit« bezog. Seit sie vor gut zwei Wochen aus Indonesien zurückgekommen war, lobte die Chefin sie bei jeder Gelegenheit über den grünen Klee. Sie sei ein »Kommunikationsgenie«, eine »instinktsichere Macherin«, »durchsetzungsstark und empathisch brillant«. Vor allem aber habe sie »den Laden in Jakarta ausgeräuchert«, was für Lotte beinahe klang, als hätte sie selbst das Feuer gelegt. Doch so war es sicher nicht gemeint, und dieses spezielle Lob äußerte Toppert auch nur unter vier Augen.

Was sie in Jakarta erlebt hatte, kam Lotte mit jedem Tag weniger wirklich vor. Abgesehen von abrupten Stimmungseinbrüchen, in denen die altvertraute Katastrophenangst, verbündet mit schlechtem Gewissen, ihr zu schaffen machte.

General Wasisto, die Brandleiche, das vermeintliche Horrorlabor unter Halle E … das alles erschien ihr zunehmend irreal. Und genau das war es ja auch, dank ihrem Einsatz, oder etwa nicht? Sie hatte ihren Auftrag hundertprozentig erfüllt und bei Raya alle Gespenster vertrieben. Sodass dort alles wieder blitzblank und makellos war.

Bereits nach ihrem Rückflug, bei der Landung auf dem Flughafen Tegel, hatte sie in ihrem Firmenaccount eine Nachricht von Shinta vorgefunden. Sie bedanke sich nochmals für das ehrenvolle Angebot, sich für die Förderung von Nachwuchswissenschaftlerinnen bei Raya engagieren zu dürfen. Nach reiflicher Überlegung müsse sie jedoch leider absagen, da ihre gesamte freie Zeit für die Betreuung ihrer pflegebedürftigen Eltern draufgehe.

Lotte war sofort klar, wie die Message gemeint war. Die Forscherin würde ihr keine brisanten Informationen schicken. Und warum nicht? An Mut fehlte es ihr nicht, das hatte sie durch ihren Auftritt in Lottes Büro bewiesen.

Also blieb nur eine Erklärung: Shinta hatte entschieden, dass die Angelegenheit einen so waghalsigen Einsatz nicht wert war. Was immer Bashibu und Konsorten hinter dem Rücken der neuen Unternehmensleitung durchgezogen hatten, es war vorbei. Jedenfalls für Raya. Es hatte Todesfälle gegeben, doch die Toten konnte sowieso niemand mehr zum Leben erwecken. Sie, Shinta, jedenfalls nicht. Und Lotte auch nicht. Also Schwamm drüber.

Lotte war so erleichtert gewesen, dass sie den Beamten bei der Passkontrolle am liebsten umarmt hätte. Doch der saß in seinem Glaskabuff, und so strahlte sie ihn bloß an. Der junge Mann im akkurat gebügelten Uniformhemd lächelte verwundert zurück. Lotte warf die rotblonde Mähne über die Schulter und stolzierte an ihm vorbei.

In die Freiheit, ging es ihr durch den Kopf. Shinta hatte sie beide von einem Bann befreit, durch den sie drauf und dran gewesen waren, ihre Karrieren zu zerstören. Und nicht nur das: Wenn sie öffentlich machen würden, was bei Raya (möglicherweise) passiert war, würden sie auch ClarTop erheblich beschädigen. Ein Unternehmen, dem sie ihre gut bezahlten Positionen verdankten. Und das der Menschheit keine segensreichen Medikamente und Impfstoffe mehr bescheren könnte, wenn es ins Visier von Staatsanwälten und Medien geriet.

Ganz zu schweigen von den stets empörungsbereiten Anti-Pharma-Aktivisten. Am Ende würden ClarTop und der gesamte Vorstand als Sündenböcke geschlachtet werden – und das nur, weil ein paar korrupte Figuren von der alten Raya-Führungsriege schnell noch irgendwelche krummen Geschäfte abgewickelt hatten.

Also Schwamm drüber, dachte Lotte erneut, als sie im Taxi nach Hause saß. Sie sah einen gigantischen Schwamm vor sich, der wie von Zauberhand geführt im Zickzack über eine Schiefertafel fuhr und alles auslöschte. General Wasisto, wie er ihr die Banane in den Rachen rammte. Das stählerne Dinosaurierskelett der abgebrannten Halle. Mahmudins wie gekochtes Gesicht mit dem Mund ohne Lippen und den leeren, lidlosen Augenhöhlen …

Einem Teil von ihr blieb natürlich bewusst, dass es nicht so einfach war. Ganz im Gegenteil, was einmal geschehen war, ließ sich nicht wieder auslöschen. Lotte selbst war ja das beste Beispiel dafür. Was sie als kleines Mädchen erlebt hatte, war in ihrem Gedächtnis eingebrannt.

Aber sie wünschte sich so sehr, dass der Albtraum bei Raya vorbei wäre. Vielleicht gerade deshalb, weil sie so schwer an ihrer eigenen Vergangenheit trug. Und natürlich auch, weil sie ihr Glück, kaum errungen, nicht schon wieder verlieren wollte. Ihre Ritterburg samt großem und kleinem Ritter, ihre Karriere, die ihnen ein Leben in Luxus ermöglichte.

Bei Raya lief alles wie am Schnürchen. Die Position des tragisch verunglückten Dr. Mahmudin würde vorerst nicht neu besetzt werden. Die Projekte, für die er verantwortlich gewesen war, wurden auf andere Wissenschaftler im Labor aufgeteilt. Die Überreste der zerstörten Halle wurden abtransportiert, und auf Lottes Anraten veranlasste Robeth, dass der Zugang zu den Katakomben mit einer massiven Stahlplatte verschlossen wurde.

Die Fotos von Leutnant Tomas zweifelhafter Akte hatte sie auf einem USB-Stick abgespeichert, einschließlich stichwortartiger Gedächtnisprotokolle ihrer bizarren Gespräche mit Shinta, Toma und dem General. Nur für alle Fälle.

Die brisanten Daten einfach zu vernichten, hätte sich falsch angefühlt; schließlich hatte Lotte sie gerade erst mit hohem persönlichem Risiko vor dem Schredder gerettet. Aber ihr Account sida@belanet.org auf dem weißrussischen Server, wo sie die Dateien gebunkert hatte, konnte am Ende vielleicht doch gehackt werden. Also hatte sie ihre GIF-Files wieder heruntergeladen, auf dem Stick gespeichert und ihre Mail an sich selbst gelöscht.

Nur wusste sie anschließend nicht, wohin mit dem Stick voll toxischer Daten. Paul und sie hatten keine Geheimnisse voreinander, jedenfalls keine, die sich in Schubladen wegschließen ließen. Wenn er plötzlich auf ein versperrtes Schrankfach stieße, müsste sie ihm das irgendwie erklären. Und das hieße, sie müsste ihn anlügen – oder die ganze labyrinthische Geschichte vor ihm ausbreiten. Das eine kam für sie so wenig wie das andere infrage. Also schob sie den Stick in ihrem Arbeitszimmer in der untersten Schreibtischschublade unter einen Papierstapel und gab sich Mühe, nicht mehr daran zu denken.

Was ihr auch meistens gelang. Nur nachts fuhr sie immer wieder aus Träumen hoch, in denen sie fieberhaft versuchte, unscheinbare Gegenstände zu verstecken oder wiederzufinden. Mal einen Ring, mal einen Schlüssel – und sie schaffte es nie.

Tagsüber trieb sie diverse Projekte gleichzeitig voran. »Die Stilettos stillzuhalten«, wie Toppert es umschrieben hatte, passte einfach nicht zu ihr.

Sie überzeugte die Chefin und den Finanzvorstand davon, eine Stiftung zu gründen, die großzügig dotierte Studienstipendien für angehende Pharmakologinnen, Medizinerinnen und Biologinnen in ganz Indonesien vergeben würde. Nach etlichen Videokonferenzen wählte sie mit Topperts und Robeth Akathas Zustimmung eine Mikrobiologin aus, die bei Raya im Labor der höchsten Sicherheitsstufe arbeitete und künftig als Gesicht der Stiftung auftreten würde.

Außerdem machte sie sich dafür stark, auf dem neuen Firmenareal am Berliner Stadtrand einen naturnahen Ökopark mit Hummelwiesen und Kräutergarten anzulegen. In einem komplett aus natürlichen Rohstoffen erbauten Pavillon sollten regelmäßig Diskussionen und Medien-Briefings zu ClarTops Forschungsprojekten und therapeutischen Durchbrüchen stattfinden. Auch einen passenden Slogan hatte Lotte parat: »*ClarTop Innovation – Heilen im Einklang mit der Natur*«.

Toppert war von beiden Ideen äußerst angetan. Am morgigen Dienstag sollte Lotte ihr in einem Vier-Augen-Meeting das »Kräutergarten«-Projekt näher erläutern.

Zwischen Shinta und Lotte herrschte Funkstille, seit die Biologin ihr abgesagt hatte. Lotte hatte mit ein paar höflichen Zeilen postwendend ihr Verständnis ausgedrückt und Shinta alles Gute gewünscht. Seitdem dachte sie nur gelegentlich noch an die Szene in ihrem Büro in Jakarta. Wie Shinta den Hollywood-Clip scheppernd laut abgespielt und ihr dabei zugeflüstert hatte: »Es gab eine klinische Testreihe mit sechs Toten …«

Dann allerdings fuhr ihr jedes Mal frostiger Schrecken in die Knochen. Wie in einem Horrorfilm sah sie das Labor unter der Erde vor sich und überlegte fieberhaft, wie sie die Katastrophe doch noch aufhalten konnte. Sie musste Shinta kontaktieren, sofort!

Doch im nächsten Moment sagte sich Lotte, dass es alles nur Hirngespinste seien. Oder schlimmstenfalls verdrehte Fakten, die aufgebauscht und missverstanden worden waren. Sonst hätte Shinta sich längst bei ihr gemeldet und Beweise für ihre ungeheuerlichen Behauptungen geschickt: dass die Probanden damals »wie geplant« verstorben seien. Und dass im Anschluss an die vermeintliche Phase eins ein »Großversuch mit mehreren hundert Personen« vorgesehen gewesen sei, um die absolute Tödlichkeit des verabreichten Wirkstoffs zu bestätigen.

Es ergab schlichtweg keinen Sinn. Bashibu mochte über erhebliche kriminelle Energie verfügen. Aber gerade deshalb würde er doch nicht im Traum auf die Idee kommen, ein Virus – oder was auch immer – zu züchten, das die infizierten Personen zu hundert Prozent und in kürzester Zeit tötete.

Mit so etwas konnte man keine Geschäfte machen, sondern höchstens die Apokalypse entfesseln. Und das passte einfach nicht zu dem Raya-Gründer. Anstatt die Millionen zu genießen, die er mit dem Verkauf seines Lebenswerks erlöst hatte, würde er nach kürzester Zeit selbst zu den Todesopfern zählen. Oder sich bestenfalls in einer dystopischen Welt wiederfinden, die nicht mehr lebenswert war.

Also Schwamm drüber.

Lotte hatte Paul davon überzeugt, dass es eine gute Idee war, das zum Verkauf stehende Nachbarhaus zu erwerben. Dafür hatte sie sich nicht sehr anstrengen müssen, nach dem ersten Schrecken war er Feuer und Flamme. Die seit Jahren leerstehende Villa sei ein »architektonischer Zwilling« ihrer eigenen Ritterburg, allerdings in traurigem Zustand. Das Fachwerk durch groben Putz verdeckt, die Dachzinnen größtenteils abgeschlagen, Fenster und Haustür durch Baumarkt-Gräuel ersetzt. Die denkmalgerechte Sanierung werde Jahre dauern, bilanzierte er und konnte seine Begeisterung kaum verbergen.

Also hatten sie ein Angebot über eins Komma sechs Millionen Euro abgegeben, eine Summe, die Paul noch immer absurd hoch vorkam. Lotte dagegen hatte sich daran gewöhnt, auch privat mit siebenstelligen Beträgen zu jonglieren. Es jagte ihr Schauer über den Rücken, im Prinzip wie bei ihren Angstattacken. Nur waren es wohlige Schauer, die sich nicht anfühlten wie Spinnenbeine, sondern wie Pauls sensible Finger, die ihren Rücken streichelten.

Ob sie wirklich ihrem Vater anbieten würde, eines Tages neben ihnen zu wohnen, hatte Lotte noch nicht entschieden. Bis dahin war noch viel Zeit. Erst einmal mussten sie von den Verkäufern den Zuschlag bekommen, und die Sanierung würde wahrscheinlich zwei Jahre dauern. Oder noch länger, wenn Paul auch dieses Projekt so perfektionistisch anging wie die Instandsetzung ihrer eigenen Ritterburg.

Lottes Vater war im Februar sechsundsechzig geworden. Robert Kastner wohnte noch in derselben Dreieinhalbzimmer-Altbauwohnung in der Charlottenburger Bleibtreustraße, in der Lotte aufgewachsen war. Und Ellie gestorben, kurz bevor er ihr vergeben hatte.

»Ich lebe doch nicht allein«, hatte er Lotte erst vor Kurzem wieder versichert. »Die Gespenster sind immer bei mir.«

Vielleicht will er gar nicht zu uns ziehen, dachte Lotte. Und vielleicht wäre es auch besser, wenn Dion seine Gruselgeschichten nicht jeden Tag zu hören bekäme. Sondern nur zwei-, dreimal im Monat wie bisher.

Lottes Verhältnis zu ihrem Vater war kompliziert. Sie liebte ihn, auch wenn sie sich in seiner Nähe meist unbehaglich fühlte. In gewisser Weise verkörperte er ihre ärgsten und ältesten Ängste. Allerdings auch ihren nie nachlassenden Drang, vor ihnen davonzulaufen. Bergauf und so schnell wie nur möglich.

Aber das war im Moment nicht ihr größtes Problem.

*

Noch acht Tage bis zu dem Meeting, bei dem Toppert ihre Berufung in den Vorstand vorschlagen würde. Und nur noch wenige Stunden, bis sie die Nachricht vorfinden würde, die ihre grässlichsten Albträume bestätigte.

Doch das wusste Lotte am Abend des ersten April noch nicht.

Sie spielte mit Dion das fantasievolle Spiel, das er sich ausgedacht hatte und jeden Tag weiter ausspann. Das Beste aus beiden Welten, sozusagen, ihrer eigenen Ritterburg-Kulisse und den düsteren Märchen, die sein Großvater ihm erzählte.

Lotte und Dion trugen Rüstungen aus Pappe und waren mit Lichtschwertern und Armbrüsten bewaffnet. Doch ihre Gegner waren keine Ritter oder Räuber, sondern feindliche Eingeborenenstämme, die in Erdhöhlen hausten. Mit gewaltigen Katapulten schossen die Angreifer Schlammkugeln voll tödlicher Pilzsporen auf sie ab. Dion und Lotte hatten sich hinter der Burgmauer verschanzt und führten einen heldenhaften Abwehrkampf. Mit der Armbrust mussten sie jede Kugel abschießen, bevor sie im Innern des Burgwalls zerplatzen und ihren mörderischen Inhalt freisetzen konnte.

»Pass auf, Mama!«, schrie Dion. »Da kommt eine angesaust!«

Das Spiel meines Lebens, dachte Lotte, legte einen imaginären Pfeil ein und schoss das verdammte Ding weit vor der Burgmauer ab.

29

Am frühen Morgen schreckte Lotte aus dem Schlaf. Sie hatte von ihrer Mutter geträumt, wie so oft, aber in diesem Traum sah Ellie Kastner wie Shinta Suganda aus. Sie stemmte sich gegen eine Stahltür, gegen die von der anderen Seite jemand drückte. Oder *etwas*, mit urtümlicher Kraft. »Hilf mir, bitte, hilf mir doch!«, rief die Frau, die gleichzeitig Lottes Mutter und die indonesische Forscherin war. Lotte wurde sich bewusst, dass hinter der Stahltür das unterirdische Labor sein musste. Sie wollte Ellie-Shinta zu Hilfe eilen, aber sie konnte sich vor Angst nicht bewegen …

Noch Minuten später klopfte ihr Herz so hart und schnell, dass es wehtat. Ihr Nachthemd war schweißfeucht. Neben ihr lag Paul und schlief ruhig wie ein Baby.

Draußen war es noch dunkel. Sturm zerrte an den winterkahlen Linden. Leise griff sich Lotte ihr Smartphone vom Nachttisch. Es war kurz nach vier. Noch immer sah sie die Frau aus ihrem Traum vor sich und hörte, wie sie sie angefleht hatte, ihr zu helfen.

Gedankenverloren rief Lotte ihren Nachrichten-Hub auf. Sie hatte die App so eingestellt, dass sie Messages aus allen ihren Accounts auflistete. Firmen-Mails, private Mails, Nachrichten von diversen Messengerdiensten, SMS und verpasste Telefonanrufe, außerdem etwaige Eingänge auf dem anonymen Account. Den kannte niemand außer ihr und Shinta Suganda, und entsprechend hatte Lotte bislang noch nie eine Nachricht an sida@belanet.org erhalten.

Doch als sie diesmal die Liste überflog, sprang ihr der Absender sofort ins Auge.

tolong@belanet.org
Subject: All you need

Lottes Herzschlag beschleunigte sich erneut. Shinta hatte ihr doch noch geschrieben …

»Tolong« war indonesisch und bedeutete »Hilfe«, das hatte sie bei einem ihrer Jakarta-Trips aufgeschnappt. Es erstaunte sie kein bisschen, dass die Forscherin gerade dieses Alias gewählt hatte. Und dass sie genau jetzt ihre Nachricht vorfand, nach dem Traum, in dem Shinta-Ellie sie um Hilfe angefleht hatte.

Sie schob ihre Decke zurück, glitt aus dem Bett und schlich zur Tür. Zum Glück hatte Paul auch das Schiffsparkett im ganzen Haus erneuert. Ihre Schritte verursachten nicht mal ein leises Knacken, und Paul schlief ruhig weiter, als sie die Tür öffnete und in die stockdunkle Diele hinaustapste.

Er war so sehr mit sich im Reinen, wie sie es nie gewesen war. Es faszinierte sie immer wieder, wie tief und traumlos Paul schlafen konnte. Nicht nur, wenn sie sich vorher leidenschaftlich geliebt hatten, aber dann erst recht.

Während Lotte das Dielenlicht einschaltete, im Bad ihren Morgenmantel überzog und die Treppe hinauf zu ihrem Arbeitszimmer ging, entfernten sich ihre Gedanken immer weiter von Paul. Die Mail enthielt eine Unmenge an Anhängen. Sie fürchtete sich vor dem Moment, in dem sie die erste der Dateien von Suganda auf ihrem Notebook öffnen würde. Gleichzeitig konnte sie es kaum erwarten.

Wochenlang hatte sie nicht mehr an die Vorfälle bei Raya gedacht oder sich höchstens gesagt, dass die »Katastrophe« abgewendet sei. Dafür habe sie selbst schließlich gesorgt. Doch seit sie eben aus dem Traum aufgeschreckt war, wusste sie es besser.

Sie hatte sich geirrt. Sie hatte die Zeichen nicht sehen oder nicht richtig deuten wollen.

Das Video war anscheinend von einem Amateur gedreht worden. Oder von einer Person unter Schock. Wacklig folgte die Kamera dem weiß gestrichenen, fensterlosen Gang, den Lotte sofort wiedererkannte.

Der Flur in der Klinik-Einheit von Raya. Er führte von der Notaufnahme zum Isolierbereich mit den sechs Intensivbetten, der wie ein Labor der höchsten Sicherheitsstufe ausgestattet war, mit Unterdruckschleusen und Desinfektionsduschen.

Die Person mit der Kamera trug einen Schutzanzug und mehrere Lagen steriler Gummihandschuhe übereinander. Was die Handhabung des Smartphones erkennbar erschwerte.

Es gab keine Tonspur, aber das machte keinen großen Unterschied. Hinter der Eingangsschleuse war niemand mehr am Leben. Sechs Zimmer, sechs Betten, in jedem ein toter Mensch, umrahmt von intensivmedizinischen Apparaturen. Die Beatmungsgeräte hatten das Leben der sechs Patienten offenbar so wenig retten können wie all die Katheter und Dialysegeräte, an die sie noch angeschlossen waren.

Die Apparate waren abgeschaltet. Von medizinischem oder pflegerischem Personal war nichts zu sehen. Anscheinend war der Tod erst kurz zuvor eingetreten, *»planmäßig«*, wie Shinta in ihrer knappen Begleitmail nochmals hervorgehoben hatte.

Lotte hörte ein Wimmern. Zuerst glaubte sie, dass das Video doch eine Audiospur besäße. Dann wurde ihr klar, dass die Laute in ihrem Kopf erklangen. Ihre Mutter hatte genauso gewimmert, kurz bevor sie gestorben war.

Die Toten in ihren Betten sahen fast friedlich aus. Ihre Gesichter wächsern, aber seltsam gelöst. Nicht annähernd so schockstarr, wie Lotte sich fühlte. Und wie die Toten in ihren Träumen, die immer so verquält und verhärmt aussahen wie ihre Mutter in jener Nacht, als Lottes Vater ihr verzieh.

Das Video war knapp zwei Minuten lang. Laut Zeitstempel am unteren Bildrand war es am 07.01.2019 aufgenommen worden. Nur wenige Tage bevor Lotte zu ihrem ersten Feuerwehreinsatz nach Jakarta gejettet war.

Wer das Video angefertigt hatte, erwähnte Suganda nicht, ihre Begleitmail enthielt keinerlei Namen. Auch keine Anrede und keinen Absender, ausgenommen »Tolong«.

Hilfe.

Lotte zwang sich, gleichmäßig zu atmen. Ein und aus. Nicht zu flach, nicht zu tief. Und vor allem schön langsam. Sie schloss kurz die Augen, dann klickte sie die nächste Datei auf, ein PDF.

Shinta hatte Auszüge aus der Dokumentation von *»Phase 1«* und aus den Sektionsprotollen zusammengestellt. Die Namen aller Beteiligten waren geschwärzt; auch Raya oder ClarTop wurden nirgendwo erwähnt.

Demnach waren die sechs Teilnehmer der »Testreihe« zwischen sechzehn und fünfundfünfzig Jahre alt, ohne Vorerkrankungen und durchweg männlich. Ein achtunddreißigjähriger Proband war bereits vierzehn Stunden *»nach Verabreichung des Wirkstoffs«* an einer Serie schwerer Herzinfarkte verstorben. Der jüngste Teilnehmer hatte am längsten um sein Leben gekämpft, doch nach zweiundsiebzig Stunden wies auch er keine Vitalfunktionen mehr auf.

Penibel zeichnete der (gleichfalls anonyme) Pathologe den Infektionsverlauf nach. Die Atmungsorgane waren mit einem nicht näher spezifizierten »*viralen Material*« überschwemmt worden. Die befallenen Organismen reagierten mit hohem Fieber, beidseitiger Lungenentzündung und gravierender Herzmuskelentzündung. Auch die Blutgefäße wurden mit Viren überflutet, die zudem die Nervenbahnen angriffen und binnen Kurzem bis ins Gehirn der Infizierten gelangten. Die Folge waren epileptische Krämpfe, Herz- und Hirninfarkte. Den Todesstoß versetzte ihnen aber letztlich nicht das Virus, sondern ihr eigenes Immunsystem, das mit einer »*überschießenden Autoimmunreaktion*« einen »*tödlichen Zytokinsturm*« auslöste.

Lotte presste sich eine Faust auf den Mund. Mit der anderen Hand klickte sie die nächste Datei auf. Ein Zip-File, das eine Anzahl Fotos enthielt. Lotte klickte sich durch die Galerie und wünschte sich wie nichts sonst auf der Welt, gerade diese Bilder nicht sehen zu müssen.

Doch dafür war es zu spät. Nicht erst, seit sie die Zip-Datei entpackt hatte. Sondern seit Jahren und Jahrzehnten.

Das geheime Labor unter Halle E. Der Zugang erfolgte nicht durch den Treppenschacht, den sie vor gut zwei Wochen im Dunkeln hinabgestiegen war, sondern über die Kellertreppe in der Klinik-Einheit, am anderen Ende der Halle. Abgesehen von diesem Detail, hatte sie mit ihren albtraumhaften Visionen ziemlich genau ins Schwarze getroffen.

Ins Abgrundfinstere, dachte Lotte. Noch immer hielt sie sich die linke Faust auf den Mund gepresst. Das Herz hämmerte ihr in der Brust, sie atmete keuchend aus und ein. Als versuchte sie wie die armen Teufel in den Intensivbetten, mit kollabierender Lunge Luft einzusaugen.

Das Labor auf den Bildern sah klinisch steril aus. Die Räume eng, mit niedrigen Decken, aber hell ausgeleuchtet, alle Apparaturen auf dem neuesten Stand. Brutschränke mit gläsernen Türen, hinter denen es blitzte und blinkte. Wissenschaftler arbeiteten mit Pipetten, Glaskolben, Reagenzgläsern oder sie überprüften Datenreihen an Bildschirmen. Hinter den spiegelnden Helmvisieren ihrer Überdruck-Schutzanzüge waren keine Gesichter zu erkennen. Lotte fragte sich, ob der hagere Mann auf einem der Fotos Mahmudin war. Und die Frau an der Zentrifuge womöglich Shinta Suganda.

Hatte Shinta bei dem verbrecherischen Projekt zuerst mitgemacht, bis ihr Gewissen sie zum Aussteigen zwang? Nein, das kann nicht sein, sagte sich Lotte, das passt nicht zu Shinta. Lieber stellte sie sich vor, dass ihr das Material von jemandem aus dem »Geheimlabor« zugespielt worden war. Eben weil Shinta als integre und couragierte Kollegin bekannt war.

»*Das Labor unter Halle E wurde kurz vor dem Brand geschlossen und aufgelöst*«, schrieb »Tolong« in der Begleitmail. »*Alles, was auf geheime Experimente hindeuten könnte, wurde beseitigt, bevor das Feuer gelegt wurde.*

Was sich nach Testphase 1, die planmäßig zum Tod der Teilnehmer führte und Anfang Januar abgeschlossen war, in der geheimen Einheit abgespielt hat, ist weitgehend unklar. Am Ende (7.3.2019) war auch Dr. M. mit dem Virus infiziert und erlag dem gleichen tödlichen Krankheitsgeschehen wie die Probanden drei Monate zuvor.

Das Equipment wurde in den Nächten vor Ausbruch des Feuers abgebaut und – einschließlich mikrobiologischer Materialien in mehreren Containern – abtransportiert; wohin, ist gleichfalls nicht bekannt.«

30

Um 7:30 Uhr saß Lotte noch immer an ihrem Schreibtisch unterm Dach und starrte auf das Display ihres Notebooks. Durch das Gaubenfenster hinter ihr schien die Morgensonne; von unten drangen die vertrauten Geräusche zu ihr herauf.

Paul bereitete das Frühstück vor und ermahnte den Jungen, beim Anziehen nicht herumzutrödeln. Dion sang und plapperte vor sich hin, eingesponnen in seine Fantasien.

Vorhin war Paul kurz hier oben gewesen und hatte ihr einen guten Morgen gewünscht. Lotte hatte sich zusammengerissen, ihn angelächelt und seinen zärtlichen Kuss erwidert. Sie müsse noch ihre Präsentation optimieren, für das Meeting nachher in der Firma, hatte sie beiläufig erwähnt. Paul war nicht sonderlich erstaunt; schließlich kam es mindestens einmal pro Woche vor, dass er morgens erwachte und sie bereits »in voller Aktion« war, wie er das rücksichtsvoll umschrieb.

Kurz vor Tagesanbruch hatte Lotte oft die besten Ideen. Was in erster Linie damit zusammenhing, dass ihr Stresslevel gegen vier Uhr früh seinen ersten Tages-Peak erreichte. Doch das ahnte Paul nicht mal im Traum – oder da ganz besonders nicht.

Heute aber starrte sie vor sich hin und hatte nicht die blasseste Idee, was sie jetzt tun sollte. Wie um Himmels willen sie in diesen Albtraum hineingeraten war. Und wie sie wieder herauskommen sollte.

Sie hatte geglaubt, dass der Horror in ihr drin sei, traumatisch befeuerte Hirngespinste eben. Doch jetzt stellte sich heraus, dass es umgekehrt war: Der Horror war real. Sie selbst war mittendrin.

Schlimmer noch: Sie hatte sich mitschuldig gemacht. Durch Wegschauen, Ausbügeln, aktives Vertuschen.

Warum, verdammt noch mal, Lotte, warum hast du das getan?

Dion kam die Treppe hochgerannt und verabschiedete sich stürmisch von seiner »Ritterin Charlene«. Gestern hatten sie die feindlichen Stämme gemeinsam zurückgeschlagen. »Heute Abend spielen wir das wieder, versprochen?« Er umschlang sie mit seinen dünnen, kleinen Armen, und Lotte drückte ihn an sich.

Einen schrecklichen Moment lang glaubte sie, das Wimmern nicht länger zurückhalten zu können, das überall in ihr war. In ihrem Kopf, in ihrem Bauch, in ihrer Kehle. »Versprochen, mein

Liebling«, brachte sie hervor und verwuschelte ihm die rehbraunen Locken.

Unglaublich, wie sehr er seinem Vater ähnelte.

Und wie wenig sie selbst ihrem Vater ähnlich sah.

Doch diese Gedanken zogen mechanisch durch ihren Kopf, wie Spruchbänder an einem Zeppelin, die man gedankenlos entziffert. Während vom Horizont ein Hurrikan herangerast kommt, der alles pulverisiert, was bis eben noch dein Leben war.

Noch lange, nachdem unten die Tür ins Schloss gefallen war und die beiden mit Pauls musealer A-Klasse losgefahren waren, saß Lotte an ihrem Tisch und starrte vor sich hin. Ihr Puls raste, ihre Gedanken jagten so schnell, dass sie nur Fetzen davon zu fassen bekam.

Wer sagte ihr eigentlich, dass die Mail mit den toxischen Daten wirklich von Shinta kam?

Auf der anderen Seite: Wer sonst sollte »Tolong« denn sein?

Wenn es also Shinta war: Steckte sie womöglich mit Leutnant Toma unter einer Decke? War die Mail nur ein neuer Anlauf, um Lotte – und letztlich ClarTop – zu erpressen?

Minutenlang dachte sie darüber nach, versuchte es zumindest. Aber es war nichts als Bullshit. Shinta hatte nichts mit Erpressung zu tun, das spürte sie doch. Shinta war nicht der Typ dafür.

Im Übrigen: Toma hatte vor Wasisto den Schwanz eingezogen, weil der General seine Hand über Lotte hielt. Auch mit Shinta als seiner möglichen Verbündeten wäre er bloß ein kleiner Leutnant, den der Vizepolizeichef unter seinem Daumen zerquetschen konnte.

Um Erpressung kann es hier also nicht gehen, sagte sich Lotte. Ihr Herzschlag hatte sich ein wenig beruhigt, gerade genug, dass sie ihre Gedanken halbwegs ordnen konnte.

»Tolong« war Shinta. Sie hatte ihr das Zeug hier geschickt, weil Lotte sie um Hilfe gebeten hatte. Und weil sie genauso ihre Hilfe brauchte. Nur zusammen könnten sie die »Katastrophe« vielleicht doch noch abwenden.

Aber welche Katastrophe denn um alles in der Welt?

»*Testphase 2*« mit Hunderten ahnungsloser Teilnehmer? Oder sogar breitflächige Freisetzung tödlicher Viren, falls es letzten Endes darum ging? Um Verseuchung ganzer Länder, Erdteile, womöglich des gesamten Planeten? Entsprechend den düsteren Prophezeiungen der »Anti-Pharma-Aktivisten«, allen voran Katia Wozniak …

Die deutschrussische Bloggerin wäre nicht im Mindesten erstaunt gewesen, wenn Lotte ihr von den Vorfällen bei Raya berichten würde. Mit so etwas rechneten sie und ihre Mitstreiter seit Langem. *»Sie lassen die Suppe erst mal hochkochen, bis sich die Seuche weltweit ausgebreitet hat und es Unmengen an Todesopfern gibt. Überall stapeln sich die Leichen, es gibt keinen Impfstoff, keine Medikamente. Anarchie bricht aus. Aufstände, Plünderungen. Die Politik, die Wirtschaft – alles steht vor dem Bankrott. Siehst du es vor dir, Lotte?«*

Ja, sie sah es vor sich. Sie meinte sogar, Katias Stimme zu hören, den angedeutet russischen Zungenschlag.

»Dann zünden die Drahtzieher die nächste Stufe und bieten den Staats- und Regierungschefs ihr Heilmittel an. Den Impfstoff, den sie längst entwickelt haben. Die Spritze, die die Menschheit retten wird. Aber zu welchem Preis?«

Lotte schüttelte den Kopf. Nein und nochmals nein, das ergab nach wie vor keinen Sinn.

Bashibu hatte sein Unternehmen für einen dreistelligen Millionenbetrag an ClarTop verkauft. Er hatte mehr auf dem Konto, als er in seinem restlichen Leben ausgeben konnte, selbst wenn er die Dollars mit vollen Händen aus dem Fenster warf. Warum sollte er den Planeten anzünden, nur um am Ende vielleicht zehn- oder hundertmal mehr zu besitzen – in einer Welt, die ein riesiger Friedhof wäre?

Mittlerweile war es fast halb neun. Um zehn musste Lotte bei dem Firmenmeeting sein. Thema: »*PR im Kräutergarten*«. Einzige Teilnehmer: Toppert und sie selbst.

Höchste Zeit, Lotte, dass du dich wieder in den Griff bekommst. Und einen Entschluss fasst. Also, reiß dich zusammen. Du hast folgende Optionen.

Erstens: Sie konnte das ganze Material von ihrem anonymen Account aus an die Polizei schicken. Zum LKA Berlin oder, besser noch, gleich zum Bundeskriminalamt. Mochten die sich den Kopf darüber zerbrechen.

Sie dachte darüber nach. Nein, viel zu riskant. Vielleicht war das Ganze ja doch ein groß angelegter Erpressungsversuch, und das vermeintliche Belastungsmaterial war gefälscht beziehungsweise aufgebauscht. Dann hätte sie, Lotte, die Strafverfolgungsbehörden zu Ermittlungen gedrängt, die am Ende im Sand verlaufen würden – doch dabei würde so viel Dreck aufgewühlt werden, dass ClarTop und Raya sich nie mehr davon reinwaschen könnten. *Waren das nicht die mit den kriminellen Virus-Experimenten?* Der Verdacht würde für immer an ihnen kleben bleiben.

Zweitens: Sie konnte Toppert einweihen. Der Chefin vertrauensvoll alle Materialien übergeben und ihr die Entscheidung überlassen, was damit geschehen sollte.

Genauso unmöglich, entschied Lotte nach kurzem, hektischem Überlegen. Und wieso?

»Es gibt eine falsche *Version der Geschehnisse, die muss weg, aus allen Akten, allen Köpfen, wo auch immer«*, hatte Toppert ihr damals im *Ehrlich* eingeschärft. *»Verlassen Sie sich nicht auf irgendwelche Versprechungen. Sie selbst müssen das machen. Capito, Lotte?«*

Lotte zögerte, es sich einzugestehen. Aber die Augen zu verschließen half ihr jetzt auch nicht mehr weiter.

Toppert hatte sie *benutzt* – für ein Spiel, bei dem sie selbst als Sündenbock vorgesehen war, falls etwas schiefging. Das hatte sie im Grunde von Anfang an gewusst, auch wenn sie dieses Wissen stets weit von sich weggeschoben hatte. Es war der Preis für ihren Aufstieg. Für den Extrabonus, für ihre Nähe zur Chefin, um die sie beneidet wurde. Für den Vorstandsposten, der zum Greifen nah war.

Jetzt, so kurz vor dem Gipfel, noch zu stolpern wäre schrecklich, sagte sich Lotte. Toppert würde keinen Finger rühren, um sie zu retten. Sie würde ruhig zusehen, wie sie abstürzte; genau das war ja Lottes Rolle, falls die Sache bei Raya außer Kontrolle geriet.

Du bist nicht *in* der Burg, Lotte, du bist Topperts Schutzwall.

31

Viertel vor neun. Lotte hätte längst im Bad sein müssen, eigentlich schon auf der Piste. Um diese Uhrzeit war die Strecke bis Adlershof in einer Stunde kaum zu schaffen.

Doch sie saß noch immer wie angewachsen auf ihrem Schreibtischstuhl und starrte auf den dunklen Bildschirm. In Gedanken war sie wieder in General Wasistos dunkel getäfeltem Büro.

Sie saß ihm gegenüber in dem tiefen, schlammbraunen Sessel, spürte seine Schenkel, die ihre Beine umklammerten, und wieder schob er ihr die Banane in den Mund. Tief und tiefer in den Rachen, bis sie würgen musste, aber sie hielt still. Weil sie die Spitze seines Messers auf der Unterlippe spürte und weil sie ahnte, dass es ein Teil des Preises war, den sie bezahlen musste. Um ihre Karriere zu retten, wie Toppert es ausgedrückt hatte, und um das Unternehmen zu schützen, an das sie glaubte und dem sie so viel verdankte.

Sie spürte erneut das Würgen tief in der Kehle und schmeckte den Bananenbrei, der ihren Mund füllte und ihr übers Kinn lief.

Der General hat mich *gefickt,* dachte sie, buchstäblich, nicht nur »bildlich gesprochen«. Mit seiner labbrig-steifen Banane.

Normalerweise gebrauchte sie keine vulgären Ausdrücke, aber seit sie die Mail von Tolong bekommen hatte, war nichts mehr normal. Falls es das überhaupt je gewesen war.

Nach kurzem Zögern hatte Wasisto nachgegeben, als sie ihn gebeten hatte, die belastende Akte selbst vernichten zu dürfen. Warum?, überlegte sie. Tatsächlich nur, weil sie beteuert hatte, sonst bekomme sie Ärger mit Toppert?

Oder war das alles im Voraus geskriptet gewesen, zwischen Bashibu, Toppert und dem General? Hatten sie alles so eingerichtet, dass Lotte selbst die Akten vernichtete – damit sie sich mitschuldig machte und nicht mehr aussteigen konnte, ohne sich zu belasten?

War Toppert von Anfang an in alles eingeweiht gewesen? Wusste sie, worum es bei dem vermeintlichen »Fremdprojekt« ging? Hatte sie deshalb weggeschaut, Lotte zum Vertuschen vorgeschickt: weil sie selbst zu den Drahtziehern gehörte?

Nein, ausgeschlossen. Clara müsste geisteskrank sein, sagte sich Lotte, klassisches *Jekyll & Hyde*-Syndrom, und dafür hatte sie niemals die geringsten Anzeichen bei ihr bemerkt.

Je fieberhafter Lotte überlegte, desto heftiger hämmerte ihr das Herz in der Brust.

Das kleine Büro, dachte sie, in dem sie sich mit Leutnant Toma getroffen hatte – gehörte das auch zu dem Skript, in dem ihre eigene Rolle von A bis Z festgelegt worden war?

Sie kniff die Augen zusammen, rief sich die Einrichtung des spärlich möblierten Raumes ins Gedächtnis. Der Tisch, die beiden Stühle, alles aus abgestoßenem, verbeultem Blech. Der Aktenvernichter zwischen ihrem und Tomas Stuhl. An der Decke, genau über ihnen, eine kugelförmige Lampe aus Milchglas, umkränzt von einem altertümlichen Ventilator, der sich langsam und wirkungslos drehte.

Eine Überwachungskamera wäre ihr wahrscheinlich aufgefallen, sagte sich Lotte. Aber sie hatte nicht darauf geachtet, verdammt noch mal. Und eine Miniaturlinse à la 007, über ihrem Kopf in der

Lampe oder im Ventilator versteckt, hätte sie nicht mal entdeckt, wenn sie danach gesucht hätte.

Wie blöd kann man sein, Lotte, wie naiv?

Als die fünf Minuten abgelaufen waren und Toma wieder in den Raum kam, hatte er nur lustlos nachgesehen, ob sie sich an die Vereinbarung gehalten hatte. Er hatte einen Blick in ihre Handtasche geworfen und flüchtig ihr Smartphone kontrolliert. »Keine Papiere, keine Fotos«, hatte er gesagt und sie mit einer Kopfbewegung entlassen.

Wie toll sie sich da gefühlt hatte, Lotte, die Superagentin.

Vielleicht hatte der General sogar live mitverfolgt, wie sie die Akte abfotografiert und das ganze Zeug per Mail verschickt hatte? Oder Toma hatte ihm das Überwachungsvideo kurz darauf weitergeleitet. Und dann? Was hatte Wasisto gemacht?

Lottes Herz setzte für einen halben Schlag aus.

Hatte der General das Video an Toppert geschickt? Weil es zwischen ihnen so vereinbart gewesen war – nur für den Fall, dass Lotte plötzlich Gewissensbisse bekam und Toppert ein Druckmittel brauchte, um sie in der Spur zu halten?

Das würde nicht nur bedeuten, dass man sie von Anfang an als Sündenbock vorgesehen hatte. Es hieß überdies, dass Toppert seit Wochen wusste, dass sie ein doppeltes Spiel spielte. Dass sie die Akte nicht einfach vernichtet, sondern vorher Kopien angefertigt und per Mail verschickt hatte.

Erneut schüttelte Lotte den Kopf. Nein, das passte nicht zu Toppert. Je weniger sie wusste, desto weniger konnte sie verantwortlich gemacht werden. Dafür hatte sie schließlich ihre Leute.

Mich, dachte Lotte, vielleicht auch Robeth, auf jeden Fall den General.

Also wusste zumindest Wasisto auch von ihrem geheimen Account? Lottes Herz raste, ihre Hände waren klamm vor kaltem Schweiß.

Nein, das kann er nicht wissen, entschied sie nach minutenlangem Grübeln.

Als sie die Dateien verschickte, hatte sie ihr Smartphone wie immer ganz nah vor sich gehalten. Ganz normale Paranoia eben. Anschließend hatte sie die geleakten Files und ihre Mail an sich selbst von ihrem Handy gelöscht.

Das konnten sie also nicht wissen, der General nicht und die Chefin erst recht nicht. Oder redete sie sich das nur ein, damit sie nicht vor Angst völlig durchdrehte?

Hatte Toppert sie nicht irgendwie spöttisch angesehen, als Lotte ihr Mitte Januar berichtet hatte, dass sie bei Raya alles in Ordnung gebracht habe? Hatte sie in letzter Zeit nicht öfter diesen fast schon hämischen Gesichtsausdruck? Wenn sie Lotte anfeuerte – »ein Schritt noch bis zum Gipfel« –, meinte sie damit nicht in Wahrheit: *»Noch ein falscher Schritt und du fällst«*?

Was um Himmels willen sollte sie jetzt tun? Die Dateien doch zur Polizei schicken? Oder im Gegenteil alles löschen? Die Augen fest schließen und hoffen, dass alles nur ein Durcheinander aus verdrehten Fakten und ihren eigenen Hirngespinsten war?

Als ihr Smartphone klingelte, bekam sie fast einen Herzinfarkt. Auf dem Display blinkte der Schriftzug *»Dr. Toppert«*.

Lotte schluckte hektisch, atmete dreimal, viermal ein und aus.

»Clara?«, brachte sie hervor.

»Leibhaftig, Lotte. Ganz kurz nur, wir sehen uns ja gleich. Ihre Idee mit dem Kräuterdings gefällt mir. Nur sollten wir das Potenzial richtig ausschöpfen. Das sehen Sie doch auch so?«

Lotte räusperte sich.

»Na also. Ihre Homestory-Filmchen mit den kleinen Krebspatienten, die durch unsere Medikamente gerettet werden – alles schön und gut. Aber wir sollten einen Schritt weitergehen. Für uns arbeiten weltweit angesehene Wissenschaftler, das wissen Sie so gut wie ich.« Toppert legte eine dramatische Pause ein. »Wir werden ein

Event namens ›Talk im Kräutergarten‹ etablieren«, fuhr sie fort, »damit die Öffentlichkeit unsere besten Virologen und Epidemiologen kennen und schätzen lernt. Was halten Sie davon?«

»Darüber sollten wir …«

»Ganz genau. Machen Sie sich schon mal Gedanken, wen wir ins Rampenlicht schieben. Virologen, Mikrobiologen, Pharmakologen. Auf jeden Fall Menschen, die populär formulieren können und sympathisch rüberkommen, aber das wissen Sie besser als ich. Die müssen zügig bekannt gemacht werden und das Vertrauen der Öffentlichkeit gewinnen, dann machen diese staatlichen Roboter im Fall der Fälle keinen Stich mehr.«

»Was für Roboter?«, fragte Lotte. Welcher *Fall der Fälle?*, ergänzte sie in Gedanken.

Wie versteinert saß sie da, nur ihr Herz pumpte wie ein Frosch auf Amphetamin.

»Na, Sie wissen schon«, sagte die Chefin. »Diese Professoren und Leiter von den üblichen Instituten und Behörden. Ganz zu schweigen von dem Panoptikum an der Spitze der WHO. Herrje, diese Typen versteht doch kein normaler Mensch, und mit ihren Prognosen liegen die sowieso regelmäßig daneben. Und genau das ist unsere Chance, Lotte. Wir müssen unsere sympathischen und vertrauenswürdigen Experten nur rechtzeitig vorher in Stellung bringen, dann interessiert sich niemand mehr für …«

Lotte vergaß zu atmen, zu schlucken, der Chefin zuzuhören. *Rechtzeitig vorher?*

»Hören Sie mir überhaupt zu?«

»Wie? Na klar.«

»Also, wie gesagt, wir brauchen eine Liste mit unseren Vorzeige-Experten. Denen verpassen Sie ein Auftrittstraining für unseren ›Talk im Kräutergarten‹ – und wenn es so weit ist, rennen uns die Talkshow-Redaktionen die Bude ein. Hier in Deutschland und weltweit. Ist das ein guter Plan, Lotte?«

»Und was für einer. Bis gleich«, sagte sie und legte auf.

Sie presste sich die Faust auf den Mund, aber es half nichts. »*Wenn es so weit ist?*«, schrie sie. »Was zur Hölle soll das heißen, Clara?«

Was zum Teufel war daran misszuverstehen? Gar nichts. Was konnte Toppert anderes meinen als eine tödliche Epidemie? Und woher sonst konnte sie wissen, dass der »*Fall der Fälle*« kurz bevorstand, wenn nicht von Bashibu oder wer auch immer sonst noch dort die Fäden zog?

»*Rechtzeitig vorher!*« Lotte sprang auf und setzte sich sofort wieder hin. Sie konnte jetzt nicht in die Firma fahren. Ein Vieraugengespräch mit Toppert würde sie auf keinen Fall durchstehen.

Nicht in ihrer jetzigen Verfassung. Kurz vor dem Nervenzusammenbruch. Kurz davor, unkontrolliert zu winseln und zu schreien. Kurz davor, alles einzureißen, was sie sich bei ClarTop aufgebaut hatte.

Aber wenn du jetzt nicht hinfährst, wird Toppert erst recht misstrauisch werden, sagte sie sich. Wozu hat sie überhaupt eben angerufen? War das nicht schon ein Test, ob du noch auf Linie bist? Ob du nicht vielleicht doch etwas mitbekommen hast, das du auf keinen Fall spitzkriegen solltest, und deshalb kurz vor dem Durchdrehen bist?

Sie biss die Zähne aufeinander. Natürlich stehe ich das durch, sagte sie sich.

Das war es schließlich, was sie am besten konnte. Sich nichts anmerken lassen. Sich selbst verleugnen, ihre schlimmsten Ängste, auch und gerade vor sich selbst. In dieser Disziplin machte ihr keiner etwas vor. Auch Toppert nicht.

Lotte kam mit Widersprüchen klar, an denen fast jeder andere zerbrochen wäre. Sie konnte das eine für richtig halten und jeden, sich selbst eingeschlossen, davon überzeugen, dass es am besten war, das genaue Gegenteil davon zu tun. Sie war sogar gerade dann am überzeugendsten, wenn sie dasjenige anpries, was ihr am meisten Angst einjagte.

Plötzlich wusste sie, was sie zu tun hatte.

Sie weckte ihr Notebook aus dem Stand-by, zog die unterste Schreibtischschublade auf und kramte den USB-Stick hervor. Sie rief ihren geheimen Account auf und lud die Dateien, die Shinta ihr geschickt hatte, auf den Stick.

Dann löschte sie die Mail von »Tolong« mitsamt allen Anhängen, leerte den Cache und fuhr ihr Notebook herunter. Sie öffnete den Mail-Client auf ihrem Smartphone, tilgte auch dort alle verräterischen Spuren und löschte ihren Belanet-Account aus der Liste der Mails, die automatisch abgerufen und aufgelistet wurden.

Für den Stick wusste sie noch immer kein sicheres Versteck, aber das würde ihr noch einfallen. Fürs Erste nahm sie das toxische Teil in ihrer Aktentasche mit, als sie kurz darauf, geduscht und in ihrem türkisfarbenen Jil-Sander-Anzug, aus der Remise preschte und ihrem Roadster die Sporen gab.

32

Um drei nach zehn setzte sich Lotte auf den durchgesessenen Sessel vor Topperts Schreibtisch.

Draußen nieselte es aus nebelgrauen Wolken. Ein kühler, düsterer Apriltag, trotzdem hatte sich ihre Stimmung aufgehellt.

Während sie auf der A 100 in Richtung Osten fuhr, war ihr klar geworden, dass Topperts Bemerkungen vorhin am Telefon eigentlich ganz harmlos waren. Zumindest sein *konnten*, je nachdem. Sie hatte da etwas hineininterpretiert, woran die Chefin höchstwahrscheinlich nicht im Traum gedacht hatte.

Vor dem »Fall der Fälle« warnte die Weltgesundheitsorganisation ja seit vielen Jahren. Vor einer Epidemie, die nicht mehr regional beschränkt sein würde wie MERS, Ebola oder SARS, sondern sich auf der ganzen Erde ausbreiten würde. Selbsternannte Weltverbesserer zogen seit Jahr und Tag um die Welt und ermahnten Regierungen und sonstige Institutionen, sich auf die Stunde X vorzubereiten, die unweigerlich kommen würde. Der Beginn einer Pandemie, die unaufhaltsam von Land zu Land, von Erdteil zu Erdteil springen würde.

Nichts anderes hat Toppert gemeint, dachte Lotte und ignorierte das Starkstromkribbeln hinter ihrer Magendecke.

Die Chefin trug ein scharlachrotes Kostüm, das Lotte noch nie an ihr gesehen hatte. Es umschloss ihre stämmige Statur, ohne sie wulstig wirken zu lassen. Wenn der Stoff noch ein bisschen lockerer fallen würde und sie eine Art Tiara auf der eisgrauen Kurzhaarfrisur tragen würde, könnte die Chefin glatt als Kardinal durchgehen.

Habemus mamam. Aus Topperts Ohren steigt weißer Rauch auf …

Lotte merkte, dass sie dabei war, in groteske Fantasien abzudriften. Das passierte ihr manchmal, wenn sie unter starkem Stress stand, aber jetzt war nicht der richtige Moment dafür.

»Haben Sie die Liste?« Toppert beugte sich in ihrem enormen Chefsessel vor und streckte die Hand zu Lottes Tischseite hinüber. »Ein paar Namen haben Sie doch bestimmt schon zusammengestellt.«

Lotte zog das vorbereitete Blatt aus der Jackentasche. Unterwegs hatte sie, ohne groß zu überlegen, fünf, sechs Namen aufgelistet, Wissenschaftler aus beiden Standorten des Unternehmens, Berlin und Jakarta. Beim morgendlichen Stop-and-go gab es Gelegenheiten genug, sich Notizen zu machen, und auf ihrem Beifahrersitz lag fast immer ein Schreibblock bereit.

Toppert griff sich den Zettel mit der Rechten, die kräftiger aussah als Pauls zierliche Künstlerhände. Sie überflog die kurze Liste. »So weit einverstanden«, brummte sie. »Aber einen Namen vermisse ich. Was ist mit Dr. Suganda?«

»Dr. *Wer?*« Lotte spürte, wie sich ihre Augen ruckartig weiteten.

Toppert runzelte die Stirn. »Hallo? Die Mikrobiologin bei Raya? Können Sie mir folgen, Lotte?«

»Ach so, Shinta, ja klar.« Lotte spürte Topperts Augen auf ihrem Gesicht, das bestimmt schon glitzerte vor Schweiß. »Ich hatte Sie nicht richtig verstanden, Clara. Natürlich kenne ich Suganda. Ich habe ja im März noch versucht, sie für unser Nachwuchsforscherinnen-Projekt zu gewinnen.«

»Aber sie wollte nicht?«

Lotte schüttelte den Kopf. »Leider nicht. Sie muss nebenher ihre Eltern pflegen und hat keine Zeit.«

»Dann kommt sie auch für die Talkshows nicht infrage. Schade.«

Lotte nickte. Der Schweiß tropfte ihr aus den Haaren.

»Geht es Ihnen nicht gut?« Die Chefin sah sie erneut durchdringend an.

Gleich kriege ich eine Angstattacke, dachte Lotte. Ihr war schwindlig, das Blut rauschte ihr in den Ohren. »Nein, alles okay«, gelang es ihr zu antworten. »Ich bin nur ein bisschen überarbeitet.«

Irgendwie stand sie das Meeting trotz allem durch. Sie klickte sich durch ihre Folien, die erste Skizzen des geplanten Kräutergartens und des hauptsächlich aus Holz, Stroh und Lehm bestehenden Pavillons enthielt.

Dann führte sie Toppert Rohschnitte von drei kurzen Doku-Filmen vor, die acht- bis zwölfjährige Krebspatienten von der Diagnose bis zu ihrer Genesung begleiteten. Natürlich waren sie alle dank der innovativen Medikamente von ClarTop gerettet worden. Diese Filme, erläuterte sie, würden sie bei Medien-Briefings im Pavillon vorführen. Immer unter dem Motto *»ClarTop Innovation: Leben retten – im Einklang mit der Natur«.*

Toppert war unkonzentriert, total unüblich bei ihr. Sie schien mit ihren Gedanken weit weg zu sein.

Nachdem Lotte die Präsentation beendet hatte, wurde sie mit ein paar lahmen Floskeln entlassen. Das gehe alles schon in die richtige Richtung, aber es bestehe noch Optimierungsbedarf.

Lotte fühlte sich abgekanzelt wie eine Anfängerin. Hatte sie Topperts Vertrauen verloren? Weil sie vorgegeben hatte, Suganda nicht zu kennen? Ihre Gedanken rasten. Also hatte Toppert sie auf die Probe gestellt? Was bedeuten würde, dass sie Suganda im Verdacht hatte, Informationen über das Geheimprojekt zu leaken …

Wieder sah Lotte einen Wirbel albtraumhafter Bilder vor sich, das Kellerlabor, die Brandleiche, die Toten in den Klinikbetten, explodierende Brutschränke und dazu Ellie-Shinta, die um Hilfe rief.

Zugleich war ihr unaufhörlich bewusst, dass sie den verdammten Stick mit sich herumtrug. Obwohl er in ihrer Aktentasche war, die neben ihr am Stuhlbein lehnte, glaubte sie die Hitze zu spüren, die von dem Teil ausging. Wie von einem Klumpen purer Glut.

Sie musste das hochgiftige Ding loswerden, so schnell wie möglich. Es an einem sicheren Ort verstecken, bis sie sich darüber klar geworden war, was sie jetzt machen sollte.

»Sie brauchen eine Pause, Lotte«, sagte die Chefin. »Nehmen Sie sich heute und morgen frei. Kann sein, dass ich Sie morgen Abend zu einem Sondereinsatz losschicken muss.«

»Okay, Clara. Kein Problem.« Lotte packte ihre Sachen zusammen und trottete zur Tür.

33

Es war noch nicht mal Mittag, und sie hatte keine Termine. Ein ungewohntes Gefühl, doch wie Freiheit fühlte es sich nicht an. Eher im Gegenteil.

Dion war bis siebzehn Uhr in der Kita, Paul bei einem Termin mit seinen Museumsleuten. *Illusionskunst in der Renaissance.*

Lotte überlegte kurz, ihn anzurufen, verwarf es aber wieder. Sie durfte Paul da nicht hineinziehen. Er war ein Wissenschaftler und Künstler, von der oftmals brutalen Realität verstand er nicht viel mehr als ihr fünfjähriger Sohn. Wenn überhaupt.

Sie hatte nie auch nur angedeutet, welche Art Feuerwehrjob sie bei ihren Jakarta-Trips erledigt hatte. Und das würde sie jetzt ganz bestimmt nicht nachholen.

Paul wusste bloß, dass sie einige Hürden nehmen musste, damit sie ihr großes Ziel erreichte und nächsten Montag in den Vorstand berufen wurde. Bis dahin waren es noch sechs Tage, und sie ahnte, dass Paul die Stunden zählte, bis es endlich so weit war. Natürlich wünschte er ihr, dass sie als Siegerin ins Ziel lief. Vor allem aber hoffte er wohl, dass sie anschließend weniger Stress hätte und mehr Zeit und Muße für ihn und den Jungen.

Schön wär's ja, dachte Lotte, aber im Moment sah es ganz und gar nicht danach aus.

Sie stieg in ihren SLK und fuhr Richtung City, ohne konkretes Ziel. Noch immer stand sie unter Schock. Die Frage, was Toppert wusste und vorhin womöglich bemerkt hatte, beunruhigte sie fast noch mehr als die albtraumhaften Bilder und Berichte, die Shinta ihr geschickt hatte. Wenn auch nicht ganz so sehr wie der Stick in ihrer Tasche.

Sie könnte nach Charlottenburg fahren, ihren Vater besuchen und das verflixte Ding irgendwo in seinem Durcheinander verstecken. Aber ihren Vater durfte sie genauso wenig in diese Angelegenheit hineinziehen. Dass sie selbst möglicherweise geholfen hatte, Verbrechen zu vertuschen, war schlimm genug. Wenn durch ihre Schuld auch noch ihre Nächsten in Mitleidenschaft gezogen würden, könnte sie sich das niemals verzeihen.

Es wäre beinahe so, als hätte sie die Schuld ihrer Mutter geerbt. Oder als wäre die Schuld, die Ellie nur in den Augen ihres Mannes auf sich geladen hatte, durch ihre Tochter doch noch real geworden.

Schluss jetzt mit dem Psychospuk. Lotte schüttelte den Kopf. Konzentrier dich …

Sie könnte ein Schließfach bei einer Bank eröffnen oder bei irgendeiner Postfiliale. Doch das schien ihr nicht sicher genug. Dann wäre sie den Stick zwar los, aber stattdessen müsste sie einen Schließfachschlüssel verstecken. Und wer den fände, bekäme bestimmt auch irgendwie heraus, wo das dazugehörige Schloss war.

Zum Beispiel durch Folter, ging es ihr durch den Kopf. Vage sah sie General Wasisto vor sich, wie er mit seinem Messer herumfuchtelte. Sie erschauerte.

Blödsinn, Lotte, dreh jetzt nicht völlig durch. Selbst wenn sie Shinta irgendwie auf die Spur gekommen sein sollten, können sie unmöglich wissen, dass sie dir die Dateien geschickt hat.

Ganz im Gegenteil, sagte sich Lotte, ich selbst wäre doch die Letzte, die sie verdächtigen würden.

In Jakarta hatte sie alles gegeben, um die Todesfälle und die Hintergründe des Feuers zu vertuschen. Auch wenn der General möglicherweise wusste, dass sie die Akte von Leutnant Toma fotografiert hatte, hieß das noch lange nicht, dass sie in seinen Augen eine Verräterin war. Oder in Topperts Augen, falls die Chefin wirklich eingeweiht sein sollte und sie vorhin auf die Probe gestellt hatte.

Für sie würde es einfach danach aussehen, dass Lotte sich eben auch abgesichert hatte, soweit das überhaupt möglich war. Für eine mögliche Verbindung zwischen ihr und Shinta hatten sie keinen Anhaltspunkt.

Jedenfalls nicht, wenn Shinta in ihrem Browser keine verräterischen Spuren hinterlassen hat, sagte sich Lotte. Und da sie weder leichtsinnig noch dumm ist, hat sie die Vorsichtsmaßnahmen bestimmt befolgt.

Stundenlang fuhr Lotte ziellos herum; schließlich fand sie sich in der Jägerallee am Tiergarten wieder. Gerade als sie auf dem Seitenstreifen gestoppt und den Motor ausgeschaltet hatte, meldete sich ihr Smartphone. »*Dr. Akatha, Raya*«, blinkte auf dem Display.

Sofort schoss ihr Pulsschlag wieder hoch. »Robeth? Hier Lotte«, meldete sie sich auf Englisch. In Jakarta war es nach einundzwanzig Uhr. »Gibt es ein Problem?«

»Hoffentlich nicht.« Der Niederlassungsleiter räusperte sich. »Eben hat jemand von der Stadtpolizei angerufen.«

Lotte vergaß zu atmen. Sie fühlte sich am ganzen Körper klebrig vor Schweiß. »Was ist passiert, Robeth? Jetzt sagen Sie schon.«

Sie sah ihn vor sich, wie er sich wand und Ausflüchte suchte, um nicht mit der Sprache herausrücken zu müssen.

»Dr. Suganda«, stieß er hervor. »Die Mikrobiologin. Sie ist aus ihrem Apartment gestürzt. Fünfter Stock, sie war sofort tot.«

Lotte bekam eine Gänsehaut. »Wann soll das passiert sein?«

Seltsamerweise hatte sie genau in diesem Moment eine Erleuchtung. Ja klar, das war das ideale Versteck für den Stick …

»Der Leutnant sagt, vor einer halben Stunde«, antwortete Robeth. »Nachbarn hätten ausgesagt, sie sei in letzter Zeit sehr deprimiert gewesen.«

Er klang jetzt, als hätte er sich seinen Text zurechtgelegt.

»Um acht herum kam sie von der Arbeit heim. Die direkte Nachbarin hörte durch die Wand, wie sie laut weinte und herumschrie. Eine halbe Stunde später sprang sie aus dem Fenster in den Hinterhof. Mitbewohner aus dem Erdgeschoss hörten den Aufprall und riefen die Polizei an. Außerdem eine Ambulanz, aber es war zu spät.«

Lotte presste die Lippen aufeinander, um nicht gleichfalls herumzuschreien. Das klebrige Zeug auf ihrer Haut fühlte sich plötzlich wie Bananenpampe an.

»Sagt wer?«, gelang es ihr zu fragen.

»Der zuständige Polizeioffizier. Derselbe, der wegen dem Feuer hier war. Leutnant Toma.«

Sie schloss die Augen. Leutnant Toma. Es erschreckte sie fast zu Tode. Und überraschte sie doch nicht im Geringsten.

»Sind Sie noch da, Lotte?«

Sie holte tief Luft und fasste einen Entschluss. »Eigentlich nicht. Ich bin im Urlaub, Robeth. Schreiben Sie Dr. Toppert eine Nachricht, ja? Ich melde mich Anfang nächster Woche, dann besprechen wir, wie es weitergeht.«

Bevor er etwas antworten konnte, beendete sie das Gespräch. Und ehe sie es sich anders überlegen konnte, startete sie erneut den SLK und fuhr los. Das Versteck war ideal, und dass es eine gehörige Strecke bis dorthin war, kam ihr nur gelegen.

Hinterm Steuer zu sitzen und über die Autobahn zu rasen, war die perfekte Metapher ihres Lebens: auf der Flucht vor sich selbst und mit der Illusion, die Kontrolle zu haben.

Nacht zu Freitag,
5. April 2019

34

Lotte fährt langsam und so konzentriert wie nur möglich. Sie wird es nach Hause schaffen, keine Frage. Das hier ist ein Albtraum, aber mit Albträumen klarzukommen hat sie schließlich gelernt.

Auf der Bundesstraße Richtung Nürnberg ist wenig los. Kein Wunder, Mitternacht ist längst vorbei. Und auf beiden Seiten der B 8 führt eine Autobahn mehr oder weniger parallel Richtung Norden. Links die A 9, rechts die A 3. In der Ferne meint sie das Brausen und Donnern von den Highways zu hören, als wäre sie auf einer Landzunge unterwegs, zwischen zwei sturmgepeitschten Meeren.

Passt ja irgendwie, denkt Lotte.

Sie behält die Straße hinter sich im Blick, aber im Rückspiegel taucht nichts Verdächtiges auf. Keine Kawa, kein Q8.

Die Gedanken rollen immer noch schwerfällig durch ihren Kopf, doch sie fühlt sich ein klein bisschen wacher. Die Wirkung der Milo lässt langsam nach.

Paul hat dreimal angerufen, zweimal auf ihre Mailbox gesprochen. Den ersten Stopp hat Lotte nach zwanzig Minuten eingelegt und ihm eine WhatsApp-Nachricht geschrieben. *»Habe mir doch ein Hotelzimmer genommen. Bin total ausgelaugt. Du hattest wieder mal recht, Schatz. Bis morgen, Lotte«*.

Ein bisschen vage, aber nicht direkt gelogen.

Von Toppert nichts. Kein Anruf, keine Nachricht. Darüber denkt Lotte immer wieder nach, während sie mehr oder weniger Richtung Norden driftet.

Sie ist immer noch viel zu müde und durcheinander, um alle offenen Enden und versteckten Knoten dieser verworrenen Angelegenheit zu überschauen. Aber irgendwie hilft ihr Topperts beharrliches Schweigen, doch noch zu einer Entscheidung zu gelangen.

Bei ihrem zweiten Stopp startet sie den Sprachrekorder auf ihrem Smartphone. Sie steht auf einem dunklen Parkplatz am Rand der Landstraße. Das Seitenfenster hat sie heruntergelassen, die Luftdüsen der Klimaanlage auf ihr Gesicht gerichtet.

Draußen kein Licht weit und breit. Nur Wald und Wolken.

»Die ganze Zeit habe ich überlegt, ob ich mich an Toppert oder an die Polizei wenden soll. Aber vielleicht gibt es ja noch eine dritte Möglichkeit.«

Als sie ein dunkles Blubbern wie von einer schweren Maschine zu hören glaubt, stoppt sie die Aufnahme, wirft das Handy auf den Beifahrersitz und macht, dass sie weiterkommt.

Im Rückspiegel nach wie vor kein Motorrad, nichts. Deine Fantasie, Lotte, geht wieder mal mit dir durch.

Den dritten Stopp legt sie an einer Raststätte ein, die hell erleuchtet und überraschend stark frequentiert ist. Offenbar ein Autohof; die A 9 verläuft in Sichtweite.

Die Lkw-Parkplätze sind überfüllt, vor den Zapfsäulen stauen sich Pkws und Vans. Einen schwarzen SUV oder ein Motorrad kann sie nirgendwo entdecken. Die Uhr im Armaturenbrett zeigt 02:21 Uhr.

Lotte parkt auf dem Seitenstreifen neben der Tankstelle, stellt den Motor ab und greift sich ihr Smartphone. Die Diktier-App ist noch offen, sie klickt auf *Record* und murmelt ins Mikro: »*Den Stick Katia schicken. Anonym. Sie kann das alles viel besser einschätzen als ich.*«

Sie stockt. Hat sie sich das wirklich gut überlegt? Ausgerechnet der Anti-Pharma-Aktivistin? Sie reibt sich die Augen und gähnt. Sie braucht dringend einen Kaffee. Auch wenn das Koffein sie noch kribbliger machen wird.

Aber erst mal das hier zu Ende bringen. Bevor ihr der rote Faden wieder entgleiten kann. Bevor sie nachher wieder herumrätselt, wofür sie sich entschieden hat und wieso.

»*Das soll nicht heißen, dass ich unseren Behörden nicht über den Weg traue. Aber was ich in Jakarta mit der Polizei erlebt habe, kann ich auch nicht ignorieren. Und wenn es hier wirklich um eine … eine globale Angelegenheit geht – also ich weiß nicht … ich frage mich wirklich, ob dann nicht auch hier in Deutschland höhere Stellen irgendwie darin verwickelt sein könnten.*«

Sie drückt auf *Pause* und denkt angestrengt nach. »*Könnten oder sogar müssten*«, fügt sie hinzu, »*aus Sicht der … Drahtzieher, oder wie soll ich die jetzt nennen.*«

Erneut überlegt sie, diesmal, ohne die Aufnahme zu pausieren.

»*Toppert hat nichts damit zu tun. Das glaube ich nach wie vor. Aber sie hat so viel Angst, dass der Ruf von ClarTop oder Raya irgendwie befleckt werden könnte.*«

Lotte beißt sich auf die Unterlippe. Wenn die Chefin das hier jemals spitzkriegt, macht sie mich fertig.

»Clara würde das Ganze wahrscheinlich nach wie vor vertuschen wollen. Deshalb Katia. Und anonym. Das Zeug kann irgendwer geleakt haben.«

Sie beendet die Aufnahme, steckt ihr Smartphone ein, schnappt sich ihre Tasche und steigt aus. Ein großer Latte macchiato, dann ist sie hoffentlich fit genug, um für den Rest der Strecke die Autobahn zu nehmen.

Sie verriegelt den SLK mit einem Klick und geht auf das Schnellrestaurant neben der Tankstelle zu. Der Nieselregen hat aufgehört, die Luft fühlt sich weich und beinahe mild an.

Ein Hauch von Frühling, denkt Lotte. Eigentlich könnte sie jetzt auch mit Paul telefonieren, bestimmt artikuliert sie wieder halbwegs klar. Aber er liegt längst im Tiefschlaf. Genauso wie Dion.

Sie muss das hier in Ordnung bringen, sagt sich Lotte. Und sie muss alles daransetzen, dass sie selbst und ihre beiden Ritter dadurch nicht in Mitleidenschaft gezogen werden.

Katia den Stick zu schicken ist in jeder Hinsicht die beste Lösung. Die Aktivistin wird der Angelegenheit auf den Grund gehen, und sie selbst bleibt außen vor. Wenn irgendwer sie verdächtigen sollte, die Informationen durchgestochen zu haben, wird Lotte leugnen.

Überzeugend und beharrlich. Das kann sie besser als jeder andere. Das eine denken, das andere sagen. Wissen, was wahr ist, und das vielleicht nicht ganz so lupenrein Wahre aufpolieren, bis es schimmert und glänzt.

Das Selbstbedienungsrestaurant ist vollgepfropft mit übermüdeten Familien und einer aufgekratzten Reisegruppe im fortgeschrittenen Rentenalter. Nachdem Lotte von den Toiletten zurück ist, stellt sie sich zum zweiten Mal in einer Schlange an, diesmal für ihren Kaffee. Als sie sich endlich zum Tresen vorgekämpft hat, ist ihr wieder schwindlig vor Müdigkeit.

Die Kundin vor ihr, mit Kopftuch und knöchellangem Mantel, bekommt gerade ihren Latte macchiato, und das Gebräu riecht köstlich. Umständlich klaubt sie ihr Wechselgeld vom Tresen auf und ist immer noch mit den Münzen beschäftigt, als die Thekenkraft einen dampfenden Latte-Becher vor Lotte platziert.

Lotte will ihr die fünf Euro geben, die sie abgezählt in der Hand hält, da dreht sich die Rumänin – oder was sie sein mag – neben ihr ruckartig zur Seite und rempelt sie mit dem Ellbogen an. Die drei Silberlinge rutschen Lotte aus der Hand und fallen zu Boden.

»Sorry«, sagt die Kopftuchträgerin, während Lotte schon in die Knie gegangen ist und die Münzen einsammelt.

Als sie sich aufrappelt, ist ihr so schwummrig, dass sie sich am Tresen festhalten muss. »Danke, stimmt so.« Sie kippt ein halbes Tütchen Zucker in ihren Becher und rührt um. Vorsichtig steuert sie wieder den Ausgang an. Die Menschenmenge und die stickige Luft hier machen sie ganz konfus.

Noch konfuser als ohnehin schon.

Der Latte ist lauwarm und viel süßer, als sie es mag. Komisch, sie hat doch nicht mehr Zucker als sonst reingekippt.

Trotzdem trinkt sie in großen Schlucken, begierig nach dem Koffein. Dabei geht sie neben ihrem Auto auf und ab.

Wie auf der Hinfahrt, schwirrt es ihr durch den Kopf. Autohof, Nacht, Kaffee. Nur dass sie dort mit der Asiatin zusammengestoßen ist.

Sie hat es kaum gedacht, da schießt ihr Pulsschlag hoch. Hektisch sieht sich Lotte nach links und rechts um. Ist Mrs Plattnase wieder hier? Und Mr Vollbart vielleicht auch?

Aber sie kann nach wie vor nur Familien mit kleinen Kindern entdecken, die wie im Halbschlaf auf ihre Vans zutrotten, und schnatternde Senioren auf dem Rückweg zum Reisebus.

Lotte lehnt sich an die Fahrertür ihres SLK. Der Kaffee macht sie nicht wacher, fast im Gegenteil. Aber das kommt schon noch. Das Zeug ist widerlich süß, trotzdem schlürft sie es bis auf den letzten Tropfen in sich hinein.

Wie aufs Stichwort fängt es von oben wieder mal an zu tropfen. Lotte geht zum Müllcontainer, entsorgt den Pappbecher, wendet sich um.

Keine stämmige Bikerin, in die sie hineinlaufen könnte. Der Reisebus fährt gerade los, die übernächtigten Familien kriechen in Zeitlupe in ihre Vans.

War eben an der Kaffeebar irgendwas merkwürdig? Lotte kneift die Augen zusammen. Die Frau vor ihr hat sie angerempelt, und die hatte einen Milchkaffee, genau wie sie selbst … Na und?

Sie hat nicht auf Gesichter geachtet. Aber wenn es die Asiatin gewesen wäre, hätte sie das doch bestimmt gemerkt.

Ach, wirklich, Lotte? Du warst so durch den Wind, du hättest es nicht mal mitgekriegt, wenn der General oder Toppert persönlich dich angerempelt hätten.

Darüber denkt sie längere Zeit nach. Bis sie den Faden verliert, die Fahrertür öffnet und in ihren Sitz sinkt.

Du bist hundemüde, Lotte. Ende der Story. Da hilft auch kein Kaffee mehr. Also bleibt dir nichts anderes übrig, als weiter über die Landstraße zu fahren.

Gurt anlegen, Schlüssel umdrehen, los geht's. Du hast schon Schlimmeres geschafft.

Auch wenn der Scheibenwischer so einschläfernd über die Scheibe schabt. Auch wenn es um sie herum schon wieder so dunkel und einsam ist wie im Märchen.

Wie in Papas Märchen von dem Pilzsporenforscher, der eines Tages in seinem Labor eine verborgene Wandöffnung entdeckte. Er kroch hindurch und fand sich in einer fantastischen anderen Welt wieder. *»Einem sumpfigen Wald«*, erzählte ihr Vater, *»in dem Pilze so groß wie Menschen lebten …«*

Dass sie kurz weggedämmert ist, merkt Lotte erst, als der rechte Vorderreifen ihres Cabrios über Schotter holpert. Sie zieht den Lenker nach links, geht auf die Bremse.

Nichts Schlimmes passiert. Aber wie ist sie auf diese Nebenstraße geraten? Die ist ja kaum breiter als ein Feldweg. Hinter den Bäumen auf beiden Seiten schimmert es wie von Wasser. Oder von Sumpf.

»Dunkel funkelnde Sumpfseen«, sagt die eindringliche Erzählerstimme in ihrem Kopf. Lotte hält an, schaltet das Auto-Navi ein.

Die digitale Landkarte zeigt ihr, dass sie in einem Wald-und-Seen-Gebiet südöstlich von Nürnberg ist. An einem Ort, der rätselhafterweise *Ursprung* heißt.

Die Richtung stimmt also ungefähr. Nur muss sie dieses Labyrinth aus Wäldern und Gewässern hinter sich lassen, in dem es keine richtigen Straßen gibt. Laut Navi-Karte wird der Landstreifen, auf dem ihre Straße verläuft, immer schmaler. Ein paar Kilometer weiter ist es nur noch ein dünner Damm zwischen zwei riesigen Seen.

Aber die gute Nachricht, sagt sich Lotte: Gleich hinter den Seen kommt eine Kreuzung, und da geht es links zur Autobahn. Allerdings zur A 3, was seltsam ist, sie hat gar nicht gemerkt, dass sie die irgendwann über- oder unterquert hat.

Vorher muss sie über den schmalen Damm. Irgendwie symbolisch, denkt Lotte und fährt vorsichtig wieder an.

Das Seitenfenster hat sie ganz runtergelassen, das Gebläse pustet sie volle Kanone an. Eisig kalte Regentropfen sprühen ihr von links ins Gesicht, umso besser. Die Luft riecht pilzig, die Scheibenwischer kratzen übers Glas. Links und rechts stehen Bäume Spalier, wie erstarrte Riesen, die von den Scheinwerfern erfasst werden und gleich wieder in der Nacht versinken. Dahinter funkeln dunkel die sumpfigen Seen.

Der Tacho zeigt 45, es kommt ihr viel schneller vor. Die Straße ist absurd schmal. Lotte umklammert das Lenkrad und fixiert die Fahrbahn.

Der Kaffee war schon gesüßt, geht es ihr durch den Kopf. Deshalb war der so überzuckert, nachdem sie noch mal was reingekippt hat.

Reingekippt? Was denn noch?

Sie kämpft gegen den Schlaf an. Oder nicht mal mehr. Den Schemen neben ihr und das Motorblubbern nimmt sie erst wahr, als eine Hand durch ihr Seitenfenster greift. Irgendwas am Blinker herumfummelt und wieder aus ihrem Blickfeld verschwindet, während ihr SLK wie von Geisterhand beschleunigt.

70, 90, 110 km/h … Lotte starrt auf den Tacho wie in Hypnose. Sie mag den satten Sound und das Vibrieren unterm Hintern, wenn ihr Bolide hochdreht. Aber das hier … Sie kann die Augen kaum mehr aufhalten. Hier stimmt doch was nicht …

Sie will auf die Bremse treten, doch ihr Fuß gehorcht nicht. So wenig wie ihre linke Hand, als sie begreift, was hier vorgeht. Der Schemen eben hatte es nicht auf den Blinker abgesehen, sondern auf den kleinen Hebel darunter … den Tempomat!

Das war die Asiatin … Und in dem vertauschten Latte war irgendwas drin …

Die Fahrbahn vor ihr macht eine Linkskurve. Wenn Lotte weiter geradeaus fährt, rast sie mit Tempo hundertdreißig in den See.

»Nein, verdammt!«, schreit sie. »Ihr kriegt mich nicht!«

Irgendwie schafft sie es, den Lenker nach links zu drehen. Das Letzte, was sie wahrnimmt, ist der wuchtige Baumstamm, der im Scheinwerferlicht immer monumentaler wird … ein dunkler, vor Nässe glitzernder Burgwall, auf den sie ungebremst zurast … ein heller Knall, zerberstendes Glas, Milliarden von Splittern, die im Scheinwerferlicht blitzen … dann schwarz …

… bis Lotte erwacht und alles ist blendend weiß.

Ihr Bett, die Zimmerdecke, auch sie selbst. Wie in Verbände eingepackt. Sogar ihre Hand, als sie die vor ihr Gesicht hebt, ist ein schneeweißer Klumpen Mull.

Irgendwo hinter ihr, über ihr piepen Apparate. Im Augenwinkel nimmt sie grünes Flimmern wahr. Gestalten bewegen sich wie schwebend, unwirklich verlangsamt, um sie herum. Tauchen auf und wieder unter, spukhaft. Aber Lotte hat keine Angst.

Nie hatte sie weniger Angst. Wohlig liegt sie in all dem Weißen wie in einem weichen, warmen Kokon.

Alles ist gut. Wie ganz, ganz früher, als sie ein ganz kleines Mädchen war. In ihrer heilen Kinderwelt.

»Sie können jetzt nicht zu ihr.«

»Und Sie können mich nicht länger vertrösten!«

Paul … Sie will den Kopf zu ihm drehen, aber sie kann ihn nicht bewegen. Und seltsam, sie kann nur auf einem Auge sehen, links. Vor dem anderen Auge ist ein milchig weißer Film.

»Paul …« Sie will ihn rufen, es wird nur ein heiseres Flüstern.

Da taucht er in ihrem Blickfeld auf. Verschwommen, aber er ist es, ihr geliebter Paul.

Er kauert sich neben ihr hin. Sie sieht den Schrecken in seinem Gesicht, die grundlose Panik.

»Alles gut«, flüstert sie. »Leg dich zu mir, Liebster.«

Er hat Tränen in den Augen. Oder sind das ihre?

»Sie müssen jetzt wirklich gehen«, sagt jemand.

Paul legt sich neben sie, so behutsam, als fürchte er, sie zu zerbrechen.

Sie will sich zu ihm hindrehen, ihren Arm um ihn legen, aber sie kann sich nicht bewegen. Der Arm fühlt sich an wie tot. Wie nicht mehr da.

Tot. Das Wort bohrt sich durch den wohlig weichen Kokon. Durch all das Weiße bis in ihren Kopf.

Ich sollte tot sein. Die Asiatin … Sie wollte mich umbringen! Aber ich bin noch da …

Lotte spürt plötzlich ihr Herz. Hart, hämmernd, viel zu schnell.

Shinta … Raya … das Labor … Sie sieht Fetzen aus dem wackligen Video vor sich … die wächsernen Toten in den weißen Klinikbetten, umgeben von all den Geräten …

Weiß wie hier? Die piependen Apparate … die weißen Gestalten um sie herum: Ärzte, Pfleger?

Wo bin ich hier?

»Sie wollte mich … Komm her, Paul …«

Alles in ihrem Blickfeld beginnt zu wackeln. Pauls Gesicht, das sich ihrem nähert. Die Gestalten, die durcheinanderrufen und -schweben …

»Mich … um…bringen«, flüstert sie mühevoll in sein Ohr.

»Um Himmels willen, wer denn?«

Es rauscht und donnert in ihrem Schädel. »Plattnase …«

Sie spürt seine Ratlosigkeit, aber sie muss es ihm klarmachen, irgendwie. »Der Stick … verstehst du … weil ich …«

»Lotte, Liebling, bitte beruhige dich.« Seine Hand bewegt sich wie streichelnd über ihrem Kopf. »Du hattest einen Unfall, aber zum Glück hat jemand das Feuer entdeckt und die Feuerwehr gerufen.«

Das Feuer? Die Verbände um ihren Kopf, ihren Körper, überall …

Brandverletzungen … genauso wie Mahmudin …

»Hör zu, Paul«, bringt sie hervor, sein Ohr jetzt ganz nah vor ihrem Mund. »Der Stick … pass auf ihn auf … ganz wichtig …«

»Blutdruck kritisch«, sagt jemand. »220 zu 120 … 240 zu …«

Mehrere Apparate beginnen gleichzeitig schrill zu fiepen.

Lotte sieht den Tacho in ihrem SLK vor sich, die hochschnellende Nadel: 90 … 110 … 130 …

Paul wird von ihr weggerissen.

»Herzfrequenz kritisch …«

Oder bewegt sie sich so irrsinnig schnell von ihm weg?

Lotte rast auf den Baumstamm zu, der im Dunkeln immer riesiger wird, ein schwarzer Wall …

»Herzstillstand!«, schreit jemand. »Infarkt!«

Lotte rast in die schwarze Wand, verschmilzt mit der Nacht.

Phase zwei

INFLAMMATION

Freitag,
5. April 2019

1

Paul Gerlach öffnet die Augen. Er liegt in einem Klinikbett, in einem schlauchförmigen Einbettzimmer. An der Wand gegenüber hängt eine billige Reproduktion von Paul Klees Selbstbildnis *Versunkenheit.*

Hallo, Paul, geht es ihm durch den Kopf. Er fühlt sich benommen, wie in Watte gewickelt. In einen Mullverband …

Aber das war nicht ich – das war Lotte …

Er sieht sie wieder vor sich, ihr geliebtes Gesicht, halb von weißem Verband verdeckt. Nur ein großes, blaues Auge, eine krankhaft bleiche Wange sahen aus all dem Weiß hervor. Und Lottes Lippen, die sich öffneten und schlossen, als sie hastig auf ihn einflüsterte: »Sie wollte mich …«

Paul sieht alles wieder vor sich, aber er fühlt nichts dabei.

Eine Spritze, denkt er, sie haben mir etwas zur Beruhigung gegeben.

Weil er geschrien hatte, gegen den groß gewachsenen Pfleger angekämpft hatte, der ihn festhielt, während Lottes Bett durch die Tür mit der Aufschrift *»OP 3 – Notfallchirurgie«* davonschlingerte. In einem Pulk von Ärzten und Schwestern, die beinahe rannten, obwohl das panische Piepen der Apparate in einem hoffnungslosen Dauerton erstorben war.

»Infarkt!« Auch den Alarmruf des Assistenzarztes hat Paul noch im Ohr, und wieder sieht er Lottes bandagierten Kopf, das Auge, das größer und größer wurde und dann auf einmal starr. »Herzstillstand …«

Er selbst hat es ja gesehen. Wie ein Zucken sie überlief, ihr Mund schlaff wurde, ihr Blick brach.

Lotte ist tot, er weiß es, und doch fühlt es sich nicht so an.

Mattes Klopfen an der Tür. Im selben Moment tritt jemand ein. »Herr Gerlach?«

Eine Frau Mitte vierzig, schlaksig, kurze graue Haare, dazu graue Lederjacke, graue Jeans, kommt auf ihn zu. »Oberkommissarin Jana Reichlein, Kriminaldauerdienst Nürnberg. Mein aufrichtiges Beileid.«

Sie hält ihm einen Ausweis vors Gesicht. Die überdimensionale Uhr an ihrem Handgelenk zeigt kurz nach halb elf an. Vor dem Fenster, das auf einen von Wohnblocks gesäumten Park geht, scheint die Sonne vom blassblauen Himmel. Also halb elf vormittags …

Es könnte genauso gut Abend sein, Paul hat kein Zeitgefühl mehr. Seit ihn um vier Uhr nachts der Anruf aus dem Schlaf riss: »Unfallklinik Nürnberg. Ihre Frau, Herr Gerlach … Wie schnell können Sie hier sein?«

Sein Herz blieb nicht stehen, doch seitdem schlägt es in einem anderen, unberechenbaren Takt. Dion schlief im Auto wieder ein, ein Glück, er hätte nicht gewusst, was er dem Jungen sagen sollte. Auch zu Lottes Vater, dem er das schlafende Kind in die Arme legte, sagte er nur: »Ein Unfall, bitte nichts zu Dion – ich melde mich!«

Den Flieger um kurz nach sechs erreichte er gerade noch; dann in Nürnberg mit dem Taxi zur Klinik, wobei er den Fahrer unablässig antrieb. »Sie kommen noch rechtzeitig, Herr Gerlach«, so nahm ihn die Schwester in der Notaufnahme in Empfang. Aber was heißt rechtzeitig, wenn die Zeit direkt vor dir abbricht wie eine Brücke ins Nichts? Wenn die Frau, die du liebst, die Einzige, die du je geliebt hast, in deinen Armen stirbt, wenn ihr keine Zeit mehr miteinander haben sollt, keine Sekunde mehr?

»Ihre Frau hat nicht gelitten«, so der hohle Trost durch den Oberarzt, der ihm nicht in die Augen sah. »Und zumindest konnten Sie noch Abschied nehmen.« Paul brach nicht zusammen, doch er widersetzte sich auch nicht, als ihn der Pfleger unter den Achseln packte und den Gang hinab in ein freies Zimmer bugsierte. Er bekam eben noch mit, wie ihm der Mann eine Spritze setzte, dann sackte er weg …

Und jetzt also diese Frau in Grau, Kommissarin Reichlein: »Mir ist klar, dass ich ungelegen komme, Herr Gerlach. Aber ich verspreche Ihnen, es wird nicht lange dauern.« Sie geht zum Fenster und dreht einen der beiden Stühle, die den kleinen Tisch flankieren, zum Bett hin um. »Sicher fragen Sie sich, wie es zu dem tragischen Geschehen gekommen ist.«

Sie öffnet den Reißverschluss ihrer Lederjacke und nimmt Platz. »Ihre Frau ist mit Tempo hundertdreißig gegen einen Alleebaum gefahren, ungebremst. Auf einer abgelegenen Nebenstraße in einem Naturschutzgebiet.«

Sie klingt müde, fast kraftlos, vielleicht nur wegen der fränkischen Sprachfärbung, die alle harten Laute weichspült.

»Nach jetzigem Stand gibt es keine Anhaltspunkte für ein Fremdverschulden. Auch nicht für technisches Versagen, aber wir ermitteln in alle Richtungen.«

»Auch in Richtung Mord?« Paul misstraut ihr spontan.

»Im Moment können wir nichts ausschließen.« Sie sieht ihn teilnahmslos an. »Allerdings liegen uns keine entsprechenden Hinweise vor. Oder können Sie uns diesbezüglich etwas mitteilen, Herr Gerlach?«

Wie hätte Lotte reagiert? Was hätte sie gewollt? Unschlüssig schaut Paul auf die Bettdecke vor sich. Überall dieses krankhafte Weiß …

»Meine Frau … Sie hat da noch etwas gesagt …«

Er stockt erneut. Was eigentlich – was hat sie gesagt? Ihre Worte, das schnelle, fast schon verlöschende Zischen, haben sich ihm eingebrannt. Nur die Bedeutung scheint ihm jetzt viel weniger klar.

»›Sie wollte mich … um…bringen!‹ Genauso hat sie es gesagt. Kurz vor ihrem …«

Er schaut an der Kommissarin vorbei in den Park. Wenn er an

Lotte und sich selbst als Paar denkt, sieht er sie meist so: wie sie im Sonnenschein zwischen Bäumen und Wiesen gehen, Hand in Hand. Der Gedanke, nie mehr mit ihr da draußen herumspazieren zu können, fasst ihn wie mit eiskalten Fingern an.

Aber sie ist nicht tot, denkt er schnell. Er weiß ja, dass es nicht stimmen kann, und doch fühlt es sich weniger falsch an.

»Genauso hat sie das gesagt?«, fragt Reichlein. »Bitte denken Sie nach, Herr Gerlach. Es könnte wichtig sein.«

»Ja, ganz genau so. ›Sie wollte mich …‹« Er versucht, sich zu konzentrieren. »Dann hat sie noch irgendwas anderes gesagt. So etwas wie ›Komm her, Paul!‹ Und dann, kurz danach: ›… mich … um…bringen‹.«

Er reibt sich über die Stirn und sieht Reichlein an. »Genauso war es, ich bin mir sicher.«

»Okay.« Sie nimmt einen Notizblock aus der Innentasche ihrer Lederjacke und behält ihn ungeöffnet in der Hand. »Dem gehen wir natürlich nach, Herr Gerlach. Auch wenn diese beiden halben Sätze, die Ihre Frau im Sterben noch gesagt hat, nicht zwingend zusammengehören.«

Paul weiß, dass sie recht hat. Der Gedanke ist ihm selbst gekommen, als er sich eben an die Situation erinnert hat. Lotte war vielleicht schon weit weggedriftet, in einem Strudel aus Bildern, Schatten, Stimmen versunken, als sie ihm noch etwas zu sagen versuchte. »Sie wollte mich …« – das kann sich auf ihre Mutter beziehen, der Lotte sich immer nahe fühlte, auch wenn sie so lange schon tot ist. Oder auf ihre Chefin, auch das ist möglich. »… mich holen«, »… mich doch nicht befördern«, wie auch immer.

Und der unvollständige zweite Satz …

»Sie kann auch von sich selbst gesprochen haben, Herr Gerlach.« Die Kommissarin hat offenbar den gleichen Gedanken wie er. »›*Ich* wollte mich umbringen.‹ Das würde zur Spurenlage passen, aber wie gesagt: Wir gehen dem nach.«

Sie klappt den Schreibblock auf und macht sich eine kurze Notiz.

Doch sie fragt nicht nach, ob Lotte noch etwas gesagt hat, das sich als Hinweis auf einen möglichen Mörder interpretieren ließe.

Auch Paul kommt nicht darauf zurück. Oder erwähnt, dass Lotte höchstens im übertragenen Sinn davon gesprochen hätte, sich etwas anzutun.

Die Kommissarin hat den Fall innerlich schon abgeschlossen, denkt er. Was er noch hinzufügen könnte, würde sie bestimmt auch nicht umstimmen: »Plattnase …« Dabei hat Lotte auf seine Frage, wer um Himmels willen sie umbringen wollte, genau das gesagt.

Zumindest hörte es sich für ihn so an. »Plattnase.« Doch für diesen Hinweis würde Reichlein noch nicht mal ihren Block aufklappen. Geschweige denn, die obskure Täterbeschreibung notieren.

Ein Mörder mit platter Nase? Wahrscheinlich hat Paul sich verhört. *Pappnase? Abgase?* Wie er auch nachdenkt, ihm fällt nicht ein, was Lotte tatsächlich gesagt haben könnte. Vielleicht war sie da schon so weit weg, dass es nur noch für sie selbst einen Sinn ergab.

Und der Stick?, geht es ihm durch den Kopf. Diesen Hinweis könnte die Kommissarin nicht so einfach beiseitewischen.

Doch sie wird nichts davon erfahren, beschließt er. Jedenfalls nicht durch ihn.

Er soll *auf den Stick aufpassen,* Lottes allerletzte Worte waren vollkommen klar. Aufpassen, nicht etwa dieser gleichgültigen Beamtin anvertrauen, und genau das wird er tun. Auch wenn er sich nicht im Geringsten vorstellen kann, was es mit dem Stick auf sich hat. Wo er sein soll und was darauf so Kostbares gespeichert sein könnte, dass Lottes letzte Sorge diesem Datenträger galt.

Und nicht Dion, ihm selbst oder ihrem Vater Robert.

Paul spürt ein Brennen in der Kehle. Vielleicht ist der Stick sogar irgendwie der Grund für Lottes Unfall?

Industriespionage … Hin und wieder hat sie den grellen Begriff wie aus einem Agententhriller fallen gelassen, zur Erklärung, warum sie über ihre Arbeit bei ClarTop nicht sprechen darf. Aber wie kann eine Personal- und PR-Managerin an geheime Daten gelangen, die zu besitzen lebensgefährlich ist?

Paul begreift immer weniger, was hier vorgefallen ist. Ob überhaupt etwas anderes passiert ist als ein tragischer Unfall. Wie oft ist Lotte stundenlang durch die Gegend gefahren, auf Autobahnen im Temporausch, aber auch gechillt auf Nebenstraßen, mit offenem Dach und wehendem Haar…

Der grauen Kommissarin, die gar nicht wissen will, was wirklich passiert ist, wird er kein Wort von dem Stick erzählen.

Kein einziges Sterbenswort.

2

Jimin Holland ist in einer Absteige im Berliner Norden untergekommen. Am Heckerdamm, in Sichtweite des Flughafens Tegel. Und vor allem in Hörweite. Von früh bis spät donnern die Flieger über den erbsengrün angestrichenen Häuserblock, in dem die *Pension Olga* die untersten beiden Etagen belegt. Einschließlich *Olga's Bar.*

Sie liegt in voller Montur auf dem Bett, dessen Metallgestell bei jeder Bewegung klappert. Im Bikeranzug einschließlich Stiefeln; Helm und Handschuhe griffbereit. Jimin wartet auf den Einsatzbefehl von Phil, ihrem Kontaktmann bei Justice. Er will allen Ernstes, dass sie die Villa von Lotte Gerlach noch einmal auf den Kopf stellt.

Und wieso, verfickt noch mal? Wegen dem beschissenen Datenstick, den sie angeblich beim letzten Mal übersehen hat! Was total abwegig ist, sie hat in der verdammten Ritterburg alles umgegraben. Zumindest so ziemlich jeden Winkel, in dem Leute normalerweise Geheimkram verstecken.

Früher wäre sie stinksauer gewesen, aber so ist Jimin nicht mehr. Beziehungsweise *Joy*, wie Phil sie neuerdings nennt. Er versucht, alles so gut wie möglich zu regeln, er kämpft wie sie selbst für die gerechte neue Welt. Nur kapiert er eben nicht, dass er die Lage falsch einschätzt. Und entsprechend die falschen Prioritäten setzt.

Deshalb musste Jimin ja ein bisschen nachhelfen, ohne dass irgendwer etwas mitbekam. Und deshalb wird sie auch heute schafsbrav ausführen, was Phil anordnet, auch wenn sie es nach wie vor für Bullshit hält.

Die deutsche Schlampe ist abgefackelt, Fall erledigt. Wo immer die den Stick verbuddelt haben mag, das Drecksteil wird ihnen keinen Ärger mehr machen. Weil niemand davon weiß, also kann auch niemand danach suchen. So einfach ist das, verdammt noch mal. Jedenfalls, wenn man die Dinge so klar sieht wie Jimin.

Aus der Bar unter ihr dringt schrilles Gelächter herauf. Dazu Fetzen deutscher Popsongs, die die Gäste da unten anfallsweise mitgrölen. Billignutten, Sozialrentner, Dauerarbeitslose. White Trash eben, genau wie in den Clubs in Austin, die Jimins Dad regelmäßig »kontrolliert« hat. Anderes Wort für »abkassiert«, in cash und in Naturalien, das hatte sie schon als Gör durchschaut.

Eigentlich wollte Phil sie in demselben Viersternehotel wie Jaresh einquartieren. *Leonardo* oder so ähnlich, nicht weit vom Kurfürstendamm. Aber nicht mit Jimin, für Spießerscheiß ist sie nicht zu haben.

Vor allem nervt es sie, wenn Jaresh sie auf Schritt und Tritt kontrolliert. Und maßregelt, als wüsste er besser als sie, wo es langgeht. Dabei ist nicht mal sein Bart echt, der Name auch nicht, vielleicht nicht mal sein Schwanz. Aber an den will sie jetzt schon gar nicht denken.

Jimin kriegt immer noch die Krise, wenn sie an Jareshs Geschrei letzte Nacht in ihrem Headset denkt. »*Was* sagst du? Die Deutsche ist tot? Wieso ist die plötzlich tot, verfickt noch mal?«

Gerade hatte sie die Kawa ins Gebüsch geschoben und ging im Stockdunkeln auf die Unfallstelle zu. Auf die noch zarten Flammen, die circa hundert Meter vor ihr aus der zerknautschten Mercedes-Schnauze züngelten.

»Die darf nicht tot sein, verdammte Scheiße!«, tobte Jaresh in ihrem Ohr. »Eben hab ich die Durchsage gekriegt: Die hat irgendwas in ihre Diktier-App gelabert, von wegen, dass sie die geleakten Daten einer anderen Fotze zuschustern will. Geht das in deinen Schädel rein, Jimin: Die war endlich so weit, das Dreckszeug auszubuddeln – und da kommst du mit ›Die ist tot‹? Wieso tot, verfickt noch mal?«

»Gegen einen Baum gekracht. Riesenrums, gerade eben. Kann ich nix dafür.« Nur für den Fall, dass Jaresh auf blöde Ideen kommt. Von wegen *»Du hast die Schlampe in den Tod gehetzt«*.

Hab ich nicht. Jimin ist bereit, es zu beschwören, und es wäre praktisch die nackte Wahrheit. Um Lügen macht sie möglichst einen Bogen, seit sie für Justice kämpft.

»Scheiße, das gibt Riesenärger«, murmelte Jaresh in ihrem Ohr. Er klang kleinlaut. »Was jetzt? Was erzählen wir Phil?«

»Na, die Wahrheit, was denn sonst! Die Fotze war besoffen oder hat Pillen geschluckt, was weiß ich denn. Die hatte mindestens achtzig Meilen drauf, ich in normalem Abstand hinter ihr her, und plötzlich rauscht die gegen den Baum. *Bamm!* Ende!«

Ende auch für ihr Gespräch mit Jaresh. Während er noch Luft holte, um ihr zu erklären, was sie jetzt unbedingt als Nächstes tun müsse, schaltete sie ihn stumm.

Mittlerweile stand sie neben dem Autowrack, das zerquetscht an dem klotzigen Baumstamm klebte. Die Motorhaube aufgesprungen, und darunter quoll ein Mix aus Flammen und Qualm hervor.

Berauschend. Jimin liebt Feuer, den Geruch von knackend heißem Metall und kokelndem Kunststoff.

Sie beugte sich zum offenen Fenster der Fahrertür hinunter und musterte die Schlampe, die zwischen all den aufgepumpten Airbags noch zu zucken schien. Vielleicht nur eine optische Täuschung, hervorgerufen durch den Widerschein der zuckenden Flammen, sagte sich Jimin, es spielte aber keine Rolle.

Die Bluse der Schlampe war nass vor Blut. Der rote Saft lief ihr aus den Haaren und in Splatter-Schlieren über die früher mal hübsche Fratze. Blut quoll ihr auch aus der Nase, die wie bei einer Clownsmaske knallrot und ballonprall aufgequollen war.

Jimin griff zwischen den Luftsäcken hindurch und über den verrenkten Körper hinweg, ohne irgendetwas zu berühren. Außer der protzigen Aktentasche, die mit klaffendem Maul auf dem Beifahrersitz lag. Sowieso hatte sie ihre Bikerhandschuhe gegen sterile Fingerlinge aus der Klinik-Einheit von Raya eingetauscht. Also war es egal, was sie berührte. Und wen.

Sie schnappte sich die Tasche, manövrierte sie zwischen den Airbags hindurch ins Freie und durchfledderte den Inhalt im Schein des Feuers. Akte, Pillen, Brieftasche und so weiter, das kannte sie alles schon, und das interessierte sie jetzt einen Scheiß. Wo war das verfickte Flittchen-Handy?

Na also, da kam das Galaxy aus der Seitentasche geflutscht. Jimin griff erneut durchs Fenster, schnappte sich die schlappe linke Hand und entsperrte das Smartphone mit Gerlachs Zeigefinger. Schnell flipperte sie die App-Liste durch, klickte den Voicerekorder auf und löschte alle Dateien aus der Liste.

Sie schmiss das Smartphone zurück in die Tasche, die sie zuklappte und über die Überreste von Karre und Schlampe hinweg in die Böschung warf.

Okay, jetzt noch drüben die Tür, dann ist alles perfekt. Sie ging um das Heck des Cabrios herum, musste ein paarmal an der Beifahrertür zerren, da ging die stöhnend auf.

Höchste Zeit. Das Feuer wurde immer heller und heißer. Und größer, prasselnder, fauchender, sodass Jimin das Dröhnen erst hörte, als es höchstens noch einen Kilometer weg war. Ein Geländewagen oder ein Pick-up, schätzungsweise. Er näherte sich von Norden her, und das Feuer über dem Mercedes-Motor war jetzt ein orangeroter Drache, der die Karre gleich in Fetzen reißen würde.

Aber alles easy, die Flammen sind Jimins Freunde. Sie tauchte zurück in die Nacht.

»Alles klar«, sagte sie zu Jaresh, nachdem sie ihn wieder laut geklickt hatte.

Sie startete die Kawa, die am Flughafen für sie bereitgestanden hatte, und fuhr auf der menschenleeren Straße Richtung Süden zurück. Hinter den Bäumen glitzerte das Wasser im Licht ihres Scheinwerfers, und von Norden her näherten sich jaulende Sirenen.

Feuerwehr, Notambulanz, Bullenkarre, Jimin sah sie alle vor sich.

Alle zu spät. Vor allem der Notarzt, dachte sie, als die Schlampenkarre mit einem dumpfen Grollen in die Luft flog.

Bye, Bitch …

Jimin hängt noch ihren Erinnerungen an das nächtliche Feuer nach, als sich ihr Smartphone mit einem Jingle meldet. *Imagine* von John Lennon, die Schöne-neue-Welt-Schnulze, die ihrer Ansicht nach perfekt zu Phil passt. Ihr kommen fast automatisch die Tränen, wenn sie den Song hört. Tief in ihr hauste immer schon diese Träumerin von einer besseren Welt. Endlich ist sie herausgekommen und hat die alte Jimin übernommen, mitsamt all den Skills, die sie im Grillen und Killen hat. Nur eben jetzt in Diensten von Justice.

»Hi, Phil.«

»Hör zu, Joy«, sagt er mit seiner tiefen, warmen Stimme. »Die lokalen Medien haben es eben gemeldet: Das Zielobjekt hat final ausgecheckt. Falscher Zeitpunkt, schlimm für uns, aber nicht zu ändern.«

Er legt eine Pause ein. Erzähl mir was Neues, denkt Jimin. Doch sie hat gelernt, dass er keine Kommentare von ihr hören will, solange er sie nicht dazu aufgefordert hat. Also hält sie den Mund und wartet. Zumindest scheint er sie nicht zu verdächtigen, beim Auschecken der Schlampe nachgeholfen zu haben.

»Die Audio-Files hätten wir auch per Hack löschen können, aber okay. Guter Einsatz, Joy. Jetzt brauchen wir den Stick. Du hast vier Stunden, der Witwer landet um kurz nach drei in Tegel. Spätestens dann bist du wieder draußen und erstattest mir Bericht.«

Der Witwer? Ach so, der niedliche Mann von der toten Schlampe.

Jimin leckt sich die Lippen. »Okay«, sagt sie und beendet das Gespräch.

Sie greift sich Helm und Handschuhe vom Bett, stapft aus der Tür und die Treppe runter, dass die *Pension Olga* wackelt. Aber das kriegt niemand mit, wegen dem Krach in *Olga's Bar*.

3

Oberkommissarin Reichlein beugt sich vor, stützt die Hände auf ihre Knie. Alles an ihr ist grau, auch ihr Shirt, ihr Gesicht, sogar der Nagellack an ihren knochigen Fingern. »War Ihre Frau in psychiatrischer Behandlung, Herr Gerlach?«

Paul setzt sich aufrecht hin, soweit das in diesem Krankenhausbett geht. »Sie war völlig stabil.« Er schüttelt den Kopf. »Wie kommen Sie denn darauf?« Am liebsten würde er aufstehen und sich davonschleichen, wie jemand, der im Theater merkt, dass er in der falschen Vorstellung gelandet ist.

»Der Unfallwagen ist ausgebrannt, aber die Beifahrertür hat sich bei dem Aufprall wohl geöffnet, und die Tasche Ihrer Frau wurde herausgeschleudert.«

Ausgebrannt … Für einen Moment sieht Paul die schreckliche Wahrheit. Verbrennungen am ganzen Körper, deshalb die Verbände überall. Dazu »innere Blutungen, Herzstillstand … Reanimationsversuche leider fruchtlos«, wie der Oberarzt mitfühlend murmelte.

Mein Gott, sie ist tot, durchfährt es ihn. Ist sie nicht, flüstert es in seinem Hinterkopf. Er weiß, dass es nicht stimmen kann. Doch ein Teil von ihm geht stur darüber hinweg.

»Unter anderem konnten wir eine angebrochene Packung *Milobran* sicherstellen«, redet Reichlein schleppend weiter. »Ein starkes Beruhigungsmittel, das vor allem bei Depressionen und Angstattacken verschrieben wird. Milobran, Herr Gerlach, sagt Ihnen das etwas?«

»Schlaftabletten. Lotte hat die früher mal genommen. Aber das ist Jahre her.«

Darauf läuft es also hinaus, denkt Paul. Sie wollen Lotte als psychisch instabil hinstellen. Tod durch Suizid, Fall abgeschlossen.

Die Kommissarin schaut kurz nach rechts. Er folgt ihrem Blick und registriert, dass an der Tür ein stämmiger Mann Mitte fünfzig lehnt, in Jeans und zerknittertem blauen Jackett. Sein geschorener Schädel glänzt wie poliert.

Es kommt ihm wie ein Trick vor. Illusionskunst … Wo kommt der bullige Bulle plötzlich her?

»Mein Kollege, Hauptkommissar Peters«, sagt Reichlein, die Pauls Blick bemerkt hat. »Aber zurück zu dem Betäubungsmittelkonsum Ihrer Frau. Laut Laborbericht wurde in ihrem Blut eine erhebliche Menge an Benzodiazepin festgestellt. Beziehungsweise die entsprechenden Abbauprodukte. Wissen Sie, was das ist: Benzos?«

Sie redet weiter, bevor Paul auch nur nicken kann. Immer in diesem müden, gleichgültigen Tonfall, der ihm mehr und mehr gekünstelt vorkommt. Als wollte sie etwas verbergen.

»Der Wirkstoff des Medikaments, das in der Tasche Ihrer Frau sichergestellt wurde. Sie war definitiv fahruntüchtig, Herr Gerlach. Was das Spektrum möglicher Geschehenshintergründe erheblich einengt.«

Sie lehnt sich zurück und verschränkt die Arme vor der flachen Brust. »Hat Ihre Frau in letzter Zeit unter Depressionen gelitten? Hat sie vielleicht mal angedeutet, dass sie darüber nachdachte, sich das Leben zu nehmen?«

»Um Himmels willen, nein.« Paul schüttelt erneut den Kopf. Tief in seinem Innern spürt er es beben. Erschütterungen, die sich in Wellen nähern. Aber das Zeug, das sie ihm gegeben haben, hält den Schock auf Distanz.

Noch.

Plötzlich versteht er, warum Lotte eine Zeit lang so versessen auf ihre »Milos« war. Doch das ist lange her. Die Kommissarin muss sich irren. Oder sie lügt. Aber aus welchem Grund sollte sie ihn anlügen?

»Lotte hatte vor drei Jahren eine schwierige Phase«, erklärt er ihr. »Sie musste sich beruflich neu orientieren, das hat ihr Angst gemacht. Aber der Neustart hat dann bestens geklappt. Sie hat eine Riesenkarriere gemacht, bei ClarTop. Sie soll dort sogar in den Vorstand …«

Er unterbricht sich, will neu ansetzen, diesmal in der Vergangenheitsform. Nur kommt ihm die noch falscher vor.

»Lotte und Selbstmord?«, sagt er stattdessen. »Wenn Sie meine Frau kennen würden, wäre Ihnen klar, wie abwegig das ist.«

»Deshalb bin ich ja hier«, sagt Reichlein. »Um Ihre Frau und die fraglichen Geschehnisse besser zu verstehen.« Sie sagt es so, als glaube sie es selbst nicht. »Zum Beispiel: Was hat sie eigentlich hier in der Region Nürnberg gemacht?«

»Haben Sie denn nicht mit ihrem Arbeitgeber gesprochen?«, fragt er zurück. Reichlein sieht ihn schweigend an. »Die wissen das besser als ich. Lotte hat nie viel über ihre Arbeit geredet. Es war jedenfalls eine Dienstreise.«

Er überlegt. Warum sie doch nicht in München übernachtet hat, sondern nachts auf dieser Nebenstraße im Naturschutzgebiet unterwegs war, versteht er auch nicht. Aber sie ist dort ganz bestimmt nicht herumgeirrt, um sich einen Platz für ihren Selbstmord auszusuchen.

»Lotte hatte Donnerstagmorgen einen Termin in München, den hat ihre Chefin – Dr. Toppert – ihr kurzfristig noch aufgedrückt«, erklärt er weiter. »Deshalb ist sie am späten Mittwochabend losgefahren, fast schon um Mitternacht. Gestern Abend wollte sie eigentlich wieder in Berlin sein. Aber am Nachmittag hat sie mir eine Nachricht geschickt, dass sie doch ein Hotelzimmer genommen hat. Wie ich es ihr geraten hatte – sie hatte ja in der Nacht davor nicht geschlafen.«

Wieder wirft Reichlein ihrem Kollegen an der Tür einen Blick zu. »Natürlich haben wir mit dem Arbeitgeber Ihrer Frau gesprochen, Herr Gerlach. Von einer Dienstreise weiß man dort allerdings nichts. Im Gegenteil, Ihre Frau hat sich am Mittwoch für die restliche Woche freigenommen. Der Anlass für ihre nächtliche Tour nach Bayern kann nach Auskunft des Unternehmens kein dienstlicher gewesen sein.«

Paul sieht sie in vagem Erstaunen an. »Das kann so nicht stimmen. Haben Sie mit ihrer Chefin gesprochen? Dr. Toppert, die Vorstandsvorsitzende? Die hat Lotte am Mittwochabend um zehn herum angerufen und zu dem Termin verdonnert. Lotte sollte eine heiß umworbene Nachwuchskraft treffen und möglichst unter Vertrag nehmen. Bevor die Konkurrenz das Jungtalent wegschnappen konnte.«

Sein Verstand arbeitet normal, soweit Paul das beurteilen kann. Nur seine Gefühle sind heruntergedimmt. Trotzdem kommt es ihm vor, als würde er etwas Wesentliches übersehen.

Erneut ein Blickwechsel zwischen Reichlein und dem schweigsamen Kollegen an der Tür. Der sich jetzt allerdings räuspert und als keineswegs stumm herausstellt.

»Dr. Toppert? Augenblick, Jana.« Er kramt links und rechts in seinen Jackentaschen, zieht ein zerfleddertes Notizbuch heraus und blättert hin und her. »Hier haben wir's. Also, Dr. Toppert ist Mittwochnachmittag nach Kiew geflogen, nach Auskunft von Dr. Anton Reiter, Topperts persönlichem Assistenten. Ein geschäftliches Meeting, zu Thematik und Teilnehmern wollte er sich nicht äußern. Von Dr. Reiter haben wir auch erfahren, dass die Geschädigte – also Ihre Frau, Herr Gerlach – seit Mittwoch freihatte. Von einer Dienstreise nach München war ihm nichts bekannt. Und die Stellvertreterin Ihrer Frau, eine gewisse ...«, erneut blättert er in seiner Kladde, zuckt schließlich die Schultern, »... wie auch immer. Die Dame hat jedenfalls auch zu Protokoll gegeben, dass ihre Vorgesetzte – also wieder Ihre Frau, Herr Gerlach – in einem Kurzurlaub war.«

Reichlein und Peters sehen ihn schweigend an. Paul starrt vor sich hin. Noch fühlt sich alles unwirklich an. Der Schock ist tief in ihm vermauert, doch er spürt ihn mit jedem Atemzug mehr. Wie er sich mit wuchtigen Schlägen freikämpft und näher und näher kommt.

Lotte war immer die Stärkere von uns beiden, denkt er. Der Schock wird ihn umhauen, unter sich begraben. Der Kummer, die Trauer, der Schmerz. Aber er muss jetzt stark sein, für Dion, für sich selbst. Und für Lotte, deren letzte Worte in ihm nachhallen: »Der Stick ... pass auf ihn auf ... ganz wichtig!«

Was für ein Stick, Herrgott noch mal? Und warum weiß in Lottes Firma niemand von dem Auftrag, den Toppert ihr erteilt hat?

Paul versteht es nicht einmal ansatzweise, doch eines spürt er ganz klar: Die Kriminalkommissarin Reichlein und ihr Kollege sind an der Aufklärung der Hintergründe nicht interessiert. Sie wollen den Fall nur so schnell wie möglich abschließen.

»Wir halten es für möglich, dass Ihre Frau sich mit einem Liebhaber getroffen hat«, sagt Reichlein in seine Gedanken hinein. »Irgendwo hier im Nürnberger Raum. Vielleicht kam es zum Streit, er hat mit ihr Schluss gemacht, und in einer typischen Kurzschlussreaktion hat sie die Schlaftabletten geschluckt und ist gegen den Baum gerast.«

Paul schüttelt den Kopf, ohne sie anzusehen. »Sie wissen nichts über meine Frau. Sonst wäre Ihnen klar, dass eine Affäre für sie genauso unvorstellbar war … wäre wie Selbstmord.«

Reichlein zuckt mit den Schultern. »Sie könnte auch einfach am Steuer eingeschlafen sein«, räumt sie ein. »Bei der Dosis wäre das alles andere als erstaunlich – Sekundenschlaf. Die fehlenden Bremsspuren würde das auch erklären. Falls nicht noch ein Abschiedsbrief auftaucht, könnte es darauf hinauslaufen. Auf ihrem Smartphone haben wir jedenfalls keine entsprechenden Botschaften gefunden, weder als Textnachricht noch als Video- oder Audiodatei.«

Ihr Blick ist so abwesend, als wäre sie in Gedanken schon beim nächsten Fall.

»Lottes Handy haben Sie also auch?«, fragt Paul. »Dann brauchen Sie doch nur die Anruferliste durchgehen, um zu sehen, dass ihre Chefin sie vorgestern Abend angerufen hat.«

Reichlein verzieht das Gesicht. »Danke, dass Sie unsere Arbeit machen wollen. Aber das haben wir schon selbst erledigt. Ihre Frau hat am Mittwoch gegen zweiundzwanzig Uhr tatsächlich einen Anruf erhalten. Allerdings von einer Prepaid-Nummer, die sich nicht zurückverfolgen lässt.«

Paul starrt sie an. *Von ihrem Liebhaber,* er liest es von ihrem Gesicht ab. Für einen Moment sieht sie beinahe mitleidig aus.

»Wie schon erwähnt, Herr Gerlach, zum jetzigen Zeitpunkt schließen wir nichts aus. Aber sagen Sie selbst, wie wahrscheinlich ist es, dass die Vorstandsvorsitzende eines Vorzeigeunternehmens wie ClarTop eine bei Kriminellen beliebte Verschleierungstechnik benutzt, um einer ihrer Führungskräfte einen Routineauftrag zu erteilen?« Die Kommissarin mustert den Notizblock, als sähe sie ihn zum ersten Mal, und schiebt ihn zurück in ihre Jacke. »Sicher möchten Sie noch wissen, ob Sie Ihre Frau bald beerdigen können.

In dieser Hinsicht kann ich Sie beruhigen: Die Staatsanwaltschaft wird die Leiche aller Voraussicht nach bis Ende nächster Woche freigeben. Sie bekommen dann Bescheid und können die Überführung nach Berlin veranlassen.«

Sie steht auf, dreht den Stuhl mit einer pedantischen Bewegung in seine vorherige Position zurück und nickt Paul im Hinausgehen zu. »Herr Gerlach, Sie hören von uns.«

4

Um kurz nach halb vier steigt Paul vor seiner Haustür in Berlin-Lichterfelde aus dem Taxi. Dion und sein Opa Robert sind schon eingetroffen. Einträchtig sitzen sie hinten in dem Campingbus, den Lottes Vater sich letztes Jahr gekauft hat, und spielen ein von Robert eigenhändig geschaffenes Brettspiel: *Lichtritter und Killersporen*. Großvater und Enkel sind so versunken in ihr Spiel, dass sie Paul erst bemerken, als er an die Scheibe klopft.

Er hat seinen Schwiegervater erst mittags von der Klinik in Nürnberg aus angerufen und ihm berichtet, dass Lotte an den schweren Unfallverletzungen verstorben sei. Robert hatte ihn die halbe Nacht und den ganzen Vormittag über zu erreichen versucht und ihm fünf Nachrichten auf der Mobilbox hinterlassen. Pauls Handy war jedoch im Flugmodus gewesen.

Lottes Vater sieht noch zerfurchter und blasser aus als gewöhnlich, doch er bemüht sich um ein Lächeln, als er Paul bemerkt. Kumpelhaft schubst er Dion gegen die Schulter und zeigt zum Seitenfenster.

Der Junge springt auf und stößt einen Freudenschrei aus. Bevor sein Opa sich auch nur aufgerappelt hat, ist er bei der Schiebetür und reißt sie auf. »Papa! Da bist du ja!« Er wirft sich in Pauls ausgebreitete Arme. »Wann kommt Mama zurück? Sie hat mir versprochen, dass wir heute wieder das Ritterspiel spielen.«

»In ein paar Tagen, Dion.« Erneut hat Paul dieses Brennen im Hals. »Wie letztes Mal, als sie nach Jakarta musste. Weißt du noch?«

Dion nickt. Paul strubbelt ihm durch die braunen Locken und drückt den kleinen Körper an sich. Am Telefon hat er Robert beschworen, dem Jungen die furchtbare Wahrheit noch zu ersparen. Zum Glück scheint sich sein Schwiegervater daran gehalten zu haben.

Schlechte Nachrichten und düstere Voraussagen sind Robert Kastners Lebenselixier. Er kann gar nicht genug davon bekommen. Deshalb liest er mit Vorliebe apokalyptische Thriller und erfindet andauernd neue Geschichten und Spiele, in denen die Welt, wie wir sie kennen, in einer gigantischen Katastrophe kollabiert oder bloß noch ferne Erinnerung ist. Während die Überlebenden gegen tödliche Seuchen und entmenschte Artgenossen um die letzten Überreste von Zivilisation und Humanität kämpfen.

Von Lottes letzten Worten hat Paul ihm wohlweislich nicht berichtet, und er hat auch nicht vor, es nachzuholen. Robert würde vollends durchdrehen, wenn er erfahren würde, dass seine geliebte Tochter möglicherweise ermordet wurde, weil sie irgendwelche brisanten Informationen zu einem Pharma-Skandal besaß.

Huckepack trägt Paul den Jungen durch den Vorgarten und über die täuschend echt aussehende Zugbrücke zur Haustür, die mit ihren Beschlägen und dem Eisenring einem miniaturisierten Burgtor gleicht. Robert folgt ihnen dichtauf, und Enkel und Opa rufen sich Fantasiewörter zu, die nur für Eingeweihte einen Sinn ergeben.

»Achtung, Riesenspor von rechts!«, schreit Dion.

»Den wehre ich mit dem Diamantschild ab, kein Problem«, gibt Robert lässig zurück.

Von einem künstlerischen Standpunkt aus bewundert Paul die Kreativität seines sechsundsechzigjährigen Schwiegervaters. Trotzdem hat er sich schon manches Mal einen weniger schrägen Opa für seinen kleinen Sohn gewünscht. Dion hat sowieso eine üppige Fantasie, und Roberts Geschichten beschäftigen den Jungen mehr, als Paul es eigentlich gutheißen kann.

Auch deshalb hat er noch vom Nürnberger Flughafen aus seine Schwester Maria angerufen, die mit ihrer Familie in einem ehemaligen Gutshof auf Rügen lebt. Sie weinte, als er ihr sagte, dass Lotte tot sei. Und sie war sofort einverstanden, ihren kleinen Neffen aufzunehmen. »Solange du willst, Paul. Das gilt für euch beide. Du solltest jetzt auch nicht allein in eurem Haus sein.«

Warum weinst du denn? Lotte ist nicht tot, hätte er sie beinahe angefahren. Mit Verstand und Gefühl scheint er seit letzter Nacht in zwei verschiedenen Welten zu leben. Schockreaktion, denkt er, Selbstschutz durch Realitätsverleugnung …

Aber sein psychischer Zustand ist jetzt nicht sein vordringlichstes Problem. Er muss diesen verflixten Stick finden. Auch wenn er weiß, dass Lotte dadurch nicht wieder lebendig wird, muss er umgehend umsetzen, was sie ihm aufgetragen hat. Und ja, ein Teil von ihm glaubt, dass irgendwie »alles wieder gut« wird, wenn er den Stick erst gefunden hat.

Illusionen … Damit kennt er sich von sich Berufs wegen eigentlich aus. Aber nie zuvor hat sich Täuschung für ihn so echt angefühlt. Und Wahrheit so falsch.

Paul schließt die Haustür auf und nimmt einen schwachen, aber unverkennbaren Geruch wahr. Nach kaltem Rauch, mit einem Unterton, den er nur vage zuordnen kann. Irgendein asiatisches Gewürz …

Von Mychau, ihrer vietnamesischen Putzfrau? Oder eher koreanisch? So etwas wie Kimchi-Sud … Sowieso kommt Mychau immer montags, und heute ist Freitag. Allerdings hat sie einen Schlüssel, und manchmal weicht sie vom normalen Rhythmus ab.

Aber dann ruft sie doch vorher an und fragt, ob es uns passt? Seltsam, denkt Paul, während er mit Dion auf dem Rücken durch die Eingangshalle ins »Empfangszimmer« geht.

Er hat den salonartigen Raum aufgrund alter Fotografien rekonstruiert. Der runde Tisch mit den bunten Intarsien, die Motive aus der Artussage variieren, ist ebenso stilecht wie die vier hochlehnigen Stühle mit den Schnitzereien, die Ritter zu Pferde und Burgfräulein in Sänften darstellen. Nur die ursprünglich schwarze Holzvertäfelung von Wänden und Decke hat Paul auf Lottes Wunsch lichtgrau lackiert.

»Dann musst *du* mit mir spielen, Papa, bitte.« Dion plappert auf ihn ein. »Du kannst natürlich nicht Ritterin Charlene sein, du hast ja keinen Busen.« An Pauls Rücken gedrückt, kichert der Junge vor sich hin. »Aber dann bist du eben … warte mal … du bist Ritter Paulinus, genau! Spielen wir das jetzt? Sag Ja, Papa, bitte.«

»Versprochen, du Quälgeist«, sagt Paul lachend. »Nachher ziehen wir zusammen in die Schlacht. Aber jetzt geh bitte erst mal in dein Zimmer, Dion, ich muss mit Opa Robert reden. Einverstanden?«

»Ritter Dionysios«, korrigiert der Junge, springt aber bereitwillig von Pauls Rücken herunter.

Paul schaut ihm hinterher, wie er durch die Eingangshalle spurtet und mit seinen kleinen Beinen die Treppe hochhüpft. Plötzlich hat er ein ungutes Gefühl. Der fremde Geruch fällt ihm wieder ein. Aber hier im Empfangszimmer ist er nicht wahrzunehmen.

Einbildung, denkt Paul. Wenn man so durcheinander ist, können schon mal die Nerven verrücktspielen.

Er winkt Robert ins Zimmer und schließt hinter ihm die Tür. Sein Schwiegervater ist hochaufgeschossen, seine Haltung gebeugt. Dünn und lang sind auch die Haare, die ihm in grauen Strähnen auf die Schultern fallen. Er steht als Figur so instabil im Raum, dass Paul den Impuls spürt, ihn abzustützen oder aufzurichten.

Doch er macht weder das eine noch das andere, sondern bittet Robert, sich kurz mit ihm an den Tisch zu setzen. »Danke, dass du dich um Dion gekümmert hast.«

Er weiß nie so recht, was und wie er mit seinem Schwiegervater reden soll. Meistens reicht schon der kleinste Anlass, um Robert in düstere Fantasien abdriften zu lassen. Als er Dion erzählte, dass sein VW-Bus mit einem »perfekten Schutzschild gegen virale Angreifer« ausgestattet sei, wollte der Junge am liebsten in das Campinggefährt umziehen.

Wahrscheinlich haben sie deshalb stundenlang da draußen ausgeharrt, sagt sich Paul, obwohl Robert einen Schlüssel zu ihrem Haus hat. Vielleicht ist Lottes Vater einfach ein Sonderling, der mit den Jahren immer schrulliger geworden ist; vielleicht hat er auch ein ernsteres psychisches Problem. Aber als Begründung, warum er Dion lieber zu seiner Schwester bringt, kann Paul das eine so wenig wie das andere anführen.

»Das ist doch selbstverständlich.« Robert nickt, doch mit seinen Gedanken scheint er woanders zu sein.

»Hör mir bitte zu«, fährt Paul fort. »Ich habe mit Maria gesprochen. Dion wird für ein paar Tage bei ihr wohnen, ich bringe ihn morgen zu ihr. Sie kann sich besser um ihn kümmern als …«

»Ganz deiner Meinung«, fällt ihm Robert ins Wort. »Das war kein Unfall. Das stinkt doch auf tausend Meilen!« Er starrt Paul düster an. »Wir müssen herausfinden, was wirklich passiert ist. Dafür muss der Junge aus der Schusslinie.«

»Kein Unfall? Wie meinst du das?« Paul kann sich die Antwort fast schon denken.

»Das fragst du? Lotte war am Steuer ein Profi, das weißt du so gut wie ich. Sie ist bei der Tourenwagenmeisterschaft mitgefahren, so ein Unfall wäre ihr nie passiert. Und Raya Pharmalab gehört zu den weltweit führenden Pharma-Forschungslaboren. Dir ist klar, was das heißt?«

Er durchbohrt Paul mit seinen Blicken. Im Gegensatz zu seiner Tochter hat er fast wasserhelle Augen. »Lotte war dafür zuständig, den Laden in Jakarta umzukrempeln. Dabei muss sie auf etwas Hochbrisantes gestoßen sein. Auf gefälschte Studienergebnisse, vertuschte Nebenwirkungen, was weiß ich. Leider sind solche krummen Sachen in der Pharmabranche nicht gerade selten. Viel Licht, viel Schatten, du weißt schon.«

»Und dann haben die jemanden geschickt, um Lotte mit einem fingierten Unfall umzubringen?« Paul schaut den älteren Mann skeptisch an. In seinem ausgebeulten schwarzen Cordanzug erinnert Robert an einen leicht heruntergekommenen Sektenprediger. »Entschuldige, aber Verschwörungstheorien helfen uns jetzt bestimmt nicht weiter.«

Weiter kommt er nicht. Vom oberen Stockwerk dringen gellende Schreie zu ihnen herab.

»Dion!« Paul springt auf und stürzt zur Tür. »Was ist denn los?«

Der Junge schreit, als würde er bei lebendigem Leib gebraten.

»Sie hat ihm den Kopf abgerissen!«

Paul rennt durch die Eingangshalle und die Treppe hinauf. Dion sitzt in seinem Zimmer auf dem Boden und starrt auf den schwarzweiß gefleckten Plüschhund, der vor ihm liegt. Unter den braunen Locken ist der Junge kreidebleich.

»Warum hat Mychau das gemacht? Warum hat sie Schnuffi den Kopf abgerissen?«

Nur noch ein paar Plüschfäden verbinden den Kopf mit der niedlichen Knubbelnase und den gedrungenen Hundekörper. Schaumstofffüllung quillt aus den Stümpfen hervor.

Dion zittert und schreit. »Ich hasse Mychau! Ich will sie nie wiedersehen. Sie ist eine Hundemörderin! Wenn Mama das sieht …« Er beginnt hemmungslos zu weinen.

Paul kauert sich neben ihn und drückt ihn an sich.

»Schnuffi war doch Mamas Hund, als sie ein kleines Mädchen war«, sagt Dion mit verzerrter Stimme. »Der Teddydoktor hat ihn doch gerade erst wieder gesund gemacht. Warum macht Mychau denn so etwas Böses?« Er klagt weiter und weiter, und dabei weint er so heftig, dass nichts mehr zu verstehen ist.

Paul gibt beruhigende Töne von sich und streicht dem Jungen übers Haar. Das kann nicht Mychau gewesen sein, denkt er. Die vietnamesische Putzfrau hat ihre Launen, aber so etwas würde sie Dion niemals antun. Aus Versehen kann man so einen Schaden auch nicht anrichten, und selbst wenn – dann hätte sie das zerstörte Spielzeugtier doch nicht einfach im Kinderzimmer liegen gelassen.

Aber wer war es dann? Jemand, der den Stick gesucht hat?

Ist Roberts Verdacht vielleicht doch nicht so abstrus?

Der kleine Körper in Pauls Armen bebt unter heftigen Schluchzern. Auch Paul überläuft ein Zittern, als ihm der Geruch unten in der Halle einfällt. Ist der hier nicht auch noch in der Luft – ein schwacher Geruch nach fischigen Gewürzen und kaltem Rauch?

Ausgebrannt …

War derjenige, der Schnuffi geköpft hat, letzte Nacht am Unfallort? Und weil er den Stick bei Lotte nicht gefunden hat, wühlt er jetzt hier alles um?

»Wir rufen den Teddydoktor an«, murmelt er in Dions Haar. »Der macht Schnuffi noch mal heil.«

»Kann er das denn?« Dion hebt den Kopf und schaut ihn aus verweinten Augen an. Er sieht fast genauso aus wie Paul selbst auf alten Fotos, die ihn im Vorschulalter zeigen. »Kann er das wirklich, Papa?«

»Ganz bestimmt.« Paul küsst ihn auf die heiße, verschwitzte Stirn. Eine Weile hält er den Fünfjährigen einfach nur fest und wiegt ihn hin und her.

Das Kinderzimmer mit dem Hochbett im Stil eines Wildwest-Forts, das Paul selbst gezimmert hat, sieht friedlich aus. Unangreifbar hinter den Mauern ihrer vermeintlichen Ritterburg.

Alles bloß Illusionskunst, geht es Paul durch den Kopf. Oder wie Lottes Vater sagen würde: *Niemand ist jemals irgendwo in Sicherheit.*

»Sag mal, Dion«, fragt er leise, »warst du vorgestern im Lesezimmer und hast Bücher aus dem Regal genommen?«

Dion schüttelt den Kopf.

»Vielleicht, um einen Burgwall damit zu bauen?«, hakt Paul vorsichtig nach. »Bitte sei ehrlich, ich verspreche dir auch, nicht zu schimpfen.«

Der Junge schüttelt wieder den Kopf. »Ganz ehrlich nicht, Papa.« Zaghaft streichelt er Schnuffi über den Rücken.

Dion sagt die Wahrheit, das spürt Paul. Also muss vor zwei Tagen schon mal jemand hier gewesen sein. Jemand, der etwas gesucht hat. Und heute erneut hier war, um weiterzusuchen …

Paul überläuft es eiskalt. Diesmal hat er nicht mal mehr heimlich gewühlt. Im Gegenteil, er hat eine offene Drohung hinterlassen.

Rückt das Ding heraus, oder euch ergeht es wie dem Stoffhund.

Und wie Lotte.

Als Paul den Blick hebt, steht Lottes Vater in der Tür. Paul sieht ihm an, dass er Schnuffi sofort wiedererkannt hat. Und in düsteren Erinnerungen versinkt.

An die Nacht vor dreißig Jahren, als Lotte genau diesen Hund an sich gedrückt hielt, während ihre Mutter starb und er sie dabei verfluchte.

Samstag,
6. April 2019

5

Am Abend darauf ist Paul auf dem Rückweg von Rügen. Es wird bereits dunkel, und bis Berlin ist es noch eine knappe halbe Stunde. Eigentlich wollte er Dion nur bei seiner Schwester abliefern und sofort zurückfahren. Aber Maria und ihr Mann Alexander kümmerten sich rührend um sie beide und ließen auch ihn nur ungern wieder gehen.

Sie bestanden darauf, dass Paul zumindest mit ihnen zu Mittag aß, und nach der fast vierstündigen Fahrt durch die endlos sich ziehende Uckermark leistete er nur wenig Widerstand. Zumal er sich in dem liebevoll sanierten alten Gutshof jedes Mal in seine Kindheit zurückversetzt fühlt.

Seine zwei Jahre ältere Schwester hat eine heimelige Atmosphäre geschaffen, ähnlich wie in dem einstigen Pferdehof, in dem er und Maria aufgewachsen sind. Allerdings ging es bei ihnen damals viel bescheidener zu. Ihr Vater war kein erfolgreicher Arzt mit eigener Praxis wie Alexander, sondern ein lebenslustiger Versicherungsvertreter, dessen Einkünfte meist nur für das Nötigste reichten. Was nicht zuletzt daran lag, dass er einen beträchtlichen Teil davon für seine Affären abzweigte.

Auch Dion fühlte sich sofort wieder wohl bei seiner Tante und den beiden Cousinen. Hannah und Vanessa, die eine ein Jahr älter als er, die andere eins jünger. Den Vorfall mit dem geköpften Schnuffi schien er fast schon vergessen zu haben, nachdem der Teddydoktor in Berlin den Plüschhund noch am Freitagabend wieder zusammengeflickt hat.

Doch während Dion mit seinen Cousinen draußen auf dem Klettergerüst herumtollte, saß Paul wie auf glühenden Kohlen. Im Grunde lauerte er bloß auf den passenden Moment, um sich davonzustehlen. Um allein zu sein, verschanzt in seiner Burg, wenn die Schockwelle losbrechen würde. Der Schmerz, die Tränen, die in ihm aufgestaut sind wie hinter einem Damm, der immer wackliger wird.

Als er gegen einundzwanzig Uhr mit seiner betagten Mercedes-A-Klasse die Berliner Stadtgrenze erreicht, beginnt es zu regnen. Eine himmlische Aufforderung, den Tränen freien Lauf zu lassen, denkt er, aber noch ist er nicht bereit. Zumal der hektische Verkehr auf der Stadtautobahn seine Aufmerksamkeit fordert.

Den Tag über hat er mehrfach versucht, Mychau anzurufen, und jedes Mal war nur ihre Mailbox dran. Vielleicht musste die Vietnamesin kurzfristig verreisen, weil jemand aus ihrem verzweigten Familienclan ihre Hilfe benötigt. Es wäre nicht das erste Mal, dass sie ihren Einsatzplan aus einem solchen Grund eigenmächtig geändert hätte. Gut möglich, denkt Paul, dass sie deshalb schon gestern bei uns war und eines oder mehrere ihrer Kinder, Nichten oder Neffen mitgebracht hat, die sie so schnell nicht anderweitig unterbringen konnte.

Paul hat es ihr untersagt, nachdem es letztes Jahr zu einem unschönen Vorfall gekommen war. Eines Abends lag eine Jugendstil-Tischlampe, die er bei einem Trödler gefunden und mühsam restauriert hatte, zerbrochen am Boden. Mychau war den Tag über im Haus gewesen, angeblich allein. Sie wies jede Schuld von sich, und Paul ließ es dabei bewenden. Aber seitdem darf sie niemanden mehr mitbringen, wenn sie bei ihnen saubermacht.

Ob sie sich immer daran hält, ist allerdings eine andere Frage, sagt sich Paul. Und gerade gestern hat sie sich allem Anschein nach über seine Anweisung hinweggesetzt. Es wäre eine plausible Erklärung für den zerstörten Stoffhund. Plausibel und sehr viel weniger beunruhigend als die Vorstellung, dass jemand Fremdes das Haus durchwühlt und das Plüschtier geköpft hat.

In seinem Rückspiegel taucht ein gigantischer Kühlergrill auf, überwölbt von schrägen, schlitzförmigen Lichtern, die scheinbar Blitze schleudern. Erschrocken gibt Paul mehr Gas. Die Truck-Front sieht aus wie ein stilisiertes Gesicht, das nur aus gebleckten Zähnen und zu Schlitzen verengten Augen besteht. Ein Gesicht ohne Nase …

Irritiert denkt er darüber nach. »Plattnase …« – hat Lotte es so gemeint? Viele Asiaten sehen in europäischen Augen kurznasig aus. Aber »Plattnase«? Paul kennt etliche Chinesen, Koreaner, Vietnamesen und Thailänder, doch keiner von ihnen hat eine auffällig platte Nase.

Und trotzdem ... Erneut kommt ihm der Geruch in den Sinn, den er gestern in der Eingangshalle wahrgenommen hat. Kalter Rauch und irgendein asiatischer Fisch- oder Shrimp-Sud ...

Eine Minute denkt er noch darüber nach, dann schüttelt er den Kopf. Diese Grübelei führt nirgendwohin. Und der Regen wird immer stärker. Er schaltet die Scheibenwischer auf die schnellste Stufe.

Seine Gedanken kehren zurück zu Mychau. Sie wird ein paar ihrer Kinder mitgebracht haben, das ist schon das ganze Geheimnis, sagt er sich. Zwei junge Wildfänge, die um ein Spielzeug kämpfen, können in kürzester Zeit einigen Schaden anrichten. Vor allem, wenn es sich bei dem Spielzeug um den betagten Schnuffi handelt. Der Teddydoktor hat ihn zwar letztes Jahr runderneuert, aber mit zunehmendem Alter wird auch ein Plüschtier fragiler. Zumal, wenn es wie Schnuffi schon Familiendramen miterlebt hat.

Mychau wird den Vorfall gar nicht mitbekommen haben, sagt sich Paul, sonst hätte sie dafür gesorgt, dass Dion nicht in Angst und Schrecken versetzt wird. Mit Lottes Unfall und dem mysteriösen Stick hat das alles nichts zu tun. Auch die Bücher im Lesezimmer können irgendwie durcheinandergeraten sein. Und selbst eine routinierte Fahrerin wie Lotte kann durch unglückliche Umstände von der Straße abkommen und mit einem Hindernis kollidieren.

So etwas kommt sogar häufig vor. Dafür genügen die Beruhigungspillen, da hat die Kommissarin völlig recht. Lotte war mental keineswegs so stabil, wie Paul es ihr gegenüber behauptet hat. Sie hat das Zerwürfnis ihrer Eltern und den schrecklichen Aids-Tod ihrer Mutter nie richtig verkraftet. Und vor drei Jahren, als sie die Stelle bei dem Modeunternehmen verloren hat, war sie mehr oder weniger abhängig von ihren »Milos«.

Vielleicht hat sie gestern wirklich etwas erlebt, sagt sich Paul, das sie erneut aus der Bahn geworfen hat. Im wahrsten Sinn des Wortes.

Aber mit einem Lover, der ihr den Laufpass gegeben hat?

Er setzt den Blinker, um die Stadtautobahn in Richtung Breitenbachplatz zu verlassen. Lotte und eine Affäre, das kann er sich kaum vorstellen. Und schon gar nicht, dass sie sich in einer Kurzschlusshandlung umbringt, weil ihr Liebhaber mit ihr Schluss gemacht hat. Trotzdem kommt Paul sogar diese Version weniger abstrus vor als irgendwelche Räuberpistolen mit einem vertuschten Pharma-Skandal und einem psychopathischen Killer, der ominösen Daten hinterherjagt und Symbolmorde an Spielzeugtieren begeht.

Wenig später stoppt er vor seiner Haustür. Die Villa ist bis unters Dach mit Hypotheken belastet, doch darüber wird er jetzt ganz bestimmt nicht nachdenken.

Genauso wenig wie über die Identität des hypothetischen Liebhabers von Lotte. Sie hat ab und zu mal einen Fritz Müller-Herrlich aus der Firma erwähnt und sein »herrlich männliches Aussehen« gelobt. Ironisch, aber unverkennbar angetan. Angeblich sieht er aus wie irgendein sexy Tarzan-Darsteller.

Noch immer schüttet es wie aus Kübeln. Paul fischt sein Schlüsselbund aus der Jackentasche und klickt mit der Fernbedienung das Hoftor und die Remise auf. Die war bisher Lottes Auto vorbehalten, während er sein bescheidenes Gefährt immer am Straßenrand geparkt hat.

Als er über die gekieste Auffahrt in die Remise fährt, kommt er sich einen Moment lang pietätlos vor. Aber bei dem Wolkenbruch wäre es unsinnig, vor der Tür zu parken, wenn die Garage leersteht. Bis er das Haus erreicht hätte, wäre er klatschnass.

Beruhige dich, murmelt es in seinem Hinterkopf, wenn Lotte ein neues Auto hat, kriegt sie die Remise zurück.

Paul schüttelt den Kopf über sich selbst, schaltet den Motor ab und steigt aus. Dann lehnt er an der Fahrertür und klickt erneut auf die Fernbedienung am Schlüsselbund. Langsam schließen sich die beiden Tore. Unvermittelt sieht Paul die sterbende Lotte vor sich, ihr weit geöffnetes, intensiv blaues Auge, ihre roten, zuckenden Lippen zwischen all dem krankhaften Weiß …

»Oh Gott, Lotte, nein«, presst er hervor und kann die Tränen nicht länger zurückhalten.

Die Tränen, die Schreie, den Schmerz.

6

Paul sitzt oben unterm Dach in Lottes Arbeitszimmer und weint. Seit Stunden schon.

Er hat bereits im Bett gelegen und ist kurz danach wieder aufgestanden. Im Dunkeln ist es noch viel weniger zu ertragen. Die Nacht ein riesiges Grab.

Sein Gesicht ist nass, seine Pyjamajacke auch. Seine Kehle brennt, die Augen fühlen sich verquollen an. Von all den Tränen und von den quälenden Bildern, die genauso unaufhörlich in ihm emporquellen.

Lotte, wie sie in ihr Auto einsteigt, ihm lächelnd zuwinkt und schwungvoll davonfährt … Lotte, die sich im Bett aus seinen Armen löst, aufsteht und durch die Tür verschwindet … Lotte, die im Park lachend vor ihm wegrennt, und wie er sie auch sucht, sie ist nicht mehr da …

Gespenstisch, denkt Paul, wie sein Gedächtnis ausschließlich Szenen preisgibt, in denen Lotte verschwindet. Aufbricht, weggeht, sich ihm entzieht.

Er weint hemmungslos, wie Dion manchmal, von Schluchzern geschüttelt. Ein untröstliches Kinderweinen, wie er selbst vielleicht noch nie geweint hat. Auch als kleiner Junge nicht, oder höchstens ganz selten. Er war immer ein ausgeglichenes Kind, und ihre Mutter hat alles getan, damit Maria und er ohne Kummer aufwachsen konnten.

Es kann nicht sein, dass Lotte tot ist. Wunschgedanken wehen ihm durch den Kopf, funkelnd vor falschem Trost. Da muss irgendwie eine Täuschung dahinterstecken, ein Irrtum, ein Missverständnis, was auch immer. Oder es muss einen Trick geben, einen Kunstgriff, durch den alles wieder wird, wie es war.

Illusionskunst ... Aber gegen die Realität der biologischen Gesetze hatten Illusionen noch nie eine Chance. Auch wenn er Lottes Stimme ganz deutlich in seinem Innern hört. »Der Stick, Paul – pass auf ihn auf!«

Aber wie soll er das anstellen? Er weiß doch gar nicht, wo das verdammte Ding ist und was er machen soll, damit es nicht in falsche Hände gerät. Dieser Kommissarin Reichlein hätte Lotte auch nicht über den Weg getraut, da ist sich Paul sicher. Wenn sie gewollt hätte, dass die Polizei den Stick bekommt, hätte sie das doch so gesagt. Oder ihn der Behörde längst selbst übergeben.

Oder nicht? Paul weiß nicht, was er denken soll. Sein Kopf tut weh vom Weinen. Zumindest lassen die Tränen langsam nach.

Wo hast du den Stick versteckt, Lotte? Warum ist der überhaupt so wichtig? Was willst du, dass ich jetzt mache?

Er schließt die Augen. Sie lächelt ihn an, wendet sich um und geht ...

Lotte, lass mich nicht allein! Er denkt es so intensiv, dass es in seinem Kopf hallt wie ein Schrei. Aber sie gibt ihm keine Antwort, sie schaut nicht einmal zurück.

Paul zieht die oberste Schublade in dem Rollcontainer unter ihrem Schreibtisch auf. Zaghaft nimmt er einen Stapel Papiere und schüttelt ihn, aber kein Stick fällt heraus.

Vielleicht hat er sie total falsch verstanden? Oder ihr Geist war doch schon so verwirrt, dass ihre letzten Worte keinen Sinn mehr ergeben können, egal, wie lange er darüber grübelt.

Ihre *letzten Worte* ...

Herrgott noch mal, jetzt reiß dich zusammen. Fang einfach an zu suchen.

Er zwingt sich, eine Schublade nach der anderen zu durchforsten. Dann den Einbauschrank in der Wandnische, gebürstetes Lärchenholz, den er für sie entworfen hat. Akten, Papierstapel, alles geschäftlich. Nichts dabei, was irgendwie brisant aussehen würde. Oder gar skandalös. Keine Labordokumente mit Tabellen und Fallberichten, stattdessen Bewerbermappen, Präsentationsentwürfe, Notizen zu Reden und Skripte für PR-Filme, mit denen Lotte das Image von ClarTop noch strahlender aufpolieren wollte.

Weit und breit kein Stick.

Wieso hat sie in all ihren Fächern und Schubladen keinerlei Datenträger, auch keine Speicherkarten oder DVDs? Irgendwie ist das ja auch verdächtig, oder nicht? Als wäre ihm jemand zuvorgekommen und hätte alles an Datenträgern mitgenommen, was ihm in die Finger kam.

Außer ihrem Laptop. Der liegt zugeklappt auf dem Schreibtisch, und in den Buchsen steckt überhaupt nichts, kein Stick, keine Speicherkarte, nicht mal das Stromkabel.

Soll er den Laptop hochfahren? Aber das würde nichts bringen, er kennt das Passwort nicht.

Und außerdem, wenn er in ihrem Mail-Account auch noch auf romantische Briefe von ihrem Lover stoßen würde … Ihm wird fast schlecht bei dem Gedanken. Es wäre mehr, als er jetzt noch wegstecken könnte. Und Lotte hat schließlich von einem Stick gesprochen, nicht von ihrem Laptop.

Ihm kommt eine Idee. Der Tisch im »Empfangszimmer«, das Geheimfach unter der Platte … Er hat es letzten Herbst entdeckt, als er den Tisch neu lackiert hat. Lotte war damals ganz aufgeregt, als er ihr die kleine Falltür und den verborgenen Mechanismus gezeigt hat.

»Was verstecken wir da drin?« Er hat ihre Stimme noch im Ohr. Ihre mädchenhafte Begeisterung, ihr Lachen. »Einen Schatz, mein

Schatz? Oder im Gegenteil: irgendwelches Giftzeug, das keiner in die Finger kriegen darf?«

Ja klar, denkt Paul, das wird es sein: Für einen Stick mit toxischen Daten wäre das Versteck ideal …

Mitternacht ist nicht mehr weit, als er aufspringt und im Pyjama auf nackten Füßen nach unten geht.

7

Jimin Holland kauert im Gebüsch auf dem Grundstück neben der Schlampen-Villa. Hier steht haargenau noch so eine Schrumpfburg, nur heruntergekommen und leer. Die Fenster zugenagelt, der Putz abgebröckelt, der Garten eine einzige Wildnis. Vorn am Hoftor ein Schild »*Original Lilienthal-Villa zu verkaufen*«, was immer das sein mag, und quer drüber ein kleineres Schild: »*Verkauft*«.

Ja, was jetzt, Arschloch, denkt Jimin. Spielt aber keine Rolle. In der neuen Welt gehört das alles sowieso uns, den Gerechten von Justice.

Unfassbar reich wird Jimin sein, und makellos rein …

Irgendwelche Viecher, Igel oder Schlangen, rascheln im Gestrüpp, sonst lässt sich niemand blicken. Schwarz und still ragt das Geisterhaus zwischen den verwilderten Büschen auf. Wie in *Grimms Märchen,* die Jimins Daddy ihr manchmal vorgelesen hat, als sie noch klein war.

Allerdings ist es auch schon bald Mitternacht. Seit gut einer Stunde behält Jimin das Mansardenfenster nebenan im Blick. Es ist schummrig erleuchtet, und der Schemen dahinter ist zweifellos Lockenkopf Paul. Der untröstliche Witwer, der irgendwie desorientiert hin und her läuft.

Jetzt mach ich's auf meine Art, denkt Jimin. Gretel ist erledigt; Zeit, sich um Hänsel zu kümmern. Justice wird ihr noch dankbar sein.

Gestern hat sie die Flittchen-Villa ein zweites Mal von oben bis unten durchsucht, wie Phil es unbedingt wollte. Jede Ritze, vier Stunden lang, aber da war kein verfickter Stick.

Phil hörte sich wirklich verzweifelt an, als sie ihm Bericht erstattete. »Wir müssen das Ding finden, bevor es in falsche Hände gerät. Aber vollkommen lautlos! Dass die Deutsche jetzt auch noch tot ist, ist wirklich schlimm. Noch so ein Fehlschlag und Justice fliegt auf – dabei sind wir so kurz vor der Ziellinie.«

Scheitern mit Ansage, dachte Jimin. Aber sie verkniff sich jeden Kommentar. Schon nach der ersten Durchsuchung hat sie ihm eine verdammte Plastiktüte voller Datenträger angeschleppt. Sticks, Karten, DVDs, mobile Festplatten. Laut den ITlern alles Schrott. Tausende Fotos von Klein-Dion und Hunderte von Paul, dem Ehemann. Und natürlich von ihr selbst, der eitlen Schlampe, wie sie ihre perfekt designte Nase in die Kamera hält.

Zum Kotzen, denkt Jimin, während es von hundert Gebüschblättern auf sie heruntertropft. Sie hat die Kawa zwei Straßen weiter abgestellt und den Helm am Lenker angeschlossen. Als Regenschutz könnte sie den jetzt gut gebrauchen, aber was soll's, die Skimütze mit den Sehschlitzen tut es auch.

Nach Jareshs Ansicht ist es bis zum Tag X nicht mehr weit. X wie *Extinction*. Dem Tag, an dem alle, die nicht zu Justice gehören, auf einen Schlag ausgelöscht werden.

Wie genau X über die Bühne gehen wird, behauptet nicht mal Jaresh zu wissen. Aber Jimin glaubt so wie er, dass es mit einer Bio-Waffe passieren wird. Einem tödlichen Erreger, der am Tag X überall gleichzeitig freigesetzt wird. Nur die Gerechten von Justice werden gegen den allgegenwärtigen Tod immun sein. Gegen das Virus, das höchstwahrscheinlich bei Raya Pharmalab gezüchtet wurde und jetzt kurz vor der Serienreife ist. Vor der *Massenproduktion* oder, was in diesem Fall ein und dasselbe ist, der *Massenausrottung*.

Aber eins nach dem anderen, ermahnt sich Jimin. Ihre Gegner lassen nichts unversucht, um Justice auf den letzten Metern noch zu stoppen. So wie die deutsche Schlampe, die Jimin zur Strafe in ihrem eigenen Auto gebraten hat. Wenn ihre Feinde ihnen auf die Spur kommen, bevor die Auslöschungswaffe bereit ist, kann der große Plan immer noch scheitern. Das hat Jimin aus Phils zunehmend besorgtem Tonfall klar herausgehört.

Alles wird gut, Phil, denkt sie. Jimin wird notfalls im Alleingang dafür sorgen, dass Justice nicht im letzten Moment noch aus der Kurve fliegt. Zum Dank wird sie über die zugesagten fünf Millionen Dollar hinaus gar nicht viel verlangen. Aber die Villa von dem Flittchen darf es schon sein.

Sie überlegt sogar schon, wie sie das Haus umgestalten wird. Und ob es einen Weg gibt, den niedlichen Schlampenmann in die neue Welt hinüberzuschleifen. Mit seinen Pudellocken und der zierlichen Statur ist er praktisch ihr Traummann. Typen wie Paul Gerlach hat sie sich früher gerne mal eingefangen und dann so langwierig wie überhaupt möglich …

Aber das war in den alten Zeiten, ermahnt sie sich. So etwas macht sie nicht mehr, seit sie zu Justice gehört.

Fokussier dich, Jimin.

Sie zippt ihre Lederjacke gerade weit genug auf, um die Skimaske aus der Innentasche zu ziehen. Sie setzt das schwarze Strickding auf, das ihr vor Jahren, bei einem Einsatz in den bayerischen Alpen, schon mal gute Dienste geleistet hat.

Sowieso hat sie ein Faible für Masken. Nur der Moment, wenn du dich nackig machst und jeder auf deine Nase starrt, ruiniert dann wieder alles. *»Sie sieht wie eine Mini-Fledermaus mit gespreizten Flügeln aus«*, hat mal einer gesagt, mit dem sie ein Blind Date hatte. Und dann nichts mehr, jedenfalls nichts Artikuliertes, während er an der eigenen Nase erstickte.

Heute würde ihr das nicht mehr passieren. Seit sie bei Justice ist, hat sie sich im Griff.

»Bleib in Deckung und halte dich bereit«, trug Phil ihr zum Abschluss auf. Das war gestern Nachmittag, und seitdem wartet sie darauf, dass er wieder anruft und die nächste Stufe zündet. Aber nichts da, er scheint praktisch untergetaucht zu sein. Also hat Jimin beschlossen, auch das hier selbst in die Hand zu nehmen.

Mit Lotte Gerlachs Feuertod war der Fall für sie eigentlich erledigt. Die Deutsche kann keine Infos mehr weitergeben, und sie selbst hat den vermeintlichen Unfall so geschickt eingefädelt, dass ihr garantiert keiner draufkommt.

Aber okay, wenn Phil den beschissenen Stick trotzdem will, dann wird sie den eben auch noch auftreiben. Nur mit seinen Pussy-Methoden wird das garantiert nichts.

Phil hat die falsche Strategie und setzt die falschen Prioritäten. Wenn sie die Gelegenheit hätte, direkt mit Justice zu sprechen, würde die weise Anführerin ihr zweifellos zustimmen. *»Na klar, Joy, so machen wir's«*, Jimin meint ihre befehlsgewohnte Stimme zu hören. *»Los, Joy, quetsch ihn aus!«*

Aber gerne doch. Deshalb sitzt sie ja hier bei Nacht und Regen im Gestrüpp.

Als das Licht hinter dem Mansardenfester ausgeht, schlüpft sie unter dem Busch hervor und läuft geduckt auf den Zaun zum Nachbargrundstück zu.

8

Die Holzstufen der Wendeltreppe fühlen sich unter Pauls nackten Füßen glatt und warm an. Zwei Jahre hat er an der Restaurierung der Villa gearbeitet, aber jetzt ist alles fertig. Jedenfalls so gut wie.

Lotte und er hatten geplant, im Juni ein rauschendes Einweihungsfest zu feiern, mit hundertfünfzig Gästen, einer Bühne im Garten für Musiker und Magier und einer Lichtshow nach Einbruch der Dunkelheit.

Auch mit diesen Illusionen ist es vorbei, sagt sich Paul. Ohne Lottes Einkommen kann er die Hypotheken unmöglich bezahlen. Von dem astronomischen Kaufpreis für das Nachbarhaus ganz zu schweigen. Ihre Rücklagen reichen für ein halbes Jahr, und auch das nur, wenn er den Makler irgendwie dazu bringt, ihn aus dem Vorvertrag wieder herauszulassen. Und wenn er bald einen Job findet.

Kunsthistoriker werden nicht gerade händeringend gesucht, und die wenigen gut dotierten Stellen sind äußerst begehrt. In den letzten Jahren konnte Paul sich den Luxus leisten, nur hier und da mal für ein kleines Museum eine Ausstellung zu kuratieren. Mehr aus Liebhaberei, die Vergütung war kaum der Rede wert. Jedenfalls im Vergleich mit Lottes Gehalt, das einschließlich Boni surreale Höhen erreichte.

Bankrott, das Wort spukt ihm durch den Kopf, seit er vorhin versucht hat, in seiner Betthälfte einzuschlafen. »*Eine Bankrotterklärung, nicht nur finanziell …*« Wie kommt der Satz in seinen Kopf? Was bedeutet er? »*Nicht nur finanziell, sondern auch moralisch …*« Oder so ähnlich. Wer hat das gesagt? Lotte? In welchem Zusammenhang?

Paul denkt noch darüber nach, als er fast schon unten in der Halle ist. So intensiv denkt er an Lotte, dass er für einen Moment erwartet, sie gleich vor sich zu sehen, als drüben, am anderen Ende der Halle, die Tür aufgeht.

Dann löst sich eine wuchtige Gestalt aus dem Dunkel der Remise und stürzt auf ihn zu. Paul liegt schon am Boden, bevor er den Angreifer richtig gesehen hat, in Bauchlage, und ein schwerer Körper so drückend auf ihm, dass er sich kaum rühren kann.

»Denk nicht mal dran zu schreien.« Eine raue Stimme, weder

dunkel noch hell, die ihm in breitem Südstaaten-Amerikanisch Befehle erteilt. »Wenn du nicht spurst, bist du tot.«, fügt sie hinzu. »Kapiert?«

Er nickt mühevoll. Spürt, wie grobe Hände ihm blitzschnell die Pyjamajacke hochziehen, sodass sein Kopf und die mit nach oben gezogenen Arme darin gefangen sind. Paul nimmt nur noch Schatten hinter dem gestreiften Baumwollstoff wahr. Und den Geruch nach Shrimp- oder Fischsud, vermischt mit einem Hauch von kaltem Rauch.

Schockstarre.

Der Killer, der Lotte umgebracht hat. Offenbar sucht er immer noch …

Er zerrt Paul die Hose vom Leib, wickelt sie ihm irgendwie um den Kopf und knotet die Hosenbeine straff zusammen.

Paul kann nichts mehr sehen, kaum Luft holen, die Arme nicht bewegen. Er spürt, wie ihn der Angreifer auf den Rücken dreht, so mühelos, als wäre er eine Puppe. Und dann die eiserne Hand um seine Hoden.

»*Where are the fucking files?*«

Eine Frau? Die Stimme klingt seltsam hell.

Bevor Paul antworten kann, quetscht sie ihm die Hoden zusammen. Nur ganz kurz, aber der Schmerz ist so grell, dass ihm die Luft wegbleibt. Er keucht, ihm wird schlagartig schlecht. Wenn er jetzt den Mund aufmacht, wird er sich übergeben, an seinem eigenen Erbrochenen ersticken. Und wenn nicht …

»*Wo?*«

Die Hand schließt sich erneut, der Schmerz schießt ihm bis ins Gehirn hoch. Tränen quellen ihm aus den Augen, aus der Nase, er ist kurz davor zu ersticken.

»Wo ist der Scheiß-Stick von deiner Bitch?«

Eine Frau, kein Zweifel. Sie macht sich an ihm zu schaffen. Sein ganzer Unterleib brennt vor Schmerzen. Erst allmählich wird ihm klar, was sie da mit einer Hand macht. Während ihre andere weiter seine Hoden umschließt und immer wieder kurz zusammendrückt.

Das gibt's nicht, denkt Paul ungläubig. Die ist völlig verrückt …

»Oh Gott, hören Sie auf«, stöhnt er durch den Stoff hindurch.

Sie macht weiter, leise schnaufend. Der Geruch nach Fischsud wird immer stärker, dazu nasses Leder. Oder bildet er sich das nur ein? Der geköpfte Schnuffi fällt ihm ein. Vor Schmerz und Panik ist er völlig konfus.

Eine Psychopathin … »*Sie wollte mich umbringen*« … Damit hat Lotte *sie* gemeint … Mich auch, Lotte, sie ist gerade dabei …

»Bitte hören Sie auf. Ich weiß nichts von einem Stick …«

»Letzter Versuch. Spürst du das hier, Süßer?« Etwas Hartes, Massives knallt zwei-, dreimal auf seinen Bauch. »Ein Baseballschläger«, teilt sie ihm mit. »Ich weiß nicht, wie du zu Baseball stehst. Als Totschläger sind die Dinger top.«

Sie drängt ihm die Beine auseinander und kniet sich zwischen seine Oberschenkel. »Entweder du sagst mir jetzt, wo deine Scheiß-Schlampe den verfickten Stick versteckt hat.« Paul spürt, wie sich etwas Hartes, Kühles zwischen seine Hinterbacken schiebt. »Oder ich ramme dir den hier in die Därme, Baby. Durch dein Gekröse bis in die Luftröhre.«

Er spürt, wie das glatte Holz in seinen Anus eindringt. »Oh Gott.« Er krampft sich zusammen, heult Rotz und Wasser.

»Ich weiß es nicht … Bitte nicht …« Er fühlt den Totschläger, der in ihm stoßweise voranrobbt. »Ich weiß es wirklich nicht.«

Er versucht, seine Muskeln zu lockern, damit der Stock ihm nicht die Därme zerreißt. »Ich weiß nichts von einem Stick … Oh Gott, tut das weh.«

Er krümmt sich und weint und sagt doch immer wieder dasselbe. »Ich weiß es nicht. Ich weiß es wirklich nicht.« Ihm wird schwummrig, er bekommt keine Luft mehr.

»Dein Flittchen ist tot«, hört er die raue Stimme an seinem Ohr. »Willst du auch draufgehen, Kleiner?«

Paul sieht Lotte vor sich, wie sie sich lächelnd zu ihm umdreht und ihm winkt, ihr zu folgen. Wohin?

»Sie ist … nicht … tot«, bringt er hervor, dann wird es schwarz um ihn.

Sonntag,
7. April 2019

9

Er liegt in der Eingangshalle, direkt vor der Treppe. Wie ist er hier hingeraten, nackt? Unter ihm eine stinkende Pfütze, ein Schlamm aus Fäkalien und Blut.

Er steht unter Schock, er zittert vor Panik und Schmerz. Und vor glühend heißer Scham, als ihm einfällt, was passiert ist: Die Angreiferin … Sie hat ihn gefoltert, in tödliche Angst versetzt. Er hat sich eingepisst und vollgeschissen. Er blutet aus dem Anus, sein ganzer Unterleib schmerzt.

Eine Frau hat ihn überfallen, gequält. Eine Frau mit der massiven Statur eines Mannes. Abgesehen von ihren Brüsten, die er auf seinem Rücken gespürt hat. Durch die Ledermontur hindurch.

Sein Schlafanzug liegt zusammengeknüllt auf der untersten Treppenstufe. Bevor sie ging, hat sie ihn offenbar noch von der Fesselung befreit. Warum? Damit er nicht erstickt? Damit sie ihn erneut überfallen und ausquetschen kann, bis er gesteht, wo der verfluchte Stick steckt?

Aber ich weiß es doch nicht … Oh Gott …

Mühsam rappelt er sich auf. Schleppt sich zum Gästebad neben dem Empfangszimmer und weicht seinem Spiegelbild aus.

Mit Putzeimer und Lappen kehrt er in die Eingangshalle zurück. Jede Bewegung tut weh. Auf allen vieren kriecht er über den Boden mit dem Original-Mosaik, das er im letzten Herbst restauriert hat: zwei Ritter zu Pferde, die mit gesenktem Visier und eingelegter Lanze aufeinander zugaloppieren.

In was für einen Albtraum ist er hier nur geraten?

Mechanisch wischt er alles sauber, und dabei weint er schon wieder, vor Schmerzen, Kummer, Verzweiflung. Doch tief in ihm brodelt auch die Wut.

Sie hat ihn behandelt wie Dreck. Schlimmer noch, wie ein Objekt zur Befriedigung ihrer perversen Gelüste. Eine Psychopathin, kein Zweifel. Sie war es, die Lotte umgebracht hat …

Was, wenn sie noch im Haus ist? Der Gedanke lässt ihn erstarren.

Auf allen vieren, den Lappen in der Hand, kauert er reglos und lauscht.

Nein, sie ist weg.

Aber sie wird wiederkommen. Ihn foltern und terrorisieren, bis er ausgespuckt hat, was sie hören will.

Doch eher wird er sterben. Nicht weil er so tapfer wäre – das Gegenteil trifft zu. Sondern weil er so wenig weiß wie sie, wo Lotte den verflixten Datenträger versteckt hat.

Das Wasser im Eimer ist graubraun, mit rötlichen Schlieren. Paul bringt die Putzsachen zurück ins Gästebad. Nachdem er sich notdürftig geduscht hat, trocknet er sich hastig ab und achtet wiederum darauf, nicht aus Versehen in den Spiegel zu schauen.

Aus Angst, die Angst in seinem Gesicht zu sehen. Lotte war immer so mutig, obwohl sie eigentlich voller Ängste war. Paul dagegen … Er weiß, dass er sich der harten Realität nie gestellt hat. Jetzt hat sie ihn buchstäblich bei den Eiern.

Ich packe das nicht, denkt Paul. Er ist todmüde, gleichzeitig klopft sein Herz unnatürlich schnell.

Draußen in der Halle nimmt er seinen Pyjama, der zerknautscht und zusammengeknotet auf der Treppe liegt, entwirrt ihn und quält sich hinein. Eben will er nach oben gehen, um sich endlich hinzulegen, da fällt ihm noch etwas ein.

Das Geheimfach in dem Tisch, na klar. Deshalb ist er doch noch mal hier runtergekommen. Vielleicht findet er ja jetzt sofort den Schlüssel, um den ganzen Albtraum zu beenden – den verdammten Stick?

Er wendet sich um, schleppt sich ins Empfangszimmer. Jeder Schritt tut widerlich weh. Er hat Mühe, sich unter den Tisch mit den Artus-Intarsien zu kauern.

Ewig fummelt er unten an der Platte herum, bis er fast zufällig auf den Hebel stößt, der die geschickt eingepasste Geheimtür entriegelt. Sie klappt nach unten auf und gibt einen flachen Stauraum frei, eben groß genug, um ein Heft oder einen Brief im A5-Format darin unterzubringen.

Paul tastet in dem Fach herum, sein Zeigefinger passt gerade so hinein. Auch für einen flachen Stick wäre es hoch genug, aber wie er auch in dem Fach herumfühlt, da ist nichts. Nur Holzfasern und Staub.

Er klappt das Türchen wieder zu, hört, wie der Riegel einrastet, und kriecht stöhnend unter dem Tisch hervor. Sein Unterleib schmerzt bei jeder Bewegung. Er fühlt sich so zerschlagen wie noch nie in seinem Leben. So erschöpft, verängstigt, hoffnungslos.

Da – ein Klacken und Knarren von der Haustür her. Paul erstarrt erneut, noch halb unter dem Tisch.

Die Angreiferin, die *irre Kampfmaschine,* schon wieder da?

Die Haustür fällt ins Schloss, dann schlurfende Schritte in der Halle. »Paul? Bist du hier unten?«

Gott sei Dank, nur sein Schwiegervater. Paul rappelt sich auf. Er wird Robert so schnell wie möglich wieder vor die Tür komplimentieren und dann endlich ein paar Stunden schlafen.

Doch im nächsten Moment ist er hellwach. »Zieh dich an«, kommandiert Lottes Vater. »Wir fahren nach Nürnberg.«

»Jetzt? Um drei Uhr nachts?« Entgeistert sieht er Robert an, der in der Tür zum Empfangszimmer aufgetaucht ist. Schief und schlaksig wie immer, mit schwarzem Kapuzenpulli und schwarzer Cordhose, beides viel zu weit.

»Sag nur, du kannst jetzt schlafen«, gibt Robert in vorwurfsvollem Tonfall zurück.

»Was willst du denn in Nürnberg?«

»Das fragst du? Wir müssen uns den Streckenabschnitt ansehen, auf dem Lotte angeblich verunglückt ist. Außerdem will ich ihre … also …« Er kommt kurz ins Stocken. »… die Leiche sehen. Und mit dem Rechtsmediziner reden, der den Totenschein ausgestellt hat. Das Ganze ist faul, und das werden wir beweisen. Also mach schon, wir müssen los.«

»Ich nicht.« Paul ist schwindlig vor Müdigkeit. Er macht Anstalten, sich auf einen der hochlehnigen Holzstühle zu setzen, und richtet sich mit schmerzverzerrtem Gesicht wieder auf. »Tut mir leid, Robert, ich muss hierbleiben. Mich um die Formalitäten kümmern«, schiebt er lahm hinterher.

Lottes Vater sieht ihn unter zusammengezogenen Brauen an. »Tut dir was weh, Junge?«

Paul schüttelt den Kopf »Körperlich bin ich okay«, sagt er und bricht in Tränen aus.

Irgendwie scheint das seinen Schwiegervater zu überzeugen, dass Paul besser nicht mit ihm nach Nürnberg fahren sollte. Paul macht noch einen Versuch, ihn von dieser verrückten Aktion abzuhalten. Aber eigentlich ist es ihm ganz recht, wenn auch Lottes Vater erst mal aus dem Weg ist. Sonst würde er noch das nächste Opfer der Angreiferin.

Doch diesmal wird Paul schneller sein. Er muss die Wohnung seines Schwiegervaters durchsuchen, ehe die »irre Kampfmaschine« die Fährte gewittert hat.

Er muss den Stick vor ihr finden und diesen Albtraum beenden.

10

Um sieben Uhr ist Paul wieder auf den Beinen. Er hat kaum geschlafen, und wenn er mal wegdämmerte, irrte er in einem düsteren Wald umher.

Wieso in einem Wald? Träume haben eine Botschaft, davon ist er seit Langem überzeugt. Nicht jeder Traum; und nicht jede Botschaft des Unbewussten ist es wert, dass man lange darüber nachdenkt. Aber die Traumfetzen, aus denen er immer wieder hochschreckte, fühlten sich so wirklich an, so bedeutungsschwer. Realer fast als dieser fahle Frühlingsmorgen, an dem er auf dem Sofa in seinem Arbeitszimmer aufgewacht ist.

Unvorstellbar, dass er je wieder in ihrem gemeinsamen Bett schlafen wird. Nicht ohne Lotte.

Ein Espresso in der Küche, dazu ein paar Cornflakes, dann läuft er die Treppe hinunter. Im Jogginganzug mit der bequemen weiten Hose; immer noch tut ihm jeder Schritt weh. Aber die Schmerzen im Unterleib haben ein Gutes: Sie überdecken den tieferen Schmerz.

Deshalb fügen sich Misshandlungsopfer selber Wunden zu, denkt Paul. Als Student war er kurz mit einer jungen Frau zusammen, die es völlig normal fand, sich die Arme aufzuritzen, wenn gewisse Erinnerungen für sie unerträglich wurden. Die überschlanke, fast schon magersüchtige Miriam …

Er versteht jetzt viel besser, wie sie sich gefühlt haben muss. Doch was ihm der Traum vom dunklen Wald, in dem er herumirrte, sagen will, begreift er nicht.

Paul durchquert die Eingangshalle und öffnet die Tür zur Remise, durch die sie auf ihn zugestürmt kam. Als sie über ihm kauerte, konnte er durch den Pyjamastoff hindurch kurz ihre Augen sehen. Schmale Schlitze hinter den Aussparungen in der dunklen Maske, die nicht eng anlag, sondern Falten warf.

Ob ihre Nase ungewöhnlich platt ist, konnte er nicht erkennen, und in dem Chaos aus Schock und Schmerzen achtete er auch nicht darauf. Trotzdem ist er sich fast sicher, dass die Angreiferin niemand anderes als »Plattnase« war.

Die Frau, die Lotte umbringen wollte und es anscheinend auch geschafft hat. Obwohl ein Teil von ihm sich beharrlich weigert, es zu glauben.

Das Fenster in der Remise ist unbeschädigt, auch an der Tür zum Haus und am zweiflügeligen Garagentor kann er keine Einbruchspuren entdecken. Die einfachen Sicherheitsschlösser könnte fast jeder mit ein wenig Übung knacken, sagt sich Paul. Die ganze Burgfassade ist eben nichts als kunstvolle Illusion. Er hatte überlegt, ob er Schlösser einer höheren Sicherheitsstufe einbauen sollte, dazu eine Profi-Alarmanlage, aber letztes Jahr schien ihm das noch völlig übertrieben.

Jetzt dagegen sagt er sich, dass die Kampfmaschine auch durch solche Hürden bestimmt nicht abzuhalten wäre. Sie ist ein Profi im Einbrechen, Foltern, Terrorisieren und wahrscheinlich auch im Töten. Und er weiß immer noch nicht, worum es bei dem ganzen Irrsinn überhaupt geht.

Zwei Stunden später. Paul irrt im Wald herum, genau wie in seinem Traum.

Er weiß jetzt, was der Traum ihm sagen wollte. Doch je länger er über Steine und Wurzeln stolpert, desto weniger glaubt er an die Weisheit seines Unterbewusstseins, das ihm diese Botschaft geschickt hat.

Geh zu dem Baum, in dessen Rinde ihr euch an eurem ersten Jahrestag verewigt habt. Bestimmt hat Lotte dort den Stick hinterlegt …

Eine mächtige alte Eiche, im Tegeler Forst. An einem schmalen Pfad, in der Nähe ein Teich. So weit, so klar. Doch obwohl sie danach noch öfter dort waren – bei ihrem *Liebesbaum* –, kann Paul das verflixte Ding jetzt nicht finden. Kein Wunder, das letzte Mal ist Jahre her. Durch ihren Job hatte Lotte immer weniger Zeit. Trotzdem fühlt es sich für ihn wie ein unheilvolles Omen an.

Paul ist mit den Nerven am Ende. Orientierungslos, nicht nur hier und jetzt im Wald. Stechender Schmerz im Schritt und die Erinnerung an letzte Nacht. Das Getöse der Flieger vom Tegel Airport, die dicht über den Baumkronen hinwegdonnern, macht ihn vollends konfus.

Er kann nicht umsetzen, was Lotte ihm aufgetragen hat. Er ist total überfordert. Anstatt den Albtraum zu beenden, macht er alles nur noch schlimmer.

Paul verheddert sich mit dem Fuß in herumliegenden Ästen und kommt fast zu Fall. Fluchend befreit er seinen Knöchel und sieht sich nach links und rechts um.

Er hat keine Ahnung, in welcher Richtung er nach dem Baum suchen soll. Und wieso er – oder sein angeblich so weises Unterbewusstsein – überhaupt auf die Idee gekommen ist, dass der Stick gerade dort versteckt wäre.

Schon seine Suche heute früh in Roberts Wohnung war ein kläglicher Reinfall. Mit dem Schlüssel aus Lottes Schreibtisch kam er problemlos durch die Eingangstür, aber viel weiter auch nicht. Jede Schublade, jedes Schrankfach hat Lottes Vater mit einem eigenen Schloss gesichert. Nicht nur in seinem Arbeitszimmer, sondern mehr oder weniger in der ganzen Altbauwohnung in Berlin-Charlottenburg, in der er seit mehr als vierzig Jahren lebt. Anfangs mit seiner Frau Ellie und der kleinen Lotte, seit fast zwanzig Jahren allein.

Darauf hätte Paul natürlich gefasst sein müssen bei einem paranoiden Schwarzseher wie Robert. Aber er hat die vielen Schlösser nicht vorausgesehen. Er hat vorher nicht mal überlegt, mit welchen Hindernissen er rechnen muss.

Der einzige Raum, in dem er ungehindert stöbern konnte, war Lottes ehemaliges Mädchenzimmer, das längst nur noch als Rumpelkammer dient. Ewig lang saß Paul auf dem schmalen Teenagerbett und starrte vor sich hin. Er dachte an Ellies »Fehltritt«, der die junge Familie vor dreißig Jahren zerstört und die kleine Lotte für ihr restliches Leben traumatisiert hat. Seine Gedanken irrten weiter zu dem »Liebhaber«, den Lotte angeblich irgendwo bei Nürnberg getroffen hat. War es wirklich so unvorstellbar, wie er gegenüber der Kommissarin behauptet hatte?

Wieder kamen ihm die Tränen. Vor Kummer und Wut. Er verachtete sich für seine Zweifel, seine Schwäche. Aber das machte ihn nicht stärker, im Gegenteil.

Wie würde Lotte an seiner Stelle vorgehen? Vielleicht lag die Lösung ja auf der Hand, und er war nur zu blind und blöd, um sie zu sehen?

Irgendwann raffte er sich auf und durchsuchte Schränke und Regale in ihrem ehemaligen Zimmer. Doch sie enthielten nur Plunder und Trödel, den Robert aus irgendeinem Grund aufbewahrt hat. Alte Gläser und Teller, löchrige Tischdecken und Unmengen an Krimi- und Thriller-Taschenbüchern, teilweise so alt, dass das billige Papier brüchig und braun geworden war.

Kein USB-Stick weit und breit. Überhaupt keine Datenträger, nicht mal vorsintflutliche Disketten.

Was jetzt? Ratlos schaute sich Paul um.

Plötzlich schepperte die Türklingel. Er bekam fast einen Herzinfarkt. Sackte zurück auf Lottes altes Bett und saß wie erstarrt da. Überzeugt, dass die Angreiferin vor der Tür stünde.

Aber warum sollte sie auf die Klingel drücken und warten, bis ihr aufgemacht würde? Anstatt einfach hereinzustürmen, ihn zu Boden zu werfen. Ihm die Kleidung vom Leib zu reißen und mit seinem Körper zu machen, was ihr gerade einfiel …

In seinem Kopf ging alles durcheinander. Die Klingel schepperte erneut. Wahrscheinlich war es nur der Postbote oder ein Nachbar, doch Paul würde es nie erfahren. Er saß auf Lottes Mädchenbett und wagte nicht, sich zu bewegen.

Ich kann das nicht, dachte er wieder. Gegen die Angreiferin und ihre Auftraggeber – wer immer sie sein mögen – habe ich keine Chance …

Als er von zu Hause losfuhr, hatte er nicht mal daran gedacht, dass er beschattet werden könnte. Erst beim Scheppern der Klingel wurde ihm blitzartig klar: Sie braucht mir nur zu folgen, dann kriegt sie irgendwann den Stick.

Er wartete mehr als eine Stunde, dann schlich er hinaus. Mit dem Gefühl, die nächste Niederlage eingesteckt zu haben. Und jetzt steht er hier im Wald … Die Flieger vom nahen Flughafen Tegel donnern über ihn hinweg. So dröhnend laut, dass er es nicht mal mitbekommen würde, wenn die Angreiferin – Mrs Plattnase oder wie auch immer – hinter ihm hergestapft käme.

Der Tag neigt sich bereits wieder. Wie lange ist Paul schon im Tegeler Forst unterwegs? Er kommt sich wie ein Trottel vor.

Warum sollte Lotte etwas so Empfindliches wie einen Datenträger ausgerechnet im Wald verstecken? Warum hat er nicht erst mal zu Hause alles gründlich durchsucht?

In ihrem verwinkelten Altbau gibt es hundert Möglichkeiten, ein so kleines Objekt zu verstecken, und niemand kennt die Ecken und Nischen besser als er. Schließlich hat er die Baupläne bis ins letzte Detail studiert und alles originalgetreu rekonstruiert. Vom Keller bis hinauf zu den Dachzinnen.

Trotzdem hat er nur noch an einigen wenigen Orten nachgesehen, nachdem er in Lottes Arbeitszimmer nicht fündig wurde. Im Wohnzimmer hinter der Eisenklappe zu einem stillgelegten Kamin. Im Speisezimmer hinter einer losen Sockelleiste, die er seit Tagen befestigen wollte. In Dions Zimmer, wo es in dem Einbauschrank aus Lilienthals Zeiten tatsächlich auch eine Art Geheimfach gibt, einen verborgenen Stauraum hinter der beweglichen Rückwand.

Schließlich im Gartenhaus, das er sich als Werkstatt eingerichtet hat, mit diversen Metallschränken und Werkbänken, die eine Unmenge an Fächern und Schubladen enthalten.

Doch an keinem dieser Orte fand er irgendetwas, das einem Stick auch nur ähnlich sah. Höchstwahrscheinlich hat auch die Angreiferin vor ihm schon nachgesehen. Wenn ja, hat sie allerdings keine Spuren hinterlassen. Zumindest hat er keine bemerkt.

Abgesehen von dem geköpften Schnuffi.

Fast wahllos folgt Paul einem Pfad, der sich zwischen mächtigen Bäumen dahinschlängelt. Der Stick ist wie ein gefährliches Gift, sagt er sich. Lotte hätte das toxische Teil niemals bei ihnen zu Hause deponiert, weil sie wusste, dass sie damit auch ihre Familie gefährden würde.

Deshalb sucht er hier im Wald. Das Versteck muss an einem Ort sein, der weit weg von ihrem Zuhause ist und für sie beide eine Bedeutung hat. Sonst hätte er keine Chance, Lottes Auftrag zu erfüllen. Ihr Vermächtnis, denkt er, und der Magen krampft sich ihm zusammen.

Wieso ihr Vermächtnis, hält der andere, uneinsichtige Teil von ihm dagegen. Der Illusionskünstler, denkt Paul, und genau in diesem Moment entdeckt er den Baum.

Die alte Eiche mit dem knorrigen Stamm und den mächtigen, wie Muskelstränge in sich verdrehten Ästen. Kein Zweifel, da steht er, ihr *Liebesbaum*, ein paar Schritte abseits des Pfades. Da drüben ist auch der kleine Weiher, noch verschilfter als beim letzten Mal.

Paul bahnt sich einen Weg durchs Unterholz. Unter diesem Baum haben Lotte und er sich zum ersten Mal richtig geküsst. Auf dem gewaltigen Steinbrocken sitzend, der zu Füßen der Eiche aus dem Boden ragt wie ein urtümlicher Thron. Und hierher kehrten sie an ihrem ersten Jahrestag zurück, um einander »ewige Liebe und Treue« zu schwören.

»Lotte, die Romantikerin«, zog Paul sie damals auf, aber sie meinte es ernst. Nach ihrer Anweisung ritzte er ein Herz in die Rinde, mit einem Pfeil und ihren Initialen: *L.K.* für Lotte Kastner und *P.G.*

Genau in der Mitte des Herzens befand sich eine kleine Höhlung im Stamm. Darin ließen sie jeder einen Ring zurück, der sie mit ihrem vorherigen Partner verbunden hatte. Bei Paul war es nur ein anonymes Schmuckstück, das eine verflossene Freundin ihm geschenkt hatte. Lotte aber »opferte« einen Rotgold-Reif, in dessen Innenseite ihre Initialen und die ihres Ex-Freundes eingraviert waren. »Damit die Vergangenheit vergangen bleibt«, sagte sie in beschwörendem Tonfall.

Ihr Ex hieß Patrick Gassner. Auf dem Ring, den Lotte feierlich abstreifte und in dem Baumloch zurückließ, standen also dieselben Initialen wie in ihrem Liebesherzen. »*L.K. & P.G.*«

Ein und dasselbe Symbol für das, was geopfert wurde, und für dasjenige, was an seine Stelle trat. Paul fand das Ritual ziemlich verwirrend, aber Lotte war tief ergriffen und sprach noch tagelang von ihrem »Opfer- und Liebesritual«.

Damals wurde ihm klar, wie sehr sie durch den Verlust ihrer Mutter und das damit verbundene Familiendrama geprägt war. Und dass man einen Menschen, auch wenn man ihn noch so sehr liebt, nie wirklich verstehen kann.

Er tritt dicht vor den Liebesbaum. Das eingeritzte Herz ist deutlich zu erkennen; die Initialen sind allerdings von Rinde überwuchert und nur noch mühsam zu entziffern. Kein Wunder nach mehr als elf Jahren.

Paul muss auf den Steinbrocken klettern, um das kleine Baumloch in zweieinhalb Meter Höhe zu erreichen. Mit dem Zeigefinger fährt er hinein und ertastet die Ringe, die er damals fast plan in den Wänden der winzigen Höhle verbaut hat. Mit dem Taschenmesser kratzte er kreisförmige Kerben ins Holz und presste die Ringe hinein, damit sie nicht von diebischen Krallen gleich wieder entwendet würden.

Offenbar hat er gut gearbeitet. Die Ringe sitzen immer noch fest an ihrem Platz. Doch ansonsten ist das Loch leer. Abgesehen von ein paar Krabbeltieren.

Kein Stick. Natürlich nicht. Paul schüttelt den Kopf über sich selbst. Wieder kommt er sich wie ein Idiot vor.

Der nächste Flieger donnert über ihn hinweg. Er tritt einen Schritt von dem Baum zurück. Und prallt gegen ein massives Hindernis.

Ehe er sich umwenden kann, legt sich ihm ein Arm um den Hals.

Die Angreiferin … ihr Geruch nach Leder und Fischsud …

Paul bäumt sich auf, doch sie reißt ihn einfach nach hinten um. Hart kommt er auf dem Boden auf, knallt mit dem Hinterkopf auf einen Stein, und abermals wird alles schwarz.

11

Tropfnass, zitternd vor Kälte liegt Paul im Dreck unter dem Liebesbaum. Regen prasselt auf ihn herab. Sein Schädel dröhnt.

Leise stöhnend setzt er sich auf, befühlt seinen Hinterkopf. Eine pflaumengroße Beule, die Haare darüber klebrig. Seine Finger, mit denen er die Beule betastet hat, sind rot beschmiert.

Reiß dich zusammen, ermahnt er sich. Das bisschen Blut bedeutet gar nichts. Dir wird jetzt auf keinen Fall schlecht.

Er rappelt sich auf, mit wackligen Knien, wattigem Kopf, aber es geht. Ihm wird nicht schlecht, er muss sich nicht gleich wieder hinlegen oder auf den archaischen Steinthron übergeben.

Sie ist mir gefolgt, denkt er. Dabei hat er auf der Fahrt zum Tegeler Forst immer wieder in den Rückspiegel gesehen. Aber er hat keine Bikerin mit schwarzer Ledermontur bemerkt. Überhaupt nichts Verdächtiges, nur den normalen Berliner Verkehr.

Sie ist mir in allem über, denkt Paul. Sie spielt Katz und Maus mit mir. Vielleicht wartet sie zu Hause schon auf mich. Um mich aufs Neue zu terrorisieren. »*Wo ist der verfickte Stick?*« In breitestem Texanisch. Herrgott noch mal, ich weiß es doch nicht …

Erst als er sich umwendet und mühsam auf den Steinbrocken klettert, merkt er, dass seine Jogginghose verdreht und ein Stück heruntergerutscht ist.

Was hat sie mit ihm gemacht, während er bewusstlos war? Ihm die Hose heruntergezogen, warum? Er schaut an sich herab, tastet über seine Taschen. Und verliert fast das Gleichgewicht, als ihm klar wird, was passiert ist.

Sie hat ihn ausgeplündert. Er klopft seine Hosen- und Jackentaschen ab. Schlüssel, Portemonnaie, Autopapiere, Handy – alles weg.

Er zwingt sich, erst noch einen Blick in das Baumloch zu werfen. Dabei ahnt er schon, was er dort zu sehen bekommt.

Sie hat das Versteck gefunden und durchsucht. Die Ringe sind verschwunden. Offenbar mit einer Klinge aus den Vertiefungen gepult. Oder mit bloßen Fingernägeln, für die irre Kampfmaschine bestimmt kein Problem.

Aber nein, sie muss ein Messer benutzt haben. Wände und Boden der kleinen Höhle weisen rohe Einkerbungen auf. Anscheinend hat sie auf das Holz eingehackt, um sicherzugehen, dass der Stick nicht irgendwie tiefer im Stamm vergraben war.

Oder aus schierer Zerstörungswut, denkt Paul. Weil sie alles hasst, was mit Liebe zu tun hat. Sie muss es vernichten, zwanghaft. Die klassische Definition des Monsters …

Auf dem Steinbrocken balancierend, dreht er sich vorsichtig um und späht nach links und rechts in den Wald. Von der Angreiferin ist nichts zu sehen. Aber selbst wenn sie in unmittelbarer Nähe wäre, er würde sie nicht entdecken. Außer, sie will es so.

Unbeholfen geht er in die Hocke und springt von dem Steinthron. Stechender Schmerz in seinem Hinterteil. Paul zieht die verdrehte Jogginghose gerade.

Sie hat nicht nur seine Taschen durchsucht, wird ihm klar, sondern auch seine Körperöffnungen. Angeekelt spuckt er aus, und der Speichel landet vor ihm im Schlamm. Direkt daneben nimmt er ein Glitzern wahr – sein Schlüsselbund …

Der Regen hat etwas nachgelassen, aber noch immer gießt es wie aus Eimern. Stöhnend geht Paul in die Knie, scharrt in Dreck und Laub und sammelt seine Habseligkeiten ein.

Smartphone und Schlüssel, Autopapiere und Portemonnaie samt Kreditkarten und Bargeld. Alles noch da, sogar irgendwelche Plastikkarten von Tankstellen, wenn auch wahllos verstreut und schlammverschmiert.

Paul kauert im Schmutz, zu Füßen des geschändeten Liebesbaums. Frierend und bis auf die Knochen nass. Ich kann das nicht, denkt er wieder. Kaum jemand ist für das hier weniger geeignet als er. Seine Welt ist die kunstvolle Illusion, was hinter den Kulissen ist, will er gar nicht so genau wissen.

Lotte doch eigentlich auch nicht, sagt er sich dann. Als PR-Managerin war sie ja gerade deshalb so gut, weil sie viel lieber die Fassade auf Hochglanz poliert hat, als dahinter herumzustochern. Aber dann muss etwas passiert sein, das sie gezwungen hat, hinter die Kulissen zu schauen. Dem Monster ins Auge zu sehen.

Paul macht sich auf den Rückweg. Der Regen prasselt auf ihn herab. Er weiß jetzt, dass auch ihm keine Wahl bleibt. Er muss einen Weg finden, den Stick aufzuspüren, ohne ihn seiner Verfolgerin in die Hände zu spielen.

Alleine schafft er das nicht, keine Chance. Er braucht einen Verbündeten.

Soll er sich also doch an die Polizei wenden? Nein, das hat er aus guten Gründen verworfen. Die Ermittler in Nürnberg machten nicht den Eindruck, den Fall aufklären zu wollen. Für sie stand bereits fest, dass angeblich kein »Fremdverschulden« vorliegt. Wenn sie erfahren würden, dass Lotte zuletzt noch etwas von einem Stick gestammelt hat, würden sie mit den Schultern zucken und die Akte trotzdem schließen.

Bleibt Robert, sagt sich Paul, aber sein Schwiegervater kommt noch weniger in Betracht. Er braucht einen Verbündeten, der mit beiden Beinen auf der Erde steht.

Doch wie er sich auch den Kopf zermartert, ihm fällt niemand ein. Er hat Freunde und gute Bekannte, aber die gehören alle irgendwelchen Kulturszenen an. Maler, Kunsthistoriker, Denkmalschützer, Dramaturgen. Gegen Mrs Plattnase wären sie so hilflos wie er selbst.

Der Regen hört schlagartig auf. Silbrig schimmernd zieht ein Flugzeug durch den Himmel, der weiterhin dunkelgrau ist, fast schwarz.

»Ein Bankrott, nicht finanziell, aber ...« Plötzlich hat Paul wieder den Satzfetzen im Kopf. Wer hat das gesagt und zu wem? Er grübelt darüber nach, während er zwischen tropfenden Bäumen zurück zum Parkplatz geht.

Erst am Waldrand, als sich hinter den Baumreihen die Silhouette seines Autos auf dem fast leeren Parkplatz abzeichnet, fällt es ihm ein.

Natürlich ... Der Satz stammt von Katia Wozniak.

»Das ist eine Bankrotterklärung, Lotte. Bestimmt nicht in finanzieller Hinsicht, aber in moralischer umso mehr!«

Genauso hat sie es gesagt. Katia Wozniak, die einflussreiche Anti-Pharma-Bloggerin, in dem Streitgespräch, das Lotte mit ihr letztes Jahr in einem Park in Kreuzberg geführt hat.

Tropfnass schiebt sich Paul hinter das Steuer seiner altersschwachen A-Klasse und fährt los. Auf einmal hat er es sehr eilig.

Er muss umgehend mit Katia Kontakt aufnehmen. Das Video von dem Streitgespräch hat er mehrfach angesehen, wegen Lotte vor allem, aber auch wegen Katia. Die einflussreiche Aktivistin für

Transparenz und Freiheitsrechte, eine attraktive, vor Energie sprühende Frau Mitte dreißig, mit weizenblonden Haaren und minimalem russischen Akzent, hat ihn vom ersten Moment an fasziniert.

Vielleicht wird sie ihm gar nicht antworten. Aber er muss es zumindest probieren. Mit ihr zusammen hätte er eine echte Chance. Sogar gegen die »irre Kampfmaschine«.

12

Hauptkommissar Sven Paretz schreckt aus dem Schlaf. Sonntagmorgen kurz vor neun, wer zum Geier ruft um diese Zeit an?

Die Antwort pulsiert auf dem Display seines Smartphones: »*7er*«.

Mit seinen fast vierzig Jahren, davon achtzehn im Polizeidienst, hat Sven Paretz so etwas noch nicht erlebt. Dass Dr. Berta Siebener persönlich, seine Dezernatsleiterin beim LKA Berlin, ihn an seinem freien Wochenende aus dem Bett klingelt.

»Sorry, Herr Paretz, Ihre Privatsphäre, die wohlverdiente Ruhe und so weiter, ich weiß. Aber hier ist Gefahr im Verzug. Um Punkt zehn Express-Briefing in meinem Büro.«

Wenn die Chefin im Telegrammstil redet, gibt es wenig zu diskutieren, das weiß Sven aus Erfahrung. Schlaftrunken brummt er sein Einverständnis ins Handy und schleppt sich ins Bad. Er bringt seine Turbinen mit schwarzem Tee und einer Selbstgedrehten auf Touren und steigt um halb zehn am Bundesplatz in die U-Bahn, die sonntags um diese Zeit noch fast menschenleer ist.

Zum Glück hat er gestern Abend nicht über die Stränge geschlagen, sondern war schon um kurz nach Mitternacht im Bett. Wo er allerdings lange nicht einschlafen konnte, die ewigen Streitereien mit Sonja hatten ihn wieder mal aufgewühlt.

Vielleicht wird es Zeit, sich zu trennen, denkt er, als er am Wittenbergplatz aussteigt.

Vor dem KaDeWe auf der anderen Straßenseite haben blutjunge Aktivistinnen einen Stand aufgebaut, mit Transparenten, die zur Klimarettung durch Konsumverzicht aufrufen. Die bärtigen Trinker, die neben ihnen auf den Stufen hocken und die Flasche kreisen lassen, fühlen sich offenbar nicht angesprochen.

Dabei sind das alles alte weiße Männer, sagt sich Sven.

Von hier aus sind es nur noch ein paar hundert Meter bis zur LKA-Zentrale in der Keithstraße, einem düsteren Steinklotz aus Kaiser Wilhelms Zeiten. Sein Dezernat, *LKA 11, Tötungsdelikte und erpresserischer Menschenraub,* ist im zweiten Stock, und wie immer zieht Sven das überdimensionierte Treppenhaus mit seinen ausgetretenen Steinstufen den klaustrophobischen Liftkabinen vor.

Das Eckbüro der Dezernatsleiterin liegt am Ende des schummrig beleuchteten Flurs. Das Quietschen seiner Sohlen auf dem Linoleumboden hat Sven anfangs fast in den Wahnsinn getrieben, jetzt nimmt er es kaum noch bewusst wahr. So wenig wie die ewige Dämmerung in den zugigen Gängen und schlauchförmigen Büros, wo von früh bis spät die Deckenlampen brennen und es irgendwie immer zu kühl ist.

Sven liebt seinen Beruf. Es macht ihm wenig aus, von der Chefin an seinem freien Tag zum Briefing einbestellt zu werden, fast im Gegenteil. Siebener klang am Telefon ungewohnt besorgt, das schürt seine Neugierde nur noch mehr.

Vor gut einem halben Jahr ist er von der Europol-Sondereinsatztruppe an seinen alten Posten zurückgekehrt. Seine frühere LKA-Partnerin Mia Muller hatte ihn nach Brüssel gelockt, aber der hochriskante Job als Spezialagent war nichts für ihn. Es war sogar ein Desaster, genauso wie seine Beziehung mit Mia, die gerade mal sechs Wochen hielt. Nachdem sie ihn vor die Tür gekickt hatte, ließ er sich ins LKA zurückversetzen. Wochenlang hatte er mit der gefühlt zweifachen Niederlage zu kämpfen, doch mittlerweile ist er wieder in der Spur. Zumal er mit der jungen Oberkommissarin Maren Hilbig eine lernbegierige neue Teampartnerin gefunden hat. Und mit Sonja eine Geliebte, mit der er sich gut versteht. Inzwischen allerdings nur noch im Bett.

Manchmal vermisst er immer noch die supertaffe Mia, eigentlich sogar jeden Tag. Beruflich wie privat. Obwohl er aus schmerzlicher Erfahrung weiß, dass sie für Partnerschaft, wie er sie sich vorstellt, einfach nicht geschaffen ist. Weder privat noch beruflich.

»Herein!«, schallt es aus Siebeners Büro, dabei hat Sven noch gar nicht geklopft. Er tritt ein, die Chefin winkt ihn ungeduldig zu sich heran. Sie thront am anderen Ende ihres enormen Eckbüros, hinter dem gewaltigen Schreibtisch, der wie immer unter Aktenstapeln fast zusammenbricht.

Dagegen sieht die Dezernatsleiterin trotz ihrer fünfundfünfzig Jahre und der aschgrauen Haarsträhnen ungebeugt aus. Sie ist schlank und überdurchschnittlich groß gewachsen. Siebener gibt sich gerne ruppig, doch sie hat einen Sinn für Fairness und legt manchmal sogar Einfühlungsvermögen an den Tag.

»Da sind Sie ja.« Sie zeigt auf den Stuhl vor ihrem Schreibtisch, und Sven nimmt Platz. »Folgendes.«

Siebener blättert einen dünnen, grauen Schnellhefter auf. »Verkehrsunfall in der Nacht auf Freitag, Region Nürnberg. Laut den Kollegen vom dortigen KDD kein Fremdverschulden. Höchstwahrscheinlich Fahrfehler aufgrund von Schlafmittelkonsum. Vielleicht auch Suizid. Die Geschädigte, Lotte Gerlach, neununddreißig, leitende PR-Managerin bei der Pharmafirma ClarTop in Berlin-Adlershof, prallte mit hundertdreißig Stundenkilometern gegen einen Baum, offenbar ungebremst. Der Wagen fing Feuer. Die Geschädigte verstarb trotz Not-OP noch in derselben Nacht in einer Unfallklinik in Nürnberg.«

Sie klappt den Hefter zu und lehnt sich zurück. »Und jetzt Sie, Herr Paretz.«

»Seit wann …«

»… interessieren uns Verkehrsunfälle, schon klar. Die Kollegen vom Nürnberger KDD haben den Fall abgeschlossen. Aber ich will, dass Sie dem noch mal nachgehen. Mit Hochdruck und absolut geräuschlos. Vielleicht steckt doch mehr dahinter.«

»Ein Tötungsdelikt?«

Siebener nickt fast unmerklich.

»Und der Täter ist mutmaßlich im beruflichen Umfeld …?«

»Moment!« Sie beugt sich vor und faltet die Hände auf dem Schnellhefter. »Dieser Fall ist – ich sage es mal so – sehr speziell. Erstens: Wir brauchen umgehend Ergebnisse. Zweitens: keinerlei Aufsehen. Drittens: Die Firma ClarTop – einschließlich ihrem asiatischen Ableger Raya Pharmalab – ist für die Ermittlungen absolut tabu.«

»Absolut tabu?«, wiederholt Sven. »Aber wie stellen Sie sich das vor, Frau …«

»Das kann ich Ihnen sagen: Nehmen Sie Ihre neue Kollegin mit. Frau Hilbig ist jung, fast noch Anfängerin, das wirkt dann besonders harmlos. Sie wollen nur noch ein paar Häkchen auf Ihrer Liste machen, quasi Amtshilfe für die Nürnberger Kollegen, um den Fall abzuschließen. Das ist die Version für den Witwer, Dr. Paul Gerlach, Kunsthistoriker – und für Hilbig auch.«

Sven hat Mühe, seine Gedanken zu ordnen. Von seinen Gefühlen ganz zu schweigen. Nimmt ihn die Chefin vielleicht auf den Arm?

»Und wie sieht die Version für mich aus, Frau Dr. Siebener?«

»Übler.« Sie versinkt unvermittelt in Schweigen.

»Also hören Sie zu, Herr Paretz«, setzt sie neu an, nachdem sie eine halbe Minute vor sich hin gestarrt hat. »Was ich Ihnen jetzt anvertraue, ist *top secret*. Ein Wort zu wem auch immer, und die Hölle verschlingt uns alle.«

Die Hölle? Uns alle?

»Auch ich weiß nichts Genaues«, fährt sie fort. »Nur so viel: Es gibt eine globale Bedrohungslage. Ein Ultimatum, das kurz vor Ablauf noch einmal verlängert worden ist – bis nächsten Freitag. Was möglicherweise auf täterseitige Probleme bei der Umsetzung des angedrohten, maximal tödlichen Anschlags hinweist. Oder auf Meinungsverschiedenheiten hinsichtlich der Kontrollierbarkeit der Apokalypse.«

Svens Augen werden immer größer. Globale Bedrohung? Apokalypse? Maximal tödlich? Das kann doch alles nicht wahr sein …

»Weltweit werden Pharmalabore und mikrobiologische Einrichtungen überwacht«, redet Siebener weiter. »Hintergrund ist die Annahme, dass eines oder mehrere solcher Labore täterseitig für die Umsetzung der Drohung gekapert wurden. Alle ungewöhnlichen Vorfälle in solchen Einrichtungen sind daher von lokalen Ermittlern mit größtmöglicher Diskretion zu untersuchen. Im Moment ist das der vielversprechendste Ansatz, um die Täter zu identifizieren und die Bedrohung rechtzeitig zu entschärfen.«

Sven starrt die Chefin an. Sie hat normalerweise eine gesunde Gesichtsfarbe, aber im Sprechen ist sie immer bleicher geworden. Ihm geht es nicht anders. Das Blut ist ihm aus dem Gesicht gesackt.

»Bio-Terrorismus?« Unwillkürlich hat er seine Stimme gedämpft.

Siebener deutet ein Schulterzucken an. »Oder kriminelle Erpressung größten Stils. Das ist offenbar noch genauso unklar wie fast alles andere. Klar ist derzeit nur, dass die Drohung einer maximal tödlichen Virus-Pandemie im Raum steht. Und dass die Täter prinzipiell imstande scheinen, diese Drohung umzusetzen – sie haben da wohl ein paar makabre Beweise vorgelegt. Was konkret bedeuten würde …«

Sie bricht ab und schiebt den Schnellhefter zu Sven hinüber. »Uns bleiben nur wenige Tage, Herr Paretz.«

Sven spürt den Impuls, den Pappordner auf die andere Schreibtischseite zurückzuschubsen. »Warum ich?«, fragt er. »Warum überhaupt das LKA? Das ist doch eine Sache fürs Bundeskriminalamt. Mindestens.«

»Zu auffällig.« Die Chefin wischt sich mit einer müden Handbewegung eine Haarsträhne aus der Stirn. »Es gibt Anhaltspunkte, dass die Gegenseite bestens vernetzt ist. Bis in Geheimdienste und oberste staatliche Polizeibehörden hinein. Und zwar in allen Staaten, gegen die sich die Erpressung richtet.«

»Allen Staaten?«

»Die G 20, im Großen und Ganzen.« Sie ballt die Fäuste und legt sie vor sich auf den Tisch. »Das vergessen Sie mal schnell wieder. Wichtig ist jetzt nur eins, Sven: Finden Sie heraus, ob es da irgendetwas Ungewöhnliches gibt. Vor allem, ob bei dem Verkehrsunfall nachgeholfen wurde. Und wenn ja, von wem.«

Noch nie zuvor hat sie ihn beim Vornamen genannt. Es macht ihm eine Höllenangst, sie so zu erleben. Fast noch mehr als die »globale Bedrohung«, unter der er sich erst mal wenig vorstellen kann.

»Und das alles möglichst gestern, aber das kennen Sie ja schon.« Sie sieht Sven durchdringend an. »Wenn Sie auch nur minimale Hinweise finden, erstatten Sie mir – und nur mir – Bericht. Sofort. Zu jeder Tages- und Nachtzeit.«

Sven nickt, greift sich den Hefter, blättert ihn durch. Keine zehn Seiten, dazu ein paar Fotos, vierfarbig, A4-Format. Schockbilder von der Unfallstelle. Brennender Sportwagen, frontal gegen einen mächtigen Baum geprallt.

»Kein Obduktionsbericht?«

»Die Tote ist noch in Nürnberg im Leichenkeller. Aus Sicht der Kollegen dort kein Anlass für Eil-Obduktion.«

Sie steht auf, das übliche Zeichen, dass er gehen kann.

»Ach ja«, sagt sie noch, als er fast bei der Tür ist. »Das alles bleibt hier im Raum. Außer der Light-Version.«

Alles klar, denkt Sven. Wir versuchen nicht, den Weltuntergang zu verhindern. Wir klären nur einen Verkehrsunfall auf.

13

In seinem Arbeitszimmer lässt sich Paul Gerlach vorsichtig auf dem Schreibtischstuhl nieder und fährt den Laptop hoch. Zuvor hat er heiß geduscht, grünen Tee gekocht und zwei Paracetamol geschluckt.

Es ist zwei Uhr nachmittags, doch für ihn könnte es genauso zwei Uhr nachts sein. Sein Zeitgefühl ist nach wie vor gestört.

Er nippt von dem dampfenden Tee und wartet fingertrommelnd, bis der Computer startbereit ist. Dann klickt er die YouTube-App auf und gibt »*Katia Wozniak*« ins Suchfeld ein.

Bereits auf Platz drei erscheint das Video von Lotte und ihr: »*Argumente statt Propaganda – ein Disput mit ClarTop-Managerin Lotte Gerlach*«. Das knapp zweistündige Streitgespräch, mit Standkameras im Görlitzer Park aufgenommen, wurde bislang fast siebenhunderttausend Mal angeklickt.

Paul startet den Film, spult ungeduldig vor. Hier …

»*Das ist doch nichts anderes als eine Bankrotterklärung*«, sagt Wozniak, »*wie die Pharmaindustrie immer wieder Gesundheitsrisiken aufbauscht, um Milliardenprofite einzustreichen. Ich erinnere beispielsweise an das sogenannte Aufmerksamkeits-Defizit-Syndrom* ADHS, *mit dem sich Pharmakonzerne eine goldene Nase verdienen. Eine Bankrotterklärung ist so etwas natürlich nicht in finanzieller Hinsicht, aber in moralischer umso mehr!*«

Er stoppt das Video und starrt die Großaufnahme von Katia an. Sie sieht äußerst attraktiv aus, auf ganz andere Weise als Lotte, die neben ihr fast zerbrechlich wirkt. Katia ist groß gewachsen und athletisch, und sie hat die Fähigkeit, ungeschönt ihre Meinung zu sagen und dabei unerschütterlich zu lächeln.

Paul klappt die Hülle seines Smartphones auf, das neben dem Laptop liegt. Zum Glück hat es die Schlammkur im Wald heil überstanden. Lotte hat einmal erwähnt, dass Katia ausschließlich über *Morsdot* erreichbar ist, ein Messenger-Dienst, der als einigermaßen sicher gilt.

Er öffnet die App und gibt den Namen der Aktivistin ein, die auch zu den Gründern der NGO »*Fight for Humanity*« gehört.

Glücklicherweise ist Katia unter ihrem richtigen Namen angemeldet. Paul verbindet sich mit ihr und kommt, die Fingerspitze über der Tastatur, ins Stocken.

Schon im Auto hat er hin und her überlegt, wie viel er preisgeben kann. Er muss einen Köder auswerfen, sonst wird sie ihm gar nicht erst antworten. Bestimmt bekommt sie jeden Tag Anfragen von mehr oder weniger obskuren Absendern. Aber wenn er zu konkret wird und ihre Kommunikation vielleicht doch gehackt wird, lenkt er weiß der Himmel wen auf die Sache mit dem Stick.

Die Sache, für die Lotte sterben musste …

Aber sie ist nicht tot …

Fokussier dich! Er tippt, löscht, fängt von vorne an. Schließlich entscheidet er sich für eine unspektakuläre Message. »*Ich muss mit Ihnen sprechen. Dringend. Paul G. (Lottes Mann)*«.

Kaum hat er auf *Senden* getippt, kommen ihm wieder Zweifel. Ist eine Aktivistin, die Pharmaunternehmen für mehr oder weniger kriminelle Vereinigungen hält, wirklich die richtige Verbündete, um Lottes Vermächtnis zu erfüllen?

Gerade eben hat er es in dem YouTube-Video ja wieder gesehen. Katia sieht »*Anzeichen dafür, dass die Machthaber rund um den Erdball nur auf einen Vorwand warten, um einen Dauer-Ausnahmezustand à la* 1984 *auszurufen und die Freiheitsrechte einzuschränken*«. In geheimen Papieren würden angeblich »*auf höchster Ebene verschiedene Notstands-Narrative durchgespielt*«, wobei die Staats- und Regierungschefs eine »*vermeintlich hochinfektiöse Virus-Pandemie*« ganz klar favorisierten.

Während des gesamten Streitgesprächs blieb Lotte cool, aber Paul kann ihr in dem Video ansehen, dass sie von der radikalen Aktivistin teilweise ziemlich genervt war. Trotzdem sprach sie ihm gegenüber auch mit Respekt von Katia.

Die russlanddeutsche Aktivistin sei intelligent und empathisch.

Ihre Sorge wegen angeblich drohender Grundrechtseinschränkungen sei aber total übertrieben. Vielleicht hätten sie oder ihre Familie früher in Russland Repressionen erlebt, durch die Katia zur »hypersensiblen Freiheitskämpferin in einem der freiesten Länder des Planeten« geworden sei. Mit den »dumpfbackigen Verschwörungsschwadroneuren« habe sie jedenfalls nichts zu tun, legte sich Lotte ins Zeug.

Heißt das aber, dass sie sich Katia als seine Verbündete gewünscht hätte? Während er noch darüber nachdenkt, meldet sich sein Telefon mit einer Fanfare.

Die Nummer auf dem Display sagt ihm nichts. Katia …?

Blödsinn, warum sollte sie ihn auf seine vage Anfrage hin gleich anrufen? Aber wer sonst am Sonntagvormittag?

»Ja?«

»Papa?«

»Dion!«, ruft Paul.

»Das glaubst du nicht, Papa. Ich war mit Opa Matthias fischen!« Der Junge plappert begeistert los. Opa Matthias ist der Großvater von Dions Cousinen, der Vater von Marias Mann Alexander. Offenbar ruft Dion mit Matthias' Smartphone an. Paul mag den in sich ruhenden älteren Herrn, dessen Landarztpraxis Alexander übernommen hat. Seit er auf dem Altenteil ist, vertreibt sich Matthias die Zeit, indem er mit dem Kajütboot in den Bodden hinausfährt und die Angel auswirft.

Seltsam, geht es Paul durch den Kopf, Dion hat zwar jede Menge »Großväter«, aber keine einzige Oma. Lottes Mutter ist seit Langem tot, genauso wie seine und Marias Mutter, die vor fünfzehn Jahren an einem Hirn-Aneurysma verstorben ist. Auch Dions Cousinen haben keine Oma mehr, seit Alexanders Mutter vorletztes Jahr einer Krebserkrankung erlegen ist.

Lauter Witwer, was für ein makabres Muster. Und jetzt auch noch … Stopp, darüber will er jetzt nicht nachdenken.

So wenig wie über seinen Vater, dessen Demenz sich rapide verschlimmert. Normalerweise besucht ihn Paul einmal die Woche in seinem Pflegeheim in Spandau. Das wird auch wieder mal Zeit … Aber letztlich macht es keinen Unterschied. Sein zunehmend umnachteter alter Herr erkennt ihn sowieso nicht mehr.

»Das hört sich super an«, sagt Paul schnell, als Dion Luft holen muss. »Und mit Hannah und Vanessa verstehst du dich auch gut?«

»Geht schon.« Er klingt nicht mehr ganz so begeistert. »Ist Mama zurück? Wann holt ihr mich wieder ab?«

»Bald, mein Großer.« Paul muss schlucken. »Nur ein paar Tage noch. Ist Maria in der Nähe? Gib ihr doch bitte mal das Telefon.«

Ein Fehler, merkt Paul, als sich seine Schwester meldet. Sie klingt so mitfühlend, dass er noch mehr Mühe hat, die Fassung zu wahren. Schmerz und Verzweiflung quellen in ihm hoch, vermengt mit dunkler Wut – auf die Irre mit dem Baseballschläger, aber auch auf Lotte …

Was hat sie wirklich auf ihrer Bayern-Tour gemacht? Kann es sein, dass sie ihm das Meeting mit der Nachwuchskraft vorgeschwindelt hat, um sich mit einem Lover zu treffen? Aber das passt überhaupt nicht zu ihr …

Sein Smartphone vibriert. Paul schaut aufs Display, und sein Herzschlag beschleunigt sich rapide.

Katia Wozniak …

»Versprich es mir«, sagt Maria in beschwörendem Tonfall.

»Geht klar«, sagt er rasch, obwohl er nicht zugehört hat. »Gib Dion einen Kuss. Ich melde mich.«

Seine Hand zittert so sehr, dass er erst beim zweiten Versuch mit der Fingerspitze das rote Telefonsymbol trifft.

Dann klickt er die Morsdot-Nachricht auf.

»Treff heute 21:30 h B-Süd. Allein + zu keinem ein Wort, sonst Kontaktabbruch. Ort folgt«.

14

Um kurz vor halb drei steuert Sven Paretz den staubgrauen Dienst-Passat durch die schmale Lindenallee in Lichterfelde-West und stoppt vor der Villa im Ritterburg-Stil. »Zweiter Versuch.« Nachdem sie gegen elf schon einmal am Burgtor geklingelt hatten, aber vergeblich. Komisch, hatte Sven gedacht. Der Mann ist frisch verwitwet, es schüttet wie aus Eimern, aber Paul Gerlach ist am Sonntagvormittag schon unterwegs. Na ja, vielleicht irgendwo bei Verwandten.

»Moment, bitte. Ich muss dich noch was fragen«, sagt Maren Hilbig, als er gerade die Fahrertür öffnen will.

Das lag die ganze Zeit in der Luft, denkt Sven. Um die Wartezeit zu überbrücken, hatte er seine junge Kollegin zu einem Cappuccino eingeladen. In dem schläfrigen Café am Bahnhof Lichterfelde-West saßen sie wortkarg beisammen, jeder in sein Smartphone vertieft. Normalerweise hätte er mit ihr über den Fall gesprochen, aber die »Light-Version«, zu der Siebener ihn verdonnert hat, lähmte ihnen beiden die Zunge.

Also googelte er still für sich, was im Internet über ClarTop und Lotte Gerlach zu finden war. Die gute Frau, HR- und PR-Chefin in Personalunion, hatte bei der Pharmafirma mächtig Karriere gemacht.

Maren wischt mit der flachen Hand über die Seitenscheibe. »Krasses Teil übrigens.« Sie deutet nach draußen. »Eine echte Lilienthal-Villa. Englischer *Tudor-revival*-Stil.«

Sven staunt wieder mal über ihr Allgemeinwissen. Sie ist erst zweiunddreißig, hat schwarze, gekrauste Haare und einen Hautton wie Milchkakao. Vater aus Mecklenburg, Mutter aus Haiti. Sven schätzt sie und glaubt, dass sie ein gutes Team werden können.

Wenn auch bei Weitem nicht so gut wie früher Mia Muller und er. Das Dream-Team des Dezernats. Schnee von gestern.

»Was den Fall hier betrifft. Die verstorbene Pharma-Managerin, kein Fremdverschulden, trotzdem sollen wir holterdiepolter …«

»Später, Maren.«

Er hat ihr den dünnen Schnellhefter gezeigt, und natürlich weiß er, was sie ihn fragen will.

»Wir gehen da jetzt rein«, fährt er fort, »und haken die Liste ab. Mit etwas Glück sind wir schnell wieder raus und können den Rest unseres freien Tags genießen.«

Maren sieht ihn skeptisch an. »Okay, du bist der Boss.«

Das Gartentörchen ist angelehnt wie vorhin auch. Sie marschieren durch den Vorgarten, über die bizarre kleine Ziehbrücke, die unter ihren Tritten scheppert und quietscht.

Am nachgemachten Burgtor hängt ein massiver Eisenring, den man auf den Blechbeschlag der Tür herunterknallen lassen könnte, was bestimmt enormen Lärm macht. Doch wie vorhin entscheidet sich Sven für die Türklingel, die im Innern der Villa brausende Glockentöne erklingen lässt.

»Westminster Abbey«, sagt Maren. »Hast du bestimmt auch gleich erkannt?«

Er wirft ihr einen raschen Blick zu. Macht sie sich über ihn lustig? Von wegen *Du bist vielleicht der Boss, aber ich bin viel schlauer*? Nein, so ist Maren nicht drauf.

Der Öffner summt. Sven drückt die Tür auf und tritt in die Eingangshalle.

Er kommt sich vor wie in einem Museum. Das Bodenmosaik stellt zwei kämpfende Ritter zu Pferde dar; an der Wand gegenüber hängt ein Ölgemälde, das täuschend echt den Ausblick aus drei Schießscharten-schmalen Burgfenstern zeigt. Im ersten Moment glaubt man tatsächlich, durch echte Fenster nach draußen zu schauen. Vom Burghügel über endlos sich dehnende Wälder, in der Ferne das dunkelblaue Meer.

Ein schmal gebauter Mann mit üppigen braunen Locken kommt die Holztreppe hinab. Er bewegt sich mühsam, sein Gesicht ist verzerrt, als unterdrücke er einen Schmerz. Er ist schwarz gekleidet, allerdings mit einem Jogginganzug.

»Herr Gerlach? Entschuldigen Sie die Störung. Hauptkommissar Paretz, LKA Berlin.« Er deutet auf Maren, die eben hinter ihm die Haustür schließt. »Und meine Kollegin, Oberkommissarin Hilbig.«

Paul Gerlach ist auf der vorletzten Stufe stehen geblieben. Seine Augen sind gerötet. Er steht ein wenig vorgebeugt und stützt sich mit einer Hand auf dem Geländer ab.

»Zunächst einmal unser aufrichtiges Beileid.« Sven bemüht sich um einen mitfühlenden Ausdruck. »Wir werden Sie nicht lange stören. Wir haben nur ein paar Fragen zu möglichen Hintergründen des Unfallgeschehens.«

»LKA Berlin? Was haben Sie mit einem Verkehrsunfall in Bayern zu tun?«

Gute Frage, denkt Sven. »Reine Routine«, versichert er. »Wir unterstützen die Nürnberger Kollegen im Wege der Amtshilfe. Ein paar Punkte müssen noch abgeklärt werden.«

»Meinetwegen. Gehen wir da drüben rein.« Paul Gerlach deutet auf eine Tür am anderen Ende der Halle. Als er sich in Bewegung setzt, verzerrt sich sein Gesicht erneut.

»Geht es Ihnen nicht gut?«, fragt Sven.

»Alles okay.«

Er schlurft ihnen voraus durch die Halle. An seinem Hinterkopf bemerkt Sven ein scheckkartengroßes, blutgesprenkeltes Pflaster über einer offenbar frischen Beule.

»Ich war vorhin im Tegeler Forst. Bei dem Baum, unter dem Lotte und ich uns quasi verlobt haben.« Gerlach bleibt stehen und wendet sich mühsam zu ihnen um. »Ich wollte ihr nahe sein, verstehen

Sie? Stattdessen bin ich ausgerutscht und mit dem Kopf auf einen Steinbrocken geknallt.«

Sven wirft Maren einen Blick zu. So ganz überzeugt ihn die Geschichte nicht.

»Und dabei haben Sie sich auch die Hüfte geprellt?«, fragt Maren in besorgtem Tonfall.

Er senkt den Blick wie ertappt. Für einen Moment scheint er kurz davor, die Fassung zu verlieren. »Mehr in Richtung Steiß«, sagt er dann, dreht sich wieder nach vorn und geht weiter. »Hier, bitte, das Empfangszimmer, originalgetreu restauriert.«

Leise stöhnend nimmt er auf einem der hochlehnigen Holzstühle Platz. Sven und Maren folgen seinem Beispiel, obwohl er sie nicht dazu aufgefordert hat. Plötzlich wirkt er in Gedanken versunken. Oder in Gefühlen, Trauer und Schmerz.

»Herr Gerlach«, beginnt Sven, »nach den Erkenntnissen unserer Nürnberger Kollegen liegt kein Fremdverschulden vor.« Er holt seinen Notizblock aus der Jackentasche, klappt ihn auf. »Trotzdem gibt es da noch ein paar offene Fragen.«

Der Witwer reagiert nicht. Er hat die Hände vor sich auf dem Tisch mit den kunstvollen Intarsien gefaltet, als würde er beten.

»Das hier sind Motive aus der Artussage, oder?«, übernimmt Maren. »Parzival und die Suche nach dem Gral.«

Paul Gerlach richtet seine entzündeten Augen auf sie. »Was wollen Sie denn noch von mir?« Er sieht aus, als würde er gleich in Tränen ausbrechen. »Wenn kein Fremdverschulden vorliegt, wieso ermittelt dann das LKA? Was für einer Abteilung gehören Sie überhaupt an?«

»Tötungsdelikte und erpresserischer Menschenraub.« Sven räuspert sich. »Wie gesagt, wir helfen hier nur aus, Herr Gerlach. Bitte beantworten Sie unsere Fragen, dann sind Sie uns gleich wieder los.«

Gerlach nickt, ohne den Blick von Maren abzuwenden. Sie bietet einen erfreulicheren Anblick als er, da macht sich Sven keine Illusionen. Er ist der zähe, sehnige Typus, mittelgroß, mittelblond, in jeder Hinsicht unauffällig. Abgesehen von der blassroten Zickzacknarbe, die sich von seiner rechten Schläfe am Haaransatz entlang bis zum Kinn herunterzieht. Ein Andenken an seinen letzten Einsatz mit Mia …

»Zunächst einmal: Ihre Frau war am Donnerstag tatsächlich in München«, sagt Sven.

Er hält kurz inne, doch von Gerlach kommt keine Reaktion.

»Befragungen seitens der bayerischen Kollegen haben ergeben, dass sie sich am Vormittag des dritten April mehrere Stunden lang im Café *Anna* aufgehalten hat«, fährt er fort. »Sie erkundigte sich bei einem Kellner, ob ein blonder junger Mann mit Brille und flusigem Bart nach ihr gefragt habe. In ihrer Aktentasche fand sich die Bewerbungsmappe eines Pharmazie-Absolventen namens Dr. Tobias Mitterer, auf den die Beschreibung im Großen und Ganzen passt.«

Erneut legt Sven eine Pause ein. Gerlach blickt nach wie vor nicht auf. Als ginge ihn das alles hier nichts an. Sven ermahnt sich, unvoreingenommen zu bleiben, auch wenn diese Art von Männern ihm meist auf die Nerven geht. *Kulturpudel,* das Etikett passt bestens zu Gerlach, findet er. Kopf in den Wolken, dazu passend die wolkige Haarpracht …

»Die Telefonnummer auf dem Anschreiben des Bewerbers ist mit der Nummer identisch, die Ihre Frau gegen 9:30 Uhr noch vom Café aus angerufen hat«, fügt er hinzu. »Insoweit scheint die Geschichte zu stimmen, mit der sie Ihnen gegenüber ihre nächtliche Fahrt nach Bayern erklärt hat.« Sven faltet gleichfalls die Hände und wartet.

»Natürlich stimmt das alles«, sagt Gerlach. Er dreht den Kopf ein Stück nach links und sieht ihn an. »Was ist denn jetzt Ihre Frage?«

Er klingt abweisend, defensiv. Aus welchem Grund? Weil er etwas zu verbergen hat? Oder weil er unter Druck gesetzt worden ist – möglicherweise mit körperlicher Gewalt?

Plötzlich ein Scheppern, wie von einer rostigen Türglocke. Gerlach zuckt zusammen, fischt sein Smartphone aus der Jogginghose, wirft einen Blick aufs Display. »Da muss ich kurz drangehen.«

Er kommt mühsam auf die Beine, trottet hinaus in die Halle. »Mychau? Ja, ich habe angerufen, weil … Warst du am Freitag hier? … Nein? … Ich dachte nur … wegen Dions Plüschhund … Schnuffi, ja genau … Versteh das bitte nicht falsch, Mychau, aber …«

Sven spitzt die Ohren, doch Gerlach hat sich so weit entfernt oder redet so leise, dass kaum noch etwas zu verstehen ist.

»Weißt du, als wir … und da lag Schnuffi … der Kopf abgerissen, ja, Dion war völlig … aber inzwischen ist alles … Mach dir keine … Also dann bis morgen, Mychau.«

15

Paul geht durch die Halle zurück zum Empfangszimmer.

Also nicht Mychau, denkt er. Mit dem Vandalismus in Dions Zimmer hat sie nichts zu tun, sie war am Freitag gar nicht hier …

Und was jetzt? Soll er den Polizisten doch sagen, was er weiß? Dass eine Psychopathin hinter ihm her ist, um ihm einen Daten-Stick abzujagen, von dem Lotte im Sterben gesprochen hat? Dass die irre Kampfmaschine ihn überfallen, gefoltert und Dions Plüschhund geköpft hat, weil … ja, warum eigentlich? Weil sie den Stick in Schnuffis Eingeweiden gesucht hat? Oder weil Irre wie sie nicht anders können, als Zer- und Verstörung zu säen?

Vorsichtig setzt er sich wieder auf den Stuhl an der Stirnseite des Tischs. Die Polizisten beobachten ihn, doch in Gedanken ist er noch bei Mychau. Und bei der Kampfmaschine, ihrem Geruch nach gesottenem Fisch …

Nein, ausgeschlossen, er kann nichts von dem Stick sagen. Lotte hat ihm das Versprechen abgenommen, darauf aufzupassen, und das bedeutet eben, dass er die Sache selbst in die Hand nehmen muss. Außerdem hat Katia zur Bedingung gemacht, dass er zu niemandem ein Wort sagt. Sonst lässt sie ihn im Regen stehen, allein mit der verrückten Verfolgerin. Und die würde ihn sowieso zu Hackfleisch verarbeiten, wenn er der Polizei von ihr erzählen würde.

Er spürt ein Brennen tief in den Eingeweiden. Bei der Erinnerung, was sie mit ihm gemacht hat, wird ihm heiß und kalt.

»Wo ist eigentlich Ihr Sohn?«, reißt ihn die Oberkommissarin aus seinen Gedanken. »Dion, so heißt der Kleine doch?«

»Bei meiner Schwester. Auf Rügen.« Paul fischt ein Papiertaschentuch aus der Hosentasche und schnäuzt sich zaghaft. Alles tut ihm weh, sogar die Nase vom vielen Heulen. »Wenn Sie jetzt so freundlich wären, mir Ihre Fragen zu stellen?«

Dieser Hauptkommissar Paretz macht eigentlich keinen üblen Eindruck auf ihn. Er sieht aus wie ein Mann, der sich durch Widerstände oder Hindernisse nicht von seinem Ziel abbringen lässt. Also das Gegenteil von mir, sagt sich Paul. Er selbst glaubt, dass auch Ziele Illusionen sind, einschließlich des Ziels, perfekte Illusionen zu erschaffen.

Auch die junge Oberkommissarin kommt ihm engagierter vor als ihre graue Kollegin in Nürnberg. Und trotzdem, mit dem Stick und gegen Plattnase können sie ihm nicht helfen …

»Na klar«, sagt Paretz. »Die Sache ist die, Herr Gerlach: Wir wollen noch besser verstehen, was sich letzten Donnerstag abgespielt hat, und dabei können Sie uns hoffentlich helfen. Ihre Frau hat gegen 9:30 Uhr vergeblich versucht, den vermeintlichen Bewerber telefonisch zu erreichen. Das ist allerdings keine Überraschung, Dr. Mitterer hat am ersten März eine Stelle in New York angetreten, bei dem Pharmakonzern Pfizer. Er hatte also keinen Grund, am dritten April in München ein Bewerbungsgespräch zu führen. Und er konnte auch nicht gut ans Telefon gehen, denn zu diesem Zeitpunkt war es in New York halb vier Uhr nachts.«

»Das ergibt keinen Sinn.« Paul starrt auf die kunstvolle Darstellung eines liegenden Einhorns, die vor ihm in die Tischplatte eingelassen ist. »Warum sollte Lottes Chefin sie zu diesem Interview schicken, wenn der Bewerber gar nicht zur Verfügung steht?«

»Laut ClarTop hat sie das nicht getan«, mischt sich die Oberkommissarin mit dem karibischen Teint ein. »Nach Auskunft des Vorstandsbüros und der PR-Abteilung war Ihre Frau im Kurzurlaub. Die Frage ist eher: Warum hat sie *Ihnen* diese Geschichte erzählt und in München den halben Vormittag im Café gewartet?«

Paul zuckt mit den Schultern. »Ich kann nur wiederholen, was ich Ihrer Kollegin gesagt habe. Am Mittwochabend hat Frau Toppert sie angerufen. Ich war im Zimmer, als Lotte mit ihr gesprochen hat.«

»Der Anruf kam von einer Prepaid-Nummer«, erinnert ihn Paretz. »Laut ihrem Büro war Dr. Toppert zu diesem Zeitpunkt in Kiew, beim Dinner mit Investoren. Das passt nicht zu dem, was Ihre Frau Ihnen erzählt hat.«

Auf jeden Fall passt es nicht zu dem Bild, das er sich bisher von Dr. Toppert gemacht hat, sagt sich Paul. *»Idealistin, Wissenschaftlerin und Unternehmerin in perfekter Personalunion«*, so hat Lotte ihre Chefin einmal beschrieben. Es imponierte ihm, nicht nur wegen seines Faibles für durchsetzungsstarke Frauen. Doch jetzt fragt er sich, während die beiden Ermittler ihn erwartungsvoll ansehen: Hat die perfekte Toppert Lotte in krumme Sachen hineingezogen?

»Lotte hat auch mich von dem Café aus angerufen«, sagt er, noch halb in Gedanken. »Das war um zehn Uhr herum. Sie hat sich darüber beklagt, dass der Bewerber sie versetzt hat. Wir hatten auch vorher schon mal kurz telefoniert, als sie gerade dort angekommen war.« Er schüttelt den Kopf. »Sie hat mir kein Theater vorgespielt. Warum sollte sie so etwas tun?«

»Das fragen wir Sie«, gibt der Hauptkommissar zurück. »Was

könnte Ihre Frau zu alldem veranlasst haben: der nächtlichen Fahrt nach München, dem stundenlangen Warten auf einen Bewerber, der auf der anderen Seite des Atlantiks ahnungslos schläft?«

»Ich weiß es nicht.« Paul friert und schwitzt. »Und ich glaube es auch nicht.«

»Was glauben Sie nicht, Herr Gerlach?« Die Kommissarin schaut zu ihrem Kollegen, der nickt. Okay, mach du weiter, soll das wohl heißen.

»Dass sie sich das ausgedacht haben soll«, sagt Paul. »Sie wissen nichts von uns und kommen mir mit solchen Unterstellungen. Wenn Lotte ohne dienstlichen Anlass nach München hätte fahren wollen, dann hätte sie das eben gemacht. Ohne mir Märchen aufzutischen.«

»Aber sie hat sie Ihnen aufgetischt«, gibt die Kommissarin zurück.

Paul reibt sich fröstelnd über die Unterarme. »Ist das Ihre Frage?«

»Die Frage kommt gleich, Herr Gerlach.« Die Kommissarin klickt eine App auf ihrem Smartphone auf und scrollt durch ihre Notizen. »Mitterer hat seine Bewerbung Anfang Januar an eine Reihe von Pharmaunternehmen verschickt«, referiert sie, »darunter auch ClarTop. Vom Sekretariat Ihrer Frau erhielt er damals eine freundlich formulierte Eingangsbestätigung: Man werde sich melden, wenn konkreter Bedarf bestehe. Danach hat er nach eigener Aussage nie wieder von wem auch immer bei ClarTop gehört. Auch nicht von Dr. Toppert. Wie passt das mit der Version zusammen, die Ihre Frau Ihnen erzählt hat?«

Paul hat Mühe, sich zu konzentrieren. Sein Blick geht zwischen den beiden Kommissaren hindurch zum Fenster, vor dem sich der nächste Wolkenbruch zusammenbraut. Und die Angreiferin womöglich im Gebüsch lauert …

»Vielleicht hat Lotte etwas verwechselt, oder sie hat ihre Chefin missverstanden«, antwortet er.

Er muss die Polizisten abwimmeln, geht es ihm durch den Kopf. Er muss den Stick finden, ohne dass Mrs Plattnase etwas mitbekommt, und dabei kann ihm nur Katia helfen.

»Herr Gerlach, das glauben Sie doch selbst nicht«, sagt der Hauptkommissar mit mildem Tadel in der Stimme. Er wirkt nach wie vor gelassen und konzentriert. »Wenn Ihrer Frau solche Verwechslungen passiert wären, hätte sie wohl kaum so eine Karriere hingelegt. Aber lassen wir den Punkt mal beiseite. Kommen wir zu dem Treffen, das tatsächlich stattgefunden hat.«

Er sieht Paul abwartend an.

Was für ein Treffen? Pauls Gedanken rotieren. *»Sie wollte … mich umbringen«*, hört er Lotte stammeln. Haben sie tatsächlich etwas über eine Begegnung zwischen Lotte und Plattnase herausgefunden?

»Entschuldigen Sie mich einen Augenblick«, bringt er hervor. »Mein Kopf … ich muss nur schnell eine Schmerztablette nehmen.«

Fünf Minuten später. Paul hat sich einigermaßen gesammelt und ist zurück im Empfangszimmer.

Zuvor hatte er sich im Gästebad eingeschlossen. Von nebenan hörte er die Ermittler miteinander murmeln, doch zu verstehen war nichts. Im Einbauschrank neben der Dusche suchte er nach Tabletten, aber die Kopfschmerzen waren ja eigentlich nur vorgeschützt. Tatsächlich hatte er es da drüben nicht mehr ausgehalten.

Er wollte sie einfach nur loswerden. Er wollte sich nicht anhören müssen, dass Lotte angeblich eine Affäre hatte. Wie als Junge, wenn er sich vor etwas drücken wollte – Hausaufgaben oder den kleinen häuslichen Pflichten –, hockte er auf dem Klodeckel und stellte sich tot. Illusionskunst der jämmerlichen Art …

Heuchlerisch betätigte er schließlich die Spülung, wusch sich ausgiebig die Hände und kehrte so langsam wie möglich zu den ungebetenen Besuchern zurück.

»Von derselben Prepaid-Nummer«, sagt Paretz, kaum dass Paul wieder Platz genommen hat, »von der angeblich Dr. Toppert angerufen hat, erhielt Ihre Frau schon Mitte März einen Anruf. Haben Sie eine Idee, wer der Anrufer sein könnte?«

»Ich kann mir vorstellen, was *Sie* für eine Idee dazu haben. Lottes angeblicher Liebhaber, nehme ich an?«

»Dafür spricht einiges«, sagt der Hauptkommissar.

Paul stemmt sich wieder auf die Füße. Hier am Tisch, Auge in Auge mit den Ermittlern, hält er es auch nach dem kurzen Break nicht aus. Er geht um den Tisch herum zum Fenster, lehnt sich daneben an die Wand und verschränkt die Arme. »Und zwar was genau?«

Er war nie eifersüchtig, in all den Jahren nicht. Lotte hat ihm auch nie Gelegenheit dazu gegeben. Aber selbst wenn sie mal fremdgegangen wäre – so wie er hin und wieder –, es hätte an ihrer Beziehung nichts geändert, davon ist er überzeugt. An ihrer Vertrautheit, ihrer Liebe. Und dass Lotte dieses Lügengespinst ausgetüftelt haben könnte, um eine Nacht – oder sogar nur ein paar Stunden – mit einem Liebhaber zu verbringen …

Lächerlich, sagt sich Paul. Da muss etwas anderes dahinterstecken. Die Sache mit dem Stick … Hat Toppert sie in eine Falle gelockt? Oder hat sich Lotte auf eigene Faust mit jemandem verabredet, der die Firma erpresst hat?

»Stand jetzt hat sich Ihre Frau am späteren Donnerstagnachmittag mit einem Mann getroffen, Identität unbekannt.« Der Hauptkommissar schlägt mit der flachen Hand leicht auf seinen Block, der aufgeklappt vor ihm liegt. »In einem Landgasthof bei Kinding in Mittelfranken, dem *Weißen Hirsch*.«

»Ein Mann? Und wie soll der ausgesehen haben?«

»Anfang dreißig, groß gewachsen, durchtrainiert, kurze Haare, dichter, dunkler Vollbart«, zählt die Oberkommissarin auf. Im Gegensatz zu Ihrem Kollegen wirkt sie zunehmend genervt. »Klingelt da bei Ihnen etwas, Herr Gerlach?«

Paul verzieht das Gesicht. »Überhaupt nichts.«

Er weiß ja, dass Lotte ab und zu von betont maskulinen Männern geschwärmt hat, und eigentlich hat es ihm nie etwas ausgemacht. Aber der Gedanke, dass sie sich mit so einem Möchtegern-Tarzan heimlich getroffen haben könnte, macht ihm jetzt doch zu schaffen. Mehr, als er erwartet hätte. Doch das geht diese Caribbean Beauty nichts an.

Paretz lässt ihn nicht aus den Augen. »Ihre Frau hat auch im *Weißen Hirsch* stundenlang allein im Gastraum gesessen«, führt er weiter aus. »Der Wirtin und einer Kellnerin ist sie sehr nervös vorgekommen. Gegen siebzehn Uhr hat sie sich eines der Fremdenzimmer genommen, die dort für Übernachtungsgäste zur Verfügung stehen. Wussten Sie davon, Herr Gerlach?«

»Ich selbst habe ihr dazu geraten.« Paul nickt und zuckt gleichzeitig mit einer Schulter. »Lotte war total übermüdet, nachdem sie die halbe Nacht durchgefahren war. Irgendwann am Abend hat sie mir geschrieben, sie hätte meinen Rat befolgt. Da nahm ich an, dass sie noch in München wäre und dort übernachten wollte. Aber das habe ich wohl falsch verstanden.«

Weil sie es absichtlich vage formuliert hat? Paul sieht dem Hauptkommissar an, dass ihm die gleiche Frage durch den Kopf geht.

Er zieht sein Smartphone aus der Hosentasche und klickt die Nachricht von Lotte auf. »Hier, sie schreibt: ›*Habe mir doch ein Hotelzimmer genommen. Bin total ausgelaugt. Du hattest wieder mal recht, Schatz. Bis morgen, Lotte*‹.«

Er hält das Smartphone so, dass seine Besucher das Display sehen können. »Das hat sie um kurz vor Mitternacht geschrieben.«

»Da war sie aber schon wieder unterwegs«, ergänzt Paretz. »Die Wirtin vom *Weißen Hirsch* hat ausgesagt, dass sie von ihrer Dachwohnung über dem Gasthof aus beobachtet hat, wie Ihre Frau gegen halb zwölf über den Parkplatz zu ihrem Auto gegangen und weggefahren ist.«

Er schaut Paul an, der senkt den Blick. Mit einem Klumpen in der Kehle, seit er Lottes Nachricht vorgelesen hat.

Paul sieht sie vor sich, wie sie einsam durch die Nacht fährt. Wohin, Lotte, wozu das alles? Sie wollte, dass er sich keine Sorgen macht, deshalb hat sie ihm die Nachricht geschrieben. Keine Lüge, strenggenommen, nur ein Satz, den man so oder so lesen kann. PR in eigener Sache …

Aber sie wollte sich nicht umbringen, denkt Paul. Wer *»Bis morgen«* schreibt, will doch morgen noch leben?

»Es gibt noch mehr Auffälligkeiten«, redet Paretz weiter. »Auch der Mann, der später zu Ihrer Frau aufs Zimmer gegangen sein soll, hat zuvor längere Zeit unten im Gastraum gesessen, gleichfalls allein und am anderen Ende des Saals. Laut der Kellnerin hat er Ihre Frau die ganze Zeit beobachtet. Und sie habe das offenbar gewusst, aber so getan, als bemerke sie ihn nicht.«

Er blättert in seinem Block hin und her. »Nach Ansicht der Wirtin lief zwischen den beiden – ich zitiere – ›so ein schwüles Psychospielchen‹ ab, Zitat Ende. Jedenfalls sei sie nicht erstaunt gewesen, als Ihre Frau gefragt habe, ob sie ›für ein paar Stunden‹ ein Zimmer haben könne. Sie wurde sich mit dem Wirt einig, ging gegen siebzehn Uhr aufs Zimmer, und wenig später folgte ihr der besagte Mann.«

Paul krampft sich der Magen zusammen. Natürlich, so etwas kommt vor, denkt er. Ein zerstrittenes Pärchen, die beiden belauern sich aus der Ferne, zwischen ihnen knistert etwas, ein Gemenge ambivalenter Emotionen, das sich in dem »Fremdenzimmer« schließlich entlädt.

Auch Paul hat solche »schwülen Psychospielchen« schon gespielt, allerdings nicht mit Lotte. Natürlich nicht. Zu so etwas wäre sie nicht imstande, es passt hinten und vorne nicht zu ihr. Nicht zu ihrem Familientrauma, nicht zu ihrem Charakter und auch nicht zu ihren ästhetischen Ansprüchen. *Amour fou* in einem bayerischen Landhotelzimmer, zwischen Bauernmöbeln und Hirschjagd-Ölgemälden, während von der Bierstube die Blasmusik heraufdröhnt? Nie und nimmer.

»Woher wollen Sie überhaupt wissen, dass der Typ in ihrem Zimmer war?« Paul massiert sich die Schläfen. Sein Kopf fühlt sich dumpf an. Am liebsten würde er eine von Lottes »Milos« einwerfen und zwanzig Stunden schlafen.

Aber das geht nicht, er ist mit Katia verabredet. Außerdem hat er vorhin in Lottes Nachttisch nachgesehen, wo sie das Milobran immer aufbewahrt hat. Die Packung ist nicht mehr da.

»So ganz genau wissen wir das nicht«, räumt Paretz ein. »Der Wirt hat ausgesagt, dass der Mann kurz nach Ihrer Frau bezahlt und den Gastraum durch den Hinterausgang verlassen hat. Von da geht es zu den Toiletten und zur Treppe hoch zu den Fremdenzimmern. Kurz nach neunzehn Uhr, also fast zwei Stunden später, hat die Kellnerin nach einem Toilettengang beobachtet, wie der besagte Mann die Treppe von den Fremdenzimmern herunterkam.«

»Und das ist alles? Er kann doch auch in einem anderen Zimmer gewesen sein.«

»Im *Weißen Hirsch* gibt es genau drei Fremdenzimmer«, sagt die Oberkommissarin. »Und die beiden anderen waren nicht belegt. Also wird er wohl …«

»Vielleicht war es ja gar kein Er.« Paul presst die Lippen zusammen.

Herrgott noch mal, jetzt ist ihm doch etwas herausgerutscht.

»Sie meinen, es könnte auch eine Sie gewesen sein?« Paretz sieht ihn skeptisch an. »Wie kommen Sie darauf, Herr Gerlach?«

Was jetzt? Was kann er antworten, ohne zu offenbaren, was er bisher für sich behalten hat? Erst einmal Zeit gewinnen …

Er geht langsam zum Tisch zurück und setzt sich wieder hin. »Nur so eine Idee«, murmelt er. »Nicht jede Frau ist so zierlich wie Lotte oder wie Sie, Frau …«

»Hilbig.« Sie beugt sich vor, streckt eine Hand in seine Richtung aus. »In Nürnberg haben Sie der Kollegin Reichlein erzählt, was Ihre Frau zuletzt noch zu Ihnen gesagt hat. ›Sie wollte … mich umbringen.‹ Ist das so richtig, Herr Gerlach?«

Paul nickt und versucht, sich seine Erleichterung nicht anmerken zu lassen. Darauf bezieht sie es, Glück gehabt …

»Ja, so hat es sich für mich angehört«, bestätigt er. »Aber ob Lotte es so gemeint hat …« Er zuckt mit den Schultern. »Jedenfalls habe ich seitdem ein Bild im Kopf: eine kräftige, groß gewachsene Frau, die irgendwie versucht hat, Lotte zu töten.«

»Die Person im Gasthof war definitiv ein Mann«, sagt Paretz. »Athletischer Typus. Groß gewachsen, Vollbart. Der Mann ging um siebzehn Uhr durch die Tür, die auch zu den Fremdenzimmern führt. Zwei Stunden später kam er von dort wieder herunter, und an diesem Tag war Ihre Frau der einzige Übernachtungsgast. Wonach sieht das für Sie aus, Herr Gerlach?«

Paul betrachtet die zierliche Hand der Oberkommissarin, die sie scheinbar zu ihm ausgestreckt hat. Ein symbolisches Angebot, das er auf keinen Fall annehmen wird.

»Nach einem Date.« Er faltet die Hände und hält den Blick gesenkt wie zum Gebet. »Nach dem emotionsgeladenen Ende einer Affäre. Mit Sex zum Abschluss und einer selbstmörderischen Autofahrt danach. Auch wenn ich es nach wie vor nicht glauben will. Weil es mit meinem Bild von Lotte einfach nicht zusammenpasst.«

Er hebt den Kopf und schaut erst Hilbig, dann Paretz an. »Schauen Sie, Lottes Mutter hat ihren Mann ein einziges Mal betrogen«, fährt er fort. »Bei diesem One-Night-Stand hat sie sich mit HIV infiziert. Ihre Mutter ist an Aids gestorben, als Lotte acht war. Das hat Lotte für ihr ganzes Leben geprägt. Zumindest dachte ich das bisher.«

»Ein einziges Mal?« Die Oberkommissarin macht große Augen.

Paul beachtet sie nicht. Warum hat er das eben gesagt? Natürlich, er wollte von seiner verräterischen Bemerkung ablenken. Weg von der stämmigen Frau, hin zu Lottes vermeintlicher Affäre. Aber je länger er redete, desto wahrer fühlte es sich an.

Kann es sich nicht wirklich so abgespielt haben? Eine unglückliche Liaison ... Lottes Rückfall in psychische Instabilität ... das Milobran ... und dann der tödliche Crash, ob nun ein Unfall oder doch geplanter Selbstmord?

Wie gut kann man einen anderen Menschen kennen? Auch wenn es der Mensch ist, mit dem man seit über zehn Jahren zusammen ist ...

»Überlegen Sie noch einmal in Ruhe, Herr Gerlach – fällt Ihnen jemand ein, auf den die Beschreibung des Unbekannten passen könnte?« Paretz sieht ihn auffordernd an. »Irgendjemand aus dem beruflichen oder privaten Umfeld Ihrer Frau?«

Paul schüttelt den Kopf. »Wie schon gesagt, da klingelt gar nichts.«

»Schade.« Paretz klappt seinen Block zu. »Trotzdem vielen Dank für Ihre Zeit.«

Er macht seiner Kollegin ein Zeichen, beide stehen auf. Gleichzeitig beginnt in Pauls Kopf eine Alarmsirene zu schrillen.

Was wollten die wirklich von mir? Was sind das für seltsame Ermittlungen? Amtshilfe bei einem Verkehrsunfall? Blödsinn! Warum interessieren sie sich für die Identität eines vermeintlichen Lovers, mit dem die Verunfallte kurz vor ihrem Tod ins Bett gegangen ist? Auch wenn der Kummer über das Ende der Affäre sie in den Suizid getrieben haben sollte – seit wann ermittelt in solchen Fällen die Kriminalpolizei?

»Zu welchem Dezernat gehören Sie noch mal?«, fragt Paul, als die beiden schon fast aus der Haustür sind.

»LKA 11. Tötungsdelikte und Menschenraub.« Hauptkommissar Paretz überreicht ihm seine Visitenkarte. »Wenn Ihnen noch etwas einfällt, das uns weiterhelfen könnte, rufen Sie mich bitte an.«

Wobei noch gleich weiterhelfen? Paul schluckt die Frage herunter und nickt.

Erst als der betongraue Dienstwagen der LKAler außer Sichtweite ist, schließt er die Tür, dreht den Schlüssel um und legt den Querriegel vor. Obwohl ihm klar ist, dass weder Riegel noch Schlösser ihn vor der irren Angreiferin schützen können.

16

Was war das jetzt, bitte?« Aus Marens dunkelbraunen Augen schießen Blitze. »Warum noch mal ermitteln wir bei einem Autounfall, der auch noch in Nürnberg stattgefunden hat? Und wieso hast du die ganze Zeit nur wegen dem Liebhaber nachgebohrt?« Sie gestikuliert. »Obwohl der Witwer selbst von einer möglichen weiblichen Tatbeteiligten gesprochen hat?«

Sven konzentriert sich auf den Verkehr und auf die nächsten Schritte. Er muss Siebener anrufen, so schnell wie möglich. Vorher muss er Maren eine halbwegs plausible Erklärung liefern. Das ist er ihr schuldig, schließlich ist sie seine Partnerin.

Mia hatte nie ein Problem damit, alle um sich herum zu manipulieren. Informationen scheibchenweise rauszulassen, wie es ihr gerade passte. Aber Sven hat sich vorgenommen, es anders zu machen. Er hat lange genug mit angesehen, wie Mia jedes Team, jede Partnerschaft über kurz oder lang gecrasht hat.

»Hör zu, Maren, ich verstehe, dass du sauer bist. Aber ich habe einen Maulkorb um.« Er hält sich die gewölbte Hand vor den Mund, die Finger gespreizt. »Hat Siebener persönlich mir verpasst.«

Maren funkelt ihn an. Ihre Hände liegen, zu Fäusten geballt, auf ihren Knien, die durch Querrisse im Jeansstoff belüftet werden. »So kannst du mich nicht abspeisen. Wir sind ein Team, oder?«

»Klar sind wir das, aber wir sind auch eingebunden in eine Befehlsstruktur. Schon vergessen?«

»Natürlich nicht. Aber das heißt noch lange nicht, dass Siebener uns für irgendwelche Ermittlungen einsetzen kann, die mit unserem Job nichts zu tun haben. Hat sie ein privates Interesse an dem Fall, oder worum geht es?«

»Ganz falsche Fährte.« Er schüttelt den Kopf.

An Marens Stelle würde er auch auf einer Erklärung bestehen, schon aus Gründen der Selbstachtung. Aber wie kann er sie halbwegs zufriedenstellen, ohne gegen Siebeners Weisung zu verstoßen?

Er biegt nach links auf die achtspurige Ausfallstraße Unter den Eichen ein und fährt bei der ersten Gelegenheit rechts ran. Erneut fängt es zu regnen an, der Scheibenwischer schabt quietschend über die Windschutzscheibe.

»Es gibt bei diesem Fall ein paar Punkte, über die ich nicht reden darf.« Sven schaltet den Motor aus und wendet sich ihr zu. »Wenn du auch nur ungefähr wüsstest, worum es geht, würdest du dir wünschen, niemals davon gehört zu haben. Mir jedenfalls geht es so.«

»Ich verstehe kein Wort.« Maren klickt ihren Sicherheitsgurt auf. »Wenn ich es richtig sehe, ist unser Job für heute beendet. Ich gehe zurück zur S-Bahn. Schönen Sonntag noch, Partner.« Sie greift nach dem Türgriff.

»Herrje, jetzt sei nicht gleich beleidigt. Ich überlege doch schon, was ich dir noch sagen kann. Ohne zur Strafe von Siebener geköpft zu werden. Wie der Stoffhund im Hause Gerlach.« Er unterbricht sich und schaut auf Marens Hand, bis sie die vom Türgriff zurückzieht. »Habe ich deine Aufmerksamkeit?«

Sie nickt.

»Ich denke, dass der Witwer wegen irgendetwas unter Druck gesetzt wird«, fährt Sven fort. »Mit Psychoterror und physischer Gewalt. Oder wie sah das für dich aus? Die Beule am Hinterkopf, der unrunde Gang, die Nachfrage bei der Putzfrau oder Haushälterin, ob sie vielleicht das Spielzeugtier seines kleinen Sohns enthauptet hat?«

Maren nickt erneut, dass ihr imposanter Kraushaarschopf wogt. »Und warum hast du dann nicht nachgehakt, als er von einer möglichen weiblichen Tatbeteiligten angefangen hat?«

»Das ist ihm herausgerutscht. Er hat sich die ganze Zeit seltsam verhalten, und das nicht nur, weil er durch den Tod seiner Frau geschockt ist. Er will uns raushalten, das war deutlich zu spüren.«

»Aus was raushalten, Sven?« Ihre Augen schleudern schon wieder Blitze. »Lotte Gerlach ist tot, und da hat anscheinend jemand nachgeholfen. Der Witwer wird unter Druck gesetzt und hält mit irgendetwas hinterm Berg. Seine Frau war Pharma-Managerin, also wird es um Machenschaften in ihrer Firma gehen. Einem Skandal, dem sie auf die Spur gekommen ist – oder an dessen Vertuschung sie beteiligt war. So weit richtig, Partner?«

Sven hat Mühe, ein anerkennendes Grinsen zu unterdrücken.

»So ganz im Groben, ja«, sagt er. »Aber die Sache ist größer, Maren. Es geht um eine – wie soll ich das sagen – überregionale Gefahrenlage. Unser Fall hier könnte ein Mosaiksteinchen in einem viel größeren Bild sein. *Könnte,* wie gesagt. Bei den Ermittlungen darf deshalb keinerlei Staub aufgewirbelt werden. Kein einziges Stäubchen, verstehst du? Sonst kann eine … eine Katastrophe passieren.«

Maren macht große Augen. Nicht anders ging es ihm ja auch, als die Chefin ihm was von »globaler Bedrohung« und »maximal tödlich« vor die Brust knallte.

»Du verarschst mich doch«, sagt sie, aber in einem Ton, als glaubte sie das Gegenteil. »Überregionale Gefahrenlage?« Sie nagt an der Unterlippe. »ClarTop und sein indonesischer Ableger sind auf Impfstoffe und Medikamente gegen Infektionskrankheiten spezialisiert, richtig?«

Sven nickt.

»Also geht es um Bio-Terroris…?« Sie hält sie sich eine Hand vor den Mund.

»Dazu sage ich nichts. Wir ermitteln mit größtmöglicher Diskretion weiter. Erst mal muss ich der Chefin Bericht erstatten. Und nichts von alledem darf dieses Auto verlassen. Okay, Maren?«

Sie sieht ihn lange an. »Okay.« Erneut schnappt sie sich den Türgriff. »Danke für dein Vertrauen, Partner.«

Bevor er ihr antworten kann, ist sie draußen und knallt die Tür zu.

Lass es mich nicht bereuen, denkt Sven. Mia Muller hätte ihm in der gleichen Situation Gott weiß was alles erzählt, nur ganz bestimmt nicht die Wahrheit.

Aber kann das, was Siebener angedeutet hat, wirklich die Wahrheit sein? Die Androhung einer maximal tödlichen Pandemie? Die in wenigen Tagen ausgelöst werden soll, wenn es ihnen nicht gelingt, die kriminellen oder terroristischen Hintermänner zur Strecke zu bringen?

17

Kurz vor neun Uhr abends. Paul Gerlach ist nervöser als jemals vorher in seinem Leben. Sein Puls rast, in seinen Gedärmen gurgelt es. Die Befragung durch die beiden Kommissare hat ihn zusätzlich aufgewühlt. Aber während er in sein Auto steigt, findet er nach wie vor, dass er richtig entschieden hat.

Für Katia Wozniak und gegen die LKAler. Nur mit dem Beistand der ausgebufften Aktivistin kann er den Daten-Stick finden und in Sicherheit bringen. Und Lotte hätte sowieso nicht gewollt, dass er die Suche nach dem Stick der Polizei überlässt.

Die Straßen sind mit Pfützen vom letzten Wolkenbruch übersät. Im Moment nieselt es nur, doch die schlechten Sichtverhältnisse rauben ihm den allerletzten Nerv.

Er ist für das hier nicht geschaffen, denkt Paul wieder. Eigentlich sollte er jetzt bei Laura sein, der Leiterin des kleinen privaten Renaissancemuseums, für die er die Ausstellung vorbereitet. Doch stattdessen sitzt er in der schaukelnden alten Karre, bei Nacht und Nebel unterwegs zu einem Treffen wie aus Roberts Katastrophenthrillern.

Mit Laura verbindet ihn mehr als nur berufliche Bande. Ein bisschen mehr auch als ihr gemeinsames Interesse für die Illusionskünste, die um 1500 unter dem Deckmantel technischer Entdeckungen und Innovationen explosionsartig aufgeblüht sind.

All die Skizzen von Flugapparaten, Fahrzeugen, Schusswaffen, medizinischen oder chemikalischen Apparaturen, die damals von Leonardo da Vinci und Dutzenden weiterer Künstler fieberhaft entworfen, kopiert, variiert, ausgeschmückt wurden – nichts davon hat jemals funktioniert … außer in den Köpfen der Renaissancefürsten, denen die Künstler ihre fantastischen Kreationen verkauften.

Laura liebt es seit ihrem ersten Treffen, wie leidenschaftlich und doch präzise er von ihrem Lieblingsthema sprechen kann. Wie er jede Facette aus dem Stegreif entwickelt, wie er jeden Trick und Trug der Illusionskünstler durchschaut und trotzdem – nein, gerade deswegen – ihr glühendster Anhänger ist.

Die zarte, feingliedrige Laura mit der fast durchscheinenden Haut … Er hat ihr vorhin nur eine kurze Nachricht geschickt – *»Ein Notfall, ich melde mich nächste Woche«* –, und jetzt kämpft er gegen gleich zweifache Reue an. Weil er seit Januar eine Affäre mit ihr hat und weil er sie heute so schnöde versetzt hat. Mit der nichtssagenden Nachricht abgespeist, anstatt sie anzurufen und ihr zu sagen, was passiert ist.

Aber das kann er nicht. Schon weil ein Teil von ihm es noch immer nicht glauben will.

Als wäre es eine Glaubensfrage, ob ein Herz schlägt oder stillsteht. Ob ein Körper zerschmettert ist oder ganz, verbrannt oder heil, lebenswarm oder kalt und starr. Eine Frage der Perspektive, der Beleuchtung und inneren Einstellung. Wie bei den täuschend echt aussehenden Marmorskulpturen, die das Renaissancepublikum so liebte: der schimmernde Stein so sehr fleischerner Schein, dass man kaum begreifen konnte, warum die Figur nicht vom Sockel stieg und umherwandelte …

Die Scheibenwischer quälen sich übers Glas. Er selbst quält sich die Stadtautobahn entlang, dann den heillos verstopften Tempelhofer Damm.

»Berlin-Süd«, hat Katia geschrieben, *»Ort folgt«*. Sein Smartphone liegt neben ihm auf dem Beifahrersitz, alle paar Sekunden späht er nach rechts, aber das Display bleibt dunkel.

Keine Nachricht, weder von ihr noch von Laura.

Fast genauso oft späht er in den Rückspiegel, beinahe sicher, dass früher oder später die Angreiferin hinter ihm auftauchen wird. Auf einem Motorrad, das würde zu ihr passen – zu dem Lederanzug und zu der Kampfmaschine, die sie selbst in seinen Augen ist. Eine Maschine auf einer Maschine …

Er will sich zurechtlegen, was er Katia gleich sagen wird. Wie er sie als Verbündete gewinnen will, was er ihr sagen darf, sagen muss, auf keinen Fall sagen darf.

Die Psychopathin mit der platten Nase – soll er Katia von ihr erzählen? Oder springt sie dann gleich wieder ab? Ein bisschen, nicht alles, beschließt Paul. Seine Gedärme gurgeln – unklar, ob zustimmend oder aus Protest.

Und die Polizei? Dass die Ermittler heute bei ihm waren, soll er das auch erwähnen? Besser nicht, jedenfalls nicht sofort. Gegen Behörden aller Art ist die Freiheitsaktivistin allergisch.

Höhe Tempelhofer Hafen kommt der Verkehr ganz zum Erliegen. Paul schaltet in den ersten Gang und stellt den Motor ab.

Wenn sie mir jetzt schreibt und ich feststecke, lässt sie das Treffen womöglich platzen.

Aber die Zeit vergeht, um Viertel nach neun hat er immer noch keine Nachricht von Katia. Langsam setzt sich die Blechkolonne wieder in Bewegung, und Pauls Gedanken schweifen erneut zu Laura.

Die Affäre mit ihr ist nichts Ernstes. Laura hat sich in ihn verliebt, weil er ihre Lieblingskunstepoche so sehr liebt, und Paul … Er ist eben ein Typ, den Frauen lieben. Nicht alle Frauen natürlich, meist nicht einmal die, die er selbst lieben könnte, starke, selbstbewusste Frauen … nein, die Fragilen, Kultivierten fahren auf ihn ab. Und er liebt es, geliebt zu werden. Er verliebt sich nie, seine Liebe gilt einzig Lotte und der Illusion. Aber für eine Affäre reicht die Illusion der Liebe locker aus.

Trübe Gedanken, aus denen ihn der Messenger-Jingle seines Smartphones befreit. Katia …

»P Lidl Li'Damm 219, am Ostende parken + warten«

Bis zu dem Treffpunkt am Lichtenrader Damm sind es noch gut drei Kilometer. Paul kämpft sich in der linken Spur voran, ihm ist speiübel. Als im Seitenspiegel ein Motorrad auftaucht, das sich zwischen den vorankriechenden Pkw-Kolonnen nach vorne drängelt, bekommt er fast einen Herzinfarkt.

Aber dann stellt sich die Maschine als Motorroller heraus, der Fahrer als Rentner mit grauen Haaren, die unter dem Helm hervorflattern.

Auch die Angst ist ein Illusionskünstler, denkt Paul, und was für einer. Sicher nicht der beste, aber der mit den knalligsten Effekten. Nur die Hoffnung treibt es noch bunter …

Endlich Ecke Marienfelder Straße, er setzt den Blinker und biegt nach links auf den Parkplatz des Discounters ab. Der Supermarkt ist geschlossen, auf der weiträumigen Fläche herrscht nur wenig Betrieb. Hier und da ein geparktes Auto; trotz der Laternen, die ein kaltes, weißes Licht abgeben, ist es düster wie auf dem Lande.

Jugendliche kicken eine Getränkedose hin und her. Im Nieselregen kann das keinen Spaß machen; das scheint auch den Teenies klar zu werden: Sie klatschen sich gegenseitig ab und trotten klatschnass in Richtung Straße, während Paul an ihnen vorbei zum östlichen Ende der öden Asphaltfläche fährt.

Linker Hand erstreckt sich die Verkaufshalle des Discounters, rechts grenzt der Parkplatz an ein umzäuntes Areal mit weiteren Zweckbauten. Ein brutal ernüchternder Ort.

Paul fühlt sich wie ein Schiffbrüchiger, angespült in einer Welt grauer Zweckmäßigkeit. Aber das ist eben jetzt dein Leben, geht es ihm durch den Kopf. So wie Lottes Vater brutal aus allen Träumen abgestürzt ist, als seine Frau starb.

Konzentrier dich … Paul stoppt unmittelbar vor der Hecke, die den Platz am Ostende begrenzt. Hier ist weit und breit niemand.

Er schaltet den Motor aus und wartet. Minutenlang passiert überhaupt nichts. Nur die Scheiben beschlagen noch mehr.

Dann der Jingle, das Display wird hell. Paul tippt darauf, die App ist noch offen.

»Hinter der Hecke. Komm mit leeren Taschen.«

Mit flattrigen Fingern räumt er seine Taschen aus und verstaut alles im Handschuhfach. Handy, Brieftasche, Schlüsselbund … Wozu?

Na klar: Sie glaubt, dass er abgehört und getrackt werden könnte – mit Wanzen und Sensoren im Smartphone oder am Schlüsselbund. Und es stimmt, die Angreiferin hatte genug Gelegenheiten, ihn zu verwanzen … vielleicht sogar seinen Körper …

Er zieht den Autoschlüssel ab. Was damit tun? Den kann er ja nicht gut im Auto lassen. Aber ihn gegen Katias Anweisung mitzunehmen wäre auch keine gute Idee.

Also steigt er aus, verriegelt den Wagen und legt das Schlüsselmäppchen hinten links auf das Rad. Wie er das in Filmen gesehen hat.

Dann ab durch die Hecke, dem Trampelpfad folgend, der mitten hindurchführt. Dahinter eine kleine Wildnis aus Gebüschen, der Boden voller Müll – leere Flaschen, Fastfood-Verpackungen, Kippen, Präservative ... Ein vermeintlicher Baumstamm entpuppt sich, als Paul mit dem Fuß dagegenkommt, als graubärtiger Schläfer, der sich in seinem Schlafsack herumdreht, ohne aufzuwachen.

»Hier.«

Ein Licht flammt auf, im Widerschein Katia im schwarzen Mantel mit übergezogener Kapuze. Ihr Gesicht im Kontrast umso bleicher, die Augen zusammengekniffen gegen das blendende Display ihres Smartphones.

Das Licht erlöscht, bevor Paul bei ihr ist; danach ist es noch dunkler. Äste kratzen ihm übers Gesicht.

»Was ist mit Lotte?«, fragt sie leise, nachdem sie ihr Handy nochmals aktiviert und ihn angeleuchtet hat. »Was willst du, Paul?«

»Lotte ist ...« Er bringt es nicht heraus, er kann einfach nicht. Seine Zähne klappern aufeinander. »Sie ist ...«

Jetzt nur nicht heulen. Katia würde weggehen, ohne sich auch nur nach ihm umzusehen. Sie hätte ihn schon vergessen, bevor er sich die Augen ...

Aber er wird nicht heulen. Nicht jetzt. »... tot!«, gelingt es ihm zu flüstern. »Sie wurde umgebracht, auch wenn es nach einem Unfall aussieht. Im Sterben ... oh Gott ...« Jetzt verliert er doch die Fassung, aber nur kurz. »Ich war bei ihr, im Krankenhaus. Sie hat mir noch gesagt, dass eine Frau sie umbringen wollte. Und Lotte hat ... entschuldige ...«

Er atmet ein paarmal durch. Die Gestalt im schwarzen Kapuzenmantel schweigt.

»Sie hat einen Daten-Stick erwähnt«, fährt er leise fort. »Auf den soll ich aufpassen, das war ihr letzter Wunsch. Aber dafür muss ich ihn erst einmal finden. Und ich habe keine Ahnung, wo Lotte ihn versteckt hat. Das heißt, eine Ahnung schon ... Aber alleine schaffe ich das nicht. Hilfst du mir, Katia? Bevor diese andere, die Psychopathin, ihn in die Hände kriegt ...«

Keine Reaktion. Höchstens wird Katia noch starrer. Sie könnte eine der Statuen in Lauras Museum sein.

Dann plötzlich greift sie nach ihm. Packt ihn bei den Schultern, als wollte sie ihn umarmen, und tastet ihn blitzschnell von oben nach unten ab. Seine Taschen, die Ärmel, die Hosenbeine …

18

Verdammt, ich muss näher ran.« Sven fummelt hektisch an den Reglern des Richtmikros herum. »Nix zu verstehen.«

Maren hinter dem Steuer des schwarzen Dienst-Insignia sieht ihn von der Seite an. »Wie willst du das machen, ohne dass sie dich bemerken?«

Sven nimmt den Kopfhörer ab, legt ihn auf die Mittelkonsole. »Was hast du gesagt?« Ohne die Wiederholung ihrer Frage abzuwarten, zieht er am Türgriff und drückt die Beifahrertür leise auf. »Ich bin gleich wieder da.«

Sven ist in Lichtenrade aufgewachsen und kennt sich immer noch ganz gut hier aus. Auch wenn er in den letzten Jahren nur selten in dem südlichsten Außenbezirk der Metropole war. Die Bebauung ist durch ein Nebeneinander aus Siebzigerjahre-Blocks und Einfamilienhäusern, überwiegend aus der gleichen Ära, geprägt. Dazwischen Gewerbegebiete, vor allem entlang der breiten Dammstraßen.

Als Gerlach auf den Lidl-Parkplatz abbog, dirigierte Sven seine Partnerin auf das Grundstück daneben. Ein Fitnesscenter, eingezwängt zwischen dem Discounter und der Marienfelder Straße. Mit ausgeschalteten Scheinwerfern rollten sie bis zum Ende des Areals, rund fünfzig Meter rechts von Gerlachs A-Klasse und anscheinend ohne von ihm bemerkt zu werden. Ein Maschendrahtzaun trennt die Grundstücke voneinander; durch sein Nachtfernglas mit Restlichtverstärker konnte Sven problemlos beobachten, wie Gerlach parkte, ein paar Minuten wartete, dann ausstieg und sich ins Gebüsch schlug.

Sven kennt auch die kleine, verwilderte Insel zwischen den Parkplätzen von früher. Vor etlichen Jahren war sie noch ausgedehnter, ein richtiges kleines Gehölz. Die Hecken geben Deckung, der Ort ist bei Pennern so beliebt wie bei Teenagern, die unbehelligt knutschen oder kiffen wollen. Und natürlich bei Dealern.

Seit drei, vier Minuten ist Gerlach dort zwischen den Büschen. Sven hat das Murmeln zweier Stimmen aufgefangen, aber das Mikro ist für diese Distanz nicht empfindlich genug. Zu verstehen war nichts.

Am späten Nachmittag hat er Siebener Bericht erstattet. Sie versuchte nicht mal, ihre Besorgnis zu verbergen, und wies ihn an, mit verdoppelter Diskretion weiter zu ermitteln. »Observieren, aber unbedingt unsichtbar bleiben. Und kein Wort zu irgendwem.« Damit war er entlassen.

Vorsichtig pirscht er sich an den Zaun heran. Durch die Hecke dahinter ist nichts zu erkennen, obwohl die Zweige nach dem Winterfrost noch weitgehend kahl sind. Sven vermutet, dass die zweite Person früher oder später rechts von der Gebüschinsel auftauchen wird, wo ein kleinerer Parkplatz angrenzt.

Ein schlau gewählter Treffpunkt … Der geheimnisvolle Zweite legt eine gewisse Professionalität an den Tag. Sven zerbricht sich schon die ganze Zeit den Kopf, bei wem Gerlach Beistand gesucht hat. Und wozu.

Ein Detektiv? Was könnte er sich von dem versprechen? Klar ist, dass der pudellockige Witwer irgendetwas weiß, das er ihnen partout nicht anvertrauen wollte. Aus Angst und vielleicht noch aus anderen Gründen. Aber was kann ein Detektiv, was die Polizei nicht ebenso gut oder besser könnte?

Na klar, wenn Gerlach glaubt, dass seine Frau in etwas Krummes verwickelt war, will er nicht, dass wir davon erfahren. Um ihren Ruf zu retten – vielleicht …

Oder sie hat ihn im Sterben noch in das schreckliche Wissen eingeweiht, auf das sie irgendwie gestoßen ist – Informationen, die sie irgendwo versteckt hat … zu einer Virus-Bombe, die bei Raya Pharmalab entwickelt wurde, um die »maximal tödliche Pandemie« auszulösen …

Aber vielleicht geht es auch einfach um Geld, *»wie fast immer«*, das hat auch Siebener betont. Um Schmiergeld, Schwarzgeld, Erpressungsgeld, von dem ihm die Sterbende berichtet haben kann – und jetzt will er mit dem anderen zusammen die Beute finden. Was bedeuten würde, dass das alles hier mit der »globalen Bedrohungslage« nichts zu tun hat – vielleicht …

»Komm mit«, sagt jemand hinter der Hecke gedämpft.

Sven duckt sich noch tiefer und späht durch den Zaun. Irgendwo hat er diese Stimme schon mal gehört, den slawischen Zungenschlag …

Gerlach und eine hochgewachsene Gestalt in einer Art Mönchskutte kommen zwischen den Büschen hervor und halten auf die geparkten Autos zu. Keine drei Meter rechts vor Sven gehen die beiden vorbei. Die Person im Kapuzenmantel hält Gerlach am Unterarm fest, wie um zu verhindern, dass er die Flucht ergreift.

Mit der Fernbedienung entriegelt der Kapuzenmann eines der Autos. Beide steigen ein.

Eine Handwerkerkarre … *B – FH* … Sven prägt sich das Kennzeichen ein und zieht sich lautlos zurück.

19

Komm mit.« Katia nimmt Paul beim Unterarm, zieht ihn tiefer ins Gebüsch und auf der anderen Seite wieder hinaus.

Noch ein Parkplatz, viel kleiner, in ordentlichen Reihen zugeparkt. Mit knöchellangem Mantel, das hellblonde Haar unter der Kapuze versteckt, geht sie auf einen lichtgrauen Kastenwagen zu, wie Klempner oder Schornsteinfeger sie fahren. Sie schließt mit der Fernbedienung auf, zeigt auf die Beifahrerseite. »Na los.«

Paul steigt ein, sieht sich um wie betäubt. Ein Peugeot, auf dem Lenkrad das Löwen-Symbol. Überall im Wagen liegen Papiere herum, Zeitungen, Flyer. Dazwischen Gemüsechipstüten, Wasserflaschen, auf der Rückbank ein ganzer Karton voll altertümlicher Handys.

Sie schiebt sich hinter das Steuer, zieht ihre Tür leise zu, ohne ihn aus den Augen zu lassen. Anscheinend überlegt sie noch, was sie von seinen konfusen Eröffnungen halten soll. Von seiner fast schon kindlichen Bitte, ihm zu helfen – halb berechnende Pose, mit der er bisher immer durchgekommen ist, halb aufrichtiges Flehen.

Durchschaut sie ihn? So schnell schon? Er hat draußen ihre Augen auf sich gespürt und sich wie geröntgt gefühlt, bis ins Innerste gescannt.

»Jetzt raus mit der Sprache. Wann und wie ist das passiert?«

Er beginnt zu erzählen. Sie lässt ihn reden, fragt nur ab und zu nach. Präzise, fast ingenieurhafte Fragen, bis er alles vor ihr ausgebreitet hat.

Nur was die »irre Kampfmaschine« mit ihm angestellt hat, als er ohnmächtig vor ihr lag, lässt er weg. Und den Besuch der LKAler vorhin auch.

»Was, glaubst du, hat sie auf den Stick gepackt?«

Ihre Stimme klingt hart, wie *zack-zack*, nicht nur durch den leichten russischen Akzent. Es ist ihre ganze Art, ihre Dominanz, die Paul fast schon überwältigt. Katia ist unheimlich und noch faszinierender als auf dem Video.

»Lotte muss irgendetwas entdeckt haben, krumme Geschäfte in ihrer Firma …«

»Krumme Geschäfte nur? Träum weiter, Kleiner.«

Er hat Mühe zu atmen. Klar denken geht gar nicht mehr. Sie erdrückt ihn durch ihre bloße Präsenz. Dabei kann er sie im Schummerlicht nur umrisshaft sehen. Wie sie neben ihm aufragt, die Kapuze noch immer auf dem Kopf.

»Ich verstehe nicht …«

»Du weißt gar nicht, was sie da gemacht hat.« Mehr Feststellung als Frage. »Was das für Leute sind, für die sie die Fassade poliert hat. Damit keiner sehen kann, was dahinter abgeht. Sie hat nie drüber geredet, stimmt's?«

Paul nickt zaghaft. Früher mal liebte er das: sich überwältigen lassen von einer übermächtigen Frau. Regelrecht überschwemmt werden von ihrer Persönlichkeit, ihren Gedanken und Gerüchen, ihren Befehlen und Begierden. Bis es ihm zu viel wurde, nach Wochen oder Monaten, und er sich fast panisch wieder befreite, wie ein Verschütteter sich aus der Erde hervorgräbt. Für ihn war es dann vorbei, von jetzt auf gleich, und die eben noch Angehimmelte begriff nicht, warum er sie ansah wie eine Fremde. Obwohl sie doch gerade noch eins gewesen waren, er ihr Schatten, ihr Abbild, das sich nun umdrehte und einfach wegging …

So war es oftmals, bis er Lotte kennenlernte. Doch diesmal darf es nicht so werden. Er darf sich nicht von Katia überfluten lassen, oder sie verschlingt ihn. Das wird ihm blitzschnell klar, während sie in diesem harten Tonfall über ClarTop redet, über Raya und Lottes Job.

Sie und ihre Mitstreiter beobachteten seit Längerem, was bei ClarTop abgehe. Dubios schon die Übernahme des »Premium-Labors« durch den »Berliner Möchtegern-Champion«, der die Konzerne allesamt ausgestochen habe. »Womit? Elefanten wie Glaxo oder Sanofi haben garantiert viel mehr geboten, als ClarTop zusammenkratzen könnte. Aber dieser Bashibu hat sich für das Berliner Start-up entschieden – warum?«

Paul schüttelt zaghaft den Kopf. Die Frage hat er sich nie gestellt, und Lotte hat nie darüber gesprochen. Wozu auch?

»Im Januar dann Austausch der halben Raya-Führungsetage, praktisch über Nacht – und deine Lotte hat die Feuerwehrfrau gespielt. Was war da los, Paul? Warum hat sie den Niederlassungsleiter gefeuert und durch einen unterklassigen Nachfolger ersetzt? Genauso wie ein halbes Dutzend Biologen und Virologen in Abteilungsleiterpositionen? Hast du das deine taffe Lotte mal gefragt, wenn sie zwischen zwei Jakarta-Einsätzen zu Hause zwischengelandet war? Oder hattet ihr dafür keine Zeit, weil ihr mit dem Kohlezählen kaum mehr hinterhergekommen seid – all die Boni und Extra-Gratifikationen, die sie für die Drecksarbeit in Asien eingestrichen hat?«

Zunehmend redet sie sich in Rage, doch ihr Tonfall bleibt unverändert. Hart und beherrscht.

»Wieso Drecksarbeit?«, sagt Paul. »Sie hat PR gemacht und Personal eingestellt, aber …«

»… aber mit den kriminellen Machenschaften auf Vorstandsebene hatte sie nichts zu tun? Wolltest du das sagen, Paul? Vielleicht weißt du ja auch nicht, dass sie nächste Woche in den Vorstand aufrücken sollte – als Belohnung für die Drecksarbeit, mit der sie angeblich nichts zu tun hatte?«

»Doch, das weiß ich. Aber von Machenschaften weiß ich nichts.«

Paul senkt den Kopf. Es war ein Fehler, sagt er sich, er hätte sie gar nicht erst einweihen dürfen. Für Katia ist alles, was mit ClarTop oder überhaupt mit der Pharmabranche zu tun hat, von vornherein kriminell.

Aber jetzt ist es zu spät. Wenn er jetzt einen Rückzieher macht, wird sie auf eigene Faust weiterwühlen. Dann hat er noch eine Verfolgerin an den Hacken, die ihm den Stick abjagen will. Eine übermächtige Gegnerin, fast noch furchterregender als die Angreiferin.

»Dann weißt du bestimmt auch, warum Lotte Anfang März schon wieder nach Jakarta musste?«

Er verneint. Sie hat sich ganz zu ihm gedreht, ihre Hände fuchteln vor ihm herum. Es würde ihn nicht wundern, wenn sie ihn bei den Aufschlägen seiner brombeerroten Regenjacke packen und hin und her schütteln würde …

Doch stattdessen bombardiert sie ihn mit Insider-Informationen aus dem »skandalösen Alltag bei Raya«. Im März sei eine Lagerhalle auf dem Firmengelände niedergebrannt, ein Wissenschaftler sei tot aufgefunden worden, die Leiche bis zur Unkenntlichkeit verbrannt.

Nur vier Wochen später, wenige Tage vor Lottes Tod, sei eine Mikrobiologin namens Dr. Suganda aus einem Fenster ihrer Wohnung »gestürzt oder geworfen worden – angeblich ein Unglücksfall nach Alkoholkonsum, möglicherweise auch Suizid. Kommt dir das Muster irgendwie bekannt vor, Paul?«, fragt Katia und packt ihn tatsächlich vorn bei seiner Jacke. Anstatt ihn durchzuschütteln, stößt sie ihn aber so wild zurück, dass er gegen die Beifahrertür kracht.

Paul stöhnt auf und tastet nach der Beule am Hinterkopf. »Das alles höre ich zum ersten Mal«, bringt er hervor.

»Traumtänzer.« So wie sie es sagt, klingt es alles andere als liebevoll. »Hauptsache, die Kohle stimmt, ja? Womit Lotte sich die Finger schmutzig macht, braucht dich nicht interessieren, solange du deinen Kunstfimmel ausleben kannst. Villa restaurieren, Ausstellung kuratieren … Aus welchen trüben Quellen das schöne Geld kommt, ist nicht dein Problem, ja?«

Woher weiß sie das alles? Für eine Aktivistin für Freiheitsrechte schnüffelt sie ziemlich ungeniert in fremden Leben herum. Trotzdem muss er ihr recht geben, so schwer es ihm fällt.

»Lotte hat so gut wie nie von ihrer Arbeit erzählt. Sie durfte das nicht – Schweigepflicht, verstehst du? Aber es stimmt, ich habe sie auch nie danach gefragt. Ich habe mich um das Haus und um unser Kind gekümmert, Lotte hat Karriere gemacht. So hatten wir beide, was wir wollten. Ich meine ›Kunst‹, wie du es genannt hast, eigentlich nur Kunsthandwerk und Kunstgeschichte – und Lotte den Erfolg, die Karriere, das aufregende Leben, von dem sie immer geträumt hat.«

»Ein Albtraum, nur wollte sie das nicht sehen.«

Paul spürt den Drang, ihr zu erklären, was es mit seiner Kunst und mit Lottes Ehrgeiz auf sich hat. Früher mal hat er sich tatsächlich als Künstler versucht, hat Porträts der Frauen gemalt, von denen er sich so liebend gern überwältigen ließ. Auf seinen Bildern waren sie überall, in jedem Detail der labyrinthischen Landschaften und verschachtelten Stillleben, zu denen er sie zerfließen ließ. Aber seine Kunst fand keinen Anklang, die Frauen reagierten gekränkt, keine von ihnen erkannte sich auf den Bildern wieder, kein Galerist stellte seine Gemälde aus, niemand wollte sie kaufen.

Also gab er es auf, eigene Kunst zu produzieren; auch zum Hungerkünstler ist er nicht geschaffen. Stattdessen verlegte er sich aufs Aufpolieren und Arrangieren von Kunstwerken, die andere Künstler früher mal erschaffen hatten, historische Bauten, Bilder, Skulpturen.

Noch als Student lernte er Lotte kennen und verliebte sich wie zum ersten Mal, jedenfalls wie nie zuvor. Sie verstanden sich auf Anhieb, zwei Fassadenpolierer, jeder auf seinem Gebiet. Und mit inneren Antrieben, die unterschiedlicher nicht sein konnten. Bei Lotte war es immer die Angst, bei Paul die Liebe zur Illusion. Der Drang, schöne Täuschung echter erscheinen zu lassen als die meist graue, flaue Realität.

Doch von alldem sagt er nichts. Katia würde es sowieso nicht verstehen. In ihrer Welt, ihrem Denken gibt es nur Wahrheit oder Lüge. Illusionen sind für sie etwas Schlechtes, das man hinter sich lassen muss. Und wer sie täuschen will, ist für Katia einfach ein Verbrecher, der zur Strecke gebracht gehört.

All das geht ihm sekundenschnell durch den Kopf, und dabei wächst auch in ihm der Zorn. Wie kommt sie dazu, Lotte und ihn derart zu beschimpfen? Sie scheint Lotte mehr oder weniger für eine Hure der angeblichen »Pharma-Mafia« zu halten – und ihn selbst praktisch für Lottes Luden …

Er sucht noch nach den passenden Worten, um ihr klarzumachen, dass sie zu weit geht, dass sie Lotte unrecht tut. Da legt sie ihm wieder die Hand auf den Unterarm.

»Trotzdem war sie eine tolle Frau«, sagt Katia und sieht ihm in die Augen. »Lotte hat mich beeindruckt, wirklich, Paul.«

Ihre kräftige Hand, die Finger mit den akkurat geschnittenen, natürlich unlackierten Nägeln krampfen sich in seinen Arm. Er spürt es durch den Pullover und die Regenjacke hindurch und bekommt eine Gänsehaut.

»Sie hat für die falsche Sache gekämpft«, fügt Katia hinzu. »Aber Lotte hat es ernst gemeint, weißt du? Dafür habe ich sie immer respektiert.«

Tränen schießen ihm in die Augen. »Wirklich?«

»Glaubst du, sonst würde ich hier mit dir sitzen? Ihr Tod tut mir ehrlich leid.«

»Umgekehrt ist es genauso«, bringt er schluchzend hervor. »Lotte hat immer mit großem Respekt von dir …«

Durch Schmerz und Überwältigung hindurch spürt er aufs Neue, dass er auf der Hut sein muss. Gerade jetzt, wo sie sich so weich gibt.

20

Zurück im Dienst-Opel bei Maren, klappt Sven Paretz den Laptop auf und fährt ihn hoch.

An wen hat ihn die Stimme hinter der Hecke erinnert? Hart und doch gefühlvoll, mit einer Andeutung von osteuropäischem Akzent …

Er berichtet Maren kurz, was er beobachtet hat. Viel war es nicht, aber vielleicht kommen sie durch das Nummernschild weiter.

Als der Computer startklar ist, loggt sich Sven im Intranet ein und gibt das Kennzeichen in die Suchmaske ein.

»Der Halter ist ein gemeinnütziger Verein. FFH – *Fight for Humanity*«, liest er vor.

Im selben Moment fällt ihm ein, woher er die Stimme kennt. Dunkel für eine Frau, aber zu ihr passt sie …

»Die NGO von Katia Wozniak. Kennst du die?«

»Wow, und ob.« Maren sieht ihn von der Seite an. »Die Anti-Pharma-Aktivistin. Volltreffer, würde ich sagen.«

Sven nickt. »Ins Schwarze, ja.« Er hat es die ganze Zeit gespürt. Das hier ist zu groß für ihn und eine noch so talentierte Newcomerin wie Maren.

Regen tropft ihm aus den Haaren, die über der Stirn schütter werden. Als Tropfenfänger noch geeignet, geht es ihm durch den Kopf, so wie er selbst als Ganovenfänger. Sein berufliches Selbstvertrauen ist längst wieder intakt, trotzdem würde er sich sicherer fühlen, wenn Mia Muller an seiner Seite wäre.

Auch wenn Siebener ihn zu absolutem Stillschweigen verdonnert hat – er muss mit Mia reden, so bald wie möglich. Er braucht ihren Rat, mindestens. Vielleicht finden sie eine Möglichkeit, sie stärker einzubinden.

Wobei »Mia« und »einbinden« ein Widerspruch in sich ist – ungefähr wie »Hurrikan« und »stille Nacht«. Apropos … auf welchem

Kontinent ist sie wohl gerade im Einsatz? Als Sven zuletzt von ihr gehört hat, war sie im Südsudan …

»Was machen wir jetzt?« Maren hört sich aufgeregt an, und eine Spur verängstigt.

»Wozniak stalken.«

Sie schaut ihn entgeistert an. Natürlich kann sie nicht wissen, dass er ein Riesenfan der Menschenrechtsaktivistin ist. Katia Wozniaks Misstrauen gegenüber staatlichen Behörden und mächtigen Industrien wie speziell der Pharmabranche mag überzogen sein. Aber ihren Kampf für Freiheit und Selbstbestimmung unterstützt er aus tiefstem Herzen. Und nicht zuletzt bewundert er sie als Frau.

Sven ist auf ihren Blog abonniert. Einmal hat er sie live erlebt, bei einer Kundgebung vor dem Reichstag. Sie sieht nicht nur großartig aus, sie ist so stark, taff, selbstbewusst, wie er es bisher nur bei einer anderen Frau erlebt hat. Mia Muller, Spezialagentin einer Sonderabteilung von Europol, die es offiziell nicht gibt …

»Sie steht auf dem Parkplatz, der zu dem Mietblock neben Lidl gehört«, sagt er in sachlicherem Tonfall. »Wir postieren uns bei der Zufahrt und hängen uns dran, wenn sie rauskommt.«

21

Und was glaubst du, wo Lotte den Stick gebunkert hat?« Noch immer liegt Katias Hand auf Pauls Arm. »Wieso bist du dir so sicher, dass du nicht wieder danebenliegst?«

Er hat ihr von der vergeblichen Suche in ihrem Haus berichtet und von ihrem Liebesbaum im Tegeler Forst. Und er hat behauptet, mittlerweile sei ihm klar, für welches Versteck Lotte sich entschieden habe. Doch er hat nicht erwähnt, welchen Ort er meint.

»Ich habe total neben mir gestanden«, weicht er aus, »sonst wäre ich gleich darauf gekommen.«

Auf ihre alte Datsche im Havelland … Früher fuhren sie fast jedes Wochenende hin, ein ehemaliges Bauernhäuschen am Dorfrand, das er vom Kartoffelkeller bis zum Speicher liebevoll restauriert hat. Doch schon als Lotte bei dem Modeunternehmen anfing, hatten sie kaum mehr Zeit für gemeinsame Wochenenden auf dem Land. Und seit sie bei ClarTop ist … war … seitdem gar nicht mehr.

Zweimal im Jahr fährt Paul mit Dion hin, um nach dem Rechten zu sehen; ab und zu vermieten sie es an Bekannte zur Sommerfrische, aber die meiste Zeit steht die Datsche leer. Eigentlich gehört sie Carl Menzig, einem Cousin von ihm. Carl lebt in den USA und hat Paul das Häuschen überlassen, auch wenn es offiziell immer noch ihm gehört.

Katia sieht ihn erwartungsvoll an. Er soll jetzt liefern, das ist ihm klar. Aber so, wie sie sich das vorstellt, wird es nicht gehen.

»Ich schlage vor, wir treffen uns morgen und fahren zusammen hin. Okay?«

»Schon verstanden.« Sie zieht ihre Hand zurück. »Wir brauchen Spielregeln, ja?«

Er spürt noch den Druck am Unterarm, ihre Finger, wie sie sein Fleisch umklammern. »Ich sehe da kein Problem«, sagt er. »Ich zeige dir den Weg, und du passt auf, dass uns keiner folgt oder irgendwie überfällt, während ich an Ort und Stelle alles durchsuche.«

»So weit einverstanden. Aber dabei lasse ich dich nicht aus den Augen, mein Freund.« Sie grinst ihn an, es sieht mehr wie Zähnefletschen aus. »Und wenn du fündig geworden bist …«

»… entscheiden wir zusammen, wie es weitergeht«, vollendet er. »Ich vertraue dir, Katia, wie Lotte dir vertraut hat, sonst hätte ich dich doch nicht um Hilfe gebeten. Komm, wir versprechen uns jetzt einfach, dass keiner von uns mit dem Stick irgendwas macht, bevor wir uns einig geworden sind.«

Er streckt ihr die Hand hin. Sie sieht ihn eine halbe Minute lang an, dann schnappt sie sich seine Hand mit ihrer kräftigen Rechten und drückt zu.

Paul japst auf. Hastig zieht er die Hand zurück.

»Sorry, ich weiß schon, ein Schraubstock ist nichts dagegen.« Wieder dieses zähnefletschende Lächeln. »Hat mir erst gestern ein junger Supporter bei FFH gesagt. *Fight for Humanity* – meine NGO. Kennst du?«

Er befühlt seine Hand und nickt. Oh Gott, sie ist genauso eine Kampfmaschine wie die andere, geht es ihm durch den Kopf. Wenn wir den Stick haben, schnappt sie ihn mir weg und schlachtet alles, was darauf ist, für ihre Anti-Pharma-Propaganda aus. Sie zieht Lottes Namen in den Dreck, und ich kann nichts dagegen tun …

»Was ist eigentlich mit dem leeren Haus bei euch nebenan?«

»Was soll damit sein?« Paul sieht sie geistesabwesend an. »Lotte wollte, dass wir es kaufen, aber daraus wird jetzt natürlich nichts.«

»Ach so?« Sie mustert ihn wie eine Katze die Maus.

Fehlte nur noch, dass sie sich die Lippen leckt, denkt Paul.

»Hast du da auch nachgesehen?«

»Wegen dem Stick?« Er schüttelt den Kopf. »Wir haben das Objekt besichtigt, aber als Versteck … Du stellst dir das wahrscheinlich nicht richtig vor, das ist praktisch eine Ruine. Mehr oder weniger entkernt, von außen alles verrammelt. Lotte hätte da irgendwie einbrechen müssen und dann drinnen auf Leitern klettern und auf Balken balancieren. Wenn du sie ein bisschen kennst, muss dir klar sein, dass das nichts für sie wäre.«

»Hast *du* sie denn gekannt?«

Darauf antwortet er nichts.

»Okay, machen wir es so.« Erneut fixiert sie ihn schweigend. »In welche Richtung soll es morgen gehen – nur ganz grob?«

»Nordwesten«, sagt Paul.

»Dann Treffpunkt S-Bahn Birkenwerder zehn Uhr.«

»Birkenwerder?« Er glaubt, sich verhört zu haben. »Das ist viel zu weit östlich.«

»Eben. Du fährst mit Öffentlichen, ich sammle dich auf. Wo genau, kriegst du getextet.«

»Wofür soll das gut sein? Bis Birkenwerder brauche ich mit der Bahn eine Stunde.«

»Mit dem Auto auch, und da würdest du bestimmt getrackt. Von deiner Domina in schwarzem Leder.«

»Nicht witzig.« Paul bekommt heiße Ohren. »Sie hat mich …«

Er bricht abrupt ab, aber Katia hört ihm sowieso nicht zu. Sie hat sich zur Rückbank hin umgedreht und kramt in der Kiste mit den altertümlichen Handys.

»Du nimmst nur Bargeld mit, kein Portemonnaie, keine Brieftasche. Und einen einzelnen Hausschlüssel, nicht das ganze Bund, kapiert?«

Sie dreht sich wieder nach vorn und hält ihm eines der Uralt-Nokias vor die Nase. »Hier, mit Prepaidkarte. Dein Smartphone lässt du eingeschaltet zu Hause. Verstanden?«

Er nickt, und sie drückt ihm das Handy so hart gegen die Brust, dass er zusammenzuckt.

»Dann raus mit dir, Kleiner. Wenn du deinen Arsch bald mal hochkriegst, schaffe ich es noch rechtzeitig zu meinem nächsten Termin.«

Sie schüttelt mit einer herrischen Bewegung die Kapuze ab, ihr weizenblondes Haar quillt hervor.

Im nächsten Moment tapst er durch Dunkelheit und Gestrüpp zurück zu seinem Auto auf der anderen Seite der kleinen Wildnis. Zur Abwechslung regnet es Bindfäden, doch das scheint den graubärtigen Schläfer im durchnässten Schlafsack nicht zu stören.

Diesmal schafft es Paul, an ihm vorbeizukommen, ohne ihn anzustoßen. Dafür bleibt ihm fast das Herz stehen, als ihn aus einem Busch, direkt neben dem Durchgang zum Lidl-Parkplatz, ein Augenpaar dunkel anfunkelt.

Asiatisch schmale Augen – oder hat er sich das nur eingebildet?

Paul zwängt sich durch die Hecke, stolpert auf sein Auto zu.

Dann der nächste Schreck – der Schlüssel liegt nicht mehr auf dem Hinterrad …

Wie ist das möglich? Er rüttelt an der Fahrertür – ordnungsgemäß verriegelt. Er späht durch die Seitenscheibe, nichts deutet darauf hin, dass der Wagen durchsucht worden wäre.

Aber das Schlüsselmäppchen … Er hat es doch hinten links aufs Rad gelegt – oder nicht?

Paul müht sich im Uhrzeigersinn um das Auto herum, sucht die anderen Räder ab, und hinten rechts wird er fündig.

Wie kann das sein? Er hält das Lederetui in der Hand, und er meint zu spüren, dass es noch warm ist von der anderen, dunkleren Hand, die es gerade erst zurückgelegt hat – absichtlich auf das falsche Rad …

Oder ist er jetzt schon so paranoid wie Katia?

Der Regen tropft ihm aus den Haaren, als er sich leise stöhnend hinter den Lenker seiner A-Klasse schiebt. Noch bevor die Tür richtig zu ist, beugt er sich nach rechts, klappt das Handschuhfach auf.

Handy, Brieftasche, Hausschlüssel … Gott sei Dank, alles noch da.

Seine Nerven haben ihm wieder einen Streich gespielt. Das Augenpaar in der Hecke hat er sich nur eingebildet, genauso wie die Sache mit dem Autoschlüssel. Er muss das Mäppchen vorhin auf das rechte Rad gelegt haben, anders kann es nicht sein.

Er startet den Motor, stößt zurück, ohne durch die zugeregnete Heckscheibe irgendetwas zu sehen.

Also morgen auf Stick-Jagd im Brandenburgischen mit Katia … und die andere, die Kampfmaschine, womöglich im Schlepptau …

Oh Gott, Lotte, denkt Paul, wie kommen wir aus diesem Albtraum wieder heraus?

Montag,
8. April 2019

22

Um sieben Uhr dreißig fährt Jaresh frisch geduscht und parfümiert in seinem fetten SUV vor. Ohne Bart sieht er jünger aus, allerdings auch weniger männlich, findet Jimin.

»Hey, Joy, schau mal, was ich dir mitgebracht habe.« Er schwenkt eine Papiertüte und hält mit der anderen Hand einen Kaffeebecher hoch.

»Stell's irgendwo hin«, knurrt Jimin, während sie einsteigt und die Beifahrertür fast lautlos schließt.

Sie ist sauer, aber sie hat sich unter Kontrolle. Obwohl sie die halbe Nacht in dem Schutthaufen neben der Ritterburg verbracht hat, während der feine Herr Jaresh natürlich in seinem Spießerhotel war.

»Du stinkst wie eine Schwuchtel«, stellt sie fest und greift sich ein Croissant aus der Tüte.

»Hey, das ist Diskriminierung. Justice will, dass wir alle Vorurteile hinter uns lassen.« Er schiebt seine Ray-Ban höher und starrt Jimin mit spiegelnden Augen an. »Außerdem bin ich nicht schwul.«

»Und warum hast du ihn letztens nicht hochgekriegt?«

»Das war anders, das weißt du …«

»Halt einfach die Fresse, Jaresh, okay?«

Er setzt sich mit einem Ruck gerade hin und atmet tief durch. Sein imposanter Brustkorb platzt beinahe aus der dünnen Lederjacke mit Schlangenmuster, die ihn wie eine zweite Haut umspannt. »Du bist so ein Arschloch, Joy.«

Ganz genau, denkt Jimin, ich bin das Arschloch, das Justices Plan retten wird.

Bevor sie ihm das mitteilen kann, erscheint das Zielobjekt vor seiner Fake-Burg, blöderweise zu Fuß. Gekleidet wie für einen Ausflug aufs Land – Jeans, Parka, derbes Schuhwerk. Er marschiert aus dem Burgtor-Imitat, schließt hinter sich zweimal ab.

Wo hat er sein Schlüsselbund, verfickt noch mal? Jimin zoomt ihn mit der Kamera-App heran und kann gerade noch durch die Linse sehen, wie sich Gerlach einen einzelnen Sicherheitsschlüssel rechts in die Jeanstasche schiebt.

Der Witwer marschiert über die Zugbrücke, durch den kleinen Vorgarten und das wie immer unverschlossene Gartentörchen nach draußen. Ohne sich umzusehen, schwenkt er nach links und geht zügig die Straße entlang.

»Was wird das hier«, zetert Jaresh, »ein Wandertag?«

»Für dich definitiv«, sagt Jimin. »Dich kennt er nicht, also schwing deinen Arsch raus und trab hinter ihm her. Ich schätze, unser Kleiner macht einen Ausflug mit der Bahn.«

Jareshs Gesicht verzerrt sich, zumindest der Todesstreifen zwischen Spiegelbrille und Kinn.

»Na mach schon«, sagt Jimin. »Dann kannst du mich von unterwegs dirigieren – da geht dir doch bestimmt einer ab.«

Er knallt die Faust auf den Lenker, schüttelt den Kopf und steigt aus.

Geht doch, denkt Jimin. Sie ist nicht besonders überrascht, als sie die Tracking-App auf ihrem Smartphone öffnet. Beide Sensoren behaupten, dass das Zielobjekt noch zu Hause ist. Sein Auto in der Garage, seine Brieftasche samt präparierter Tankkarte im Haus.

Das hat ihm die Bitch im Gebüsch gesteckt, jede Wette, denkt Jimin. Aber ich krieg dich trotzdem, Locke.

Sie rutscht auf den Fahrersitz rüber, beißt das halbe Croissant ab, schlingt es herunter und spült mit dem schwarzen Kaffee nach. Zwei Schinkensandwichs wären ihr lieber gewesen, noch besser ein Steak mit Spiegeleiern und Bratkartoffeln wie zu Hause in Texas. Aber Süßmäulchen Jaresh glaubte wohl, ihr mit den pappigen Hörnchen etwas Gutes zu tun.

Im Grunde ist er ganz niedlich, sie kann nur seine Besserwisserei nicht ausstehen. Wie er sich aufspielt, als wäre er Justices Mastermind.

Dabei hat Jimin erst gestern Abend mit ihrer Tutorin Jeannie telefoniert und Sachen erfahren, von denen er garantiert keine Ahnung hat.

»In der neuen Welt wird es alles im Überfluss geben, was jetzt noch knapp ist«, hat Jeannie beispielsweise gesagt. »Häuser, Autos, alles, was du dir wünschst. Weil die meisten von denen, die sich jetzt die Ärsche darauf plattsitzen, dann nicht mehr am Leben sein werden.«

Solche Sachen eben, bei denen Jimin heiß im Gesicht wurde und zwischen den Beinen kribblig und feucht. Nur das mit dem »platt« gefiel ihr nicht, aber sie hat entschieden, dass Jeannie es nicht so gemeint hat.

Bis in die Haarspitzen hypermotiviert, beschloss sie nach dem Gespräch mit Jeannie, die restliche Nacht in der Burgruine zu verbringen. Damit sich das Zielobjekt nicht noch mal im Dunkeln davonstehlen konnte, nachdem es sie schon den ganzen Abend auf Trab gehalten hatte.

Die blonde Schlampe, mit der Gerlach im Gebüsch herumgemacht hat, hätte Jimin am liebsten gleich abgemeldet, aber das wäre falsch. Nicht nur, weil Phil ihr untersagt hat, irgendwelches Aufsehen zu erregen. Der Witwer hat die Bitch doch höchstwahrscheinlich angeheuert, weil er den Daten-Stick allein nicht auftreiben kann.

Eine verfickte Detektiv-Schlampe, sagt sich Jimin, was sonst. Da wäre sie doch bescheuert, wenn sie die Trüffelsau abstechen würde, bevor die den Schatz erschnüffelt hat. Stattdessen hat sie das Nummernschild von der Schlampenkarre fotografiert und an Phil geschickt. Vielleicht kriegt er ja was raus.

Durch eines der zugenagelten Kellerfenster in den Schutthaufen einzusteigen war kein großes Problem. Drinnen gibt es Leitern statt Treppen und Balken statt Zwischendecken, aber alles easy. Die provisorische Werkstatt im Keller, mit all den Nägeln, Äxten und Sägen, brachte Jimin zum Träumen, allerdings nur kurz.

Sie war schließlich hier, um ihre Pflicht für Justice zu erfüllen. Auch wenn Phil sie angewiesen hatte, die Nacht in der *Pension Olga* zu verbringen.

Vom ersten Stock aus hatte sie nebenan alles im Blick. Wenn ihr die Augen zufallen wollten, stellte sie sich vor, was sie früher mit einem wie Gerlach angestellt hätte.

Dass laut Jeannie alle außer den Gerechten verrecken werden, macht ihr ein bisschen Bauchschmerzen. Sogar mehr als nur ein bisschen, sie findet es ehrlich gesagt zum Kotzen.

Okay, was sie früher getan hat, war falsch. Sie hat sich wahllos junge Jogger eingefangen, wenn ihr danach war. Sie hat sie mit in ihr Versteck genommen, wo noch ganz andere Werkzeuge an der Wand hingen als die paar Beile und Sägen. Sie hat sie ausgezogen und ausgesprochen ausführlich gequält, und das war nicht grundsätzlich falsch. Sie hätte nur darauf achten müssen, dass es die Richtigen trifft, diejenigen, die es verdient haben. Aber dass es von denen in der neuen Welt gar keine mehr geben soll?

Bestimmt hat sie Jeannie in dem Punkt falsch verstanden. Ein paar hundert, tausend, hunderttausend von denen am Leben zu lassen, bereitgehalten für den Bedarfsfall, wäre doch kein Problem. Das wäre einfach nur vernünftige Vorratswirtschaft, das kann Justice bei ihrem Plan doch nicht übersehen haben.

Ihr Smartphone vibriert, Jimin tippt aufs Display.

»*S1 Richtung Frohnau*«, schreibt Jaresh auf Englisch. »*Alles scheiße voll mit Bürotrotteln. Fahr Richtung Steglitz – Schoneberg. Gleich mehr.*«

Der Kommandoton gefällt Jimin nicht, aber dafür, dass er kein Deutsch kann und noch nie in Berlin war, schlägt er sich gut. Sie denkt daran, wie steif sein Schwanz war, bis sie sich den Riesendildo umgeschnallt hat. Dass Jaresh gerade da schlaff wurde, bedeutet nicht zwingend, dass er schwul ist, okay. Vielleicht sogar fast im Gegenteil. Trotzdem trägt sie es ihm nach.

Jimin verschlingt die zweite Hälfte des zweiten Croissants, gießt sich den restlichen Kaffee in den Schlund und fährt los.

23

Katia Wozniak zwingt sie zum Improvisieren, damit hat Sven gerechnet. Nicht jedoch mit dem Aufwand, den sie betreibt, um potenzielle Verfolger in die Irre zu führen.

Um 8 Uhr 47 fährt am S-Bahnhof Lichterfelde-West die Linie 1 Richtung Norden ein. Der Witwer steigt ein, Sven folgt seinem Beispiel, mit Hertha-BSC-Käppi getarnt.

Zunächst mal sieht es so aus, als könnten sie die Lage locker kontrollieren. In kurzen Abständen tauschen Sven und Maren ihre Positionen per Headset aus. Im Berufsverkehr kommt sie mit dem Auto nur mühsam voran, Sven aber spielt die Rushhour in die Karten. In dem überfüllten Abteil kann er Gerlach problemlos im Blick behalten, ohne selbst bemerkt zu werden. Auch wenn der Witwer, in schwarzem Parka und schwarzen Jeans, sich immer wieder unruhig nach allen Seiten umsieht.

Offenbar rechnet er damit, verfolgt zu werden, und zwar durch eine Person, die ihm gewaltig Angst macht. Das verrät seine Körpersprache ebenso wie sein Gesichtsausdruck.

In Schöneberg steigt Gerlach aus und rennt den Bahnsteig entlang. Sven zieht sich das Käppi mit dem Bären-Logo tiefer in die Stirn und folgt ihm in einem Pulk von Pendlern, die zum Ausgang hasten.

Murmelnd gibt er die Information an Maren durch. Nur Sekunden später muss er sich korrigieren: »Er steigt drei Wagen weiter wieder ein.«

Sven drängelt sich in die Menschentraube und quetscht sich gerade noch in den Waggon, bevor die Tür hinter ihm zischend zugeht.

Gerlach läuft immer noch unrund, das war eben auf dem Bahnsteig klar zu sehen. Wie ein Mann mit Leistenzerrung oder Genitalverletzungen; Sven tippt auf Letzteres. Die »große, kräftige Frau«, die der Witwer – offenbar aus Versehen – gestern erwähnt hat, wird ihm übel zugesetzt haben, um ihn zum Reden zu bringen. Wie Sven ihn einschätzt, hätte er wohl schon bei geringem Druck alles verraten, was er über die brisanten Geheimnisse seiner verstorbenen Frau weiß. Nur scheint er selbst weitgehend im Dunkeln zu tappen, und so bekam er es knüppeldick ab.

Vielleicht hat Lotte ihm auf dem Sterbebett etwas von kompromittierenden Dokumenten gesagt, und jetzt hat er Angst, dass die in falsche Hände geraten, überlegt Sven weiter. Anscheinend glaubt er, dass es irgendwie um kriminelle Machenschaften bei Lottes Arbeitgeber gehen muss. Deshalb hat er sich an Katia gewandt: Sie soll ihm helfen, die Dokumente zu finden.

Aber wieso gerade Katia? Weil er weiß oder ahnt, dass es um eine »globale Bedrohungslage« geht? Um eine »maximal tödliche Virus-Pandemie«?

Unwahrscheinlich, sagt sich Sven. Dann hätte er sich uns doch anvertraut. Oder bereits den Kollegen in Nürnberg. Wenn er auch nur vermuten würde, dass hier nicht weniger als das Fortbestehen der Menschheit auf dem Spiel steht, würde er doch wie ein verantwortungsbewusster Bürger handeln. Auch wenn er den Kopf normalerweise hoch oben in den Wolken hat.

Kurz nach Gesundbrunnen schaut Gerlach auf sein Smartphone, liest offenbar eine Nachricht und tippt eine kurze Antwort. Sonst geschieht nichts. Abgesehen vom Rattern und Ächzen der altersschwachen Bahn.

Hinter Wilhelmsruh wird es deutlich leerer. Nachdem sich Sven vergewissert hat, dass Gerlach noch nicht aussteigt, wechselt er in der Station Wittenau nochmals den Waggon. Durch die Fenster zwischen den Wagen kann er das Nachbarabteil weiter im Auge behalten. Außer dem Witwer, zwei Nichtsesshaften im Tiefschlaf und einem vage nordafrikanisch aussehenden jungen Mann mit Ray-Ban und hautenger Lederjacke, der ohne Pause chattet, ist da drüben niemand mehr.

Gerlach sitzt zusammengesunken auf der Bank und achtet kaum noch auf seine Umgebung. Sein Gesicht ist verzogen wie in quälendem Schmerz. Unklar, ob psychisch oder physisch.

Wahrscheinlich ein Mix aus beidem, besonders unangenehm. Sven erinnert sich noch gut, wie er sich fühlte, als er seinen letzten Einsatz mit Mia hinter sich hatte. Die Schnittverletzung an seiner rechten Kopfseite brannte, ärger brannte das Gefühl der Niederlage. Das war auch in Südostasien gewesen, allerdings nicht im Großstadtdschungel, sondern im wirklichen Urwald, und es ging nicht gegen Pharma-Kriminelle, sondern gegen Sklavenhändler, die in Kambodscha im Regenwald eine Art Umschlaglager für menschliche Ware betrieben: Kindersoldaten, minderjährige Sexsklaven … Aus nie wirklich geklärten Gründen waren die Security-Söldner vorgewarnt. Nach einem heftigen Gefecht, bei dem ein Söldner ihm mit der Machete fast den Schädel gespalten hätte, mussten sie den Rückzug antreten.

Sein Schädel war heil geblieben, abgesehen von dem tiefen Schnitt an der rechten Seite, aber sonst ging alles zu Bruch. Zwei Tage nach ihrer Rückkehr aus Asien setzte ihn Mia vor die Tür. Noch in derselben Woche beantragte er seine Rückversetzung zum LKA Berlin.

Ungefähr so, wie Gerlach jetzt aus der Wäsche schaut, habe ich mich damals gefühlt, denkt er. Die Kopfverletzung tat ihm weh, am Bein hatte er eine Bisswunde von irgendeinem Dschungelinsekt, die sich immer wieder entzündete. Vor allem aber fühlte sich sein Selbstvertrauen so angeknackst an wie ein morscher Ast.

Mia, er selbst, die siegreichen Söldner – alle hatten auf dem Ast herumgetrampelt.

Soll ich sie wirklich anrufen?, überlegt er. Um Rat bitten, eingestehen, wie überfordert ich mich ohne sie fühle? Alleingelassen, beruflich wie privat?

Er denkt so konzentriert darüber nach, dass er erst im letzten Moment wahrnimmt, wie der Witwer aufsteht und aus dem Wagen springt, bevor der Zug richtig zum Stehen gekommen ist. S-Bahnhof Birkenwerder …

Der Marokkaner, oder was er sein mag, schnellt hoch und eilt hinter ihm her.

24

Klar schaffe ich *das«*, tippt Jimin mit links ins Smartphone, während sie in Hohen Neuendorf die B 96 entlangfährt. *»Bin gleich da.«*

Die Straße durch die Berliner Suburbs ist stark befahren, aber seit sie die nervtötenden Schleicher mit einem Kamikaze-Überholmanöver hinter sich gelassen hat, kommt sie einigermaßen zügig voran.

In Gegenrichtung war kilometerlang alles dicht, doch zum Glück zieht es das Zielobjekt stadtauswärts. Eine dunkelhäutige Schlampe mit Kraushaarmatte versuchte sich zwischenzeitlich an sie dranzuhängen, aber die hat sie abgeschüttelt.

Bestimmt eine Bullen-Bitch, schätzt Jimin. Oder soll das etwa Zufall sein, dass der staubgraue VW-Kombi von der Karibik-Tucke vorhin auch vor der Raubritterbude stand? Von wegen, solche Zufälle gibt es nicht.

Ohne groß vom Gas zu gehen, biegt Jimin bei Hellrot rechts in die 96a ein und jagt auf den Bahnhof Birkenwerder zu, der ein paar hundert Meter weiter auf der anderen Straßenseite liegt. Sie zieht den klotzigen SUV nach links rüber, vollführt einen U-Turn und hält genau vor dem ockerfarbenen Bahnhofsbau.

Gerade als sie in der Bushaltebucht gestoppt hat, kommt das Zielobjekt aus der Bahnhofstür gestolpert und rennt auf Jimin zu.

Was soll das jetzt? Sie duckt sich hinters Lenkrad. Sein Hoppeln und das verkrampfte Gesicht verraten ihr, dass ihm die Eier und das Arschloch noch wehtun.

Dabei war das erst das Vorspiel, Kleiner …

Mit erleichtertem Feixen registriert sie, dass er sie nicht bemerkt hat. Er hastet an ihr vorbei und eilt zu der Geländemaschine, die mit laufendem Motor ein paar Meter weiter wartet.

Eine 1200er BMW Rallye. *What the fuck?*, denkt Jimin, während Gerlach den Helm aufzieht, den der Fahrer ihm hinhält, ungelenk hinten aufsitzt und sich an seinem Vordermann festklammert.

»Den hat die verfickte Bitch geschickt!«, schreit Jimin niemand Speziellem zu, jedenfalls nicht Jaresh, der jetzt erst aus dem Bahnhof gesprintet kommt und mit den Armen rudert. Fünf Meter hinter ihm ein unauffälliger Mann Anfang vierzig, blond, sehnig, Lederjacke und Sportkäppi. Typ Schnüffler, das sieht sie auf hundert Meter, Typ Mich-wirst-du-nicht-mehr-los.

Versuch's doch, Wichser. Sie drückt auf die Schnellwahltaste mit Jareshs Nummer. »Ich häng mich dran, Ende.«

Sie klickt ihn weg und nimmt die Verfolgung auf. Die Enduro röhrt die Straße, die Jimin eben gekommen ist, wieder hoch, über die Kreuzung und dann scharf nach links. »*Havelstraße*«, liest Jimin im Vorbeirasen. Und auf einem anderen Schild: »*Naturschutzgebiet Urstromfließ*«.

Keine verschissene Ahnung, was ein Urstromfließ sein soll. Hätte Dad bestimmt auch nicht gewusst, obwohl er immer mit seinen paar Deutschbrocken angibt. Aber anstatt es zuzugeben, hätte er sie grün und blau geprügelt. Mindestens. Damit sie verdammt noch mal lernt, ihn mit ihrer dämlichen Fragerei nicht zu nerven. Sondern verfickt noch mal stillzuhalten, wenn er … und *Cut*.

Jimin würgt die Horrorkinderstunde in ihrem Kopf ab und konzentriert sich auf den Biker. Jacke und Hemd bauschen sich im Fahrtwind, über der Arschritze hat er ein Tattoo: Schwarze Fixe in rotem Kreis, genauso rot durchgeixt. Wie so ein dämliches Verkehrsschild.

Was soll das heißen, überlegt Jimin. Vielleicht »Spritzen verboten« oder »Spritz mir nicht in den Arsch«?

Die abschüssige Straße führt durch Wohngebiet, aber der Biker brettert die Piste entlang wie bei einer Rallye. Kein Wunder, so heißt sein Bike ja auch. Der niedliche Witwer klammert sich an ihn wie ein Mädchen. Bestimmt quiekt der ihm ins Ohr, denkt Jimin.

Der Audi dagegen röhrt wie das Nebelhorn der *Titanic*. Jimin bleibt an dem Witwer dran, ohne sich durch das Dauergebimmel ihres Handys kirremachen zu lassen. Jaresh hat jetzt verfickt noch mal Sendepause. Er ist schließlich schuld, wenn sie ihr Zielobjekt aus den Augen verlieren. Und warum noch gleich? Ganz klar: Wenn er Jimin nicht vorhin mit seiner Karre abgeholt hätte, hätte sie jetzt die Kawa unterm Arsch und der Enduro-Jüngling da vorne würde sich vor Angst in die Hose pissen. Der könnte noch froh sein, dass er was in der Hose hätte, durch das er pissen kann.

Die Enduro schwenkt plötzlich nach links und holpert über eine schmale Holzbrücke mit jeder Menge Stopp- und Sperrschildern. Darunter zieht sich ein sumpfiger Graben entlang.

»Scheiße, verfickte Scheiße!«, schreit Jimin und drischt mit der Faust aufs Lenkrad.

Der Biker rast weiter auf dem ungepflasterten Weg, der hinter der Brücke in eine Art Moorwald führt. Während Jimin in die Eisen steigt und einen halben Meter vor der beschissenen Brücke zum Stehen kommt. Schwarzes Wasser, mit Seerosen drauf, ansonsten nichts als Bäume. Überall, sogar mitten im Moor. Wald, so weit du glotzen kannst.

Okay, was ein verdammtes Urstromfließ ist, weiß sie jetzt auch. Das hilft ihr aber verfickt noch mal gar nichts. Von der Enduro ist nur noch leises Blubbern zu hören, wie von aufsteigenden Blasen im Sumpf.

»Verdammte Bitch.« Jimin liebt Wälder aller Art, egal ob Birken, Fichten, Tannen, Eichen, Buchen, Douglasien. In Wäldern hat sie ihre schönsten Fänge gemacht. Aber mit dem SUV-Koloss hat sie hier keine Chance.

»Ich krieg dich trotzdem«, knurrt sie und wischt auf dem Touchscreen herum. Der Weg ist auf der Navi-Karte nicht eingezeichnet. Da ist nichts als Sumpf und Wald, kilometerweit.

Ein gutes Stück weiter nördlich verläuft die Autobahn, Berliner Ring. Jimin wird klar, wie der Plan der Schlampe aussieht, mit der das Zielobjekt im Busch getuschelt hat: Irgendwo an der Autobahn wartet sie mit ihrer Karre, sammelt ihn ein und fährt mit ihm dahin, wo der verfickte Daten-Stick versteckt ist. Falls der Kleine mittlerweile eine Erleuchtung hatte.

Jimin knirscht mit den Zähnen. Sie haut den Rückwärtsgang rein, brettert zurück zu der Stelle, wo eine enge Straße nach rechts abzweigt. Parallel zu dem stinkenden Urstromfließ. Sie stellt den Wahlhebel auf D, tritt das Gaspedal durch und donnert das Sträßchen entlang, dass die Fachwerkhütten zittern.

Stellvertretend für den Witwer, die Schlampe und den Fahrer des *Naked Bike*. Die werden alle noch vor ihr zittern, beschließt Jimin. Nackt und zitternd vor ihr knien, bis sie alles aus sich herausgekotzt haben. Den Scheiß-Stick, ihre wohlverdienten Schmerzen, ihre jämmerliche Todesangst.

Nach ein paar hundert Metern öffnet sich links ein weiterer Weg in den Sumpfwald. Scheißschmal, total schlammig, aber zumindest keine Holzbrücke davor.

Jimin steigt auf die Bremse, reißt den Lenker herum, schlingert in den Weg und bremst erneut.

»Verfickt noch mal!« Sie kommt gerade noch vor der massiven Metallschranke zum Stehen. Und vor dem Mann im grünen Parka, mit grünem Filzhut, der auf der anderen Seite der Schranke eben aus seinem Geländewagen steigt. Der ist natürlich auch grün, eine Förster- oder Jägerkarre. Zierlich und hochachsig, mit einem irgendwie verbeulten L auf der Blechnase. Eine Russenschleuder, wird Jimin klar, Lada 4x4.

Der Förster, Waldmann oder was auch immer kommt um die Schranke herum, nähert sich ihrem Seitenfenster.

Er sieht niedlich aus, denkt Jimin, bestimmt fünf Zentimeter kleiner als sie und zehn Kilo leichter. Ziemlich genau ihr Typ, nur vielleicht schon etwas alt.

Sie stellt sich vor, wie sie ihn fest an sich drückt. So fest, dass seine Rippen knacken.

Er macht ihr ein Zeichen, sie soll die Scheibe herunterlassen. Sie macht ihm ein Zeichen, er soll die Hosen runterlassen, aber nicht in echt. Als sie sich zu ihm rausbeugt, sieht sie, wie sich sein Gesicht verzerrt. Wie er erschrickt, vor ihrer Wut und vor ihrer Fresse.

»Deine Nase sieht aus wie ein Klumpen Küchenschaben«, hat bei einem Blind Date mal einer zu ihr gesagt, ein Kammerjäger. Nicht dass die Typen so was von sich aus geäußert hätten, Jimin hielt ihre Eier mit der Faust umschlossen und presste ihnen das letzte Statement in ihrem beschissenen Leben ab. Sie war süchtig danach, heute kann sie es zugeben. »Wie eine Senkrechtstarter-Landebahn«, hat mal einer gesagt, ein Air-Force-Pilot. Er meinte es wahrscheinlich lobend, doch sie drosch ihm seine eigene Nase in den Rachen wie allen anderen auch.

Aber das war früher, und es war falsch. Das hier ist die neue, bessere Jimin, auf dem Weg in die neue, bessere Welt.

»Sie dürfen hier nicht durch«, sagt der Förster. »Naturschutzgebiet.«

Jimin nickt, stellt den Wahlhebel auf R und setzt sanft zurück. Sie kocht vor Wut, aber sie hat sich total unter Kontrolle.

Die Bitch hat mich gefickt … Wenn sie den Stick finden, kickt Phil mich bei Justice raus …

Doch das wird nicht passieren. Oder wie ihr Vater es ausgedrückt hat, während Jimin nackt am Boden lag und er mit dem Gürtel auf sie eindrosch: »Am Boden zu liegen ist keine Schande. Erst wenn du liegen bleibst, ist es vorbei.«

Darauf könnt ihr lange warten, ihr beschissenen Wichser, denkt Jimin. Egal, wie hart der Punch war, der sie zu Boden geschickt hat, sie ist immer wieder hochgekommen. Und diesmal wird es nicht anders sein.

Ihr Handy klingelt und klingelt. »Reg dich ab, Jaresh«, sagt sie in ihr Headset, »ich bin auf dem Weg.«

25

Schön, dass du es geschafft hast«, sagt Sven. »Alle anderen sind aber schon weg.« Er lässt sich auf den Beifahrersitz des Dienst-Passats fallen, noch ein wenig außer Atem nach seinem Spurt vom Bahnsteig nach draußen.

»Alle anderen?« Maren sieht schuldbewusst aus.

»Bis auf ihn da.« Sven deutet auf den groß gewachsenen jungen Mann mit Ray-Ban und Poser-Outfit. Ein Marokkaner oder Algerier vielleicht, der an der Bushaltestelle hin und her tigert und sein Handy ans Ohr hält, ohne zu reden. Offenbar geht niemand dran, aber er versucht es unermüdlich weiter.

»Der war auch in der Bahn, anscheinend aus dem gleichen Grund wie ich«, setzt er hinzu. »Wir sind alle drei hier ausgestiegen, und ich habe gerade noch mitbekommen, wie Gerlach bei einem Biker hinten aufgestiegen ist. Geländemaschine.«

Maren macht große Augen. »Du kannst dir nicht vorstellen, Sven, wie verstopft die Straßen …«

»Nicht zu ändern.« Er winkt ab. »Die Enduro ist abgezischt, ein schwarzer SUV hat sich drangehängt. Der hatte hier schon gewartet, war anscheinend gerade erst angekommen. Ein Audi Q8, zugelassen in Frankfurt/Main.«

»Der ist gefahren wie eine gesengte Sau.« Maren sieht jetzt noch schuldbewusster aus. »So ein bulliger Asiat mit Topffrisur. Er hat in Hohen Neuendorf eine ganze Kolonne Kleinwagen überholt, mit mindestens neunzig Sachen. Ich habe noch versucht, mich dranzuhängen, aber dann war die Ampel …«

»*Shit happens*«, fällt ihr Sven ins Wort.

Er klingt eine Spur zu gereizt, das merkt er selbst, wenn auch ein bisschen spät. Aber mit Mia wäre das eben nicht passiert, garantiert nicht. Niemand ist schneller als sie, egal mit welchem Vehikel. Oder auch zu Fuß. Beim Denken und Sprechen sowieso. Und bei der Verfolgung von Tatverdächtigen – vulgo Verbrecherjagd – ganz besonders. Wenn Mia nicht mit dem Kopf durch die Wand kommt, rennt sie die Wand eben hoch.

»Da kommt er zurück.« Sven hat die Sonnenblende heruntergeklappt und beobachtet im Schminkspiegel, wie der Q8 quer über die Straße schlittert und nach einer 180-Grad-Drehung in der Bushaltebucht stoppt.

Der junge Mann mit dem trainierten Body und der stoppelkurzen Soldatenfrisur reißt die Beifahrertür auf und steigt ein. Er ist offenbar geladen, aber die bullige Person hinterm Steuer sieht noch viel wütender aus. Lederkluft, Haare, Augen – alles schwarz. Am schwärzesten ihr Zorn.

Sven hat sie nur kurz im Spiegel gesehen, als sie schlingernd hinter ihnen drehte, und sofort ist ihm wieder eingefallen, was Gerlach gestern herausgerutscht ist: »*Vielleicht war es ja gar kein Er.*«

»Das muss sie sein«, sagt er, mehr zu sich selbst, während der Audi mit Karacho losfährt, zurück in Richtung Stadt.

»Soll ich hinterher?«

Sven schüttelt den Kopf. »Lass gut sein.«

Er weiß, dass es für Maren wie »*Die hängen dich eh wieder ab*« klingen muss, und er weiß auch, dass Maren weiß, dass Mia noch immer als schnellste Ermittlerin gilt, die je beim LKA Berlin war. Auch ihre Fälle lösten sie und Sven fast immer in Rekordzeit, aber darum geht es jetzt nicht. Er muss sich konzentrieren, damit er den Faden nicht verliert …

»Verstehst du, Maren? Gestern war er offensichtlich erleichtert, als du seinen Versprecher auf die letzten Worte seiner Frau bezogen hast. Auf dieses ominöse ›*Sie wollte*‹ … *Pause* … ›*mich umbringen.*‹«

»War das so offensichtlich?« Sie klingt jetzt weniger schuldbewusst als gekränkt. »Ich habe nichts davon gemerkt, und ich wusste bis jetzt auch nicht, dass es aus deiner Sicht …«

»Herrje, darum geht es nicht.«

Natürlich war es falsch von ihr, mit ihrer Assoziation vorzupreschen, anstatt Gerlach reden zu lassen. Aber genauso zweifellos wäre Sven geduldiger mit seiner neuen Partnerin, wenn nicht zufällig gerade die Zukunft des Planeten auf dem Spiel stehen würde.

»Und worum geht es sonst? Vielleicht willst du mir das doch allmählich mal verraten?«

Okay, jetzt habe ich's vermasselt, sagt sich Sven. Jetzt ist sie eingeschnappt.

»Maren, bitte hör mir zu. Das hier ist ein spezieller Fall, aber das liegt nicht an mir. Vertrau mir einfach. Und lass mich diesen Gedanken zu Ende bringen, bevor er sich in Nebel aufgelöst hat.« Er schließt die Augen. »Also, These: Die bullige Person im Audi ist eine Frau. Ungewöhnlich groß und kräftig, erst recht für eine Asiatin, aber eine Frau. Paul Gerlach behauptet, Lottes letzte Worte hätten ihm dieses Bild in den Kopf gepflanzt: ›*eine kräftige, groß gewachsene Frau*‹«, zitiert er aus dem Gedächtnis, »›*die irgendwie versucht hat, Lotte zu töten*‹. Zitat Ende.«

Sven öffnet die Augen und sieht Maren an. »Wie plausibel ist es aber, dass er sich die Frau als groß und kräftig vorstellt, nur weil Lotte von einer ›*Sie*‹ gesprochen hat? Das Ganze ergibt viel mehr Sinn, wenn wir annehmen, dass er sie mit eigenen Augen gesehen hat. Als er im Tegeler Forst eben nicht einfach gestolpert ist, sondern von ihr bedroht und zusammengeschlagen wurde.«

»Und du meinst, sie war auch bei ihm zu Hause?«, nimmt Maren den Gedanken auf. »Dass dieser Psychomist mit dem geköpften Plüschhund gleichfalls auf ihr Konto geht?«

Sven zuckt mit den Schultern. »Erst mal ist es nur eine These. Aber er wirkt verängstigt, er hat sich mit der ›großen, kräftigen Frau‹ verplappert, und er ist offenbar körperlich misshandelt worden. Möglicherweise auch sexuell erniedrigt. Die Person im Audi habe ich eben nur kurz gesehen, trotzdem war mein spontaner Gedanke: Das würde zu ihr passen. Natürlich ist das spekulativ. Aber dem Witwer geht es wohl ähnlich: Seit er die Frau gesehen – und in Aktion erlebt – hat, glaubt er, dass sie es war, die Lotte umgebracht hat.«

»*Falls* er sie gesehen hat.« Maren sieht ihn skeptisch an. »Und falls Lotte wirklich umgebracht worden ist. Obwohl es keine Anhaltspunkte dafür gibt.«

»Angeblich«, schränkt wiederum Sven ein. »Bisher haben wir keinen Obduktionsbericht zu sehen bekommen. Nur den Totenschein und den toxikologischen Bericht aus der Klinik, laut dem sie fahruntüchtig war.«

Er fährt sich mit der Fingerspitze über die Zickzacknarbe an seiner rechten Seite. Von der Stirn abwärts bis zum Ohr.

Zumindest ist Maren nicht mehr eingeschnappt, geht es ihm durch den Kopf. Trotzdem wünscht er sich mehr als alles andere, dass Mia neben ihm säße. Beziehungsweise er neben ihr.

»Und jetzt?«, fragt sie in quengeligem Tonfall. »Brechen wir ab?«

»Rutsch mal rüber.« Er steigt aus, joggt um das Auto herum und wartet ungeduldig, bis sie sich auf den Beifahrersitz gehievt hat.

»Wir fangen gerade erst an.« Er steigt ein und startet den im jahrelangen Dienst noch grauer gewordenen Passat. »Hol mal den Laptop aus dem Handschuhfach und gib das Kennzeichen ein.«

Er nennt ihr die Zeichenfolge vom Nummernschild des Audi Q8 und fährt los, zurück in Richtung City.

»Das ist bestimmt ein Mietwagen«, sagt Maren, immer noch in

diesem nörgeligen Tonfall. »Mit falschen Papieren am Frankfurter Flughafen gebucht.«

Sie tippt das Kennzeichen in die Suchmaske ein.

»Hey, das ist interessant«, sagt sie eine Minute später. »Der Halter ist ein Unternehmen, *SecLog Europe*. Eine Security-Firma mit Sitz in Frankfurt.«

»Security-Söldner?« Sven grinst sie an. »Sehr gut, Maren.«

Er hätte sie auch gelobt, wenn sie ihm die korrekte Uhrzeit gesagt hätte. Nicht nur, um den Team-Spirit zu verbessern, sondern mehr noch, weil er einen unvermuteten Euphorieschub verspürt.

Mit Security-Söldnern hat er noch eine Rechnung offen.

Außerdem kommt ihm der Firmenname bekannt vor. *SecLog*. Irgendwo ist ihm der in letzter Zeit begegnet.

Nur wo?

26

Ist das nicht ein bisschen übertrieben, Katia? Du hast wohl zu viele Agententhriller gelesen.«

Paul ist nassgeschwitzt nach der rasenden Fahrt durch Wald und Moor. Über polternde Holzwege, schlammige Wildpfade, einmal sogar eine haarsträubend steile Böschung hoch. Nachdem sie durch einen Sumpfgraben gefahren waren, mit gurgelndem Auspuff und bis zu den Knöcheln im braunen Wasser.

Im Unterschied zu Paul schien es dem Fahrer Spaß zu machen. Mehrfach drehte er sich zu seinem Sozius um und stieß grinsend die linke Faust in die Luft. Während Pauls Helmvisier mehr und mehr mit Angstschweiß beschlug.

»Du hast die Typen doch gesehen. Der eine bei dir in der Bahn, der andere im SUV hinterher.« Katia wirkt kühl und kontrolliert. Wie gestern, und wie auf ihren Videos. »Jetzt schnall dich an und komm erst mal runter.«

Sie hat hier auf dem Autobahnparkplatz gewartet. Der Biker stoppte nur gerade so lange, dass Paul absteigen konnte, grüßte mit hochgestoßener Faust und raste wieder los.

Den Helm hat Paul auf der Rückbank von Katias Peugeot verstaut, neben der Kiste mit den Nokias. Bevor er sich anschnallt, quält er sich noch aus seinem Parka.

Katia lässt den Rückspiegel nicht aus den Augen. Kaum hat er den Sicherheitsgurt umgelegt, haut sie einen Gang rein und fährt los.

Pauls Füße sind nass, von Sumpfwasser und Schweiß. Es fühlt sich unangenehm an. Alles fühlt sich unangenehm an. Sein ganzes Leben, seit Lotte …

»Genug geträumt, Paul. Wohin jetzt?«

Sie redet mit ihm wie mit einem versponnenen Kind.

»Abfahrt Neuruppin-Süd. Wenn wir dort sind, zeige ich dir den Weg.«

»Okay.« Sie sieht ihn prüfend an. »Und du bist dir sicher, dass es dort ist?« Erneut kontrolliert sie Rück- und Seitenspiegel.

Er nickt. »Ziemlich sicher, ja.«

Dabei ist er schon um fünf Uhr früh mit starken Zweifeln aufgewacht. Vielleicht hat er doch alles falsch verstanden. Vielleicht gibt es gar keinen Stick. Und wenn doch, warum sollte Lotte ihn ausgerechnet in der alten Datsche verstecken, in der sie sich nie wohlgefühlt hat?

Deshalb sind sie doch seit Jahren kaum mehr dort gewesen. Lotte fand es zu dörflich, zu bäuerlich. Auch wenn sie es so nie gesagt hat. Sie brauchte eine Bühne. Und obwohl er sich bemühte, das Häuschen aufzupeppen, Zwischenwände entfernen, sogar die Decke zum ersten Stock teilweise herausnehmen ließ, blieb es eine kärgliche Kate, weit weg von Glanz und Lichtern der Stadt.

Zumindest in Lottes Augen. Also fuhren sie immer seltener hinaus. Nachdem Lotte den PR-Job bei dem Modekonzern angenommen hatte, war sie sowieso immer öfter geschäftlich unterwegs. Und seit sie bei ClarTop war, erst recht.

Nagende Zweifel, seit er im Morgengrauen aufgewacht ist. Angefacht vielleicht von den Schmerzen, die noch immer nicht ganz abgeklungen sind. Zweifel an ihrem Leben in den letzten Jahren, spätestens seit Dions Geburt …

Er gab Lotte in allem nach, und er fühlte sich gut dabei. Großartig sogar. Er liebte jede Faser an ihr, er war jeden Tag, jede Stunde aufs Neue überwältigt. Von ihrer Schönheit sowieso, ihrer Zärtlichkeit, der scheinbaren Zerbrechlichkeit, hinter der sich so viel Willenskraft verbarg. Und von der Tapferkeit, mit der sie die Angst tief in ihr zum Glühen brachte und zum Turboantrieb machte für ihre unerschöpfliche Kreativität …

Oh Gott, denkt Paul, was läuft hier in meinem Kopf ab, ein Nachruf auf Lotte?

Halt an, hätte er am liebsten gesagt, wir sind auf der falschen Spur. Dreh um, denn wofür soll das gut sein: auf Lottes und meiner Lebensspur zurückzufahren, bis zu der Stelle, wo wir falsch abgebogen sind?

Wir beide – oder nur sie? Oder habe ich mich verloren unterwegs? Wann war das?

»Die Typen waren schon heute früh vor deinem Haus«, reißt ihn Katia aus seinen Gedanken. »Der eine ist dir zum Bahnhof und dann in der S1 gefolgt. Der andere mit dem SUV hinterher – ob Mann, Frau oder was sonst, ist nicht ganz klar.«

»Wie bitte?« Paul hat Mühe, die Informationen zu verarbeiten.

Heißt das, dass auch Katia ihn überwachen lässt? Er beschließt, darüber hinwegzugehen.

»Eine Frau, das habe ich dir doch erzählt«, sagt er stattdessen. »Falls es die ist, die mich im Wald und vorher schon zu Hause …«

Paul bricht ab und starrt aus dem Seitenfenster. Nieselregen, lebhafter Verkehr, er registriert es mechanisch.

»Was hat sie mit dir gemacht, Paul? Glaub mir, ich kenne das Muster. Ich hatte schon x-mal mit Misshandlungsopfern zu tun.«

Opfer ... Das Wort hallt in ihm nach. Doch es passt nicht zu ihm.

»Sie hat versucht, mich einzuschüchtern, aber damit komme ich klar.« Er kämmt sich mit gespreizten Fingern die Haare aus der Stirn. »Können wir uns bitte auf die Suche nach dem Stick konzentrieren?«

27

Um halb zwölf treffen Sven und Maren im LKA-Präsidium in der Keithstraße ein. Das Zielobjekt hat sie abgehängt, bilanziert Sven für sich, trotzdem war die Observierung kein totaler Fehlschlag.

»Finde mal heraus«, fordert er Maren auf, »was das Ehepaar Gerlach noch so alles an Immobilien besitzt. Vielleicht ist er auf dem Weg zum Ferienhaus.«

Er setzt sich hinter seinen Schreibtisch, der ganz am Ende des schlauchförmigen Büros steht, mit dem Rücken zum Fenster. Früher hat hier Mia Muller gesessen, und sein Platz war vorne an dem Tisch, an dem jetzt Maren sitzt. An der Tür steht sein Name, nicht mehr Mias, aber es fühlt sich nicht halb so befriedigend an, wie er sich das mal ausgemalt hatte. Als er noch scharf auf Karriere war, so wie offenbar auch Lotte Gerlach.

Maren klickt sich durchs Intranet, telefoniert mit dem Grundbuchamt, macht dem Kollegen am anderen Ende der Leitung ordentlich Dampf. Sie ist gut, denkt Sven, du musst nur Geduld mit ihr haben, dann wird sie jeden Tag noch besser.

Dumm nur, dass sie dafür keine Zeit haben. Dass ihnen nur noch wenige Tage bleiben, um diejenigen zur Strecke zu bringen, die den

Daumen auf dem Doomsday-Button haben. Also mach hinne, Sven …

Er greift sich den Schnellhefter zum Fall Lotte Gerlach und blättert die wenigen Seiten durch. Kein Hinweis auf SecLog, und doch ist er sicher, dass er den Firmennamen vor Kurzem erst gesehen hat, in Verbindung mit diesem Fall.

Er nippt von dem bitteren Kaffee aus dem Automaten. Auch die belegte Kantinen-Schrippe schmeckt wie immer, trotzdem beißt er herzhaft zu. Der Ausflug heute früh hat ihn hungrig gemacht.

Vielleicht war es auch der Anblick der Asiatin. Falls er mit der mal ins Gemenge gerät, sagt sich Sven, sollte er besser in Topform sein.

Er gibt *»SecLog«* in die Suchmaske ein und erzielt eine fünfstellige Trefferzahl. Laut Selbstdarstellung auf der Firmen-Website ist SecLog *»ein international tätiges Security-Unternehmen, spezialisiert auf Wach- und Fahrdienst, Wirtschaftsspionageabwehr sowie Sicherung von Industrie- und Militäranlagen auf allen Kontinenten«*. 20 000+ Mitarbeiter, Jahresumsatz 1,57 Milliarden US-Dollar. Das Headquarter ist in New York, die Hauptniederlassung von *SecLog Asia* ist Bangkok, mit Zweigstellen in mehr als zehn weiteren asiatischen Hauptstädten, einschließlich Jakarta. *SecLog Europe* hat auffällig viele osteuropäische Niederlassungen, darunter Bukarest, Kiew, Sofia; die Zentrale ist in Frankfurt am Main, wo auch der Audi Q8 zugelassen ist.

So weit die öffentlich zugänglichen Informationen. Normalerweise würden sie jetzt bei SecLog Europe nachhaken, um die Identität der beiden Personen in dem Audi zu ermitteln. Aber das geht auf keinen Fall. Offiziell sollen sie nur einen Verkehrsunfall aufklären, und der SUV hatte nichts damit zu tun.

Oder vielleicht doch? Jetzt mal strukturiert, sagt sich Sven. Er nippt von seinem Kaffee, beißt in sein Gummibrötchen, versucht den Geschmack zu ignorieren. Erst einmal muss er herausfinden, wo er über den Firmennamen gestolpert ist. Und seine Vorurteile gegen Security-Firmen außen vor lassen, auch wenn er andauernd an den Söldner mit der Machete denken muss, seit er den Halter des schwarzen SUV kennt.

Maren lässt sich zur nächsten Abteilung beim Grundbuchamt Brandenburg weiterverbinden, und Sven scrollt sich weiter durch die Firmen-Website.

Das Geschäftsmodell von SecLog beruht auf größtmöglicher Diskretion. Kein Wunder, dass er nie zuvor von dem Unternehmen gehört hat, obwohl es sich um einen Konzern mit Milliardenumsatz handelt. Umso weniger kann es Zufall sein, dass er gestern oder vorgestern auf den Namen gestoßen ist.

Nur wo?

Er wechselt auf die Website von ClarTop, klickt hin und her, überfliegt und stöbert herum, ohne Resultat. Er klickt weiter auf die Seite von Raya Pharmalab, verbringt noch mal zehn Minuten mit dem Durchforsten von Organigrammen und Pressemeldungen, aber der Name SecLog taucht nirgendwo auf.

Die branchentypische Heimlichtuerei geht ihm auf die Nerven, mehr noch ärgert er sich über sein Gedächtnis. Dabei weiß er genau, dass er sich nicht täuscht, er findet nur die Schublade nicht, in der er die Information abgelegt hat.

»Okay, schade«, sagt Maren ins Telefon. »Da kann man nichts machen. Trotzdem vielen Dank.«

Sie legt auf und lehnt sich auf ihrem Stuhl zurück. »Fehlanzeige. Die Gerlachs haben keinen weiteren Wohnsitz oder sonstige Immobilien, weder in Berlin noch in Brandenburg. Lottes Vater, Robert Kastner, verwitwet, wohnt in Charlottenburg zur Miete. Paul Gerlachs Schwester, Maria Bechthold, lebt auf Rügen, in einem umgebauten Bauernhof. Ihr Mann Alexander ist Landarzt im Wahlkreis der Kanzlerin …«

Sven zuckt zusammen. Unvermittelt sieht er die Kanzlerin vor sich, in einem Konferenzraum mit den Präsidenten und Premierministern der anderen G20-Staaten, und die Gesichter an dem großen Tischoval sind sorgenvoll bis angstverzerrt …

»… und dann noch Pauls Vater, Peter Gerlach«, sagt Maren gerade, als Sven sich wieder bei ihr einklinkt. »Der ist an Alzheimer erkrankt und wohnt in einem gerontopsychiatrischen Heim in Spandau. Auch Witwer übrigens.«

Sven nickt anerkennend. »Gute Arbeit, Maren. Das hast du aber nicht alles eben herausgefunden, oder?«

Sie deutet ein Kopfschütteln an. »Ich war gestern Nachmittag noch mal hier. Der Fall lässt mir keine Ruhe.«

»Super Einsatz.« Sven ist beeindruckt, aber auch eine Spur besorgt. »Übertreib es nicht, okay? Es darf auf keinen Fall so aussehen, als ob …«

»Ich weiß.« Sie zieht eine Grimasse. »Wir ermitteln wegen einem Unfall.«

»Wie war das? Moment mal.« Er horcht in sich hinein. »Ein Unfall … *fire accident* … Da kamen die irgendwie vor …«

»Bei dir alles in Ordnung, Sven?«, sagt Maren, aber er achtet nicht mehr auf sie.

Da war doch dieser Artikel bei *The Jakarta Post* … über das Feuer bei Raya … Anfang März …

Fieberhaft tippt er »*Jakarta Post*« ins Suchfeld ein, die englischsprachige News-Site aus Indonesien. Gestern Mittag, als er mit Maren im Café am Bahnhof Lichterfelde-West saß, ist er im Internet herumgesurft, hat erst »*ClarTop*«, dann »*Raya Pharmalab*« gegoogelt, ist irgendwann auf die Nachrichtenseite aus Jakarta gestoßen, die mehrfach über das Feuer auf dem Raya-Gelände berichtet hat.

Sven klickt, scrollt, klickt … Hier, das muss der Bericht sein. Mit einem Foto von den Flammen und der Qualmwolke über dem Firmenareal … Er überfliegt den Artikel. Da ist es …

»Ein halbes Jahr nach der Übernahme durch den deutschen Branchen-Newcomer ClarTop brannte es gestern bei Raya Pharmalab lichterloh. Eine Lagerhalle wurde von dem Feuer vollständig zerstört, doch viel schwerer wiegt der Tod eines renommierten Wissenschaft-

lers, Dr. Iqbal M., der in den Flammen ums Leben kam. Die Unglücksursache ist derzeit Gegenstand polizeilicher Ermittlungen. Ohne dem Ergebnis vorgreifen zu wollen, stellt sich aber jetzt schon die Frage, ob Mängel in der neu strukturierten Sicherheitsabteilung des Unternehmens das Unglück mitverschuldet haben …

Wie bereits berichtet, rollten Anfang des Jahres in dem renommierten Forschungsbetrieb die Köpfe: Die neue Berliner Zentrale schickte ihre oberste Personalmanagerin nach Jakarta, um diverse Führungspositionen neu zu besetzen. Nicht nur der Niederlassungsleiter und etliche leitende Wissenschaftler wurden ausgetauscht, auch die Unternehmens-Security wurde komplett neu aufgesetzt. Der altgediente Wach- und Fahrdienst, alles einheimische Fachkräfte, landete auf dem Altenteil, und der Bereich wurde, soweit bekannt, vollständig outgesourct – an welches Sicherheitsunternehmen, wollte uns bei Raya Pharmalab auf Anfrage niemand mitteilen.

Aus Insiderkreisen verlautet, für einen Hochrisikobetrieb wie Raya kämen nur eine Handvoll Security-Firmen infrage, die global aufgestellt sind und entsprechende Zertifikate vorweisen könnten, darunter International Security Network, SecLog *und* United Resources Group.«

»Treffer.« Sven verspürt Triumphgefühl. Unangemessen, zumindest stark übertrieben, schon klar. Doch der Söldner mit der Machete in seinem Kopfkino sieht auf einmal ausgesprochen besorgt aus …

»Verrätst du mir, was für ein Treffer? Oder ist das auch streng geheim?«

»Beides, Maren. *Top secret,* und du erfährst es als Erste.« Er springt auf und stürmt zu ihr nach vorne. »Also, das ist jetzt noch nicht ganz hieb- und stichfest.«

Er baut sich vor ihrem Schreibtisch auf, wie es Mia früher bei ihm gemacht hat. Hände auf den Hüften, ein Funkeln in den Augen, von dem er allerdings nur die Stromsparversion hinbekommt. »Allem Anschein nach arbeitet unser SUV-Pärchen für SecLog«, fährt er fort. »Das Unternehmen, das bei Raya Pharmalab mutmaßlich für Security zuständig ist.«

Maren starrt mit zurückgelegtem Kopf zu ihm hoch. »Das war's dann wohl mit dem Verkehrsunfall.« Sie wird ein bisschen grau um die Nase. »Und die Asiatin …«

Sven hält sich den Zeigefinger vor den Mund. »Keine voreiligen Schlüsse. Und vor allem kein Wort zu wem auch immer. Bevor ich Siebener informiere, brauchen wir noch ein paar Informationen.«

»›Unser Pärchen‹.« Maren sieht ihn geistesabwesend an. »Meinst du wirklich, dass die …. ähm … zusammen sind?«

»Was? Weiß nicht. Das habe ich nur so gesagt.« Er schüttelt sich kurz. »Ruf jetzt bitte die Nürnberger Kollegen an. Wir brauchen eine möglichst genaue Beschreibung des Mannes, der im *Weißen Hirsch* war und Lotte in ihrem Zimmer aufgesucht haben soll. Und wir wollen wissen, was für ein Auto er gefahren hat. Vielleicht hat die Wirtin ja auch ihn wegfahren gesehen.«

Also hopphopp, hätte er fast hinzugefügt, wie Mia manchmal, wenn er ihr nicht schnell genug war. Beruflich wie privat.

Aber Maren greift sowieso schon zum Telefon. Zwei Sekunden später hat sie die Kollegin Reichlein am Apparat.

Bei der wäre das Hopphopp angebrachter, sagt sich Sven. Er hat einmal mit ihr telefoniert und die schlafmützige Sprechweise mit den weichgekochten Konsonanten noch im Ohr.

»Ja, das wäre hilfreich, Frau Reichlein«, sagt Maren. »Wenn Sie sofort jemanden hinschicken könnten – wir brauchen nur noch dieses eine Puzzlestück, um den Fall abzuschließen.«

Schön wär's, denkt Sven. Aber soweit es Maren selbst betrifft, hat sie nicht ganz unrecht. Hoffentlich …

Er hat beschlossen, gleich nachher beim Rapport mit der Chefin über Mia zu sprechen. Nichts gegen Maren, wird er sagen, überhaupt nicht, sie macht sich richtig gut.

Aber wenn dieser Fall hier auch nur annähernd die von Siebener angedeuteten Dimensionen hat, braucht er keine engagierte Anfängerin im Team, sondern die taffste Kriminalistin, die sie kriegen können. Wie bei den Security-Firmen kommen nur einige wenige infrage, und die mit Abstand beste ist Mia Muller, zurzeit Special Agent bei Europol.

28

Berliner Ring, Nieselregen. Die Scheibenwischer scharren über die Windschutzscheibe von Katias Kastenwagen. Die Karre kommt Paul heute noch zugemüllter vor. Noch mehr Kisten und Papierstapel, leere Wasserflaschen und Chipstüten. Nach gesundem Leben sieht das hier nicht gerade aus.

»Der Stick, okay.« Katia kontrolliert den Rückspiegel. »Dann lass uns mal Tacheles reden.« Sie wirft Paul einen raschen Blick zu. »Ich gehe davon aus, dass hochbrisante Daten darauf gespeichert sind. Zum Beispiel über geheime klinische Tests bei Raya. Lotte muss die irgendwie zugespielt bekommen oder auch aktiv gesammelt haben – vielleicht, weil ihr Gewissen ihr zu schaffen gemacht hat. So ähnlich wie bei Edward Snowden: vom Mitläufer zum Whistleblower.«

»Lotte hat ganz bestimmt bei nichts Illegalem mitgemacht«, protestiert Paul. »Und was denn für Tests?«

»Es gab Gerüchte. Schon kurz nachdem ClarTop das Labor in Jakarta übernommen hat. Über Teilnehmer einer klinischen Studie, die anschließend angeblich alle tot waren. Und zufällig sind diese Gerüchte besonders hochgekocht, kurz bevor Lotte im Januar nach Indonesien gejettet ist, um dort mit dem eisernen Besen zu kehren.«

»Gerüchte«, wiederholt Paul. »Ist das nicht ein bisschen wenig?«

»Zähe Gerüchte sind das, was übrig bleibt, wenn alles andere vertuscht worden ist. Mit freundlicher Unterstützung hochrangiger Polizeioffiziere – zum Beispiel General Wasisto, Vizepräsident der Nationalen Polizeibehörde. Auch genannt der Präsidentenflüsterer. Einer der mächtigsten Männer des Landes – und Ehrengast bei der Übernahmefeier, die ClarTop letzten Herbst in Jakarta zelebriert hat. Hat Lotte den General mal erwähnt?«

Paul verneint. »Du kennst sie doch auch ein bisschen, Katia. Und sie war immer nur für PR und Personalmanagement zuständig – mit dem, was vielleicht im Labor passiert ist, hatte sie nichts zu tun.«

»Das nennt man Arbeitsteilung. Schon mal gehört? Die einen machen Propaganda, die anderen basteln Massenvernichtungswaffen. Beide zusammen fahren den Sieg ein. Und die Milliardenprofite.«

»Propaganda? Massenvernichtung? Herrgott, wovon redest du?«

In Gedanken ist er noch halb bei ihrer Datsche und der Frage, ob und wann sie privat falsch abgebogen sind. Oder vielleicht nur er …

»Wir rechnen seit Langem damit, dass die ultimative Bio-Bombe irgendwo auf der Welt in einem Labor zusammengepuzzelt wird«, sagt Katia in sachlichem Tonfall.

»Wer ist ›wir‹? Und was heißt, ihr rechnet damit …?«

»Wir sind ein internationales Netzwerk von Menschen, die sich für eine freiheitliche, selbstbestimmte Zukunft für alle einsetzen. Aktivisten und Medienleute, Künstler und Wissenschaftler, und zunehmend stoßen wir auch bei Entscheidungsträgern in Staat und Politik auf offene Ohren.«

Vor ihnen taucht ein Schild auf – *Autobahndreieck Havelland*. Nach Neuruppin geht es geradeaus weiter über die A 24. Katia wechselt auf die linke Spur und gibt mehr Gas. Dabei klappert und ächzt die Handwerkerkarre sowieso schon.

»Warum wir damit rechnen, fragst du?«, sagt sie mit erhobener Stimme. »Ganz einfach: weil es technologisch möglich ist. Und weil es grenzenlose Macht und nie dagewesene Profite verspricht. Ein verheerendes Virus, das gentechnisch optimiert wird, oder auch ein komplett in der Retorte erzeugter Erreger. Plus ein Impfstoff und/oder ein Medikament, mit dem privilegierte Gruppen geschützt werden können – fertig ist das ultimative Erpressungs-Tool.«

Sie wirft ihm einen Blick zu. Ihre Stimme klingt hart, ihr Lächeln ist wie eingemeißelt in das auffällig weiße Gesicht mit den großen, hellblauen Augen.

»Wer diese Waffen in Händen hat, dem stehen mindestens zwei Optionen offen. Er kann die reichsten Staaten und Konzerne um praktisch jeden Betrag erpressen, indem er mit einer tödlichen Seuche droht, gegen die nur er die rettenden Impf- und Heilstoffe besitzt. Das wäre die kriminelle Option, daneben gibt es noch die terroristische. Stell dir vor, eine Sekte oder radikale politische Gruppe bekommt so eine Bio-Bombe in die Hände: Sie könnten sie weltweit zünden und durch vorherige Impfung sicherstellen, dass ihre getreuen Anhänger überleben. Während alle anderen von der Seuche getötet werden. Milliarden Menschen, die Hälfte der Erdbevölkerung oder mehr.«

Darauf fällt Paul keine Antwort ein. Er starrt vor sich hin, auch Katia verstummt. Der Regen hat aufgehört, der Himmel klart auf, sogar die Sonne kommt heraus – wie zum Hohn auf die Apokalypse, die Katia heraufbeschworen hat.

Alles, was technologisch möglich ist, wird auch realisiert ... Paul weiß, dass es für ihre Behauptung gute Belege gibt. Die Atomspaltung ist eines der bekanntesten Beispiele. Heute wird ganz ähnlich die Entwicklung autonomer künstlicher Intelligenz vorangetrieben, obwohl sie nach Ansicht vieler Experten fast zwangsläufig zur »Singularität« führen wird, der Entmachtung der Menschen durch Supercomputer, vielleicht sogar zur Ausrottung unserer Spezies ... Technologiebegeisterung, Macht- und Profitgier waren immer schon starke Treiber des sogenannten Fortschritts, sagt sich Paul. Den stärksten Treiber hat Katia nicht einmal erwähnt: die Macht der Träume, der kollektiven Fantasien ...

Flugzeuge etwa wurden nicht einfach deshalb entwickelt, weil es irgendwann technisch möglich war. Sondern weil der uralte Menschheitstraum, sich wie Vögel in die Luft zu erheben, zuerst Legenden von fliegenden Menschen, viel später dann die fantastischen Flugapparate der Renaissancekünstler hervorgebracht hat. Hier wie überall waren Verstand, Logik und Wissenschaft nur Erfüllungsgehilfen der Fantasie.

Weil Menschen immer schon fliegen wollten, ja weil sie es im Traum immer schon konnten, fanden sie irgendwann, nach Jahrtausenden des Täuschens und Tüftelns, eine technische Lösung. Und sobald es die gab, wurde sie praktisch umgesetzt …

Unglücklicherweise gilt das auch für die düstersten Menschheitsträume, sinniert Paul weiter. Auch für das Streben nach schrankenloser Macht fanden sich nach Jahrtausenden des Täuschens und Tüftelns technische Lösungen. Und nicht lange danach wurde auch an apokalyptischen Waffen realisiert und eingesetzt, was machbar und einsetzbar geworden war. Gasbomben seit dem Ersten Weltkrieg, Atombomben im Zweiten. Bio-Bomben bislang nur in kleinerem Maßstab, doch auch hier ist seit Langem alles für den Einsatz als Massenvernichtungswaffe bereit …

Und Lotte, wie passt sie in dieses Szenario? Angenommen, Katia hätte recht und bei ClarTop würde heimlich an tödlichen Viren gebastelt – kann es wirklich sein, dass Lotte dabei irgendwie mitgemacht hat? Aus welchem Motiv hätte sie das tun sollen – Geldgier, Geltungssucht, Machtrausch?

Nein, das alles passt nicht zu ihr, sagt sich Paul. Natürlich, sie liebte den Reichtum, der so plötzlich über sie gekommen war. Die Luxushotels, die teuren Markenklamotten … Trotzdem hätte sie keine kriminellen Machenschaften gedeckt, erst recht keine Menschenversuche, um die Effizienz von Killerviren zu testen – nicht nach dem, was sie als kleines Mädchen erlebt hat …

Wirklich nicht?, durchfährt es ihn. Ganz bestimmt hätte sie nicht mitgemacht, wenn sie definitiv gewusst hätte, was für ein Schurkenstück da gespielt wird. Aber wenn sie es nur dunkel ahnte, war sie vielleicht gerade deshalb die Richtige für diesen Job. Weil sie ihre ganze Energie dafür einsetzen würde, die Ahnung zu vertuschen, verleugnen, widerlegen – auch und als Erstes vor sich selbst …

Paul krampft sich der Magen zusammen. Plötzlich sieht er es klar vor sich. Unerträglich klar.

Seit sie als kleines Mädchen traumatisiert wurde, ist sie weggelaufen vor der Angst, dass ein tödliches Virus noch einmal ihr Leben und das ihrer Liebsten zerstören könnte. Aus der Verleugnung dieser Angst hat sie all ihre Kraft und Kreativität gezogen. Aber die schrecklichen Bilder standen ihr immer vor Augen, sagt sich Paul und kämpft gegen Tränen an. Der wahr gewordene Albtraum, den ihr Vater mit seinen Horrorstorys von Riesensporen, Killerkeimen und explodierenden Laboren auch noch lebendig gehalten und unermüdlich variiert hat. Von ihrer Kindheit an bis heute.

Als sie dann merkte, dass bei ihr in der Firma genau dieser Albtraum wahr zu werden drohte, reagierte sie wie immer in ihrem Leben: Sie bemalte die Kulissen und polierte die Fassaden. Bis ClarTop und Raya ganz und gar nach heiler Pharma-Welt aussahen, in der geheime Virenzüchtung, verbrecherische Experimente, tödliche Tests keinen Platz zu haben schienen. Illusionskunst, wie nur Lotte sie beherrschte …

Sie war die optimale Besetzung für diese Position, sagt sich Paul. Und weil die albtraumhaften Vorgänge in der Firma sie immer stärker triggerten, fing sie wieder mit dem Milobran an …

Wann ging das los, Lotte? Warum hast du mir nichts gesagt?

Und warum habe ich das nicht gesehen?

»Neuruppin-Süd«, sagt Katia. »Hier raus?«

»Wie? Ja.« Paul reibt sich die Augen. »Nach der Ausfahrt links und dann wieder links.«

29

Hübsche Hütte.«

Katia hat in der Einfahrt gestoppt und den Motor abgestellt, aber sie steigt nicht aus. »Und das gehört auch euch? *Das* finde ich übertrieben, Paul. Andere haben nichts, und Profiteure wie ihr …«

Er holt tief Luft. »Konzentrieren wir uns auf den Stick, ja?«

»Deshalb sind wir hier.« Sie lächelt und nickt. Ein unnachgiebiges Lächeln, unheimlich und faszinierend …

»Das Haus hat ein Verwandter von mir geerbt«, erklärt er, während sie durch den Garten zur Haustür gehen. »Ein Cousin, er lebt in den USA. Aus sentimentalen Gründen wollte er nicht verkaufen.«

Der gedrungene Fachwerkbau liegt auf einem kleinen Hügel, umgeben von Wiese und Gemüsegarten. Das nächste Anwesen linker Hand ist gut zweihundert Meter entfernt. Rechts geht die Wiese in Weideland über, durch einen Elektrozaun abgetrennt.

Die Fassade sieht noch ganz proper aus, registriert Paul, die Fachwerkbalken im Obergeschoss müssten bald mal wieder aufgearbeitet werden. Wiese und Beete sind gut in Schuss; die Nachbarn zwei Höfe weiter kümmern sich darum. Zum Ausgleich dürfen sie alles abernten und ihre zwei Ziegen – oder waren es Schafe? – auf der Wiese grasen lassen.

»Das war mal ein kleiner Bauernhof«, erzählt er weiter. »Ich habe die Nebengebäude abreißen lassen und das Haus saniert, dafür dürfen wir es unentgeltlich nutzen. Aber wir waren schon ewig nicht mehr hier.«

»Und da steht es die ganze Zeit leer?«

»Na ja, wir vermieten es im Sommer an Bekannte oder Touristen, um die laufenden Kosten zu decken.«

Paul ärgert sich über ihren anklagenden Tonfall, doch vor allem deprimiert es ihn, hier zu sein. Damals, vor gut zehn Jahren, stürzte er sich voller Hoffnung in die Restaurierung des halb verfallenen Gebäudes. Lottes Begeisterung hielt sich in Grenzen, doch er glaubte, dass sie sich eingewöhnen würde. Zuerst würden sie es nur an Wochenenden nutzen, nach und nach könnte es ihr neues Zuhause werden …

Aber Lotte gewöhnte sich nicht ein, im Gegenteil. Sie entwickelte eine Aversion gegen alles Ländliche – die düsteren, engen Zimmer, draußen der Schmutz, die Dunkelheit, das Bellen der Hunde und die Schüsse in den Wäldern, wenn die Nachbarn auf der Jagd waren.

Sein Traum, hier zusammen zu leben, eine Familie zu gründen, mit Kindern, die frei und sorglos aufwachsen konnten … er war nicht zerplatzt, nur nach und nach zerfasert. Bis nichts mehr davon übrig war. Kein Wunder, es war ein Wolkenschloss gewesen, ohne reales Fundament.

Er hatte gedacht, sich zusammengesponnen, dass sie von seiner Malerei leben könnten. Er hatte den Dachboden als Atelier ausgebaut und sogar zwei, drei Bilder dort angefangen, aber dann ging nichts mehr voran.

Paul geriet in eine Schaffenskrise, praktisch über Nacht konnte er nicht mehr malen. Niemand wollte seine Kunstwerke kaufen, also machte es sowieso keinen Sinn. Vor allem aber war Lotte unglücklich. Sie mochte seine Malerei nicht, sie fühlte sich unbehaglich, wenn sie seine Bilder auch nur ansah. Da war sie allerdings nicht die Einzige, irgendwie machten sie jeden depressiv. Nur ihn selbst nicht.

Doch auch wenn Lotte sich auf das Landleben eingelassen hätte, es wäre nicht gegangen. Hier draußen gab es keine Jobs für sie, es war definitiv keine Gegend für PR-Managerinnen. Für Kunsthistoriker erst recht nicht. Ihr Nachbar war Metzger und Jäger, die meisten anderen im Dorf lebten von Sozialhilfe oder waren schon im Ruhestand.

Also gaben sie den Traum auf, der sowieso nur sein Traum gewesen war …

»Und wie kommen wir rein? An den Schlüssel hast du ja hoffentlich gedacht.«

Katia sieht sich nach allen Seiten um. Ihr Gesichtsausdruck sagt ihm, dass auch sie keine Schwäche für ländliche Idylle hat. Sie interessiert sich nicht für die restaurierte Fassade oder den malerischen Bauerngarten, sondern hält Ausschau nach etwaigen Verfolgern.

»Kein Problem.« Neben der Haustür geht er in die Hocke und zeigt auf die Doppelsteckdose im Sockel. Die Dosen sind mit wasserdicht schließenden Deckeln versehen, doch nur die rechte funktioniert.

Mit der Hand fährt er rasch über das Türholz. Auf die gerettete Haustür ist er heute noch stolz. Sie sieht aus wie aus einem zweihundert Jahre alten Eichenstamm gesägt; die Querbalken sind armdick und knorrig wie Kronenäste.

Umständlich erzählt er Katia, wie er das Türblatt damals eigenhändig abgeschliffen hat. Irgendwie ist es ihm wichtig, dass sie versteht, was ihn hier angetrieben hat. Vor allem aber fürchtet er sich vor dem, was er hinter der linken Steckdose finden wird. Oder eben nicht …

Die Türbalken, erklärt er ihr, hat er gegen den Wurmbefall geimpft, der bereits beunruhigend fortgeschritten war. Und er hat originalgetreuen Ersatz für Klinken und Beschläge aufgetrieben, die unrettbar verrostet waren.

Gegen die Zugluft, die nicht nur durch die Türritzen fuhr, konnte er allerdings nichts machen. Das ganze Haus, vor allem das Obergeschoss mit seinem Balkenfachwerk, wird durch die Lehmwände belüftet, und im Dachatelier weht fast immer eine leichte Brise. So kannte er es von seiner Kindheit her, fügt er in Gedanken hinzu, aber Lotte hat sich nie daran gewöhnt. So wenig wie an den gekachelten Kamin in der Wohnstube, der das ganze Haus beheizte – oder eben nicht, wenn man Lotte fragte. Ständig fröstelte sie, zog Wolljacken über Pullover und beklagte sich, dass sie aussehe wie eine Bauerntrine …

Ein Desaster in Raten. Schon viele Jahre bevor sie den Job bei dem Modeunternehmen annahm, fuhren sie nur noch selten aufs Land hinaus. Höchstens für ein, zwei Wochenenden im Jahr oder allenfalls mal für acht Tage im Sommer, wenn es in ihrer Stadtwohnung unerträglich heiß wurde. Und sogar dann sah er Lotte an, dass sie die Stunden bis zu ihrer Rückkehr zählte. Obwohl er seine Malerei lange schon aufgegeben hatte und das Atelier unterm Dach praktisch nie mehr betrat.

Er hebt die linke Steckdosenklappe an und drückt mit dem Daumen gegen den Einsatz, den er mit einem Federverschluss versehen hat. Der Einsatz springt ihm entgegen, Paul zieht ihn ganz heraus und tastet in den Hohlraum dahinter.

»Hier – der Schlüssel.« Er hebt die Hand über die Schulter und versucht, sich seine Enttäuschung nicht anmerken zu lassen.

Dass Lotte den Stick in der Steckdose verstecken würde, konnte er sich zumindest vorstellen. Sie wusste ja, wie viel ihm das Haus bedeutete. Also konnte sie davon ausgehen, dass er früher oder später hier nachsehen würde. Und sie wusste, dass die Datsche nicht ohne Weiteres mit ihnen in Verbindung gebracht werden konnte, weil sie nirgendwo als Eigentümer oder Mieter eingetragen waren.

»Also los«, drängelt Katia.

Paul rappelt sich auf, schiebt den Schlüssel ins Schloss und schließt auf.

30

Um halb zwei mittags ist Jimin wieder auf Posten. In der zugenagelten Ruine neben der Villa des Witwers. Der ist noch *on the road,* bestimmt mit der blonden Detektiv-Schlampe, die sie mit der Enduro-Masche abgehängt hat.

Als Jimin vorhin mit Jaresh zurück in die Stadt ist, hat sie Phil angerufen und eine klare Ansage gemacht. Bevor Jaresh auf die Idee kommen konnte, seine Fake-Version der Ereignisse am Sumpfwald zu verbreiten. Von wegen *»mich trifft keine Schuld«* und bla, bla.

Er saß am Steuer, sie auf der Rückbank seines SUV. Ohne den struppigen Bart sieht er so richtig zum Fressen aus, findet Jimin. Und er sah noch niedlicher aus, als er hörte, wie sie ihn bei Phil anschwärzte. Die Ray-Ban schief auf der Nase, die Stirn zerknautscht, die Lippen schnutenmäßig vorgestülpt.

»Jaresh wollte unbedingt, dass wir seine Karre nehmen«, stänkerte sie in neutralem Tonfall. »Sah zuerst wie ein okayer Plan aus, aber wenn ich da draußen die Kawa unterm Arsch gehabt hätte ...«

Jaresh funkelte sie im Rückspiegel an. Sein Gesicht nackt, die Lippen feucht und glänzend rot wie bei einer Pussy.

Bei einem Blind Date hat mal einer versucht, an Jimins Nase zu saugen, aber er bekam sie nicht rein. Als der Typ sie damit aufzog, ließ sie ihn eine Schnute machen und biss ihm die ab. Er blutete wie Sau, schrie und kotzte alles voll, während sie seine Lippen schluckte und sich dann ihre leckte. Das war natürlich falsch von ihr, aber damals war ihr das noch nicht klar.

»Nächstes Mal richtet sich Jaresh nach dir«, verfügte Phil.

»Wie war das?« Jimin stellte auf Lautsprecher. »Sagst du das bitte noch mal?«

»Bei eurem nächsten gemeinsamen Einsatz bestimmst du die Taktik, Joy.«

»Alles klar.« Jimin feixte in den Rückspiegel und schaltete wieder leise.

»Erst mal werdet ihr aber getrennt eingesetzt«, fuhr Phil fort. »Wir müssen jetzt notgedrungen etwas härter durchgreifen. Die nächsten zweiundsiebzig Stunden sind absolut entscheidend.«

Jimin hyperventilierte. Sie liebte jedes einzelne Wort, das Phil eben gesagt hatte.

»Du übernimmst den Witwer«, redete er weiter, »Jaresh die Blondine, die Gerlach sich als Verstärkung gesucht hat. Die Adresse bekommt er gleich noch geschickt. Eine Anti-Pharma-Aktivistin, Herrgott noch mal. Findet heraus, ob einer der beiden den Stick hat, und dann schnappt ihn euch. Den Stick, meine ich«, fügte er hinzu, als Jimin enthusiastisch japste.

»Alles klar«, sagte sie. »Härter durchgreifen, aber mit Augenmaß. Wenn der Witwer das Ding hat, bringe ich ihn in das Abbruchhaus nebenan. Da ist er erst mal aus dem Weg.«

»Das sehen wir dann, Joy«, sagte Phil und klickte sie weg.

Zwischen ihr und Jaresh danach Funkstille. Jimin war es recht, sie schwelgte in Kellerfantasien.

Ecke Drakestraße / Unter den Eichen stieg sie aus und ging den restlichen Weg zu Fuß. Ein bisschen Bewegung hat noch keinem geschadet. Über Mauern, Hecken, Zäune, quer durchs ganze Viertel, ohne irgendwem zu begegnen.

»Du hast bestimmt deine Qualitäten«, hat bei einem Blind Date mal einer zu ihr gesagt, ein insektoider Extremjogger. »Aber dass du so gut klettern kannst, wie du eben behauptet hast, und auch noch ohne Spuren zu hinterlassen, kann ich einfach nicht glauben. Du bist ja nicht gerade ein Fliegenge…«

Er redete nicht weiter, wahrscheinlich weil sie auf seinem Fliegengesicht saß. Nachdem sie von ihm heruntergeklettert war, fing er auch nicht mehr damit an. Mit gar nichts mehr.

Durch das rückwärtige Kellerfenster in die verrammelte Ruine. Von ihrem Ausguck im ersten Stock aus beobachtet Jimin seitdem das Nachbarhaus, aber da rührt sich nichts.

Sie hat überlegt, drüben auf den Witwer zu warten. In seinem Schlafzimmer ist Platz genug. Sie könnte in dem begehbaren Schrank in Deckung bleiben, bis er im Bett liegt, und ihn dann aus seinem Pyjama pellen. Bei der Vorstellung kriegt sie oben trockene Lippen und unten nasse. Aber Phil hat ihr streng verboten, bei dem Witwer einzusteigen, bevor es dunkel ist.

Im Hellen kein Aufsehen, im Dunkeln dann härtere Gangart …

Ist schon okay, denkt Jimin. Die Warterei nervt, aber in der Zwischenzeit malt sie sich aus, was sie mit dem Witwer anstellen wird. Nachdem sie ihn hier rübergeschleppt und im Keller auf die Werkbank gelegt hat. Hoffentlich knickt er nicht gleich ein. Je länger er leugnet, den verfickten Stick gefunden zu haben, desto ausgiebiger kann sie ihn bearbeiten.

Am besten fängt sie mit der Rohrzange an. Aber da unten im Keller gibt es auch Zimmermannsnägel, einen ganzen Karton voll. Jimins Dad nennt die nur Jesusnägel, aus guten Gründen, sie hat es schon mal ausprobiert.

Was war das? Jimin fährt aus ihren Schwelgereien hoch. Da kratzt und kriecht doch irgendwer im Keller herum …

Sie leckt sich die Lippen, schnappt sich Skimaske und Baseballschläger und geht nachsehen, wer zu Besuch kommt.

31

Wo sonst noch hier könnte sie den Stick versteckt haben? Darüber zerbricht sich Paul seit dem frühen Morgen den Kopf. Nirgendwo in der Datsche gibt es einen Ort, der Lotte etwas bedeutet hätte. Kein Zimmer, in dem sie sich gerne aufhielt, keine Nische, in der sie öfter gesessen hätte …

Auch das Schlafzimmer war nie der romantische Ort geworden, den er sich erhofft hatte. Trotz des enormen alten Ehebettes, mit naiver Malerei an der Schauseite, das er bei einem Trödler in der

Gegend entdeckt hat. In der Datsche fror Lotte sogar im Sommer und ging mit Socken ins Bett.

Katia schubst ihn fast in die Eingangsdiele. Auf der Schwelle wendet sie sich um, wirft einen wachsamen Blick zur Straße hinunter und schließt die Tür.

»Wo fangen wir an?«

Keine Ahnung, hätte er beinahe geantwortet, aber er braucht sie, also reißt er sich zusammen. Wenn sie zu dem Schluss kommt, dass sie hier nur ihre Zeit verschwendet, ist sie schneller weg, als er *»Bitte bleib doch«* sagen kann.

»In der Küche vielleicht?«

Sie sieht ihn argwöhnisch an. Er geht ihr voraus durch die enge Diele. Es riecht muffig, auf dem Garderobenschränkchen liegt eine dünne Schicht Staub.

Die Küche ist rechts, ein großzügig dimensionierter Raum, aber mit Herd und Spüle, dem mächtigen alten Tisch samt Eckbank und Stühlen überfüllt. Jedenfalls für den heutigen städtischen Geschmack. Auch die kleinen Fenster und die niedrige Decke tragen zu dem beengenden Eindruck bei.

Paul hat sich nie daran gestört. Er kannte es so von dem ehemaligen Pferdehof, auf dem er aufgewachsen ist, mit Mutter, Schwester und Tante.

Während er mechanisch Schubladen und Schränke durchsucht, behält ihn Katia von der Diele aus im Blick. Sie hat ihr Handy aus dem Rucksack geholt und telefoniert so leise, dass er nichts versteht.

In Gedanken ist er sowieso noch in der Vergangenheit. Was ist damals mit uns passiert, Lotte?

Er wühlt sich durch die Schränke in der Wohnstube gegenüber der Küche, zieht Bettlaken von Sesseln und Sofa, stochert in Polsterritzen, alles umsonst. Je länger er sucht, desto klarer ist, dass er den Stick hier nicht finden wird. Aber vor Katia muss er weiter so tun, als könnte er es einfach nicht glauben. Als wäre er immer noch

»ziemlich sicher«, dass Lotte das verdammte Ding irgendwo hier vergraben hat.

Die Stunden vergehen. Katia telefoniert fast ununterbrochen, mehrfach mit einem Sammy. Dabei behält sie abwechselnd vom Fenster aus die Straße und von der jeweiligen Tür aus ihn im Blick. Sie kommt ihm zunehmend besorgt vor, auch wenn sie ihr Lächeln nicht verliert.

Mit Paul redet sie nur wenig. Irgendwann holt sie eine Thermosflasche aus dem Rucksack, schenkt sich Tee ein, klappert mit einer Blechdose, und gleich darauf breitet sich der Duft von Vollkornbrot, Käse und Tomaten aus.

Paul hat nicht daran gedacht, sich etwas zur Stärkung mitzunehmen. Aber als Katia ihm Tee aus ihrem Becher anbietet, lehnt er ab.

Er hat Schmerzen im Unterleib. Seine Schuhe und Strümpfe sind immer noch feucht. Er ist zornig auf Lotte und weiß nicht, warum. Oder will es nicht wissen, vielleicht ... Wie Lotte nicht wissen wollte, was bei Raya passiert ist ... zwei Illusionisten, die auf die eigene Täuschungskunst hereingefallen sind ... vielleicht ...

»Hier ist auch nichts.«

Die Treppe hoch, gefolgt von Katia, deren Augenverdrehen er mitbekommen hat. Oben das Schlafzimmer, das Kinderzimmer, das Bad.

Nirgendwo ein Stick. Oder sonst irgendetwas, das sein Herz schneller schlagen lassen würde. In keinem der Zimmer gibt es noch persönliche Gegenstände von ihnen. Eine x-beliebige Ferienwohnung, denkt Paul, ramponiert durch Mieter, denen das alles hier fremd und gleichgültig ist. So wie es auch für Lotte immer war ...

»Fehlanzeige.« Er schüttelt den Kopf. »Ich bin mit allem durch. Wie es aussieht, habe ich mich wohl geirrt.«

Katia steht vor ihm oben im Flur. Durch die Fachwerkwände ist das Rauschen des Regens zu hören. Und zu spüren, ein frischer, kühler Hauch.

»Und was ist mit dem Dachboden?« Sie zeigt auf die schmale Tür zu der Steige, die zum Atelier hochführt.

»Da oben ist nichts.« Wieder schüttelt er den Kopf. »Das sollte mal mein Atelier werden, aber ich habe es nie fertig ausgebaut.«

Das stimmt und doch nicht so ganz. Die Wände oben sind teilweise noch roh, aber er hat den hellen, weiten Raum immerhin ein paar Monate lang als Atelier genutzt. Bis er sich eingestehen musste, dass er als Künstler am Ende war. Nicht nur, weil der Galerist, auf den er gesetzt hatte, ihn im Stich ließ, sondern mehr noch, weil er in eine Malblockade geriet, die bis heute anhält.

Praktisch über Nacht verlernte er damals das Malen. Der tranceähnliche Flow stellte sich nicht mehr ein. Er verkrampfte sich, die einfachsten Dinge missrieten ihm, alles fühlte sich hölzern und tot an.

Er schob es auf die neue Umgebung. Doch er spürte damals schon, dass es nicht nur daran lag. Es ging auch von Lotte aus. Sie bewunderte sein Wissen als Kunsthistoriker und seine Geschicklichkeit, sein Gespür bei der Restaurierung von Gebäuden und Möbeln. Aber seine Bilder machten ihr Angst.

Sie sprachen selten darüber, und dann höchstens in Andeutungen, die sich notfalls als Missverständnis abtun ließen. Und es spielte auch keine Rolle mehr, ob sie seine Kunst mochte oder nicht. Seine Bilder brachten keinen Cent ein …

»Ich will es sehen«, sagt Katia mit argwöhnischem Unterton.

»Lotte war nie da oben.« Paul zuckt mit den Schultern. »Aber von mir aus, schauen wir nach.«

Katias Handy klingelt, sie klickt den Anrufer weg. »Und warum nicht?«

Er gibt ihr keine Antwort. Die Tür zur Steige ist eingeklinkt, der altertümliche Schlüssel dient zugleich als Griff.

Paul geht voraus. Es ist mehr eine Hühnerleiter als eine Treppe. Die Tür oben verschlossen, wie er sie zurückgelassen hat. Vor vielen Jahren.

Auch hier gibt es ein Schlüsselversteck, aber das kannte Lotte nicht, den Stick kann sie hier nicht hinterlegt haben.

Er erklärt es Katia, sie zuckt mit den Schultern. »*Show it, don't tell it.*«

Der Wind pfeift um das Dach. Regentropfen knallen auf die Schindeln. Paul geht in die Knie, drückt auf ein Stück Sockelleiste, das er nicht angenagelt, sondern mit einem Federverschluss befestigt hat. Es springt heraus und gibt den schmalen Hohlraum frei, in dem der Schlüssel wie seit Jahren liegt.

»Kein Stick«, sagt er. »Das Loch wäre sowieso zu klein.«

Er richtet sich auf, schiebt den Schlüssel ins Schloss. Plötzlich ist ihm fast unheimlich zumute. Wie im Märchen, wenn der arglose Held vor der verbotenen Tür steht …

Paul holt Luft, dreht den Schlüssel um und öffnet die Tür zum Atelier.

32

Zehn vor zwei. Sven steht vor Siebeners Tür, und die Chefin ruft »Herein«, gerade als er anklopfen will.

So weit alles wie immer, nur dass der Weltuntergang kurz bevorsteht. Siebeners Gesichtsausdruck lässt kaum eine andere Deutung zu. Svens Bauchgefühl noch weniger.

Wie sie hinter dem enormen Schreibtisch sitzt, die Ellbogen auf die Platte gestützt, die Haare strähnig, kommt sie Sven müde vor, fast zerbrechlich. Nie zuvor ist er auf die Idee gekommen, dieses Adjektiv mit ihr in Verbindung zu bringen. Zerbrechlich …

»SecLog also, das *missing link.*« Sie macht ihm ein Zeichen, er nimmt vor ihrem Schreibtisch Platz. »Leider überrascht mich das gar nicht.«

Nervös blättert sie in dem Schnellhefter mit den bisherigen Ermittlungsergebnissen, den Sven ihr hochgeschickt hat. »Was haben wir noch?«

»Die Wirtin und die Kellnerin in Kinding wurden nochmals befragt«, referiert Sven. »Wegen dem Mann, der am Donnerstag im *Weißen Hirsch* in der Gaststube war und später am Nachmittag von der Kellnerin gesehen wurde, wie er die Treppe von den Fremdenzimmern herunterkam. Er wird von beiden Frauen übereinstimmend beschrieben: Mitte bis Ende zwanzig, groß gewachsen, muskulös, sehr kurze, schwarze Haare. Möglicherweise nordafrikanischer Typus, da waren sich die Damen nicht ganz sicher. Einig sind sie sich wieder darin, dass er einen – laut Kellnerin – ›verwegenen‹ Vollbart trug. Den hat er sich zwischenzeitlich anscheinend abgenommen; ansonsten passt die Beschreibung auf den Mann, der heute früh in der S-Bahn und am Bahnhof Birkenwerder war.«

»Und was ist mit dem SUV?« Siebener klappt den Schnellhefter zu.

»Da war sich die Wirtin nicht ganz sicher. Gegen neunzehn Uhr war sie mal kurz oben in ihrer Dachwohnung, und als sie dort einen Blick aus dem Fenster geworfen habe, sei gerade ein groß gewachsener, bärtiger Mann in ein Auto gestiegen. Zu weit weg, um ihn genau zu erkennen; sie sei auch mit ihren Gedanken woanders gewesen. Das Auto war ›ein großer, schwarzer oder dunkelblauer SUV‹, darauf legte sie sich fest, aber zu Marke, Modell und Kennzeichen konnte sie nichts sagen.«

»Normalerweise wäre das ein bisschen dünn.« Siebener starrt an Sven vorbei ins Leere. »Aber normal ist gar nichts mehr. Wir müssen das stoppen, sonst …«

Ihr Blick kehrt zu Sven zurück. »Also, nehmen wir mal an, dass wir es mit zwei Profikriminellen zu tun haben, ausgesandt von den Drahtziehern, die für die globale …« – kurzes Stocken – »… Bedrohungslage verantwortlich sind.« Sie schüttelt den Kopf. »Leider darf ich nach wie vor nichts Konkretes dazu sagen.«

»Nicht mal ein paar Andeutungen?« Sven beugt sich vor, stützt die Unterarme auf die Knie. »Es wäre schon hilfreich, wenn wir …«

»Ich weiß.« Sie steht auf und fängt an, hin und her zu gehen. Ihr Büro ist geräumig genug für kleinere Märsche, gut und gern acht Meter bis zur Tür. Aber sie trippelt nur hinter ihrem Schreibtisch auf und ab.

Wie ein gefangenes Tier, denkt Sven. Eine in die Jahre gekommene Gazelle. Für einen Moment ist er versucht, sie gleichfalls beim Vornamen zu nennen. Undenkbar noch vor Kurzem, und auch jetzt kommt ihm das »Berta« nicht über die Lippen.

»Also, unsere Hypothese«, fährt sie fort. »Mr Muckibude und die ›große, kräftige Frau‹ waren letzte Woche hinter Lotte Gerlach her und setzen jetzt den Witwer unter Druck. Sie suchen etwas, das auf keinen Fall bekannt werden darf, weil sonst der große Coup womöglich noch platzt. Also geht es wohl um Informationen, die Lotte irgendwie in die Hände geraten sind und Rückschlüsse auf die Hintermänner und ihre Pläne ermöglichen. Vermutlich sind sie auf einem Mikrochip oder etwas Ähnlichem, und Lotte hat ihrem Mann zuletzt noch einen Hinweis gegeben – er soll den Chip jemandem übergeben oder so.«

Sie bleibt stehen und sieht Sven stirnrunzelnd an. »Sie gucken so skeptisch. Irgendwelche Einwände?«

Jede Menge, denkt Sven. Er sortiert sie in Gedanken, so gut es auf die Schnelle geht. »An uns hat sie ihn jedenfalls nicht verwiesen – bei der gestrigen Befragung hat er spürbar geblockt. Vielleicht hat sie ihn zu Katia Wozniak geschickt. Aber warum hat sie ihm dann nicht gesagt, wo der Chip überhaupt ist?«

»Sie lag schon im Sterben, als er in der Klinik eingetroffen ist.« Siebener zuckt mit den Schultern. »Bevor sie ihm mitteilen konnte, wo sie den Datenträger versteckt hat, war sie vermutlich tot.«

»Nicht mal das ist klar.« Sven lässt sich gegen die Stuhllehne zurückfallen.

»Jetzt machen Sie mal halblang. Der Totenschein liegt ja vor.«

»Bis jetzt gibt es nicht einmal einen Obduktionsbericht«, beharrt er. »Wir wissen durch das Labor in der Klinik nur, dass sie Benzodiazepin intus hatte. Offenbar wurde auch keine äußere Leichenschau vorgenommen.« Sven bemüht sich um einen verärgerten Tonfall. Auch er hat einen Coup geplant, doch zunächst mal muss Siebener einsehen, dass er mehr Unterstützung braucht. Erst wenn sie in der Defensive ist, kann er mit seinem Wunsch herausrücken.

»Jedenfalls liegt beim KDD in Nürnberg nichts Entsprechendes vor«, fährt er mit gereiztem Unterton fort. »Deshalb wissen wir nicht einmal, ob Frau Gerlach die Benzos wirklich in Tablettenform geschluckt hat oder ob ihr das Zeug vielleicht ins Essen gemischt worden ist. Der Mann mit dem temporären Vollbart könnte ihr auch eine Spritze gesetzt haben, als sie oben geschlafen hat.«

»Bei den Verbrennungen würden Sie keine Einstichstelle mehr finden«, wendet Siebener ein.

Sven überlegt kurz, ob er auch die Brandverletzungen in Zweifel ziehen soll. In der Unfallklinik war Lotte laut ihrem Mann am Kopf, an Armen und Händen mit Verband umwickelt, doch was darunter war, hat auch er nicht gesehen. Andererseits gibt es keinen vernünftigen Grund, an den Angaben des Rechtsmediziners zu zweifeln, der den Totenschein ausgestellt hat.

»Eher nicht.« Sven fährt sich mit der flachen Hand übers Gesicht. »Aber das ändert nichts daran, dass wir nicht mal die elementaren Fakten kennen. Trotzdem wird erwartet, dass wir die Hintergründe in Rekordzeit aufklären. Das kann so nicht gehen, Frau Siebener. Wenn gewöhnliche Ermittlungsarbeit unmöglich ist, brauche ich jemanden, der sich auf außergewöhnliche Methoden versteht. Sonst kommen wir nicht weiter, schon gar nicht mit der gebotenen Eile.«

Sie beugt sich vor und stützt die Fäuste auf den Tisch. »Und das heißt konkret?«

»Ich brauche Mia.«

»Wie bitte?« Siebener zieht die Augenbrauen hoch. »Mia Muller?«

Sven nickt.

»Unter normalen Umständen …« Die Chefin schüttelt den Kopf. »Die ist doch jetzt in Brüssel bei …« Noch ein Satz, der unvollendet bleibt. Siebener kickt ihren Stuhl ein Stück nach hinten und setzt sich wieder hin. »Wieso glauben Sie, dass Muller zurückkommen würde – ausgerechnet jetzt?«

Darüber muss er nicht lange nachdenken. »Sie ist weggegangen, weil es ihr hier zu eng geworden ist. Mord aus Eifersucht, Entführung von Unternehmerkindern … das war ihr alles zu klein. Ihre Spezialeinheit bei Europol tritt in einer ganz anderen Liga an, das wissen Sie besser als ich. Aber mit dem Fall hier« – er zeigt auf den Schnellhefter – »können wir das sogar noch toppen.«

»Da ist was dran. Und es wäre ja auch nur für kurz.« Siebener brütet vor sich hin. »Aber Muller kooperiert einfach nicht, das wissen Sie wiederum besser als ich.« Sie sieht ihn beinahe mitfühlend an. »Warum sollte es diesmal besser klappen? Warum sollten wir jemandem den Planeten anvertrauen, der für chaotische Egotrips bekannt ist?«

Den Planeten anvertrauen? Sven schnappt nach Luft.

»Weil sie vor allem für Höchstleistungen unter Extrembedingungen bekannt ist«, bringt er hervor. »Und welche Alternativen haben wir, Frau Siebener? Mit Mia im Team haben wir eine Chance. Allein mit Maren schaffe ich das auf keinen Fall.«

Einen Moment lang fühlt er sich mies, weil er Maren zum Abschuss freigegeben hat. Aber für Mia würde er alles und jeden im Regen stehen lassen. Um die Menschheit mit ihr zu retten, und um sich selbst zu retten vor einem Leben ohne sie, das sich jeden Tag und jede Nacht noch unerträglicher anfühlt.

»Wo ist Muller jetzt?« Ein spöttisches Lächeln flackert über Siebeners Gesicht. »Das haben Sie doch bestimmt im Blick.«

»Auf Koh Phayam, einer Insel in Südthailand. Soweit ich weiß, erholt sie sich gerade von ihrem letzten Einsatz.«

Mit ihrem aktuellen Lover, einem Indonesier namens Niku, fügt er in Gedanken hinzu. Im Prinzip wäre es ein weiteres Pro-Mia-Argument, Niku war bis vor Kurzem Offizier beim indonesischen Geheimdienst, wenn sein Europol-Kontakt ihn vorhin richtig informiert hat. Aber Sven bringt es nicht über sich, Mias Lover zu erwähnen. Oder gar anzupreisen. Wenn er sich vorstellt, wie sie sich mit dem jungen Asiaten auf ihrer Tropeninsel vergnügt, wird ihm so trostlos zumute, als ob das Schicksal des Planeten bereits besiegelt wäre.

»Ach so? Das käme wie gerufen«, sagt Siebener. »In Jakarta brauchen wir dringend Unterstützung. Die Kooperation mit den indonesischen Behörden ist schwierig … aus gewissen Gründen.«

»Und die wären?«

»Herrgott noch mal, das ist alles streng geheim. Innenstaatssekretär Taschner hat mich gerade erst wieder darauf hingewiesen, dass absolut nichts nach draußen dringen darf.« Siebener brütet erneut. Dann: »Bekanntlich gehört Indonesien zu den G20-Staaten. Der Präsident beziehungsweise sein Vertrauter nehmen an allen Sitzungen teil, bei denen es um die … besagte Sache geht. Laut Dr. Taschner sind die Indonesier in dieser Runde aber möglicherweise das trojanische Pferd.«

Sven macht große Augen. »Heißt das, der indonesische Präsident macht mit Verbrechern, die die Auslöschung der Menschheit androhen, gemeinsame Sache?«

»Sie lassen nicht locker, Sven.« Siebener weicht seinem Blick aus. »Er nimmt anscheinend nur selten an den Sitzungen teil. Stattdessen schickt er einen engen Vertrauten, einen General von der Nationalen Polizei.«

»Und der ist der Maulwurf?«

»Zumindest gibt es Anhaltspunkte für diese Hypothese. Deshalb spielt der Fall Gerlach in der G20-Runde nur eine untergeordnete Rolle. Eigentlich müssten wir Jakarta über unsere Ermittlungen informieren, damit die dortigen Behörden Nachforschungen in der Pharmafirma anstellen. Aber das ist ausgeschlossen. Das Risiko ist viel zu groß, dass die Gegenseite das sofort von diesem General gesteckt bekommt. Wenn die nervös werden und die Bombe zünden – nicht auszudenken, was dann passiert. Den Countdown zur Hölle könnte nicht mal Ihre Mia noch stoppen.«

Countdown zur Hölle … Sven sieht es bildlich vor sich: eine gigantische Uhr, der Sekundenzeiger springt unerbittlich weiter, und dann …

»Also fühlen Sie mal vorsichtig vor«, fährt Siebener fort. »Ob Muller überhaupt verfügbar ist. Aber verraten Sie auf keinen Fall, worum es geht.«

Sven nickt. »Kein Problem. Ich weiß es ja auch nicht.«

33

Tauben fliegen auf, flattern panisch gurrend durchs Atelier.

Paul stürzt zu dem hohen Giebelfenster, reißt die Flügel weit auf. Darüber ist das Oberlicht aufgekippt, er hat es bestimmt nicht offen gelassen. Wer aber sonst? Vielleicht vom Wind aufgedrückt …

Die beiden Tauben müssen durch den engen Durchschlupf eingedrungen sein. Es sind tatsächlich Turteltauben, mit wie Juwelen funkelndem Halsgefieder. Wie auf dem naiven Gemälde unten am Ehebett, das Lotte immer so kitschig fand.

Die Tauben suchen das Weite, Paul beeilt sich, die Fenster zu schließen. Regen ist hereingegischtet und hat die abgestandene Luft aufgefrischt. Auch das Notebook auf dem Schreibtisch ist mit Tropfen gesprenkelt.

Was hat es da zu suchen? Paul hat hier schon vor vielen Jahren alles leergeräumt. Nur noch drei seiner großformatigen Gemälde lehnen an den Wänden, gerahmt und mit Luftpolsterfolie umwickelt.

Und der Laptop? Der war auch schon in Folie gepackt, fällt ihm ein; nur hat er das Uralt-Gerät dann doch hier auf dem Schreibtisch zurückgelassen, weil er es zu Hause nicht brauchte. In ihrem neuen Zuhause, der Ritterburg …

Und tatsächlich, da liegt die Folie, in die das Sony-Teil eingepackt war, hinter dem Schreibtisch am Boden. So zerfetzt, als hätte es jemand zu eilig gehabt, um die Klebestreifen abzuziehen.

Aber wer?

»Worauf wartest du, Paul?« Katia zeigt auf den Laptop. »Schau nach, ich habe nicht ewig Zeit.« Sie stellt sich so neben den Schreibtisch, dass sie ihn und die Straße im Blick hat.

Hier stimmt etwas nicht … Aber was?

»Lotte war nie hier oben. Sie hatte keinen Schlüssel, und wo ich ihn aufbewahre, wusste sie nicht.«

»Anscheinend doch.« Sie sieht ihn ungeduldig an.

Paul setzt sich auf den Schreibtischstuhl, klappt das Notebook auf. In den USB-Buchsen steckt erwartungsgemäß nichts, genauso wenig im CD-Fach. Hat Lotte die Dateien vielleicht auf die Festplatte kopiert? Aber das ergibt keinen Sinn …

Der Sony-Laptop ist über zehn Jahre alt, der Akku funktioniert schon lange nicht mehr. Aber das Stromkabel ist eingesteckt.

Was hat das alles zu bedeuten?

Paul drückt auf den Powerbutton; mit rachitischem Pfeifen fährt der Computer hoch.

»Das kann dauern«, sagt er. »Das Ding ist museumsreif.«

Katia wirft einen Blick aus dem Fenster, dann geht sie um den Schreibtisch herum ins Zimmer zurück. Es macht ihn kribblig, dass sie hinter ihm hin und her läuft. Dabei ist der große Raum mit den schrägen Wänden, der sich über die ganze Länge des Hauses erstreckt, praktisch leer. Kein Stick, nirgends …

»Und die hast du gemalt?«

Er dreht sich im Sitzen zu ihr um und nickt. Katia kauert vor dem kleinen Stapel verpackter Bilder, die hintereinander an der Wand lehnen, wie er sie zurückgelassen hat. Nur die Folie um das vordere Bild hat sich an der einen Seite gelöst. Wahrscheinlich sind die Klebestreifen mit den Jahren mürbe geworden.

Dass Lotte hier gewesen sein könnte, um heimlich seine alten Bilder anzuschauen, kann Paul sich beim besten Willen nicht vorstellen. Aber wie Katia vorhin gesagt hat: »Wie gut kennst du sie wirklich?«

Durch die Folie ist das Bild nur verschwommen zu sehen. Er könnte ihr aus dem Gedächtnis jedes Detail beschreiben. Es heißt *In Auflösung III;* entstanden ist es vor dreizehn Jahren, ein Jahr bevor er Lotte kennengelernt hat …

»Ich packe es aus, okay? Vielleicht hat sie den Stick ja da drinnen versteckt.«

»Von mir aus.«

Das bringt nichts, Lotte war nicht hier, denkt er wieder. Für den betriebsbereiten Laptop muss es eine andere Erklärung geben. Bestimmt hat er ihn doch irgendwann noch mal benutzt und kann sich nur nicht daran erinnern.

Demenz ist schließlich vererbbar. Das Gedächtnis seines Vaters ließ schon in dessen Fünfzigern deutlich nach. Aber er selbst ist gerade mal siebenunddreißig …

Gedankenverloren sieht er zu, wie sich Katia an der Folie zu schaffen macht, und plötzlich schlägt sein Herz schneller. So viele Jahre hat er seine Bilder keines Blickes mehr gewürdigt. Er fürchtet sich fast vor dem Wiedersehen.

Das Notebook orgelt und rasselt, der Bildschirm ist weiterhin schwarz.

Unter der Folie dagegen kommt eine blonde Frau zum Vorschein, Acryl auf Leinwand, ultrarealistisch gemalt. Vom Himmel über ihr hängen Bäume kopfüber herab wie bei einer Fata Morgana. Sie schwimmt in einer türkisfarbenen Bucht, zwischen den Trümmern eines Schiffbruchs: Planken, Rettungswesten, Plastikkoffer … Der Himmel ist mit graubraunen, wellenartig formierten Wolken bedeckt; durch ein Wolkenloch späht ein blaues Auge, in dem sich die Augen der Schwimmerin riesenhaft vergrößert zu spiegeln scheinen. Oder auch umgekehrt: Vielleicht schwimmt die Frau ja im Himmel, und das gigantische Auge starrt aus einem Erdloch zu ihr hoch? So oder so steht die Welt auf dem Bild kopf.

Paul erinnert sich noch genau, wie die Frau aussah, die ihm für *In Auflösung III* Modell stand. Natalia … Sie war Anfang dreißig, groß gewachsen, vom Typ her ähnlich wie Katia, nur zierlicher, zarter. Litauerin, Dozentin für baltische Geschichte und Literatur. Paul hatte sie wie alle seine Modelle auf dem Campus angesprochen und sich als Maler und Kunsthistoriker vorgestellt. Vage beschrieb er ihr sein künstlerisches Projekt: »eine Serie unkonventioneller Frauenporträts«, und nach anfänglicher Skepsis stimmte sie zu …

»Das ist krass, Paul. Du hast richtig was drauf.« Zum ersten Mal klingt Katia emotional beteiligt.

Ihm wird ein wenig schwindlig. Wie fast unvermeidlich, wenn man eines der Bilder aus dem Zyklus *In Auflösung* länger betrachtet. Man kann das Bild umdrehen, erklärt er, dann funktioniert es gleichfalls.

Sie starrt gebannt auf die Schwimmerin, auf die signalrote Trillerpfeife, die im Bildvordergrund in den Wellen tanzt.

Der Laptop orgelt leise vor sich hin. Auf dem Monitor mittlerweile ein Schriftzug: *»Update … 6 % beendet … bitte schalten Sie nicht aus …«*

Wann und wo er das gemalt habe, will Katia wissen, und Paul kommt ins Erzählen. Das war im Sommer 2006; sein Atelier war damals in einem Hausboot auf der Havel. Eigentlich gehörte das Boot einem Studienkollegen. Paul durfte es für seine Malsessions verwenden, weil er das Schiff in Schuss hielt. Solche Deals ging er als Student häufig ein; er brachte Unterkünfte auf Vordermann und durfte sie dafür mietfrei nutzen.

Katias Blick geht zwischen ihm und dem Bild hin und her. Als ein vorbeifahrendes Auto die Stille durchbricht, schaut sie kurz Richtung Fenster und wendet sich gleich wieder dem Gemälde zu.

Er beschreibt, wie das Bild entstanden ist. Wie er gemalt hat, als er noch malen konnte. Er traf sich mit den Frauen zu langen Vorgesprächen. Schnell entstand eine Nähe zwischen ihnen; er war immer schon der Typ Mann, dem Frauen ihr Herz ausschütten. Sie kamen ins Reden, und er ließ sich von ihren Geschichten, Gedanken, Gefühlen überfluten. Tage- und wochenlang, bis er ganz und gar mit ihnen vollgesogen war. Dann erst bat er sie, ihm Modell zu sitzen oder zu liegen.

»Zu liegen, ja?« Sie wirkt jetzt eine Spur amüsiert. Aber noch immer beeindruckt. »Du hast ein Riesentalent, das ist dir doch klar, Paul?«

»Sag nur, dir gefällt das Bild.«

Er ist eher durcheinander als geschmeichelt. Erinnerungen stürmen auf ihn ein. Damals glaubte er noch, dass er eine Zukunft als Künstler hätte …

»Gefallen – na ja«, sagt Katia. »Ich verstehe nicht viel von Kunst. Aber das hier knallt so richtig rein. Weißt du, was ich meine?« Sie sieht ihn an, als nähme sie ihn zum ersten Mal richtig wahr. Oder ernst, eher wohl das.

Er nickt. »Gefallen haben meine Sachen nie irgendwem. Den Frauen auf den Bildern am wenigsten. Aber darum ging es mir auch nicht. Ich habe ihnen zugehört, bis in mir ein Bild entstanden ist – eine Landschaft, eine Komposition, wie auch immer –, das sich stimmig angefühlt hat. Wahr, echt; nenn es, wie du willst. ›*Das da bist du*‹, habe ich zu den Frauen gesagt, wenn sie ihr Bild zum ersten Mal zu sehen bekamen. ›*Du und deine Welt, wie ihr wirklich seid.*‹ Das wollte aber keine von ihnen so stehen lassen; sie waren tief gekränkt, und am Ende ließen sie *mich* stehen.«

Ein Kalauer auf eigene Kosten; Katia verzieht das Gesicht. Damals hat er häufig Witze auf eigene Kosten gerissen; auf seine verstiegenen Hoffnungen, seine versiegte Kreativität.

»Mich und mein Bild«, fährt er fort, »das ich ihnen eigentlich verkaufen wollte. So war es jedes Mal vorher abgesprochen: ›*Wenn es dir gefällt, kannst du es kaufen*‹ – aber es gefiel ihnen nie. Keiner von den dreizehn Frauen *in Auflösung*, die ich für diesen Zyklus gemalt habe.«

»Und da hast du aufgegeben? Weil es kein Geld eingebracht hat?« Sie wendet sich von dem Bild ab, postiert sich neben dem Schreibtisch am Fenster. »Du hast es doch selbst gesagt: Ums Verkaufen ging es dir nicht. Warum also – wieso hast du damit aufgehört?«

Paul weiß genau, was sie jetzt von ihm hören will: »*Wegen Lotte.*« Aber so einfach ist es nicht.

Oder doch?

»Lotte war eifersüchtig, stimmt's? Auf all die Frauen, die dir ›Modell gelegen‹ haben?«

Er fährt sich mit der Hand übers Gesicht. »Du weißt nichts über uns, Katia. Dafür urteilst du ziemlich schnell und hart.«

»Zugegeben, ich bin nicht gerade diplomatisch«, sagt Katia. »Aber *out of the box* ist eben klarer zu erkennen, was ihr in den Käfigen einfach nicht sehen könnt oder wollt: Ihr vergeudet euer Talent, ihr verratet eure Individualität. Und damit verfehlt ihr, was am wichtigsten im Leben ist: eure menschliche Mission. Einfach, weil ihr nicht entwickelt und auslebt, was euch einzigartig macht, sondern euch lieber von flauen Konventionen und faulen Kompromissen einfangen lasst.«

»Wow«, sagt Paul. »Super Predigt, Katia. Wir in den Käfigen, ja? Und du da draußen im Freien? Deine Follower glauben bestimmt, dass du besser als sie selbst weißt, wie sie leben sollten. Ich glaube es dir nicht.«

Es geht sie nichts an, sagt er sich, dabei ahnt er, dass das nicht so ganz stimmt. Eine Lotte, die so gelebt hätte, wie es ihrer »menschlichen Mission« angeblich entsprach, hätte sich für keine Vertuschungsmission einspannen lassen …

»Wie gesagt: Du weißt nichts über uns. Trotzdem hast du irgendwie recht: Ich musste damals zwischen meiner Malerei und Lotte wählen, und ich habe mich für Lotte entschieden. Wenn das bedeutet, dass ich beim *Fight for Humanity* versagt habe, dann ist das eben so.«

Katias Lächeln sieht jetzt mehr nach Zähnefletschen aus. Bevor sie etwas erwidern kann, meldet sich das Notebook mit heiserem *Pling!* Der Bildschirm wird plötzlich hell.

»Also, checken wir die Festplatte.« Sie stellt sich hinter Paul und beugt sich über seine Schulter. Ihr Duft erinnert ihn an sommerwarmes Gras.

Das hat er ihr vorhin nicht erzählt: Wie wichtig nicht nur die Geschichten waren, die die Frauen ihm erzählten; nicht nur ihr Aussehen, ihre Bewegungen, der Klang ihrer Stimme, sondern auch ihr Geruch. Sie lagen auf seinem Bett in dem schaukelnden Hausboot, und manchmal kauerte er sich neben sie und beroch sie, wie ein Fuchs die Fährte zum Hühnerstall erschnüffelt.

Er klickt das Ordnerverzeichnis auf. Die Festplatte hat er damals leergeräumt: keine Textdateien mehr im Speicher, keine Videos, überhaupt nichts Persönliches. Außer seiner Gemäldegalerie.

»Was ist das da?« Katia beugt sich noch weiter vor und tippt mit dem Zeigefinger auf den Ordner mit JPG-Files. Ihre Brust berührt seine Schulter, der Duft nach warmer Wiese kitzelt ihn in der Nase.

»Fotos von meinen Bildern, alle dreizehn«, erklärt er. »Ich habe sie eins nach dem anderen fotografiert und anschließend hier hinterm Haus verbrannt.«

Sie schnappt nach Luft. »Was hast du?«

»Die Holzrahmen fingen schnell Feuer«, erzählt er, »das Öl hat ziemlich gequalmt, aber beschwert hat sich niemand. Auch nicht der Künstler in mir – im Gegenteil, es hat sich gut angefühlt. Nur die drei Bilder hier habe ich als Erinnerung behalten.«

Was strenggenommen nicht ganz stimmt: In Lichterfelde hat er auch noch etliche Leinwände auf dem Dachboden liegen, zusammengerollt und eingeschweißt. Aber die gehören nicht zu dem Zyklus *In Auflösung I–XIII*. Außerdem hört es sich so dramatischer an. Illusionskunst …

Er klickt durch die Bildergalerie. Schweigend lassen sie alle dreizehn Gemälde passieren. Wieder fühlt Paul leichten Schwindel.

Hat es sich damals wirklich gut angefühlt? Und heute?

»Alle verbrannt«, sagt Katia, ihr Mund nah an seinem rechten Ohr. »Ich sehe es direkt vor mir, wie du da unten stehst und das Feuer mit deinen Bildern fütterst – auch ziemlich krass.«

Plötzlich hat er genug. »Jetzt lass mal gut sein. Wir sind wegen dem Stick hier, okay? Und hier ist nichts drauf, was uns weiterhilft.«

Abrupt steht er auf, Katia kann eben noch zurückweichen.

»Das will ich selbst sehen.« Sie nimmt seinen Platz am Schreibtisch ein, klickt Ordner und Dateien auf. »Ich verstehe nicht viel von Kunst, das habe ich schon gesagt. Aber glaub mir, Paul, ich habe ein Gespür dafür, ob jemand macht, was ihm am Herzen liegt. Oder ob er es macht, weil er damit Kohle verdienen kann.«

Sie lässt es nicht gut sein. Natürlich nicht.

Paul holt tief Luft. »Botschaft angekommen. Ich hätte bei der Malerei bleiben sollen, und so etwas wie Lottes Job bei ClarTop macht man sowieso nur, um abzukassieren. Richtig?«

Sie sieht lächelnd zu ihm auf. »Das trifft es, ja.«

»Auch wenn wir unter der Brücke gelandet wären?«

»Lotte unter der Brücke?« Sie lacht ihn aus. »Sie hätte dich verlassen. Deshalb bist du eingeknickt und hast das alles hier aufgegeben. Um für sie die goldene Burg zu bauen, die sie unbedingt haben wollte.«

Ihr Handy klingelt. Sie wirft einen Blick darauf und nimmt das Gespräch an. Gedämpft redet sie auf den Gesprächspartner ein, in einer Mischung aus Russisch und Deutsch, ein unverständliches Kauderwelsch.

Es interessiert ihn sowieso nicht. Die ganze Aktion hier ist ein Fehlschlag. Und Katia geht ihm auf die Nerven mit ihrer Rechthaberei.

Dabei versteht er immer besser, was sie antreibt: ein unbändiger Freiheitsdrang. Deshalb wittert sie überall Willkür, Übergriffe, freiheitsfeindliche Machenschaften und Manipulationen. Die »Pharma-Mafia« ist für sie nur eine von vielen Bedrohungen der Freiheit, allerdings besonders gefährlich. Schließlich handelt es sich um eine Multimilliardenindustrie, und mit angeblichen oder tatsächlichen Epidemien lassen sich Freiheitsbeschränkungen rechtfertigen und fantastische Profite generieren. Aber die vermeintliche Unfreiheit fängt für sie schon viel früher an. Jeder, der einen gut bezahlten Beruf ergreift und in Wohlstand lebt, anstatt seine »menschliche Mission« zu erfüllen, begeht Verrat an der Freiheit, ja an der Menschlichkeit …

Beschimpfen kann ich mich auch allein, denkt Paul. Trübsinnig zurückblicken, mit Lotte und mir hadern, das alles kann ich allein. Um Lotte trauern, immer noch nicht glauben, dass sie angeblich tot ist …

Katia kauderwelscht rasend schnell auf die Person am anderen Ende der Leitung ein.

Mit der »goldenen Burg« hat sie aber nicht ganz unrecht, sinniert Paul. Mit seiner Kunst wollte er Grenzen auflösen, zwischen Ich und Welt, innen und außen, weil das seinem eigenen Erleben entsprach. Lotte aber wollte, dass sie Mauern hochzogen, Grenzen sicherten, weil sie beide Welten, ihre innere und die äußere, als bedrohlich erlebte.

Er dreht sich um und beugt sich zu den Gemälden hinab, um die Schwimmerin wieder zu verpacken. Als er das Bild anhebt, fällt ein kleiner Gegenstand herunter. Schimmernd und scheppernd landet er auf dem Boden – eine DVD.

34

Um Viertel nach zwei ist Sven zurück in seinem Büro. Die Besprechung mit der Chefin hat gerade mal zwanzig Minuten gedauert. Viel klüger als vorher ist er jetzt auch nicht. Und schon gar nicht zuversichtlicher, was ihre *Mission impossible* betrifft.

Außer, wir bekommen Mia ins Boot. Und wie wahrscheinlich ist das? Bleib realistisch …

Maren sitzt vor ihrem Notebook, auf dem ein Video von Katia Wozniak läuft. Das öffentliche Streitgespräch mit Lotte Gerlach, erkennt er im Vorübereilen, aufgenommen im Görlitzer Park.

Er würde Katias Stimme aus jeder Menschenmenge heraushören. Den harten Klang, den angedeutet slawischen Zungenschlag, die emotionalen Untertöne, die sie trotz aller Selbstkontrolle nie ganz herauslöschen kann. Oder *will?*

»Wir müssen uns aufteilen«, sagt er von seinem Schreibtisch aus.

Maren klappt sofort ihr Notebook zu und sieht ihn erwartungsvoll an. »Was soll ich machen?«

Sie ist so loyal und engagiert, dass Sven wieder sein Gewissen spürt. Er drückt es weg wie einen lästigen Anrufer.

»Du observierst Gerlachs Burg. Vielleicht ist er schon wieder zu Hause, aber das glaube ich eher nicht. Wenn er zurückkommt oder doch schon da ist, sagst du mir sofort Bescheid.«

»Ja, klar.« Maren nickt. Ihre Augen leuchten.

»Wenn sich sonst irgendetwas tut, meldest du dich natürlich auch«, fährt er fort. »Wahrscheinlich liegen auch die SecLog-Söldner wieder auf der Lauer. Aber du bleibst in jedem Fall in Deckung, egal, was du siehst und was passiert. Die sind extrem gefährlich, Maren.« Er sieht sie beschwörend an.

»Weiß ich.« Sie nickt erneut. »Und was machst du?«

»Ich hänge mich an die Wozniak dran. Falls ich sie aufspüren kann«, schränkt er ein. »Wenn sie und Gerlach heute fündig geworden sind, brauchen wir umgehend Zugriff auf den Datenträger oder was immer seine Frau an Informationen hinterlassen hat.«

»Alles klar.« Maren springt auf, greift sich ihren Rucksack und den dunkelblauen Parka.

Offenbar schon für alles gerüstet, denkt Sven und schaut ihr hinterher.

Kaum ist sie aus der Tür, greift er zum Telefon. In Thailand ist es halb neun abends. Da sitzt Mia mit ihrem Lover bestimmt in einer Strandbar ...

Der Magen krampft sich ihm zusammen. In den paar Wochen, in denen er mit Mia zusammen war, fantasierte sie immer wieder davon, »den ganzen Irrsinn hinter sich zu lassen«. In einer Holzhütte auf einer entlegenen Insel zu leben, aus dem Meer zu fischen und von den Bäumen zu pflücken, was man zum Leben brauche.

Wie ernst sie das meinte, hat Sven nie herausgefunden. Er kennt sie nur als Vollgaskommissarin hier beim LKA und als Turboagentin bei den wenigen Einsätzen, die er zusammen mit ihr bei der Spezialtruppe absolviert hat. Und als extrem fordernde, alles durcheinanderwirbelnde Geliebte, die ihn nach kürzester Zeit satthatte und vor die Tür setzte.

Er war ihr viel zu solide, zu vorhersehbar. Sven ist in einem Kleinbürgerhaus aufgewachsen, in Berlin-Lichtenrade, Inbegriff der Kleinbürgerlichkeit. Vater selbstständiger Installateur, Mutter Halbtags-Sekretärin in der Stadtbücherei. Immer ging es bei ihnen sparsam und ordentlich zu. Kakao zum Frühstück, warmes Mittagessen, abends Gutenachtkuss mittig auf die Stirn. Sven kann sich beim besten Willen nicht erinnern, wann in seiner Kindheit und Jugend jemals etwas Unerwartetes passiert wäre. Seine Eltern behandelten ihn und seinen Bruder nicht gerecht und nicht ungerecht, nicht liebevoll oder lieblos. Sondern nach Regeln, die so feststanden wie die Duschtassen und Kloschüsseln, die sein Vater mit seinem maßvoll florierenden Handwerksbetrieb installierte.

Als junger Oberkommissar beim LKA Berlin wurde er Mia Muller zugeteilt. Sven war vom ersten Moment an in sie verknallt. So heillos wie hoffnungslos. Er war in ihren Augen ein Langweiler, und sie ließ es ihn spüren. Sie kam ihm vor wie ein Wesen von einer anderen Spezies. So viel schneller, wilder, verrückter als alle Menschen, die er je getroffen hatte. Vor allem als er selbst. Sie verhielt sich praktisch immer anders, als er es erwartete oder an ihrer Stelle gemacht hätte. Er konnte stundenlang, ganze Wochenenden lang über sie nachdenken und wurde doch nicht schlau aus ihr.

Doch er lernte viel von ihr, und als ihr Partner gewann er nach und nach ihren Respekt. Er war ein zäher, methodischer, auch einfühlsamer Ermittler. Er ließ sich nicht einschüchtern oder entmutigen, das erkannte sie an.

Doch Mia liebt die jungen Wilden, die »positiv Verrückten«, wie sie das manchmal nannte. Und Sven ist nun mal der ruhige, besonnene Typ. Überdies hat er in ihren Augen einen unauslöschlichen Makel: Er ist nur zwei Jahre jünger als sie.

Von ihrem Niku hat er bisher nur ein Foto zu sehen bekommen, aber das hat ihm gereicht. Der Typ sieht aus wie Ende zwanzig.

Also bleib realistisch, ermahnt sich Sven. Sie wird dich abblitzen lassen. Mit deinem Weltrettungsprojekt, und privat sowieso.

Er zieht sein Handy aus der Jackentasche und drückt auf die Eins. Sonja hat es nie in sein Kurzwahlverzeichnis geschafft, Mia wird er nie daraus verbannen, egal, wie viele Fußtritte sie ihm noch versetzt.

Wenn sie zusagt, mache ich heute noch mit Sonja Schluss, nimmt er sich vor, während sich piepend und knatternd die Verbindung aufbaut. Wenn nicht, dann auch, denkt er schnell noch, dann hat er Mias energische Stimme im Ohr.

»Was willst *du* denn?«

Kein guter Start, doch das war klar. Sie wird alles tun, um ihn abzuwimmeln, genau wie beim letzten Mal. Und beim vorletzten auch. Doch er hat aus den Niederlagen gelernt. Anstatt erst lange drum herumzureden, fällt er mit der Tür ins Haus.

»Ich habe hier einen gigantischen Fall, Mia. Ohne dich schaffe ich das nicht. Es geht um die ganze Welt …«

»Was? Gleich die ganze Welt? Ist das deine neue Masche? Du spinnst ja, Svennie, wenn du immer noch glaubst, dass ich zurückkomme.«

Sie klingt abweisend, aber das ist *ihre* Masche. Dahinter spürt er ihre vibrierende Neugierde.

»Hör mir fünf Minuten zu, dann kannst du Ja oder Nein sagen.« Er versucht, selbstgewiss zu klingen. Was nicht ganz leicht ist, wenn dir die Angst fast die Kehle zudrückt.

»Du hast zwei Minuten. Ich wollte eben zu meinem Freund ins Wasser. Wir haben einen Bungalow mit zwei Pools und Wasserfall dazwischen. Alles ziemlich dekadent. Ich bin nackt und braun gebrannt und trinke gerade einen Mojito. Hast du das Bild, Svennie?«

Sadistin, denkt er. Ja, besten Dank, er hat das Bild, und er weiß jetzt schon, dass er es so schnell nicht mehr loswerden wird.

Mias schlanker, langgliedriger Körper, wie er durch türkisfarbenes Wasser gleitet. Ihre intensiv blauen Augen, die sich auf den jungen Lover richten, der ihr angeberisch spritzend und prustend entgegenkrault. Sie umschlingen einander, er fasst sie unter den strammen Pobacken, zieht sie zu sich hoch, und ihre Beine umklammern seine Mitte, als er in sie eindringt …

Sven schüttelt sich kurz und schluckt, dann sind sein Kopf und seine Kehle halbwegs frei.

Mit Feuereifer schildert er, worum es bei seinem Megafall geht. Soweit er das selbst weiß und sagen darf. Doch die Konturen sind kolossal genug: Erpressung in globalem Maßstab … drohende Auslöschung der Erdpopulation … Wettlauf gegen die Uhr … nur noch wenige Tage Zeit, um den Weltuntergang zu verhindern …

»Du spinnst wirklich, Sven.« Mia klingt beeindruckt. »Endlich mal, hätte ich fast gesagt. Zumindest mal ein Fall, der den Einsatz wirklich lohnen würde.«

Schlürfgeräusche in den Ohrhörern beamen Sven einen weiteren

Kurzfilm in den Kopf: Mia, wie sie den Mojito durch den Strohhalm saugt, ihre Wangen sich rhythmisch nach innen ziehen und wieder blähen …

»Die Antwort ist natürlich Nein. Weil der Fall nur in deinem Kopf existiert. Aber träum weiter, Svennie, du bist auf dem richtigen Weg.«

»Stopp, warte!« Er verschluckt sich fast, krächzend redet er weiter. »Das ist kein Hirngespinst, Mia, das ist alles echt. Wenn du Ja sagst, ruft dich Siebener heute noch auf einer sicheren Leitung an. Du müsstest sofort loslegen, gar nicht weit von da, wo du gerade bist.«

»Aha? Und wo bin ich gerade?«

Oh verdammt, denkt Sven. Wenn ihr klar wird, dass ich ihr nachspioniere, wird sie richtig sauer. Aber jetzt hilft nur noch Vorwärtsverteidigung.

»So genau weiß ich das auch nicht. Ich habe zufällig gehört, dass du gerade irgendwo auf einer Insel in Thailand bist.«

»Und der Einsatz wäre ganz in der Nähe?«

»Na ja, so ziemlich.«

»Und wie lang soll das dauern? Mitte nächster Woche muss ich am anderen Ende der Welt antreten.«

»Das passt doch perfekt. Erst hilfst du, das Ende der Welt zu verhindern, dann machst du am anderen Ende der Welt weiter.«

»Hey, seit wann bist du witzig, Svennie?«

Sie klingt jetzt so, wie er sie am liebsten mag. Spöttisch, hellwach und emotional mit ihm verbunden. Wenn auch nur durch die Aussicht auf den spektakulärsten Fall aller Zeiten.

»Immer schon, auf meine langweilige Art«, sagt er.

Ein Fehler, er spürt es im gleichen Moment. Langeweile ist wie lebendig begraben sein, unter Tonnen von Scheiße, hat sie mal zu ihm gesagt. Er hat es auf den Nachmittag bezogen, den sie gerade zusammen am Strand verbrachten, und höchstwahrscheinlich hat sie es auch so gemeint. Beziehungsweise noch vernichtender. Zu viele Stunden mit ihm waren wie der langweilige Nachmittag am Strand.

»Jetzt, wo du es sagst.«

Sie klingt plötzlich anders. Abweisend, missmutig, auf Streit aus. Bei dem es immer nur einen Sieger gab, sie. Wie eine wütende Krähe konnte sie auf ihn einhacken, bis er mit gerupften Flügeln kapitulierte. Ihr in allem recht gab, was sie noch wütender machte. Ein Sieg gegen einen wie ihn war wertlos, er lohnte den Einsatz so wenig wie die läppischen Fälle, die er in Berlin löste.

»Ich hab einen neuen Freund, weißt du«, sagt sie mit der trügerischen Sanftheit, die er gleichfalls an ihr kennt. »Wir haben sowieso nur die paar Tage zusammen, die will ich ihm und uns nicht nehmen.«

Wieder der Flash in seinem Kopf: Mia, wie sie unter ihm liegt, die Nägel in seine Schultern krallt, die Beine um seine Mitte schlingt ...

»Das musst du auch nicht«, sagt er, »im Gegenteil. Wir brauchen euch beide, dich und Niku.«

»Hey, das wird jetzt ziemlich schräg. Du kennst seinen Namen? Stalkst du mich, oder wie?«

»Um Himmels willen, nein. Ich habe nur vor Kurzem mit einem alten Kumpel gequatscht, der uns beide von der Spezialtruppe kennt. Und da kamen wir zufällig auch auf dich.«

»Ziemlich viel Zufall auf einem Haufen.«

Erleichtert hört er das spöttische Grinsen in ihrer Stimme. Sie ist sogar ein bisschen geschmeichelt, denkt Sven. Über seinen Eifer, sie für seinen Fall zu gewinnen, und über die Aufmerksamkeit, mit der er ihre Romanzen verfolgt.

»Na ja, du weißt doch, wie das ist.«

»Weiß ich das?« Sie klappt schon wieder das Visier herunter. »Also, ich verspreche nichts, aber Siebener kann mich ja so in einer Stunde mal anrufen. Oder sagen wir, in zwei. Niku ist ziemlich ...«

»Okay, Siebener ruft dich dann an«, sagt er schnell und legt auf.

Dass er ihren Lover auch noch in ihr Team reinquatschen musste, ist schlimm genug. Sich zusätzlich anhören zu müssen, welche Vorzüge er als Liebhaber besitzt, wie ausdauernd oder leidenschaftlich er sich auf der Matratze anstellt, wäre wirklich mehr, als Sven jetzt noch ertragen könnte.

Seine Hände sind schweißfeucht, sein Herz schlägt schneller. Doch während er ihr Gespräch rekapituliert, wächst seine Zuversicht. Zum ersten Mal glaubt er, dass sie es noch schaffen können. Die Superschurken unschädlich machen, bevor sie sämtliche Höllentore öffnen ...

Mit Superwoman Muller haben sie zumindest eine Chance. Und Mia bald schon wiederzusehen, fühlt sich so prickelnd gut an, als wäre es auch privat eine neue Chance ...

35

Katia ist mitsamt dem Schreibtischstuhl herumgefahren und starrt die DVD auf dem Boden an.

»Die muss hinter dem Rahmen gesteckt haben«, sagt Paul. »Keine Ahnung, wieso ...«

»Hallo? Vielleicht, weil Lotte sie da versteckt hat?«

»Aber sie hat von einem Stick gesprochen, nicht von einer ...«

Er kneift die Augen zusammen. Blödsinn, die ist ja von mir ...

Es ist lange her, dass er Daten auf DVDs »gebrannt« hat, anstatt sie auf einem Stick oder in der Cloud zu speichern. Und gefühlt noch viel länger, seit er das letzte Mal an den Tag gedacht hat, an dem er seine Bilder verfeuert, das Atelier leergeräumt und eingemottet hat.

»Die DVD ist nicht von Lotte«, sagt er. »Ich habe sie damals hinter den Rahmen geklemmt – vor bald zehn Jahren.«

Wenn sie die Fotos gesehen und vor allem die Interviews gehört hat, geht es ihm durch den Kopf, es muss ein Schock für sie gewesen sein …

»Na und? Sie kann ja was dazukopiert haben.« Katia springt auf und schnappt sich die DVD. »Wir müssen das Zeug finden, Paul.«

Sie eilt zum Schreibtisch zurück, legt die Scheibe in das Notebook-Laufwerk ein. Aus ihrem Handy bellt noch die Stimme des Russen, Ukrainers oder was auch immer; sie klickt ihn weg, ohne hinzusehen.

Auf dem Monitor erscheint ein umfangreiches File-Verzeichnis – Fotos, Audio-Dateien, auch ein paar kurze Videos.

»Die DVD ist nicht von Lotte«, wiederholt Paul. »Hör auf, Katia, du hast kein Recht, dir das anzusehen.«

Sie klickt sich durch die Ordner, ohne ihn zu beachten; Paul versucht auch nicht, sie daran zu hindern. Er kniet vor dem Bild, und während er Natalia betrachtet, wie sie durch die türkisblauen Fluten treibt, sieht er sie wieder, wie sie damals im Hausboot auf seinem Bett lag. Er hört ihr ein wenig heiseres Murmeln und riecht ihren Duft nach Meer und Moos, eine verwirrende Mixtur …

Sie war mehr als nur sein Modell. Und er für sie mehr als der Maler, vor dem sie stundenlang posierte, meist im Liegen und nackt.

Sie war seine Geliebte, seine *Kunstaffäre,* wie die anderen Modelle davor und danach. Er brachte sie zum Reden, sie schütteten ihm ihr Herz aus. Irgendetwas an ihm löste einen Offenbarungsrausch bei ihnen aus, wie Paul das für sich nannte. Bei der so entstehenden Nähe wäre es seltsam gewesen, nicht miteinander zu schlafen. Und wenn er mit einem Bild fertig war, war es auch mit der Liaison vorbei.

Nicht nur, weil den Frauen ihre Porträts nie gefielen. Nach den Wochen oder Monaten *in Auflösung* waren sie psychisch angeknackst. Fast jede von ihnen bekam vor ihrem Bild einen Weinkrampf. Dann verwandelte sich ihr Schmerz in Wut, sie beschimpften Paul und wollten ihn nie wiedersehen.

Erst als er Lotte kennenlernte, begann er zu verstehen, was mit den Frauen passiert war. »Jeder von uns trägt Unmengen an Viren und Bakterien mit sich herum«, erklärte sie ihm. »Einige sind nützlich, andere tödlich, wenn unser Immunsystem sie nicht unter Kontrolle hält. Sobald es geschwächt ist, bekommen die schlimmen Viren ihre Chance: Sie machen uns krank und bringen uns um, wenn wir unser Immunsystem nicht rechtzeitig wieder stärken. Genauso ist es mit der menschlichen Psyche.«

Sie erzählte ihm von ihrer traumatischen Kindheit. Auch wenn sie sich nicht direkt darauf bezog, spürte Paul damals, dass sie – bewusst oder nicht – auch von seinen Bildern sprach.

»Wir alle tragen Unmengen an Erinnerungen mit uns herum, an schlimme Erlebnisse, verstörende Ängste, und die schlimmsten davon sind genau wie tödliche Viren. Solange wir sie mit unserem bewussten Ich unter Kontrolle halten, sind wir trotz allem stabil. Wenn aber das Ich geschwächt, das Selbstbewusstsein angeknackst ist, bekommen sie Macht über uns und machen uns krank oder bringen uns um.«

Paul dachte damals lange über Lottes Worte nach. Als Künstler hatte er sich wie ein skrupelloser Virenforscher verhalten. Er schwächte das seelische Immunsystem seiner Probandinnen, um die bösen, traumatischen Erinnerungen in ihnen zu aktivieren und zu sehen, welche Schäden diese Psychoviren anrichteten. Zumindest, wenn man es mit Lottes Augen betrachtete, und da war offenbar einiges dran …

Ähnlich wie Natalia waren auch die anderen Frauen seelisch angeschlagen, als er mit ihren Porträts fertig war. Irgendwie löste sich, während er an ihren Bildern arbeitete, auch ihr Selbstbewusstsein mehr oder weniger auf. Zumindest eine seiner Kunstaffären – Karla, die in Charlottenburg eine florierende Boutique führte – brachte sich ein halbes Jahr später um.

Er hatte sozusagen Menschenversuche angestellt, wenn auch nur mit *Psychoviren,* das wurde ihm damals klar. Seine Kunst tat niemandem gut, nicht einmal ihm selbst, dem »Virenforscher«. Am Ende war auch er jedes Mal enttäuscht, weil seine Experimente allen nur Angst einjagten.

So war es für ihn keine Frage, wie er sich entscheiden würde. Gegen seine Auflösungskunst und für seine Liebe zu Lotte, die kostbarste aller Illusionen. Aber bis eben noch hatte er geglaubt, dass Lotte von alledem nichts wusste …

Irgendwann in den letzten Monaten oder Jahren muss sie hier gewesen sein, sagt sich Paul. Sie hat die Bilder angeschaut und dabei die DVD entdeckt. Aber wann und warum?

»Das hier muss ein Schlag für sie gewesen sein«, sagt Katia.

Sie klickt wahllos Bild-Dateien an, dann ein Audio-File. Die Stimme erkennt er nach ein paar Augenblicken … Weinerlich erzählt Karla von einer Nacht, als sie sechs oder sieben war und aus dem Schlaf aufschreckte …

»Mach das aus, bitte«, sagt Paul. »Das hat mit Lottes Stick nichts zu tun.«

»Darüber ließe sich streiten.«

Zu seiner Erleichterung klickt sie die Datei weg, und Karla verstummt.

»Krasser Stoff.« Katia schwenkt den Drehstuhl zu ihm herum. »Du hast mal zu *uns* gehört, Paul. Du hattest den Käfig schon gesprengt, die Kulissen umgeschmissen – jetzt baust du sie nur noch auf und malst sie an. Traurig.«

Er hockt vor ihr auf dem Boden, die Knie an die Brust gezogen. »Das sehe ich anders. Ist aber auch egal. Hier ist kein verdammter Stick.«

»Hast du die anderen Bilder auch gecheckt?«

Er schüttelt müde den Kopf. »Sinnlos.«

Sie kommt zu ihm herüber, schiebt die Schwimmerin zur Seite und nimmt sich die restlichen Bilder vor. Beide sind noch so fest verpackt, wie er sie damals zurückgelassen hat. Offenbar hatte Lotte, nachdem sie *In Auflösung III* betrachtet und die DVD gefunden hatte, keinen Bedarf an weiteren Enthüllungen.

Woher wusste sie von dem Schlüssel hinter der Sockelleiste? Na ja, so rätselhaft ist das nicht, sie musste nur mal versehentlich mit dem Fuß gegen die Sockelleiste stoßen, schon sprang das Schlüsselversteck auf …

Katia schält die Bilder aus ihren Hüllen, wirft einen kurzen Blick darauf, bevor sie die Rückseite untersucht. »Nichts.«

»Das habe ich doch gesagt.« Trübsinnig betrachtet er seine drei geretteten Gemälde, die sie nebeneinander an die Wand gelehnt hat, mit der Rückseite zum Zimmer.

Wie bei einem Erschießungskommando: Feuer frei zur Exekution. Keiner der Infizierten aus seinem Kunstlabor darf entkommen …

»Hör mir jetzt zu, Paul«, sagt Katia. Sie klingt fast wieder so hart und kontrolliert, wie er sie kennengelernt hat. »Für dich ist das hier nicht ganz leicht, das verstehe ich ja«, fährt sie fort. »Du trauerst um Lotte, und du musst damit klarkommen, dass sie in eine ziemlich finstere Sache verwickelt war. Und jetzt musst du auch noch verdauen, dass sie Dinge über dich herausgefunden hat, die sie nicht wissen sollte.«

Sie zeigt zum Laptop auf dem Schreibtisch. Paul macht den Mund auf; sie legt ihm die Hand auf den Unterarm.

»Lass mich ausreden, wir haben keine Zeit mehr.« Ihr Tonfall wird drängend. »Während du hier herumgesucht hast, hatte ich einige Anrufe, wie du vielleicht mitbekommen hast. Es gibt beunruhigende Neuigkeiten, aus Jakarta und aus Kiew.«

»Wieso aus Kiew?« Er sieht sie verständnislos an.

»Hör einfach zu. Nach unserem Treffen gestern Abend habe ich mit einigen Leuten aus meinem Netzwerk gesprochen. Drei Aktivisten in Jakarta wurden instruiert, unauffällig nachzuforschen, was genau im Januar und im März bei Raya Pharmalab passiert ist. Jetzt werden alle drei vermisst.«

36

Er liegt auf dem Rücken, jesusmäßig ans Balkenkreuz geschlagen. Wenn auch fürs Erste nur mit Seilen, von denen es unten im Keller gleichfalls genug gibt. Wie von Jesusnägeln, Hämmern, Zangen, Sägen aller Art.

Jimin hat ihn gleich wiedererkannt, als er durchs Kellerfenster gekrabbelt kam. In der hellblauen Bikerjacke, den Helm in der einen Hand, in der anderen ein Lunchpaket. Sie zog sich lautlos zurück, wartete im Werkzeugkeller, bis er die Leiter hochgeklettert war.

Sie sah sein Tattoo im Dunkeln leuchten. Die Fixe, das X, den Kreis drum herum, neonrot über dem bleichen Arsch, der beim Klettern hervorblitzte.

Spritzen verboten, der tickt doch nicht richtig. Was hat der Idiot gegen Medizin?

Sie sammelte ein, was sie aus dem Werkzeugkeller brauchte, und kletterte ihm hinterher. Intuitiv verteilte sie ihr Gewicht so, dass keine Sprosse quietschte, kein Balken ächzte.

Er saß auf dem Querbalken vor dem zugenagelten Fenster und spähte durch die Ritzen zum Nachbarhaus hinüber. Ein kräftiger Kerl, Mitte zwanzig, schätzte Jimin, verwuscheltes schwarzes Haar.

Der fickt die blonde Bitch, na klar …

»Hey, du Arsch, das ist mein Platz.« Jimin löste sich aus der Dunkelheit, der Baseballschläger krachte auf seinen Kopf. Nicht hammerhart, nur eben genug, um ihn schlafen zu schicken.

Die Düfte aus dem Lunchpaket ließen Jimin das Wasser im Mund zusammenlaufen. Aber sie behielt die Kontrolle. Über den Typen mit dem Arschtattoo, die Situation und, am schwersten, über sich selbst.

Blut suppte ihm aus dem Schädel, wo die Schwarte geplatzt war, und verklebte seine Rockstarmähne. Noch im Knockout-Modus machte er ein niedliches Gesicht, als würde er für Insta posieren.

Sie zog ihm Stiefel und Socken aus, das Shirt bis zum Hals hoch und die Hosen bis zu den Knöcheln runter. Die Sockenkugel stopfte sie ihm in den Mund, dann packte sie ihn unter den Achseln und zog den schlaffen Körper auf das Durcheinander aus Kreuz- und Querbalken, Überbleibsel der einstigen Zwischendecke zum Erdgeschoss.

Seine Arme und Beine schlackerten wie bei einer Gummipuppe. Der Kopf tanzte grotesk hin und her, sein Arsch war bestimmt schon wundgescheuert. Aber Jimin ließ nicht locker.

Sie hatte dieses Bild im Kopf, seit sie im Keller die Jesusnägel entdeckt hatte. Eigentlich war der Witwer für die Erlöserrolle vorgesehen, aber Spritzenarsch tat es auch.

Schwitzend optimierte sie ihr Werk. Zufrieden erst, als er exakt ausgerichtet auf dem Balkenkreuz lag. Die Arme waagrecht weggestreckt, der Kopf zur Seite gekippt, die Beine parallel auf dem mächtigen Hauptbalken. Fehlte nur noch die Dornenkrone …

Schnaufend zurrte Jimin ihn mit Original-Cowboyknoten fest. Dann erst machte sie sich über sein Abendessen her. Chicken mit Reis und Wokgemüse. Für ihren Geschmack zu lasch gewürzt, aber sie tröstete sich damit, dass es bald schon viel besser würde.

Alles wird besser sein. Nicht nur der Fraß. Ihr ganzes neues Leben.

Beim nächsten Tutorenmeeting wird sie Jeannie mitteilen, dass sie die Fake-Burg von dem Witwer übernehmen will. Aber erst muss sie sich die natürlich noch verdienen.

Jimin wischt sich den Mund mit dem Ärmel ihrer Bikerjacke ab und wendet sich dem Mann auf dem Balkenkreuz zu. Der ist mittlerweile aufgewacht, perfektes Timing. Er versucht sich hinzusetzen, aber die Fesseln halten ihn zurück.

»Zapple nicht herum«, empfiehlt sie ihm auf Englisch. »Unter dir ist nur Luft.«

Anscheinend ist er von dem Schlag noch etwas benommen. Er dreht den Kopf nach links und rechts und reißt die Augen auf. Kapiert wohl jetzt erst, wo er ist. Solide festgezurrt, fünf Meter über Grund.

Jimin kauert neben ihm auf dem Diagonalbalken, der exakt unter seinem Arsch hindurch verläuft. Seine Eier hält sie in der noch locker geschlossenen Hand, ganz wie sie es beim Vorspiel liebt. Sie spürt, wie sein Sack sich zusammenzieht, als könnte er kaum erwarten, dass ihre Faust sich ruckartig schließt.

»Wie heißt du?«

Unartikuliertes Stöhnen.

»Wenn du rumschreist, bist du tot. Kapiert?«

Eifriges Nicken.

Ohne ihn loszulassen, beugt sie sich vor und zieht ihm den Knebel aus dem Mund. Er röchelt, seine Brust hebt und senkt sich. Trainiert und glattrasiert, das hat sie gleich positiv vermerkt.

»Also?«

»Sa… Sammy, ich bin Sammy«, bringt er stammelnd hervor.

»Und was suchst du hier?«

Sein Blick huscht zum Fenster, wo er Wache geschoben hat. Dann zu ihrer Hand zwischen seinen Beinen.

»Ich hab keine Bleibe, deshalb … verstehst du? Ich lebe auf der Straße, und da dachte ich …«

»Falsche Antwort.«

Sie drückt kurz zu und streichelt ihm direkt im Anschuss sanft über den flachen Bauch. Und so drei-, viermal nacheinander, schmerzhaft, sanft, schmerzhaft, sanft …

»Wer hat dich hierhergeschickt?«

Er bäumt sich auf und schreit. Blitzschnell stopft Jimin ihm die Socken wieder ins Maul. Dann macht sie sich erneut über sein Package her. Quälen, streicheln, quälen …

Die Technik hat Jimin selbst entwickelt, sie ist hocheffizient und bringt eine Menge Spaß. Na gut, das Copyright liegt bei ihrem Dad. Aber Jimin hat die Methode von klein auf eingesogen und mächtig weiterentwickelt.

Quälen, streicheln, quälen, streicheln, immer kurz hintereinander und durch ein und dieselbe Person. »Paradoxe Intervention« heißt das, jedenfalls hat Jimin so was mal gelesen. Der Empfänger kann die widersprüchlichen Impulse nicht adäquat verarbeiten und reagiert gleichfalls paradox. Tortur und Trost, Schmerz und Lust, er kriegt es nicht auseinander. Dadurch wird sein Widerstand aufgeweicht, er unterwirft sich seinem Folterer und wird im besten Fall sogar noch geil.

Im besten Fall für Jimin.

Sie greift hinter sich, nimmt den Baseballschläger zur Hand. »Schau, Sammy, den ramme ich dir jetzt in den Arsch. Willst du das?«

Drohen, streicheln.

»Dein Schließmuskel geht kaputt, dein Enddarm wird perforiert, das wird eine Riesenschweinerei. Willst du das wirklich?«

Er schüttelt krampfhaft den Kopf.

Jimin beugt sich vor und zieht ihm die vollgesabberten Socken aus dem Mund. »Wer also?«

»Oh Gott, bitte machen Sie das nicht.« Der Kleine ist ganz außer sich. »Ich sage Ihnen auch alles, was Sie hören wollen.«

»Keine gute Idee, Sammy. Du sollst mir die Wahrheit sagen. Nicht das, was ich angeblich hören will.«

Alter Foltererirrtum, aber in die Falle tappt Jimin nicht. Natürlich sagen die irgendwann alles Mögliche, nur damit das hier aufhört. Die Erde ist eine Scheibe, klar. Ich bin eine Hexe, logisch …

»Oh Gott, hören Sie auf.« Sammy windet sich zwischen ihren Händen. »Katia hat mich geschickt. Katia Wozniak. Ich soll …«

Er stockt und sieht zu, wie Jimin ihn loslässt und sich die Bikerhose runterreißt. Bevor sein Schwanz wieder schlaff geworden ist, sitzt sie auf ihm und schiebt ihn in sich rein.

»Du sollst *was*, du mieser geiler Pavian?«

Sie reitet ihn, dass die Balken knarren.

»Ich soll hier nach … oh Gott … nach einem USB-Stick suchen, mehr weiß ich nicht … Scheiße, nein … wirklich nicht …«

Mit dem Stick war es also wieder nichts. Jimin triumphiert. Fast wäre sie gekommen, da macht Sammy schlapp und glitscht aus ihr raus.

Sie legt sich schnaufend auf ihn, starrt ihn durch die Skimaske an.

»Du mieses Stück Dreck.« Ihre Lippen schließen sich um seine Nase.

Er hört auf zu atmen. Sie erkundet seine Nase mit Lippen, Zunge, Zähnen. Nichts Besonderes, genau wie sein Schwanz. Sie beißt halbherzig hinein, stemmt sich hoch und betrachtet den Speichelfaden zwischen ihrem Mund und seiner Nasenspitze.

Sie spuckt aus und setzt sich wieder auf. Sie ist unbefriedigt und zufrieden, beides gleichzeitig, als sie von ihm herunterklettert.

Auch paradox, aber besser so herum als umgekehrt.

Auf dem Balken balancierend, zieht sie sich die Hose hoch und zippt den Reißverschluss zu. Sammy sieht ihr mit glasigem Blick dabei zu. Sie verkorkt ihn fast zärtlich mit dem Sockenknäuel und kehrt zu ihrem Ausguck zurück.

Drüben ist alles wie zuvor. Dunkel und ruhig.

Der Witwer weiß immer noch nicht, wo der verfickte Stick ist, überlegt sie. Die blonde Schlampe hat ihn irgendwo hingeschleppt, aber das war wieder eine Sackgasse. Wieso feuert er die bescheuerte Möchtegern-Detektivin nicht? Die ist doch die totale Niete …

Aber halt, da war noch was. Wie hat Phil die Bitch genannt? *»Anti-Pharma-Aktivistin«?* Was ist das denn für ein beschissener Job? Die stänkert gegen Medikamente und kriegt noch Geld dafür? Das erklärt zumindest das Tattoo an Sammys Arsch.

Heilen verboten! Wie bescheuert kann man sein?

Sammy stöhnt, Jimin grübelt. Dann die Erleuchtung … *Impfen verboten!*, das ist es, genau!

Ihre Blicke jagen zwischen dem vernagelten Fenster und dem gekreuzigten Sammy hin und her.

Die blonde Bitch und ihr kleiner Ficker … Die haben irgendwie spitzgekriegt, was Justice vorhat … und jetzt wühlen und graben die alles um, damit der große Plan noch scheitert … dann ist es Essig mit der gerechten neuen Welt … dann wird Jimin nicht märchenhaft reich, sondern landet im Knast …

Aber nicht mit Jimin. Sie greift sich eine Wasserflasche aus ihrem Rucksack, leert sie in zwei Zügen und rülpst.

»Jetzt mal Klartext, Sammy. Wo genau sollst du den Stick suchen?«

37

Vermisst?« Kalte Schauer überlaufen Paul. »Du meinst, die Aktivisten in Jakarta wurden einfach so verhaftet?«

»Eher wohl verschleppt, auf Befehl von General Wasisto. Vizepräsident der Nationalen Polizeibehörde. Der sitzt wie die Spinne im Netz.«

Katia steht auf, geht zum Fenster und sieht hinaus.

»Dass er so brutal zurückschlägt, wenn Fragen zu den dubiosen Vorgängen bei Raya gestellt werden, kann nur eins bedeuten«, sagt sie mit dem Rücken zu ihm. »Wir haben einen seiner Alarmfäden berührt. Bei Raya ist etwas ganz Übles am Kochen.«

Sie dreht sich um und sieht Paul durchbohrend an. »Deshalb brauchen wir das geleakte Material, und zwar umgehend. Wir müssen wissen, was genau in dem Labor passiert ist. Wenn dort ein tödliches Virus gebastelt wird oder wurde, muss der Großraum Jakarta schnellstmöglich evakuiert werden – dreißig Millionen Menschen. Wahrscheinlich sogar die ganze Insel Java – das sind hundertfünfzig Millionen …«

»Hör auf!« Paul kämpft gegen den Drang an, sich die Ohren zu-

zuhalten. Oder aus dem Atelier zu rennen, Katia hier einzusperren mit ihren apokalyptischen Viren.

»Wo kann der Stick sonst noch sein, Paul?« Mit drei Schritten ist sie wieder bei ihm, fasst seine Hände, zieht ihn unsanft hoch.

Dumpfer Schmerz im Unterleib.

»Wo kann Lotte ihn noch versteckt haben? Denk nach!«

»Ich weiß es nicht!«

»Dann denk weiter nach. Was glaubst du, wann sie deine DVD hier entdeckt hat?«

Er schüttelt den Kopf.

»Was immer bei Raya passiert ist, hat sich dieses Jahr abgespielt«, fährt Katia fort. »Wenn Lotte schon letztes Jahr hier im Atelier war, hatte es nichts mit Raya zu tun. Wenn es aber erst ein paar Tage oder Wochen zurückliegt, wollte sie den Stick irgendwo hier verstecken. Aber dann hat sie deine DVD entdeckt. Und wie ich Lotte einschätze, war sie ziemlich durch den Wind, nachdem sie die Fotos und die Audiodateien gecheckt hat. Schließlich war sie Großmeisterin im Wegschauen.« Sie packt Paul bei den Schultern. »Hörst du mir zu?«

»Herrgott, ja.« Doch er hat Mühe, ihr zu folgen. In ihm hallt noch nach, was sie eben gesagt hat: »Tödliches Virus … evakuieren … hundertfünfzig Millionen …«

»Deine dunklen Geheimnisse wollte sie bestimmt nicht erfahren. Und noch weniger wollte sie, dass du weißt, was sie über dich weiß. Also wird sie ziemlich überstürzt den Rückzug angetreten haben. Und die Frage ist jetzt: Wo ist sie hingefahren? Den toxischen Stick musste sie ja immer noch loswerden.«

»Das überlege ich die ganze Zeit schon.« Paul schüttelt den Kopf. »Moment mal … Ich bin kein Computerfreak, aber irgendwie müsste sich doch feststellen lassen, wann das Notebook zuletzt benutzt worden ist. Und zu welchem Zweck.«

»Guter Punkt. Denk weiter nach.« Sie geht zum Schreibtisch, greift sich ihr Handy und tippt darauf. »Hi Lisa, ich noch mal.« Sie stellt ein paar rasche Fragen. »Windows-Protokoll heißt das? Und wie finde ich das? Bei einem älteren Modell … wie alt, Paul?«

»Zehn, elf Jahre.«

Sie gibt die Information weiter. »Also Windows 7, verstehe … Und da heißt das wie? Ereignisanzeige … Und um da hinzukommen …« Sie hört eine Minute lang konzentriert zu. »Danke, Lisa, ohne dich könnten wir einpacken.«

Sie beendet das Gespräch, beugt sich über den Laptop, klickt Fenster auf, hackt Befehlszeilen in die Tastatur.

»Da haben wir es … *8. April 2019* … Okay, das ist heute… und davor …« Sie scrollt nach unten. »Verdammter Mist, der nächste Eintrag in der Liste ist vom 17. August 2018. Das war noch vor Raya.«

Sie wirkt schwer enttäuscht. Für einen Moment sinkt sie fast in sich zusammen. »Trotzdem, Paul, lass uns weiter überlegen. Sagt dir das Datum irgendwas?«

»Letztes Jahr.« Er reibt sich die Stirn. Es fühlt sich an wie ferne Vergangenheit. Fast wie aus einem früheren Leben. »Mitte August … Da war ich mit Dion bei Maria. Meine Schwester, sie lebt auf Rügen. Lotte konnte nicht mit: zu viel Arbeit in der Firma, das Übliche.«

»Für den Abstecher hierher hat sie sich aber Zeit genommen. Also hatte sie einen zwingenden Grund«, sagt Katia. »Laut Windows-Protokoll wurde am 17. August der Wechseldatenträger D benutzt, also das DVD-Laufwerk.«

Sie scrollt weiter. »Und hier: Der Audio-Player wurde gleichfalls verwendet, außerdem der Grafik-Viewer. Das Ganze hat aber keine halbe Stunde gedauert. Von 14:12 bis 14:36 Uhr. Wie es aussieht, hatte Lotte ziemlich schnell genug von den Bildern und Beichten deiner Verflossenen.«

Von den Psychoviren, denkt Paul. Sie wollte so schnell wie möglich wieder raus aus meinem Kunstlabor. Bevor sie so geschwächt wäre, dass sie ihre eigenen Psychoviren nicht mehr unter Kontrolle halten könnte. *Lotte in Auflösung …*

»Sieht so aus.« Er greift an ihr vorbei und schaltet das Notebook aus. »Und wie hilft uns das jetzt weiter?«

»Sag du es mir. Mit Raya hatte ihre Stippvisite hier nichts zu tun. Trotzdem würde ich mich an deiner Stelle fragen, was sie gesucht hat.« Sie sieht ihn beschwörend an. »Warum gerade letzten August? Herrgott noch mal, dafür muss es einen Grund geben. Und woher wusste sie, wo du den Atelierschlüssel versteckt hast?«

»Du solltest Detektivin werden.« Paul klappt das Notebook zu. »Aber deine schlauen Fragen helfen uns nicht weiter. Auch wenn ich die Antworten wüsste, hätte ich immer noch keine Ahnung, wo der verdammte Stick ist.«

Er wendet sich um, überlegt, ob er die Bilder wieder verpacken soll. Aber wozu? Er wird sie sowieso verbrennen. Die Villa in Lichterfelde verkaufen und mit Dion hier in die Datsche ziehen. Vielleicht kann er sich mit dem Restaurieren alter Häuser durchschlagen, die Gentrifizierung kommt auch auf dem Lande langsam in Gang.

»Es tut mir leid, Katia. Aber ich weiß wirklich nicht ...«

Er ist zu deprimiert, um auch nur seinen Satz zu beenden. Er will nur noch heim. Sich in seiner Burg verschanzen, die ihn nicht schützen kann und die sowieso der Bank gehört. Dion anrufen, die Stimme seines Kleinen hören, die vor Energie und Eifer vibriert ... und vor Hoffnung, dass er bald seine Mama wiedersieht.

Paul geht aus der Tür und lässt Katia stehen. Sie soll seine Tränen nicht sehen. Halbblind tastet er sich die Steige hinunter. Katia folgt ihm, ohne zu fragen, ob sie oben wieder abschließen soll. Wozu auch ...

Nachdem er die Haustür verriegelt hat, legt er den Schlüssel nicht in die Steckdose zurück, sondern schiebt ihn in die Hosentasche. Er hat die Nase voll von der ganzen Geheimniskrämerei.

Das Wort hallt in ihm nach. *Geheimniskrämerei* ... Wer hat das jetzt wieder gesagt, und zu wem?

Paul grübelt darüber nach, fast die ganze Strecke nach Berlin. Er ahnt, dass es der wahre Schlüssel zu dem Stick-Versteck ist, aber er bekommt die Antwort nicht zu fassen.

Katia stoppt am S-Bahnhof Hohen Neuendorf. »Denk weiter nach.«

Er nickt. Unterwegs hat er sie noch mal wegen Kiew gefragt, doch ihre Antwort war knapp und kryptisch.

Er selbst habe ja erwähnt, dass ClarTop-Vorständin Dr. Toppert am letzten Mittwoch zu einem Investoren-Meeting nach Kiew geflogen sei. »Die Ukraine ist ein korrupter Staat, Paul. Wenn es um Geld aus dunklen Quellen geht, um dreckige Geschäfte mit Kriegsgerät oder menschlicher Ware, bist du in Kiew richtig. Glaub mir, ich weiß, wovon ich rede.«

Paul fragte nicht nach. In seinem Kopf geht alles durcheinander.

»Morgen suchen wir weiter.« Sie lächelt ihn an. »Ich texte dir, wann und wo wir uns treffen. Und wenn irgendetwas ist, ruf mich an.«

Er steigt aus und sieht ihr hinterher, als sie schwungvoll davonfährt.

38

Es ist noch nicht einmal fünf Uhr nachmittags und trotzdem fast schon dunkel. Der Himmel schwarz.

Paul fährt in die Remise und bleibt hinter dem Steuer sitzen. Ohne den Motor abzustellen. Auch in ihm ist alles schwarz.

Er braucht nur das Tor mit der Fernbedienung zu schließen. Mehr ist gar nicht nötig, damit alles aufhört. Die Trauer, der Schmerz, das rastlose Grübeln. Einfach den Motor laufen lassen. Die Seitenscheibe herunterlassen. Den Kopf zurück, die Augen zu …

Den Rest besorgen die Auspuffgase. Die Remisenfenster sind neu und dreifach verglast. Dach und Wände gedämmt, kein giftiges Molekül würde verloren gehen.

Er beugt sich vor, stellt den Motor ab. Er ist traurig und todmüde, aber er kann sich nicht einfach so verabschieden. Das darf er Dion nicht antun. Erst kommt die Mutter um, dann begeht der Vater Selbstmord ... ein Doppelschock, von dem sich der Junge nie mehr erholen würde. Schlimm genug, dass sich der traumatisierende Tod eines Elternteils in der nächsten Generation wiederholt.

Paul zieht den Zündschlüssel ab und steigt aus. Er fühlt sich kraftlos wie ein alter Mann. Wie sein Vater, den er endlich wieder besuchen muss in seinem Pflegeheim, auch wenn der alte Herr ihn kaum mehr erkennt. Meist lebt er in der Vergangenheit – der verfluchten Vergangenheit, denkt Paul, die sich hartnäckig weigert, vergangen zu sein.

Er schleppt sich in die Eingangshalle und die Treppe hoch. Oben in der Küche setzt er sich an den Tisch, ohne sich etwas zu essen zu machen, wie er es eigentlich vorhatte. Sein Smartphone liegt neben dem Frühstücksteller. Er nestelt das Uralt-Nokia von Katia aus der Tasche und legt es dazu.

Geheimniskrämerei ... Plötzlich ist das Wort wieder da. Wer hat es gesagt und in welchem Zusammenhang? Wieso ist es ihm gerade vorhin eingefallen?

An dem Wort hängen so viele verworrene Gedanken und Gefühle. Er hat nicht die Kraft, sie jetzt noch mal durchzugehen. Lauter Geheimnisse, die besser verborgen geblieben wären. Seine Kunstaffären und Lottes möglicher Lover ... Wofür soll es gut sein, dass das alles ans Licht kommt?

Er selbst war nie ein großer Geheimniskrämer, überlegt Paul. Na gut, er hat Lotte nicht erzählt, was zwischen ihm und seinen »Modellen« jeweils lief, aber das war ja überwiegend vor ihrer gemeinsamen Zeit.

Als sie ein Paar wurden, gab er die Malerei und die Treffs in dem

Hausboot auf. Und ins Landhaus hat er nie ein Modell mitgenommen. Es kam nicht infrage für ihn, unter Lottes Augen nicht und hinter ihrem Rücken erst recht nicht.

In seinem Dachatelier hatte er versucht, seine Technik den neuen Umständen anzupassen. Aus dem Gedächtnis und aus der Fantasie zu malen, doch die Resultate waren grauenvoll. Leblose Pinselei.

Mit Mühe rappelt er sich auf und geht zum Kühlschrank. Er findet ein Stück Wurst und isst es auf, dann ein Stück Käse. Er nimmt die Milchflasche aus der Kühlschranktür, schraubt sie auf und trinkt.

Und Lotte?, geht es ihm durch den Kopf. Was hat sie ihm alles verschwiegen? Was davon ist wichtig für die Suche nach dem Stick?

Wenn sie wirklich einen Liebhaber hatte … Nein, das will er nicht wissen. Es spielt keine Rolle, und basta. Er hatte ja auch ab und zu was laufen, aber es war immer nur Spielerei. So wie mit Laura …

Plötzlich wird ihm klar, dass es zwischen ihm und Laura vorbei ist. Er muss sie anrufen, ihr die Wahrheit sagen, aus Respekt, aus Höflichkeit, wie auch immer. Der zärtlichen, kultivierten Laura … Er sieht sie vor sich, ihre feingliedrige Schönheit, doch er kann sich schon kaum mehr an ihren Duft erinnern. Auch ihr gemeinsames Projekt, die Ausstellung über Illusionskunst, kommt ihm jetzt klein und belanglos vor.

Laura muss warten. Viel wichtiger ist, dass er mit Dion und Maria telefoniert. Und mit dem Pfleger, der sich so liebevoll um seinen Vater kümmert. Wie heißt der noch gleich? Heinrich, genau … ein gebürtiger Siebenbürger, daher der altmodische Name: Heinrich Krämer.

Seltsam, es klingt fast wie *Geheimniskrämer* …

Paul setzt sich wieder an den Tisch und aktiviert sein Smartphone. Auch zum Telefonieren ist er eigentlich zu deprimiert, aber er darf sich nicht gehen lassen.

Als Erstes ruft er seine Mailbox auf. Eine Nachricht von Maria, er soll sich melden; zwei von seinem Schwiegervater: *»Habe wichtige Neuigkeiten, Junge – ruf mich an!«*

Paul schüttelt den Kopf. Jetzt bitte nicht auch noch Horrorstorys von Robert … Stattdessen checkt er seine Textmessages. Dabei verliert er irgendwie den Faden, starrt vor sich hin, verwirrt und enttäuscht. Wieso ist da keine Nachricht von Lotte?

Dann wird ihm sein Irrtum klar. Du idiotischer Illusionist … Seine Kehle brennt wie Feuer … *Feuer* … Er sieht es vor sich, die Flammen, die aus ihrem Cabrio schlagen … dann Lotte im Klinikbett … ihr Auge, groß und panisch, wie es sich an ihm festsaugt: »*Der Stick, Paul, pass auf ihn auf!*«

Er presst sich die Fäuste an die Schläfen. Jetzt meint er Katias Stimme zu hören. *Denk nach* … Es muss einen Grund geben, warum Lotte gerade im letzten August in der Datsche war … laut Katia der Schlüssel zu dem Stick-Versteck …

Was war davor, im Juli? Lotte arbeitete sechzig Stunden die Woche, und er hatte alle Hände voll mit der Haussanierung zu tun … mit Handwerkern, dem Denkmalschutzamt … Ab und zu traf er sich mit Laura … Aber sonst?

»Ich weiß es nicht!« Er haut auf den Tisch, dass die Tasse auf dem Unterteller klirrt. »Herrgott noch mal, ich weiß es nicht!«

Schließlich gibt er sich einen Ruck, ruft seine Schwester an. Stumm lauscht er ihren gut gemeinten Trostformeln – »Ich bin in Gedanken bei dir, Paul, sei stark, kleiner Bruder, komm zu uns, hier bist du immer willkommen« –, und immerhin bricht er nicht in Tränen aus. Dion kommt ans Telefon, fragt nach seiner Mama, immer wieder nach Lotte, nach Ritterin Charlene. »Bald, mein Großer, bald ist sie wieder da.«

Fast glaubt er es immer noch selbst. Sie ist nicht tot. Es kann einfach nicht sein …

Dann braucht er erst mal etwas Stärkeres. Keinen Sekt, den sein Vater »aus beruflichen Gründen« kistenweise kaufte, sondern einen klaren Schnaps. Er kippt den Tequila, holt tief Luft, wählt die Nummer des gerontopsychiatrischen Heims in Spandau.

Er fragt nach Heinrich Krämer, dem Pfleger von Peter Gerlach.

»Einen Moment, bitte, ich hole ihn an den Apparat.«

Geheimniskrämerei … Er *hört* das Wort, deutlich mit Lottes Stimme gesprochen, so klar, als wäre sie am Telefon.

Trauerdelirium. An dem einen Schnaps kann es ja nicht liegen …

Der fremde Mann in dem Gasthof war nicht ihr Liebhaber, denkt Paul unvermittelt. Sie hatte keinen Lover, völlig ausgeschlossen. Sie war für ihr Leben verstört durch das, was ihrer Mutter passiert ist … Die Person, die ihr aufs Zimmer gefolgt ist, muss »Plattnase« sein, die »Kampfmaschine«, oder ein Kumpan von ihr.

Alles andere ergibt keinen Sinn. Und *dieses* Geheimnis darf er nicht auf sich beruhen lassen, auch wenn er sich noch so traurig und todmüde fühlt. Die Vorfälle in dem Labor in Jakarta, die brennende Halle, die Todesfälle, der Selbstmord der Wissenschaftlerin, der wahrscheinlich ein verkappter Mord war, genauso wie Lottes tödlicher Crash …

Was steckt dahinter? Wie ist Lotte da hineingeraten? Kann es wirklich sein, dass ihre Vorstandschefin die treibende Kraft hinter verbrecherischen Machenschaften ist? Bei der Züchtung tödlicher Viren in Jakarta, dann beim Meeting mit dubiosen Geldgebern in Kiew …

39

Sammy liegt auf den rissigen Bodenkacheln in der Eingangshalle und zuckt.

Das hier ist scheiße gelaufen, denkt Jimin. Und scheiße ist noch krass geschönt.

Wenn Phil das spitzkriegt, ist sie im Arsch. Dann gehört sie nicht mehr zu den Gerechten, sondern wird auf einer Müllkippe entsorgt. Jaresh übernimmt den Job bestimmt liebend gerne.

Eben noch war sie in Hochstimmung, jetzt ist sie total down. Gleichzeitig geht ihr die Pumpe bis zum Anschlag.

»Du Idiot«, flüstert sie Sammy ins blutende Ohr. »War doch klar, dass das nichts werden konnte.«

Er liegt auf dem Bauch, irgendwie ungut verkrümmt. Den nackten Arsch nach oben, aber da hat sie jetzt auch nichts mehr davon. Egal, was sie macht oder sagt, er zuckt und winselt nur noch vor sich hin. Und das Fixen-Tattoo zuckt mit. *Impfverbot,* fürn Arsch!

Warum musste er auch versuchen abzuhauen? Sie hatte ihn von den Jesusfesseln befreit, von den Klamotten auch. Wenn sie ganz nackt sind, macht es einfach mehr Spaß.

»Du bist jetzt mein Hund. Also runter mit dir auf alle viere.«

Er gehorchte, und sie schlang ihm den Strick um den Hals. Trieb ihn mit leichten Arschtritten vor sich her in Richtung Leiter. Der Hauptbalken ist breit genug, da fällt man nicht einfach so runter. Außer man dreht durch wie Sammy.

Auf halbem Weg fuhr er herum, riss ihr den Strick aus der Hand. Jimin mochte das; wenn sie sich wehren, macht es ja noch mehr Spaß.

Er hoppelte zur Leiter, erklomm schon die oberste Sprosse, da kriegte sie die Leine wieder zu fassen. Mit aller Macht riss sie ihn zurück, und Sammy rutschte von der Leiter und baumelte hoch über der Halle wie der Gehenkte beim Tarot. Er gurgelte und hielt den Strick über seinem Kopf mit den Händen umklammert, um sich nicht selbst zu strangulieren. So schwang er hin und her, ein Pendel aus bleichem Fleisch. Zappelte mit den Beinen und kriegte immer mehr Schwung.

Jimin ist stark, sie haut jeden um, der ihr krummkommen will. Aber die Pendelbewegungen eines circa fünfundachtzig Kilo schweren Körpers auszugleichen, wenn man auf einem Balken fünf Meter über Grund balanciert, stellt auch für sie eine Herausforderung dar.

»Hör auf, Arschloch«, wies sie Sammy an. »Bevor du mich mit runterreißen kannst, lasse ich dich los.«

Aber er hörte nicht auf. Also ließ sie ihn los. Jimin steht zu ihrem Wort. Vor allem hängt sie an ihrem beschissenen bisschen Leben.

Jetzt kauert sie neben den Überresten des blutüberströmten Sammy. Seine Hüften sind zertrümmert, die rechte Schädelseite ist auch so ziemlich im Arsch.

»Du verfickter Idiot«, sagt sie. »Ich hätte dich noch eine Weile leben lassen, wenn du auf mich gehört hättest. Wir hätten Spaß gehabt, glaub mir.«

Sein Kopf liegt auf der Seite. Das linke Auge starrt sie an. Jimin wälzt ihn auf den Rücken, packt ihn unter den Achseln und schleift ihn über die speckige Treppe in den Werkzeugkeller runter.

Da sollte er sowieso hin, nur eigentlich lebend. Aber egal jetzt.

Sie geht in die Hocke, stemmt den rostigen Bodendeckel vor der hinteren Wand hoch und späht in die stinkende Tiefe. Was immer das da unten sein mag, eine Kanalröhre außer Betrieb, ein Geheimgang zu Hitlers Bunker, zum Nibelungenschatz oder *wtf* – als diskrete Bleibe für Sammys Leiche taugt es in jedem Fall. Zumindest für den Moment.

Sie stopft den schlappen Körper mit dem Kopf voran ins Bodenloch und hört zufrieden, wie er unten mit sattem Platschen aufschlägt.

Sie wird das hier in den Griff kriegen, keine Frage. Niemand wird ihr einen Strick aus dem Strick drehen, an dem Sammy gebaumelt hat.

Jedenfalls nicht, wenn sie jetzt keinen Fehler mehr macht. Sie muss alles verschwinden lassen, was verraten könnte, dass er überhaupt hier war. Seine Kleidung, die Fastfood-Verpackung, den Strick, seine Körpersäfte, die er hemmungslos verspritzt hat.

Es gibt viel zu tun. Aber wenn es um die gerechte neue Welt geht, scheut Jimin keine Mühen.

40

Heinrich Krämer hier. Mit wem spreche ich?«

Paul nennt seinen Namen. Er hat Mühe, in die Gegenwart zurückzufinden. Fast wie sein Vater …

Er entschuldigt sich für die Störung und dafür, dass er am Wochenende nicht bei ihm war. »Auch in den nächsten Tagen kann ich ihn leider nicht besuchen«, fügt er hinzu.

Der Pfleger schweigt. Ein noch junger Mann, Paul sieht ihn vor sich: blass, schwermütiges Lächeln, knochige Statur. Eine Figur wie aus alten Zeiten, von einem Vermeer-Gemälde vielleicht.

»Wie geht es meinem Vater?«, fällt ihm reichlich spät ein.

»Ja, also …« Heinrich räuspert sich.

»Ist es schlimmer geworden?«

»Eher besser«, druckst der Pfleger.

Irgendwie will er nicht heraus mit der Sprache.

»Das freut mich«, sagt Paul, obwohl er es nicht glaubt. Bei Demenz gibt es nur eine Richtung – abwärts. »Ich komme ihn besuchen, so bald wie möglich.«

»Das wäre … Verstehen Sie mich nicht falsch …«

Paul wartet, während der Pfleger nach den richtigen Worten sucht. Er darf den Mann nicht verärgern, und seine Anteilnahme hält sich sowieso in Grenzen.

Sein Vater stand ihm nie besonders nahe, wie auch, er kam nur selten nach Hause. Sie lebten in Kladow, weit außerhalb der City, in dem ehemaligen Pferdehof am Kleinen Wannsee. Peter Gerlach war selbstständiger Versicherungsagent mit Büro in Charlottenburg. In der Woche empfing oder besuchte er bis spätabends Kunden und übernachtete häufig in seiner Agentur. Am Wochenende war er meist auf Fortbildungsseminaren oder köderte neue Klienten irgendwo in der Stadt; später, nach der Wende, auch im brandenburgischen Umland.

Das war zumindest die Version für seine Familie; oft verbrachte er die Nächte wohl mit seiner jeweiligen Flamme. Wenn er mal zu Hause war, gab es fast immer Streit. Meist ging es ums Geld, aber manchmal fielen auch Ausdrücke wie »deine Tusnelda« oder sogar »dein Flittchen«, von der Mutter ihm an den Kopf geworfen. Worauf er lachend abwiegelte oder rundheraus alles abstritt und mit seinem metallicblauen BMW Coupé davonbrauste: »Die Geschäfte rufen!«

Auch die Mutter regte sich mit den Jahren immer weniger über seine Seitensprünge auf. »Wie heißen sie denn diesmal, die Geschäfte?«, hörte Paul sie einmal hinter ihm hermurmeln. »Immer noch Monika?«

Im Moment sei der alte Herr ganz guter Dinge, bringt der Pfleger schließlich hervor. Sein Appetit sei gut, seine Stimmung meistens auch. Das habe allerdings einen bestimmten Grund. Wie solle er das jetzt nur ausdrücken …

»Sagen Sie es einfach«, bittet ihn Paul. »Ich weiß, dass Sie für meinen Vater nur das Beste wollen.«

Heinrich schluckt hörbar. »Er hält mich für seinen Sohn. Also für Sie. Er entschuldigt sich jeden Tag bei mir … also bei Ihnen … weil er so ein schlechter Vater gewesen sei.«

Besser spät als nie, denkt Paul, aber er sagt es nicht. Um den Pfleger nicht zu irritieren und weil irgendwo in ihm etwas *klick* macht.

Geheimniskrämerei … Wieder dieses Wort in seinem Kopf, mit Lottes Stimme. Was hat es mit seinem Vater zu tun?

»Er sei mir so dankbar«, fährt Heinrich fort, »auch das sagt er immer wieder, weil ich … *Sie,* Herr Gerlach … neulich seine Frau zu ihm mitgebracht hätte. ›So viele Jahre wollte sie mich nicht sehen‹, sagt er dann jedes Mal. ›Aber du hast es geschafft, dass ich sie um Verzeihung bitten konnte, für meine Missetaten. Du weißt gar nicht, wie viel mir das bedeutet, Junge.‹« Heinrich räuspert sich. »Wissen Sie zufällig, worauf er sich bezieht?«

Keine Ahnung, will Paul antworten, für Vaters Eskapaden hat er sich nie interessiert. Doch im nächsten Moment fällt es ihm ein.

Natürlich, ja …

»Entschuldigung, es geht mich nichts an«, sagt der Pfleger.

»Und ob«, sagt Paul. »Damals hat er auch Leute verwechselt – meine mit seiner Frau.«

Das war irgendwann letztes Jahr, erklärt Paul dem Pfleger, im Mai oder Juni. Zusammen mit Lotte besuchte er seinen Vater, der damals noch nicht lange in dem Pflegeheim war.

Mit seinen Anfang siebzig ist Peter Gerlach deutlich jünger als die meisten anderen Heimbewohner. Aber nach einem heftigen Demenzschub konnte er sich nicht mehr allein versorgen. Ein verwirrter ehemaliger Lebemann, der im bekleckerten Morgenmantel mit den Nachbarinnen flirtete und den Briefträger bedrängte, endlich den Versicherungsvertrag zu unterschreiben, den er ihm jedes Mal vor die Nase hielt.

»Er hielt ihre Hand mit beiden Händen fest und wollte sie nicht mehr loslassen«, fährt Paul fort. »Unter Tränen hat er ihr gebeichtet, was ihm offenbar schwer auf der Seele lag: seine Hütte im Spreewald. Er nannte sie seine *Lustlaube,* weil er seine Geliebten gerne mal dorthin abgeschleppt hat.«

Im Erzählen fallen Paul immer mehr Details ein, die sein Vater damals der überrumpelten Lotte beichtete. Ein Geschäftspartner hatte ihm die Hütte zur Verfügung gestellt, als Dank für irgendwelche Gefälligkeiten in der Wendezeit. Aber er konnte sie nur ein paarmal für Seitensprünge nutzen, dann hatte Pauls Mutter von seinen Affären endgültig genug und schmiss ihn raus. Dadurch geriet er zeitweise aus der Spur, vernachlässigte sein Geschäft und seine äußere Erscheinung, auf die er sonst so großen Wert legte. Er hauste sogar einige Zeit in der Hütte, bis er sich wieder fing und eine Wohnung in Büronähe mietete. Kurz darauf kehrte er zu seinen alten Gewohnheiten zurück, köderte jüngere Frauen und schleppte sie in die »Lustlaube« ab …

»Warum es ihm so wichtig war, gerade diese Episode zu gestehen, weiß ich auch nicht«, fügt Paul hinzu. Er hat es jetzt eilig, das

Gespräch zu beenden. »Bitte halten Sie mich auf dem Laufenden.« Er verabschiedet sich und legt auf.

Sein Herz schlägt schneller als normal. Er weiß jetzt wieder, in welchem Zusammenhang das Wort gefallen ist. Lotte hat es direkt nach der bizarren Beichte ihres Schwiegervaters gesagt: »Diese ewige Geheimniskrämerei ...«

Vor allem aber hat er nun endlich verstanden, wo sie den Stick versteckt haben muss. Aus Lottes Sicht das perfekte Versteck, ein Ort, von dem außer ihnen niemand weiß.

Er muss Katia Bescheid sagen. Sie hatte es im Gespür: Wenn er herausfände, warum Lotte letzten August in ihrem Landhaus war, wüsste er auch, wo sie den Stick hinterlegt hat ...

Alles steht ihm jetzt vor Augen. Es hat nur länger gedauert, als Lotte vermutlich geglaubt hat. Weil er seinen Vater und alles, was mit ihm zu tun hat, immer schon möglichst von sich ferngehalten hat. Im Gegensatz zu Lotte – ihr gab die Beichte ihres Schwiegervaters offenbar zu denken, und Paul hat es nicht einmal bemerkt.

Doch im Rückblick ist alles ganz klar. Im Mai oder Juni besuchten sie seinen Vater im Heim; nicht lange danach schlug Lotte einen Ausflug vor, eine Bootsfahrt im Spreewald. Dion war begeistert, er auch. Sie verbrachten beschauliche Stunden auf den Kanälen im urwüchsigen Spreewald. Nicht einmal die Unmengen an Touristen konnten ihnen die Stimmung verderben.

Auf der Rückfahrt nach Berlin kam Lotte wie zufällig auf die »olle Hütte von Opa Peter« zu sprechen. Die liege ja hier irgendwo auf dem Weg, da könne man doch mal einen Blick darauf werfen. Dion war sofort Feuer und Flamme, und Paul erhob keinen Einwand. Wie alles, was seinen Vater betraf, war ihm auch die Hütte ziemlich egal.

Tatsächlich kann er sich kaum erinnern, wie es dort aussah. Den Weg hat er ungefähr noch im Kopf, auch die Umgebung der Datsche, eine vernachlässigte Kleingartenanlage, eingezwängt zwischen sumpfigen Gräben weit abseits der Touristenpfade.

Doch von der »Lustlaube« selbst hat er nur ein vages Bild. Eine dieser Ostler-Baracken, die zu DDR-Zeiten aus allem zusammengebastelt wurden, was gerade zur Hand war. Bretter, Steine, Wellblech, nichts passt zusammen, jedenfalls nicht in ästhetischer Hinsicht. Aber Geschmacksfragen hatten in Peter Gerlachs Leben nie eine Rolle gespielt.

Während Lotte und Dion in dem verwilderten kleinen Garten herumstreunten, jeden Stein umdrehten, schließlich den Türschlüssel fanden und einen Blick ins modrige Innere der Hütte warfen, trottete Paul nur lustlos hinterher …

Er muss Katia anrufen, sofort. Erneut greift er nach seinem Smartphone, bemerkt gerade noch rechtzeitig den Fehler.

Wenn er ihre Regeln bricht, bricht sie mit ihm. Das hat sie ihm unmissverständlich klargemacht. Und mittlerweile weiß er, dass ihre Vorsichtsmaßnahmen keineswegs übertrieben sind.

Er schaltet das Smartphone aus und nimmt stattdessen das Schlichtgerät mit der Prepaidkarte zur Hand.

Wir müssen noch mal los, wird er ihr sagen. Ich weiß jetzt, wo Lotte den Stick gebunkert hat …

41

Kurz vor neunzehn Uhr. Sven ruft Maren an. »Wie sieht es bei dir aus?«

»Alles ruhig. Er ist noch im Haus.«

»Und die anderen?«

»Fehlanzeige.«

»Okay. Halt weiter die Augen auf.«

Auch wenn Maren sie nicht bemerkt hat, sagt sich Sven, ist einer der beiden SecLog-Söldner bestimmt schon wieder vor Ort. Die stämmige Asiatin oder Mr Bizeps. Er kann sich ungefähr vorstellen, welche Ausbildung die beiden absolviert haben. Die bemerkst du erst, wenn sie dir die Knarre an die Schläfe drücken. Außer, du bist genauso gut trainiert, oder besser. So wie Mia und, mit Abstrichen, er selbst.

Sven spürt noch die Euphorie, die ihn nach dem Gespräch mit Mia durchflutet hat. Gleich im Anschluss erstattete er Siebener Bericht und flehte sie fast schon an, in genau zwei Stunden Muller anzurufen. Warum gerade in zwei Stunden?, wollte die Chefin wissen. »Na ja, sie will das so …« Mit einem ironischen Seufzer stimmte Siebener zu.

»Und bei dir?«, sagt Maren. »Das hört sich weniger ruhig an. Mehr nach Cocktailbar in Friedrichshain.«

Knapp daneben, denkt Sven. Mit wenigen Worten bringt er sie auf den neuesten Stand. Er sitzt am siffigen Tresen der Kreuzberger Kiezkneipe *Krawallball*. Im hinteren Teil des höhlenartigen Schankraums berät sich Katia Wozniak mit zwei Gefolgsleuten in einer dämmrigen Nische. Sven gibt sich Mühe, wie ein Tourist aus der Provinz auszusehen, leicht angetrunken und schwer begeistert von seinen Abenteuern im Hauptstadtdschungel.

Alle drei an Katias Tisch telefonieren wie wild, schütteln immer wieder den Kopf. Sie wirken ratlos und zunehmend verstört.

Unklar, weshalb, berichtet Sven weiter. Er ist zu weit weg, um mehr als kurze Satzfetzen aufzuschnappen. *»Seit Stunden … nichts …«* Dazu immer wieder ein Name, Emmy oder vielleicht auch Sammy.

Mit der Suche nach dem Stick hat es ziemlich sicher nichts zu tun. Wenn Katia und Gerlach heute fündig geworden wären, wäre längst die Hölle los. Katia würde bloggen, was das Zeug hält. Die sozialen Medien würden explodieren vor Meldungen, Bildern, vielleicht auch Videos zu den monströsen Machenschaften bei Raya.

»Näher komme ich hier nicht an sie ran«, fügt Sven hinzu.

Er kann von Glück sagen, dass er nach einem Rundruf unter seinen Informanten schnell einen Tipp bekam, wo sich Katia gerade aufhielt. Vorhin, als sie nach vorne zum Tresen kam, um Kaffee zu bestellen, sah sie ihn argwöhnisch von der Seite an, als hätte sie den Bullen in ihm gerochen.

Sie dagegen duftete nach sonnenwarmem Gras. Darauf würde nicht nur der Bulle in ihm liebend gerne weiden.

Reiß dich zusammen, Sven ... Er wirft einen raschen Blick in den hinteren Bereich des Gastraums.

»Sie ist am Aufbrechen, ich bleibe weiter dran. Ende.« Er macht dem Barkeeper ein Zeichen, dass er sein Bier bezahlen will.

Katia hat sich von ihren Gefolgsleuten verabschiedet, zwei junge Männer Mitte zwanzig. Liebevolle Umarmungen, Küsschen, aufmunterndes Gemurmel, dann machte sie sich allein auf den Weg.

Sie hat die Hände in die Jackentaschen gestopft und drängelt sich in der Prinzenstraße durch die Menge. Sven folgt ihr in sicherem Abstand. Als sie einen Anruf bekommt und stehen bleibt, taucht er in eine Toreinfahrt und wartet.

Er spitzt die Ohren, zu verstehen ist wiederum wenig. Zumindest wenig Zusammenhang.

»Ich kann jetzt nicht, kapierst du das nicht?«, hört er einmal. Dann donnernde Beats aus dem Gettoblaster, den vorbeischlendernde Teenager bis zum Anschlag aufgedreht haben. Kurz darauf wieder Katia: »Das machst du nicht, verdammt noch mal!«, übertönt vom Kreischen wutentbrannter Zwillinge in einem Kinderwagen, der in Zeitlupe näher kommt. Als das extrabreite Gefährt mitsamt vollverschleierter Mutter endlich vorbei ist, ist auch Katias Telefonat fast vorbei. »Halt gefälligst die Füße still!«, hört Sven gerade noch.

Mit einer wütenden Handbewegung steckt sie ihr Handy weg, ein Uralt-Gerät ohne GPS.

Wenig überraschend, sagt sich Sven. Er kennt eine Menge staatsferner Szeneleute, die nur Handys aus den Neunzigern und Pkws aus den Achtzigern benutzen, weil neuere Modelle getrackt werden können.

Katia beschleunigt ihre Schritte, er hat Mühe, ihr unauffällig zu folgen. Fast rennend nähert sie sich dem Bahnhof Kottbusser Tor. Sogar die schwarzafrikanischen Dealer, die sich sonst jedem frech in den Weg stellen, machen ihr respektvoll Platz.

Sven ist fasziniert von ihrer Ausstrahlung. Doch zunehmend beunruhigt fragt er sich, was eigentlich passiert ist. Sie sieht geradezu verzweifelt aus.

Die Person, wegen der sie und ihre Getreuen vorhin so heftig telefoniert haben, scheint ihr nahezustehen. Also wohl eher ein Sammy als eine Emmy. Falls es bei dem Drama um ihren Freund geht.

Vielleicht hat er sie verlassen? Reines Wunschdenken, tadelt sich Sven, während er sich einen Waggon hinter ihr in die rappelvolle U8 Richtung Westen quetscht. Dann hätten sie diesem Sammy ja wohl kaum zu dritt hinterhertelefoniert.

Außerdem hat der Anruf, den sie zuletzt bekommen hat, mit der anderen Sache nicht zwingend zu tun. Vielleicht war das Gerlach, und sie hat ihn abgewimmelt, weil sie erst Sammy oder Emmy finden will.

Aber warum sollte der Witwer sie beknien, sich schon wieder mit ihm zu treffen? Immerhin haben sie sich erst vor ein paar Stunden getrennt. Dafür gibt es nur eine schlüssige Erklärung, sagt sich Sven. Gerlach hat eine neue Idee, wo der Stick sein kann.

Am Bahnhof Hermannstraße steigt Katia in die Ringbahn um; auch hier lebhafter Andrang, sodass er sich unbesorgt dranhängen kann. Sie scheint sowieso kaum Notiz von ihrer Umgebung zu nehmen. Auch wenn er es durch die schlierigen Fenster zwischen den Waggons nicht genau sehen kann, ist er fast sicher, dass ihre Augen feucht glitzern.

In Schöneberg steigt sie aus und telefoniert erneut. Sven verdünnisiert sich hinter den Bahnsteigkiosk, aber er hätte sich genauso gut neben sie stellen können – sie kümmert sich einzig um ihren Kummer.

Sammy ist verschwunden, so viel ist mittlerweile klar. Anscheinend schwebt er in Gefahr; jedenfalls klingt Katia überhaupt nicht mehr kühl und kontrolliert.

Sven würde ihr am liebsten seine Hilfe anbieten, aber er kann sich gerade noch beherrschen.

Sie beendet ihr Gespräch, wechselt das Gleis und steigt kurz darauf in die S1 Richtung Wannsee. Was hat sie vor?

Die Strecke führt über Lichterfelde. Also will sie doch zu Paul Gerlach? Dann kann er aber nicht der Anrufer von eben sein. Den hat sie doch abgewimmelt …

Die S1 ist wenig frequentiert, doch Sven gibt sich keine große Mühe mehr, in Deckung zu bleiben. Katia sitzt in sich versunken auf einem Eckplatz und blickt nicht mal auf, als drei wirrbärtige Straßenmusiker zusteigen und die wenigen Passagiere mit einer psychotischen Punk-Version von *Freude, schöner Götterfunken* erfreuen.

Eher wohl *erpressen,* denkt Sven, nach dem Motto: Geld her oder wir spielen weiter! Aber die abgebrühten Bahnkunden verdrehen höchstens die Augen und verkriechen sich tiefer in ihre Hoodie-Jacken.

In Lichterfelde-West steigt Katia aus. Sie will also doch zu Gerlach.

Sven folgt ihr mit Abstand. Sie geht jetzt langsam, wie in tiefen Gedanken, und falls sie wirklich zu Gerlach will, biegt sie Ecke Augustastraße in die falsche Richtung ab.

An der nächsten Straßenecke bleibt sie stehen und schaut sich um. Anscheinend hat sie ihren Irrtum bemerkt, sie kehrt um, greift erneut zum Handy, wählt eine Nummer. Aber niemand nimmt den Anruf an.

Stattdessen meldet sich kurz darauf Maren bei Sven: Gerlach habe vor drei Minuten das Haus verlassen und gehe in Richtung S-Bahnhof.

»Warum erfahre ich das jetzt erst?« Sven schaut sich hektisch um. Wenn Gerlach ihn hier sieht, wie er Katia beschattet …

»Er hat im Weggehen telefoniert«, sagt Maren, »ich wollte erst noch herausfinden, mit wem. Also bin ich hinter ihm her.«

»Und?«

»Sie heißt Laura. Er hat gefragt, ob er bei ihr vorbeikommen kann.«

»Und?«

»Und ja, er ist wohl auf dem Weg zu ihr. Wo bist du eigentlich, Sven?«

Er klopft an ihr Seitenfenster. Maren fährt herum, starrt ihn durch die Scheibe der Beifahrertür an.

Sven nickt ihr zu. »Ich komm kurz rein. Ende.«

Er klickt sie weg und steigt ein. Maren sieht ihn wortlos an, offenbar ziemlich aus der Fassung.

»Da drüben ist gerade Katia Wozniak über den Zaun.« Sven deutet auf das Grundstück zur Linken von Gerlachs Ritterburg. »Sie verschafft sich vermutlich Zutritt in die Ruine. Auf der Suche nach einem gewissen Sammy.«

Und/oder nach dem Stick? Fieberhaft überlegt er hin und her. Soll er Katia folgen? Oder besser dem Witwer? Wenn nur Mia hier wäre …

»Sammy?«, sagt Maren in dem quengeligen Tonfall, den er gar nicht an ihr mag. »Wer ist das denn? Und woher weißt du überhaupt …«

»Keine Zeit. Ich erkläre es dir später.«

Dann kann sie auch gleich ihm erklären, warum sie nicht mitbekommen hat, was nebenan abläuft. Ein Kommen und Gehen,

Sammy, Katia, vielleicht noch jemand Drittes, der oder die Sammy aus dem Verkehr gezogen hat? Und was hat der also dort getrieben? Den Stick gesucht – vielleicht. Vor allem wohl den Witwer überwacht.

An Gerlach hängen demnach bis zu drei Schatten dran, Katias Leute, die SecLog-Söldner und wir …

»Maren, du bleibst hier auf Posten. Behalte beide Häuser im Blick, okay? Was immer sich tut, gib mir sofort Bescheid. Aber bleib hier im Auto. Steig auf keinen Fall in die Ruine da drüben ein, verstanden?«

Sie nickt, und Sven macht sich erneut auf die Pirsch.

Fröstelnd zieht er den Reißverschluss seiner Lederjacke bis zum Hals hoch und drückt sich das Hertha-Käppi tiefer in die Stirn. Gerlach hat schon mehr als fünf Minuten Vorsprung, aber der Herr Kulturpudel flaniert so gemächlich, den holt er locker wieder ein. Das heißt, falls Gerlach wirklich zum S-Bahnhof geht. Wenn er irgendwo in einen Bus oder ins Taxi gestiegen ist, kriegt Sven ihn heute nicht mehr zu sehen.

Doch das Schnüfflerglück ist weiter auf seiner Seite. Als er den Platz vor dem S-Bahnhof erreicht, sieht er gerade noch, wie eine schmale Gestalt mit wogendem Lockenschopf das Bahnhofsgebäude betritt. Sven beschleunigt und schafft es noch in die Bahn Richtung Wannsee, zwei Waggons hinter dem Witwer.

Wer ist Sammy? Wer ist Laura? Die Lage wird immer unübersichtlicher, und die Uhr tickt immer lauter.

Der Countdown zur Hölle hat vielleicht schon begonnen.

42

Jimin ist gerade dabei, alte Bretter über dem Kanaldeckel im Werkzeugkeller aufzustapeln, da rumpelt es im Kellerraum nebenan.

Kommt da schon wieder jemand durchs Fenster? Ein Trubel fast wie in der *Pension Olga.*

Jimin zieht sich unter die Werkbank zurück. Gerade noch kann sie ein paar Kartons so zurechtrücken, dass die ihr Deckung geben, da erscheint die blonde Anti-Pharma-Schlampe in der Tür.

Vorn am Stirnband um die blonden Zotteln funzelt eine Lampe, das Handy hat die Bitch am Ohr und flüstert pausenlos rein. »Ich bin drin … Ich seh mich jetzt um … hab ein saublödes Gefühl …«

Was sonst, denkt Jimin, du bist ja auch saublöd. Sie kneift die Augen noch schmaler zusammen, um sich nicht durch Funkeln zu verraten.

Die »*Spritzen verboten*«-Schlampe schaut sich kurz im Werkzeugkeller um, macht kehrt und geht die Treppe hoch in die Halle.

Viel Spaß beim Suchen, denkt Jimin.

Sie ist so ziemlich durch mit dem Spurenbeseitigen. Sammys Säfte oben in der Halle hat sie weggeschrubbt, so gut es ging. Die blassroten Flecken auf den Bodenkacheln machten ihr kurz Kopfzerbrechen, dann fielen ihr die Blecheimer voll Sägespäne im Werkzeugkeller ein. Jimin also runter und mit zwei Eimern schnaufend wieder hoch. Zusätzlich schleppte sie einen Haufen Holzstücke, die beim Zurechtsägen der neuen Balken übrig geblieben sind, herbei und stapelte sie malerisch in der Halle auf. Ziemlich genau da, wo Sammys Schädel wie eine Schüssel Grütze zerplatzt ist.

Dann noch Axt und Säge auf den Holzbrocken drapiert, und fertig war das Bühnenbild.

»*Du musst eine Geschichte erzählen, Jimin*«, wie ihr Dad immer sagt. »*Logik ist was für Idioten. Du musst die Leute emotional überzeugen, nur darauf kommt es an.*«

Steile These, Dad, denkt Jimin. Als er wegen »fortgesetzter sinnloser Gewalt« angeklagt wurde, fand der Richter seine Storys nicht besonders überzeugend. Von wegen »*Ich musste all diese Anhalterinnen in Arrest nehmen, weil ich spürte, dass sie nicht die Wahrheit sagten*«. Aber für ein paar Tage der Täuschung wird die Deko hier schon reichen. Die alten Bretter im Werkzeugkeller auf dem rostigen Kanaldeckel. Und die Sägespäne in der Halle über den Säften von Sammy.

Blut von Sammy, Gehirnfetzen von Sammy, vielleicht auch Sammys Samen, falls ihm beim Sterben noch einer abgegangen ist. Oder Sammys letzte Gedanken ... vielleicht geistern die auch noch zwischen den Sägespänen herum?

Egal jetzt, beschließt Jimin. Bevor irgendwer Sammys Überreste gefunden hat, sind alle tot. Die blonde Bitch, die Bullen-Schlampe draußen im grauen Volkswagen und alle anderen auch. Alle außer Justice und ihren Gerechten sind dann tot. Und trotzdem ...

Wenn irgendwie rauskommt, dass sie gegen Phils strikte Anweisung verstoßen hat, kriegt sie vielleicht nachträglich noch Ärger. Also schafft sie die Leiche doch besser noch weg und verbuddelt sie in dem verwilderten Garten? Mal sehen, denkt Jimin, die Nacht ist noch lang.

Sie wartet, bis die Anti-Pharma-Fotze oben in der Halle ist, dann kommt sie unter der Werkbank hervor und schleicht die Kellertreppe hoch.

»Das macht mich fertig«, hört sie Blondie blubbern, »ich spüre doch, dass er hier irgendwo ist ... vielleicht verletzt ... ich brauche euch ... alle beide ... macht schnell ...«

Die Bitch versenkt ihr Handy im knöchellangen Kapuzenmantel und geht um das Arrangement aus Holzbrocken, Sägespänen, Werkzeugen herum in den hinteren Teil der Halle.

Da lehnt die Leiter an dem Balken, von dem Sammy vorhin abwärtsgesaust ist. Wie neulich die Bio-Bitch in Jakarta, denkt Jimin, das hat auch Spaß gemacht. *Dr. Shinta Suganda …* Sie widmet der indonesischen Biologin eine Gedenksekunde. Mit Sammy war es geiler, auch wenn nach dem kurzen Vorspiel schon wieder alles vorbei war. Dieser verfickte Idiot …

Die Wut brodelt in ihr hoch, aber sie würgt die Brühe wieder hinunter. Kurz sieht sie noch zu, wie die *»Impfen verboten!«*-Schlampe anfängt, die wacklige Leiter hochzuklettern. Der Mantel im Nonnenstil schlackert ihr um die Beine. Vielleicht bricht sie sich ja von ganz alleine das Genick.

Mit der Fresse voran soll sie auf den Hallenboden krachen, von der Nase bis zum Kinn ein blutiger Brei … Jimin wünscht es ihr von Herzen, dreht sich um und macht, dass sie weiterkommt.

Viertel vor acht, S-Bahnhof Zehlendorf. Erneut hat Nieselregen eingesetzt.

Als Paul das Bahnhofsgebäude verlässt, streift er sich die Parka-Kapuze über. Er war noch nie bei Laura zu Hause, bisher haben sie sich immer in ihren Museumsräumen in Charlottenburg oder in einer Bar getroffen. Es fühlt sich falsch an, sie ausgerechnet jetzt daheim zu überfallen. Obwohl er mit ihr Schluss machen will … nein, muss. Wenn auch nicht heute, das wäre ungeschickt.

Aber ohne Lotte ergibt es keinen Sinn mehr. Die Affäre nicht und alles andere auch nicht. Sein ganzes, nie mehr ganz werdendes Leben …

Paul zwingt sich, seine Aufmerksamkeit nach außen zu richten. Er eilt die Martin-Buber-Straße entlang und späht immer wieder über die Schulter zurück. Keine verdächtigen Gestalten, zumindest nicht direkt hinter ihm. Doch er macht sich keine Illusionen, nicht in diesem Punkt. Wenn sie ihn mit irgendwelchen professionellen Tricks observieren, bekommt er das nicht mit. *Sie,* die Kampfmaschine und ihr muskelbepackter Helfershelfer. Vielleicht würde er sie nicht einmal bemerken, wenn sie dicht hinter ihm wären.

Irgendwo hier muss er sich links halten ... Nentershäuser Platz, genau, das ist es ... Jetzt noch ein paar hundert Meter, dann wieder links, wenn er sich die Strecke richtig eingeprägt hat.

Er wird Laura überrumpeln. Gar nicht erst zu ihr hereinkommen, sondern auf der Türschwelle stehen bleiben, auf sie einreden, bis sie sich seinem Wunsch beugt.

Jetzt nur nicht schwach werden, ermahnt sich Paul. Sich von ihr trösten lassen, in ihrem Mitgefühl versinken wie in einem warmen Schaumbad ... »*Mein armes Paulchen, das tut mir ja so leid ...*« ihre Umarmung, Küsse ... »*Du darfst heute Nacht nicht allein sein, schlaf doch bei mir*« ... nein, auf keinen Fall.

Oder wie sein Vater immer kalauerte: »*Auf keinen Rückfall!*«

Der Gedanke, wie ähnlich er ihm ist, entgegen allem, was er sich eingebildet hat, sendet immer noch Schockwellen aus. Vorhin erst, beim Telefonat mit Katia, hat ihn die Einsicht getroffen wie ein Boxhieb: seine Affären, die Unterkünfte, die Freunden gehörten, das routinierte Versteckspiel ... alles wie bei seinem alten Herrn. Nur kunstvoll statt geschmacklos, Täuschungskunst *de luxe* ...

Jetzt steht er vor Lauras Haus. Einen Moment muss er überlegen: Wie heißt sie noch gleich? Glas, na klar, der Name passt. Eine Liaison wie aus Glas, fragil, durchsichtig, leer ...

✹

Jimin fischt ihr Smartphone aus der Innentasche ihres Bikeranzugs und ruft Jaresh an. »Wo ist das Zielobjekt jetzt?«, flüstert sie ins Headset. Dabei schlängelt sie sich durchs Kellerfenster an der Rückfront der Burgruine nach draußen.

Ohne groß rumzuzicken, gibt Jaresh ihr die Position durch. »Vom S-Bahnhof Zehlendorf die Hauptstraße Richtung Nordwest, dann die zweite links ...«

Braver Junge. Wenn alles gutgeht, nimmt sie ihn nachher zur Belohnung mit in ihr Pensionsbett.

»Das spricht sich Zehlendorf. Bin unterwegs, Ende.«

Sie klickt ihn weg. Er hat *Seelendorf* gesagt, auch ganz passend, findet Jimin. Noch zwei, drei Tage, dann sind die alle hier arme Seelen …

Sie jedenfalls wird ihren Teil dafür tun. Diesmal hat sie alles sorgfältig vorbereitet. Statt ihrem Lieblingsbike, der Kawasaki Ninja, hat sie sich von den lokalen SecLoggern einen Stromhobel kommen lassen. Energica Eva, ein elektrisches *Naked Bike*. Rasend schnell, der Akku allerdings auch rasend schnell leer. Doch bis sie an die Steckdose muss, fährt die Energica fast lautlos. Anstelle des dunklen Blubberns, mit dem sich die Ninja schon aus einiger Entfernung verrät, gibt die nackte Eva nur ein leises Summen von sich. Solange der Witwer nicht auf Fernreise geht, ist die Maschine on- wie offroad zum Beschatten ideal.

Das Bike hat sie im Gebüsch geparkt, zusätzlich mit einer Plastikplane abgedeckt, gegen den Regen und weil Eva aufgetakelt ist wie eine Straßennutte. Signalrot lackiert und auf »Streetfighter« gepimpt.

Trotzdem schaut die dunkelhäutige Schnüffler-Schlampe – oder was sie sein mag – nicht mal auf, als Jimin kurz darauf an ihr vorbeisurrt, das Gesicht verborgen unter dem schwarzen Helm mit getöntem Visier. Wie seit Stunden sitzt die Bullen-Tussi in dem grauen Kombi vor der Witwer-Villa. Unverwandt starrt sie die abbruchreife Immobilie an und kriegt ansonsten wenig mit.

Bis sich da wieder was tut, kannst du lange warten, Bitch.

Behutsam gibt Jimin Gas, nee, Watt, während Jaresh in ihrem Headset Meldung macht: »Zielobjekt steht vor einem Wohnhaus. Der besucht bestimmt sein Fickstück … von wegen trauernder Witwer!«

43

Paul drückt auf den Knopf neben Lauras Namen, *Glas*. Starr blickt er in die Kameralinse über dem Klingelbrett.

Sie hat ihm nie viel bedeutet, denkt er vage beschämt. Wieso hat er sich überhaupt darauf eingelassen? Lau wie Laura. Auch der Sex mit ihr war lau, und sogar bei ihrem Lieblingsthema, der Renaissancekunst, blieb sie verhalten. Mehr an geistreichem Plaudern interessiert als an den Abgründen, die sich hinter den zerplatzten mittelalterlichen Glaubensillusionen auftaten.

»*Wir sind nicht der Mittelpunkt der Schöpfung, wir sind kriechende Kreaturen auf einem unbedeutenden Steinbrocken am Rand des unendlichen Alls.*« Der Satz gefiel ihr, »*brillant*«; er sieht sie noch vor sich, wie sie ihn anlächelte, bei ihrem ersten Treffen. Paul war geschmeichelt, aber auch eine Spur ernüchtert, damals schon. Sie spürte den Schauder nicht, sie sah keine Abgründe zwischen Himmelsillusionen und der steinernen Leere des Alls …

»Paul? Komm hoch. Zweiter Stock links.«

Der Summer ertönt, Paul drückt die Tür auf, stürmt die Treppen hoch. Marmor und Edelstahl, wie es der gehobene Zeitgeist goutiert.

Oben steht sie in der Wohnungstür, im schwarzen Cocktailkleid, die rotblonden Haare hochgesteckt, fertig zum Ausgehen.

»Entschuldige den Überfall.« Er küsst sie flüchtig auf die Wange. »Ich muss gleich wieder los, Dion ist bei meiner Schwester auf Rügen, er ist beim Reiten gestürzt, ich muss sofort zu ihm.«

Sie sieht ihn fragend an, nicht erschrocken, dafür fehlt ihr das Temperament. Und die Fantasie. »Das tut mir leid.«

»Mir auch, Laura, und wie …«

Er verliert kurz die Fassung, nicht geplant, aber hilfreich. Zumindest ihr Mitgefühl ist geweckt.

»Unglücklicherweise ist mein Auto in der Werkstatt.« Er sieht sie bittend an. »Leihst du mir deins? Nur bis morgen.«

»Mein Auto?« Sie runzelt die blasse Stirn. »Aber kann denn nicht deine Frau …«

»Sie ist auf Dienstreise im Ausland. Ihr Auto ist im Parkhaus am Flughafen. Bitte, Laura, ich mache mir solche Sorgen.«

Er hat an alles gedacht, sich alles vorher zurechtgelegt. Ganz wie sein Vater, der nie um eine Erklärung verlegen war. *»Die Geschäfte rufen« … »Ich muss sofort zu meinem Sohn«* … Ob es stimmt oder nicht, ganz egal, Hauptsache, man bekommt, was man will, ohne lästige Fragen.

Wie er ihn immer verachtet hat für seine Lügen. Müsste er da nicht konsequenterweise auch sich selbst verachten? Obwohl seine Lügen meist kunstvoller sind? *Alle Dichter lügen,* wusste schon Platon, aber nur wenige Lügner sind Dichter …

»Natürlich«, murmelt Laura.

Sie nimmt ihre Handtasche vom Garderobenschrank, holt Autoschlüssel und das Mäppchen mit den Papieren heraus, hält ihm beides hin.

Sie wirkt überrumpelt, wie er es vorausgesehen hat. Bevor sie ihn hereinbitten, doch noch in ein Gespräch verwickeln kann, hat er sie umarmt und stürzt davon. »Das vergesse ich dir nie!«

Dabei hat er sie schon vergessen, ehe er unten aus der Tür ist. In Gedanken ist er bei Lotte, wie sie »Diese ewige Geheimniskrämerei …« sagt. Auf wen bezogen? Natürlich auf ihren Schwiegervater, der ihr gerade die »Lustlaube« gebeichtet hatte, aber nicht nur.

Hat sie mich damals nicht nachdenklich angesehen? Als ginge ihr da erst auf, mit wem sie verheiratet war? Sie war es jedenfalls, die kurz danach das Liebesnest ihres Schwiegervaters sehen wollte. Und wieder nur wenig später, bei der ersten Gelegenheit, ist sie zu unserem Landhaus hinausgefahren, allein. Um sich auch dort umzusehen, die untrüglichen Zeichen zu suchen, vor allem in meinem Atelier.

Vaters Hütte hat sie auf den Gedanken gebracht, dass ich vor ihr ähnliche Geheimnisse haben könnte … Plötzlich sah es für sie so aus, als hätte auch sie womöglich einen Schürzenjäger geheiratet, der sie so unbekümmert betrog, wie sein eigener Vater es ihm vorgelebt hat. Ausgerechnet Lotte, die durch den Fehltritt ihrer Mutter traumatisiert war …

Letzten Sommer entdeckte sie dann die DVD in seinem Atelier, voll intimer Zeugnisse seiner »Kunstaffären«. Auch wenn das alles lange zurückliegt, triggerte es ihre alten Ängste bestimmt noch mehr … Und dann letzte Woche, als sie ein Versteck für den Datenträger brauchte, dachte sie garantiert nur kurz an ihr Landhaus. Es kam nicht infrage, sie mochte es schon vorher nicht. Und seit sie die Nacktbilder seiner Modelle dort gesehen und ihre verstörenden Beichten gehört hatte, aktivierte schon der Gedanke daran ihr Paniksyndrom. Durch einfache Assoziation kam sie dann fast zwangsläufig auf die »Lustlaube« seines Vaters …

Wie blind kann man sein?, fragt sich Paul. Anscheinend unbegrenzt, vor allem gegenüber sich selbst.

Da drüben, Lauras Auto, ein Saab Cabrio, unter Insidern »Saabrio«, blassblau. Er steigt ein, sucht sekundenlang das Zündschloss. Erst als er ausparkt, fällt ihm ein, dass er sich nicht nach möglichen Verfolgern umgesehen hat. Schon wieder nicht.

Konzentrier dich … Er muss den Stick finden und in Sicherheit bringen, nichts anderes zählt jetzt. Und dafür muss er verdammt noch mal darauf achten, dass ihm niemand folgt.

Er hat Katia versprochen zu warten, bis sie sich wieder meldet, aber er kann einfach nicht. Er ist viel zu unruhig. Jetzt, da er endlich weiß, was er tun muss, um Lottes Wunsch zu erfüllen, kann er nicht herumsitzen und warten. Er muss das hinter sich bringen, bevor die Sache doch noch schiefgeht.

Sie hat jetzt keine Zeit, fertigte Katia ihn vorhin am Telefon ab, sie muss noch etwas erledigen. Was das denn so Dringendes sei, wollte sie ihm zuerst nicht verraten. Doch er ließ nicht locker, er spürte doch, dass es irgendwie mit ihm zu tun hatte.

»Also gut, wenn du's unbedingt wissen willst … Jemand aus meinem Netzwerk sollte dich von dem Baustellenhaus nebenan im Auge behalten. Wir können ihn seit Stunden nicht mehr erreichen.«

»Heißt das, er wird vermisst?«, fragte Paul konsterniert. »Wie die Aktivisten in Jakarta?«

»Red keinen Mist.« Sie klang nun etwas gefasster. Auf jeden Fall müsse sie erst noch herausfinden, was passiert sei. »Und du halte solange die Füße still. Such auf keinen Fall nach dem Stick! Ich melde mich, sobald ich hier Klarheit habe.«

Er stimmte zu und beendete das Gespräch.

Dass sie ihn überwachen lässt, gefällt ihm so wenig wie das plötzliche Verschwinden ihres Gefolgsmanns. Und während er in Steglitz auf die A 103 auffährt und den gebrechlichen Saab beschleunigt, wird ihm klar, dass er schon wieder vergessen hat, auf etwaige Schatten zu achten.

Im lebhaften Verkehr auf der Stadtautobahn hat er sowieso keine Chance, Verfolger von zufällig hinter ihm befindlichen Fahrzeugen zu unterscheiden. Bis Lübben am Rand des Spreewalds sind es rund neunzig Kilometer. Paul behält den Rückspiegel im Auge. Die Minuten vergehen, kein Motorrad mit stämmiger Fahrerin kommt in Sicht. Doch er wird immer unruhiger, je länger er vergeblich nach Verfolgern Ausschau hält. Das heißt ja nicht, dass er sie abgeschüttelt hätte. Es bedeutet vielleicht nur, dass sie für ihn unsichtbar sind …

Er kann das hier nicht allein durchziehen, wird ihm klar. Deshalb hat er sich doch an Katia gewandt. Sonst ergeht es ihm wieder wie im Tegeler Forst: Er führt die Asiatin zum Ziel und geht selbst leer aus.

Trotzdem fährt er weiter, Kilometer um Kilometer. Es regnet, die Scheibenwischer quietschen auf dem Glas. *Laura Glas* … Was hat er in ihr gesehen? Warum hat er Lotte betrogen für diese laue Liaison? Was Laura in ihm gesehen hat, ist ihm ziemlich klar … den brillanten Kunsthistoriker, der druckreife Vorträge zu Künstlern und Kunstrichtungen aller Epochen halten kann.

Aber ich bin nicht brillant, denkt Paul. Wenn ich jemals etwas wirklich Bemerkenswertes zustande gebracht habe, dann sind das höchstens meine Bilder ... zwei oder drei davon, der Rest ist so mittelmäßig wie die Monologe, mit denen ich Laura beeindruckt habe. Katia hat recht, auch darin hat sie recht: Ich habe mich selbst verraten, mein Talent verraten ... und wofür?

Für Lotte? Er denkt darüber nach, schüttelt den Kopf. Ich weiß es nicht ...

Die nächste Ausfahrt führt zu einem TOTAL-Autohof. Er wird eine kurze Pause einlegen, beschließt Paul, einen Kaffee trinken und vorher noch mal Katia anrufen. Allein schafft er das hier nicht, aber vielleicht kommt sie ja nach, und er kann sich irgendwo mit ihr treffen.

44

Sven? Sie ist wieder draußen. Zwei junge Typen sind mit einem kleinen Suzuki-Geländewagen gekommen. Die sind jetzt selbst in dem Nachbarhaus.«

»Und Katia?«, fragt Sven mit ungutem Vorgefühl.

»Die ist mit dem Suzuki wegge...«

»Was? Wann war das, Maren?«

»Vor drei Minuten ... oder nein, vor fünf ...«

»Das darf nicht wahr sein. Warum bist du nicht sofort hinterher?«

»Aber du hast doch gesagt ...«

Sie soll auf keinen Fall in das Nachbarhaus einsteigen, hat er gesagt. Und sie soll im Auto bleiben. Herrgott noch mal, das heißt doch nicht, dass sie zugucken soll, wie sich alles in Luft auflöst!

»Okay, Ruhe bewahren«, sagt er mehr zu sich selbst. »Fahr sofort los. In welche Richtung ist sie abgebogen?«

»Drake.«

»Also hinterher. Mach schon. Vielleicht hat sie einen Anruf von Gerlach bekommen. Der ist gerade hier in Zehlendorf mit einem hellblauen Saab weggefahren. Die Halterin heißt Laura Glas, Direktorin eines Kunstmuseums. Ich nehme an, dass er sich mit Katia treffen will.«

Motorgeräusche in seinem Headset. Maren stöhnt, der Scheibenwischer schabt über die Windschutzscheibe, der Blinker klackt. Es klingt wie aufeinanderprallende Billardkugeln.

»Siehst du irgendwo den Geländewagen?«

»Negativ.«

»Farbe, Nummernschild?«

»Ja, klar.« Sie gibt ihm das Kennzeichen durch. »Waldgrün, ein Suzuki Jimny. Der ist auch auf ihren Verein zugelassen, *Fight for Humanity*.«

Mein Gott, das hat sie erst mal gecheckt? Super Gespür für falsche Prioritäten.

»Okay, hol mich ab.« Sven gibt ihr die Adresse von Laura Glas durch.

Er ist auf dem Bürgersteig gegenüber. Im zweiten Stock geht eine schlanke Frau mit Hochsteckfrisur hinter den erleuchteten Fenstern hin und her. Im Abendkleid, soweit er das von hier aus erkennen kann.

Gerlach war nur ganz kurz bei ihr, keine drei Minuten. Falls sie sich für ihn chic gemacht hat, ist sie bestimmt sauer auf ihn. Unter normalen Umständen würde Sven ihr jetzt auf den Zahn fühlen. Aber nicht mal das ist hier drin, verdammt noch mal. Die mutmaßliche Geliebte des Witwers befragen, obwohl es angeblich nur um die Klärung eines Verkehrsunfalls geht.

»Halt die Augen auf«, sagt er zu Maren. »Vielleicht kriegst du sie ja doch noch zu sehen.«

Der Regen wird stärker, Tropfen rinnen ihm in den Kragen, sein Käppi ist durchgeweicht.

Maren beschleunigt und schaltet in einen höheren Gang. »Ich habe gehört, was sie mit den beiden geredet hat«, sagt sie unvermittelt. »Zumindest ein paar Brocken. Aber das interessiert dich vermutlich nicht?«

Sie klingt beleidigt, fast schon wehleidig. Wieder mal, denkt Sven. Liegt das an mir? Bin ich ungerecht, verlange ich zu viel von ihr?

»Lass hören.«

Sie räuspert sich. »Sie hat diesen Sammy nicht gefunden. Aber sie meinte, irgendwie hat sie es im Gefühl, dass er in dem Haus sein muss. Oder gewesen sein muss. Auf jeden Fall sollen die beiden Jungs da drin alles durchsuchen. ›*Aber seid vorsichtig*‹, hat sie noch gesagt. ›*Das ist saugefährlich da drin.*‹«

Er denkt kurz darüber nach. »Reichlich vage. Halt dich ran, Maren. Ich saufe hier langsam, aber sicher ab.«

Sven klickt sie weg, geht im Nieselregen hin und her und überlegt.

Sie hat es im Gefühl? Darauf würde er wenig geben, wenn es nicht gerade Katia Wozniak wäre. Sie hat schon bei etlichen Skandalen bewiesen, dass sie ein gutes Gespür für miese Machenschaften hat. Oder traut er ihrem Gefühl nur deshalb, weil er selbst gewisse Gefühle für sie hat? Blödsinn …

Sein eigenes Gefühl sagt ihm, dass sie die Spur erneut verloren haben. Katia wird ihm nicht den Gefallen tun, zufällig in Marens Blickfeld aufzutauchen. Und selbst wenn, wäre keineswegs sicher, dass Maren sie auch bemerken würde.

Er kann nur hoffen, dass Gerlach und Katia auch diesmal nicht fündig werden. Aber was bringt ihnen das? Solange er praktisch auf sich allein gestellt ist, wird sie ihn das nächste Mal wieder abhängen. Falls es überhaupt noch ein nächstes Mal gibt.

Wieder verspürt er den Drang, Siebener anzurufen. Wieder gibt er ihm nicht nach, wie schon mehrfach in den zurückliegenden Stunden. Sie wird sich schon melden, sobald es in Sachen Mia etwas Neues gibt. Wenn er sie zu sehr bedrängt, schaltet sie auf stur, das hat er schon öfter erlebt.

Mia kann er jetzt auch nicht anrufen, in Thailand ist es tief in der Nacht. Trotzdem zückt er sein Handy und tippt eine kurze Nachricht.

»Eins noch, Mia, hatte ich vorhin vergessen. Du leitest natürlich das Team, wie früher, Sven«.

Er überlegt. »*Wie früher, Sven*« klingt irgendwie seltsam, als wollte er, dass alles wie früher wird.

Will ich ja auch, denkt Sven und tippt auf *Senden.*

45

Katia ist wütend auf ihn, aber das kann Paul ihr nicht verdenken. Er hat ihr allen Grund dazu gegeben, indem er einfach losgefahren ist. Doch jetzt ist er ja zur Besinnung gekommen und hat sie gebeten, ihm zu helfen.

Sie hat ihn beschimpft, als Verräter und Idioten, doch dann hat sie eingelenkt. Auch Katia ist mittlerweile in Richtung Osten unterwegs. Sie wollen sich in dem Städtchen Lübben am Spreewald treffen. Ortsausgang Richtung Beeskow, um Viertel vor zehn. Also in gut einer Stunde. Dort wird Paul in ihr Auto umsteigen, einen Geländewagen.

Jetzt steht er vor der Kaffeetheke im Autohof an. Der großzügig dimensionierte Verkaufsraum, die übliche Mischung aus Supermarkt, Bistro und Tankstellenkasse, ist voll mit Truckern, die Burger und Pommes verschlingen, und den unvermeidlichen Rentnertrupps auf Busreise nach Nirgendwo. Obwohl sie sowieso schon aufgekratzt sind wie bei einem Schulausflug, stehen sie alle in der Kaffee-Schlange an.

Lotte hat manchmal über solche älteren Herrschaften gelästert, die gar nicht zu merken scheinen, wie skurril sie auf ihre Umgebung wirken. So wie der hagere Uralt-68er in erdbeerroten Jeans, mit einem Pferdeschwanz wie aus Spinnenfäden, oder die übergewichtige alte Frau im knöchellangen Regenmantel, mit einem Kopftuch, das ihr Gesicht fast vollständig verdeckt …

Eine rumänische Bäuerin, vermutet Paul, oder Bulgarin vielleicht. Oben hängen ihr Fransen in die Stirn, von unten quellen Stoffwülste bis zur Nase hoch. So schlurft sie in spitzem Winkel auf das mittelalte Paar zu, das vor ihm in der Schlange steht, dreht im letzten Moment nach links ab, rempelt Paul an und ist schon vorbei …

Anscheinend hat sie nicht mal richtig mitgekriegt, dass sie fast in ihn hineingelaufen wäre. Aber auch er selbst ist in Gedanken halb woanders. Mehr als Katias Wutausbruch irritiert ihn, wie verängstigt sie eben am Telefon klang. Sie hat den Aktivisten, der plötzlich verschwunden war, nicht gefunden. Sammy heißt er, und sie macht sich offenbar große Sorgen.

Ihre Angst um Sammy hat eine persönliche Note, das hat Paul gleich gespürt. Aber es ist mehr als das. Es ist die Parallele zu den vermissten Aktivisten in Jakarta, die Katia so verstört. Auch wenn sie es vorhin abgestritten hat.

Die Gegenseite – wer immer sie sein mögen – weiß offenbar, dass Paul nicht mehr auf sich allein gestellt ist. Er wird von einem »Netzwerk« unterstützt, zu dem laut Katia »Aktivisten und Medienleute, Künstler und Wissenschaftler« in aller Welt gehören. Das hört sich großartig an, aber es sind Amateure, sagt sich Paul, Idealisten, die sich gegen schwerkriminelle Profis stellen. Dafür zahlen sie einen unfassbar hohen Preis: drei verschleppte Aktivisten in Jakarta, jetzt Sammy hier in Berlin …

Endlich ist er dran, bestellt einen großen Crema zum Mitnehmen. Er bezahlt, bekommt den üblichen Pappbecher, an dem man sich die Finger verbrennt, und geht durch den gedrängt vollen Raum zurück zum Ausgang.

Plötzlich das Gefühl, beobachtet zu werden. Abrupt bleibt er stehen, und wieder rempelt ihn jemand an, diesmal von hinten.

Paul dreht sich um, ein knochiger Alter, Typ Maurermeister im Ruhestand, starrt ihn wuterfüllt an. »Tut mir leid«, murmelt Paul, doch er schaut nicht den alten Mann mit den übergroßen Händen an, sondern sieht sich argwöhnisch um.

Die Gestalt eben, die mit dem Kopftuch praktisch vermummt war … war das wirklich eine osteuropäische Bäuerin? Der Statur nach könnte es auch Mrs Plattnase gewesen sein – und gerade die Nase hat sie ja vor ihm verdeckt …

Paul stellt den Kaffeebecher auf einen Stehtisch und klopft sich die Taschen ab. Katias Regeln entsprechend hat er weder Smartphone noch Brieftasche oder Schlüsselbund dabei. Bargeld und den einzelnen Hausschlüssel hat er in der Hosentasche, da kommt keiner so leicht dran. Schlüssel und Papiere für Lauras Auto stecken noch in der rechten Manteltasche. Auch das Prepaid-Handy ist noch in der Innentasche seines Parkas.

Also alles an Bord …

Aber wenn es »Mrs Plattnase« war, denkt er dann, warum hätte sie ihn beklauen sollen? Vielleicht hat sie ihn blitzschnell abgetastet, auf der Suche nach dem Stick … Ergibt das einen Sinn? Nein, dafür war der Moment des Anrempelns zu kurz.

Also hat sie mir etwas zugesteckt? Einen Sensor, Tracker oder wie die Dinger heißen, durch die man jemanden orten kann? Er durchsucht erneut seine Taschen, so gründlich, dass er Blicke auf sich zieht. Aber er findet nichts. Nur ein paar Münzen, die sich im Mantelfutter verfangen haben, und ein Plastikmäppchen mit Ersatzknöpfen, wie man sie in jedem Kleidungsstück entdeckt, wenn man ganz etwas anderes sucht.

Das ist das Schlimme, wenn du einmal angefangen hast, deiner Umgebung zu misstrauen, sagt sich Paul im Hinausgehen. Jeder noch so läppische Vorfall scheint mit unheilvoller Bedeutung aufgeladen zu sein. Doch je nach Laune kann der Mechanismus auch ins Gegenteil umkippen. Dann beschwichtigst du dich sogar bei beunruhigenden Zwischenfällen: Das hat nichts zu bedeuten, dreh jetzt nicht durch …

Es regnet immer noch, als er zum Parkplatz hinter der Tankstelle zurückgeht. Unterwegs schlürft er von dem Kaffee, der viel zu bitter ist. Kurz überlegt er, ob er zurückgehen soll, um Zucker hinzuzugeben. Doch dann kippt er den Kaffee im Rinnstein aus und wirft den Becher in den Müllcontainer.

Diese skurrile Kopftuchfigur … So ging es ihm eigentlich immer schon, sagt sich Paul: Er greift sich eine irgendwie pittoreske Gestalt aus seiner Umgebung heraus, beobachtet sie, spekuliert über sie, bis sie für ihn völlig verrätselt ist. Unheimlich, unergründlich … Und wenn er dann nachher Erkundigungen einzieht, entstammt alles, was er der Figur zugeschrieben hatte, einzig seiner Fantasie.

Er war immer gut darin, Menschen zu entlocken, wie sie sich hinter ihrer Fassade wirklich sahen. Vor allem gewisse Frauen. Aber wenn er sie von sich aus zu ergründen versuchte, verfing er sich in den Illusionen, die er selbst produzierte. Und auf die Betreffenden projizierte, bis sie zu wandelnden Kunstwerken geworden waren, so bizarr wie irreal.

Trotz Kaffeepause ist er immer noch viel zu früh. Aber um einfach herumzusitzen und zu warten, ist Paul zu unruhig. Also fährt er von der Autobahn ab und auf schmalen Straßen durch endlose Wälder Richtung Lübben.

Eine menschenleere Welt … Als hätte hier die tödliche Pandemie, an der die Verschwörer laut Katia arbeiten, bereits alles Leben ausgelöscht. Nur die Wälder sind geblieben, dunkle, urgewaltige Massen aus Stämmen, Ästen, Laub; dazwischen der Schimmer von Kanälen und Seen.

Seltsam das hohe Sirren, das er ab und zu hinter sich zu hören meint – wie eine ferne Straßenbahn, was ja nicht sein kann; hier gibt es nichts außer Wasser und Wald. Nur ab und zu eine Siedlung im Sprühregen, die Straßen verlassen, die Fenster dunkel … Geisterdörfer mit Namen, die irgendwie alle nach Beschädigung klingen …. Halbe, Neu Schadow …

Um Viertel nach neun kommt Paul am vereinbarten Treffpunkt an. B 87 Richtung Beeskow. Er stoppt am Straßenrand kurz vor dem Ortsausgangsschild, schaltet Motor und Scheinwerfer aus.

Hinter ihm ein heruntergekommenes Gehöft, das verlassen wirkt, gegenüber ein Mietblock mit dunklen Fenstern, nirgendwo eine Menschenseele. Noch hat die Saison nicht begonnen, in der das Spreewaldstädtchen zu fiebriger Betriebsamkeit erwachen wird. Wenn nicht ab und zu ein Auto vorbeifahren würde, könnte man glatt meinen, auch hier wäre alles Leben ausgelöscht … durch das Virus, von dem Lotte irgendwie erfahren hat … ausgerechnet sie, die vor nichts solche Angst hatte wie vor *Erregern* aus dem Labor …

Von hier aus sind es noch sieben, acht Kilometer bis zu Vaters ranziger Datsche. Den Weg zu der Kleingartenanlage hat Paul mehr oder weniger im Kopf, nur wie es in der Hütte aussah, weiß er kaum noch. Er hat damals einen Blick hineingeworfen, doch er wusste im Voraus, dass es abstoßend sein würde, geschmacklos, also hat er gar nicht erst richtig hingesehen.

Bei allem, was meinen Vater anging, habe ich immer schon weggeschaut, sagt sich Paul. Warum? Weil er mir peinlich war, mit seinen immer gleichen Kalauern, der schulterklopfenden Aufgeräumtheit, seinem billigen Vertretercharme … ja, deshalb auch, aber nicht nur.

Er hat alles verkörpert, was ich nie werden wollte. Aber ein Teil von mir wusste immer schon, wie ähnlich ich ihm war … dass ich in ihm mich selbst sah, schäbiger und älter … aber mich selbst …

Paul schüttelt den Kopf, schlägt mit der Faust auf Lauras Lenkrad. Der Saab röhrt wie ein Elch, und wie durch einen kindlichen Zauber taucht im nächsten Moment ein Scheinwerferpaar in seinem Rückspiegel auf.

Ein waldgrüner Geländewagen stoppt neben ihm, kantig wie ein alter Jeep, aber in XS. Katia beugt sich zur Beifahrerseite hinüber, macht ihm Zeichen, er soll zu ihr umsteigen.

Paul beeilt sich, ihrer Anweisung zu folgen.

46

Katia sieht immer noch wütend aus. Und verstört. Paul hat ein schlechtes Gewissen, weil er ohne sie losgefahren ist, ihr praktisch die Pistole auf die Brust gesetzt hat. Aber mehr noch beunruhigt ihn, wie wenig von ihrer kühlen Kontrolliertheit übrig geblieben scheint.

»Du bist dir sicher, ja?«, fragt sie, kaum dass er eingestiegen ist. »Dass sie den Stick hier hinterlegt hat?«

Er nickt mehrfach. »Ganz bestimmt.«

»Und dir ist niemand gefolgt?« Sie kontrolliert die Spiegel.

Paul schüttelt den Kopf. Er ist sogar Umwege gefahren, erklärt er ihr. Und er hat alles daheim gelassen, was irgendwie verwanzt sein könnte.

»Okay. Wo ist es?«

»Ich lotse dich. Erst mal geradeaus.«

»So läuft das nicht, Paul. Du zeigst mir jetzt, wo das Ziel ist.«

Sie deutet auf die zerfledderte Straßenkarte vor ihm auf dem Armaturenbrett. »Und dann entscheide ich, welche Route am sichersten ist. Kapiert?«

Ihre Wut schüchtert ihn ein. Schon vorhin am Telefon wollte sie, dass er ihr die Adresse nennt, doch er ging darüber hinweg. Besser, man treffe sich an einem Ort, der leicht zu finden sei …

Natürlich wissen sie beide, warum er sein Wissen nicht preisgegeben hat. Nach wie vor trauen sie einander nicht über den Weg. Katia glaubt, dass er den Stick verschwinden lassen würde, wenn es Hinweise darauf gäbe, dass Lotte in irgendwelche Machenschaften verwickelt war. Und er weiß ja, dass sie in ihren Blogs und Podcasts sofort alle Informationen leakt, die sich irgendwie als Verschwörung der »Pharma-Mafia« auslegen lassen.

»Okay. Meinetwegen.«

Er entfaltet die Karte. Auch nachdem Katia die Innenbeleuchtung eingeschaltet hat, sind die dünnen Linien der Nebenstraßen kaum zu erkennen.

»Also, hier ist die B 87 … hier irgendwo links ist ein kleiner See. Da, siehst du? Ein Stück unter Schlepzig, mitten im Wald. Von dem See gehen diverse kleine Kanäle ab, wie im eigentlichen Spreewaldgebiet, aber die hier sind versandet und verschlammt.«

Er kommt kurz ins Stocken. Eine Metapher für Vaters Leben – versandet und verschlammt …

»Deshalb gibt es in dem Gebiet auch keinen Tourismus«, fährt er fort. »Und hier, zwischen den Kanälen, verläuft eine Landzunge, das ist die Kleingartenanlage.« Er zeigt ihr den schmalen Streifen zwischen Wasserläufen und Wald.

Katia zieht die Straßenkarte zu sich auf den Lenker, mustert sie unruhig. Dazwischen späht sie mehrfach in den Rückspiegel.

»Irgendwo bei den Kleingärten müssen wir das Auto abstellen. Möglichst unsichtbar und so, dass wir schnell wieder wegkommen. Hast du eine Idee?«

»Du meinst, falls uns doch jemand …?«

Sie deutet einen Handkantenschlag an. »Eine Idee, Paul?«

»Hier hört die Straße auf.« Er zeigt auf den Punkt direkt vor der Landzunge. »Mit einer Art Wendeplatz, von dem links und rechts

Waldwege abgehen. Ob man da ein Auto verstecken kann, weiß ich nicht. Ich habe damals einfach auf dem Wendeplatz geparkt.«

»Alles klar.« Katia legt den Gang ein und gibt Gas, dass der Motor aufheult und der Geländewagen durchgerüttelt wird.

»Hey, hier hätten wir links gemusst«, sagt er einige Minuten danach, als sie an der Abzweigung nach Schlepzig vorbeifährt.

Katia schüttelt den Kopf. Kurz darauf geht sie vom Gas, reißt den Lenker links herum und biegt mit kaum vermindertem Tempo in einen Waldweg ein.

Na super, denkt Paul, jetzt also wieder offroad.

»Sammy«, fällt ihm plötzlich ein, »ist das der Biker?«

Katia wirft ihm einen Blick zu. »Mein Freund, mein …« Sie weicht einem Felsbrocken aus, der plötzlich im Scheinwerferlicht auftaucht. »Er war den ganzen Tag bei dir nebenan«, setzt sie hinzu. »Ich habe zwei- oder dreimal mit ihm telefoniert. Aber jetzt ist dort nirgendwo eine Spur von ihm zu finden. Nicht mal seine Schuhabdrücke in den Sägespänen auf dem Hallenboden. Ich verstehe das einfach nicht.«

Sägespäne? Er überlegt. Als er das Haus zuletzt besichtigt hat, waren die Zimmerer mit dem Dachstuhl und den Deckenbalken gerade fertig geworden. Die Halle war geräumt und gesäubert, schließlich stand das Anwesen zum Verkauf und sollte einen guten Eindruck machen.

Er geht darüber hinweg. Was spielt es für eine Rolle, dass offenbar weitere Holzarbeiten ausgeführt wurden? Das bringt ihr Sammy auch nicht zurück.

Sowieso denkt er ungern an die »Burgruine«. Letzte Woche noch hat er mit Lotte darüber gesprochen, dass sie gute Chancen auf den Zuschlag hätten. Wenn alles wie geplant liefe, könne er noch dieses Jahr mit der Restaurierung beginnen …

Wie absurd sich das jetzt anfühlt. Wie gespenstisch, Fetzen eines Traums, der nie real war. Ein Luftschloss, denkt Paul, das kopfüber vom Himmel herabhängt, wie die Wälder und Häuser in meinen

Gemälden ... *In Auflösung*, alles, was ich für mein Leben hielt, löst sich auf ...

Katia rast durch den nachtdunklen Wald. Steinbrocken spritzen unter den Reifen weg, dann wieder mahlen die Räder im Schlamm. Aber der kleine Geländewagen, ein Suzuki Jimny mit Vierradantrieb, schlägt sich wacker. Nur das Dröhnen des Motors und die ruppige Federung gehen Paul auf den Geist ... und auf den Steiß.

An einer Wegkreuzung steigt Katia hart in die Bremse. Er wird nach vorn geworfen, der Gurt drückt ihm die Luft ab. In der jähen Stille glaubt er wieder das helle Sirren zu hören, wie von einer fernen Trambahn. Aber es ist wohl nur ein Ton in seinem Ohr, erzeugt durch Stress, der die Blutgefäße zusammenzieht.

Katia hat das Innenlicht eingeschaltet, studiert erneut die Karte. »Wir sind gleich da.« Sie löscht das Licht, fegt die Karte vom Lenker, fährt rüde wieder an.

Rüde, das passt zu ihr, denkt Paul, so wie *zaghaft* zu mir ... So weit er zurückdenken kann, hat er sich immer zu kämpferischen Frauen hingezogen gefühlt. Frauen wie seine Mutter, wie Maria oder eben Katia. Aber gelandet ist er dann immer wieder bei zerbrechlichen, empfindsamen Frauen. Wie seinen »Modellen«, wie der depressiven Miriam, der hyperkultivierten Laura. Oder wie Lotte.

Ihre Tapferkeit hat ihn gerührt, von Anfang an. Aber gerührt wird man ja gerade durch das Missverhältnis zwischen Wille und Kraft ...

Kraft, an der es Katia ganz bestimmt nicht mangelt. Sie hat entschieden, nach links abzubiegen, auch wenn der Weg so schmal ist, dass ihr Wagen von beiden Seiten mit Ästen gepeitscht wird. Das Knirschen, mit dem sich die Zweige am Blech reiben, hört sich ungut an. Aber nach ein paar Minuten führt der Weg auf eine ungepflasterte Allee, die Paul wiedererkennt.

»Hier rechts«, sagt er.

Katia achtet nicht auf ihn. Im Schritttempo überqueren sie die

Holzbrücke über einen der schmalen Kanäle, zwischen denen die Allee verläuft. Die Bohlen rumpeln unter den Rädern. Der Wagen ächzt und quietscht, aber die Brücke über der sumpfigen Brühe hält.

Auf der Allee gibt Katia wieder Gas. Sogar der Regen hat aufgehört oder zumindest eine Pause eingelegt. Wie dunkel es hier ist, denkt Paul. Die Baumkronen zu einem Gewölbe verschlungen, das kaum Licht durchlässt. Nur das brackige Wasser der Kanäle funkelt und gluckst hinter den Bäumen … unheimlich wie in den Märchen, mit denen Lottes Vater bei seinen Zuhörern für Albträume sorgt. Bei Lotte immer schon und neuerdings auch bei Dion.

Lotte, durchfährt es Paul. Ihre letzte Fahrt muss wie aus einer von Roberts Horrorstorys gewesen sein. Durch eine düstere Landschaft fast wie diese hier …

Dann taucht vor ihnen das rostzerfressene Tor der Datschenanlage auf. Katia bremst ab und fährt rückwärts in einen Waldweg, der kaum breiter als ein Wildpfad ist. Nach wenigen Metern stoppt sie und stellt den Motor aus.

»Der Schlüssel ist wieder in einer Steckdose, ja?« Sie grinst ihn an.

»Nicht ganz. In einer nackten Nymphe aus Beton.«

»Da wussten die Damen gleich, was sie erwartet.« Sie wirft die Haare über die Schulter und zieht eine Grimasse.

Paul grinst dankbar zurück. Zumindest scheint sie um einen versöhnlichen Ton bemüht.

Trotzdem wird er Katia im Blick behalten, damit sie nicht mit dem Stick durchbrennen kann. Und sie wird genauso scharf aufpassen, damit er den Stick nicht unbemerkt einstecken und behaupten kann, leider hätte er sich wieder geirrt.

Der Geländewagen ist zwischen Bäumen eingepfercht, so eng, dass Katia sich kaum hinausschlängeln kann. Als sich Paul nach zwei Schritten noch einmal umdreht, ist das waldgrüne Auto hinter Büschen und Ästen kaum mehr zu sehen.

47

Auf dem halbrunden Platz waten sie fast knöcheltief durch Schlamm. Die Wolkendecke ist aufgerissen; der Mond gießt sein bleiches Licht über das Areal aus kümmerlichen Hütten und winzigen Gärten.

Das Tor ist nicht verschlossen. Paul drückt die Klinke herunter, kurz muss er gegen ein Unbehagen ankämpfen, als wäre der Ort hier *tabu*. Wie heilige Stätten in archaischer Vorzeit … wie laut Freud das elterliche Schlafzimmer: die Herabkunft der Götter zum Beischlaf profanisiert … Was soll das jetzt? Paul schüttelt den Kopf über sich selbst. Er hat das Tor geöffnet und geht als Erster hindurch.

Katia übernimmt gleich wieder das Kommando. Sie hält ihn am Unterarm fest und zieht ihn hinter sich her. »Wo entlang?«

»Bis fast ganz hinten. Dann irgendwo links.«

Unwillkürlich hat er geflüstert wie sie. Dabei sehen die Hütten beidseits des Weges verlassen aus. Die Fenster vergittert, verrammelt. Die Beete und Büsche allerdings wirken gepflegt.

Obwohl sie hinter den Gärten verlaufen, sind die Kanäle die ganze Zeit spürbar. Der modrige Geruch des fast stehenden Wassers, das leise Glucksen und Murmeln; dahinter der Wald, eine dunkle, unförmige Masse. Irgendwo ruft ein Uhu oder Kauz.

»Hier ist es.« Er zeigt auf das Durcheinander aus immergrünen Büschen, kahlen Bäumen und der Hütte im Hintergrund, deren Wände vor Nässe und Alter fast schwarz sind.

Oder durch Pilzbefall, geht es Paul durch den Kopf. Das hier ist die ideale Location für Roberts Schauerstorys von Killersporen, die ganze Dörfer lahmlegen, worauf riesenwüchsige Giftpilze die Siedlungen übernehmen …

Katia schiebt das Törchen auf und geht mit schnellen Schritten auf die »Lustlaube« zu. Neben einer verwitterten Steinfigur kauert sie sich hin, aber es ist keine Nymphe, sondern ein Satyr. Eine Art

Gott der männlichen Geilheit, in der sich Pauls Vater feixend wiedererkannt hat: »*Was kann ich dafür, dass ich immer kann?*«

»Da drüben, die mit dem Armstumpf.« Paul nähert sich der moosbedeckten Figur, die irgendwann den linken Arm verloren hat. Aus dem Stumpf schaut ein Stück rostiger Stahlstange hervor. Eine Liebesgöttin aus Stahlbeton …

Er beugt sich über die etwa einen Meter große Nymphe, die mit Rissen überzogen ist. Zwischen den Schenkeln wölbt sich die übergroße Vulva, mit prallen Lippen, deren aufgemaltes Rot längst verblasst ist.

»Das ist hier ja wie auf deinen Bildern.« Katia schaut sich sichtlich verwundert um. »Alles in Auflösung – und hochsymbolisch.«

Paul ist irritiert, nicht nur, weil er der Nymphe in den Schritt greifen muss, um an den Schlüssel zu gelangen. Sondern mehr noch über Katias Worte: So sieht sie das?

»Das meinst du nicht ernst«, gibt er zurück.

Dann fällt ihm ein, wie hartnäckig sich Dion für das »Steinmädchen« interessiert hat. Nur weil Lotte Mühe hatte, ihn von der Figur loszueisen, hat sie den Schlüssel überhaupt entdeckt. Die Schnur, die daran befestigt war, hing der Nymphe aus dem Geschlecht wie ein Tamponbändchen.

Genau sein billiger Humor, dachte Paul damals; aber das eine schließt das andere ja nicht unbedingt aus. Vater war immer schamlos und bei aller Schläue naiv. Genauso hat er seinen Schrebergarten dekoriert …

Katia ist schon bei der Hüttentür, winkt ihn ungeduldig heran. Paul beeilt sich, zu ihr aufzuschließen. Er säubert den Schlüssel von Spinnendreck, schließt die Tür auf.

Hier flattern ihnen keine Turteltauben entgegen, natürlich nicht. Katia schiebt ihn über die Schwelle. Sie holt eine Taschenlampe aus der Manteltasche, schaltet sie ein und drückt sie ihm in die Hand. Noch einmal wirft sie einen Blick nach draußen, dann schließt sie die Tür.

»Beeil dich. Hoffentlich weißt du diesmal, wo du suchen musst.«

Paul weiß es nicht, zumindest noch nicht. Er wartet auf eine Eingebung, doch das würde sie nicht verstehen. Oder doch?

Sie zieht ein Band aus der Manteltasche, mit einer Lampe daran, das sie sich um den Kopf schlingt. Mit dem Rücken zur Tür, die Stirnlampe leuchtend wie Buddhas drittes Auge, sieht sie ihn ungeduldig an. »Worauf wartest du? Leg los.«

Das Licht der Stablampe tanzt über die Wände und erfasst Gemälde von monströser Geschmacklosigkeit … Ölschinken, Aquarelle … ausnahmslos weibliche Akte, von siebtklassigen Nachahmern gepinselt. Die Modelle liegen in betont »natürlichen« Posen im Bett oder rekeln sich am Strand. Paul erinnert sich, dass sein Vater ein Faible für Versandhändler hatte. Schon lange vor der Online-Shopping-Ära bezog er alles Mögliche per Paketpost. Auch den Pornoschund an seiner Datschenwand hat er bestimmt aus Versandkatalogen ausgewählt – *»diskrete Verpackung garantiert«*.

Paul leuchtet jedes Bild kurz an, nur um sicherzugehen, dass es für Lotte nicht infrage kam. Die Galerie verursacht ihm Übelkeit.

Er senkt den Arm, und der Lichtkegel gleitet über ein zusammengewürfeltes Matratzenensemble, das fast zwei Drittel des Raums einnimmt. Die grellrote Überdecke glitzert synthetisch im Lampenlicht. Darüber ein Wandbord, auf dem diverse Requisiten stehen und liegen. Sektflaschen und Gläser … Dildos in allen Farben und Größen … Handschellen, Hundehalsbänder, eine Ledermaske … Dosen und Tuben mit Salben und Cremes …

Ratlos betrachtet Paul die amourösen Hilfsmittel seines Vaters. Er ist nicht peinlich berührt, darüber ist er lange hinaus, doch seine Zuversicht bröckelt. Ich muss es nur sehen, hatte er gedacht, und weiß sofort, wo sie den Stick versteckt hat. Aber so einfach scheint es nicht zu sein.

Er dreht sich halb zu Katia um, der Lichtschein seiner Taschenlampe wandert mit und leuchtet die Wand neben dem Bett an.

»Da … Das gibt's nicht.« Sie deutet auf das großflächige Gemälde, Acryl auf Leinwand, über das der Lichtkegel tanzt. Ihre Augen fast so groß wie das dritte auf der Stirn.

Die gesamte Bildfläche ist mit einem Wellenmuster bedeckt, das offenbar ein Meer darstellen soll. In den türkisgrünen Fluten schwimmen unzählige Frauen, hell- und dunkelhäutige, schlanke und rundliche, blonde und brünette, mit schwarzen oder roten Haaren, und sie alle sind unverkennbar nackt.

Paul steigt auf das Bett, geht über schwankende Matratzen auf das Gemälde zu. Ungeschickt, denkt er, geschmacklos, aber nicht ganz ohne Talent … Das Machwerk misst anderthalb Meter im Quadrat, und noch bevor er sich zu dem Namenszug in der rechten unteren Bildecke hinabgebeugt hat, ahnt er, was dort steht.

»*Peter Gerlach*«, in der Schnörkelschrift seines Vaters, die er schon als kleiner Junge angeberisch fand.

Gespenstisch, denkt Paul. Seine Brust ist plötzlich so eng, dass das Atmen wehtut.

»Humor hatte sie«, sagt Katia.

Sie ist nah zu ihm aufgerückt, mit einem Fuß noch am Boden, den anderen schon auf dem Bett. Paul spürt ihren Blick im Nacken.

Nicht im Traum hätte er gedacht, dass sich sein Vater als Freizeitmaler versucht hat. Von der Perspektive über die Proportionen bis hin zur Raumaufteilung hat er so ziemlich alles falsch gemacht. Der maßgeschreinerte Holzrahmen ist definitiv das Beste an diesem Machwerk.

Aber mit etwas Anleitung hätte er ein passabler Hobbymaler werden können. Die menschliche Zivilisation hat schließlich begonnen, als die ersten Steinzeitmenschen Tiere an Höhlenwände malten, anstatt sie bloß zu jagen und aufzuessen … eine Kulturstufe, die auch heute nur wenige erreichen.

Traurigkeit durchflutet Paul. Er nimmt das Bild herunter, um die Rückseite zu untersuchen.

»Da ist er doch!« Katia entert das Bett und rempelt ihn zur Seite.

Sie will an ihm vorbeigreifen, doch er reißt das Bild hoch und blockt sie damit ab. »Jetzt mal langsam, Katia«, sagt er atemlos.

Das Bild war mit drei verdübelten Haken an der Wand befestigt. An dem mittleren der Messingwinkel hängt ein USB-Stick an einer Plastikschnur herab. Er hat eine transparente Schutzhülle über dem Stecker und eine Öse an der oberen Seite, durch die die Plastikschnur läuft.

Paul erkennt sofort das Logo von ClarTop, CT.

»Mein Gott, Lotte.« Er nimmt den Stick vom Haken und hängt ihn sich um den Hals. »Gehen wir.«

48

Zurück im Suzuki zwischen den Bäumen. Es ist kurz vor dreiundzwanzig Uhr, Paul fühlt sich total gerädert.

Tagelang war er wie besessen von der Idee, dass er den verflixten Stick unbedingt finden muss. Doch jetzt, da er ihn hat, will er gar nicht wissen, was darauf ist.

Zumindest nicht sofort. Viel lieber würde er sich zu Hause verkriechen. Schlafen, in Trauer versinken, an Lotte denken, an ihre Liebe, ihre Ehe, die vielleicht von Anfang an ein Irrtum war …

Aber damit kommt er bei Katia nicht durch. Sie sitzt hinter dem Lenkrad und macht keine Anstalten loszufahren. Stattdessen starrt sie ihn erwartungsvoll an.

Ein Irrtum von uns beiden, denkt Paul. Eine Illusion, in der Lotte und ich uns gegenseitig bestärkt haben. Eine Fehlentscheidung, die wir beide getroffen haben. Weil wir beide auf der Flucht waren – ich vor meinem zweifelhaften Talent, Lotte vor ihrem Trauma. Zusammen haben wir unsere Fluchtburg gebaut und komfortabel ausstaffiert, aber es ist eine Falle. Ein Käfig, wie Katia ganz richtig erkannt hat; mit goldenen Stäben, aber ein Käfig …

»Gib mir mal das Notebook, Paul. Aus dem Handschuhfach.«

»Hat das nicht Zeit, bis wir …«

Er unterbricht sich. Katia sieht aus, als würde sie gleich explodieren. In Tränen ausbrechen oder in Wut. Oder in beides.

»Also gut. Wir werfen einen Blick auf das Material, dann fahren wir erst mal heim, okay?«

Katia reagiert nicht. Paul klappt das Handschuhfach auf, holt den Computer heraus und reicht ihn Katia. Während sie das Notebook startet, versucht er sich darüber klar zu werden, was ihn erwartet.

Warum hat Lotte die Daten so sorgfältig versteckt? Wieso war es ihr so wichtig, dass er sie findet und *»darauf aufpasst«*?

»Ich wäre dann so weit.« Katia hat den Laptop zwischen dem Lenkrad und ihrem Körper eingeklemmt. Sie streckt die Hand aus und fixiert den Stick, der ihm vor der Brust hängt.

»Aber nur kurz, ja?«

Sie nickt fast unmerklich. Paul spürt ein heftiges Unbehagen, als er sich die Schnur über den Kopf zieht und ihr den Stick reicht.

Ihre kräftige, sehr weiße Hand schnappt danach wie ein Raubfisch nach der Beute. Sie rammt den Datenträger in die USB-Buchse und starrt auf den Bildschirm.

»Schieb mal in die Mitte«, sagt Paul.

Sie rückt näher zu ihm heran, stützt den Laptop auf dem Schaltknüppel ab. Auf dem Monitor geht ein Fenster mit einem Ordnerverzeichnis auf. Bilddateien, ein Video, diverse Text-Files …

Plötzlich hat Paul einen trockenen Mund. Sein Herzschlag beschleunigt sich rapide. Will er das wirklich sehen? Nein! Aber es ist zu spät.

Katia hat schon die Videodatei gestartet. Er starrt auf die Toten in den Intensivbetten, auf all die Apparate und Schläuche …

Dann eine Word-Datei: *»Testphase 1: … alle Probanden innerhalb 72 Stunden planmäßig verstorben …«*

Vor seinen Augen beginnt es zu flimmern. Eine Reihe von Bildern, die Katia nacheinander anklickt: ein unterirdisches Labor … lange Tischreihen, an denen Wissenschaftler arbeiten … Zentrifugen, Cyrotanks, Brutschränke voller Glasfläschchen …

»Wo soll das sein?«, bringt er hervor.

»Bei *Raya,* du Traumtänzer. Sieh dir einfach die Namensschilder an.«

Unerbittlich klickt sie eine Datei nach der anderen auf. Paul protestiert nicht mehr; er sitzt wie hypnotisiert neben ihr und starrt auf Fotos von einer lichterloh brennenden Fabrikhalle, dann von einer grässlich entstellten Brandleiche in Großaufnahme.

Dann wieder Textdokumente, offenbar hastig fotografiert. *»Polisi kota … protokol«*, vermutlich ein Polizeiprotokoll aus Jakarta … *»Laporan otopsi«*, wohl ein Obduktionsbericht, aber alles auf Indonesisch … Bis Katia eine weitere Datei öffnet, mit der Überschrift *»Online-Übersetzung der Polizeiakten von 01/2019«*.

Paul überfliegt den Text, springt ruhelos von Absatz zu Absatz:

»Am 11. Januar 2019 ging bei der Leitstelle Jakarta-Ost ein anonymer telefonischer Hinweis ein: Bei dem Pharmalabor RAYA PHARMALAB *hätten sich ›mehrere Todesfälle‹ ereignet, angeblich infolge ›geheimer Laborexperimente‹, die ›außer Kontrolle geraten‹ seien …*

Bei dem anonymen Anrufer handelt es sich mutmaßlich um eine Frau mittleren Alters. Sie sprach Indonesisch … Mutmaßlich Javanerin, gebildet, möglicherweise eine Wissenschaftlerin, die im Labor von RAYA *arbeitet und daher über Insiderkenntnisse verfügt …*

Die Behauptung, dass bei RAYA *hinter dem Rücken der neuen Eigentümer ›geheime Laborexperimente‹ durchgeführt worden seien und/oder es zu ›mehreren Todesfällen‹ gekommen sei, wurde von der* GERLACH *glaubwürdig zurückgewiesen. Das sei ›systemisch ausgeschlossen‹ …«*

Also wurde Lotte von der Polizei in Jakarta verhört? Schon im Januar? Aber davon hat sie ihm nichts gesagt …

Eine halbe Stunde oder länger sitzen sie da und starren auf den Bildschirm, über den Fotos, Videos, Texte flimmern. Mechanisch überfliegt Paul eine Datei nach der anderen, darunter auch Gedächtnisprotokolle, die Lotte nach Meetings oder Telefonaten angefertigt hat. Paul speichert alles in seinem auf Detailgenauigkeit trainierten Gedächtnis, ohne den Inhalt richtig wahrzunehmen.

Er ist so durcheinander, dass er nicht reagiert, als plötzlich die Beifahrertür aufgerissen wird. Eine wuchtige Gestalt, vermummt mit einer schwarzen Skimaske, greift über ihn hinweg und reißt den Stick an sich. Durch die Augenschlitze in der Maske fixiert sie Paul und Katia. Dazu der Geruch nach Leder und Fischsud – die Kampfmaschine …

»Ihr Loser rührt euch nicht vom Fleck«, sagt sie in breitem Texanisch. »Mindestens eine halbe Stunde. Wenn ihr auf die Idee kommt, mir zu folgen, verarbeite ich eure Kleinen zu Gulasch. Marissa mit den Erbsentitten« – sie starrt Katia an – »und Ringelschwänzchen Dion.«

Sie boxt Paul gegen die Brust und schickt Katia ein hämisches Grinsen, das sogar durch die Maske zu erkennen ist. »Genauso, wenn ihr mit irgendwem über das hier redet.« Sie schwenkt den Stick an der Plastikschnur hin und her. »Dann schlitze ich eure Kiddies auf, kapiert?«

Sie starrt Katia und Paul an, bis beide nicken, knallt die Beifahrertür zu und verschwindet im Dunkel der Nacht.

49

Jimins Kanu gleitet den schmalen Kanal entlang. Sie ist mit sich selbst zufrieden wie noch nie in ihrem Leben. Sie hat alles richtig gemacht. Sie hat Phils Fehler ausgemerzt und Justices großen Plan gerettet.

Wenn sie jetzt noch einen niedlichen Mann wie den Witwer zwischen den Beinen hätte, wäre ihr Glück vollkommen. Ihre Beinmuskulatur ist austrainiert; mühelos könnte sie seine Rippen mit den Oberschenkeln zerdrücken. Sie hat es schon mehrfach ausprobiert, bei Knaben mit ähnlich zarten Knochen, und jedes Mal hat es auf diese besonders befriedigende Weise geknackt.

Aber das war, bevor sie sich Justice angeschlossen hat, und wie sie heute weiß, war es falsch. Ob sie auch Schädel zwischen den Schenkeln knacken könnte, wird sie wohl nie erfahren.

Schade, aber Justice ist jedes Opfer wert. Die neue Welt, in der Jimin in der Raubritter-Villa leben wird. Unfassbar reich und makellos rein.

Der Witwer braucht die Fake-Burg ja nicht mehr. Weil er tot sein wird wie seine Lotte und wie sein kleiner Bengel, den Jimin liebend gern auch noch geköpft und ausgeschlürft hätte, aber das wäre falsch.

Rhythmisch taucht sie das Paddel ein, links, rechts, links. Das Kanu hat sie vorhin zufällig entdeckt, neben dem Uferschilf, in dem sie die Energica versteckt hat.

Die Bitch und der Witwer werden nicht wagen, ihr zu folgen, und wenn doch, umso besser. Dann kriegt Jimin noch mal ihren Spaß.

Die blonde Schlampe gibt es auch in klein. Blond, blaue Augen, einen Meter kürzer als Anti-Pharma-Mom. Töchterchen Marissa lebt in einem Internat nahe Genf, Schweiz. Phil hat ihr vorhin ein Foto und die Adresse geschickt. »*Kann sein, dass du dich um die noch kümmern musst.*«

Mit Vergnügen, denkt Jimin. Die Kleine ist gerade dreizehn geworden. In dem Alter hatte Jimin ihr zweites Geschwisterchen abgetrieben, aber das Internatsgör sieht noch so unschuldig aus, wie Jimin schon mit sieben nicht mehr war. Große blaue Kulleraugen, die bestimmt noch mehr hervorquellen, wenn man an den richtigen Stellen quetscht.

Jimin denkt gern über solche Fachfragen nach. Deshalb hat sie meist schon Lösungen parat, wenn Kollegen wie Jaresh sich noch den eigenen Kopf zerbrechen.

Jetzt ist aber erst mal Phil dran. Sie holt das Paddel ein und lauscht – nichts Verdächtiges zu hören. Nur die Laute der Nachttiere, der Jäger und ihrer Beute.

»*Es gibt nur die zwei Sorten*«, das hat Dad ihr von klein auf eingeschärft. »*Deine Mutter war leichte Beute, die Frage ist, wie du dich definierst.*›« Dad war ein guter Lehrer, Jimin hat keine seiner Lektionen vergessen.

Sie fingert ihr Handy aus der Jacke und ruft Phil an. »Mission erfüllt, ich hab das Ding.«

»Ich will es sehen, Joy. Ich ruf dich per Video Call zurück.«

Er klickt sie weg, und nur eine Sekunde später vibriert ihr Smartphone. »Zeig ihn mir.«

Sie hält das Handy so, dass ihr Gesicht in der Kamera ist. Ohne Skimaske, da muss Phil jetzt durch.

Ein bisschen hat sie gehofft, dass sie ihn diesmal auch zu sehen bekäme. Doch ihr Display ist schwarz, wie bei den letzten Video Calls auch. Phil kann sie sehen, aber nicht umgekehrt. Wie in der Kirche, wenn du zu Gott betest.

Oder wie früher zu Hause, wenn Dad ihr die Augen verband und die Hände auf dem Rücken fesselte, bevor ein Kunde sie rannehmen durfte. »*Mein Buddy*«, sagte Dad immer, »*Jack ist ein Kumpel von mir, sei nett zu ihm.*«

Anschließend bekam sie dann mit, wie ihr Dad und der Kumpel-Kunde abrechneten. »*Hey, das kostet einen Zwanziger extra*«, sagte ihr Dad beispielsweise, *»du hast sie auch in den Arsch gefickt, Jack, das war so nicht vereinbart.«* Oder in den Mund, alles kostete extra.

Es war der elementare Kapitalismus, den Jimin damals lernte, und wie von allem, was Dad ihr beibrachte, hat sie auch von diesen Lektionen enorm profitiert. Im Grunde mehr als der Kunde, der abspritzte und die Kohle los war. Oder als ihr Dad, der jeden verdammten Dollar versoff.

»Ich kann ihn dir nicht zeigen«, sagt sie.

»Was soll das, Joy? Zeig ihn mir, sofort. Und bleib mit der Kamera drauf. Ich will jede Handbewegung sehen.«

»Wie du willst.«

Jimin spürt ein Kribbeln im Bauch und eine Etage tiefer. Sie öffnet die Lampen-App und stellt das Handy vor sich auf die Ablage im Bug. Sie knöpft den Hosenbund auf, zippt den Schlitz auf und zieht sich die Hosen bis zu den Knöcheln herunter.

»Willst du das wirklich sehen, Phil?«

»Ich will den Stick sehen. Und alles, was dafür nötig ist.« Er klingt ruhig und kontrolliert wie fast immer.

»Okay.« Sie macht die Beine breit und fummelt nach dem Ende der Plastikschnur. Sie hat sich den Stick wie einen Tampon eingeführt; die Idee ist ihr vorhin gekommen, als sie zugesehen hat, wie das Zielobjekt den Schlüssel aus der Betonfigur fischte.

»Jetzt pass auf.« Sie zieht an der Schnur, bis der Stick aus ihr rausgeflutscht kommt. Mit einem unüberhörbaren Plopp, zumindest in ihrem Kopf.

»Sehr schön«, sagt Phil. »Halt ihn näher vor die Kamera.«

Jimin bleibt breitbeinig sitzen und beugt sich zu ihrem Handy vor. Auch sie ist ziemlich ruhig, wenn man die Umstände bedenkt. Abgesehen von dem lästigen Schnaufen, aber das liegt an dem *»unzureichenden Volumen Ihrer Nasenflügel«*, wie es ein HNO-Klempner formulierte. Bevor er an seinem voluminösen Riechorgan erstickte.

Sie hält den Stick an der Schnur fest und lässt ihn vor der Kamera baumeln. Wie der nackte Sammy am Strick unter ihr hin und her schwang, aber davon braucht Phil nichts zu erfahren.

»Das sieht gut aus«, sagt er. »Hast du einen stumpfen Gegenstand? Ein Taschenmesser wäre okay.«

Sie fummelt ihr Schweizermesser aus der Jackentasche, und Phil weist sie an, den Stick mit dem Griff zu zerstören.

Jimin tut wie geheißen. Der Wald widerhallt von ihren emsigen Hieben. Schnaufend präsentiert sie die Stick-Überreste in der hohlen Hand.

»Sehr schön, Joy. Jetzt ins Wasser damit.«

»Einen Moment noch.« Sie setzt sich wieder aufrecht hin. »Ich habe uns allen den Arsch gerettet. Dafür will ich die Villa von dem Witwer.«

Phil schweigt lange. »Ich spreche mit Justice«, sagt er dann.

»Dann stimmt es also, du kennst sie persönlich?« Plötzlich peinlich berührt, zieht sie sich die Hose hoch, knöpft und zippt sich zu. »Meinst du, du kannst ein persönliches Treffen arrangieren?«

Eine Audienz, hätte sie fast gesagt. Phil grunzt, belustigt oder vielleicht auch genervt.

»Ich verdanke Justice alles und will ihr sagen, dass ich alles für sie tun würde.«

»Der innere Zirkel ist sich einig, dass du eine größere Aufgabe bekommen sollst«, sagt Phil. »Und jetzt bring das hier zu Ende.«

Jimin bleibt fast das Herz stehen. Sie nimmt ihr Smartphone und wirft die Stick-Stücke eins nach dem anderen über Bord. Dabei hält sie ihr Smartphone so, dass er sehen kann, wie der Datenträger-Schrott im Sumpfwasser versinkt.

»Halte dich bereit, Joy«, sagt Phil, als die Show vorbei ist. »In achtzig Stunden endet die alte Welt.«

Phase drei

EXTINKTION

Dienstag,
9. April 2019

1

Kurz nach Mitternacht, die Linden vor Gerlachs Villa rauschen im Nachtwind. Sven liegt seit Stunden auf der Lauer, auf der Rückbank des schwarzen Dienst-Insignia, durch getönte Scheiben vor Blicken geschützt. In Fernsehkrimis sitzen sie bei Observationen immer vorne wie im Schaufenster; das macht wenig Sinn, ergibt allerdings coolere Bilder.

Sven greift zu seinem Smartphone, dreht es unentschlossen hin und her. Von Siebener nichts, von Mia auch nichts. Und Gerlach ist seit vier Stunden unterwegs.

Heißt das, sie sind fündig geworden? Und während er sich hier den Hintern plattsitzt, sichten sie die Informationen von dem Stick, und Katia Wozniak verbreitet sie womöglich schon über ihre Kanäle? Bei sich zu Hause ist die Aktivistin bislang nicht aufgetaucht; Sven hat Maren angewiesen, das Mietshaus im Kreuzberger Wrangelkiez zu observieren, in dem Katia zwei Zimmer im Hinterhaus bewohnt.

Die Ungewissheit ist kaum mehr zu ertragen. Das ohnmächtige Im-Nebel-Stochern, während der Countdown ohrenbetäubend tickt …

In Thailand ist es jetzt sechs Uhr morgens, bei jedem anderen zu früh für einen Anruf, aber nicht bei Mia. Früher hat sie ihn häufig aus dem Schlaf geklingelt, wenn ihr bei einer laufenden Ermittlung plötzlich aufgegangen war, wie sie den Täter festnageln konnten. Oder wo das entführte Kind gefangen sein musste, das sie seit Tagen fieberhaft suchten. Sven blieb dann gerade noch genug Zeit, sich etwas überzuziehen, eine Handvoll Wasser ins Gesicht zu spritzen und die Treppe hinunterzurennen, auf die Straße vor seinem Mietshaus in Moabit. Meist kam Mia schon angebrettert, bremste mit quietschenden Reifen eben genug ab, dass er ihren rennstreckentauglichen Subaru WRX entern konnte, und gab wieder Gas, ehe auch nur seine Tür richtig zu war.

Er tippt auf die Eins, sofort ist Mia dran. »Nerv nicht rum, Svennie, du bist am Zug.« Sie ist offenbar hellwach, ihre Stimme vibriert vor Energie.

»Okay, ja«, sagt er kleinlaut. »Ich hatte gehofft, dass du nach Berlin kommst und …«

»Das schafft ihr schon, du und Maren«, fällt sie ihm ins Wort. »Sie bleibt natürlich im Team.«

»Dann bist du also dabei?« Svens Stimmung wechselt abrupt von verzagt zu euphorisch.

»Wieso dabei, ich bin der Boss«, sagt sie. »Liefere mir einen belastbaren Hinweis, dann checke ich das vor Ort. Wenn es ein Treffer ist, lande ich morgen Abend in Tegel. TXL ist doch noch aktiv?«

»Ja klar«, sagt Sven. »Und BER noch passiv.«

»Die Vögel sollten sich mal ein Beispiel an Jakarta nehmen. Schwellenland, aber der Airport ist vom Feinsten. Willst du sehen?«

»Wie jetzt …«

»Ist schon unterwegs. Ein knackfrisches Selfie – kurz vor der Visakontrolle.«

Ein *Pling!* verkündet das Eintreffen der Message. Sven klickt die angehängte Bilddatei auf und prallt zurück. Mia und Niku drücken ihre grinsenden Köpfe gegeneinander, um beide aufs Bild zu passen. Im Hintergrund sind Rolltreppen, Schaufenster und Flugreisende mit Rollkoffern zu sehen. Knackfrisch sieht vor allem Mia aus, viel jünger als ihre einundvierzig Jahre.

»Du bist … Ich meine, ihr seid schon in Jakarta?«, vergewissert er sich.

»Respekt, Herr Kommissar, da merkt man gleich die kriminalistische Schulung. Wir haben uns schon mal umgehört«, fährt sie fort, bevor er etwas erwidern kann, »in den entsprechenden Szenen brodelt es vor Gerüchten: angebliche Gesetzesverstöße, dubiose Todesfälle et cetera. Aber solche Geschichten kursieren zu praktisch jedem einschlägigen Unternehmen; du musst nur die richtigen Leute fragen.«

»Und wie kommst du so schnell an die?«

»Durch Niku, in diesem Fall. Übrigens clever von Siebener, ihn mit ins Boot zu holen. Der Junge ist Gold wert, nicht nur im Job.«

»Hör zu, Mia.« Svens Stimme klingt in seinen eigenen Ohren gequält. »Die Zeit läuft uns weg, und ich weiß nicht, ob wir rechtzeitig einen belastbaren Anhaltspunkt finden. Das ist hier ein Katz-und-Maus-Spiel, und die Maus weiß nicht mal, wo der Käse ist.«

»Das ist jetzt wirklich Käse. Pass auf: Wir können da nicht rumstochern ohne einen klaren Hinweis, dass an den Gerüchten was dran ist. Nicht weil ich mir neuerdings was aus Vorschriften machen würde, aber ganz ohne Aufsehen kommen wir da nicht rein. Wenn wir die Falschen filzen, verlieren wir das Momentum – mindestens. Im *worst case* verlieren die Bösen die Nerven und lösen die finale Bombe aus.«

Klare Ansage. Den Sound hat Sven schmerzlich vermisst; den lockenköpfigen Kulturpudel auch. Genau in diesem Moment fährt er im blassblauen Saab vor seine Garagenzufahrt und stellt den Motor aus.

»Warte mal«, sagt Sven. »Eben kommt er heim.«

»Dann mach den Sack zu. Ihr habt Zeit bis morgen elf MEZ.«

»Alles klar.« Sven klickt sie weg.

Paul Gerlach steigt aus, schließt das kultige Neunzigerjahre-Gefährt ab und geht auf sein Gartentor zu. Sein eigenes, genauso betagtes Auto steht also in der Garage, kombiniert Sven. Defekt oder – wahrscheinlicher – auf Katias Anweisung hin von ihm nicht benutzt.

Der Witwer schlurft direkt neben ihm auf dem Gehsteig vorbei. Sven duckt sich tiefer in den Fond. Körperspannung nahe null, registriert er, alles an Gerlach hängt herunter. Kopf, Schultern, Mundwinkel. Er bewegt sich wie jemand, der weiß, dass er geschlagen ist. Warum? Was ist heute passiert?

Gerlach trottet durch seinen Vorgarten, über die wehklagende Zugbrücke, kramt seinen Schlüssel hervor und verschwindet im Haus. Drinnen geht Licht an, erst in der Halle, wenig später auch im ersten Stock.

Sven greift erneut zum Smartphone, ruft Maren an; auch sie meldet sich sofort. »Wie sieht es bei dir aus?«, fragt er. »Ist sie aufgetaucht?«

»Negativ. Hier ist alles still, abgesehen von jeder Menge Partyvolk.«

Er freut sich, ihre Stimme zu hören. Auch wenn er keine Sekunde zögern würde, sie durch Mia zu ersetzen, ist er froh, dass Maren weiter im Team ist.

»Okay, sag sofort Bescheid, wenn sich was tut.«

Sie beenden das Gespräch. Sven beschließt, gleichfalls auf Posten zu bleiben. Obwohl alles danach aussieht, dass sie den Stick wieder nicht gefunden haben. Vielleicht hat Gerlach ja in der restlichen Nacht noch eine Erleuchtung …

Unsere letzte Chance, denkt Sven. Wenn wir morgen um elf das verdammte Ding nicht haben, müssen wir eine Entscheidung treffen. Entweder wir setzen alles auf eine Karte, oder wir geben uns geschlagen. Eine Wahl wie zwischen Dengue und Ebola …

Erneut beginnt es zu regnen.

Und Katia?, sinniert er weiter. Hat sie aufgegeben? Vielleicht streift sie längst wieder durch Bars und Clubs, auf der Suche nach ihrem Sammy. Vorhin hat er sich mal schnell in dem baufälligen Nachbarhaus umgeschaut und keine Hinweise auf verdächtige Aktivitäten gefunden. Allerdings konnte er nicht gründlich nachsehen, aus Sorge, draußen etwas Wichtiges zu verpassen.

In den Sägespänen auf dem Hallenboden stieß er lediglich auf dreierlei Schuhspuren; mutmaßlich von Katia Wozniak und ihren beiden Helfern. Wer auch immer sonst noch sich dort zu schaffen gemacht hätte, müsste einen Bogen um den Sägeplatz in der Mitte der Halle gemacht haben; wenig wahrscheinlich, schon wegen der Dunkelheit da drinnen. Anscheinend haben sich also weder Sammy noch irgendwelche vermeintlichen Gegenspieler Zutritt zu der verrammelten Baustelle verschafft, auch wenn Katia ihn offenbar beauftragt hatte, von dort aus Gerlach zu überwachen. Es sei denn, die Sägespäne wären erst später …

Ein Geländewagen, von der Drakestraße her nahend, reißt ihn aus seinen Gedanken. Der Suzuki Jimny fährt im Schritttempo die Straße entlang und parkt direkt hinter Sven ein. Im Rückspiegel sieht er eben noch die hochgewachsene Frau hinter dem Steuer, fast zu groß für den zierlichen Offroader; ihr auffällig weißes Gesicht, die weißblonden Haare, die großen Augen … Dann rutscht er auf dem Rücksitz so weit wie möglich nach unten, während Katia aussteigt, abschließt, auf Gerlachs Villa zugeht, auch sie mit müden Bewegungen und einem Gesicht wie Gewitter und Wolkenbruch.

Irgendetwas muss im Verlauf des Abends passiert sein, sagt sich Sven. Wären sie einfach erneut in eine Sackgasse geraten, dann wären nicht beide derart am Boden zerstört. Vielleicht haben sie den Stick ja doch gefunden, und jetzt sind sie sich uneins, was mit den Daten passieren soll? Während Katia darauf drängt, sofort alles publik zu machen, geht es dem Witwer vor allem darum, Lottes Ruf zu retten … vielleicht …

Bevor Katia auf den Klingelknopf drücken kann, geht die Haustür schon auf. Kurz ist Gerlachs Silhouette zu sehen; Katia tritt ein, die Tür fällt wieder zu.

Offenbar hat er sie erwartet. Aber weshalb? Wieso treffen sie sich auf einmal ganz offen, nach der konspirativen Heimlichtuerei der letzten Tage?

Noch etwas ist auffällig: Von dem mutmaßlichen Nordafrikaner und der Asiatin, die dem Witwer die ganze Zeit an den Hacken geklebt haben, ist nichts zu sehen. Wenn nach den beiden ein weiteres Fahrzeug eingetroffen wäre, hätte er das bemerkt. Auch im Nachbarhaus keine Spur von den SecLog-Söldnern; Sven ist sogar die Leiter hochgeklettert und über die Balken balanciert, um sich im Obergeschoss umzusehen.

Heißt das etwa, dass sie abgezogen wurden, weil sie ihren Job erledigt haben? Das wäre die totale Katastrophe – und es würde erklären, warum Gerlach und Katia so niedergeschlagen sind.

2

Du hast es vermasselt, Paul«, sagt Katia. Sie stehen in der Eingangshalle; Katia mustert das Bodenmosaik, die kämpfenden Ritter zu Pferde, die mit eingelegten Lanzen aufeinander zurasen.

»Ich weiß.« Er macht keinen Versuch mehr, sich zu verteidigen. Ihm ist ja klar, dass sie recht hat. Auch wenn er nicht begreift, wie die Angreiferin es wieder geschafft hat, sich an ihn dranzuhängen.

Er hatte doch alle Regeln befolgt. Aber es spielt keine Rolle mehr. Er hat Lottes Vermächtnis endgültig verpfuscht.

»Willst du einen Kaffee?« Er zeigt zur Treppe. Dabei will er Katia eigentlich nur noch loswerden. Er ist todmüde; am liebsten würde er sich im Bett verkriechen und heulen, aber selbst zum Heulen ist er zu deprimiert.

»Zieh mal den Mantel aus«, sagt sie. »Und mach die Taschen leer.«

Er schüttelt den Parka von sich herunter, ohne zu fragen, wofür das gut sein soll. Stumm leert er Außen- und Innentaschen auf den untersten Treppenstufen aus. Lauras Autoschlüssel und Papiere, ein Päckchen Tempotücher, das Nokia, etwas Kleingeld, die Ersatzknöpfe, in transparentes Plastik eingeschweißt.

»Die hier.« Katia nimmt die winzige Tüte, hält sie neben die

Knopfleiste an Pauls Mantel. »Die passen nicht zusammen, siehst du? Einer davon dürfte ein Tracker sein.«

Er starrt die Knöpfe an. Natürlich …

Zögernd erzählt er, wie ihn in dem Autohof eine rumänische oder bulgarische Oma angerempelt hat. In knöchellangem Mantel und mit einem Kopftuch, das ihr Gesicht größtenteils verdeckte. Ihm selbst war ja sogar der Verdacht gekommen, dass sie ihm etwas geklaut oder zugesteckt haben könnte. Aber der Trick mit den Knöpfen war gut genug, um seinen Argwohn zu zerstreuen. Illusionskunst der infamen Art …

»Es war auch mein Fehler.« Katia lässt das Plastikmäppchen auf den Boden fallen. »Ich hätte dich filzen und das hier mit den Dingern machen sollen, bevor wir in Lübben losgefahren sind.« Sie zerstampft die Knöpfe mit dem Absatz eines ihrer knapp kniehohen Stiefel im Gummistiefel-Look. »Aber ich war wegen Sammy abgelenkt, tut mir leid.«

»Mir genauso«, sagt Paul.

Vorhin im Geländewagen, nachdem die Asiatin mit dem Stick auf und davon war, schrien sie sich gegenseitig an. Sie überschütteten sich mit Vorwürfen und Verdächtigungen. »Du steckst mit ihr unter einer Decke, gib es zu!«, brüllte Katia auf dem Höhe- oder Tiefpunkt. Und Paul heulte zurück: »Mit Lottes Mörderin, du spinnst ja!« Darauf wieder Katia: »Lotte *ist* die Mörderin, du Idiot! Sie hat alle auf dem Gewissen, die umgekommen sind, seit sie von dieser Scheiße erfahren hat!« Sie presste sich die Faust vor den Mund und kämpfte gegen einen Weinkrampf an.

»Sorry wegen allem, was ich vorhin geblökt habe.« Sie berührt ihn kurz am Unterarm. »Ich war total getriggert wegen Marissa.«

Und wegen diesem Sammy, ergänzt Paul in Gedanken.

Sogar ihr Lächeln ist zurück, wenn auch in einer leicht lädierten Version. »Jetzt nehme ich gerne einen Kaffee«, fügt sie hinzu. »Wenn dein Angebot noch gilt.«

Er nickt und geht ihr voraus die Treppe hoch. Oben in der Küche setzt er die Kaffeemaschine in Betrieb, brüht zwei große Crema auf, schneidet Brot und stellt Butter, Käse und Wurst auf den Tisch.

Doch sie haben beide keinen Appetit. Paul kann sich nicht erinnern, wann er zuletzt etwas gegessen hat. Sie trinken den dampfend heißen Kaffee und starren vor sich hin, ohne zu reden, ohne Blickkontakt.

Ich muss ihr von den LKAlern erzählen, denkt Paul. Auch wenn der Stick verloren ist, können wir nicht einfach so tun, als hätten wir die Bilder und Dokumente nie gesehen.

»Marissa ist dreizehn«, sagt Katia unvermittelt. »Mit meinen Aktivitäten ziehe ich jede Menge Hass auf mich. Beschimpfungen, auch Todesdrohungen. Bis vor ein paar Jahren war mir das ziemlich egal. Ich bin kein ängstlicher Typ, weißt du, aber dann kamen diese anonymen Drohungen, ihr etwas anzutun. ›*Wir wissen, wo deine Tochter zur Schule geht.*‹ Beigelegt waren immer Fotos von ihr und von einer nackten, blutbeschmierten Barbiepuppe mit aufgemalten Hämatomen und Fleischwunden.«

Sie verfällt wieder in Schweigen. Paul weiß nicht, was er antworten soll; auch von dem geköpften Plüschhund hat er ihr nichts erzählt. Das Muster ist ganz ähnlich, die Handschrift von Psychopathen …

»Es ist mir unheimlich schwergefallen, aber es ging nicht anders«, fährt sie stockend fort. »Ich habe sie in dem Internat in der Schweiz angemeldet und bei Nacht und Nebel hingebracht. Sie durfte nicht mal ihren Freundinnen verraten, wohin sie umziehen würde. Ich habe ihr klargemacht, dass es um ihr Leben geht, und Marissa hat es verstanden. Sie hat keinem etwas gesagt, da bin ich mir sicher – trotzdem hat diese Monsterbraut irgendwie rausbekommen, wo meine Kleine ist.«

Beide schweigen erneut. In Paul keimt ein Plan, nur hat er keine Idee, wie er ihn Katia nahebringen kann. Und ohne ihre Zustimmung will er das nicht umsetzen. Zumindest muss er versuchen, sie davon zu überzeugen.

Zögernd erzählt er ihr, wie Dion seinen Plüschhund mit abgerissenem Kopf vorgefunden hat. »Das war wohl auch eine Warnung«, fügt er hinzu. »So ähnlich wie mit den Barbiepuppen.«

Katia schaut ihn an, ihre Augen sehen müde und wie entzündet aus. »Worauf willst du hinaus?«

»Ich würde meinen Kleinen auch nie in Gefahr bringen. Aber Herrgott, Katia, das jetzt alles vergessen – das geht doch auch nicht. Das hast du selbst gesagt: Durch Wegschauen macht man sich mitschuldig. Und wir wissen doch jetzt, was da für eine verbrecherische Sache läuft – darüber können wir nicht einfach hinweggehen.«

»Das habe ich auch nicht vor.« Sie streicht sich eine weizenblonde Strähne aus der Stirn. »Ich bin mir nur noch nicht sicher, wann und wie wir aktiv werden sollten. Wir hatten alle Trümpfe in der Hand, aber jetzt sind wir ziemlich blank.«

Sie zieht einen Teller zu sich heran, knallt eine Brotscheibe darauf. »Wir können nichts beweisen«, fährt sie fort, »und wir haben keinen Anhaltspunkt, wer dahintersteckt und von wo aus sie operieren.«

Sie belegt das Brot wahllos mit Roastbeef und altem Gouda, klappt die Hälften zusammen und beißt hinein. »Der Vorstand von ClarTop hängt anscheinend irgendwie mit drin«, redet sie kauend weiter, »der frühere Eigentümer von Raya vermutlich auch. Aber das Ganze ist viel größer, Paul« – sie gestikuliert mit der freien Hand –, »da will jemand die ganze Menschheit als Geisel nehmen.«

Katia schlingt den nächsten Happen hinunter, spült mit Kaffee nach. Mehr und mehr redet sie sich in Rage. »Bio-Terrorismus oder der ultimative Erpressungs-Coup – keine Ahnung, wer die Irren sein mögen, die sich so eine Ultra-Performance zutrauen. Und keine Ahnung, wie die reagieren würden, wenn wir jetzt mit einer Enthüllungsstory rauskämen. Vielleicht würden sie die Nerven verlieren und das letzte Kapitel der Menschheit aufschlagen. Oder sie würden sich für eine Strafaktion entscheiden und die Bewohner irgendeiner Insel mit ihrem Supervirus ausrotten – Island, Neuseeland, was weiß ich –, nur damit jeder weiß, wozu sie imstande sind.«

Sie unterbricht sich, starrt an Paul vorbei. »Wie auch immer – ich will nicht diejenige sein, die sie provoziert hat, auf den Knopf zu drücken. Und du willst das bestimmt auch nicht. Aber wenn du eine Idee hast, wie wir trotzdem aktiv werden können – lass hören.« Sie fletscht die Zähne.

»Also, die Sache ist die …« Seine Pulsfrequenz beschleunigt sich rapide. »Aber du musst mir versprechen, dass du nicht wieder rumschreist.«

Sie zuckt mit keiner Wimper.

»Ich weiß ja, dass du wenig Vertrauen in die Polizei hast.«

Ihr Gesicht verdüstert sich.

»Also, kurz gesagt: Am Sonntag waren zwei Beamte vom LKA Berlin hier«, bringt Paul heraus.

Sie reißt die Augen auf. »Und das erzählst du mir jetzt erst?«

»Sie hatten keine Hinweise auf Fremdverschulden«, beeilt sich Paul hinzuzufügen, »genau wie die Polizei in Nürnberg. Sie wollten nur noch ein paar Punkte abklären – ob Lotte einen Lover hatte und sich womöglich umbringen wollte, nachdem er mit ihr Schluss gemacht hat … solche Fragen.«

Katia kaut auf der Unterlippe. »Und diesen Pfeifen willst du jetzt erzählen, was wirklich dahintersteckt? Ohne den Schatten eines Beweises? Die lachen dich aus, Paul – oder lassen dich gleich in die Klapse einweisen. Glaub mir, ich weiß, wovon ich rede.«

Sie zählt ein halbes Dutzend Fälle mit »menschlichem Kollateralschaden« auf, ruinierte Karrieren, vernichtete Existenzen, mentale Schäden nach Zwangspsychiatrisierung.

Paul hört ihr zu, aber nur noch mit einem Ohr. Was bleibt uns für eine Wahl?, überlegt er. Wir haben nur diese eine Option; gar nichts tun geht ja nicht … Wenn ich schon zu blöde war, auf den Stick aufzupassen, muss ich wenigstens dafür sorgen, dass die Daten, die darauf waren, nicht sang- und klanglos untergehen.

»Das waren keine Pfeifen«, sagt er zögernd. »Die waren von der Abteilung Mord und Menschenraub oder so ähnlich. Und dieser Hauptkommissar Paretz hat auf mich einen guten Eindruck gemacht. Warte mal, irgendwo habe ich noch seine Visitenkarte.«

Er geht in sein Arbeitszimmer hinüber. Die Schmerzen im Unterleib sind zu einem dumpfen Pochen abgeklungen, doch immer noch spürbar genug, um die Erinnerung wachzuhalten. An das, was Plattnase mit ihm gemacht hat, an die Gefühle von Angst, Schmerzen, Erniedrigung.

Paul wühlt in den Papieren auf seinem Schreibtisch. Da ist sie ja, unter dem Flyer zu der geplanten Ausstellung in Lauras Museum: *»Die Geburt der modernen Illusionskunst in der Renaissance«*. Er nimmt die Visitenkarte, überfliegt die Aufschrift, während er zurück in die Küche geht: *»Kriminalhauptkommissar Sven Paretz, LKA 11, Tötungsdelikte und erpresserischer Menschenraub«*.

»Seltsam eigentlich.« Er gibt Katia die Karte. »Sie haben gesagt, die Kollegen in Nürnberg hätten das hiesige LKA um Amtshilfe gebeten, und wegen Personalmangel seien sie losgeschickt worden. Obwohl sie als Mordermittler nicht zuständig seien.« Er setzt sich wieder an den Tisch.

»Das stinkt bis zum Himmel.« Katia schnippt die Karte auf seine Seite. »Jede Wette, die sollten rauskriegen, was du von der Sache weißt.«

»Meinst du?« Paul schüttelt den Kopf. »Glaube ich nicht. Die haben einfach ihre Punkte auf der Liste abgehakt. Von irgendwelchen geheimen Informationen war nicht die Rede.«

Katia mustert das angebissene Sandwich vor ihr auf dem Teller, verzieht das Gesicht. »Lass dich nicht mit Vertretern der Staatsgewalt ein, Paul. Niemals, unter keinen Umständen, schon gar nicht unter diesen.«

Sie schiebt den Teller von sich weg. »Das ist natürlich deine Entscheidung, aber mich hältst du da komplett raus.« Sie sieht ihn durchdringend an. »Du wirst meinen Namen nicht erwähnen – schwöre es.«

»Ja, klar, Ehrenwort. Ich halte dich da raus.«

»Wenn du klug bist, hältst du auch dich raus.« Sie fixiert ihn noch immer. »Denk an die drei Aktivisten in Jakarta. Und an Sammy.« Ihre Augen werden feucht. Abrupt steht sie auf.

Das kannst du doch nicht vergleichen, will Paul einwenden. Wir sind hier schließlich in einem Rechtsstaat. Aber er behält seine Einwände für sich. Katia könnte er damit sowieso nicht überzeugen.

Sie steht schon im Flur, bereit zum Aufbruch. Es ist vier Uhr nachts, und Paul fühlt sich so ausgepumpt wie noch nie.

»Vielen Dank für alles«, sagt er unten in der Halle, wo seine Siebensachen noch auf der untersten Treppenstufe liegen.

Katia steigt darüber hinweg, er bleibt auf der vorletzten Stufe stehen. Sie winkt ihm zu und ist kaum aus der Tür, als er sich schon nach dem Nokia bückt und die Handynummer des Hauptkommissars eingibt.

»Würde Sie gerne sprechen«, schreibt er, *»mir ist noch etwas eingefallen. Paul Gerlach«*.

Er schickt die SMS ab, steckt das Handy ein und sammelt auch die anderen Sachen von der Treppe auf.

Jetzt erst mal ein paar Stunden schlafen, denkt er oben in seinem Arbeitszimmer. Er legt seine Habseligkeiten auf den Schreibtisch und beginnt sich auszuziehen.

Aus dem Spiegel im Badezimmer sieht ihn ein todmüder Paul an. Verängstigt, kummervoll, um Jahre gealtert. Er zieht alles aus, stellt sich nackt vor den Wandspiegel. Auch sein Körper kommt ihm gealtert vor. Knochig, fast gerippehaft. *In Auflösung* …

Ein heller Signalton. Was war das? Er eilt in sein Arbeitszimmer zurück. Das Nokia …

Er drückt auf die Taste unter dem schwarz-weißen Briefumschlag-Icon. Das gibt es doch nicht … Hauptkommissar Paretz hat ihm schon geantwortet, nachts um Viertel nach vier.

»Bin zufällig in der Gegend. Kann in 3 Min bei Ihnen sein. S.P.«

Zufällig? Paul hat plötzlich ein ungutes Gefühl. Was, wenn Katia doch recht hat und der Mordermittler mit Lottes Mördern unter einer Decke steckt?

Ein frostiger Schauer schabt ihm über den Rücken. Soll er zusagen? Oder sich irgendwie herausreden? Zu Dion und Maria fahren und alles vergessen?

Ich muss es riskieren, denkt Paul und tippt mit zittrigen Fingern:

»Gerne, bis gleich, P.G.«

3

Gleich sechs Uhr früh. Sven sitzt im »Empfangszimmer«, am Tisch mit den Gralsritterintarsien.

Er hat fast siebzig Minuten O-Ton Gerlach aufgenommen. Sein Smartphone ist heißgelaufen, sein Gehirn auch.

Der Witwer ist nebenan im Bad. Er heult und winselt; Nervenkrise, taxiert Sven. Glücklicherweise erst, nachdem er umfassend geschildert hat, was der Stick an Informationen enthielt. Die JPG-Datei mit dem Bericht des indonesischen Polizeileutnants Toma; Lotte Gerlachs Gedächtnisprotokolle ihrer Treffen mit Dr. Suganda und Dr. Akatha, Leutnant Toma und dem Polizeivizepräsidenten General Wasisto; die Dokumentation der »klinischen Testreihen«; das Video mit den »planmäßig verstorbenen« menschlichen Laborratten auf der Isolierstation …

Auch Sven ist tief erschüttert. Bis eben noch schien es möglich, dass zwischen der globalen Bedrohung und den mutmaßlichen Vorfällen bei Raya Pharmalab keine Verbindung besteht. Aber Gerlachs Schilderung lässt kaum mehr Raum für vernünftige Zweifel:

Das »absolut tödliche« Virus wurde in dem Labor in Jakarta entwickelt. Oder »optimiert« …

Der Witwer hat ein erstaunliches Gedächtnis, das gesteht ihm Sven neidlos zu. Und er hat alles nach bestem Wissen und Gewissen wiedergegeben, dafür hat wiederum Sven einen geschulten Blick. Das Bildmaterial hat er so detailliert geschildert, wie es selbst ein erfahrener Ermittler unter solchen Umständen nicht besser hinbekommen würde. Immerhin konnte er nach eigener Aussage die Dateien eine halbe Stunde lang durchforsten, bevor die asiatische Angreiferin hereinplatzte und den Stick an sich riss.

Hinter der Wand schluchzt Gerlach zum Erbarmen. Sven stellt sich vor, dass er auf den denkmalgeschützten Bodenfliesen liegt, in Embryohaltung zusammengekrümmt, und stoßgebetartig »Lotte, komm zurück« wimmert.

»Ich habe ihr Vermächtnis verpfuscht«, hat er sich eben angeklagt. »Aber mit Ihrer Hilfe, Herr Paretz, kann ich Lottes letzten Willen doch noch erfüllen. Bitte glauben Sie mir, alles, was ich gesagt habe, ist wahr.« Er reckte Sven die gefalteten Hände entgegen, rollte mit den Augen und brach zusammen.

Der Mann tut Sven leid, aber er kann sich jetzt nicht um ihn kümmern. Er hat angeboten, einen Arzt zu rufen oder ihn gleich in die Klinik bringen zu lassen, doch Gerlach hat abgelehnt; er komme schon zurecht.

Während der ganzen Zeit, die sie hier zusammen verbracht haben – rund zwei Stunden einschließlich Aufwärmphase –, hat keiner von ihnen den Namen Katia Wozniak erwähnt. Gerlach behauptete, alles alleine durchgezogen zu haben, und Sven tat ihm – und sich selbst – den Gefallen, mitzuspielen.

Sie haben jetzt dringendere Sorgen. Aber bevor der Witwer zurück und wieder halbwegs bei Sinnen ist, kann Sven nicht gehen. Er braucht zumindest noch eine akustische Unterschrift unter Gerlachs Aussage, sonst haut Siebener ihm seine Phantom-Indizien um die Ohren. *»Die Aussage eines vor Trauer und Schuldgefühlen halb* *durchgedrehten Illusionskünstlers, der vom drohenden Weltuntergang fantasiert? Und angibt, der Datenträger sei ihm gleich wieder geraubt worden, nachdem er ihn gerade erst durch schräge Psychospielchen aufgespürt hatte? Na klar, Paretz«*, hört er die Chefin höhnen. »*Und damit marschiere ich jetzt zum Innenminister?*«

Ganz genau, denkt Sven, zur Kanzlerin, zum BKA-Präsidenten, zum NATO-Oberbefehlshaber, zu wem auch immer. Mehr haben wir nicht, und mehr werden wir nicht bekommen. Die asiatische Angreiferin wird den Stick längst vernichtet haben, denn das war zweifellos ihr Auftrag. Also haben wir nach wie vor keine materiellen Beweise, aber Gerlachs Aussage ist so stimmig, dass es keinen vernünftigen Grund gibt, ihren Wahrheitsgehalt zu bezweifeln. Das eine oder andere Detail mag er ungenau wiedergegeben haben, doch die entscheidenden Punkte sind plausibel. Das muss er mir jetzt nur noch bestätigen, dann kann Mia loslegen …

Schließlich rauscht nebenan Wasser, wenig später kehrt Gerlach zurück. Mit verheulten Augen und geschwollener Nase, trotzdem kommt er Sven gefasster vor.

»Lassen Sie uns das hier noch zum Abschluss bringen.« Er zeigt auf sein Smartphone. »Ich fasse jetzt die Kernpunkte Ihrer Aussage mit meinen Worten zusammen und nehme das auf. Sie hören sich die Aufnahme an und bestätigen gegebenenfalls, dass sie dem Geist und Inhalt Ihrer Aussage entspricht. Einverstanden?«

Gerlach setzt sich wieder, faltet die Hände über dem Einhorn, das seinen Kopf in den Schoß der Jungfrau gebettet hat. In seinem schwarzen Jogginganzug sieht er auch irgendwie mittelalterlich aus, wie ein Pilger oder Eremit. »Okay, machen Sie nur«, murmelt er.

»Hören Sie bitte genau zu, Herr Gerlach.« Sven wartet, bis der Witwer Blickkontakt aufnimmt, und nickt ihm aufmunternd zu. »Das geht auch ganz schnell.«

Er räuspert sich, tippt auf *Record* und spricht betont deutlich ins Mikro. »Zusammengefasst haben Sie, Herr Paul Gerlach, am heutigen neunten April 2019 Folgendes ausgesagt: Laut den von Ihnen eingesehenen Bild- und Textdateien, die Ihre Frau Lotte Gerlach auf einem USB-Stick gespeichert hatte, wurde bei Raya Pharmalab in Jakarta spätestens seit Herbst 2018 ein tödliches Virus entwickelt. Die mindestens sechs Todesfälle bei Raya im Januar 2019 waren im Rahmen der klinischen Testung des betreffenden Virus von den Verantwortlichen so erwartet worden. Der Brand auf dem Gelände von Raya im März 2019 brach unmittelbar nach der Verlegung des geheimen Laborbereichs aus, wurde also mutmaßlich mit Vorbedacht gelegt.«

Er wirft Gerlach einen Blick zu; der starrt ihn an wie einen Geist. Na super, denkt Sven. Wenn er das jetzt verbockt, war alles umsonst …

»Ihre Frau, Herr Gerlach, hat von alledem gewusst«, fährt er mit fester Stimme fort, »von den kriminellen Menschenversuchen schon im Januar, von den Hintergründen spätestens Anfang März. Aber sie hat gezögert, ihr Wissen zu offenbaren, und da sie aus Tätersicht eine Bedrohung darstellte, wurde sie durch den fingierten Autounfall getötet. Der Täterseite war offenbar bekannt geworden, dass Ihre Frau die ihr zugespielten Informationen auf einem Datenträger gespeichert hatte; deshalb wurden der oder die Kriminellen, die Ihre Frau ermordeten, im Anschluss auf Sie, Herr Gerlach, angesetzt.«

Sven fügt weitere Erklärungen zu den Umständen an, unter denen Gerlach den Stick fand und nach Sichtung des Inhalts wieder einbüßte. »Bitte hören Sie sich meine Zusammenfassung noch einmal aufmerksam an«, sagt er abschließend, »und bestätigen Sie gegebenenfalls, dass sie Geist und Inhalt Ihrer Aussage zutreffend wiedergibt.«

Er stoppt die Aufnahme, spult zurück und startet die Wiedergabe. »Ist das aus Ihrer Sicht so okay?«, fragt er anschließend.

Gerlach nickt. Er sieht fix und fertig aus, und Sven bezweifelt, dass der Witwer alles mitbekommen hat, was ihm vorgespielt wurde. Aber da müssen sie jetzt beide durch.

»Dann sprechen Sie mir bitte nach, Herr Gerlach: ›*Die Zusammenfassung ist korrekt, sie gibt Geist und Inhalt meiner Aussage vollständig und zutreffend wieder.*‹«

Der Witwer fixiert das Einhorn zwischen seinen gefalteten Händen.

»Das ist wichtig, Herr Gerlach«, sagt Sven mit einer Sanftheit in der Stimme, die er keineswegs empfindet. »Sie müssen überzeugend klingen, wenn Sie das Vermächtnis Ihrer Frau retten wollen.«

Damit hat er offenbar den richtigen Ton getroffen. Gerlach massiert sich die Schläfen, seine Gestalt strafft sich. Sven tippt auf *Record* und nickt ihm zu.

»Hiermit bestätige ich, Paul Gerlach, dass die soeben durch Hauptkommissar Paretz mir vorgespielte Zusammenfassung meiner Aussage deren Geist und Inhalt vollständig und zutreffend wiedergibt.« Er klingt jetzt fast so suggestiv wie ein Hypnotiseur, der seine Botschaft im Unterbewusstsein der Zuhörer verankert. »Bitte handeln Sie sofort«, fährt der Witwer fort, »machen Sie die skrupellosen Massenmörder unschädlich, denen meine Frau unter Einsatz ihres Lebens auf der Spur war.«

»Das war gut.« Sven schaltet die Recorder-App aus, verstaut sein Smartphone in der Jackentasche. »Und Sie kommen wirklich allein zurecht?«

»Machen Sie sich um mich keine Sorgen.«

Gerlach bewegt sich immer noch unrund, registriert Sven auf dem Weg zur Haustür. Kurz muss er an den verschwundenen Sammy denken. Angenommen, die Sägespäne im Nachbarhaus wurden erst später in der Halle ausgestreut, *nachdem* Sammy und ein möglicher Täter dort zusammengetroffen waren …

Aber darum kann er sich jetzt nicht kümmern. Wahrscheinlich ist der junge Mann längst wieder aufgetaucht. Er brauchte vielleicht nur eine kleine Auszeit von Katia. Die ist als Freundin bestimmt nicht weniger anstrengend als Mia … Schluss jetzt damit, bleib konzentriert!

Leicht gesagt, wenn man seit vierundzwanzig Stunden im Einsatz ist.

»Ein gut gemeinter Rat noch, Herr Gerlach«, sagt er, als sie in der offenen Haustür stehen. »Fahren Sie zu Ihrer Schwester aufs Land. Halten Sie sich ab sofort aus allem raus. Sie wollen doch nicht, dass Ihr kleiner Sohn auch noch seinen Vater verliert.«

Ohne eine Antwort abzuwarten, stürmt er ins Freie. Noch im Vorgarten fischt er sein Handy aus der Tasche, tippt auf Kurzwahl 7.

»Frau Siebener? Wir haben, was wir brauchen.«

»Was meinen Sie mit ›brauchen‹? Haben Sie die Daten, ja oder nein?«

»Ja klar. Ich bin in einer halben Stunde im Präsidium. Im Grunde können Sie Mia schon grünes Licht geben.«

Bevor Siebener nachfragen kann, in welcher Form sie denn nun die Daten haben, klickt Sven sie weg. Natürlich muss er ihr reinen Wein einschenken, aber das macht er lieber unter vier Augen – nachdem er ihr die Aussage vorgespielt hat. Und natürlich wird Siebener die Kamikaze-Mission in Jakarta nicht ohne Absicherung starten.

Aber nach seiner Andeutung eben wird sie so voller Hoffnung sein, dass sie das Manko des fehlenden Sticks in milderem Licht sieht … hoffentlich. Mehr haben wir nicht, sagt sich Sven wieder, und mehr werden wir bis morgen um elf auch nicht finden.

4

Kurz vor vier in Jakarta, kurz vor zehn in Berlin. Und kurz vor zwölf für alle, denkt Mia Muller.

Siebener und Sven erscheinen auf dem Bildschirm ihres Notebooks. Die sichere Verbindung steht, nur die Verbundenen kommen ihr ziemlich verunsichert vor. Wie Karnickel im Käfig hocken sie hinter dem Schreibtisch der Dezernatsleiterin und starren in die Kamera.

Kein Wunder, denkt Mia, das hier ist für die beiden ein paar Nummern zu groß. Und für dich, Super-Mia? Du wolltest doch immer höher, schneller, weiter, also jammere nicht rum, nur weil du jetzt richtig Feuer unterm Arsch hast.

Siebener berichtet von ihrem Meeting mit dem Innenminister und dem Staatssekretär. »Der Minister hat sich schwergetan. ›*Das ist beispiellos*‹, hat er mehrfach gesagt, ›*eine so weitreichende Aktion ohne ein einziges belastbares Indiz.*‹ Staatssekretär Taschner und ich haben ihn mit Engelszungen beschworen, und endlich hat er sein Einverständnis erteilt.«

»Na dann, legen wir los«, sagt Mia.

Siebener sieht sieben Jahre älter aus, als Mia sie in Erinnerung hatte, faltig und grau.

»Stopp, langsam, Frau Muller.« Siebeners Gesichtsausdruck wird noch sorgenvoller, falls möglich. »Bei der Aktion in Jakarta geht es ausschließlich darum, die Erpresser Schrägstrich Terroristen zu identifizieren und ihre aktuelle Operationsbasis zu lokalisieren. Nur dafür haben wir grünes Licht.«

»Ist schon klar«, sagt Mia. Sie sitzt auf der Dachterrasse, die zur Wohnung von Nikus Ex-Geheimdienstkollegen in Ost-Jakarta gehört. Bis zu Raya sind es von hier nur vier Kilometer. Die Dachterrasse ist doppelt so groß wie das knapp geschnittene Zwei-Zimmer-Apartment, und die Sonne brennt auf die wackligen Kacheln herunter, mit denen das Flachdach gefliest ist.

Sonnenschirm, Segeltuchplane, alles Fehlanzeige hier, aber Mia weiß sich zu helfen. Sie hat den gigantischen Sombrero auf, der drinnen über dem Doppelbett an der Wand hing. Das Teil ist so groß wie ein Kutschrad, wirft genug Schatten für eine vierköpfige Familie, wiegt allerdings auch gefühlt zwanzig Kilo. Außer dem Sombrero hat sie nur den pinkfarbenen Bikini an, den Niku ihr in

Thailand geschenkt hat. Sie wollte gerade in den Pool hechten, der die halbe Dachterrasse ausmacht, als der Anruf aus Berlin reinkam.

»Von entscheidender Bedeutung ist außerdem, dass Sie absolut lautlos vorgehen«, fährt Siebener in drängendem Tonfall fort. »Wie Sie wissen, wird im innersten Machtzirkel des indonesischen Präsidenten ein Maulwurf vermutet.«

»Der General.« Mia nickt. »Schillernde Persönlichkeit, wie man so schön sagt. Niku hat sich umgehört, anscheinend traut man ihm so ziemlich alles zu. Wasisto gilt als gerissen, intrigant, macht- und geldgeil. Seit Neuestem scheint er sich dem islamischen Fundamentalismus anzunähern, der in Indonesien rapide an Einfluss gewinnt. Er besucht die Moschee, nimmt an öffentlichen Gebeten teil und trägt diesen eigenartigen Vollbart, der auch Lotte Gerlach aufgefallen ist. Der sieht allerdings nur auf den ersten Blick nach Salafisten-Schick aus. Sagt Ihnen ›Justice‹ was, Frau Siebener? Oder dir, Sven?«

Sie schaut interessiert in die Kamera. »Dachte ich mir«, fährt sie nach einer Kunstpause fort. »Das ist so eine Weltuntergangssekte. Postapokalyptisch, um genau zu sein. Mit denen haben sich bisher wohl nur ein paar Spezialisten bei der CIA oder dem Mossad befasst. Mit mageren Resultaten – eigentlich weiß man nur, dass sie jeden außer ihren eigenen Anhängern ausradieren wollen. Und dass ihre Anführer angeblich solche seltsamen, irgendwie nach vorne gegelten Bärte tragen.«

»Wie der General?«, fragt Sven.

Seine Stimme klingt schütter; der Junge sieht schwer übernächtigt und noch schwerer überfordert aus. Mia mag ihn, immer noch; Sven ist ein netter Kerl, intelligent, geradeaus, sogar einfühlsam, als Boyfriend allerdings eine Katastrophe. Viel zu zahm, zu vorhersehbar.

»Ganz genau«, sagt Mia. »Laut meinem Kontakt in Israel ist über die Drahtzieher bei ›Justice‹ nichts bekannt; man kann sie keiner Region, keiner ethnischen oder sozialen Gruppe zuordnen und weiß auch über Anzahl und Zusammensetzung der Gefolgsleute so gut wie nichts. Vielleicht steckt der Kreml dahinter; vielleicht ist ›Justice‹ auch ein riesiger Hoax, ein fabriziertes Phantom aus den Tiefen des Internets.«

»Na super«, sagt Sven. »Und wie hilft uns das jetzt weiter?«

»Im Moment überhaupt nicht.« Siebener brütet vor sich hin. »Wir müssen uns auf unseren einzigen Anhaltspunkt fokussieren, und das ist Raya. Das Ultimatum läuft Freitag zwölf Uhr hiesiger Zeit ab, in gut zweiundsiebzig Stunden. Wir müssen umgehend herausfinden, wer diese Typen sind und wohin sie die Bio-Kampfmittel verbracht haben.«

»Sehe ich auch so, Frau Siebener. Rufen Sie *Go!*, dann lege ich los.«

»Aber erst in der Nacht, Frau Muller. In den Laborabteilungen wird bis zweiundzwanzig Uhr regulär gearbeitet, das haben Sie selbst berichtet. Also gehen Sie da auf keinen Fall vor Mitternacht rein.« Siebener blinzelt argwöhnisch in die Kamera. »Sie haben doch nicht etwa wieder Extratouren vor?«

Mia schüttelt den Kopf, der Sombrero gerät gefährlich ins Schwanken. »Natürlich nicht.«

»Sie hält sich an die Absprache, dafür verbürge ich mich«, ruft Sven dazwischen.

Mia schickt ihm ein Lächeln, das prompt seine Wangen rötet. Ach, Svennie …

Als Ermittler liegt er weit über dem Durchschnitt, sinniert sie, aber als er ihr zur Europol-Truppe gefolgt ist, musste er schmerzlich erfahren, wo seine Grenzen sind. Sven traut sich zu wenig zu, das ist ihr seit damals klar, und er braucht immer jemanden zum Anhimmeln. Für sie zwei klare No-Gos, dienstlich, aber auch sonst.

Zuerst fühlt es sich natürlich gut an, wenn du angehimmelt wirst, aber schnell fängt es an zu nerven. Auf Dauer bist du dann doch lieber mit jemandem zusammen, der nicht permanent vor dir auf den Knien liegt.

»In diesem Sinn, Sie haben grünes Licht«, sagt Siebener. »Aber vorerst nur für diese eine, absolut lautlose Aktion.«

»Ist klar«, sagt Mia. »Ich melde mich.«

Sie klickt die beiden weg, befreit sich von dem Riesenhut und rollt mit dem Kopf, um die Nackenmuskeln zu lockern.

Erst noch eine Runde im Pool, beschließt sie, dann geht's los.

Mia Muller wird sich bis Mitternacht schwer zurückhalten, versprochen ist versprochen. Aber Dr. Anna Shiller, die ihre Zwillingsschwester sein könnte – genauso dunkelblond, schlank, Anfang vierzig, jünger aussehend, Psychotherapeutin und Psychologin –, besagte Dr. Shiller hat um achtzehn Uhr Ortszeit einen wichtigen Termin.

5

Paul schreckt aus dem Schlaf. Eine schwarze Gestalt steht über ihn gebeugt und rüttelt ihn an der Schulter.

Die irre Kampfmaschine? Oh Gott, was will sie denn noch von ihm? Er zieht die Beine an, um ihr in den Bauch zu treten, da beginnt die Gestalt zu schimpfen.

»Verdammt noch mal, wach auf! Es ist zehn Uhr, und wir müssen dringend reden.«

Zum Glück nur sein Schwiegervater ... Paul schaut sich um, noch halb im Schlaf. Er liegt auf der Couch in seinem Arbeitszimmer, und Robert steht vor ihm wie Gevatter Tod auf alten Gemälden: ausgemergelt, hochaufgeschossen, in schwarzer Kapuzenjacke und schlotternd weiter, schwarzer Hose.

»Warum hast du mich nicht zurückgerufen, Junge? Ich habe in Nürnberg überall nachgebohrt, und ich sage dir: Das stinkt zum Himmel!«

Was stinkt denn jetzt schon wieder, denkt Paul. Katia hat die gleiche gammlige Metapher gebraucht – zum Himmel stinken …

Leise stöhnend richtet er sich auf, schwingt die Beine herum und setzt sich hin.

Robert lässt sich ihm gegenüber in den Sessel fallen. »Ich war in der Klinik, bei der Kripo, bei den Rechtsmedizinern«, zählt er auf, »und überall haben sie mich vertröstet, weggeschickt, mir die Hucke vollgelogen.«

Paul unterdrückt einen Seufzer. »Willst du vielleicht schon mal Kaffee machen, während ich schnell ins Bad gehe?«

Sein Schwiegervater wischt den Vorschlag mit einer Handbewegung beiseite. »Hast du mich nicht gehört? Da läuft ein gigantischer Betrug ab!«

In dem wuchtigen Ledersessel sieht Robert noch magerer aus als ohnehin schon; ein Knochenmann, eine Comicfigur, denkt Paul. Er hat die komplette Zimmereinrichtung aus dem Nachlass eines Lichterfelder Architekten gekauft, der Gustav Lilienthal persönlich kannte und mit dem vielseitigen Erfinder zusammen verschiedene Bauprojekte realisiert hat. Klotzige Sitzmöbel, altersdunkle Eiche und dunkelbraunes Leder, dazu deckenhohe Bücherregale aus dem gleichen, fast schwarzen Holz. Das düstere Design ist eigentlich nicht nach Pauls Geschmack, aber die Gelegenheit, ein original Zwanzigerjahre-Herrenzimmer aus Lilienthals nahem Umfeld zu erwerben, konnte er sich nicht entgehen lassen. Zumindest sah er es noch vor Kurzem so; jetzt überlegt er eigentlich nur noch, wie er den Trödel wieder loswird …

»Als Erstes war ich in der Unfallklinik«, ereifert sich Robert. »Ich habe verlangt, den Arzt zu sprechen, der bei den Reanimationsversuchen dabei war.«

»Dr. Faber, den Oberarzt? Wozu das denn, in Gottes Namen?«

Sein Schwiegervater starrt ihn an. Die hellblauen Augen scheinen zu flackern. Die grauen Haare, die ihm bis zu den Schultern reichen, sind dünn wie Spinnenfäden. Ein Gespenst, denkt Paul, ich habe in eine Gespensterfamilie eingeheiratet …

»Das fragst du, Junge? Er sollte mir schildern, was wirklich passiert ist. Er sollte mir ins Gesicht sehen und dabei sagen: Sie ist tot – oder eben nicht …« Er bricht unvermittelt ab und verbirgt das Gesicht in den Händen mit den langen, knochigen Fingern.

»Um Himmels willen, Robert.«

Paul überlegt kurz, ob er aufstehen, seinem Schwiegervater die Schulter tätscheln oder ihn gar in den Arm nehmen soll. Aber er kann sich nicht überwinden. Robert ist ihm immer fremd geblieben. Wenn es nach ihm gegangen wäre, hätten sie Dion konsequenter von ihm ferngehalten, aber er ist schließlich Lottes Vater. Für sie war er so etwas wie die Sonne, um die sich alles drehte. Eine schwarze Sonne allerdings …

»Ich verstehe dich ja«, setzt er hinzu, »ich kann es auch noch immer nicht ganz glauben. Aber wir müssen die brutale Wahrheit akzeptieren: Lotte ist tot.«

»Das glaubst du! In der Klinik in Nürnberg habe ich niemanden gefunden, der das bestätigen wollte. Dr. Faber ist im Urlaub, hieß es, und die Intensivfachkräfte, die Lotte zuletzt betreut haben, sind angeblich beide krank. Was ich denn wolle, schließlich gebe es einen amtlichen Totenschein.« Er schnaubt und schüttelt den Kopf, dass die Spinnwebhaare wehen.

»Bitte, Robert, lass es gut sein. Wir müssen uns damit abfinden. Das hier ist keine deiner Schauergeschichten, in denen Personen umkommen und wiederauferstehen, wie es dir gerade passt. Das hier ist …«

Die Wirklichkeit, wollte er sagen, aber Robert fällt ihm ins Wort.

»… ein gigantischer Betrug, hörst du mir jetzt endlich zu? Ich war auch bei der Polizei, beim Kriminaldauerdienst. Da habe ich alle genervt, bis die zuständige Beamtin so gnädig war, mir eine Audienz zu gewähren. Eine Kommissarin Reichlein, die redete wie ein Automat. Wie jemand, der einen Haufen Lügen auswendig gelernt hat und sich nicht einmal die Mühe macht, so zu tun, als würde er an seinen eigenen Bullshit glauben.«

Paul sieht ihn nachdenklich an. Die Kommissarin hat auf ihn einen ganz ähnlichen Eindruck gemacht. Sie leierte ihre Sätze wirklich herunter wie jemand, der sich selbst nicht glaubt. »Was hat sie gesagt?«

»Ich wollte von ihr wissen, wie sie sich den Ablauf des angeblichen Unfalls vorstellt. Sie hat irgendwelchen Mist von einer unglücklichen Affäre gefaselt. Lotte hatte angeblich einen Liebhaber, und weil der ihr den Laufpass gegeben hat, wollte sie nicht mehr leben und ist gegen den Baum gerauscht. Ich musste mich wirklich zusammenreißen, um sie nicht anzubrüllen. So eine verlogene Scheiße!«

Er bekommt einen Hustenanfall; noch bevor er wieder richtig bei Atem ist, redet er schon weiter. Er habe auch den »Tatort« besichtigt – »eine schnurgerade Straße! Unvorstellbar, dass sie da einfach so von der Fahrbahn abgekommen ist.«

»Sie hat Milobran genommen«, wendet Paul ein, »das ist ein Teufelszeug.«

»Der Teufel soll sie alle holen«, grollt Robert. »Nicht zuletzt diese Kommissarin. Ich habe verlangt, die Leiche zu sehen, da hat sie mich zum Rechtsmedizinischen Institut in Erlangen geschickt, und ich dachte schon: Endlich bekennen sie Farbe. Aber von wegen.«

Robert ballt die Fäuste und verzieht das eingefallene Gesicht zu einer furchterregenden Grimasse. »Die Leichenschnippler haben mich genauso abblitzen lassen. ›*Aus technisch-organisatorischen Gründen*‹ könne ich meine tote Tochter leider nicht sehen, log mir ein Professor Schaber oder so ähnlich ins Gesicht. Auch zu meinem eigenen Besten müsse er mir diesen menschlich verständlichen Wunsch leider abschlagen. ›*Sie ist durch die Brandverletzungen stark entstellt*‹ – Robert imitiert ihn mit Pfarrertimbre –, ›*behalten Sie Ihre geliebte Angehörige lieber so in Erinnerung, wie sie zu Lebzeiten ausgesehen hat.*‹«

Ein vernünftiger Rat, denkt Paul, aber er spricht es nicht aus. Sein Schwiegervater ist jetzt sowieso nicht zu bremsen, das weiß er aus

Erfahrung. Er kann nur hoffen, dass Robert sich bald müde geschimpft hat und sich wieder trollt. Paul war von Anfang an dagegen, dass er einen Schlüssel zu ihrem Haus bekam. Aber in diesem Punkt ließ Lotte nicht mit sich reden.

»Das Betäubungszeug hat ihr jemand ins Getränk gemischt, jede Wette!«, wettert Robert. »Der Wirkstoff ist derselbe wie bei Knockout-Tropfen, verstehst du, Junge?«

»Worauf willst du hinaus?«

»Hast du nicht gehört, was ich dir die ganze Zeit erkläre? Lotte lebt! Sie hat den Mordanschlag überlebt und wird irgendwo festgehalten. Und die ganze Bande in Nürnberg – Ärzte, Polizisten, Rechtsmediziner – arbeitet den Drahtziehern zu.«

Dieser alte Wirrkopf … Paul schüttelt den Kopf. Was den Mordanschlag angeht, hat Robert natürlich recht, aber darauf wird er ganz bestimmt nicht eingehen. Sonst dreht Lottes Vater endgültig durch.

»Ich wünsche mir so sehr wie du, dass Lotte noch lebt«, sagt er leise. »Und manchmal fühlt es sich auch für mich immer noch an, als könnte es einfach nicht sein, dass sie nicht mehr da ist. Aber ich war dabei, Robert, ich habe es selbst gesehen. Sie war überall verbunden wegen der Brandverletzungen. Ihr Herz ist stehen geblieben, ihr Blick war auf einmal starr. Ich war dabei, Robert, also hör bitte damit auf …«

Paul wendet sich ab. Er will jetzt auf keinen Fall in Tränen ausbrechen; nicht vor Robert.

»Du hast gesehen, wie sie nach nebenan gebracht worden ist, sonst nichts«, widerspricht Lottes Vater. »Das hast du mir selbst erzählt. Wie die Reanimation dann verlaufen ist, kannst du nicht wissen. Und ich sage dir, sie hat schwerverletzt überlebt und wird gefangen gehalten. Meine arme kleine Lotte!«

Seine Stimme bricht in einem schauerlichen Krächzen. Gleich liegen wir uns schluchzend in den Armen, denkt Paul. Aber nicht mit mir …

Dann, plötzlich: Und wenn Robert recht hat? Natürlich nicht so, wie er es sich zurechtgesponnen hat ... Wenn Lotte den Mordanschlag überlebt hätte, würde es für die Täter keinen Sinn machen, sie am Leben zu halten. Im Gegenteil, sie würden alles daransetzen, sie umzubringen, damit sie ihr Wissen nicht doch noch preisgeben kann. Aber trotzdem ...

Pauls Gedanken beginnen zu rasen. Kann es sein, dass sie gerade deshalb für tot erklärt wurde – um sie vor weiteren Mordanschlägen zu schützen? Angenommen, staatliche Behörden ... Interpol, Geheimdienste, was weiß er denn ... hatten bereits Kenntnis von einem möglichen Terrorprojekt bei Raya und wussten oder vermuteten, dass Lotte entsprechende Informationen zugespielt worden waren ... Das würde Sinn ergeben, überlegt er fieberhaft. Die betreffenden staatlichen Stellen würden sie für tot erklären, um sie buchstäblich aus der Schusslinie zu bringen, in der Hoffnung, dass sie zu sich kommt und ihnen dringend benötigte Informationen liefert. Immer vorausgesetzt, dass sie nicht vor seinen Augen gestorben ist, sondern die Reanimation im Nebenraum doch erfolgreich war ...

Robert schimpft weiter vor sich hin, doch Paul hört ihm nicht mehr zu. Ihm ist schwindlig von den wirren Gedanken, die ihm durch den Kopf schwirren.

Während er sie zu ordnen versucht, beginnt das Geläut von Westminster Abbey durchs Haus zu brausen. Die Türklingel. Wer kann das sein? Hauptkommissar Paretz? Oder Katia?

Paul eilt nach unten, schließt im Rennen den Morgenmantel über dem Schlafanzug. Und wenn es die Kampfmaschine ist, begierig, ihn aufs Neue zu quälen?

Zaghaft späht er durch die Fensterluke neben der Haustür.

Oh Gott, es ist Laura. Sie will bestimmt ihr Auto zurückhaben.

Erneut lässt sie die Glocken brausen.

»Warum machst du nicht auf?«, ruft Robert.

»Alles okay, bleib ruhig oben«, antwortet Paul. Aber zu spät: Sein

Schwiegervater kommt schon die Treppe herunter, mit finsterer Miene, als müsste er Lottes Kidnappern gegenübertreten.

Auflösung, denkt Paul, alles löst sich auf … Er drückt die Klinke herunter und zieht die Tür auf. »Laura, ich bin nicht …«

Sie will ihn umarmen, er weicht zurück; sie kommt ihm hinterher und fällt ihm um den Hals. Was ist los mit ihr? So stürmisch ist sie sonst nie.

»Nicht jetzt«, flüstert er, ihre Lippen schon auf seinem Mund.

Da endlich begreift sie, dass sie nicht allein sind. Sie lässt ihn los, macht einen Schritt rückwärts.

»Willst du mich nicht vorstellen, Junge?«, fragt Robert mit Grabesstimme. Er sieht Paul an, dann wieder Laura. »Nein? Dann übernehme ich das eben selbst: Ich bin Robert Kastner, der Vater seiner Frau.« Sein knochiger Zeigefinger deutet auf Paul. »Und mit wem habe ich die Ehre?«

Laura wird rot wie ein Schulmädchen. »Ich … nur eine Arbeitskollegin«, stottert sie. »Ich wollte nicht stören.« Sie streckt die Hand in Pauls Richtung aus. »Gib mir nur schnell meine Autoschlüssel, dann bin ich wieder weg.«

Robert steht neben ihnen wie ein toter Baum, die Arme vor der Brust verschränkt. Von seinem Gesicht kann Paul ablesen, was ihm durch den Kopf geht: *Lotte ist noch nicht unter der Erde, vielleicht nicht mal wirklich tot, da holt er schon seine Geliebte ins Haus …*

»Warte kurz, der Schlüssel ist oben.« Paul wirft den beiden einen gehetzten Blick zu und geht die Treppe hinauf, so schnell er kann. Es gefällt ihm nicht, Laura bei Robert zurückzulassen. Aber wenn er sie gebeten hätte, mit hochzukommen, wäre Robert ihnen bestimmt gefolgt.

»Und Sie arbeiten also mit meinem Schwiegersohn zusammen?«, hört er ihn fragen. »Was genau, wenn Sie mir die Neugierde nachsehen?«

Lauras Antwort ist nicht zu verstehen. Die Situation ist ihr so peinlich, dass sie kaum noch eine Silbe hervorbringt. Aber was auch immer sie antwortet, Robert wird sowieso nur hören: »*Ich schlafe mit Ihrem Schwiegersohn.*« Oder: »*Er hat eine Affäre mit mir.*« Oder: »*Ich bin diejenige, mit der er Ihre Tochter betrügt.*«

Und das Schlimme ist: Robert hat recht.

Paul greift sich den Autoschlüssel und das Etui mit den Zulassungspapieren vom Schreibtisch und beeilt sich, in die Halle zurückzukehren.

»Geht es Dion denn besser?«, hört er Laura in übertrieben besorgtem Tonfall fragen. »Er hat sich doch hoffentlich nichts gebrochen?«

»Wieso gebrochen?«, entgegnet Robert fast schreiend.

»Na ja, gestern bei seinem Reitunfall ...«

Herrgott, Laura, lass es sein, denkt Paul. Sie hat keine Kinder und hat sich noch nie für Dion interessiert. Aber eine Lüge zieht eben die nächste nach sich, und die erste kam von ihm selbst.

»Das war blinder Alarm«, sagt er schnell, bevor Robert die nächste Frage oder Anklage hervorbrüllen kann. »Am Telefon hat Dion wohl ein bisschen übertrieben.«

Paul sieht erst Laura beschwörend, dann seinen Schwiegervater besänftigend an. Zum Glück geben sich beide mit der Erklärung zufrieden.

»Danke noch mal für deine Hilfe.« Er reicht Laura Schlüssel und Papiere. »Ich maile dir dann das neue Ausstellungskonzept.«

Sie guckt erstaunt, nur kurz, aber lange genug, um es zu vermasseln. Zum Abschied reicht sie Paul steif die Hand. Illusionskunst der dilettantischen Art ...

Robert grollt vor sich hin, doch Paul lässt ihn in der Halle stehen und geht wieder hoch in sein Zimmer. Noch bevor er ganz oben ist, hört er, wie die Haustür zum zweiten Mal ins Schloss fällt.

Kaum sind beide weg, ist Paul in Gedanken wieder bei Lotte.

Es ist wahr, ich war nicht dabei, als sie versucht haben, sie zu reanimieren. Warum wurde sie überhaupt nach nebenan gebracht? Und wenn es stimmt? Wenn Lotte noch lebt, in einer abgeschotteten Abteilung in der Klinik? An ihrem Bett irgendein Spezialist, der nur darauf wartet, sie befragen zu können …

Kann das wirklich sein? Möglich wäre es … Wenn ein Anschlag mit einer tödlichen Bio-Bombe droht, ist so gut wie alles möglich. Die Normalität ist außer Kraft gesetzt; Gesetz und Ordnung spielen keine Rolle mehr, schließlich geht es um Leben oder Tod. Nicht für ein paar Menschen, ein paar hundert oder tausend Menschen, sondern für die gesamte Erdbevölkerung …

Aber hätte er es nicht merken müssen, fragt sich Paul dann wieder, wenn ihm Hauptkommissar Paretz und seine Kollegin etwas vorgemacht hätten?

Vielleicht haben sie mir ja nichts vorgemacht, vielleicht wissen sie gar nicht, dass Lotte noch lebt … im Gegensatz zu der Kommissarin in Nürnberg. Es ist doch wirklich seltsam, dass sie sich dort geweigert haben, Robert die Leiche seiner Tochter zu zeigen.

Je länger er darüber nachdenkt, desto konfuser wird er. Doch schließlich schüttelt er die Verwirrung ab.

Das ist wieder nur Wunschdenken, sagt er sich. Bestimmt hat Robert alles verdreht und aufgebauscht, damit es zu seinen Wahnvorstellungen passt.

6

Seit er Raya Pharmalab an ClarTop verkauft hat, sinniert Mia Muller, scheint Dr. Bashibu vom Glück verlassen. Die Nachforschungen, die Niku noch von Thailand aus durch seine Kontaktleute in Jakarta angestellt hat, lassen keinen anderen Schluss zu. Der gewiefte Geschäftsmann ist durch den Deal um Hunderte Millionen US-Dollar reicher geworden, und doch scheint sich um ihn herum alles aufzulösen, was er in einem langen, erfolgreichen Leben aufgebaut hat.

Seine zweite Frau Sari, die er im letzten Sommer ehelichte, wurde Mitte Januar bei einem Autounfall schwer verletzt; die möglichen Unfallverursacher blieben unentdeckt. Trotz mehrerer OPs und langwieriger Reha soll die junge Frau noch immer nicht vollständig genesen sein. Physisch und psychisch angeknackst, wage sie sich kaum mehr aus dem Haus.

Auch ihr Ehemann meidet seitdem die Öffentlichkeit. Bei den glamourösen Empfängen und exklusiven Events in Jakarta, zu deren umschwärmten Gästen er jahrzehntelang gehörte, wurde er seit Langem nicht mehr gesehen. Kummer bereitet ihm laut Nikus Quellen auch Wayolu, sein zwölfjähriger Sohn aus erster Ehe. Wie es heißt, verstehe sich der Junge nicht mit seiner Stiefmutter und sei mehrfach von zu Hause weggelaufen; angeblich lebt er seit Anfang März in einem Elite-Internat im Ausland. Und das luxuriöse Anwesen in Süd-Jakarta, das Familie Bashibu erst im letzten Herbst bezogen hat, steht seit einigen Wochen zum Verkauf.

»*Aus privaten Gründen*«, heißt es auf der Online-Seite der Maklerfirma *Amida Estates,* sehe der Eigentümer, »*eine angesehene Unternehmerpersönlichkeit*«, sich gezwungen, das »*hochherrschaftliche Ensemble zu veräußern – zum sensationell günstigen Preis von nur 130 Milliarden Indonesischen Rupiahs oder 7,5 Millionen US-Dollar*«.

»Ganz klar ein Schnäppchen«, kommentierte Mia, deren Onkel im Berlin der wilden Wendejahre ein erfolgreicher Immobilienentwickler war. »Des einen Leid, des andern Freud«, fügte sie auf Deutsch hinzu.

Niku hatte Schwierigkeiten mit ihrem Mix aus Spruchweisheit und Wortspiel; dabei versteht er mittlerweile mehr als nur ein paar Brocken Deutsch. »Stell dir vor, du leidest«, erklärte sie ihm auf Englisch, »und ich komme dir mit Dr. Freud.«

Er lachte sie an – oder aus; das ist bei Niku selten klar. Sie verwickelte ihn in eine dem Jiu-Jitsu entlehnte Umarmung und stürzte sie beide in den Pool. Erst eine sehr gute Stunde später saß sie wieder an ihrem Laptop im Bungalow auf Koh Phayam.

Noch von der thailändischen Insel aus setzte sie sich mit *Amida Estates* in Verbindung und vereinbarte unter dem Namen Dr. psych. Anna Shiller, wohnhaft in Sacramento, Kalifornien, einen Besichtigungstermin für Dienstag, 9. April, 6:00 p.m. Um Zutritt zu dem exklusiven Anwesen zu erhalten, musste sie diverse Sicherheitsprüfungen überstehen. Doch das stellte kein Problem dar; Dr. Shillers Identität ist wasserdicht fabriziert.

Bei einem Europol-Einsatz vor zweieinhalb Jahren trat Mia zum ersten Mal als Psychologin Dr. Shiller in Erscheinung, mit eigener Therapiemethode, spezialisiert auf die kathartische Überwindung von PTBS. Sie und ihr Team ermittelten gegen eine »Weltuntergangssekte«. Mia gelang es, das Vertrauen einer Sektenjüngerin zu erringen, die aufgrund traumatischer Gewalterfahrungen den düsteren Verheißungen der Sekte erlegen war. Dr. Shillers therapeutische Konzepte sind unorthodox, doch Mia war nicht überrascht, als sich die junge Frau unter ihrem Einfluss von der Sekte abwandte und beschloss, ihr Leben selbst in die Hand zu nehmen. Da sie zuvor die gewünschten Informationen über die Hintermänner des Doomsday-Kults geliefert hatte, waren alle zufrieden.

»Wie haben Sie das nur gemacht?«, fragte damals ihre Chefin bei Europol. Mia murmelte etwas von Anfängerglück. Dabei hatte sie die Methoden angewandt, mit denen sie sich viele Jahre zuvor am eigenen Schopf aus dem Sumpf gezogen hatte.

Nachdem sie die Sicherheitsprüfungen bestanden hatte, erhielt Dr. Shiller Zugriff auf das Online-Exposé von *Amida Estates*. Das zum Verkauf stehende *»strahlend weiße Ensemble in neo-javanesischem Stil«*, heißt es dort, *»verfügt über einen Palmenhain mit Buddhatempel, ein balinesisches Spa mit zwei Pools und einen großzügigen Innenhof mit kleinem Amphitheater«*. Das *»herrschaftliche*

Haupthaus weiß durch ein 250 Quadratmeter großes Living, zwölf Schlafzimmer, acht Bäder und drei Küchen zu überzeugen. Von der ballsaalgroßen Eingangshalle führt eine zweiflügelige Freitreppe in die erste Etage mit umlaufender Balustrade. Die Nebengebäude bieten genügend Platz für zwanzig Gäste, Bedienstete und die Security-Einheit im Zufahrtsbereich.«

Kein Paradies ohne Paradieswächter, schon klar, sagt sich Mia, als sie um kurz vor achtzehn Uhr Ortszeit vor Bashibus Villa aus dem *Golden Bird* steigt, einem goldfarbenen Lexus LX 570. Selbst der mächtige SUV sieht vor dem drei Meter hohen und sechs Meter breiten Stahltor fast schon grazil aus.

Sie bezahlt mit Dr. Shillers Platincard und zeigt bei der Security-Pforte ihren digitalen Passierschein vor. Nach einigem Hin und Her mit schnarrenden Funkgeräten geht eine Tür im linken Torflügel auf.

Ein Sicherheitsmann in schwarzer Uniform, der zackig vor ihr hermarschiert, führt Dr. Shiller zum Hauptgebäude. Unterwegs begegnen sie Gärtnern, die sich an Büschen und Beeten zu schaffen machen, und Bediensteten in Livree, die mit Golf-Buggys über die Sandwege schippern.

Die Atmosphäre in dem vermeintlichen Paradies ist freudlos, wiederum im zweideutigen Wortsinn. Der Sicherheitsaufwand in derartigen Luxusanwesen ist generell hoch, zumal in Schwellenländern, das ist Mia natürlich bewusst. Aber Bashibus hoch ummauerte Parallelwelt toppt alles, was sie in der Hinsicht bislang gesehen hat. Kameras an jedem zweiten Baum; jede Menge Wächter mit Schlagstock und Pistole; als rechnete der Hausherr mit einem bewaffneten Angriff.

Frau Bashibu persönlich empfängt Dr. Shiller in der Eingangshalle. Eine zierliche Asiatin mit üppigen, glänzend schwarzen Haaren, ausdrucksvollen, fast europäisch geschnittenen Augen und heller Haut.

Mutmaßlich gebleicht, taxiert Mia, während Dr. Shiller verständnisvoll lächelt: »Aber ja, bleiben Sie sitzen, Frau Bashibu.«

Sari Bashibu liegt fast in dem mächtigen Ledersessel, der thronartig vor zwei Couches von gut drei Meter Länge präsidiert. Sie deutet eine Verbeugung an; Dr. Shiller dagegen verneigt sich so tief, als wollte sie ihren Rocksaum inspizieren. So gehört es sich hierzulande, wenn man eine höher gestellte Persönlichkeit begrüßt. Niku hat Mia in einem Crashkurs die wichtigsten Regeln eingebläut.

Wie nahezu alles in der schwindelerregend großen Halle – der Steinboden, die Lampen, selbst die Bilderrahmen an den Wänden – ist auch die Sitzgarnitur strahlend weiß. Steril, denkt Mia, fast wie in einem Labor. Das weit geschnittene, schneeweiße Kleid von Frau Bashibu erinnert sie an einen Kittel, wie Mediziner und Wissenschaftler im Labor sie tragen. Sogar die Gehhilfen, die seitlich am Sessel lehnen, sind kalkig weiß.

Mit einer Handbewegung fordert Frau Bashibu sie auf, sich auf die Couch zu ihrer Rechten zu setzen; Dr. Shiller bedankt sich und nimmt Platz.

»Gleich kommt ein Bediensteter, der führt Sie herum und beantwortet Ihre Fragen.« Die junge Frau sieht sie nachdenklich an.

Offenbar liegt ihr etwas auf der Seele, und Mia weiß genau, was sie beschwert. Dr. Shillers ganzer Auftritt ist darauf zugeschnitten, die richtigen Triggerpunkte zu drücken. Sari Bashibu ist Mitte dreißig und sieht noch jünger aus; ihr Gatte wird demnächst sechzig. Aber der Altersunterschied ist im Moment eher nicht ihr drängendstes Problem.

»Sie sind Psychologin?«, platzt sie schließlich heraus. »Spezialistin für Traumatherapie?«

Dr. Shiller nickt. »Das stimmt«, bestätigt sie in neutralem Tonfall. »Wie in meinem Schreiben an die Maklerfirma erläutert, suche ich für meinen Patienten ein Anwesen, das für mein spezielles therapeutisches Konzept geeignet ist. Ich selbst könnte mir so ein Traumschloss bei Weitem nicht leisten«, fügt sie hinzu und schwenkt einen Arm im Halbkreis.

Mit ihrem schilfgrünen Hängerkleid vom Straßenmarkt in Bangkok, dazu reichlich ausgelatschte schwarze Sneakers, ist Dr. Shiller eher wie eine Hilfskraft von der Gärtnertruppe gekleidet. Aber für eine Traumatherapeutin zählen eben vor allem innere Werte.

»Es war ein Traum, ja«, stimmt Frau Bashibu mit einem Seufzer zu.

Bis es zum Albtraum wurde, liest Mia ihr vom Gesicht ab.

»Mein Mann meint, ich könnte mich in Surabaya besser erholen«, fährt die jüngere Frau fort. »Kennen Sie die Gegend? Ost-Java, fantastisch ruhig. Wir haben dort ein Landhaus, nicht so komfortabel wie das hier, aber die Luft ist viel frischer.«

Sie macht nicht den Eindruck, als würde sie sich auf die gesunde Landluft freuen. Doch in ihrer psychischen Verfassung, denkt Mia, könnte sie wohl nicht mal Freude empfinden, wenn sie zur Königin von Batavia gekrönt würde.

Der Autounfall, an dessen Folgen sie noch laboriert, scheint – immer nach Nikus Quellen – ähnlich wie bei Lotte Gerlach abgelaufen zu sein. Nach einer Shoppingtour durch die Luxus-Mall *Pacific Place* im Zentrum von Jakarta nahm Sari Bashibu ihren Lunch allein in einem Sushi-Restaurant ein. Obwohl sie sich danach benommen fühlte, machte sie sich mit dem Auto auf den Heimweg und raste auf der Stadtautobahn gegen einen Brückenpfeiler. Ausnahmsweise hatte sie selbst am Steuer gesessen; beide Chauffeure der Familie waren kurz zuvor erkrankt.

Die polizeilichen Ermittlungen liefen ins Leere. Frau Bashibu hatte mit dem Mittagessen offenbar ein starkes Beruhigungsmittel zu sich genommen; ob und, wenn ja, von wem es ihr ins Essen gemischt worden war, konnte angeblich nicht geklärt werden.

Die Ermittlungsakte hat laut Nikus Kontaktmann »mehr Lücken als das Gebiss meiner Großmutter«. Frau Bashibu sagte aus, dass sie sich an einen schwarzen SUV und ein schwarzes Motorrad erinnere, die sie kurz vor dem Crash von der Fahrbahn abgedrängt hätten. Angeblich fand sich aber *»trotz angemessener Nachforschungen«* niemand, der diese Aussage bestätigen konnte – oder sich getraut hätte, nachdem er auf mögliche Folgen hingewiesen worden war.

»Bitte halten Sie mich nicht für indiskret.« Frau Bashibu gibt sich sichtlich einen Ruck. »Sie haben erwähnt, dass es sich bei Ihrem Patienten um eine bekannte Persönlichkeit handelt. Könnten Sie etwas konkreter werden?«

»Im Moment nicht, ich bitte um Verständnis.« Dr. Shiller schüttelt den Kopf, dass die dunkelblonde Helmfrisur ins Schwingen gerät. »Er legt großen Wert auf Diskretion. Wenn er sich auf meine Empfehlung hin zum Kauf entschließen sollte, werden Sie den Namen natürlich erfahren.« Sie sieht ihr Gegenüber prüfend an. »Zumindest so viel darf ich andeuten: Es handelt sich um eine Persönlichkeit, die in Jakarta große Verdienste erworben, aber auch großes Unrecht erlitten hat. Deshalb ist es so wichtig, dass die Therapie hier in der Stadt erfolgt, in der ihm das Trauma zugefügt wurde.«

Sari Bashibu starrt sie an, ihre Lippen zucken. *Wie bei meinem Mann und mir,* liest Mia ihr vom Gesicht ab.

»Ich habe Sie gegoogelt, Frau Doktor.« Die Asiatin senkt den Blick. »Auf Ihrer Website schreiben Sie, dass Sie mit kathartischer Trauma-Überwindung arbeiten. Darf ich fragen, was genau Sie darunter verstehen?«

»Das lässt sich nicht mit ein paar Sätzen erklären.« Dr. Shiller sendet ihr ein nachsichtiges Lächeln. »Im Kern geht es darum, aus den Fehlschlägen der orthodoxen Therapiemethoden die richtigen Schlüsse zu ziehen. Für die kathartische Trauma-Überwindung müssen Sie nicht in Ihren Erinnerungen graben, keine peinlichen Geständnisse machen und auch nicht zulassen, dass an Ihren Verhaltens- und Denkmustern herumgeschraubt wird.« Sie bemüht sich um einen sachlichen, fast gelangweilten Tonfall. »Es reicht völlig aus, wenn Sie mir ein paar gezielte Fragen beantworten, damit ich Art und Schwere Ihrer Traumatisierung kategorial einordnen kann. Die eigentliche Therapie besteht dann aus Übungen, die gemeinhin eher unter Self-Empowerment rubriziert werden. Ich stelle bestimmte Meditationspraktiken, kreative Techniken und Kampfsportübungen zusammen, die individuell auf Sie zugeschnitten sind. Unter meiner Anleitung therapieren Sie sich so innerhalb weniger Monate selbst … Entschuldigung, natürlich nicht *Sie*«, korrigiert sich Dr. Shiller mit gespielter Zerknirschung. »Das habe ich nur so gesagt, gemeint ist selbstverständlich mein Patient, in dessen Auftrag ich hier bin.«

Wie aufs Stichwort kommt ein Bediensteter in weißer Livree die Treppe herabgeeilt. Erwartungsvoll blickt Dr. Shiller ihm entgegen. »Ist das der junge Mann, der mich durchs Haus führen soll?«

Der Bedienstete ist neben die Hausherrin getreten, in vorschriftsmäßig strammer Haltung, die Arme hinter dem Rücken.

Dr. Shiller macht Anstalten, sich zu erheben.

»Warten Sie. Einen Moment bitte noch, Frau Doktor.« Sari Bashibu kann ihre Aufregung kaum mehr verbergen. »Was Sie eben gesagt haben, trifft auch auf mich zu.« Ihre Augen werden feucht. »Meine Familie ist reich und angesehen; niemals hätte ich damit gerechnet, solches Unrecht erfahren zu müssen. Und solches Leid …« Sie verbirgt das Gesicht hinter porzellanweißen Händen. »Lass uns noch einen Augenblick allein, Amid.«

Er verbeugt sich, wendet auf dem Absatz und marschiert zwischen den nach außen geschwungenen Treppenläufen hindurch, auf die bodentiefen Fenster zu, hinter denen sich der *»begrünte Innenhof mit kleinem Amphitheater«* erstreckt.

»Ich hatte einen schlimmen Autounfall«, bricht es aus Sari Bashibu hervor. »Die Hintergründe wurden nicht aufgeklärt, wahrscheinlich war es ein Versuch, mich zu töten.« Sie senkt den Kopf, ringt um Fassung. »Mein Mann ist ein renommierter Wissenschaftler und Unternehmer. Er hat Indonesiens Ruhm und Reichtum gemehrt, und trotzdem behandeln sie ihn wie einen …«

Sie krampft die Hände zusammen und setzt neu an. »Die Polizei sagt, sie können nichts weiter tun. Der Unfall ist angeblich meine Schuld. Das Motorrad und den SUV, die mich abgedrängt haben, soll ich mir eingebildet haben … oder einfach erfunden …«

Sie schluchzt auf und sieht Dr. Shiller flehend an. »Ich traue mich nicht mehr vor die Tür«, flüstert sie. »Mein Mann … ich weiß nicht, was in ihm vorgeht … seit Wayolu weg ist … sein Sohn, wissen Sie, aus seiner ersten Ehe … im Internat, in Japan, sagt mein Mann, aber ich weiß auch nicht … und dann die Art, wie die Polizei uns behandelt … das alles bricht ihm das Herz …«

Sari Bashibu beginnt hemmungslos zu weinen. Kummer und Kränkung waren monatelang in ihr aufgestaut. Jetzt fließt alles in einem Tränenstrom aus ihr heraus. Wie von Dr. Shiller vorgesehen – *»des einen Leid, des anderen Freud«* …

»Bitte beruhigen Sie sich, Sari. Ich darf Sie doch Sari nennen?«

Frau Bashibu nickt, von Schluchzern geschüttelt.

»Manchmal bringen schon einfache erste Schritte ein wenig Linderung«, fährt Dr. Shiller fort. »Ich spreche aus Erfahrung – aus eigener leidvoller Erfahrung mit einem Trauma, das ich mir lange Zeit nicht eingestehen wollte. Bis ich von den verdrängten Erlebnissen eingeholt und beinahe überwältigt wurde.«

Sie redet mit warmem Unterton, doch weiterhin mit professioneller Distanz. »Damals fing ich mit Kung-Fu an, im Grunde ohne zu wissen, was ich tat«, fährt Dr. Shiller fort. »Und stellen Sie sich vor, es hat geholfen. Es half mir aufzustehen, als ich am Boden lag. Es gab mir das Vertrauen zurück, nicht allem und jedem hilflos ausgeliefert zu sein, vor allem nicht meinen Ängsten und Albträumen.«

Sari Bashibus Tränen versiegen, mit neuer Hoffnung schaut sie Dr. Shiller an. »Könnten Sie nicht auch mir … ich meine, mich therapieren – hier in meinem Haus? Es ist genau der Ort, von dem Sie gesprochen haben. Erfolge, Kummer, Unrecht, das alles ist uns hier passiert.«

»Das ist nicht so einfach, meine Liebe.« Dr. Shillers Stimme wird eine Nuance strenger. »Ich bin in erster Linie meinem Patienten verpflichtet, in dessen Auftrag ich hier bin. Lassen Sie mich erst einmal dieses Anwesen besichtigen und feststellen, ob es den therapeutischen Anforderungen entspricht.«

Sie steht auf, bevor Sari Einwände erheben kann. »Neben Kung-Fu kann auch *Gùn*, der Stockkampf der Shaolin-Mönche, ein erster Schritt zur Selbstermächtigung sein. Vielleicht ist das hier ja ein Zeichen, dass Sie mit dem Kampfstock starten sollten?«

Sie greift sich eine der Gehhilfen, die neben Sari am Sessel lehnen. »Eigentlich ist es ganz einfach. Sie nehmen die Grundstellung ein … so … Dann bringen Sie den Stab zum Rotieren, um den Gegner mit dem dünneren Ende zu treffen. Etwa so …«

Mia wirbelt durch die Halle. »Die Krücke rotiert natürlich etwas unrund, doch ohne den Griff und die Unterarmstütze wäre es ein ganz passabler Gùn. Auf Japanisch *Bo*, aber ursprünglich kommt die Technik von den chinesischen Shaolin.« Sie bleibt neben Sari stehen und hält ihr die Krücke hin. »Wollen Sie auch mal versuchen?«

Frau Bashibu stemmt sich aus dem Sessel. Zögernd betrachtet sie die Gehhilfe, dann packt sie mit beiden Händen zu. Ihr rechtes Knie ist offenbar noch etwas steif, aber nachdem sie die Grundstellung eingenommen hat, gelingt es ihr, den Stock durch die Luft zu wirbeln.

Dr. Shiller deutet leichten Applaus an. Sari ist außer Atem, doch sie strahlt. Höchste Zeit, sie auf den Boden zurückzuholen, sagt sich Mia.

Demonstrativ schaut sie auf ihre Armbanduhr. »Wenn wir jetzt mit der Besichtigung beginnen könnten?«

Sari Bashibu sackt in sich zusammen. »Natürlich.« Sie hebt kurz die Hand; im nächsten Moment kommt der Diener wieder aus den Tiefen der Halle herbeigeeilt. »Amid führt Sie überall herum. Anschließend beantworte ich gerne Ihre Fragen, Frau Doktor.«

Na denn, denkt Mia, bringen wir's hinter uns.

7

Als Teenager hat Mia große Teile ihrer Oster- und Sommerferien mit Immobilienbesichtigungen verbracht. Im Schlepptau ihres Onkels Carsten, Bauprojektentwickler in Berlin und Wildost unmittelbar nach der Wende.

»*Architektonisches Juwel in einzigartiger Lage*«, »*Dornröschenschloss mit Potenzial*«, »*Architektenhaus für mutige Individualisten*« – sie hat die Euphemismen alle noch drauf. Beim Rundgang durch das Anwesen von Familie Bashibu wären aber sogar Onkel Carsten die Beschönigungsfloskeln ausgegangen.

Es ist ein Albtraum in Stein und Weiß. Alles hochwertig und hochsteril. Kein Leben, nirgends. Und kein Wunder, dass der Junge immer wieder weggelaufen ist, denkt Mia, während sie hinter dem Diener hertrottet, Fragen stellt, Interesse simuliert.

Endlose Korridore, unzählige Zimmer und Säle, die meisten anscheinend nie benutzt. Aus irgendeinem Grund kommt Mia das brandenburgische Dorf in den Sinn, in dem sie als LKA-Kommissarin mal auf einem Gartengrundstück nach Leichen gesucht hat, zusammen mit Sven Paretz. Warum fällt ihr das gerade jetzt ein?

Das ganze Kaff hätte hier Platz, schon klar, aber trotzdem: Wieso jetzt? Eine Botschaft ihres Unterbewusstseins: *Hier sind auch Leichen verbuddelt?* Blödsinn …

Das Dorf hieß *Kotzen,* allen Ernstes … Und na klar, deshalb ist es ihr eben in den Kopf gekommen: weil das alles hier zum Kotzen ist. Dieser obszöne Protzpalast in einem Land, in dem ein Drittel der Bevölkerung kaum genug zum Essen hat, darunter Millionen Straßenkinder … Dazu korrupte Politiker und Behörden, die wie vor tausend Jahren vor den Reichen und Mächtigen buckeln …

Wirklich zum Kotzen, denkt Mia, aber auch das ist hier nicht der Punkt. Schiller nicht so rum, konzentrier dich … Die Frage ist doch, warum der Kotz- und Protzpalast so leblos wirkt. Wie ein Mausoleum voll totgeborener Illusionen …

Was ist hier passiert? Warum sind die Bashibus mit den Hunderten Millionen US-Dollar, die ihnen der Verkauf von Raya aufs Konto gespült hat, nicht glücklich geworden? Im Gegenteil: Eben noch gehörten sie zu den oberen Zehntausend, und plötzlich sind sie Außenseiter … verkriechen sich in ihrem Prunkschloss, eingeschüchtert, von der Polizei im Stich gelassen, die dem möglichen Mordversuch nicht nachgeht – warum? Offenbar hat es sich Bashibu irgendwie mit den wirklich Mächtigen verdorben – aber wodurch?

Dr. Shiller schaut sich mit professionellem Interesse um, merkt dieses Zimmer für Yogaübungen vor, jenen Saal für Kampfsport-Exerzitien, das Dachstudio für Ausdrucksmalerei, den Buddhatempel im Palmenhain für seelenstärkende Meditation, das Amphitheater für Gùn-Turniere … Zur gleichen Zeit geht Mia den Ablauf der Ereignisse im Lichte der jüngsten Informationen noch einmal durch:

Im September letzten Jahres verkaufte Bashibu seine Laborfirma an ClarTop. Kurz danach erwarb er dieses Anwesen und zog im Oktober mit seiner Familie ein. Ein neuer Lebensabschnitt sollte beginnen, mit seiner neuen Frau, dem zwölfjährigen Sohn Wayolu und unermesslichem Vermögen.

Anfang Januar dann große Aufregung bei Raya. Gerüchte wegen der geheimen Laboreinheit und der »klinischen Testreihe« mit mindestens sechs Probanden, die »planmäßig« verstarben. Lotte Gerlach wurde nach Jakarta geschickt; eine Reihe von Führungskräften aus der Ära Bashibu wurde durch neue Mitarbeiter ersetzt, darunter sein langjähriger Adlatus Dr. Dr. Syamsu. Steckte Bashibu dahinter? Hat er die Experimente hinter dem Rücken der neuen Eigentümer durchgezogen? Hat er seine Firma zuvor an ClarTop verkauft, um nicht in Verdacht zu geraten, falls etwas schiefging? Eine plausible Vermutung, die auch Lotte Gerlach – laut ihrem Mann

Paul – in einem der Gedächtnisprotokolle auf ihrem Stick erwähnt hat.

Aber vielleicht war Bashibu gar nicht die treibende Kraft, überlegt Mia weiter. Vielleicht wurde er selbst von mächtigeren Hintermännern gesteuert, die ihn durch Drohung oder Bestechung dazu brachten, die geheimen Experimente mit oder ohne Wissen der ClarTop-Oberen durchzuführen. Das würde erklären, was anschließend passiert ist: Am fünfzehnten Januar, nur eine Woche nach den Vorfällen bei Raya, wurde Bashibus Frau durch den fingierten Autounfall schwer verletzt – eine Warnung an ihn, weil er kalte Füße bekommen hatte und aussteigen wollte?

Anfang März dann der nächste tödliche Vorfall bei Raya: Eine Halle brannte, ein Wissenschaftler kam ums Leben – nicht durch den Brand, sondern zuvor durch eine Infektion mit dem Virus, die in kürzester Zeit zum Tod führte. Das geheime Labor wurde geräumt, und die Polizei vertuschte wiederum die wahren Hintergründe.

Wollte Bashibu daraufhin erneut aussteigen? Drohte er damit, die Hintermänner auffliegen zu lassen? Jedenfalls brachte er kurz nach dem Feuer bei Raya seinen Sohn in Sicherheit – angeblich in ein Internat in Japan. Aber vielleicht ist auch an dieser Behauptung so wenig dran wie an Saris angeblichem Unfall ohne Fremdverschulden …

Zweieinhalb Stunden später. Mia hat die Besichtigungstour überstanden und einen Entschluss gefasst: Sie muss herausfinden, wo Wayolu wirklich ist. Als Sari vorhin von dem Internat in Japan sprach, stand ihr das Unbehagen ins Gesicht geschrieben.

Vielleicht hat ihr Mann ihr diese Version aufgetischt, um sie nicht noch mehr zu beunruhigen, und Sari selbst spürt, dass er ihr nicht die Wahrheit sagt …

Ich muss ihm auf den Zahn fühlen, beschließt Mia. Zum Glück wird Dr. Shiller in der Eingangshalle bereits wieder von der Hausherrin erwartet.

8

Mein Patient sitzt auf glühenden Kohlen«, sagt Dr. Shiller. Sie ist praktisch im Aufbruch und nimmt gar nicht erst wieder auf der schneeweißen Couch Platz. »Sie können sich sicher vorstellen, wie gespannt er auf meinen Bericht ist, Sari. Morgen erhalten Sie dann Nachricht von mir. Oder von seinem Büro.«

»Bitte, Frau Doktor, können Sie nicht wenigstens andeuten, ob Ihnen das Haus zusagt? Ich meine – für Ihren Patienten?« Die jüngere Frau ist am Rand der Panik.

Dr. Shiller lächelt verhalten. »Aus meiner fachlichen Sicht ist das hier ein therapeutisch gut geeigneter Komplex. Aber der finanzielle Aufwand wäre natürlich enorm, auch für eine solvente Persönlichkeit wie ihn …«

Sari Bashibu, im Sessel versunken, die Gehhilfen neben ihr lehnend, blickt flehentlich zu ihr auf. »Können Sie mir nicht schnell noch ein paar Ratschläge geben? Wie ich mit meinen Ängsten umgehen soll und meine Schuldgefühle wegen Wayolu in den Griff bekommen kann?«

»Suchen Sie sich eine erfahrene Gùn-Trainerin. Das wäre schon mal ein Anfang.« Dr. Shiller ist sichtlich bemüht, ihre Ungeduld zu zügeln. »Vielleicht lernt Ihr Stiefsohn im Internat ja auch den Stockkampf. Unter dem Namen Bo, wie gesagt, ist dieser Kampfsport in Japan überaus populär.«

Sie lässt Sari nicht aus den Augen. Wieder meint sie das Unbehagen der anderen Frau zu spüren – über eine Lügengeschichte, an die sie nicht glauben kann und doch nicht rühren will.

»Und gewöhnen Sie sich an, regelmäßig zu meditieren«, empfiehlt ihr Dr. Shiller. »Falls das nicht ohnehin zu Ihren Gewohnheiten gehört.«

Sari schüttelt den Kopf, ihr Mund beginnt zu zucken. »Helfen Sie mir«, bittet sie mit zittriger Stimme. »Lassen Sie mich nicht im Stich.« Sie stützt die Hände auf die Sessellehnen und stemmt sich hoch. »Nehmen Sie mich als Patientin an, Frau Doktor. Nennen Sie mir Ihr Honorar – ich zahle das Doppelte.«

»So geht das wirklich nicht, Sari.« Dr. Shiller macht einen Schritt rückwärts. »Ich bin in erster Linie dem Patienten verpflichtet, in dessen Auftrag ich vor Ihnen stehe. Und davon abgesehen …« Sie unterbricht sich, schüttelt den Kopf. »Ich muss jetzt wirklich gehen.«

Sari Bashibu blinzelt wie ein waidwundes Reh. »Bitte, Frau Doktor. Was wollten Sie eben sagen?«

»Sie sind wirklich hartnäckig, meine Liebe.« Dr. Shiller verzieht das Gesicht. »Das ist an sich ein gutes Zeichen, ändert aber nichts an meinen Prioritäten. Also der Vollständigkeit halber: Mein Therapiekonzept setzt voraus, dass auch Familienangehörige in einem gewissen Maß kooperieren. In Ihrem Fall wäre das vor allem Ihr Mann.«

Sari reißt die Augen auf, dann nickt sie zögernd. »Ich verstehe, Frau Doktor. Bitte gedulden Sie sich, nur ganz kurz, ich rede sofort mit ihm.«

Bevor Dr. Shiller widersprechen kann, strebt Sari bereits der Treppe zu, rechts noch etwas steifbeinig, doch die Gehhilfen lässt sie zurück.

Mia wirft einen Blick auf ihre Armbanduhr. 21:14 Uhr, allmählich wird die Zeit knapp. Aber ihr Bauchgefühl sagt ihr, dass sie vielleicht schon hier und jetzt die Information bekommen kann, die sie so dringend brauchen. Wenn sie es geschickt anstellt, können Niku und sie sich den hochriskanten Einstieg bei Raya womöglich sparen.

Die Minuten vergehen. Dr. Shiller trainiert Gùn-Techniken mit Saris Krücke. Schließlich erscheint ein weiterer Diener in weißer Livree und bittet sie, ihm zu folgen: Dr. Bashibu erwarte sie in der Bibliothek.

Dr. Shiller fügt sich leise seufzend. Wieder geht es Treppen hinauf und Gänge hinunter. Die Bibliothek befindet sich in einem Trakt, der bei der Besichtigungstour ausgespart worden ist. Der Bedienstete klopft mit mehlweißem Handschuh an; auch das Klopfen klingt irgendwie bemehlt.

Kurz darauf schwingt die Tür auf, und ein älterer Asiat mit grauem Fünftagebart steht vor ihnen. Sein Gesichtsausdruck ist kummervoll, unter den Augen hat er tiefe Schatten. Das förmliche weiße Hemd trägt er offen; um dem Bauch herum ist es viel zu weit. Anscheinend hat er stark abgenommen.

»Bashibu.« Er deutet eine Verbeugung an. »Meine Frau hat mich gebeten, Sie kurz anzuhören. Bitte treten Sie ein.«

Die Bibliothek ist ein geräumiges Eckzimmer mit hohen Fenstern, die auf den Palmenhain hinausgehen. Mit seinen deckenhohen Regalen voll alter Bücher verströmt es eine anheimelnde Atmosphäre wie kein anderer der vielen Räume, die Mia zuvor besichtigt hat.

Drei Sessel mit hohen Rückenlehnen, mit tannengrünem Leder bezogen, sind um einen Kamin gruppiert; das Feuer darin ist allerdings digitaler Fake. In einem der Sessel sitzt Sari und blickt Dr. Shiller hoffnungsvoll an.

»Setzen Sie sich bitte zu uns.« Bashibu macht eine einladende Handbewegung.

»Wie ich Ihrer Frau bereits gesagt habe: Ich bin in Eile.« Dr. Shiller bleibt hinter einem der Sessel stehen. »Sari benötigt professionelle Hilfe, um auch mental wieder auf die Beine zu kommen. Ich bin prinzipiell bereit, sie therapeutisch zu unterstützen. Ob wir tatsächlich zusammenkommen, hängt allerdings von einigen Faktoren ab – unter anderem von Ihrer Kooperationsbereitschaft, Herr Dr. Bashibu. Dazu müsste ich Ihnen ein paar Fragen stellen. Das muss nicht unbedingt heute sein, aber da ich schon einmal hier bin ...«

Der Hausherr mustert sie argwöhnisch. Sari gibt einen Schwall beschwörender Sätze von sich, auf Indonesisch, doch der Sinn ist kaum zu missdeuten.

»Also meinetwegen, schießen Sie los«, sagt Bashibu schließlich.

Dr. Shiller runzelt die Stirn. »Aus therapeutischen Rücksichten muss ich Sie unter vier Augen sprechen. Wenn Sie uns kurz allein lassen, Sari ...«

Die junge Ehefrau verlässt den Raum, Mia nimmt an ihrer Stelle vor dem Kamin Platz.

Bashibu ist der erwartet harte Brocken, aber Dr. Shiller weicht ihn professionell ein. Sie schmeichelt dem »visionären Wissenschaftler und Unternehmer«, der ein »Labor von Weltruf« begründet habe. Sie zeigt Mitleid mit dem Witwer, dessen erste Frau viel zu früh verstorben sei. Sie äußert sich voller Mitgefühl zu der schwierigen Situation seiner zweiten Frau, die an den psychischen Folgen ihres Unfalls laboriere.

Bashibus Misstrauen schmilzt dahin. Dahinter kommt ein verängstigter und tief gekränkter älterer Herr zum Vorschein, der darauf brennt, seine Sicht der Dinge darzulegen.

In nostalgischer Verklärung schildert er die mühseligen Anfänge seines Unternehmens. Als er auf die Erkrankung seiner ersten Frau zu sprechen kommt, kann er vor Rührung kurzzeitig nicht weitersprechen. Bei ihr sei mit Mitte dreißig eine unheilbare Blutkrankheit diagnostiziert worden; zehn Jahre lang habe er in seinem Labor mit Hochdruck nach einem Heilmittel forschen lassen. »Alles umsonst: Wir haben einfach kein Medikament gegen ihre Krankheit gefunden, die extrem selten ist und in allen Fällen tödlich verläuft.« Nach dem Tod seiner Frau habe er sich auch als Unternehmer und

Wissenschaftler am Ende gefühlt. »Desillusioniert und ausgebrannt. Ich wollte nur noch verkaufen, neu anfangen, alles hinter mir lassen, für meinen Sohn und für mich selbst …«

Damit sind sie endlich bei dem Jungen. Sari fühle sich schuldig, merkt Dr. Shiller an, weil es ihr nicht gelungen sei, ein vertrauensvolles Verhältnis zu ihrem Stiefsohn aufzubauen. Dass Wayolu mehrfach von zu Hause weggelaufen sei, mache ihr schwer zu schaffen; doch dass er nun im fernen Japan in einem Internat leben müsse, laste ihr auch auf der Seele. »Wie geht es Wayolu denn?«, erkundigt sie sich. »Hat er sich einigermaßen eingelebt?«

Bashibus Gesicht verzerrt sich. »Ich weiß es nicht«, murmelt er. »Ich habe im Moment keinen direkten Kontakt zu ihm.« Er starrt vor sich hin, offenbar von Kummer überwältigt. »Aber sie haben mir versprochen, dass er gut behandelt wird und nicht frieren muss.«

Für den Moment scheint er vergessen zu haben, mit wem er spricht. Oder er hat es einfach nicht mehr ausgehalten, mit niemandem darüber reden zu können, nicht einmal mit seiner Frau …

»Frieren?«, wiederholt Dr. Shiller in beiläufigem Tonfall. »Da ist er wohl hoch in den Bergen?«

»Nein, er ist in Mo …« Bashibu presst die Lippen zusammen. Mit altem Argwohn sieht er Dr. Shiller an. »Wayolu ist in guter Obhut, in seinem Internat in Japan. Sind Ihre Fragen damit beantwortet?«

Leider nur zum Teil, denkt Mia. Doch weiter darf sie den therapeutischen Vorwand nicht strapazieren. Wayolu scheint wirklich gekidnappt worden zu sein, wie von ihr vermutet. Und Bashibu ist fix und fertig vor Sorge um seinen Sohn. Falls er auf den Gedanken käme, dass die vermeintliche Dr. Shiller etwas im Schilde führte, das Wayolus Leben gefährden könnte, würde er bestimmt nicht zögern, diejenigen zu warnen, in deren »Obhut« der Junge ist.

»Haben Sie vielen Dank für Ihre Geduld.« Sie verabschiedet sich.

Vor der Bibliothek wartet Sari, und Dr. Shiller verspricht ihr, sich baldmöglichst bei ihr zu melden.

Einer der schwarz uniformierten Sicherheitsmänner bringt sie zum Tor. Erleichtert sinkt Mia wenig später auf die Rückbank des goldfarbenen Lexus. Sie nennt dem Fahrer die Adresse der *Seribu*-Bar unweit von Raya Pharmalab. Dort ist sie mit Niku um 22:30 Uhr verabredet. Mit etwas Glück kommt sie sogar noch rechtzeitig an.

Was Dr. Shiller von Bashibu erfahren hat, ist nicht genug, aber deutlich mehr als nichts. Ein Ort oder Land, das mit *Mo…* beginnt und in dem es jetzt zum Frieren kalt ist, wenn man aus einer subtropischen Gegend kommt …

Als er sich eben halb verplappert hat, kam ihr spontan ein Land in den Sinn – *Mordor*. Die lebensfeindliche Landschaft aus dem *Herrn der Ringe* wird er sicher nicht gemeint haben. Aber wohin auch immer Bashibus Sohn verschleppt worden ist – falls auch das Labor mitsamt den Bio-Kampfmitteln dorthin verlegt wurde, ist es ein ähnlich tödlicher Ort.

9

Das Areal von Raya Pharmalab ist ein langgezogenes Eckgrundstück in Ost-Jakarta, gut zwei Hektar groß. Der repräsentative Haupteingang mit Marmortreppe und wuchtigen Säulen liegt an einer vierspurigen Straße, die auch abends stark befahren ist. Die südliche Längsseite des Firmengeländes erstreckt sich rund hundertsiebzig Meter an einer öden Seitenstraße, abgegrenzt durch eine zwei Meter hohe Betonwand mit Stacheldrahtkrönung und Überwachungskameras.

Die Wache im Eingangsbereich ist rund um die Uhr mit zwei Security-Mitarbeitern besetzt. Vier weitere Wachmänner patrouillieren in unregelmäßigen Abständen paarweise auf dem Gelände.

Einbruchsensoren und Bewegungsmelder sichern Fenster und Türen an Haupt- und Nebengebäuden. Die Bewegtbilder von den insgesamt vierundzwanzig Kameras werden auf die Monitore in der Wachpforte übertragen.

In diese Festung unbemerkt einzudringen, scheint eine kaum lösbare Aufgabe zu sein. Zumal es sich bei der Security nicht um gichtgeplagte Frührentner handelt, sondern um die scharfen Hunde von SecLog.

Als Mia in der *Seribu*-Bar eintrifft, thront Niku am Tresen und grinst ihr entgegen. Mit seinen schwarzen Jeans und dem schwarzen, eng anliegenden Shirt sieht er umwerfend aus. Vor allem aber ist er perfekt für einen Einbruch bei Nacht gekleidet. Im Gegensatz zu Mia, die ihre Kleidung immerhin um die schwarzen Leggins aus Dr. Shillers City Bag ergänzt hat.

Dem Lexus-Chauffeur, der ihr im Rückspiegel ungeniert zusah, schenkte sie ein Lächeln und zum Abschied zwanzig Dollar extra. Fast alles in diesem Land ist obszön billig, nicht nur für superreiche Familien wie die Bashibus, sondern schon für westliche Durchschnittsverdiener. Der Chauffeur hat ihr für eine Handvoll Dollar mehr als fünf Stunden seiner Lebenszeit gewidmet, und Mia hatte das Bedürfnis, sich irgendwie reinzuwaschen. Sie hat kein Mitleid mit Sari, schon gar nicht mit Bashibu, im Gegenteil, sie fühlt sich besudelt durch deren selbstgerechten Schmerz. Warum werden sie plötzlich behandelt wie die zig Millionen anderen, deren Schicksal ihnen immer schon egal war? Wie verletzend, wie ungerecht! Nur der Junge tut Mia leid, natürlich, er ist unschuldig wie alle Kinder, auch wenn er bestimmt heillos verwöhnt ist.

»Hi, Baby, alles klar?« Niku gibt sich gechillt, doch Mia spürt, dass er so angespannt ist wie sie.

Sie gleitet neben ihm auf den Hocker, lehnt sich zu ihm hinüber, spürt seine Lippen auf ihrem Mund. Seine Zunge an ihrer Zunge macht ihr eine wohlige Gänsehaut. Sanft schiebt sie ihn von sich weg.

Wenn das hier schiefgeht, geht die Welt unter, Baby.

Die Bar ist eine schrille Mixtur aus Wildwest-Saloon und Multimedia. Tresen, Tische, Sitzmöbel aus rohen Holzbrettern, an den Wänden gigantische Monitore, auf denen sich Alien-artige Tänzer teils in Zeitlupe, teils wie in epileptischen Krämpfen bewegen. Das Publikum besteht zu gleichen Teilen aus aufgekratzten jungen Karrieristen, die mit ihren Einkünften prahlen, und abgekämpften Angestellten, die in stiller Verbitterung in ihre Gläser starren. Dazu saxofonlastiger Oldschool-Jazz …

Laut Niku ist alles unter Kontrolle; ihre Hilfstruppen seien im Anmarsch. Er hat durch einen Verbindungsmann in der Aktivistenszene einen Aufruf gestartet: Spontandemo der Pharma-Kritiker um elf Uhr p.m. vor dem Eingang von Raya. Tierversuchsgegner, Globalisierungsgegner, Impfgegner, alle werden kommen und ihre Transparente schwenken. Die SecLog-Männer vorn in der Wache werden Augen machen. Und hoffentlich so schnell keinen Blick übrig haben für das, was am anderen Ende des Raya-Geländes passiert.

Zumal kurz darauf die Stromversorgung in halb Ost-Jakarta ausfallen wird, allem Anschein nach durch versehentliches Durchtrennen eines Hauptstromkabels im Zuge nächtlicher Straßenarbeiten. Auch wenn bei Raya umgehend die Notstromgeneratoren anspringen werden, schon um die Kühlaggregate in den Laborbereichen am Laufen zu halten, wird das Durcheinander gewaltig sein. Und die SecLog-Truppe entsprechend abgelenkt.

So zumindest der Plan, sagt sich Mia. Der laut Niku todsicher klappen wird. Und wenn nicht?

Wenn sie da drinnen geschnappt werden, wie sie in Ruß und Trümmern nach Hinweisen stochern, wohin das Labor verlegt worden ist? Wenn die Mega-Schurken in *Mo…* wie Mongolei, Moskau, Mogadischu … daraufhin die Geduld verlieren, auf den Doomsday-Button drücken und Myriaden tödlicher Viren zu ihrem Flug um den Globus ausschwärmen?

Was dann? Dann nichts mehr, Baby. Also dürfen sie auf keinen Fall erwischt werden, also darf da drinnen absolut nichts schiefgehen, ganz klar.

Von der *Seribu*-Bar aus ist das Eingangsportal von Raya nicht zu sehen, aber in Hörweite. Obwohl der Verkehr vierspurig vorbeibraust, mischen sich schon gegen Viertel vor elf rhythmische Schlachtrufe in den Straßenlärm.

Auch der Barkeeper ist aufmerksam geworden. Er rückt seinen Cowboyhut zurecht und knurrt etwas, das laut Niku auf Verwünschungen der »rückständigen Spinner« hinausläuft.

»Ich glaube nicht, dass das alles Spinner sind, übersetz das mal«, fordert sie Niku auf.

Er schüttelt fast unmerklich den Kopf. Natürlich hat er recht. Höchste Zeit zu gehen …

Niku legt einen schmierigen Hunderttausender auf den Tresen. Sie nicken dem Barmann zu, sind im nächsten Moment draußen und biegen in die menschenleere Nebenstraße ein. Im Linksschwenk hat Mia gerade noch die Meute gesehen, die sich oben vor dem Eingang von Raya ballt. Ein Flashmob von sechzig, siebzig Demonstranten, die in einem Durcheinander aus Englisch und Indonesisch Kampfparolen intonieren. »Schluss mit …«, versteht sie. »Nieder mit …«

In der Seitenstraße gibt es keine Wohnhäuser, nur links die Raya-Mauer und gegenüber das abgezäunte Areal eines Baugroßhändlers, auf dem Hohlblöcke und Dachziegel aller Sorten und Größen lagern. Die Straßenlaternen verströmen blass orangefarbenes Licht.

Um nicht länger als irgend nötig potenzielle Zielscheiben abzugeben, haben sie beschlossen, erst in Höhe der abgebrannten Halle E über die Betonwand zu steigen. Auch wenn die Außenkameras jeden ihrer Schritte überwachen und Niku mit seinem vollgestopften Riesenrucksack nicht gerade unauffällig aussieht. Ganz zu schweigen von Mia, wenngleich sie die Haare unter einer schwarzen Mütze im Hip-Hop-Style versteckt hat. Aber die Security-Männer da vorne haben im Moment andere Sorgen.

Nachdem sie etwa hundert Meter an der Betonwand entlanggegangen sind, wird es schlagartig dunkel. Im ganzen Viertel gehen die Lichter aus. Im nächsten Moment heulen aus allen Richtungen Sirenen.

»Hier muss *E* sein«, flüstert Mia, nachdem sie nochmals etwa zwanzig Meter zurückgelegt haben. Sie bleibt mit dem Rücken zur Mauer stehen. Niku stellt sich dicht neben sie. Er nimmt den Rucksack herunter, holt die reißfeste, dreilagige Tuchplane heraus. Geschickt wirft er sie zur Mauerbrüstung hinauf; die Plane entrollt sich im Flug und legt sich über den Stacheldraht. Er hängt sich den Rucksack wieder über, bekommt mit einem Sprung die Mauerbrüstung zu fassen und zieht sich geschmeidig hoch.

Mia macht es ihm nach, genauso mühelos, auch wenn sich das Schilfkleid um ihre Beine wickeln will. Geduckt kauert sie oben auf der Plane; der Stacheldraht drückt sich durch das dicke Tuch in ihre Knie. Neben sich hört sie Niku atmen; die Silhouette eines Sprinters vor dem Start.

Auf der anderen Mauerseite ist nichts Verdächtiges zu sehen, allerdings auch nichts Unverdächtiges; die Notbeleuchtung malt nur suppentellergroße Lichtpfützen um die Laternenpfähle.

Mia springt zuerst, kommt auf einer ebenen Fläche auf; neben ihr landet Niku. Ohne zu atmen, lauschen sie sekundenlang in die Dunkelheit. Niemand zu hören oder zu sehen. Nur vom Hauptgebäude her, gut hundertfünfzig Meter links, dringen schwache Geräusche herüber, ein fernes Brodeln, mehr nicht.

Mit sicheren Handgriffen holt Niku die Tuchplane ein, rollt sie zusammen, verstaut sie wieder im Rucksack. »Alles klar«, flüstert er auf Deutsch.

Mia fischt die Stablampe aus dem City Bag, schaltet sie ein. Vor ihnen stehen die langgestreckten Hallen in gleichmäßigen Abständen aufgereiht. Nur ein paar Meter linker Hand, wo Halle E war, klafft eine dreißig Meter breite Lücke. Von dem abgebrannten Flachbau sind lediglich Reste des Stahlgerippes geblieben; vereinzelte Streben ragen hier und da empor.

Der Lichtkegel von Mias Lampe gleitet über den Asphaltboden, als sie mit schnellen Schritten auf die Überreste von Halle E zugeht. Niku folgt ihr; der dünnere Strahl seiner Stirnlampe flackert geisterhaft durch die Nacht.

Zügig überqueren sie die Brachfläche, die mit kleinen Trümmerteilen übersät ist. Eine Metallplatte, circa drei auf zwei Meter, plan in den Boden eingelassen und offenbar neueren Datums, lassen sie rechts liegen. Darunter muss der Treppenschacht sein, den Lotte Gerlach in einem ihrer Gedächtnisprotokolle auf dem Stick erwähnt hat.

Mehrfach bleibt Mia kurz stehen, um undefinierbare Objekte auf dem rußgeschwärzten Hallenboden anzuleuchten. Doch dafür ist eigentlich keine Zeit …

Der Zugang zu dem unterirdischen Laborbereich befindet sich im Keller des Steingebäudes am anderen Ende der einstigen Halle E; so zumindest Paul Gerlach in seiner verblüffend detaillierten Rekonstruktion der Daten auf dem Stick. Im Laufschritt halten sie auf die Klinik-Einheit zu, Schauplatz der verbrecherischen »Tests« mit hundertprozentiger Todesrate.

Warum haben sich die Erpresser auf eine siebentägige Verlängerung des Ultimatums eingelassen? Darüber hat Mia immer wieder nachgedacht, seit Siebener es in einer Videoschalte erwähnt hat.

Vielleicht gab es Probleme mit der Tödlichkeit des Virus, überlegt sie, während sie neben Niku durch die Dunkelheit rennt. Aber was für Probleme denn, in Herrgottsnamen, bei einer Biowaffe, die alle Versuchspersonen zwischen sechzehn und fünfundfünfzig Jahren binnen zweiundsiebzig Stunden tötet? Vielleicht ist genau das ja die Antwort, durchfährt es sie: dass das Dreckszeug für Kinder unter sechzehn eben nicht zu hundert Prozent tödlich ist.

Spekulation, na klar, aber es wäre eine Erklärung. Vielleicht sind Kinder gegen das Virus immun … Vage kommt ihr Wayolu in den Sinn, der zwölfjährige Sohn von Bashibu. Doch es ist kein guter Zeitpunkt, um über mögliche Probleme auf der Gegenseite nachzudenken.

Niku ist schon bei der Tür zur Klinik-Einheit. Mit dem Elektrodietrich braucht er zwanzig Sekunden, um das Schloss zu knacken. Er zieht die Tür auf, sie schlüpfen hindurch. Im selben Moment beginnen die Alarmsirenen überall auf dem Gelände zu jaulen.

10

Eine enge, kahle Eingangshalle; gegenüber die Treppe zum Obergeschoss. Mia zeigt mit dem Lichtstrahl auf die Tür in der Treppenkehle: Die muss in den Keller führen. Niku nickt. Sie huschen hindurch, die schmale Steintreppe hinab.

Unten ein Flur, dann eine Feuertür, massiver Stahl, die Niku gleichfalls aufkitzelt. Dazu unaufhörliches Sirenengejaule, die Alarmanlage auf dem Gelände, Polizei und Krankenwagen überall in der Stadt. Zumindest hört es sich für Mia so an.

Ihnen bleiben fünf Minuten, vielleicht sieben, falls die Wächter zuerst die Klinik-Einheit durchkämmen. Warum sollten sich Einbrecher in den Kellerräumen zu schaffen machen? Da ist ja seit Anfang März alles geräumt …

Hinter der Feuertür geht der Korridor weiter, verbreitert sich nach ein paar Schritten zu einem Vorraum. Türen nach beiden Seiten und eine weitere Feuertür voraus. Niku geht auf die linke Tür zu,

Mia probiert es mit der Feuertür. Doch die ist verschlossen, also nimmt sie sich den Raum rechts vor.

Ein Labor. *Das* Labor ... Plötzlich Gänsehaut. Genau hier wurde das maximal tödliche Virus entwickelt ... oder »optimiert« ... Lange Arbeitstische, an den Wänden Glasschränke, alles leer. Die Paletten voller Ampullenfläschchen mit dem tödlichen Präparat, die Apparate, Instrumente, sogar die Sicherheitsschleusen, die hier installiert waren, alles ausgebaut und weggeschafft ...

Und wenn hier überall Viren sind? Schwachsinn ... Wäre auch nur eine Ampulle von dem »maximal tödlichen« Zeug hier freigesetzt worden, wäre ganz Jakarta jetzt Geschichte. Falls es dann so was wie Geschichte überhaupt noch gäbe.

Fokussier dich ... Irgendwas muss hier zu finden sein. Ein Papierfetzen, ein Brief mit einem Hinweis, wo das ganze Zeug hingebracht worden ist. Vielleicht in ein Land, einen Ort mit *Mo...* wie Mordor, Montenegro, Moriguchi – das gibt es wirklich, liegt sogar in Japan ...

In der Ecke ein Schreibtisch mit Schubladencontainer. Sie stürzt sich darauf, wühlt alles durch, die Lampe zwischen den Zähnen. Gebrauchsanleitungen für Schutzanzüge, Preislisten für Ampullen, Pipetten pipapo ... aber kein verdammter Hinweis auf einen möglichen Zielort, mit oder ohne *Mo...*

Jemand kommt in den Raum gestürmt, sie fährt herum – Niku.

»Hast du was?«, flüstert er.

Mia schüttelt den Kopf.

»Die kommen schon, verdammt!«

»Dann halte sie auf«, sagt Mia. »Ich geh hier nicht ohne was weg. Also Plan B.«

Niku macht kehrt, sie macht sich über den Aktenschrank in der anderen Ecke her. Sie reißt beide Türen auf ... leere Ordner ... Papierfetzen voll Gekritzel, das sie mit der Taschenlampe untersucht ... Alles nur Müll, das darf nicht wahr sein ... Sie müssen einen Hinweis finden! Und jetzt hört sie es auch: Die Patrouille kommt, zwei Männer, dem Getrampel nach schon in der Eingangshalle über ihnen.

Plan B sieht vor, dass Niku die erste Patrouille ausschaltet. Das verschafft ihnen noch mal ein paar Minuten Zeit. Ein super Plan, Mia, du solltest Generalin werden ... Hektisch sieht sie sich nach allen Seiten um. Geht in die Knie, leuchtet unter den Schrank, unter den Schreibtisch ... nichts! ... Oder ist da doch was?

Die Wachmänner kommen die Treppe heruntergetrampelt. Niku geht ihnen entgegen, lautlos, unsichtbar im Dunkeln. Mia sieht die Szene trotzdem laserscharf vor sich: Wie er aus dem Schatten hervorwirbelt, mit zwei Hieben beide zu Boden bringt, sie fesselt und knebelt.

Niku ist ein Muay-Thai-Meister und Kung-Fu-Gott ... aber die Funkgeräte der beiden kann auch er nicht zum Schweigen bringen ... Sie krächzen und knattern, und wenn die in der Wache nicht bald Antwort kriegen, schicken sie das zweite Duo los ...

Also mach schon, Mia! Was zum Teufel ist das da in der Bodenritze ganz hinten unter dem Schubladencontainer? Sieh nach, verdammt! Glitzernde Scherben und Splitter, Plastik, Metall, vielleicht ein Chip ...

Das verfluchte Schubladending hat keine Rollen. Mia rüttelt und ruckt daran, aber es ist irgendwie am Schreibtisch festgeschraubt, vielleicht im Boden verankert, jedenfalls lässt es sich nicht bewegen.

Sie liegt jetzt in Bauchlage vor dem Schreibtisch. Mit links zwängt sie die Lampe unter den Schubladenblock, ihre Rechte robbt in dem flachen Zwischenraum auf die Wandritze zu.

Niku schlägt erneut Alarm: »Die zweite Patrouille. Wir müssen los!«

Nicht ohne die Dreckssplitter da hinten ... Sie streckt den Arm immer weiter aus, die Hand, jeden einzelnen Finger, dass es in Sehnen und Gelenken knackt ... Da! Sie spürt scharfzackige Bruchstücke von was auch immer unter den Fingerspitzen ... kratzt das Zeug mit schabenden Bewegungen näher zu sich heran.

»Mia!«

»Sofort!«

Sie schließt die Hand um den Plastik- oder Metallschrott, aber jetzt steckt ihre Faust in dem flachen Zwischenraum fest. Mühsam kriegt sie die Hand gedreht und wieder geöffnet, zieht sie wie einen Teller voll hüpfender Münzen zu sich heran, millimeterweise, damit das Zeug nicht davonspringt.

»Mia! Die haben Hunde dabei!«

Als ob sie das nicht mitkriegen würde, das heisere Hecheln der Wachhunde … hört sich nach Schäferhund an …

»Da! Ich hab's!« Sie schließt die Faust, springt auf. Was immer es sein mag, ein gläsernes Blinken, kupfernes Funkeln, sie stopft es in Dr. Shillers Tasche, die auf dem Schreibtisch liegt, wirft sie sich über. »Na los! Gehen wir!«

Zurück in den Vorraum. Die Wachmänner sind schon draußen vor der Feuertür. Also in Gegenrichtung … durch die andere Stahltür, zeigt Niku, aber wie soll das gehen – die ist doch zu?

Nicht für Niku, er hat das Schlüsselbund von einem der Wachmänner, probiert rasend schnell Schlüssel durch. Da, die Feuertür geht auf … Sie schlüpfen hindurch, hinter ihnen schließt er wieder zu.

Die Luft riecht muffig, nach kaltem Rauch. Ihre Lichtstrahlen irren durch ein Gerümpel ausrangierter Möbelstücke, die ihnen den Weg verstellen: Aktenschränke ohne Tür, Tische auf drei Beinen, Drehstühle mit nach vorn gesackter Lehne … Sie drängeln sich hindurch, so leise es geht. Hinter ihnen, gedämpft durch die Stahltür, das Rumpeln der Patrouille, das eifrige Bellen der Schäferhunde.

Dann ist nur noch ein Möbelstück zwischen ihnen und den Stufen ins Freie, darüber allerdings noch die Eisenplatte, die den Treppenschacht wie ein Deckel verschließt.

Dieser mächtige, schwarze Schreibtisch … Mia lässt den Lichtkegel darübergleiten. Irgendwo hat sie davon gelesen … in Lotte Gerlachs Gedächtnisprotokoll nach einem Gespräch mit … wem noch gleich? Mit Akatha, durchfährt es sie, ganz genau. Paul Gerlach hat ausgesagt, das Hin und Her mit dem Tisch sei seiner Frau seltsam vorgekommen.

Niku flankt über den Tisch hinweg wie beim Geräteturnen. Geduckt geht er die Stufen hoch, drückt die flachen Hände über sich gegen den Eisendeckel. »Hilf mir, Mia. Das schaffe ich nicht alleine.«

Sie geht in die Hocke, späht unter das monströsen Möbelstück aus schwarzem Tropenholz. Es ist noch aus der Ära von Bashibu, und Robeth Akatha, der neue Niederlassungsleiter, hat es dem Ex-Eigentümer verkauft. Auf Bashibus Wunsch hin, eine irgendwie dubiose Transaktion … Lotte Gerlach hat sich darüber gewundert, auch wenn sie nicht greifen konnte, was daran seltsam war.

Aber warum ist der Tisch noch hier? Angeblich hat Bashibu ihn doch abholen lassen. Lotte hat sich gefragt, ob er irgendwelche Papiere oder sonst etwas damit herausgeschmuggelt hat, in einem der unzähligen Fächer. Und jetzt steht das Protzding immer noch hier herum?

»Um Himmels willen, Mia …«

»Schon unterwegs.« Sie geht auf alle viere und kriecht unter dem Tisch hindurch. Dabei stupst sie mit dem Kopf hier und dort gegen die Tischunterseite … und *bamm!*, an einer Stelle gibt die sonst starre Fläche nach. Sie tastet hin – eine Art Geheimtür, an Federn aufgehängt, die sich ein Stück nach innen drücken und verschieben lässt. Dahinter ein verblüffend großer Stauraum …

Die Klinke der Stahltür knirscht. Mia beeilt sich, unter dem Tisch hindurchzukriechen. Sie zwängt sich neben Niku auf die schmale Treppe. Zusammen stemmen sie die zentnerschwere Eisenplatte hoch, eben genug, um ein paar alte Bretter darunterzuschieben und sich durch den Spalt nach draußen zu schlängeln, hinaus auf den rußgeschwärzten Boden der ehemaligen Halle E.

Im ehemals schilfgrünen Kleid galoppiert Mia auf die Außenmauer zu. Neben ihr Niku, der im Rennen den Rucksack herunternimmt, die Tuchplane hervorzieht und so geschickt zum Mauerfirst hochwirft, dass sie sich im Flug entfaltet und den Stacheldraht unter sich begräbt. Mia springt, genau gleichzeitig mit Niku, und ihre Beine werden ganz kurz noch von den Lichtkegeln der Security-Männer erfasst, wie sie vor der Mauer in der Luft zappeln, dann sind sie beide oben, springen auf die Straße hinab, wo eben der Flashmob trillernd und skandierend vorbeizieht.

Genau wie bestellt, denkt Mia, als sie in der Menge verschwinden. Über der Mauer tauchen kurz zwei Köpfe mit Uniformkäppis auf und gehen wieder unter wie Schwimmer in Seenot. Wie alle anderen schreit Mia sich die Kehle wund: »Nieder mit der Pharma-Mafia! Rettet die Riesenpinguine!« Das passt hier nicht so ganz, aber das wollte sie immer schon mal schreien. »Alle Menschen sind gleich!«

Auf jeden Fall gleich tot, falls die Scherben und Splitter aus der Kellerritze nicht den rettenden Hinweis liefern.

11

19:58 Uhr in Berlin, nachts zwei vor zwei in Jakarta. Und immer noch kurz vor zwölf für alle, denkt Mia, während sie zusieht, wie Nikus Kumpel Radja in seinem Keller voller Rechner, Monitore, rauschender Ventilatoren ihren Elektronikschrott zu restaurieren versucht. Wie ein Juwelier mit Lupenbrille, Lötpinzette und einer Bärenruhe, die sie rasend macht.

Aber sie reißt sich zusammen. Wenn sie Radja Druck machen, schmeißt er alles hin und sie beide raus, das hat er ihnen gleich zur Begrüßung erklärt. Er ist untersetzt, dicklich, Finger wie Brühwürste, aber mit diesen Patschhänden vollbringt er nanokosmische Wunder.

Er hat ein Plastikkorsett gebastelt, das genau in den Nanokartenslot eines handelsüblichen Smartphones passt. In dieser millimeterkleinen Struktur verteilt er die Plastik- und Metallsplitter, die Mia unter dem Schreibtischcontainer hervorgekratzt hat, nach einem für sie unergründlichen Plan. Die Zwischenräume füllt er mit »smartem Material«, jedenfalls laut Niku, der in der Haltung eines ergebenen Jüngers neben Radja sitzt und ihn durch bewunderndes Summen und Brummen bei Laune zu halten sucht.

»Stellt euch vor, die Karte wäre ein Mensch mit schrecklichen Brandverletzungen«, sagt Radja in schrecklichem Englisch. »Das Nanozeug, das ich in die Lücken schmiere, ist wie smartes Hautgewebe, mit dem sie bei einer Not-OP das rohe Fleisch bedecken und vom Feuer gefressene Löcher füllen.«

Niku sieht seinen Buddy so entgeistert an, dass Mia fast lachen muss. Doch sie reißt sich erneut zusammen. Radjas chirurgische Weisheiten stammen anscheinend aus einem Science-Fiction-Universum. Sie kann nur hoffen, dass seine Technik der Chip-Reparatur auf solideren Annahmen beruht. Im Regal neben ihm liegen Comichefte in dicken Stapeln. Auf seinem XXL-T-Shirt steht in blitzstrahlmäßig gezackten Lettern *»Spaceship Earth – where is the start button?«*.

Vielleicht an einem Ort mit *Mo…*

Radja beugt sich zur Seite, zieht eine Schublade auf und holt einen Föhn in Bonsai-Größe heraus. Geduldig föhnt er die Frankenstein-Version einer Nano-Chipkarte, die er aus Kupfersplittern und Plastikscherben sowie reichlich »smartem Hautgewebe« zusammengepuzzelt hat.

Der Miniföhn gibt ein heiseres Fauchen von sich. Radja föhnt und föhnt, und plötzlich hält es Mia nicht mehr aus.

Natürlich weiß der pausbäckige IT-Freak nicht, dass er das Schicksal der Menschheit zwischen seinen Wurstfingern hält; aber dass die Sache hier dringend ist, kann ihm nicht verborgen geblieben sein. Zumal er ihnen seinen »Notfalltarif« in Rechnung stellen will: siebzehn Millionen Rupiahs für eine Stunde Arbeit, fast tausend US-Dollar.

»Was meinst du, Radja, wie lange du noch …«

Niku wirft ihr einen warnenden Blick zu, doch zu spät. Radja schaltet den Föhn aus, steht auf und verlässt kommentarlos den Raum.

Mia und Niku wechseln stumme Blicke. Was jetzt? Ist das Werk des Meisters vollendet? Oder hat er mittendrin die Lust verloren, weil sie ihm Druck gemacht hat? Sollen sie einfach mal ausprobieren, ob das Trümmerfeld im Nanoformat irgendwelche Informationen preisgibt? Oder muss es erst noch länger trocknen, hart werden, smart werden – was weiß sie denn –, damit sich das bröslige Puzzle unter dem Laserstrahl des Kartenlesers nicht gleich wieder auflöst?

Ihr Galaxy S9 ist startbereit. Sie fingert den winzigen Plastikschlitten aus dem freien zweiten Kartenslot und hält ihn Niku auf der flachen Hand hin.

Er schüttelt den Kopf. »Ich schau mal nach, was er macht.«

Im selben Moment kommt Radja wieder durch die Tür. In einem neongelben Glitzeranzug, sie hätte ihn fast nicht wiedererkannt. »Und – alles klar?« Er schaut von Niku zu Mia.

»Du … du meinst …«, stottert Niku.

»Ja klar, schieb ihn rein. In ihr Telefon, du Honk.« Radja lacht, dass die Speckrollen unter dem *Dirty-Dancing*-Jackett wogen. »Ich hab heute noch was vor. Wollt ihr mitkommen – ins *Empirica?*«

Niku macht große Augen. »Der Club ist upscale, oder?«

»Total gechillt.« Radja winkt lässig ab. »Wollt ihr nicht endlich mal den Chip starten? Ich dachte, ihr hättet es eilig.«

»Ja, und wie.« Mia hält ihm ihr Smartphone und den Kartenschlitten hin. »Machst du das bitte, Radja? Ich mit meinen Pranken würde dein Wunderwerk gleich wieder zerstören.«

03:44 a. m. in Jakarta, 21:44 Uhr in Berlin.

Mia simst Siebener an: »*Treffer*«. Sonst nichts.

Drei Minuten später füllt sich ihr Notebook-Display mit Siebeners Gesicht. Viel zu nah, blass, faltig, vor allem viel zu hoffnungsvoll.

»Mia? Sie haben sie lokalisiert?«

»Wir haben eine mögliche Telefonnummer«, schränkt Mia ein. »Und einen Firmennamen: MOLDEX.«

Rasch fasst sie zusammen, was sie an – buchstäblich – bruchstückhaften Hinweisen gefunden haben. Die Überreste einer Speicherkarte, die zu einem Smartphone gehört hat. Auf dem Chip eine teilweise rekonstruierte Kontaktliste mit Telefonnummern und Namen, darunter die Festnetznummer von MOLDEX.

»Laut Website handelt es sich um eine Import/Export-Klitsche mit zehn Mitarbeitern und Firmensitz in Namiac«, erläutert Mia, »das ist ein Fünfzig-Seelen-Kaff nordwestlich von Chisinau, der Hauptstadt von Moldau.«

Der bettelarme Zwergstaat, fährt sie fort, ist wie die benachbarte Ukraine rekordverdächtig korrupt und mehr oder weniger in der Hand lokaler Oligarchen. Zu Sowjetzeiten war das heutige Moldau die Rüstungsschmiede der Roten Armee. Entsprechend gibt es dort jede Menge einstiger Waffenfabriken, die seit Jahrzehnten leerstehen und verfallen.

»Die Firma MOLDEX residiert in einem kleineren Industriegebäude, in dem bis in die 1990er Panzerequipment hergestellt wurde.« Mia klickt auf ihre Laptoptastatur und blendet ein Internet-Foto des einstöckigen, schaurig heruntergekommenen Plattenbaus ein. Die Fassade ist großflächig mit Schimmel überzogen; die Fenster sind mit rostigen Gitterstäben versehen. Nur der drei Meter hohe Sicherheitszaun, der das Areal umgibt, sieht relativ neu und solide aus.

»Schön und gut.« Siebener furcht die Stirn. »Wer oder was ist denn sonst noch auf der Liste?«

»Berufliche und private Kontakte. Die Karte hat offenbar Dr. Mahmudin gehört.«

»Dem Virologen, der als vermeintliche Brandleiche geendet ist?«

»Genau dem«, sagt Mia. »Laut Obduktionsbefund war die Infektion mit einem ungewöhnlich aggressiven Virus todesursächlich. Wir nehmen an, dass sein Smartphone von den Tätern zerstört worden ist. Bei der Räumung der geheimen Laboreinheit wurden winzige Bruchstücke des Geräts zurückgelassen – Glas- und Plastiksplitter und die Überreste der Chipkarte.«

»Gute Arbeit.« Siebener wirkt jetzt eine Spur beeindruckt, wenn auch noch nicht überzeugt. »Aber dass diese Firma in seiner Liste steht, heißt noch lange nicht, dass das Labor dorthin verlegt wurde. MOLDEX kann Medikamente von Raya gekauft oder sonst irgendwie in Geschäftsbeziehung mit ihnen gestanden haben.«

»Laut Website beschränkt sich die Geschäftstätigkeit von MOLDEX auf den Import von Unterhaltungselektronik und den Export von Spirituosen«, entgegnet Mia. »Aber das ist noch nicht alles, Frau Siebener. Wir haben zwei weitere Anhaltspunkte, die auf Moldau als neuen Standort des Labors hindeuten.«

Jetzt wird es heikel, denkt Mia. Fingerspitzengefühl war nie ihre Stärke, also knallt sie am besten gleich alle Karten auf den Tisch.

»Der eine Hinweis stammt direkt von Bashibu. Ich habe vorhin mit ihm gesprochen.«

»Sie haben *was?* Obwohl ich ausdrücklich …«

»Dafür ist jetzt keine Zeit«, fällt Mia ihr ins Wort. »Hören Sie mir zu, und anschließend schmeißen Sie mich raus oder lassen mich weitermachen.«

Sie legt eine kurze Pause ein. Als Siebener nicht widerspricht, referiert sie betont sachlich, was ihr Besuch im Hause Bashibu ergeben hat. »Wie es aussieht, war der Deal mit ClarTop nicht seine Idee. Als ihm klar wurde, mit wem er sich eingelassen hatte, wollte er wohl aussteigen – aber das ist beim Pakt mit dem Teufel bekanntlich schwierig.«

Sie führt Siebener die Parallelen zwischen den vermeintlichen Autounfällen von Sari Bashibu und Lotte Gerlach vor Augen und kommt dann auf Bashibus Sohn zu sprechen. »Der fingierte Autounfall seiner Frau war die erste Warnung. Als Bashibu erneut von der Fahne gehen wollte, haben sie vermutlich den zwölfjährigen Sohn als Geisel genommen. Auf meine Frage, wo Wayolu jetzt sei, hat er sich aufschlussreich verplappert: ›Er ist in Mo…‹ Den Rest hat er zwar verschluckt, aber kurz zuvor war ihm schon herausgerutscht, dass es dort zum Frieren kalt ist. Was die Zahl der infrage kommenden Städte oder Regionen erheblich einschränkt.«

Siebener lehnt sich zurück. »*Er ist in Mo…*«, murmelt sie kopfschüttelnd. »Also gut, spielen wir das mal kurz durch. Angenommen, der Junge wurde gekidnappt, um den Vater unter Kontrolle zu halten. Macht es aus Tätersicht nicht viel mehr Sinn, die Geisel irgendwo in Indonesien festzuhalten? Warum sollten sie ihn mehr oder weniger ans andere Ende der Welt schaffen?«

»*Ende der Welt*« passt schon mal, denkt Mia. Jedenfalls, wenn wir hier weiter nur rumquatschen.

»Da können wir im Moment nur spekulieren«, gibt sie so ruhig wie möglich zurück. »Ich halte es für möglich, dass sie den Jungen schon bei Raya in der geheimen Laboreinheit festgehalten hatten. Vielleicht, weil sie glaubten, ihn dort am ehesten unter Kontrolle zu haben … vielleicht auch, weil sie ihn als Testperson für ihre Experimente verwendet haben.

Das halte ich sogar für sehr wahrscheinlich«, fährt sie fort, ehe Siebener etwas einwenden kann. »Auffällig ist ja, dass in den geleakten Dokumenten nur von Tests mit erwachsenen Probanden die Rede ist. Vielleicht war oder ist das Virus für Kinder noch nicht so ›maximal tödlich‹ wie für Erwachsene? Vielleicht ist das der Grund, warum ›Justice‹ – oder wer auch immer dahintersteckt – mit der Verlängerung ihres Ultimatums einverstanden war: weil sie noch Zeit brauchten, um die Testreihe mit minderjährigen menschlichen Laborratten abzuschließen? Wenn man schon einen zwölfjährigen

Jungen in seiner Gewalt hat, warum ihn nicht für die gute Sache verheizen?«

Mia verstummt, und auch Siebener schweigt noch einige Sekunden.

»Möglich wäre es«, sagt sie schließlich. »Aber Sie wissen so gut wie ich, dass jeder Anfänger bei der Staatsanwaltschaft uns diese Indizienkette um die Ohren hauen würde. Vom Innenminister und der Kanzlerin ganz zu schweigen … Glauben Sie wirklich, die würden ein Spezialkommando nach Moldau schicken und diese Exportklitsche ausheben lassen, nur weil ein Dr. Bashibu in seiner Villa in Jakarta herumgestottert hat, dass sein Sohn ›in Mo…‹ ist und friert?«

»Wenn Sie es so vortragen, bestimmt nicht.« Mia ermahnt sich, ruhig zu bleiben. »Wie gesagt, Frau Siebener, wir haben noch einen weiteren Anhaltspunkt: Am vierten April, Sie erinnern sich, ist Cure-Tech-Vorständin Dr. Toppert nach Kiew geflogen – angeblich zu einem Meeting mit Investoren. Laut ihrem Büro hat sie dort übernachtet und ist am fünften April nach Berlin zurückgekehrt.«

Siebener blinzelt in die Kamera. »Worauf wollen Sie hinaus?«

»Kiew liegt circa sechshundert Kilometer nordöstlich von Chisinau. Mit dem Flieger brauchen Sie dafür eine Stunde, und nach noch mal dreißig Autominuten sind Sie bei MOLDEX. Topperts Meeting könnte also auch in Moldau stattgefunden haben. Was bedeuten würde, dass die hochangesehene Start-up-Gründerin irgendwann bei den Tätern mit ins Boot gestiegen wäre – trotz ihres ›Medizin für eine heilere Welt‹-Images, das Lotte Gerlach hingebungsvoll für sie ausgepinselt hat.«

Siebener starrt mit großen Augen in die Kamera. »Das ergibt keinen Sinn.«

»Wirklich nicht? Paul Gerlach zufolge wurde seine Frau am späten Abend des achten April von ihrer Chefin telefonisch angewiesen, mit dem Auto noch in der Nacht nach München zu fahren. Wenn wir davon ausgehen, dass Dr. Toppert ihre treue Führungskraft wissentlich in den Tod geschickt hat, ergibt es sogar perfekten Sinn, dass sie für diesen Anruf eine nicht nachzuverfolgende Prepaid-Karte verwendet hat.«

»Aber warum sollte ...« Siebener schüttelt heftig den Kopf. »Sie kennen Clara Toppert nicht.«

Du anscheinend schon, denkt Mia, verkneift sich aber jeden Kommentar. Sie lehnt sich zurück und schaut über die Schulter kurz zu Niku, der in seiner üblichen Schlafhaltung auf dem Futon liegt. Seitlich eingerollt, die Fäuste geballt.

»Mehr haben wir nicht? Sehe ich das richtig?«

»Doch, da ist noch etwas.« Mia kaut an der Unterlippe. »Sie erinnern sich vielleicht, Lotte hat auf dem USB-Stick einen alten Schreibtisch von Bashibu erwähnt, ein riesiges schwarzes Teil mit diversen Geheimfächern. Es gab da einen irgendwie zweifelhaften Deal zwischen Bashibu und Akatha. Angeblich hat er das Erinnerungsstück zurückgekauft und bei Raya abholen lassen. Und Lotte hat sich gefragt, was dahintersteckt – ob sie mit dem Tisch irgendwas rausgeschmuggelt haben.«

Siebener runzelt die Stirn. »Und weiter?«

»Seltsamerweise ist der Schreibtisch noch da.« Mia referiert in knappen Worten, wo sie auf das mächtige schwarze Möbel gestoßen ist. Und auf den geheimen Stauraum unter der Tischplatte. »Da war Platz genug für ein Kind«, fährt sie fort. »Ein gelenkiger Zwölfjähriger könnte sich da wohl reinquetschen. Und genau das war wohl der Plan: Der Virologe Mahmudin sollte Bashibus Sohn Wayolu da rausschmuggeln. Aber dann muss etwas schiefgegangen sein. Vielleicht war Wayolu schon infiziert, und Mahmudin hat sich bei ihm angesteckt. Jedenfalls ist Mahmudin tot, der Junge ist nicht freigekommen, und der Tisch steht immer noch bei Raya unter der ehemaligen Halle E.«

»Wenn es überhaupt der Tisch ist, den Lotte Gerlach gemeint hat.«

Darauf antwortet Mia nichts. Was sie zu sagen hatte, hat sie gesagt.

Natürlich kann aus purem Zufall ein zweiter Tisch der gleichen – oder einer ähnlichen – Bauart da unten herumgestanden haben. Oder Bashibu kann aus irgendeinem banalen Grund beschlossen haben, den Tisch doch nicht abholen zu lassen. Aber wenn so viele Puzzlestücke zusammenpassen, steckt erfahrungsgemäß nicht der blinde Zufall dahinter, sondern ein Plan.

»Sie gehen also davon aus, dass die alte Panzerfabrik in Moldau das geheime Labor beherbergt?«

Mia nickt.

»Einschließlich der biologischen Kampfstoffe, die bei Raya entwickelt und möglicherweise bei MOLDEX noch weiter optimiert wurden?«

Mia nickt erneut.

»Und einschließlich mindestens einer minderjährigen Geisel, an der oder denen möglicherweise noch immer verbrecherische Menschenversuche durchgeführt werden?«

»So sieht es für mich aus.«

Siebener brütet. »Würden Sie Ihre Sicht auch persönlich vor der Bundeskanzlerin vertreten?«

»Ja klar, Frau Siebener. *Whatever it takes*. Der nächste Flieger geht in zwei Stunden. Morgen Abend Ihrer Zeit bin ich in Berlin. Wenn Sie wollen, erkläre ich der Kanzlerin auch, warum es keine Option sein kann, die Forderung der Gegenseite zu erfüllen.« Sie sieht Siebener abwartend an.

»Warum?«

»Weil diese Typen es tödlich ernst meinen. Höchstwahrscheinlich werden auf dem MOLDEX-Gelände nicht nur genug Kampfmittel gelagert, um alle Erwachsenen auf der Erde umzubringen, sondern auch die verbrecherischen Experimente mit minderjährigen Versuchspersonen fortgeführt. Je länger wir warten, desto mehr von ihnen müssen sterben. Und desto tödlicher wird das Virus.«

Siebener wird noch eine Spur bleicher, ihre Gesichtsnerven zucken. »Steigen Sie in den nächsten Flieger, Frau Muller. Ich bearbeite Staatssekretär Taschner, damit er für morgen Abend ein Meeting im Kanzleramt organisiert. Ach so, noch was.« Sie kneift die Augen zusammen. »Packen Sie etwas halbwegs Gediegenes zum Anziehen ein.«

»Sie meinen, ein knallfarbenes Jackett mit untertellergroßen Knöpfen?« Mia kämpft gegen plötzlichen Schluckauf an. »Das ist eigentlich nicht mein Stil, aber wenn es der Weltrettung dient ...«

*Donnerstag,
11. April 2019*

12

Der Euroliner fährt auf der Landstraße nördlich von Chisinau Richtung Osten. Er ist blassblau lackiert und schwungvoll beschriftet: »*Explore Moldawia – Tourist Shuttle Service*« steht in knalligem Rot auf den Flanken des klapprigen Gefährts.

Knapp fünfzig der mehr als achtzig Plätze sind mit Reisenden besetzt. Auf den restlichen Sitzen liegen Koffer, Taschen und Rucksäcke mit Schusswaffen, ABC-Schutzanzügen, Kevlarwesten, Sauerstoffflaschen und weiterem Equipment gestapelt. Doch das kann man von außen nicht sehen, Seiten- und Rückfenster sind verspiegelt. Gut sichtbar sind dagegen der gemütlich wirkende Mittfünfziger hinter dem Steuer und die Reiseleiterin, eine schlanke, groß gewachsene Blondine Anfang vierzig. Sie steht neben dem Fahrer, mit dem Rücken zur Frontscheibe, auf dem Kopf ein Headset mit Mikrofon. Sie lacht und gestikuliert; scheinbar unterhält sie die Reisegesellschaft mit landeskundlichen Anekdoten, während der Fahrer vom Gas geht und in ein Dorf namens Namiac einfährt.

Die Ortschaft besteht fast nur aus der Handvoll kleinerer Mietblocks, die die Durchfahrtsstraße säumen. Die heruntergekommenen Plattenbauten aus der Sowjetära sind offenbar nicht mehr bewohnt. Eine Kneipe mit zugenagelten Fenstern und der Flachbau eines kleinen Supermarkts mit eingeschlagenen Scheiben unterstreichen die gespenstische Aura des Ortes, dessen Zentrum ein Bauernhof mit zusammengesackter Holzscheune bildet. Hunde streunen auf der Straße herum; einer von ihnen, mit angefressenen Ohren, hinkt bellend hinter dem Reisebus her. Währenddessen kommt das umzäunte Fabrikareal am anderen Ortsende langsam in Sicht, und die vermeintlichen Moldau-Touristen machen sich zum Aussteigen bereit.

»Wir halten in der Parkbucht zwischen den beiden Werkstoren«, sagt die vorgebliche Reiseleiterin in akzentfreiem Englisch, »ihr verteilt euch wie besprochen und macht Selfies, bis eure Handys quietschen. Und vergesst nicht, laut zu telefonieren, zu lachen, blödes Zeug zu reden. Ihr seid schließlich Touristen. Okay?«

Sie grinst und gestikuliert.

»Okay, Mia«, rufen die Reisenden. »D'accord! Alles cool.« Die meisten von ihnen sind zwischen fünfundzwanzig und fünfunddreißig Jahre alt, aber hinter den altmodischen Brillen und grau gefärbten Bärten, unter den Parka-Kapuzen und Wollmützen sehen sie deutlich älter aus. Zumal sie ihre durchtrainierten Körper unter weit geschnittener Ü50-Kleidung verborgen haben, die auch für Bewaffnung und Schutzwesten Platz bietet.

Als sie mit dem Bewegungsmuster kniesteifer Best Ager aus dem Bus staksen, ist es 16:07 Uhr Ortszeit. Zwanzig Stunden vor Ablauf des Ultimatums und genauso viele – oder wenige – Stunden nach dem Krisenmeeting im Innenministerium.

Die Bundeskanzlerin ließ sich dort nicht blicken, doch neben Staatssekretär Taschner war zumindest in den ersten zehn Minuten auch der Innenminister zugegen. Ein Baum von einem Mann, Typus tote Fichte. Mia traute sich kaum, ihm zu widersprechen, aus

Sorge, dass er einen Herzanfall bekommen könnte. Oder *vollenden* – seine Hand, die sie zur Begrüßung behutsam schüttelte, war sowieso schon schweißnass und fast so kalt wie bei einer Leiche.

Auf Mias Frage, ob es mittlerweile konkretere Informationen zum Hintergrund der Täter gebe, blieb der Minister vage. Die Anzeichen verdichteten sich, dass eine Gruppe namens Justice hinter der »beispiellosen Bedrohung« stecke, doch ob es sich um eine terroristische Bewegung handle, um eine Weltuntergangssekte oder möglicherweise um eine »vom Kreml generierte Fata Morgana«, sei nach wie vor unklar. »Fest steht nur so viel: Wir haben es mit einer potenziell apokalyptischen Gefahrenlage zu tun. Den Feind *jetzt* zu stoppen hat oberste Priorität, Frau Muller.« Er sah Mia, dann Sven, schließlich Siebener beschwörend an. »Ich korrigiere mich«, fügte er mit brüchiger Stimme hinzu. »Es ist unsere einzige Option.«

Nachdem sich der Minister zurückgezogen hatte, wurde Dr. Taschner etwas konkreter. Auch der Staatssekretär machte den Eindruck, am Ende seiner Kräfte zu sein. Der leicht übergewichtige Endvierziger im zerknitterten Dreiteiler trommelte unablässig mit den Fingern auf die Tischplatte; die Muskeln um seine Augen herum zuckten unkontrolliert.

Eine Mehrheit der G20-Staaten habe sich dafür ausgesprochen, der Forderung der Erpresser nachzugeben, deutete er an. Alles sei vorbereitet, um die verlangte Billion US-Dollar zu transferieren, sobald die Gegenseite die entsprechenden Anweisungen übermittelt habe.

»Die Kanzlerin sieht es aber wie Sie, Frau Muller«, fuhr er fort. »Erst wenn die Drahtzieher zur Strecke gebracht worden sind, ist die Lage unter Kontrolle. Darum bleibt uns keine Wahl: Wir müssen sie dingfest machen, mögliche Opfer befreien und vor allem die Kampfmittel aus dem Verkehr ziehen. Und das alles umgehend.«

Die vorliegenden Hinweise seien wenig belastbar, aber unter den gegebenen Umständen plausibel genug. »Wir müssen davon ausgehen, dass sich auf dem MOLDEX-Gelände sowohl die Operationsbasis von ›Justice‹ als auch das Labor mitsamt den tödlichen Ampullen befindet. Und wir können nur hoffen, dass wir mit dieser Vermutung richtigliegen, denn wir haben nur diesen einen Schuss.«

Wir, die Menschheit, ergänzte Mia in Gedanken. Sie trug ihr betongraues Jackett mit kaschierten Druckknöpfen, dazu schwarze Skinny Jeans und Monolith-Stiefeletten. Siebener, im dunkelblauen Businesskostüm, hatte ihr Doomsday-Outfit kritisch beäugt, sich aber jeden Kommentars enthalten.

»Um eine globale Massenpanik ebenso wie eine irreversible Kurzschlussreaktion auf der Gegenseite zu verhindern, muss der gebotene Schlag unmerklich vorbereitet und mit größtmöglicher Präzision durchgeführt werden«, fuhr der Staatssekretär fort. »Leider müssen wir davon ausgehen, dass mehrere der offiziell betroffenen Staaten auf höchster Ebene unterwandert worden sind. Aus diesem und einer Reihe weiterer Gründe hat die Kanzlerin entschieden, nur zwei unserer engsten Verbündeten zu informieren. Frankreich und Großbritannien haben eingewilligt, mit uns eine Einsatztruppe zu bilden. Jedes Land stellt ein Team mit fünfzehn Spezialkräften plus Teamleiter bereit. Die drei Teamleiter übernehmen gemeinsam die Einsatzleitung.«

Na super, dachte Mia. Hoffentlich führen die nicht mittendrin Koordinationsgespräche oder füllen Formulare aus.

Der Staatssekretär sah sie aus zuckenden Augen an. »Aufgrund Ihrer Erfahrung und Ihres Hintergrunds würden es die Bundeskanzlerin und der Innenminister sehr begrüßen, Frau Muller, wenn Sie die Leitung des deutschen Teams übernehmen könnten. Und wenn Sie, Herr Paretz, gleichfalls für den Spezialeinsatz zur Verfügung stünden.«

Svens Kopf ruckte zu Mia herum; er war sichtlich entgeistert.

»Ja klar«, sagte Mia. »Ich habe bis zu meinem nächsten Einsatz noch ein paar Tage Zeit.«

Um 16:15 Uhr tapsen knapp fünfzig ältliche Busreisende ziellos auf der Straße vor dem Fabrikgelände herum. Mit steifen Knien, schmerzenden Rücken, doch offenbar in angeregter Stimmung.

Der Euroliner steht mit laufendem Motor in der Haltebucht zwischen den Werkstoren, die auf rostigen Schildern als »*Tor A*« und »*Tor B*« gekennzeichnet sind. An einem Pfosten neben Tor A befindet sich zusätzlich ein kleines Messingschild mit der Aufschrift »MOLDEX *Import/Export Headquarter Namiac, Moldawia*«. Ansonsten weist nur der offenbar nagelneue Stahlzaun darauf hin, dass das Areal nicht ganz so verlassen und verfallen ist, wie es auf den ersten Blick aussieht. Abgesehen von dem eingestaubten Kühllaster, drei Klein-Lkws mit Planenaufbau, zwei SUVs und der schwarzen Kawasaki, die rechts neben dem Fabrikgebäude parken.

Die Touristen telefonieren, fotografieren, gestikulieren. Einige der älteren Herren treten an den gegenüberliegenden Straßenrand und betrachten scheinbar interessiert den dürftigen Böschungsbewuchs. Dabei nesteln sie diskret an ihren Hosenschlitzen. Andere Reisende haben ihre offenbar prall gefüllten Rucksäcke abgenommen, Sandwichpakete und Wasserflaschen hervorgekramt und lassen sich den Imbiss schmecken.

Für etwaige Beobachter im Innern des Fabrikgebäudes muss es wie die Foto- und Pinkelpause einer leicht überdrehten Frührentnergruppe aussehen. Der mit Betonplatten gepflasterte Fabrikhof, auf dem Bauschuttcontainer, zeppelinartige Gasbehälter und ein malerisch verrottetes Trafohäuschen scheinbar willkürlich verteilt sind, wäre die perfekte Kulisse für einen postapokalyptischen Thriller. Im Obergeschoss rechts ist ein Drittel der Fenster mit Betonsteinen zugemauert, anscheinend schon seit Jahrzehnten, was den Gruselfaktor klar erhöht. Kein Wunder, dass die nicht mehr ganz taufrische Touristenschar das Gelände aufgeregt schnatternd umkreist.

Weithin hörbar spekulieren sie, wer oder was wohl hinter den vermauerten Fenstern spukt. »Stalins Geist, haha!«, schlägt einer vor.

»Ach was, die Tochter des Fabrikdirektors!« Ein anderer Witzbold zeigt zu dem verfallenen Gutshaus, dessen ruinenhafte Silhouette gut hundert Meter westlich, am Rand eines kleinen Birkenwalds, in den grauen Himmel aufragt. »Da steckt eine unglückliche Romanze dahinter, garantiert! Zwischen Boris, dem Büchsenmacher, und der schönen Jelena …«

Noch mehr Geschrei und Hin-und-her-Gestolpere. Lunchverpackungen und leere Plastikflaschen landen am Straßenrand. Touristen sind ein ganzheitliches Ärgernis, zumal wenn sie meckernd lachen, ihre Begeisterung für die »authentische Location« auf Englisch, Deutsch und Französisch herausblöken und unzählige Selfies schießen. Aber bei sieben Grad Celsius und einsetzendem Nieselregen ist die Belästigung auch schnell wieder vorbei … normalerweise.

Tatsächlich hat sich die ganze Truppe nach wenigen Minuten so weiträumig um das MOLDEX-Gelände herum verteilt, als wollten sie es umzingeln oder gar stürmen. Dabei scheint kaum etwas abwegiger zu sein. Mit ihren kalkigen Knien und ramponierten Bandscheiben hätten sie gegen den drei Meter hohen Zaun und die verschlossenen, überdies mit Stacheldraht gesicherten Tore keine Chance.

Mögliche Späher hinter den vergitterten Fenstern im Erdgeschoss oder den unvermauerten Fenstern im ersten Stock des langgestreckten Flachbaus können also ganz entspannt bleiben. *»Die da draußen sind sowieso alle schon tot«*, plaudern die Justice-Gefolgsleute im Innern vielleicht, *»die wissen es nur noch nicht.«*

Der Umschwung kommt so blitzschnell, dass selbst Sven Paretz seinen Augen kaum traut. Obwohl er mittendrin ist, als Teil von Team Gamma, dem deutschen Truppendrittel unter Mia Mullers Führung. Sekundenschnell haben die vermeintlichen Touristen die Gasmasken aufgesetzt, die mit den Sauerstoffflaschen in den Rucksäcken verbunden sind. Ihre Schusswaffen sind noch unter den Parkas versteckt, Bärte und Haare noch grau gefärbt, doch ihre Bewegungsmuster haben sich vollständig geändert.

Im Nu sind sie über Zaun und Tore hinweg. Das britische Team Alpha, von einem borstenköpfigen Oberst namens Roger Mackensen geleitet, stürmt auf den linken Eingang des Plattenbaus zu; Team Beta, unter Führung der burschikosen Europol-Agentin Marie Leclerc, übernimmt den rechten Eingang. Das deutsche Team bezieht hinter Containern und Trafohäuschen Position, um Alpha und Beta notfalls Feuerschutz zu geben.

Sven ist heilfroh, dass er nicht an vorderster Front eingesetzt wird. Gleichzeitig brennt er darauf, die Niederlage von vor zwei Jahren wettzumachen, als er im Dschungel den Machetenhieb abbekam. Die Schande, das Trauma. Er will sich bewähren, auch vor Mia, die drei Schritte neben ihm hinter einem Bauschuttcontainer kauert, die SIG Sauer im Anschlag. Aber mit rasendem Puls und zittrigen Knien wird das schwierig.

In dem Gebäude zehn Meter vor ihnen bleibt es unheimlich ruhig. Keine Scharfschützen in den Fenstern, keine Verteidiger, die aus den Türen gestürmt kommen, Schusssalven abfeuern, nichts dergleichen.

Eine Falle, denkt Sven. Sie locken uns ins Innere des Horrorbaus, und dort machen sie uns nieder … Sein Herz hämmert. Seine Gedärme rebellieren. Das Atmen fällt ihm schwer, nicht nur wegen der ungewohnten Sauerstoffmaske.

Dann die zweifache Detonation, fast zeitgleich. Alpha und Beta haben die Zugänge mit Emulsionssprengstoff aufgesprengt. Schon sind sie hindurch, zwei mal sechzehn bestens gedrillte Elitekämpfer, und Sven schaut ihnen ängstlich hinterher.

Am liebsten wäre er weit weg von hier. Aber wohin auch immer er fliehen würde, der Machetenmann in seinem Kopf wäre dabei. Ein riesenhafter Glatzkopf mit tätowiertem Krokodilmuster an Hals, Schultern und Armen, der die blutverschmierte Waffe auf ihn niedersausen lässt. Und dazu grinst der Typ lässig, fast gelangweilt, als würde er bloß Kokosnüsse zerteilen …

Mia macht Sven ein Zeichen. Weiter vorrücken, versteht er und rennt hinter ihr her. Geduckt, die Waffe schussbereit, genauso wie die anderen Einsatzkräfte aus ihrem Team. Ein paar Kollegen kennt er noch aus seiner Zeit bei Europol, auch einige Franzosen und Briten. Beim Treffen am Mittag in Chisinau haben sie ihn freundlich begrüßt. Ein bisschen herumgefrotzelt, von wegen *»da ist der Abtrünnige ja wieder«*, aber alles in kameradschaftlichem Ton.

Er zwingt sich, gleichmäßig zu atmen. Im Zickzack laufen sie auf den linken Eingang zu. Seltsam, die haben nicht mal Wächter postiert, denkt Sven, da nimmt er ein metallisches Funkeln in einem Fenster im ersten Stock wahr. Schüsse knallen, Funken stieben, dicht neben ihm schlagen Kugeln in den Betonboden ein. Reflexhaft reißt Sven die Waffe hoch, doch bevor er auch nur entsichern konnte, hat Mia schon abgedrückt.

Mit einem Schrei, der sofort in Keuchen übergeht, fällt eine Gestalt oben aus dem Fenster und kracht vor ihnen auf den Hof. Es ist eine Frau, eine groß gewachsene, kräftige Frau, das erkennt Sven auf den ersten Blick. Obwohl er ihr Gesicht nicht sehen kann – sie ist in Bauchlage aufgekommen, die Arme wie schützend um den Kopf gelegt. Unter dem Oberkörper hat sich eine Blutlache gebildet, die rasch größer wird. Aber sie keucht noch immer, mit heller, heiserer Stimme, ein schreckliches, kraft- und hoffnungsloses Husten, bei dem sich auch Sven alles zusammenkrampft. Der Magen, die Bronchien …

Er kauert sich neben sie, fasst sie bei der Schulter, dreht sie behutsam um. Ihre Augen sind offen, aber so rot geädert, dass er erschrocken zurückfährt. Sie hustet und röchelt, ihr ganzer Körper zuckt und zittert, und mit jedem krampfhaften Husten spuckt sie einen Schwall Blut aus.

Sven schaudert, gleichzeitig ist er enttäuscht. Eine irrationale Reaktion, das ist ihm klar, aber er hatte gehofft, dass es die »Asiatin« wäre. Irgendwie ist es ein schlechtes Zeichen, dass es nicht sie erwischt hat, »Plattnase«, die Killerin von Lotte Gerlach, sondern diese junge Frau mit den dunkelbraunen Augen, die so blutunterlaufen sind wie bei lebenden Leichen im Horrorfilm.

»Sven, bist du irre?« Mia hat ihn beim Arm gepackt, reißt ihn von der Sterbenden fort. Durch die Maske hindurch klingt ihre Stimme dumpf, wie aus einem Erdloch hervor. »Die war eh schon so gut wie tot«, sagt sie und sieht ihn aufmunternd an.

Im nächsten Moment hat sie sich umgewendet, eilt weiter auf den Eingang zu. Sven folgt ihr, zu aufgewühlt, um den Sinn ihrer Worte gleich zu begreifen.

Hat sie Angst, dass ich durchdrehe, weil sie jemanden getötet hat?

Dann erst, im dämmrigen Innern des Fabrikgebäudes, wird ihm klar, was Mia gemeint hat.

Die Frau ist infiziert. Mit dem tödlichen Virus.

13

16:37 Uhr. Das Erdgeschoss und die erste Etage des Fabrikgebäudes sind gesichert, außer dem vermauerten Trakt oben rechts. Mit ihrem Team stürmt Mia die rissigen Betonstufen zum Obergeschoss hoch. Alle jetzt in vollem Schutzanzug, mit Helm, Sauerstoffmaske und zwei Paar Handschuhen übereinander.

Ihre Aufgabe ist es, das Labor zu sichern, das sich im vermauerten Teil der Anlage befinden muss. Etwaigen Widerstand zu brechen, mögliche Geiseln zu befreien und, vor allem, die Kampfmittel zu bergen, die dort mutmaßlich in Kühlcontainern lagern.

Jede Minute zählt. Der GAU hat bereits begonnen …

Im Erdgeschoss und im frei zugänglichen Trakt der ersten Etage konnten Alpha und Beta zuvor keine Spur von dem vermuteten Labor entdecken; ebenso wenig in den Kellerräumen. Die meisten Räume waren leer, ausgeplündert bis auf ein paar rostige Metallteile oder ramponierte Möbelstücke, für die selbst in dieser bettelarmen Gegend niemand Verwendung hat.

In einem saalartigen Schlafraum im Erdgeschoss standen zwanzig Feldbetten, alle mit vermeintlich schlafenden Personen belegt. Siebzehn von ihnen erwiesen sich als tote Körper, einige fast noch lebenswarm; die anderen drei lagen im Sterben. Sie röchelten und zuckten; ihre Augen blutunterlaufen, die Münder mit Blut verschmiert.

Weitere Räume mit Einzelbetten, Stühlen und Tischen eingerichtet. Auch die höheren Chargen, die sich hier offenbar einquartiert hatten, allesamt tot. Die Körper zusammengekrümmt, Arme und Beine grotesk verrenkt, Augen und Münder rot von ihrem eigenen Blut.

Im Obergeschoss links trafen Alpha und Beta auf Gegenwehr. Doch die rund fünfzehn mutmaßlichen Justice-Anhänger, die sich in einem größeren Saal versammelt hatten, konnten ihre Kalaschnikow-Maschinenpistolen kaum mehr kontrollieren. Mit zuckenden Gliedmaßen, von Husten- und Nervenkrämpfen geschüttelt, feuerten sie Schusssalven ab, die teils die eigenen Leute, teils nur die Zimmerdecke durchlöcherten. Wer von ihnen das *friendly fire* überlebte, wurde von Kugeln der Angreifer niedergestreckt; sofern ihnen nicht das Virus zuvorkam, das ihre Organismen schon weitgehend zerstört hatte.

Mit den brandroten Augen, den veitstanzähnlichen Zuckungen, dem dröhnenden, von Blutspucken begleiteten Husten machten sie einen zutiefst verstörenden Eindruck. Selbst die Abgebrühtesten unter den französischen und britischen Einsatzkräften wirkten mitgenommen, als sich die drei Teams um 16:25 Uhr zu einem kurzen Meeting im Erdgeschoss versammelten; in einem Saal, der laut Türschild *»Mashinnogo Otdeleniya Progress«* hieß, *»Maschinensaal Fortschritt«*.

»Wir sind zu spät gekommen«, ergriff Mia das Wort. »Bei den Tests in Jakarta war nach zweiundsiebzig Stunden niemand mehr am Leben. Entsprechend müssen die Menschen hier sich vor zwei bis drei Tagen infiziert haben. Aber vielleicht haben wir trotzdem noch eine Chance.«

Sie legte eine kurze Pause ein. Alle Einsatzkräfte sind durch integrierte Headsets in den Helmen ihrer Schutzanzüge verbunden, doch durch die Sauerstoffmasken zu sprechen ist mühsam.

»Wir sind hier weitab vom Schuss, und das Dorf ist anscheinend unbewohnt«, fuhr sie fort. »Aber wenn auch nur einer von den Typen hier nach Chisinau oder sonst wohin gefahren ist, nachdem er sich infiziert hat, ist die Apokalypse da draußen in vollem Gang.«

»Was ist hier eigentlich passiert?«, stieß Pierre hervor, ein Ex-Fremdenlegionär, den Mia von etlichen Einsätzen mit der Europol-Spezialtruppe kennt. Ein guter Typ, wenn totale Loyalität und tollkühnes Voranstürmen gefragt sind, aber Hintergrundanalyse ist nicht seine Stärke. »Haben die sich mit Absicht weggespritzt?«

Alle redeten jetzt durcheinander. Aufgeputscht, verunsichert, konfus, ein hochexplosives Gebräu.

»Seid mal still und hört zu.« Mia hob eine Hand, sofort kehrte Ruhe ein. »Wir wissen noch nichts Genaues über ›Justice‹, aber das ist keine Selbstmordsekte, darauf verwette ich meinen Arsch.«

Sie hob erneut eine Hand, als vereinzeltes Johlen ertönte. »Wenn sie hier nur die Ampullen lagern würden, die in Jakarta abgefüllt worden sind, wäre das höchstwahrscheinlich nicht passiert«, fuhr sie fort. »Wir müssen also davon ausgehen, dass es in diesem Gebäude noch einen versteckten Laborbereich gibt. Und zwar oben in dem vermauerten Trakt.«

Aufgeregtes Murmeln. Mia wartete, bis sie wieder die volle Aufmerksamkeit hatte. »Ich weiß, das scheint keinen Sinn zu ergeben. Aber vielleicht haben es die Bewaffneten hier draußen mit der Angst zu tun gekriegt. Oder die Wissenschaftler drinnen wollten die Flucht ergreifen, weil sie die Kontrolle über das Virus verloren hatten.

Um die versehentliche Freisetzung von Viren zu verhindern«,

führte sie weiter aus, »braucht man ein Labor der höchsten Sicherheitsstufe, mit strikter Zugangsbeschränkung und Zwei-Kammer-Schleusen bei den Zugängen. Ein einziger Fehler und das Teufelszeug ist draußen. Das Risiko sind sie anscheinend eingegangen, weil das Virus aus ihrer Sicht noch nicht tödlich genug ist.«

»Nicht tödlich genug?«, schallte es aus verschiedenen Richtungen zurück. »Obwohl alle hier ratzfatz abgekratzt sind?«

Mia nickte. »Es kann sein, dass das Virus Kinder und Jugendliche nicht so schnell und sicher tötet, wie die perversen Arschlöcher sich das wünschen. Möglicherweise werden in dem vermauerten Bereich Minderjährige festgehalten und als menschliche Laborratten missbraucht. Auch die müssen wir umgehend in Sicherheit bringen.«

Um sich herum sah sie nur noch hochkonzentrierte Gesichter. Sven Paretz konnte sie nirgendwo im Saal entdecken, aber vielleicht war es auch besser, sagte sich Mia, wenn er beim Sturm auf den vermauerten Trakt außen vor blieb. In einer Situation wie dieser war es absolut notwendig, dass alle Beteiligten hochprofessionell agierten, und Sven hatte seine Nerven bei extremer Belastung nicht immer unter Kontrolle. So wie damals in Kambodscha, als eine Armee von Security-Söldnern das mutmaßliche Sexsklaven-Lager im Regenwald mit brutaler Effizienz verteidigte. Danach saß der arme Svennie nur noch heulend in der Ecke. Mit diesem enormen Verband um den Schädel und dem »Machetenmann« darunter, der ihn jede Nacht in seinen Träumen heimsuchte.

»Gamma-Team, es geht los«, sagte sie abschließend. »Masken, Helme, Handschuhe überprüfen. Ihr kennt die Prozedur.«

Sie nickte Roger Mackensen und Marie Leclerc zu. Die beiden anderen Teamleiter wussten selbst, was sie zu tun hatten.

Das Areal musste gesichert, die Umgebung abgeriegelt werden. Zwei Pick-ups mit moldawischen Kennzeichen und der Aufschrift »*Politia*« würden in wenigen Minuten eintreffen, beladen mit moldawischen Polizeiuniformen und mit Barrieren, um alle Zufahrtsstraßen in einem Radius von zehn Kilometern abzusperren. Alles im Hauruckverfahren aus einem Behördendepot in Chisinau besorgt, mit freundlicher Unterstützung eines hohen Tiers beim ukrainischen Geheimdienst, dem Mia vor zwei Jahren geholfen hatte, seine gekidnappte Tochter zu befreien. Die kleine Milena war von ostukrainischen Separatisten verschleppt worden, und ihr Vater Sergej hatte Mia angefleht, ihm bei der Nacht-und-Nebel-Aktion zu helfen. Die Kleine war noch am Leben, als sie sie aus ihrem unterirdischen Kerker förmlich herausgruben, und seitdem hatte Mia bei Sergej einen fetten Stein im Brett.

16:39 Uhr. In dem lichtgrauen Schutzanzug, mit der Sauerstoffmaske unter dem Plastikhelm, hört sich jeder Atemzug wie eine Flutwelle an. Jedenfalls, wenn die Nerven zum Zerreißen gespannt sind.

Mia hat keine Angst, nicht um sich selbst, dafür ist sie viel zu sehr auf Adrenalin. Aber das Leben von Milliarden Menschen liegt in ihrer Hand, und diese Verantwortung lastet auf ihr. So drückend schwer, dass sie die Kevlarweste, den Rucksack mit der Sauerstoffflasche und die SIG Sauer im Gürtelholster kaum mehr spürt.

Sowie wir die Ampullen mit dem Todesvirus sichergestellt haben, denkt sie, werden die lokalen Behörden eingeweiht. Von mir aus auch die NATO, die WHO, wer auch immer. Aber keine Minute früher.

Sie rennen die Treppe hoch, schwenken nach rechts in den düsteren Flur, der nach wenigen Metern vor einer Mauer endet. Mia tastet darüber. Der Verputz ist noch nicht ganz ausgehärtet, es riecht nach Zement und Kalk.

Sie legt ein Ohr dagegen, hält die Luft an … nichts zu hören, nicht das leiseste Geräusch. So hat es vorhin schon Roger Mackensen berichtet, der bezweifelte, »dass hinter der Mauer noch irgendwas lebt«.

Das Virus vermutlich schon, denkt Mia.

Sie macht Gabriel und Torsten, genannt Thor, ein Zeichen, und die beiden kräftigsten Jungs aus ihrem Team treten vor. Jeder mit einem leicht angerosteten Maurerhammer, die sie auf dem Hof neben dem Bauschuttcontainer gefunden haben.

Die Schläge hallen in dem schmalen Korridor wider; das ganze marode Betongebäude scheint unter den Hieben zu erbeben.

Nur Minuten später haben sie die Ziegelsteinmauer so weit zertrümmert, dass sich ein erwachsener Mann durch die Bresche zwängen kann. Doch dahinter wartet das nächste Hindernis, eine Feuertür aus massivem Stahl.

»EMS.« Mia winkt Bjarne und Steffie heran, die Sprengexperten in ihrem Team. Emulsionssprengstoff hat den Vorteil, ohne großen Aufwand transportabel und trotzdem sofort sprengbereit zu sein. Mit patroniertem EMS hat Mia gute Erfahrungen gemacht; im Gegensatz zu ihren jeweiligen Widersachern, denen Fels- oder Bunkerwände um die Ohren flogen.

Sie weist ihre Leute an, sich zur Treppe zurückzuziehen. Zwei Mann sollen dort Wache halten, das restliche Team wird mit ihr den vermauerten Trakt sichern.

Steffie und Bjarne bringen eine der zigarrenförmigen EMS-Patronen an der Schlossseite der Feuertür an, stellen den Timer auf dreißig Sekunden und schalten ihn scharf. Kaum sind sie im Laufschritt zu den anderen zurückgerannt, geht die Sprengladung hoch. Ein dröhnendes Rumsen, Ziegelsteine fliegen durch die Luft, messerscharfe Stahlfetzen schlagen in Wänden und Decke ein.

Als sich der Staub gelegt hat, lehnt die lädierte Feuertür, halb aus den Angeln gerissen, an der rechten Flurwand wie ein Boxer kurz vor dem Knockout.

»*Go.*« Mia holt ihre Stablampe aus dem Rucksack und schlängelt sich zwischen den Überresten der Ziegelsteinmauer hindurch.

14

Svens Herz rast nicht mehr ganz so schnell wie vorhin, als die Justice-Kämpferin vor ihm aus dem Fenster fiel. Seine Knie sind nicht mehr ganz so weich, aber er fühlt sich immer noch zittrig.

Klassischer Fall von Panikattacke, taxiert er. Ganz kurz hat er probiert, ob er nicht vielleicht trotzdem mit dem Team das Gebäude stürmen kann, aber keine Chance. Noch im Eingang stoppte er, ließ alle anderen vorbei, wobei er so tat, als müsste er seine Sauerstoffmaske richten. Superpeinliche Drückeberger-Show, aber es ging nicht anders. Der Schweiß lief ihm nur so aus den Haaren, sein Visier wie aus Milchglas, er war kurz davor zu kotzen.

Als Mia und alle anderen außer Sicht waren, kehrte er um und verdrückte sich auf den Fabrikhof. Er wird ein paar Nachforschungen anstellen, darin ist er sowieso besser als im Nahkampf. Mit oder ohne Angstsyndrom.

Am Zaun und bei den Toren machen sich die Kollegen von Alpha und Beta zu schaffen; denen will er jetzt auf keinen Fall über den Weg laufen. Dicht an der Vorderfront entlang geht er zur rechten Schmalseite des langgestreckten Baus. Aus der Nähe sieht die Betonfassade noch heruntergekommener aus. Mit Schimmelflecken überzogen und stellenweise so zerbröselt, dass die Stahlstreben blankliegen wie Zahnschäfte in krankem Zahnfleisch.

Schon vom Bus aus sind Sven die Fahrzeuge aufgefallen, die neben dem Plattenbau abgestellt sind. Nicht nur der Kühltruck, dessen Laderaum laut Alpha-Team leer ist, oder die Klein-Lkws mit den hochgerollten Planen, sondern vor allem der mächtige schwarze SUV. Möglicherweise ein Audi Q8, das bevorzugte Modell der Justice-Schergen, mit dem sie Lotte Gerlach verfolgt haben und in Berlin hinter dem Witwer her waren. Der mutmaßliche Nordafrikaner und Plattnase, die mögliche Asiatin. An dem fingierten Unfall von Sari Bashibu soll gleichfalls ein gewaltiger schwarzer SUV beteiligt gewesen sein, zusammen mit einem schweren Motorrad. Auch eine solche Maschine hat Sven vom Bus aus neben dem Fabrikbau gesehen.

Mia hatte natürlich recht, sinniert er, als sie ihm damals – noch in Kambodscha – empfahl, etwas gegen das PTBS zu machen, das sich bei ihm in Rekordtempo aufbaute. Aber er winkte ab, ach was, er hatte doch kein Psychoproblem. Obwohl er jede Nacht schreiend aus dem Schlaf fuhr, weil er wieder das Aufblitzen der Machete gesehen und sich zur Seite geworfen hatte, Sekundenbruchteile, bevor die Klinge ihm den Schädel gespalten hätte.

Aber ach was, er doch nicht … Dabei hatte Mia sogar angeboten, ihm bei der Traumabewältigung zu helfen. In ihrer Kindheit hat sie irgendetwas Stockfinsteres erlebt, über das sie niemals spricht. Wozu auch, Super-Mia hat sich schließlich selbst therapiert. Mit Kung-Fu, transzendentaler Meditation und was weiß er noch allem.

»Dentale Mediation?«, witzelte er damals. »Das mach ich nur, wenn ich Meinungsverschiedenheiten mit meinem Zahnarzt habe.«

Daraufhin schmiss sie ihn hochkant raus. Hochverdient, das weiß er inzwischen auch.

Zumindest wird er jetzt das Beste aus seinem verschleppten Posttrauma-Syndrom machen. Sein Bauchgefühl sagt ihm, dass die Asiatin irgendwo hier auf dem Gelände ist. Und was er zu sehen bekommt, als er um die Hausecke späht, gibt seiner Intuition recht.

Einer der SUVs ist tatsächlich ein schwarzer Q8. Jede Wette, denkt Sven, dass die Karre auf SecLog, Niederlassung Chisinau, zugelassen ist.

15

Im Gang hinter der aufgesprengten Feuertür setzt Mia behutsam einen Fuß vor den anderen. Der Lichtstrahl ihrer Taschenlampe gleitet über herumliegende Mauerbrocken, weggefetzte Stahlblechstücke.

Trotz ihrer Schutzausrüstung wagt sie kaum, Luft zu holen. In ihrer Vorstellung saugt sie mit jedem Atemzug tödliche Viren ein. Fast glaubt sie die winzigen Biester zu sehen, wie sie aus allen Richtungen auf sie zugeschwirrt kommen. Sich durch ihren Plastikhelm bohren, durch den Schlauch, der ihre Maske mit der Sauerstoffflasche im Rucksack verbindet …

Bullshit! Reiß dich gefälligst zusammen!

Der Lichtkegel bleibt an einer Art Bündel hängen. Es ist länglich, weißlich, und es liegt fünf Schritte vor ihr am Boden. In einer Nische rechts in der Wand, sodass es nur teilweise zu sehen ist.

Mia macht ihrem Team ein Zeichen, zurückzubleiben. Sie nimmt die Stablampe in die linke Hand und zieht mit rechts ihre SIG Sauer, die sie im Gürtelholster über dem Schutzanzug trägt.

Auf Zehenspitzen geht sie näher heran. Absurd nach dem Höllenlärm, den sie eben veranstaltet haben. Aber sie kann nicht anders, sie schleicht sich an das reglose Etwas an, als könnte sie es im Schlaf überraschen.

Vor der Nische geht sie in die Knie. Das vermeintliche Bündel ist ein Mann mittleren Alters, in weißem Kittel, und er liegt zusammengekrümmt vor einer Tür aus matt schimmerndem Metall. Einer schmalen Tür mit zwei vertikalen Hälften, wie sie typischerweise vor Aufzugkabinen auseinandergleiten. Oder vor der Sicherheitsschleuse zu einem Labor.

Das asiatisch geschnittene Gesicht und die schlaksige Gestalt hat Mia schon mal gesehen. Nur wo? Das kreisrunde Loch in der Stirn ist weit weniger entstellend als die Fratzen, zu denen das Virus die

Gesichter der Justice-Leute draußen verzerrt hat. Wenn auch nicht weniger tödlich.

Was ist hier passiert? Mias Atem rauscht in ihrem Helm, das Blut pulsiert ihr in den Ohren. Wurde er erschossen, als er aus dem Laborbereich auszubrechen versuchte? Wollte er vor dem Virus fliehen, das hinter der Schleusentür außer Kontrolle geraten ist?

Ja klar, denkt Mia, wovor sonst? Aber er war zu spät, er hatte schon die typischen Infektionssymptome: geplatzte Äderchen im Augenweiß, in den Mundwinkeln getrocknetes Blut. Auch ohne die Kugel wäre er kurz darauf gestorben, nur sehr viel qualvoller.

Sie ergreift seine Hand, hebt den Arm kurz an und lässt ihn wieder fallen. Die Leichenstarre hat sich bereits gelöst; die Hand fühlt sich durch die zweifache Schicht der Fingerlinge hindurch kalt an.

»Erschossen, vor ein bis zwei Tagen.« Sie winkt zwei Teammitglieder heran. »Schafft ihn aus dem Weg und durchsucht ihn. Für die Schleusentür hat er vermutlich eine Chipkarte bei sich, sonst müssen wir ...«

Sie unterbricht sich mitten im Satz. Plötzlich ist ihr eingefallen, wo sie das Gesicht des toten Wissenschaftlers schon mal gesehen hat. Auf einem der Fotos von der Übernahmefeier letzten Herbst in Jakarta.

Auch der Name liegt ihr auf der Zunge, irgendwas mit Li... oder Si... Ja, genau, Syamsu ...

Mia richtet sich auf, holstert ihre Pistole. Der bullige Thor und ein weiteres Teammitglied packen den Toten unter Achseln und Knien und tragen ihn ein paar Schritte zur Seite. Gedankenversunken sieht Mia ihnen zu.

Sein voller Name ist Dr. Dr. Dadin Syamsu, geht es ihr durch den Kopf. Ökonom und Pharmakologe, Bashibus rechte Hand und der Niederlassungsleiter von ClarTop, nachdem Raya verkauft worden war. *Jakarta Post* hat damals in patriotischem Stil von der Übernahme des *»nationalen Hightech-Juwels«* durch das *»renommierte west-*

liche Pharmaunternehmen« berichtet und jede Menge Fotos von dem *»stil- und respektvollen Empfang«* gebracht.

Eines der Bilder sieht Mia jetzt so genau vor sich, als hätte sie die betreffende Seite der Online-Gazette aufgeklickt: Bashibu, Syamsu und ClarTop-Chefin Clara Toppert als trautes Trio an einem Stehtisch. Sie lächeln in die Kamera, prosten sich mit Champagnerkelchen zu, beobachtet von einem Vierten im Hintergrund – Polizeigeneral Wasisto, damals noch ohne Bart …

Ihre Gedanken beginnen zu rasen. Nach den geplanten Todesfällen im Zuge der verbrecherischen Testreihe flog Lotte Gerlach im Januar nach Jakarta und setzte das Personalkarussell in Gang. Syamsu und eine Reihe weiterer Vertrauter von Bashibu wurden gefeuert und durch andere Wissenschaftler und sonstige Fachkräfte ersetzt. Aber die Experimente mit dem Virus gingen trotzdem noch bis Anfang März weiter. Dann wurde das geheime Labor hierher verlegt, und Syamsu war wieder an Bord …

Woraus folgt, dass Bashibu am Anfang tatsächlich mit Justice gemeinsame Sache gemacht haben muss. Er verkaufte an ClarTop, um selbst aus der Schusslinie zu sein, und setzte durch, dass seine Vertrauten übernommen wurden, allen voran Syamsu. Als er dann aussteigen wollte, wurde er massiv unter Druck gesetzt. Dagegen blieb sein einstiger Adlatus den kriminellen oder terroristischen Hintermännern treu, obwohl auch Syamsu klar sein musste, worauf die geheimen Experimente hinausliefen. Zur Belohnung durfte er hier an der Optimierung des Todesvirus weiterforschen, und als schließlich auch er aussteigen wollte, wurde er ganz altmodisch per Kopfschuss gestoppt …

Das alles geht Mia in Sekundenschnelle durch den Kopf, während die beiden Teammitglieder die Leiche filzen. Sie durchsuchen Kittel- und Hosentaschen, dann fasst Thor an die kalte Brust des Toten und zieht ihm einen flachen Gegenstand aus der Hemdtasche.

»Treffer.« Er springt auf und reicht ihr die Chipkarte.

Mia nimmt sie entgegen, eine graue Plastikkarte ohne Aufschrift, wie in einem billigen Hotel, und plötzlich ist die Angst wieder da. Vor den Viren, die hinter dieser Schleusentür lauern. Vor der irren Verantwortung, die ihr auf die Schultern geladen worden ist …

»Den Feind *jetzt* zu stoppen, Frau Muller«, hört sie die müde Stimme des Innenministers, »hat oberste Priorität.«

Was aber, wenn ich ihn gerade *nicht* stoppe?, denkt Mia. Wenn ich ihm im Gegenteil Milliarden Flügel verleihe? Wenn das hier das Tor zur Hölle ist, das ich selbst mit der Chipkarte öffne – und der unsichtbare Tod kommt hervorgeschwirrt?

Sie schüttelt den Kopf. »Es ist unsere einzige Option«, hört sie wieder den Minister murmeln.

Erneut entholstert sie die Pistole, die anderen tun es ihr gleich. Auf ihr Zeichen stellen sich vier Teammitglieder vor die geschlossene Tür, die Waffen auf das matt schimmernde Metall gerichtet.

Mia tritt vor den Kartenleser neben der Nische und zieht die Karte durch den Scannerschlitz.

»Jetzt«, sagt sie. *Jetzt* den Feind stoppen …

Mit leisem Surren gleitet die Tür auf.

Dahinter kommt eine Schleusenkabine mit den üblichen Apparaturen zum Vorschein: ein Edelstahl-Gehäuse mit Luftkeimsammler, Partikelzähler, Handschuhsterilisator … nur alles albtraumhaft zerstört.

Die Wände von Schusssalven durchlöchert. Schutzanzüge, Plastikhelme, Schuhüberzüge, eine Glasbox mit sterilen Handschuhen, alles zerfetzt, zerschmettert, die Überreste wahllos verstreut. Dazu überall Blutspuren, rötliche Spritzer auf dem Boden, an allen Wänden. Wie durch ein Wunder funktionieren die Leuchtröhren an der Decke einwandfrei.

Mia macht einen Schritt in die Schleusenkammer, bedeutet ihrem Team, noch zurückzubleiben. Die Stahltür gegenüber, mit Bullauge im oberen Drittel, steht offen. Die zweite Schleusenkabine dahinter, mit Sterilisationsdusche und Container für die benutzten

Schutzanzüge, sieht kaum weniger verwüstet aus. Zerfetzte Kleidungsstücke liegen herum, ein von Kugeln durchlöcherter Duschkopf. Von der Decke tropft es, die Leuchtröhren brummen und flackern.

Mia passiert die zweite Tür, die Waffe im Anschlag. Auch hier überall Blut. Außer ihrem flutenden Atem unter dem Plastikhelm ist nichts zu hören. Und weit und breit keine Toten oder Verwundeten, die die Unmengen an Blut erklären würden.

Die dritte Tür der Doppelschleuse, die direkt ins Labor führt, ist gleichfalls geöffnet. Dahinter zeichnen sich Tischreihen ab, Regale und Schränke, die allesamt offen stehen. Der Boden übersät mit Scherben, Splittern, zerschmetterten Ampullen.

Sie durchquert die zweite Schleusenkammer und betritt den Laborbereich. Auf dem Boden liegen überall Körper, drei, fünf, sieben, alle in weißen Kitteln, verkrümmt, erstarrt, offenkundig tot. Fünf Männer, zwei Frauen, soweit zu erkennen. Einige haben Schutz unter den Tischen gesucht, offenbar vergeblich.

Auch hier ist alles von Kugeln durchsiebt. Möbel, Wände, Körper. Uzi-MPIs, taxiert Mia, oder Kalaschnikows, wie die Justice-Anhänger im vorderen Teil des Gebäudes sie eingesetzt haben. Solange sie damit noch umgehen konnten.

Schlagartig wird ihr klar, was sich hier abgespielt haben muss. Nicht nur Syamsu wollte die Flucht ergreifen – das gesamte Forscherteam bekam Todesangst und versuchte auszubrechen. Doch die Bewaffneten jagten sie zurück in den Laborbereich, ballerten in Panik um sich, als ließen sich die Viren mit Kaliber-5,6-Patronen besiegen. Dann zogen sie sich eilends zurück, und als Syamsu ihnen zu folgen versuchte, schossen sie ihn vor der äußeren Schleusentür nieder und mauerten den Flur vor dem Labortrakt zu.

Warum aber diese drastische Aktion? Warum hatten die Wissenschaftler überhaupt versucht, aus dem Laborbereich auszubrechen?

Im Grunde kennt Mia die Antwort schon, als sie sich über die Toten beugt, die verrenkten Gliedmaßen mustert, die blutverschmierten Gesichter, die wie zu dämonischen Fratzen verzerrt sind.

Jeder der sieben Körper weist mehrere Schussverletzungen auf, überwiegend an Armen und Beinen. Doch anders als Syamsu wurden sie nicht durch die Kugeln getötet. Sondern durch tausendfach kleinere Objekte, die ihre Lungen in Schleim verwandelten und sie zwangen, Blut zu spucken, mit jedem krampfhaften Husten, bis sie keine Luft mehr bekamen und ihr Herz aufhörte zu schlagen.

16

Seit Dienstagabend hat Jimin Holland eine neue Mission. Stunde um Stunde hält sie in dem düsteren Raum hinter der Schleusentür Wache. Der Kühlcontainer, schwarz und klobig wie ein Familiengrabstein, steht in einer Ecke, der einzige Gegenstand im Raum. Außer ihrem Stuhl und der Makarow, die sie im Gürtelholster trägt.

Der Container rauscht, wenn die Kühlung anspringt, und erzittert, wenn sie sich wieder abschaltet. Die Tausende Ampullen im Innern klirren dann jedes Mal leise, glöckchenartig, aber das bildet sie sich vielleicht nur ein. Tausende Sterbeglocken für all die verfickten Ärsche da draußen, doch sie, Jimin, wird leben.

Seit heute früh hat sie dieses Kratzen im Hals, aber da gibt sie nichts drauf. Jimin war noch nie krank, nicht mal als kleines Mädchen, wenn ihr Dad sie nackt im Keller eingesperrt hat. Und auch wenn es in diesem lausigen Kommunistenbau scheißkalt ist, wird sie nicht gerade jetzt anfangen zu kränkeln.

Im Gegensatz zu Jaresh, der wehleidigen Pussy. Seit gestern Abend liegt er nebenan auf dem Bett, hustet, wimmert, hat angeblich ganz schlimme Schmerzen, Fieber und schlag mich tot was sonst noch.

Soll Jimin vielleicht bei ihm hocken und Händchen halten? So weit käme es noch. Sie hat seinen Schwanz eine Weile bearbeitet, und als er hart wurde, ritt sie ihn schlapp und sagte im Abgang »Geht doch«. Dabei ging es nicht wirklich gut, er bibberte und triefte wie ein nasser Lappen im Wind, aber das ist wirklich nicht ihr Problem.

»Justice hat entschieden, dass du unsere Waffenkammer bewachen sollst«, hat Phil am Dienstag zu ihr gesagt. »Zusammen mit Jaresh, aber du leitest die Wache. Okay?«

So was von okay. Jimin platzte fast vor Stolz, als sie in Berlin-Schönefeld den Flieger bestieg. Beim Umsteigen in Wien hatte sie so viel Zeit, dass sie schon überlegte, über welchen der beiden jungen Kerle sie sich hermachen sollte, die ihr im Wartebereich gegenübersaßen. An dem einen war deutlich mehr dran als an dem Kleinen, Dünnen, aber der würde dafür befriedigender quieken. Wie ein rosa Schweinchen, dachte Jimin, während die beiden Jungs sich tuschelnd über ihre Nase lustig machten.

Das zog sie für einen Moment runter. Sie war schon drauf und dran, hochzuschnellen und dem größeren der Burschen ins Gesicht zu springen, da tauchte natürlich Jaresh auf. Super Timing, wie immer. Das war vorgestern, und da war Jaresh auch noch super drauf: »Noch drei Tage, Joy, dann wird die Welt resettet, und wir sind ganz vorne mit dabei. Im Gegensatz zu all denen hier.« Er ließ sich auf den Sitz neben ihr fallen und machte eine Armbewegung, die das ganze Terminal umfasste. Und Jimin spürte wieder dieses Triumphgefühl, wie jedes Mal, wenn sie an die neue, gerechte Welt denkt; und gleichzeitig trübes Bedauern, auch wie jedes Mal. Weil dann alle, die sie noch totmachen könnte, schon tot sein werden und sie sich in der schönen neuen Welt vielleicht ganz verloren fühlen wird.

Doch fürs Erste hat sie diese wichtige Aufgabe zu erfüllen, für die Justice sie ausgewählt hat. Den Container mit Tausenden Ampullen bewachen, jede einzelne mit dem Todesvirus gefüllt, gegen das sie und die anderen Gerechten immun sind. Das hat Phil ihr am Telefon noch mal erklärt – »ja, klar, ihr seid immun« –, damit sie keine Angst vor ihrer neuen Mission hat. Aber Jimin hat vor überhaupt nichts Angst, und vor dem Todesvirus schon gar nicht.

Gleich am Anfang, als sie für Justice angeheuert wurde, bekam sie eine Spritze verpasst, zwei Wochen drauf noch eine, seitdem ist sie vor den Biestern geschützt. Das hat sie sich damals gleich gedacht, auch wenn es angeblich nur ein »Medizinmix zur Gesundheitsstärkung« war. Aber sie ist ja nicht bescheuert und schon gar nicht paranoid wie Jaresh, der gestern Abend beim kleinsten Halskratzen krächzte: »Scheiße, Joy, jetzt hat's mich erwischt! Das Virus, das sie nebenan den kleinen Hosenscheißern andauernd reinhauen.«

»Halt die Fresse, Jaresh, wir sind die Guten«, war alles, was sie darauf erwiderte. Er hat sich höchstens eine Grippe eingefangen, wenn er nicht sowieso bloß den Märtyrer markiert, damit er im Bett bleiben kann.

Kein Problem, Kleiner. Wenn es nach ihr gegangen wäre, hätte sie die Wache sowieso allein übernommen. Sie braucht keinen, hat nie irgendwen gebraucht. Die neue Zeit wird anbrechen, und zwar genau morgen. Der Kampf ist noch nicht gewonnen, aber Jimin wird verdammt noch mal dafür sorgen, dass der große Plan gelingt.

Schon vorgestern Abend, als sie gerade erst ihren Wachdienst angetreten hatten, gab es Riesenaufregung nebenan im Labor. Die Weißkittel waren am Durchdrehen, die Kollegen ballerten herum. Anscheinend kamen die Forscher-Fuzzis nicht damit klar, dass die Kiddies am Abnippeln waren.

Dabei ist doch genau das der Plan, dachte Jimin: das Virus so hinzubiegen, dass es auch die kleinen Windelfurzer niedermacht. Geht ja nicht anders, mit einer Armee von Milliarden Kindersoldaten, die Daddy und Mummy rächen wollen, wäre es Essig mit der neuen Welt.

Die Weißkittel hatten also nur endlich geliefert, wie es verdammt noch mal ihre Pflicht war. Trotzdem schrien sie rum, von wegen »Wir wollen hier raus, sonst gehen wir alle drauf« und bla, bla. Jimin hörte es durch die schallgedämmte Stahltür, so laut krakeelten die. Und so dröhnend knallten dann die Schüsse, nach denen schließlich wieder Ruhe war.

»Alles klar hier draußen, Joy«, riefen ihr die Kollegen noch zu. »Lasst die Tür zu und macht euch keine Sorgen.«

Jimin und Sorgen? Bullshit. Sie bewahrt auch weiter eisern Ruhe, obwohl es Jaresh seit heute früh immer mieser geht. Das ist kein Pussy-Schnupfen mehr, aber es ist verdammt noch mal auch nicht das Todesvirus. Dagegen sind sie verfickt noch mal immun.

Er hustet und röchelt, und ein übler Gestank geht von ihm aus, als würde er sich langsam, aber sicher auflösen. In Scheiße und Kotze verwandeln, genauer gesagt. Die Lüftung ist total überfordert, und Fenster aufmachen geht ja nicht. Aber auch dafür weiß Jimin eine Lösung.

In der Zimmerdecke nebenan, genau über Jareshs Bett, ist ein Loch so groß wie ein Baseball. Oder wie Jareshs Schädel. Die Decke besteht aus einem Stahlgerüst, auf dem feuerfest beschichtete Metallplatten liegen, und eine der Platten ist von Rost durchlöchert.

Heute Vormittag hat sich Jimin aufs Bett gestellt, breitbeinig über dem röchelnden Jaresh, und mit ihrem Baseballschläger in dem Loch gestochert. Ergebnis: Zwischen der Zimmerdecke und dem flachen Hallendach ist ein Hohlraum, gerade hoch genug, dass man hindurchkriechen kann.

Jimin hat sich an dem Stahlgerüst hochgezogen, die löchrige Platte zur Seite geschoben und sich da oben umgesehen. In beide Richtungen gibt es hellere Bereiche, jeweils zehn, zwölf Meter entfernt, vermutlich von verglasten Luken oder Kuppeln im Flachdach.

Gut zu wissen, dachte sie. Notfalls kann sie eine der Luken aufhebeln, damit Frischluft hereinkommt. Nur für den Fall, dass Jaresh nicht aufhört, nach Kadaver zu stinken.

Stoisch wie ein Wachsoldat geht sie zwischen Stahltür und Kühlcontainer auf und ab. Mehr Kopfzerbrechen als das Geballere vorgestern im Labor macht ihr der Lärm von vorhin. Vor einer halben Stunde vielleicht. Ein Stück weiter weg, aber auch irgendwo hier im Gebäude, und es hörte sich wie ein verfluchter Schusswechsel an. Hämmernde Kalaschnikow-Salven, gleichzeitig einzelne Pistolenschüsse. Dazwischen auch Sperrfeuer von M-47-Sturmgewehren. Vom Klang her ähnlich wie die Kalaschnikow, aber das original M-47 klingt dumpfer.

Wurden sie angegriffen? Es hörte sich ganz so an, doch Jimin bleibt zuversichtlich. Die Kollegen drüben sind hochmotiviert und bis an die Zähne bewaffnet. Wer auch immer uns hier überfallen will, denkt sie, wird sich blutige Nasen holen.

Plötzlich ein Donnerschlag. Jimin fährt herum, starrt die Schleusentür an. Der ganze marode Bau zittert, die Ampullen im Kühlcontainer klirren hysterisch. Eine Explosion, denkt sie, vielleicht im Treppenhaus vor dem Laborflur. Dann stampfende Schritte – die Angreifer stürmen das Labor.

Jetzt hat Justice wirklich ein Problem. Wenn die Typen die Ampullen kriegen, sind wir im Arsch.

Aber keine Scheißbange, Jimin hat alles im Griff.

Mit zwei Schritten ist sie beim Container, riegelt die Tür auf, die wie bei einem Kühlschrank an der Frontseite ist, und nimmt eine der mobilen Kühlboxen heraus. Die stehen ganz oben auf dem Palettenstapel, vier Stück, und jede Box enthält genau hundertzwanzig Ampullen.

Genug, um die ganze verschissene Menschheit in den Abgrund zu bomben, denkt Jimin und rennt nach nebenan.

17

Im hinteren Bereich des Laborraums gibt es zwei weitere Stahltüren. Eine nach rechts Richtung Straße, eine nach links zur Rückfront des Gebäudes hin.

Mia untersucht sie fieberhaft, geht mehrfach zwischen den Türen hin und her. Beide sind aus Edelstahl und elektronisch gesichert. Die linke Tür teilt sich in zwei vertikale Hälften und hat ein Schloss mit Chipkartenleser, alles wie bei der vorderen Schleuse. Die rechte Tür ist deutlich breiter, gleichfalls zweigeteilt und weist ein elektronisches Zahlenschloss auf.

Entweder sie finden heraus, wie der Code lautet, der in das Panel daneben eingegeben werden muss, oder sie müssen noch mal sprengen … Der Gedanke löst eine Angstwelle in Mia aus. Wenn dahinter der Container steht und mit in die Luft fliegt …

Schluck die Angst runter, denk nach!

Leicht gesagt, wenn dir die Panik im Nacken sitzt. Wenn dir die Zeit davonläuft, wenn du selbst am liebsten davonlaufen würdest … Obwohl dein rationaler Gehirnteil dir mit unerbittlicher Logik versichert, dass du höchstwahrscheinlich sowieso schon infiziert bist. Weil hier alles mit Viren verseucht ist. Also kannst du genauso gut bleiben und das hier zu Ende bringen.

Wenn sie nur wüsste, wie … Das ist hier wie in diesen dämlichen TV-Shows, wenn du dich für eine von zwei Türen entscheiden musst. Hinter der einen wartet eine Million Dollar auf dich, hinter der anderen ein Trostpreis. Nur mit dem Unterschied, dass hier sieben Komma fünf Milliarden Tote auf dich warten, wenn du die falsche Entscheidung triffst …

Mia schluckt, räuspert sich, schluckt erneut. »Wir müssen davon ausgehen«, spricht sie gedämpft ins Headset-Mikro, »dass hinter einer der beiden Türen eine medizinische Versorgungseinheit ist, in der minderjährige, möglicherweise infizierte Versuchspersonen gefangen gehalten werden. Hinter der anderen Tür sind mit hoher Wahrscheinlichkeit die Virenbehälter, entsprechend scharf bewacht. Im Moment wissen wir leider nicht, welcher der beiden Bereiche sich wo befindet.«

Sie registriert die Verunsicherung in den Gesichtern um sie herum.

Deine Leute erwarten, dass du *jetzt* eine Entscheidung triffst, Mia. Und das bist du ihnen verdammt noch mal schuldig. Was sie ganz bestimmt nicht hören wollen, ist, dass du genauso Scheißangst hast wie sie.

16:59 Uhr. Kein Problem, denkt Mia. Noch zehn Sekunden bis zur klaren Ansage, neun, acht …

Erneut mustert sie die erwartungsvollen Gesichter ihres Teams. Wie jung die alle noch sind. Warum habe ich niemanden hier, mit dem ich mich kurz beraten könnte? Doch, einen gibt es ja, Svennie …

Suchend blickt sie sich um. Wo treibt er sich nur herum? So, wie er sie vorhin angesehen hat, nachdem sie die Scharfschützin aus dem Fenster geballert hatte, hockt der irgendwo auf dem Hof und zittert wie damals nach seinem Date mit dem Machetenmann. Definitiv nicht belastbar … Und trotzdem, zu hören, wie er die Sache hier sieht, wäre hilfreich.

Links, rechts, ene, mene … was ist hinter welcher Tür?

»Okay, Leute, wir machen es so.« Wieder räuspert sie sich einen Klumpen aus der Kehle. »Zuerst schauen wir dort nach.« Sie zeigt auf die linke Tür. »Ich nehme an, dass dahinter der Klinikbereich ist. So oder so müssen wir mit Gegenwehr rechnen.«

Sie wählt zwei Teammitglieder aus, die vor der rechten Tür Posten beziehen. »Wenn sich was rührt, macht ihr sofort Meldung. Gabi, Svenja, Tom, ihr durchsucht hier im Laborbereich alles nach einem möglichen Zahlencode für die zweite Tür. Die anderen folgen mir.«

Die Chipkarte schon in der Hand, hält sie erneut inne. »Extrem wichtig, deshalb noch einmal: Was immer uns da drinnen erwartet, die Schusswaffen dürfen nur mit äußerster Umsicht eingesetzt werden. Verstanden?« Sie sieht ihre Leute eindringlich an. »Wenn da ein Kampfmittelcontainer herumsteht und wir den versehentlich leckschießen, ist alles aus. Wirklich alles. Ende der Welt. Kapiert?«

Sie wartet, bis jeder genickt oder seine Zustimmung gemurmelt hat.

»Dann los.«

Sie geht zur linken Tür, zieht Syamsus Karte durch den Scanner. Die Türhälften gleiten auseinander, und alle stöhnen auf.

Vor ihnen liegt ein Stapel Kinderleichen. Nackte Körper, verrenkt, wie übereinandergeworfen, mit Blut und Kot verschmiert.

Die Box ist würfelförmig, aus grauem Plastik, vielleicht ein Kilo schwer. »*Medicine Chiller Box*« steht in knallroten Lettern auf dem Deckel.

Passt genau, denkt Jimin, ich bin so was von gechillt.

Sie durchquert das Durchgangszimmer, wo Jaresh röchelnd und kotzend im Bett liegt, und geht in den hinteren Raum. Hier gibt es eine »Nasszelle« mit Dusche, Waschbecken und Kloschüssel, außerdem jede Menge Wasserflaschen, eine Mikrowelle und einen Haufen Fertiggerichte in der Kühltruhe. Jaresh war das alles natürlich nicht fein genug – »ich bin Besseres gewöhnt«, jammerte er herum, doch Jimin sagte nur: »Halt die Fresse, Jaresh. Das hier ist eine Kaserne und keine Pussypension.«

Sie zieht die Lederjacke über, prüft, ob der Baseballschläger innen richtig in der Schlaufe hängt. Vom Wandhaken greift sie sich ihren Rucksack und nimmt das Seil heraus, das ihr schon in Berlin gute Dienste geleistet hat. Vorsichtig verstaut sie die Box im Rucksack, hängt ihn sich lose über die Schulter und kehrt ins mittlere Zimmer zurück.

Sie hat Mühe, den Hustenreiz zu unterdrücken. Der Scheißkerl, denkt sie, hat mich mit seiner verfickten Grippe angesteckt. Aber von dem bisschen Kratzen im Hals lässt sich Jimin nicht kirremachen. Auch nicht von den Frostschaudern, die ihr wie mit spitzen Fingernägeln über den Rücken schaben.

Sie ist Justices beste und treueste Soldatin. Wenn sie es schafft, die Box in Sicherheit zu bringen, kann der große Plan immer noch gelingen. Und sie wird es schaffen, garantiert.

Jimin nimmt an, dass sie eigentlich vorhatten, die circa fünftausend Ampullen aus dem Container auf allen Kontinenten, in allen Ländern gleichzeitig einzusetzen. Aber mit hundertzwanzig Todesfläschchen lässt sich die Erdbevölkerung immer noch locker ausrotten. Ausgenommen die Gerechten von Justice.

Das zusammengerollte Seil über der einen, den Rucksack über der anderen Schulter, kehrt sie in den mittleren Raum zurück und steigt auf das Bett, das großflächig mit Jareshs Scheiße und Kotze verdreckt ist. Seine Augen sind knallrot, sein Mund steht offen, er keucht und sabbert Blut.

Jimin ekelt sich nicht so schnell, aber das hier ist wirklich widerlich. Jareshs Kopfkissen unter ihren Stiefeln fühlt sich an wie Schlamm.

»Halt die Stellung, Kumpel«, murmelt sie im Abspringen, kriegt das Stahlgerüst über ihr zu fassen und zieht sich hoch. Behutsam, damit die Ampullen auf ihrem Rücken nicht zu heftig gegeneinanderklirren.

18

In einer Umgebung voller Leichen, Blut und Exkremente bietet eine Sauerstoffmaske klare Vorteile. Der Gestank hier drinnen muss unerträglich sein, aber Mia atmet ihre eigene, saubere Gasflaschenluft. Zwei Liter komprimierter Sauerstoff, genug für zwei bis drei Stunden.

Trotzdem ist ihr zum Erbrechen übel, und als sie die Chipkarte wieder einsteckt, zittert ihre Hand wie im Krampf.

Die kleinen Leichen weisen erste Zeichen der Fäulnis auf. Geblähte Bäuche, nekrotisch verfärbte, stellenweise aufgeplatzte Haut. Neun tote Körper zählt sie, vier Mädchen, fünf Jungen zwischen sechs und zehn Jahren, einige mit schmutzstarrenden Unterhosen bekleidet, die meisten gänzlich nackt.

Wie sie übereinanderliegen, die Gesichter der Tür zugewandt, lassen sie Mia an Fische im Aquarium denken, die sich vor der Glaswand drängen. Sie ordnet an, die Leichen in den Trakt links im ersten Stock zu schaffen, wo sich bereits die Körper der erwachsenen Justice-Kämpfer befinden.

Das alles geht ihr nicht schnell genug, ungeduldig steigt sie über die letzten Toten hinweg.

Die Zwischentür zwischen den Schleusenkammern weist wiederum ein Bullauge auf, doch das Sichtfenster ist mit einer zähen, bräunlich-rötlichen Substanz verschmiert, die sie sich nur als Mischung aus Blut und Erbrochenem erklären kann. Dass dahinter ein weiterer Körper liegt, erkennt sie erst, als sie auf den grünen Knopf gedrückt hat und die Tür leise zischend aufgleitet.

Er liegt in Bauchlage auf dem Edelstahlboden, die Beine in der dritten Schleusentür eingeklemmt. Diesmal stöhnt niemand auf, weder Mia noch Thor oder Steffie, die dicht hinter ihr stehen, die Pistolen im Anschlag.

Dabei ist der Anblick fast noch erschreckender als eben der Leichenstapel: Der vermeintlich Tote streckt einen zitternden Arm zu ihnen hin aus und gibt etwas von sich, das wie »*too late*« klingt, »zu spät …«.

Ein Junge, registriert sie, älter als die anderen, vielleicht zwölf, dreizehn, mit brauner Haut und asiatischen Gesichtszügen … Wayolu?

Mia macht einen Schritt durch die Zwischentür, gerade als die sich zischend wieder schließen will. Sie glitscht in einer Lache aus Kot, Kotze, Blut aus, fängt sich fuchtelnd und richtet die Waffe auf die Tür, in der die Knie des Jungen eingeklemmt sind.

»Wayolu?« Sie flüstert es, neben ihm hingekauert, während sie durch den Türschlitz in den Raum dahinter zu spähen versucht. Der Ausschnitt, den sie zu sehen bekommt, ist leer – keine Betten oder medizinischen Geräte, keine Körper, weder lebende noch tote –, abgesehen von getrockneter Kotze, Kot, Blutmustern an der Wand und auf dem Boden.

»Bist du Wayolu?«

Er starrt sie an, offenbar, ohne sie wahrzunehmen. Sein Kopf liegt auf der Seite, das sichtbare rechte Auge zu ihr verdreht. Der Augapfel brennend rot, auf dem Kinn, in den Mundwinkeln frisches und angetrocknetes Blut. Sein Atem geht rasselnd, der Brustkorb hebt sich mühsam, seine Lunge pfeift.

»Zu … spät …«, stößt er auf Englisch hervor. Fast nach jedem Wort wird er durch qualvolles Husten unterbrochen. »Spritzen, immer wieder … jetzt geschafft … auch Kinder … krank … tot, alle tot … Sag meinem Dad … ihn lieb …«

Ein weiterer Hustenanfall, dann ein Schwall hellrotes Blut. Er spuckt es Mia ins Gesicht, panisch weicht sie zurück. Mit der Hand will sie sich über Mund und Wange wischen, Plastik fährt quietschend über Plastik … Gott sei Dank, sie ist durch den Helm geschützt.

»Wayolu«, flüstert sie.

Doch sein Auge ist starr, seine Brust hebt sich nicht mehr.

Jimin kriecht durch den Hohlraum zwischen Zimmerdecke und Flachdach, dem hellen Fleck entgegen. Das ist mühsamer als erwartet, die Metallplatten sind so rostig, dass sie ihre achtzig Kilo Kampfgewicht nur dem Stahlgerüst anzuvertrauen wagt. Also muss sie wie ein Riesenkäfer über die Streben krabbeln, anstatt flach auf dem Boden zu robben, wie sie es eigentlich vorhatte. Den Rucksack schiebt sie vor sich her, hält krampfhaft die Tragegurte umklammert, damit er nicht durch eine Lücke zwischen den Metallplatten stürzen kann, die sich immer wieder tückisch verschieben.

Dann wärst du wirklich im Arsch, Joy. Du und die goldene Zukunft. Die beschissene Gegenwart sowieso.

Aber sie zieht das hier durch, Phil kann sich auf sie verlassen, auch wenn sie das Husten kaum noch unterdrücken kann. Ihr Hals fühlt sich an, als hätte sie Glassplitter geschluckt, und obwohl sie ihr Lederzeug anhat und das Krabbeln auf den Stahlträgern mörderisch anstrengend ist, wird ihr immer kälter.

Scheiß Jaresh, flucht sie in Gedanken. Wo hat der Idiot sich die Grippe nur eingefangen? Eine ziemlich üble Sorte Magen-Darm-Grippe sogar. Zum Glück reißen ihre Eingeweide sich bisher zusammen. Wenn sie jetzt auch noch aus allen Rohren feuern müsste, würde es mit dem unauffälligen Abgang schwierig.

Zentimeter um Zentimeter kriecht sie weiter, auf den Lichtfleck unter dem Dachfenster zu. Sie fühlt sich, als wäre ihr der Stecker gezogen worden. Aber kein Problem für Jimin, dann krabbelt sie eben auf Reserve.

Wenn sie irgendwas in ihrem Leben gelernt hat, dann durchzuhalten. »*Wie viele muss ich noch, Daddy?*«, hört sie sich mit ihrer Klein-Jimin-Stimme piepsen. »*Nur noch drei, Süße*«, antwortet Daddy mit seinem Whisky-Bariton, »*dann kannst du ein bisschen spielen.*«

Nichts als Angst und Dreck und Tod hier, geht es Mia durch den Kopf.

17:07 Uhr. Die Durchsuchung des vermeintlichen Klinikbereichs hat nur wenige Minuten gedauert. Er besteht aus vier hintereinanderliegenden Räumen, allesamt leer. Bis auf ein paar Decken und Schlafsäcke auf dem nackten Boden. Kein Pflegepersonal, keine Wächter. Keine Betten, keine medizinischen Apparate zur Überwachung der kleinen Zwangsprobanden.

Im vorletzten Raum stehen zwei in Plastik verschweißte Zehnerpacks mit Mineralwasserflaschen auf dem Boden. Zwischen einem halb verrosteten Metalltisch mit einem museumsreifen Mikrowellengerät darauf und einer asthmatischen Kühltruhe voller Fertiggerichte vom lokalen Discounter.

Willkommen im Horrorhotel. Mia kämpft gegen Tränen an. Geheult wird jetzt auf keinen Fall, beschwört sie sich, schon wegen dem Plastikhelm, dessen Visier sowieso andauernd beschlägt.

Der hinterste Raum beherbergt eine Kabine mit Dusche, Waschbecken und Klo, alles unfassbar verdreckt. So wie der gesamte Bereich, in dem die Kinder gefangen gehalten wurden. Alles verschmiert und verkrustet mit Ausscheidungen aller Art.

Bei der Testreihe in Jakarta wahrten sie zumindest noch einen gewissen Schein, sagt sich Mia, mit Dokumentationen und Betreuung der Testpersonen in der Klinik-Einheit von Raya. Auch wenn es dort schon einzig darum ging, den »planmäßigen Tod« der Probanden herbeizuführen.

Hier in Namiac haben sie sich nicht mal mehr die Mühe gemacht, ihren Opfern irgendwas vorzugaukeln. Kummer und Angst der Kleinen zu beschwichtigen durch ein paar billige Lügen. Es ging nur noch darum, das Virus so zu optimieren, dass auch Minderjährige möglichst effizient getötet werden. Also haben sie mit Hochdruck experimentiert und ihren menschlichen Laborratten so lange Varianten von dem Dreckszeug gespritzt, bis es geklappt hat – und wie.

Eine Infektion, die nicht nur die Lunge, sondern gleich auch die

Därme zerreißt. Bravo! Was für ein Triumph der Wissenschaft! Nur schade für die genialen Forscher, dass sie von ihrer »maximal tödlichen« Waffe selbst dahingerafft worden sind …

Irgendwie müssen es die Kids geschafft haben, in den Schleusenbereich vorzudringen, überlegt Mia. Vielleicht hat sich Wayolu absichtlich so hingelegt, dass die Tür einen Spaltbreit aufgeblieben ist, genug für die Kinder, um über ihn hinweg in die Schleusenkammer zu kriechen. Ja, genau, so muss es gewesen sein. Und als dann wieder einer von ihren Peinigern kam, um nachzusehen, ob die Spritze diesmal gewirkt hatte, überrumpelten sie ihn und drangen in die nächste Schleusenkammer vor … obwohl sie schon fast am Ende ihrer Kräfte waren, nur noch kriechen konnten und Blut und Exkremente aus ihnen herausliefen …

Dabei haben sie den Todesdoktor wohl infiziert, überlegt Mia weiter. Vielleicht haben sie gezielt seinen Schutzanzug zerfetzt, ihm die Maske heruntergerissen, ihren tödlichen Atem eingeblasen, ihn vollgekotzt und mit infizierter Scheiße beschmiert … ja bitte, hoffentlich war es so … In Panik ist er zurück ins Labor und hat die anderen Wissenschaftler angesteckt … super Rache, Kids, gut gemacht, Wayolu …

Mia schnieft, kneift die Augen zusammen und reißt sie wieder auf.

Okay, jetzt die Stahltür rechts, das Endspiel.

19

Unter der Dachluke muss Jimin erst mal verschnaufen. Sie keucht und ringt um Atem. Im nächsten Moment presst sie sich den Ärmel auf den Mund, um sich nicht durch Husten zu verraten.

Wenn die Angreifer jemanden auf dem Dach postiert haben, ist sie sowieso gefickt. Wenn nicht, muss sie nur so leise wie möglich die Luke aufbekommen und sich nach unten abseilen, dann ist sie so gut wie weg. Und Justice ist gerettet, dank Jimin.

Um sich zu motivieren, ruft sie sich frühere Freuden in Erinnerung; ein bewährter Trick, mit dem sie sich schon oft aus tiefen Löchern befreit hat. Sie stellt sich vor, wie sie in Berlin den niedlichen Sammy in der Mache hatte. Wie sie ihn k. o. gehauen, dann nackt ausgezogen und jesusmäßig an die Balken gebunden hat. Mit genau diesem Seil, das ihr auch jetzt aus der Patsche helfen wird.

Wie schade, dass sie Sammy so schnell ausknipsen und in der Kanalisation unter der Burgruine zwischenlagern musste. Aber gleichzeitig auch: was für ein Glück. Als sie vorgestern hier ankam, fiel ihr Blick auf den Kanaldeckel im Hof, direkt an der Ecke, wo sie die Kawa abgestellt hat.

Ohne ihr Date mit Sammy wäre ihr der Betondeckel mit dem rostigen Eisenkranz bestimmt nicht aufgefallen. »Danke, Kleiner«, flüstert Jimin, drückt die Fensterluke über sich sachte auf und schlängelt sich aufs Dach hinaus.

Nieselregen und eiskalter Wind, der das Wasser in den Pfützen auf der Dachpappe kräuselt. Kein feindlicher Posten zu sehen. Und kein Wunder, dass Jimin so friert …

Mia sieht Gabriel, Tom und Svenja fragend an. Alle drei Teammitglieder schütteln den Kopf.

»Fehlanzeige«, sagt Svenja. »Nirgendwo ein Zahlencode.«

»Wir haben alles durchsucht, auch die toten Wissenschaftler«, ergänzt Gabriel, genannt Gabi, ein Zwei-Meter-Mann mit Bodybuilder-Figur.

»Die Computer sind selber durch PIN-Codes gesperrt.« Der hagere Tom deutet auf die Laptops, die auf den Arbeitstischen herumstehen.

»Wir nehmen aber sowieso an, dass die Wissenschaftler keine Freigabe für diese Tür hatten«, steuert Svenja bei. Im Kontrast zu ihrem nordischen Namen hat sie dunkelbraune Haut und schwarze, fast bläulich schimmernde Haare.

»Das sehe ich auch so.« Mit mulmigem Gefühl geht Mia auf die verschlossene Stahltür zu. Sie legt ein Ohr auf das kühle Metall und lauscht. Nichts …

Sie will sich schon abwenden, da rührt sie doch etwas auf der anderen Seite, schwach, aber unverkennbar. Dröhnendes Husten.

»Aufmachen, sofort!« Mia hämmert mit der Faust gegen die Tür. *»Open the door …«*

Sie wartet, lauscht erneut. Das Husten hat kurz aufgehört, jetzt setzt es wieder ein.

»Sprengung vorbereiten.« Mia tritt von der Tür zurück und sieht sich suchend um.

Bjarne und Steffie, ihre EMS-Experten, treten vor.

Sie hatte nicht ernsthaft damit gerechnet, dass auf ihr Klopfen hin die Tür geöffnet würde. Oder dass der Zugangscode irgendwo im Labor herumliegen würde. Wenn dahinter der Tresorraum ist, in dem sie die Kampfmittel verwahren, wird der Zugang auf wenige Personen begrenzt sein.

Trotzdem mussten sie es versuchen. Eine Tür aufzusprengen, hinter der genug tödliche Substanzen lagern, um in der Geschichte des Planeten ein neues Kapitel aufzuschlagen, kann wirklich nur das Mittel allerletzter Wahl sein.

Das Virozän beginnt … Mia sieht die Kapitelüberschrift vor sich, in stachligen, kugel- und stabförmigen Lettern. *Das Anthropozän ist vorbei …* Sie erschauert am ganzen Körper.

»Es ist unsere einzige Option«, murmelt wieder der Minister in ihrem Kopf.

»Ihr müsst euch selbst übertreffen«, sagt sie zu Bjarne und Steffie, die mit beklommenen Mienen die Stahltür untersuchen. »Vorhin bei der vorderen Tür wart ihr schon sehr gut, aber das hier muss euer Meisterstück werden.«

Sie stellt sich hinter die beiden, spricht eindringlich auf sie ein. »Macht euch klar, dass auf der anderen Seite höchstwahrscheinlich Container stehen, gefüllt mit Tausenden Ampullen voll tödlicher Viren. Die Tür darf also auf keinen Fall nach innen weggeblasen werden; auch kein einziges Teil von der Stahlverkleidung.«

Mia legt jedem der beiden eine Hand auf die Schulter. »Macht sie einfach nur auf«, schließt sie sanft, »wie mit einem Schlüssel, okay?«

Zwei blasse Gesichter wenden sich zu ihr zurück, starren sie an.

»Okay?«, wiederholt Mia.

Bjarne und Steffie nicken zögernd. »Okay?«, antworten sie im gleichen fragenden Tonfall.

Sie beraten sich, sind sich sichtlich nicht einig. »Das reicht nicht«, flüstert Steffie. »Das haut zu sehr rein!«, gibt Bjarne hitzig zurück.

Schließlich berührt Steffie ihren Kollegen kurz am Unterarm, er nickt. »Okay, versuchen wir's so.«

Sie kramen in ihren Rucksäcken, fördern drei zierliche Patronen zutage, nicht viel größer als Bjarnes Daumen. Sie bringen die Ladungen an dem vertikalen Schlitz zwischen den Türhälften an, je eine ganz unten, in der Mitte und oben.

»Alle aus dem Schussfeld«, weist Mia ihr Team an. »Und die Waffen feuerbereit.«

17:16 Uhr. Sie ziehen ihre Pistolen und treten fünf Schritte zurück. Steffie und Bjarne schalten die Ladungen mit zwanzig Sekunden Verzögerung scharf und beeilen sich, gleichfalls in Deckung zu gehen.

Bamm! Mit fast schon dezentem Knallen gehen die Patronen hoch.

Diesmal fliegen keine Stahl- oder Mauerteile durch die Luft. Als sich der Qualm verzogen hat, sehen die Türhälften lädiert und rußgeschwärzt aus, aber sie sitzen noch in ihrem Rahmen. Nur das Schloss und die Sicherungsstangen sind aufgesprengt worden, in der Mitte klafft ein vielleicht zwanzig Zentimeter breiter Spalt.

»Gute Arbeit.« Mia geht wie immer voran. Sie kickt einen Türflügel zur Seite und stürmt hindurch.

20

Jimin liegt flach auf dem Hallendach und kühlt ihr Gesicht im Nieselregen. Aus irgendeinem Grund friert sie nicht mehr, plötzlich ist ihr heiß. Die Brühe läuft ihr nur so aus den Haaren, und bloß ein Teil davon ist Regen.

Aber die frische Luft tut ihr gut. Allmählich kommt sie wieder zu Kräften. Die Scheißgrippe hat sie doch schlimmer erwischt, als sie wahrhaben wollte. Der Klimmzug, mit dem sie sich eben durch die Dachluke nach draußen gehievt hat, war wohl ein bisschen viel für sie. Kann sein, dass sie kurz ausgecheckt hat, aber jetzt ist sie wieder da.

»Der innere Zirkel ist sich einig, dass du eine größere Aufgabe bekommen sollst«, hört sie Phils ruhige Stimme in ihrem Kopf. »Und jetzt bring das hier zu Ende, Joy.«

Sie will kräftig durchatmen, doch irgendwie klappt das nicht richtig. Als ob ihre Lungenflügel sich nicht mit Luft füllen würden, sondern mit Schleim.

Nur einen kleinen Moment noch, Phil, dann starte ich durch …

Ein schummrig beleuchteter Raum, leer – bis auf den gewaltigen Kasten in der Ecke. Schwarz, monolithisch, düstere Aura. Der Altar einer todbringenden Gottheit, denkt Mia und erstarrt.

Kraftloses Husten hinter der Tür zum Nebenraum. Sie macht Thor und Gabi ein Zeichen, den Container zu bewachen. Die Tür zum nächsten Zimmer ist angelehnt. Sie drückt sie vorsichtig weiter auf, späht durch den Spalt.

Der Mann auf dem Bett ist tot. Auch wenn er noch ein paar Atemzüge vor sich hat. Sein Gesicht ist verzerrt, aus dem weit offenen Mund sprudelt Blut. Er keucht, die Hände tasten fahrig, wie Halt suchend in seinen Ausscheidungen herum.

Das Virus verwandelt ihn zurück in den kotigen Schleim, aus dem wir alle hervorgekrochen sind … Wirre, sinnlose Gedanken, die Mia durch den Kopf jagen, während sie sich in dem ansonsten leeren Zimmer umsieht, an dem Sterbenden vorbeistürmt und den Raum dahinter sichert. Die gleiche triste Ausstattung wie in den Zimmern links, wo die menschlichen Laborratten festgehalten wurden.

Sie wendet sich um, geht nach vorne zurück. »Hier Gamma-Eins, der vermauerte Trakt ist gesichert, Container anscheinend okay«, gibt sie an Alpha- und Beta-Eins durch. »Sechzehn Tote – sieben Wissenschaftler, neun Kinder. Bei uns keine Verluste«, fügt sie hinzu und bleibt neben dem Bett im mittleren Raum stehen.

»Korrigiere, siebzehn Tote«, setzt sie neu an. »Der Mann, der das Zeug hier bewacht hat, ist gerade eben an dem Virus verstorben. Mission erfüllt. Verkündet ihr die frohe Botschaft? Danke und Ende.«

Sie unterbricht die Verbindung und mustert irritiert den Toten. Sie sollte sich erleichtert fühlen, aber irgendetwas stimmt nicht. Nur was?

Der groß gewachsene Mann, vom Typus her vielleicht Algerier oder Marokkaner, liegt reglos in Rückenlage. Sein Gesicht ist verzerrt und blutverschmiert, die Augen knallrot entzündet. Ein grauenvoller Anblick, aber mittlerweile bekannt. Ihre Irritation, das anschwellende Alarmgefühl in ihrem Innern, lässt sich dadurch nicht erklären …

Wodurch aber sonst?

Der Tote scheint zur Decke hochzustarren. Mia folgt seinem vermeintlichen Blick … nichts Auffälliges, denkt sie, nur eine ramponierte Deckenplatte … da hört sie ein Kratzen und Schaben oben auf dem Dach. Nicht direkt über ihr, weiter rechts, zur Schmalseite des Gebäudes hin, wo die Fahrzeuge stehen.

»Hier war noch einer!«, ruft sie. »Der haut ab, übers Dach!«

Sie stürzt in den vorderen Raum, nähert sich dem Container, öffnet vorsichtig die Tür. Vier Paletten voller Ampullen übereinandergestapelt, jede mit tausend Ampullen oder mehr. Ganz obendrauf, auf einer Art Deckel, stehen Plastikboxen mit der Aufschrift *Medicine Chiller Box* … drei Boxen, aber da ist Platz für vier …

»Scheiße, er hat was von dem Zeug dabei!«

21

Auf jetzt, Fledermaus. Nur Jimin selbst darf sich so nennen, für jeden anderen wäre es der Auftakt zu qualvollem Sterben. In ihren Träumen ist sie *Bat-Jimin,* so weit sie zurückdenken kann, mit Fledermausnase, Fledermausflügeln, unbesiegbar wie Bat Woman, die junge Comicfrau.

Sie robbt auf den Rand des Hallendachs zu, den Rucksack auf dem Rücken, den Baseballschläger vor sich beidhändig umklammernd wie den Lenker ihrer Kawa. Die muss sie zurücklassen, aber scheiß drauf.

Kriechend nähert sich Jimin der Schmalseite des Fabrikbaus. Auf dem Dach lässt sich keiner von den Angreifern blicken, auf dem Hof auch nicht, soweit sie das von ihrer Position aus erkennen kann. Auf der Straße vor dem Zaun steht ein Haufen Idioten herum, bei dem Touristenbus, mit dem sie anscheinend angerückt sind, und zwei Polizei-Kleinlastern voll Plastikbarrieren.

Dumpfbacken, denkt Jimin, ihr wollt mich mit einer verschissenen Straßensperre fangen? Viel Spaß dabei.

Sie schiebt sich bis zum Rand des Hallendachs vor und späht nach unten. Auch da ist niemand zu sehen. Nur die Fahrzeuge von Justice, der Kühllaster, der Audi Q8, den Jaresh nicht mehr braucht, und die Kawa, für die sie bald schon Ersatz unterm Arsch haben wird. In der neuen Welt wird sie sieben Rennmaschinen besitzen, für jeden verfickten Wochentag eine. Und das Beste, Bat-Jimin, diese goldene Zukunft bricht genau morgen an.

Wenn du es jetzt nicht versaust. Aber sie hat noch nie irgendwas versaut, sie kriegt alles hin, was sie wirklich will. Und das hier will sie mehr als alles, was sie je gewollt hat.

Jimin nimmt das zusammengerollte Seil von der Schulter, verknotet ein Ende an einem Dachrinnenträger und prüft, ob es sicheren Halt bietet. Jeder Atemzug ist so mühsam und schmerzhaft, als müsste sie die Luft durch heißen Schlamm einsaugen.

Aber das wird schon wieder. Jimin schwingt sich über den Rand und gleitet blitzschnell am Seil hinab.

Mia springt vom Bett des Toten ab, bekommt das Stahlgerüst an der Decke zu fassen. Mit dem Kopf schiebt sie die löchrige Metallplatte zur Seite und hievt sich in den Hohlraum zwischen Dach und Decke hoch.

Der Tote unter ihr, schießt es ihr durch den Kopf, ist vielleicht derselbe Nordafrikaner, der in Deutschland hinter Lotte Gerlach her war, zusammen mit der Asiatin. Mit »Plattnase«, der »großen, kräftigen Frau«, die mutmaßlich auch den Witwer drangsaliert hat … Ist die da oben auf dem Dach? Abgehauen mit einer Box voller Todesviren?

Mia hat Gabi angewiesen, die Teamleiter Alpha und Beta zu informieren. Thor und weitere vier ihrer Leute bewachen den Container, der Rest des Teams ist auf dem Weg in den Hof. Sie müssen Plattnase abfangen … oder wer auch immer sich mit der Apokalypse-Box abgesetzt hat.

Auf allen vieren krabbelt Mia über das Stahlgerippe. Den Schutzanzug hat sie unten zurückgelassen und sich nur die FFP2-Maske aus dem Rucksack vor Mund und Nase gespannt. Mit Helm und Gasmaske, mit der Sauerstoffflasche auf dem Rücken hätte sie keine Chance, Plattnase noch einzuholen.

Wenn die Luft hier virenverseucht ist, gehen wir sowieso alle drauf …

Immer wieder hält sie kurz inne, lauscht, aber jetzt ist kein Kratzen oder Scharren mehr zu hören. Nur das Pladdern von Regentropfen auf dem Kuppelfenster im Hallendach, auf das sie zukriecht, so schnell das auf den schmalen Stahlstreben geht.

Die ist schon unten, denkt Mia, am Blitzableiter runtergeklettert, oder vielleicht gibt es da sogar eine Feuerleiter.

»Gamma-Eins, an alle«, spricht sie leise in ihr Headset, »noch einmal: Die flüchtige Person hat eine Box mit maximal tödlichem Bio-Material bei sich. Der Behälter darf auf keinen Fall beschädigt werden.«

Sie ist außer Atem, als sie unter der Glaskuppel angekommen ist. Regen trommelt auf die Scheibe. Ihr Herz hämmert fast noch lauter, nicht nur vor Anstrengung. Mia drückt das Fenster hoch und späht nach draußen.

Der Regen rauscht. Das Dach ist mit Pfützen übersät. Ansonsten nichts Auffälliges zu sehen. Mia schlängelt sich durch die Luke und läuft geduckt auf die Kante an der Schmalseite des Flachbaus zu.

Seit einer gefühlten Ewigkeit liegt Sven hinter dem Kühllaster auf der Lauer, die Hälfte davon im Regen. Der Schutzanzug ist wasserdicht, trotzdem kommt er sich immer bescheuerter vor. Wenn er ehrlich ist, glaubt er selbst nicht mehr, dass sich hier noch was Entscheidendes tut.

Du hast dir das eingeredet, hält er sich vor, deine angebliche Intuition war nur ein Vorwand, um dich vor dem zu drücken, was da drinnen abgeht.

Sogar sein Headset hat er abgeschaltet, damit Mia ihn nicht herbeibeordern kann. Technisches Versagen, will er später behaupten, als ob das noch eine Rolle spielen würde – er hat auf ganzer Linie versagt!

Aber was war das? Sven erstarrt. Dieses Kratzen wie von Schuhsohlen auf Beton? Er springt auf, zieht die Pistole, während er um den Lkw herumgeht, mit steifen Beinen nach dem langen Kauern.

Er späht nach allen Seiten, doch da ist niemand. Der Hof liegt menschenleer im Regen, der sich zum Wolkenbruch steigert. Sven geht näher an die Hauswand heran, um sich zumindest vor den Böen zu schützen, die den Regen fast waagrecht über den Hof peitschen.

Da bemerkt er den Schatten, der von oben auf ihn herabsaust … eine kompakte, wuchtige Gestalt, die sich affenartig die Hauswand herunterhangelt … schwarze Lederkluft – die Asiatin? … Sie stößt sich ab und springt, mit den Füßen voran, genau auf ihn zu …

Sven reißt die Waffe hoch und gibt einen Schuss ab. Unklar, ob er getroffen hat, die Gestalt schreit auf, mehr Wut als Schmerz, dann kracht sie mit den Füßen voran in sein Gesicht. Sven wird zurückgeschleudert und knallt mit dem Rücken auf den Boden.

Er ist benommen, kann nicht klar sehen. Nur undeutlich bekommt er mit, wie die bullige Gestalt sich neben ihm zu schaffen macht. Mit einer Art Knüppel hebelt sie etwas aus dem Boden … ein Kanaldeckel, oder was?

Er will sich aufrichten, da wendet sie ihm ihr Gesicht zu … sie, die Asiatin … »Plattnase«, regenüberströmt … Der Anblick ist so unwirklich, dass Sven sie einfach nur anstarrt. Ihre Nase ist nicht platt, da ist nur ein zweidimensionales Etwas … mehr wie eine Zeichnung, mit flach anliegenden Flügeln … keine Nase, eher eine Comic-Fledermaus.

Jetzt erst merkt sie, dass er wach ist, sie anstarrt, ihre Schussverletzung sieht … das Blut, das ihr aus dem Schenkel quillt, wo ihre Bikerhose aus schwarzem Leder zerfetzt ist … Der Knüppel ist ein Baseballschläger, und sie reißt ihn hoch …

Sven will sich zur Seite werfen, aber er kann sich nicht bewegen … wie in seinen Albträumen … der Schläger kracht ihm auf den Kopf, eben sieht er noch, wie der Boden die Asiatin verschluckt, dann wird es schwarz um ihn.

22

Als er die Augen wieder aufmacht, kauert Mia neben ihm, mit einer Maske vermummt wie im Operationssaal. »Sven, bist du okay?«

War da nicht eben noch …? Oder hat er das geträumt?

»Plattnase«, flüstert er, doch seine Lippen sind geschwollen, es klingt wie »Plasma«.

Er hat rote Schlieren auf dem Helmvisier. An Mias Blick erkennt er, dass er schlimm zugerichtet sein muss. Okay, zumindest hab ich das nicht nur geträumt, denkt er. Im ersten Moment erleichtert, dann erst dämmert ihm, dass es eigentlich keine gute Neuigkeit ist.

Ganz im Gegenteil – die hat mich umgehauen und ist getürmt …

Er versucht, sich aufzurichten, und schreit auf. Glühender

Schmerz. Im Fallen auf die Sauerstoffflasche gekracht, wird ihm klar. Sein Rücken fühlt sich wie durchgebrochen an.

»Die Asiatin …«, bringt er hervor.

»Genau, Sven. Wo ist sie? Hast du sie gesehen?« Mia schaut ihn beschwörend an.

»Sie ist …« Er dreht den Kopf hin und her. Im Boden verschwunden, wollte er sagen, aber wie denn? Das hat er doch nur geträumt? Sie hat einen Gullydeckel oder so was hochgestemmt, vage sieht er es vor sich. Aber hier ist keiner, verdammt noch mal.

Er beißt die Zähne zusammen, setzt sich aufrecht hin. Vor Schmerz wird er fast ohnmächtig. Mias Gesicht schwankt vor ihm hin und her wie eine Laterne.

»Die Asiatin«, bringt er wieder hervor. »Die ist durch ein Bodenloch weg. Ist hier irgendwo … ein Kanaldeckel oder so?«

Mia sieht sich mit skeptischer Miene um. Der Regen hat plötzlich aufgehört. Noch plötzlicher werden ihre Augen groß. »Du sitzt drauf, Svennie! Geh mal zur Seite. Vorsichtig, ich helfe dir.«

Sie stellt sich hinter ihn, packt ihn unter den Achseln, schleift ihn ein Stück weg. Sven stöhnt.

»Schlaues Biest«, hört er sie murmeln. »Die hat dich so platziert, dass du über die Öffnung gekippt bist, als sie den Deckel wieder zugemacht hat.«

Mia kauert neben ihm, hebelt den Kanaldeckel mit dem Lauf ihrer Waffe aus dem Boden. »Aber du hast sie angeschossen, Svennie, siehst du?« Sie tippt mit der Fingerspitze auf den Boden, hält sie ihm vor die Augen. »Blut, und nicht so knapp. Gut gemacht.«

Im nächsten Moment steht sie auf, springt in das Loch und ist weg.

Die Röhre ist stockdunkel und endlos lang. Jimin watet durch knöcheltiefes, schlammiges Wasser, und jeder Schritt tut weh. In der Lunge, im Hals, im rechten Bein. Sie verliert Blut, immer noch. Dabei hat sie schon kostbare Zeit damit vergeudet, sich den Gürtel aus der Hose zu ziehen und das Bein notdürftig abzubinden.

Mit jedem Herzschlag rinnt Blut aus der Wunde. Sie spürt, wie es warm ihr Bein runterläuft. Während ihr innen drin immer kälter wird. Sie schwitzt und friert, beides gleichzeitig. Sie rennt humpelnd weiter und würde sich am liebsten fallen lassen, in den warmen, weichen Schlamm.

Mach doch, Jimin, lass dich fallen. Endlich nicht mehr kämpfen, gib einfach nach …

Aber nicht mit ihr. Sie hat sich nicht so weit vorangekämpft, nach oben gebissen und gekickt, um jetzt wie eine jämmerliche Pussy in die Knie zu gehen.

Weiter, Jimin, immer weiter. Siehst du nicht? Da vorne wird es heller, eine blasse, klar abgegrenzte Lichtsäule, die von oben ins Dunkel fällt. Da muss ein Ausstieg aus der stinkenden Hölle sein.

Doch bis dahin sind es noch mindestens fünfzig Schritte. Offenbar führt der Kanal unter dem Fabrikhof und der Straße hindurch, dann weiter unter der Wiese bis zu dem halb zusammengesackten Gutshaus am Waldrand.

»*Wenn du es bis dorthin schaffst, Joy, wird alles gut …*« Sie hört die Botschaft klar und deutlich, mit Phils beruhigender Stimme in ihrem Kopf. Es ist nicht gerade logisch, aber ungeheuer tröstlich. Hat sie nicht genau dafür immer gekämpft: um der stinkenden Hölle zu entkommen, in der sie ihr ganzes beschissenes Leben lang gefangen war?

Verbissen stolpert sie voran. Sie traut sich kaum mehr, Luft zu holen und mit dem rechten Bein aufzutreten. Dieser verfluchte Berliner Bulle hat sie mit der Wumme gefickt. Und Jaresh, der blöde Arsch, hat ihr auch noch eine besonders üble Grippe angehängt. Jeder Schritt, jeder Atemzug fühlt sich an, als würden ihr Messer ins Fleisch gebohrt.

Auch der Rucksack wird immer schwerer. Er zieht an ihren Schultern, als enthielte er nicht nur ein paar Glasfläschchen, sondern all die Abertausende Toten, die sie mit den toxischen Tropfen doch erst produzieren wollen.

Todessperma, denkt Jimin. Justice ist ein Riesenpimmel, der seinen Todessaft in Mutter Erde spritzt, damit sie die gerechte neue Welt gebiert … Sie ist höchstens noch ein Dutzend Schritte von der senkrechten Lichtsäule entfernt, dem *Ausstieg,* dem *Aufstieg,* denkt Jimin, als ihr kaputtes Bein endgültig wegknickt.

Sie fällt vornüber in den Dreck, schluckt schlammiges Wasser, spuckt es hustend wieder aus. Ihre Lunge fühlt sich an, als stünde sie in Flammen. Jimin schreit, vor Schmerzen, vor Wut, weil sie so kurz vor dem Ziel ist und nicht mehr weiterkommt. Ihre Arme und Beine zucken wie bei einem epileptischen Riesenkäfer. Die Fläschchen auf ihrem Rücken klirren, es klingt wie spöttisches Kichern. *»Das Spiel ist aus, Fledermaus«,* singen die Ampullen, und der Zorn über den Hohn, der sich ihr Leben lang über sie ergossen hat, gibt Jimin neue Kraft.

Sie kann nicht mehr laufen, weil ihr Bein zerschossen ist? Na schön, dann kriecht sie eben weiter. *»Wie du vorankommst, ist scheißegal«,* hat schon ihr Dad ihr gepredigt, *»Hauptsache, die Richtung stimmt. Aufwärts, immer aufwärts, Mädchen, vergiss das nie.«*

Danke, Dad. Sie beißt die Zähne zusammen, schließt die Augen und kriecht auf allen vieren weiter, Schritt für Schritt, stöhnend und keuchend, bis sie mit dem Kopf gegen etwas Hartes stößt.

Sie tastet hin … Eisenleiter. Sie öffnet die Augen: Ihr Kopf ist in das Licht getaucht, das von oben in die Dunkelheit fällt.

Plötzlich kommen ihr Tränen … vor Rührung, vor beschissener Schwäche, was weiß sie denn … Mit Tränen kennt sich Jimin nicht aus, seit sie vier, fünf war, nicht mehr – oder doch, na klar … mit den Tränen der Kerle, die sie mit nach Hause genommen hat. Jeden von ihnen hat sie zum Weinen gebracht, es war immer nur eine Frage der Zeit. Du musst bloß den Hebel finden, mit dem du sie knacken kannst, das ist nicht so schwer. So wie es ihrem Dad anfangs leichtfiel, sie zum Weinen zu bringen, aber dann bald schon nicht mehr.

Immer wollte ich euer Blut, eure Säfte fließen sehen, sagt sich Jimin, aber letzten Endes ging es um die Tränen. Darum, euch heulen zu sehen, ihr verfickten Scheißkerle, euch schwach zu sehen, betteln zu sehen, nackt vor mir auf den Knien, um Gnade winselnd. Und sie war niemals gnädig, kein einziges Mal. Im Gegenteil, je hemmungsloser sie heulten, je tiefer sie sich vor ihr erniedrigten, desto länger hat sie es hingezogen.

Nichts hat mich jemals so befriedigt wie eure ohnmächtigen Qualen. Wie die Angst und der Schmerz in euren Augen, denkt Jimin, während sie sich Stufe um Stufe an der Eisenleiter hochzieht. Aufwärts, immer aufwärts, Daddy, ganz genau.

Ihr Husten und Heulen lässt die Kanalröhre dröhnen. Dass da jemand mit platschenden Schritten hinter ihr herkommt, merkt sie erst, als der Lichtkegel einer Taschenlampe ihre Umgebung strahlend erhellt.

Plötzlich kann sie das Moos und den Schleim in den Ritzen der Kanalwand und jeden einzelnen Rostpickel auf den Eisenstufen erkennen. So überscharf, funkelnd und glitzernd, dass es in den Augen wehtut.

Das kommt vom Fieber, geht es ihr durch den Kopf. Da ist niemand hinter mir, ich hab sie alle abgehängt …

Mit letzter Kraft stößt sie den Gullydeckel über sich aus der Verankerung und hievt sich ins Freie.

Es regnet immer noch – oder schon wieder, doch Jimin nimmt es kaum wahr.

23

Die Lampe in der linken, die SIG Sauer in der rechten Hand, rennt Mia den schlammigen Kanal entlang. Die Asiatin ist ihr weit voraus, aber sie schleppt sich nur noch voran.

Mia hat kurz überlegt, kurzen Prozess zu machen – eine Kugel in den Kopf, Welt gerettet, Halleluja, Amen … Doch das ist leider keine Option.

Viel zu dunkel für einen Präzisionsschuss. Wenn sie versehentlich die Box mit den Todesfläschchen durchlöchert, heißt es nicht Amen, sondern: *Alles aus* … Und selbst wenn sie die Asiatin sauber in den Kopf trifft, kann die Plastikbox durch den stürzenden Körper beschädigt werden, die Viren können freigesetzt werden, sich über das Gewässernetz verteilen und womöglich ins Trinkwasser gelangen … nicht auszudenken …

Also Vorsicht, ermahnt sich Mia. Auch die Taschenlampe lässt sie fürs Erste ausgeschaltet, schon um nicht selbst zum Ziel zu werden. Bestimmt hat die Asiatin auch eine Schusswaffe dabei.

Sie verliert noch mehr an Tempo, bricht hustend zusammen, kriecht auf allen vieren weiter. Mia verlangsamt gleichfalls ihre Schritte. Hat sich die Asiatin bei dem anderen Wächter angesteckt? Sieht ganz so aus. Auf jeden Fall ist sie verletzt, doch dadurch nicht weniger gefährlich.

Fast im Gegenteil, sagt sich Mia: Je mehr sie geschwächt ist, desto weniger hat sie zu verlieren. Wenn sie mit dem Rücken zur Wand steht, entscheidet sie sich womöglich für »erweiterten Suizid«. Wie ein Familienvater, der Bilanz zieht – Job weg, Buckel voller Schulden, Frau will Scheidung – und die ganze Sippe wegballert, bevor er sich selbst die Kugel gibt. Nur mit dem Unterschied, dass die Asiatin halb Europa mitnehmen würde. Mindestens …

Wie im Albtraum entrollt sich vor Mia das Szenario: Wenn sie es bis Chisinau schafft und dort die Ampullen an belebten Plätzen ausgießt … in öffentlichen Gebäuden mit Klimaanlage … an Bahnhöfen und Bus-Terminals … in der Abflughalle des internationalen Flughafens … Sie bräuchte nur ein paar Stunden, um millionenfachen Tod zu säen …

Infizierte Reisende, Touristen und Geschäftsleute, würden das Virus nichtsahnend in aller Welt verbreiten. Bis Mediziner und Wissenschaftler erkannt hätten, dass sie es mit einem neuartigen, hochaggressiven Erreger zu tun haben, würden die mörderischen Keime längst um den Erdball zirkulieren … Und ehe sich die Staatengemeinschaft auf eine gemeinsame Strategie verständigt hätte, wären mehr oder weniger alle Länder verseucht …

Menschen würden zu Hause, bei der Arbeit, auf der Straße zusammenbrechen … hustend, kollabierend, Blut spuckend … Bald schon wären die Krankenhäuser überlastet … Krematorien und Friedhöfe sowieso … Panik würde ausbrechen, Unruhen, Aufstände, Plünderungen … Selbst in freiheitlichen Staaten würden die Politiker zu harten Maßnahmen greifen, um den Zusammenbruch aufzuhalten … Ausnahmezustand, Ausgangssperren, Militär auf den Straßen … und auch wenn sie den Kampf am Ende vielleicht noch gewinnen könnten, wäre danach nichts mehr so, wie es einmal war … eine entleerte, in jeder Hinsicht ausgezehrte, von Angst und Grauen zerfressene Welt …

Sie schüttelt den Kopf, um die Horrorvisionen zu vertreiben. Sie muss die Asiatin ins Freie scheuchen. Im Tageslicht hat sie eher eine Chance, die Sache durch einen präzisen Schuss zu beenden.

Mia schaltet die Stablampe ein und richtet den Lichtstrahl auf den Kopf der Asiatin. Sie ist nur noch zehn Schritte entfernt. Aus der Nähe wirkt sie fast absurd wuchtig, eher wie ein muskulöser Mann, allerdings mit Brüsten, die sich unter der engen Lederkluft abzeichnen. Sie hängt an der Eisenleiter wie eine überdimensionale Fledermaus. Als sie das Gesicht zu ihr dreht, durchfährt Mia ein eisiger Schreck: Sie ist schaurig entstellt … Wo die Nase sein sollte, ist nichts … nur ein Schatten, mottenhaft …

Es dauert bloß einen Sekundenbruchteil, aber Mia versteht plötzlich, wie sich Sven damals im Dschungel in Kambodscha gefühlt haben muss. Lähmende Ohnmacht, Unfähigkeit, sich zu bewegen … Dann ist es vorbei. Die Asiatin zieht sich weiter hoch, hievt den Gullydeckel aus dem Weg und quält sich keuchend nach draußen. Der Rucksack bleibt fast in der engen Öffnung stecken, die Ampullen klirren so heftig gegeneinander, dass es Mia in den Ohren klingelt.

Sie schaltet die Lampe aus, justiert ihre Maske und beeilt sich, zu der Asiatin aufzuschließen.

24

Der Gully liegt im Hof des halb zusammengesackten Gutshauses, das bestimmt einmal prachtvoll ausgesehen hat. Aber das muss lange her sein. Hundert Jahre, schätzt Jimin, mindestens. Die Fensterhöhlen sind schwarz, wie ausgestochene Augen. Die Dachziegel größtenteils heruntergefallen, die Fassade sieht zerfressen aus.

Trotzdem mag Jimin das Haus. Vielleicht wegen der Fledermäuse, die unter dem Giebel ein und aus fliegen.

Sie hat sich in die einstige Remise gegenüber verkrochen. Eigentlich sind es nur die Überreste der Grundmauern mit ein paar Balken vom Dachstuhl darüber. Aber auch das schauerliche Hausgerippe gefällt ihr. Es weckt Erinnerungen an die Fake-Burgruine in Berlin, an Sammy, wie sie ihn auf die Balken gebunden hat.

Bald schon wird sie wieder Spaß haben wie früher, sie muss nur das hier zu Ende bringen.

Sie liegt auf dem Bauch, wie begraben unter dem Rucksack mit der Chiller Box, und wühlt in ihren Jackentaschen. Irgendwo muss das verschissene Handy doch sein … Ah, da ist es, rechte Innentasche …

Sie dreht sich auf die linke Seite, kämpft gegen den Hustenreiz an, während sie das Telefon herauszufischen versucht. Sie spuckt ein paar Spritzer Blut, und so kalt war ihr noch nie.

Aber die gute Nachricht, Jimin, ist, dass du weder kotzen noch scheißen musst, sondern nur ein bisschen Blut verlierst … okay, ziemlich viel Blut … Aber wenn sie Phil jetzt informiert, wird alles noch gut.

Sie drückt auf die 2, die Kurzwahl für Phil, den sie nur im absoluten Notfall anrufen darf. Es klingelt und klingelt. Jimin hat Mühe, wach zu bleiben, aber nach einer gefühlten Ewigkeit geht er dran.

»Phil? Hier Joy, ich bin draußen, ich hab …«

»Tut mir leid, Joy.«

»Was?« Sie meint sich verhört zu haben. »Was tut dir leid? Verstehst du nicht, ich …« Ein Hustenanfall würgt sie ab.

»Glaub mir, so war das nicht geplant.« Er klingt gelassen wie fast immer. Nur mit einer Spur Bedauern in der Stimme, das Jimin noch nie bei ihm gehört hat.

»Was soll das heißen, nicht geplant?« Wieder ein Hustenkrampf. Zitternd drückt sie eine Faust auf den Oberschenkel, sieht zu, wie das Blut zwischen ihren Fingern hervorquillt.

»Du hast dich für Justice geopfert.« Er klingt jetzt drängend, fast beschwörend. »Und es war nicht umsonst, Joy.«

Wovon zur Hölle redet er? »Ich bin kein verdammtes Op…«

Der Hustenkrampf breitet sich erdbebenartig in ihr aus. Jimins Eingeweide explodieren. »Verfluchte Scheiße, Phil, ich … löse … mich …« Sie ringt um Atem. »So wie Jaresh … Was ist hier los? Du hast doch gesagt … die Spritze macht … immun …«

»So war es auch, Joy. Aber die Forscher haben ja weitergearbeitet, verstehst du? Das Virus so weiterentwickelt, dass es endlich auch bei Kindern wirkt. Das ist der Durchbruch! Nur sieht es wohl leider so aus, dass die Impfung jetzt nicht mehr schützt.«

»Und als du gesagt hast, ich wäre für größere Aufgaben vorgesehen …« Sie kämpft darum, nicht das Bewusstsein zu verlieren. »Als du mich hierher geschickt hast, Phil … hast du da gewusst, dass ich …«

Dass ich sterben würde, wollte sie sagen, aber sie bringt es nicht heraus. Ihr Leben, es kann nicht plötzlich vorbei sein. Nicht nach all den Kämpfen und Mühen, nicht jetzt, da sie so kurz davor ist …

»Justice wird euch ewig dankbar sein, Joy. Wir alle werden euch ein ehrendes Andenken bewahren, in der neuen Welt.«

Seine Stimme klingt so warm, so vertrauenerweckend. Phil ist der einzige Mann, dem sie jemals vertraut hat, wird Jimin klar. Weil sie glaubte, er wäre in allem das Gegenteil von ihrem Dad. Und jetzt das …

Er hat dich von vorn bis hinten verarscht, Jimin. Er hat dich gefickt, wie dein Dad dich gefickt hat, wie alle seine Buddys dich gefickt haben, von vorne und von hinten. Und Phil jetzt haargenau so, nur mit dem Unterschied, dass sie einen Tritt in den Arsch kriegt … *»Ab auf den Müll mit dir, Joy, du bist uns nur noch im Weg …«*

»Ihr habt mich verarscht«, stößt sie hervor. »Von Anfang an belogen, Phil. Und was habt ihr jetzt davon? Ihr steht mit leeren Händen da. Die Bullen oder was das für verfickte Idioten sind, haben die Fabrik drüben gestürmt. An das Zeug im Container kommt ihr nicht mehr ran.«

Sie röchelt, ringt um Atem. Die nächste Krampfwelle rast durch ihre Gedärme. Sie liegt in ihrer eigenen Scheiße, ihrem eigenen Blut.

Phil schweigt. Er hätte längst aufgelegt, sagt sich Jimin, wenn er nicht ahnen würde, dass sie noch einen Trumpf hat. Allerdings klingt er nicht sonderlich interessiert.

»Ich hab hier eine der kleinen Boxen«, fährt sie mühsam fort. »Hundertzwanzig Ampullen, ich schätze, das ist immer noch genug für Justices großen Plan … Die kannst du kriegen, Phil, aber du musst selber kommen und sie holen.«

Das ist *ihr* Plan, den sie sich hastig zurechtgelegt hat. Bis dahin wird sie durchhalten. Sie wird hier verrecken, das weiß sie jetzt, aber sie wird nicht abtreten, ohne ihn mit in den Abgrund zu reißen.

»Das mit den leeren Händen, weißt du, Joy ...« Phil räuspert sich, bricht plötzlich ab.

Er kommt nicht, wird ihr klar. Er braucht die Chiller Box nicht, weil sie schon vorher was von dem Zeug in Sicherheit gebracht haben ... oder vielleicht reicht es, die Formel zu haben, die Rezeptur, was weiß sie denn ... Sie ist keine Forscherin, keine Erleuchtete, nicht mal Bat-Jimin, sie ist ein plattnasiges Nichts, das sich hier im Nirgendwo hinter ein paar Mauerresten in seiner eigenen Scheiße auflöst ... mit jedem Herzschlag Blut aus der Schusswunde pumpt ... mit jedem Atemzug Blut spuckt ...

Ihre Zähne klappern aufeinander, ihre Hände zittern so, dass sie das Handy kaum festhalten kann.

»Du hast nichts zu bereuen, Joy. Ihr seid Märtyrer für die gerechte Sache, jeder Einzelne von euch. Im Paradies werden dir Jünglinge aus Licht zu Füßen liegen.«

Jimin bekommt einen Lachanfall. Auch wenn es sich wie mörderisches Husten anhört, auch wenn sie dabei Blut und Kotze spuckt, sie krümmt sich vor Lachen, kriegt sich vor Erheiterung nicht mehr ein.

Ich komme also in den Himmel, Phil? Und da kriege ich Lichtpimmel, so viele ich will? Super, dann hat sich die Plackerei ja gelohnt ...

Plötzlich fällt ihr ein, wie sie als kleines Mädchen an Ostern mit Dad in der Kirche war. Sie saß auf Daddys Schoß, der Pfarrer rief: *»Er ist auferstanden!«*, und Dad rückte Klein-Jimin auf seinem Schoß zurecht, seine Lippen mit dem kitzelnden Bart an ihrem Ohr: *»Und wie er auferstanden ist ...«*

Da bemerkt sie einen Schatten, gegenüber bei dem halb zusammengesackten Herrenhaus. Jimin lässt das Handy fallen und zerrt die Makarow aus dem Gürtel. Sie kriecht tiefer in den Mauerwinkel, hebt vorsichtig den Kopf und späht dorthin, wo eben der Schatten war.

Da ist wirklich jemand, blond und schlank, wie sie sich Phil immer vorgestellt hat … nur ist es auf einmal so neblig, dass sie ihn nicht richtig erkennen kann. Oder liegt es an ihren Augen, dass sie nur noch verschwommen sieht?

Die Gestalt löst sich von der Hauswand, kommt über den Hof auf sie zugerannt. Jimin hebt ihre Waffe, hält sie mit beiden Händen, um das Zittern zu kontrollieren. Sie drückt ab, der Schuss ist lautlos, der Schemen rennt unbeeindruckt weiter auf sie zu.

Wie kann das sein? Sie überlegt … Wie kann *was* sein? Sie hat den Faden verloren …

Phil – der blonde Schemen – ist jetzt mitten im Hof. Er bleibt stehen, streckt eine Hand vor. Jimin sieht das aufblitzende Mündungsfeuer, aber zu hören ist wieder nichts.

»Ph…« Sie will seinen Namen rufen, doch aus ihrem Mund kommt kein Laut. Nicht mal mehr Husten, Keuchen, nichts.

Gespenstisch, denkt Jimin. Sie kann nichts mehr hören, nichts sagen und nur noch nebelhafte Umrisse sehen. Oder löst sich, so wie sie selbst, auch die Welt um sie herum auf?

Als sie erneut auf Phil feuern will, ist ihre Waffe nicht mehr da.

Die Makarow nicht, ihre Hand auch nicht. Wo beide sein sollten, ist ein Stumpf, aus dem Blut schießt und Sehnen wie kaputte Kabel hängen.

Irre, denkt Jimin, ich spüre nichts. Keinen Schmerz, keine Kälte, keine Angst. Nur ein Gefühl ist übrig geblieben, das Gefühl, das sie immer schon vorangetrieben hat … Wut.

Der Drang, es euch allen zu zeigen … Nicht mit Jimin … Ich mach euch fertig … Komm nur, Phil, hol dir die Box …

Sie richtet sich auf, taumelt auf die schlanke Gestalt zu, die ganz ruhig dasteht, drei, vier Schritte vor Jimin. Der Rucksack tanzt auf ihrem Rücken, reißt sie fast um. Sie schwingt den Armstumpf, aus dem Blut hervorschießt, und reckt im Rennen den gesunden Arm vor, um Phil – es muss Phil sein, wer sonst – am Hals zu packen, zu sich heranzuziehen.

Sie wird ihre Zunge in seinen Mund schieben, ihn küssen will sie schon, seit sie zum ersten Mal seine Stimme gehört hat. Sie wird ihm den Todeskuss verpassen, und wenn es das Letzte ist, was sie auf dieser Welt tut.

Die Gestalt sieht sie warnend an. Sie hat eine weiße Maske vor Nase und Mund, die sich abwechselnd spannt und wieder faltig wird. Offenbar redet der Schemen auf Jimin ein, doch zu hören ist nichts.

Nicht für Jimin, die in diesem Moment erkennt, dass nicht Phil, sondern irgendeine blonde Schlampe vor ihr steht. Sie hebt die Waffenhand, Jimin taumelt weiter auf sie zu, dann der Mündungsblitz, lautlos.

Sie bricht zusammen, die Bitch fängt sie auf, lässt sie zu Boden gleiten. Eben will sie ihr den Rucksack von den Schultern nehmen, da wirft sich Jimin herum. Sie kriegt die Schlampe mit der heilen Hand an den Haaren zu fassen, zerrt sie zu sich, hustet und spuckt sie an. So fest sie kann. Mit allem, was noch in ihr ist, Wut, Kotze, Blut …

Die blonde Bitch schreit und dreht das Gesicht weg, sie will sich losreißen, aber Jimin lässt nicht los. Sie fetzt ihr die Maske weg, drückt ihren Mund auf die Lippen der Schlampe; sie will ihr die Zunge zwischen die Zähne schieben, wie sie es sich immer erträumt hat, nur mit Phil.

Im selben Moment weicht alle Spannung aus ihrem Körper. Ihre Hand lässt los, ihr Geist lässt los, ihre Seele, alles an und in Jimin lässt los …

Sie schwebt über ihrem Körper, der wie eine zu groß geratene Lederpuppe in einer braun-roten Pfütze liegt. Sie schwebt über der blonden Frau, die ihr den Rucksack weggenommen hat, bis zur zerfressenen Gutshausfassade zurückgewichen ist und fassungslos in ihr Headset stammelt. »Ich hab sie … aber sie hat mich …«

Doch Jimin hat niemand und niemanden mehr. Sie fühlt sich so leicht, so frei wie noch nie. So makellos rein … Nicht nur der Rucksack ist von ihr genommen, alles, alles, was sie je beschwert hat, ist weg.

Sie schwebt in den Himmel empor. Hoch oben meint sie die Jünglinge aus Licht zu sehen, die auf sie warten, begierig, ihr zu Füßen zu liegen.

Wie leicht alles wird, wenn man loslässt. Wenn ich das vorher gewusst hätte, denkt Jimin, wie viele Kämpfe, wie viel Angst, Wut und Schmerzen hätte ich mir und euch allen erspart …

** Ende **

Epilog

REKONVALESZENZ

Knapp drei Wochen nach dem Einsatz auf dem MOLDEX-Areal wurde Sven Paretz aus der Klinik entlassen. Es graute ihm vor der Beerdigung, die bereits für den Tag darauf angesetzt war. Der interne Codename ihrer Harakiri-Aktion in Namiac, Moldau, war *Zukunft sichern,* aber Sven war sich keineswegs sicher, ob er selbst noch so etwas wie Zukunft besaß.

Nicht etwa seiner Gesundheit wegen – körperlich war er weitgehend wiederhergestellt. So wie fast alle anderen Mitglieder der Einsatztruppe war auch er vor einer Infektion durch das »Todesvirus« verschont geblieben.

Eine stillgelegte Kaserne an der moldawisch-rumänischen Grenze war in aller Eile zur Quarantäneklinik umgerüstet worden – mit Unterdruckschleusen und intensivmedizinischer Isolierstation. Im ehemaligen Offiziersflügel waren die überlebenden Mitglieder der multinationalen Einsatztruppe versorgt und medizinisch rund um die Uhr überwacht worden.

Offiziell war der improvisierte Quarantänestützpunkt Bestandteil einer »länderübergreifenden Katastrophenschutzübung«, zu der auch der Einsatz in Moldau gehörte – zumindest der geräuschvolle Teil der Mission, von dem Medien und Öffentlichkeit teilweise Kenntnis erlangt hatten.

Während der Quarantäne waren auch Svens Gesichtsverletzungen versorgt worden. Mit dem Stiefelabsatz hatte die »Asiatin« – eine US-Amerikanerin mit koreanischen Wurzeln, wie man mittlerweile wusste – seinen Nasenknochen zertrümmert und den Knorpel nahezu pulverisiert. Auf den Fotos, die bei Svens Aufnahme in die Klinik angefertigt worden waren, trug er einen unförmig aufgeschwollenen Klumpen mittig im Gesicht, das zudem durch eine Stirnbeinprellung und durch Lippenquetschungen lädiert war.

Der Gesichtschirurg, Oberst der Bundeswehr, hatte Svens bis dahin unauffällig geformte Nase mit einer Aufstülpung versehen, die ihm zumindest in der digitalen Simulation einen kämpferischen Ausdruck verlieh. Nach seiner Entlassung sollte er auf ärztlichen Rat noch acht Tage lang den Gipsverband auf der Nase tragen, der zusätzlich mit einem Drahtkäfig gesichert war. Irgendwie leuchtete es Sven ein, dass »Mrs Plattnase« – bürgerlich Jimin Holland – ihm gerade diese Verletzung verpasst hatte. Doch nach dem, was er in Namiac erlebt hatte – wie er *sich selbst* dort erlebt hatte –, passte eine kämpferische Physiognomie weniger denn je zu dem Bild, das er von sich besaß.

Wenn er versehentlich in den Spiegel sah, erschrak er noch immer über seine Entstellung – über den Nasenkäfig, der die alte Zickzacknarbe an der rechten Gesichtsseite erst richtig zur Geltung brachte, und mehr noch über den Ausdruck seiner Augen. Den unsteten Blick, der gleichsam vor sich selbst zu fliehen schien, vor der Erinnerung an seine Feigheit, sein unverzeihliches Versagen. Das ihn umso mehr beschäftigte, als ausgerechnet er als einer der »Helden« ihrer Mission geehrt werden sollte – nur einen Tag nach der Beerdigung, vor der er sich regelrecht fürchtete.

Zwar hatte er dazu beigetragen, dass Jimin Holland nicht mit der Box voll tödlicher Ampullen entkommen konnte, aber das war keine Heldentat gewesen, im Gegenteil. Er hatte sich rein zufällig dort verkrochen, wo sie vom Dach gesprungen war.

Bereits unmittelbar nach Abschluss der Mission *Zukunft sichern* begann in Namiac und Umgebung das große Reinemachen – angeblich im Zuge der »grenzüberschreitenden Katastrophenschutz-

Koordinationsübung«. Mächtige Flutstrahler tauchten das Areal bis hinüber zum alten Gutshaus in taghelles Licht. Es war das Letzte, was Sven dort zu sehen bekam, als er in einem der Rotkreuz-Helikopter abhob, die alle potenziell infizierten Einsatzkräfte in die einstige Kaserne in Ostrumänien verfrachteten.

Im Vorfeld der Mission hatten Staatssekretär Taschner und Dezernatsleiterin Siebener sowie deren Pendants in Paris und London diskret ihre Beziehungen spielen lassen. Daher hatten auf Regionalflughäfen in Rumänien und der Slowakei zwei inoffizielle Katastrophenschutz-Teams im Stand-by gewartet. Um 18:30 Uhr wurden sie in Marsch gesetzt, nur zwei Stunden später wurden die mutmaßlich mit dem »Todesvirus« kontaminierten Leichen vom MOLDEX-Areal und vom Gelände des einstigen Gutshauses in luftdicht verschlossenen Containern abtransportiert.

Spezialkräfte in Schutzanzügen, Kanister mit Desinfektionsmitteln auf dem Rücken, schwärmten in den Gebäuden aus und sprühten jeden Quadratzentimeter mit antiviralen Chemikalien ein. Spezialtrucks rollten im Schneckentempo über den Hof, die Straße entlang, durch das Geisterdorf Namiac und nebelten alles mit virentötenden Substanzen zu.

Bis zum Mittag des folgenden Tages war die Region um Namiac herum in einem Umkreis von dreißig Kilometern vollständig evakuiert und desinfiziert worden. Die Einwohner der betroffenen Dörfer – insgesamt nur wenige hundert Personen – wurden in modernisierten Plattenbauten am Stadtrand von Chisinau untergebracht, die eigentlich zur Neuvermietung vorgesehen waren und nun eilends umgerüstet wurden.

Zum »*Dank für ihre Teilnahme an der wirklichkeitsnahen Katastrophenschutzsimulation*« erhielten die evakuierten Moldawier großzügig dotierte Urlaubsgutscheine, nachdem sie sich verpflichtet hatten, die »*Quarantäne-Spielregeln*« einzuhalten und über »*jegliche Geschehnisse im Zuge der Katastrophenschutzübung unbefristet*

Stillschweigen zu bewahren«. Die Kosten für jeweils drei Wochen Vier-Sterne-Pauschalreise auf die Kanaren übernahm ebenso stillschweigend die deutsche Bundesregierung.

Nach der ersten Quarantäne-Woche signalisierten die verantwortlichen Ärzte und Wissenschaftler vorsichtig Entwarnung. Noch könne man nicht ganz sicher sein, aber Stand jetzt deute alles darauf hin, dass die Einsatzkräfte auf dem MOLDEX-Areal dank ihrer Schutzanzüge vor einer Infektion durch das Virus verschont geblieben seien. Entsprechendes gelte für die evakuierten Bewohner der umliegenden Dörfer, da allem Anschein nach keiner von ihnen mit infizierten Personen in Kontakt gekommen sei.

Der Kühlcontainer und die von Mia Muller zusätzlich sichergestellte Box mit insgesamt mehr als fünftausend Ampullen waren unter strengsten Sicherheits- und Geheimhaltungsvorkehrungen an einen unzugänglichen Ort in Frankreich gebracht worden, wo die Grande Nation Teile ihrer Massenvernichtungswaffen verwahrte. Das »Todesvirus« wurde von führenden Forschern vor Ort unter permanenter Überwachung analysiert und als *»neuartiges Coronavirus«* identifiziert, das durch *»gezieltes ›Tuning‹ einer natürlichen, ursprünglich harmlosen Virusvariante«* entstanden sei.

Von diesen potenziell apokalyptischen Hintergründen der vermeintlichen »Katastrophenschutzübung« erfuhr die Öffentlichkeit nichts. Die meisten Menschen hätten auch kaum geglaubt, dass kurzzeitig auf der Kippe stand, ob die am höchsten entwickelte Säugetierart oder das tödlichste Virus aller Zeiten den Sieg davontragen würde. Soweit über die »Katastrophenschutzübung« in reichweitenstarken Medien berichtet wurde, war man sich weithin einig, dass *»wieder einmal mit unangebrachtem Alarmismus knappe Ressourcen vergeudet«* worden seien.

Es sei schlichtweg ermüdend, hieß es in Kommentaren der Qualitätsmedien weiter, dass die Weltgesundheitsorganisation und regionale Katastrophenschutzverbände immer wieder vor *»angeblich drohenden Pandemien«* warnten, die dann ebenso regelmäßig ausblieben. Von der damit verbundenen *»Panikmache«* profitierten lediglich *»Pharmakonzerne, die Milliarden an Steuergeldern für sinnlose Impfstoff- und Medikamentenentwicklung einstreichen«*, sowie *»Freiheitsfeinde«*, die *»permanent Vorwände erfinden, um Demokratie und Bürgerrechte einzuschränken«*.

Weder in Downing Street noch im Élysée-Palast oder im deutschen Bundeskanzleramt sah man sich in der Lage, dieser Sicht der Dinge entgegenzutreten.

Sven Paretz seinerseits war überrascht, dass auch Katia Wozniak sich gänzlich still verhielt. Weder in ihrem YouTube-Kanal noch auf ihrem Blog äußerte sich die bekannte Freiheits- und Anti-Pharma-Aktivistin zu Sinn oder Unsinn der »Katastrophenschutzübung«. Noch erstaunlicher war, dass sie auch keinerlei Anspielungen auf kriminelle Geschehnisse bei Raya Pharmalab und eine mögliche Verstrickung von ClarTop-Vorständin Dr. Clara Toppert in Umlauf brachte.

»Sie sehen immer noch verstört aus, mein Guter«, sagte Dr. Berta Siebener zu Sven, als er unmittelbar nach seiner Entlassung im Dezernat vorbeischaute. »Dabei sollten Sie strahlen, Sie Held.«

Für die Chefin war die Aktion *Zukunft sichern* ein voller Erfolg; dabei berief sie sich auf Staatssekretär Taschner, der seinerseits den Innenminister mit den Worten »Hölle zu, alles gut!« zitiert habe.

Die Gegenseite habe das selbst gesetzte Ultimatum am Freitag vorletzter Woche tatenlos verstreichen lassen und auch danach mit keinem Repräsentanten der G20-Staaten mehr Kontakt aufgenommen. »Offenbar haben wir ihnen das Pulver weggenommen, bevor sie es verschießen konnten«, schlussfolgerte Siebener. »Wie die

Bundeskanzlerin die Lage einschätzt, werden wir ja am Samstag von ihr persönlich erfahren«, fügte sie hinzu und sah für einen Moment so selbstzufrieden aus, dass Sven fast lachen musste.

Aber wirklich nur fast. Eigentlich war ihm permanent zum Heulen zumute, seit er aus der Klinik entlassen worden war. Vielleicht hätte er doch das Angebot der Quarantäne-Ärzte annehmen sollen, die ihm zu stimmungsaufhellenden Psychopharmaka geraten hatten.

»Nach der Audienz im Kanzleramt will ich Sie erst wieder sehen, wenn Sie sich vollständig erholt haben. Das ist eine dienstliche Anweisung, Sven.« Damit scheuchte ihn Siebener aus ihrem Büro.

Er hatte auch nicht vorgehabt, länger als auf einen Kaffee zu bleiben; schließlich war er noch für vierzehn Tage krankgeschrieben. Doch er bezweifelte, dass er sich in diesen zwei Wochen – oder auch in ebenso vielen Monaten – von dem erholen würde, was in Namiac passiert war.

Zuvor hatte ihn Siebener in einem Vieraugengespräch darüber informiert, was – nach ihrem Wissensstand – inzwischen über Justice bekannt war.

In den alten wie auch in den neuen Medien spielte die ominöse »*Terrorgruppe*« – wahlweise auch »*Weltuntergangssekte*« – nach wie vor kaum eine Rolle. Selbst auf Plattformen und in Chatgruppen, die sich hingebungsvoll mit Verschwörungsnarrativen und postapokalyptischen Szenarien beschäftigten – von der »*zionistischen Weltverschwörung*« über die »*Impf-Mafia*« bis zu den »*Machenschaften der Bilderberg-Konferenz*« –, kam Justice höchstens am Rande vor. Und fast alles, was mit ihnen in Verbindung gebracht wurde, war unbeweisbar, widersprüchlich oder nachweislich falsch.

Angeblich war es ihr Ziel, eine Apokalypse herbeizuführen, der 99,9 Prozent der Menschheit zum Opfer fallen sollten; nur sie selbst,

»die Gerechten von Justice«, würden die Katastrophe überleben und anschließend »eine gerechte Weltordnung errichten«. Diese vorgebliche Zielsetzung war bizarr, wenn nicht psychotisch, und sie stand in eklatantem Widerspruch zur versuchten Erpressung von einer Billion US-Dollar. Die Beute würde jeden Wert verlieren, wenn mit der Auslöschung des größten Teils der Erdbevölkerung unweigerlich auch die Weltwirtschaft kollabieren würde.

Einem weiteren Gerücht zufolge wurde Justice von »einigen Superreichen« finanziert, die sich auf diesem Weg die Weltherrschaft sichern wollten. Tatsächlich schien Justice über beträchtliche Finanzmittel zu verfügen. Die Identität der Wissenschaftler aus dem Labor in Namiac war mittlerweile aufgeklärt; ausnahmslos waren es Forscher mit erstklassiger Ausbildung, die aus verschiedenen Gründen mit ihren Institutionen und teilweise auch mit dem Gesetz in Konflikt gekommen waren. Ihre Karrieren waren beendet gewesen oder zumindest ins Stocken geraten; das Angebot, frei von materiellen und moralischen Zwängen auf ihrem Fachgebiet zu forschen, musste für sie fast unwiderstehlich gewesen sein. Und hatten sie sich einmal verstricken lassen, war es – wie bei Bashibu – ein Leichtes, sie durch Drohungen gegen ihre Familie, notfalls auch durch Kidnapping eines Familienmitglieds, bei der Stange zu halten.

Quellen bei der CIA und beim Mossad zufolge hatten Anwerber von Justice nicht nur hochqualifizierte Naturwissenschaftler, sondern auch andere Fachkräfte mit großzügiger Entlohnung geködert. Die Rekrutierung habe Anfang 2017 begonnen und neben Pharmakologen und Virologen, Sicherheitskräften oder Logistikexperten auch »kriminelle Spezialisten« einbezogen; darunter Kidnapper und Auftragskiller wie Jimin Holland oder wie Fred Spencer, der marokkanische Wurzeln hatte und unter dem Decknamen Jaresh Mouzafa auftrat.

Beim jetzigen Kenntnisstand ließ sich Justice keinem ethnischen, ideologischen oder religiösen Hintergrund zuordnen, trotz vager

Anklänge an muslimische – beziehungsweise islamistische – und jüdische Glaubensvorstellungen.

Ähnlich verhielt es sich mit der Barttracht führender Justice-Anhänger, die auf den ersten Blick an die rituelle Gesichtszierde von Salafisten erinnerte. Bei genauerem Hinsehen erwies sich das mögliche Markenzeichen männlicher Justice-Führer, der mit irgendwelchen Kunstgriffen horizontal getrimmte Vollbart, eher als Parodie auf altehrwürdige Prophetenbärte.

Bluff und Blendwerk schienen für die schimärische Community alles in allem charakteristischer als ernsthafte Adaption von Überzeugungen und Traditionen. Neben Hinweisen auf exorbitant hohe Honorare für die »Gerechten« gab es Anzeichen, dass derlei Versprechungen zumindest nicht in allen Fällen eingehalten worden waren. Anstelle der versprochenen Löhne und Boni wurden erheblich geringere Abschlagszahlungen geleistet; etliche »Getreue« wurden immer wieder vertröstet. Ambiente und Ausstattung des Anwesens in Namiac ließen eigentlich nur den Schluss zu, dass bei Justice – nach dem überstürzten Exodus bei Raya – die Ressourcen knapp geworden waren.

Wer ihre führenden Köpfe waren, ob sie weitere Stützpunkte besaßen, über wie viele »Gerechte« und reiche oder einflussreiche Unterstützer sie verfügten – all das lag nach wie vor im Dunkeln. Und nicht zuletzt auf die Fragen aller Fragen gab es nach zwei Wochen so diskreter wie fieberhafter Nachforschungen rund um den Globus noch immer keine Antwort: Waren mit der Aktion *Zukunft sichern* alle Bestände des »Todesvirus« beschlagnahmt worden – oder gab es irgendwo noch einen Kühlcontainer oder auch nur eine »Chiller Box« voller Ampullen, wie sie die todesmutige Mia Muller sichergestellt hatte? Hatten sie bei Justice zumindest die Forschungsdaten gerettet und verfügten über ein weiteres Labor mit entsprechend qualifizierten Wissenschaftlern, sodass sie über kurz oder lang ihre Verluste ausgleichen konnten?

Mit anderen Worten: War es wirklich vorbei? War die »Hölle zu und alles gut«, wie der Minister sich ausgedrückt hatte? Oder würde sich in Tagen, Wochen oder Monaten das Tor zur Hölle aufs Neue öffnen?

Sven Paretz wusste es so wenig wie die Bundeskanzlerin, die CIA oder der BND. Er wusste nur, dass der Zeitpunkt, zu dem er sich auf dem Friedhof einfinden musste – am morgigen Vormittag um elf Uhr – unerbittlich näher rückte.

Am liebsten wäre er abgehauen, an die Ostsee, um sich auf stundenlangen Strandwanderungen den Kopf durchlüften zu lassen. Aber das kam nicht infrage. Wenn er sich schon in Namiac verkrochen hatte, als die anderen ihr Leben riskiert hatten, allen voran Mia, dann musste er zumindest der Toten die letzte Ehre erweisen.

Nach der Stippvisite bei Siebener schaute er noch bei Maren Hilbig vorbei. Eigentlich war es sein eigenes Büro, mit seinem Namen an der Tür, *KHK Paretz,* doch er kam sich wie ein unangemeldeter Besucher vor. Zumal Maren ihn irgendwie mitleidig ansah.

Die junge Kollegin war in seiner Abwesenheit sichtlich aufgeblüht. Zusammen mit Kriminalhauptkommissar Enzo Maldini vom Wirtschaftsdezernat des LKA Berlin führte sie die Ermittlungen gegen Clara Toppert, die unmittelbar nach Abschluss der Aktion *Zukunft sichern* begonnen hatten.

Zunächst fokussierten sie sich auf mögliche Anstiftung zum Mord an Lotte Gerlach, basierend auf der Aussage des Witwers, dass Toppert seine Frau am Abend vor ihrer München-Reise angerufen und zu dem Interview mit dem vermeintlichen Nachwuchstalent beordert habe.

Toppert hatte sich bestürzt gezeigt, den angeblichen Anruf und überhaupt eine derartige Order strikt abgestritten und ihre uneingeschränkte Kooperation zugesagt. Sie werde alles in ihren Kräften

Stehende tun, um die Ermittlungen zu unterstützen; sie und ihr Unternehmen hätten absolut nichts zu verbergen.

Mit der Aussage des Witwers zu möglichen »kriminellen Unregelmäßigkeiten bei Raya Pharmalab« konfrontiert, räumte sie den Ermittlungsbehörden Zugriff auf alle Daten und Prozesse von ClarTop und Raya ein. Das klang ermutigend, bei der dünnen Beweislage hätten sie bestimmt keinen so weitgehenden Durchsuchungsbeschluss bekommen. Aber es klang auch von vornherein so, als kämen Maren und Maldini zu spät.

Zweihundertfünfzig Einsatzkräfte durchsuchten in einer konzertierten Aktion die alte und die neue ClarTop-Zentrale sowie Clara Topperts Wohnhaus in Berlin-Zehlendorf. Zentnerweise wurden Akten und Festplatten abtransportiert, doch wie sich zeigte, waren alle Unterlagen makellos, alle Prozesse lückenlos transparent. Es gab keine dunklen Flecken in Bilanzen, keine gelöschten Mails, keine Löcher in Terminkalendern, keine Aussagen, die nicht zusammenpassten. Nichts deutete darauf hin, dass irgendwer bei ClarTop von Machenschaften bei Raya gewusst haben könnte, die auf Massenmord zu Testzwecken und Vorbereitung eines Genozids am größten Teil der Menschheit hinausliefen.

Die Zusammenarbeit mit den indonesischen Behörden verlief ebenso reibungslos – und genauso ergebnislos. Dr. Bashibu wurde mehrfach vernommen. Angeblich hatte er für den Verkauf von Raya an ClarTop kein anderes Motiv als den Wunsch, mit seiner zweiten Frau und seinem Sohn Wayolu »*in Glück und Frieden zu leben*«. Von verbrecherischen Plänen, ein Geheimlabor im Untergeschoss unter Halle E zu betreiben, war ihm nach eigener Aussage nicht das Geringste bekannt gewesen. Damit konfrontiert, dass mindestens fünf Wissenschaftler, die er selbst angestellt und deren Übernahme durch ClarTop er sich ausbedungen hatte, ausschließlich oder überwiegend an dem Geheimprojekt gearbeitet hatten, fiel er laut Polizeiprotokoll »*aufrichtig aus allen Wolken*«.

Die »*Spekulation*«, dass es sich bei dem etwa zwölfjährigen asiatischen Jungen, der in Namiac beim Eintreffen von Mia Mullers Team verstorben war, um seinen Sohn Wayolu gehandelt haben könne, *»wird von Dr. Bashibu glaubwürdig zurückgewiesen«*, hieß es weiter im Vernehmungsprotokoll. Der Junge sei aus seinem Internat in Moriguchi, Japan, einige Tage zuvor abgehauen und werde seitdem vermisst. Da kurz nach Abschluss der Aktion *Zukunft sichern* die Leichen der minderjährigen Testpersonen in einem rumänischen Krematorium *»versehentlich eingeäschert«* wurden, konnte die Identität des Jungen und seiner Leidensgenossen nicht mehr geklärt werden.

»General Wasisto persönlich hat Bashibu vernommen«, sagte Maren. »Kurz nach Abschluss der Ermittlungen trat er von seinem Amt als Polizeivizepräsident zurück und wurde noch am selben Tag zum Sicherheitsberater des Staatspräsidenten ernannt.« Sie zeigte Sven ein Foto aus *The Jakarta Post*, auf dem der Präsident und der General gleichermaßen ausdruckslos in die Kamera starrten, auch Wasisto wieder glattrasiert.

»Kollege Maldini hält für plausibel, dass nicht nur Bashibu, sondern auch Toppert von Anfang an oder zu einem frühen Zeitpunkt involviert waren«, führte Maren weiter aus. »Beweisen lässt sich das derzeit nicht, aber so würde das Ganze einen Sinn ergeben.«

Sven sah sie fragend an. Seine Nase kribbelte unter dem Gipsverband. »Einen Sinn in dem postapokalyptischen Irrsinn?«

»Die angeblich geplante Auslöschung von 99,9 Prozent der Menschheit ist möglicherweise nur mythologischer Nebel, um die ›Gerechten‹ von Justice, die vermeintlich Auserwählten, bei der Stange zu halten und die wahren Pläne des Führungszirkels zu verschleiern«, referierte Maren. »Tatsächlich ging es laut Maldini wohl um Erpressung und Geldwäsche in allergrößtem Stil. Eine Billion Dollar in den legalen Geldkreislauf wieder einzuschleusen ist eine ziemliche Herausforderung. Topperts Unternehmen wäre dabei ausgesprochen hilfreich gewesen. Und bei angenommenen fünf Prozent Provision hätte auch sie enorm profitiert.

Mit fünfzig Milliarden Dollar könnte sie auf Jahre hinaus alle ihre Forschungs- und Entwicklungsträume realisieren, das hat sie uns gegenüber sofort eingeräumt. Dann bräuchte sie nicht mehr in Kiew oder in Singapur mit Investoren zu verhandeln, um ihre ›idealistischen Pläne‹, wie sie es nannte, zu verwirklichen.«

Befragt nach dem Investor, mit dem sie in Kiew zusammengetroffen sei, habe sie den Namen eines ukrainischen Oligarchen genannt, der als extrem öffentlichkeitsscheu gelte. Überprüfen lasse sich das nicht, und Toppert habe sogar zugegeben, dass sie von Kiew aus einen Kurztrip nach Chisinau unternommen habe. »Angeblich war sie aus ›rein touristischem Interesse‹ in Moldau; theoretisch könnte sie auch einen Abstecher nach Namiac gemacht haben, um sich persönlich vom gelungenen Tuning des Todesvirus zu überzeugen.«

Maren unterbrach sich und rührte mit dem Teelöffel in ihrer Kaffeetasse. »Das hört sich erst mal ziemlich spekulativ an«, fuhr sie fort, »und beweisen können wir nichts davon. Aber weißt du, Sven, die Entwicklung dieses Virus macht aus Tätersicht eigentlich erst dann richtig Sinn, wenn ein Pharmaunternehmen mit erstklassigem Renommee mit im Boot ist. Stell dir das Szenario vor: Sie drohen die Freisetzung des Virus an und demonstrieren die verheerende Wirkung vielleicht auf einer Insel. Gerade noch rechtzeitig wird dann von einem unverdächtigen Pharmaunternehmen ein Impfstoff bereitgestellt. Praktisch alle Staaten auf der Erde wären gezwungen, sich damit einzudecken. Maldini schätzt, dass Impfdosen für die gesamte Erdbevölkerung ungefähr zweihundert Milliarden US-Dollar kosten würden – jährlich, da der Impfschutz regelmäßig erneuert werden müsste.«

»Jetzt hörst du dich an wie eine Verschwörungstheoretikerin«, wandte Sven ein. »Vielleicht habt ihr ja bei Toppert nur deshalb nichts gefunden, weil sie wirklich nicht mit drinhängt. Der einzige Link zwischen ihr und dem Mord an Lotte Gerlach ist doch Stand jetzt ihr angeblicher Anruf am Vorabend. Vielleicht wurde Lotte ja getäuscht – am Telefon kann man schon mal drauf reinfallen, wenn ein Anrufer sich für jemand anderes ausgibt.«

»Du meinst, sie wurde in eine Falle gelockt? Daran haben wir natürlich auch schon gedacht. Ausschließen lässt es sich derzeit nicht.«

»Die Insel, die du eben erwähnt hast …« Sven klopfte sich mit der Finger- auf die Nasenspitze. »Habt ihr auch daran schon mal gedacht: dass *Namiac* diese Insel gewesen sein könnte, auf der sie die Wirkung demonstriert haben?«

… und gleich noch alle Mitwisser entsorgt, ergänzte er in Gedanken.

Maren starrte ihn mit offenem Mund an. »Scheiße, nein …« Sie fluchte sonst nie. Ihr Teint war auch normalerweise nicht grau, sondern karibikbraun.

»War nur so eine Idee«, sagte er und bemühte sich um ein Lächeln. »Ich bin ja noch außer Dienst.«

Er verwünschte seine Entscheidung, gleich nach der Entlassung aus der Quarantäne hier aufzukreuzen. Wie kam ausgerechnet er dazu, sich mit superschlauen Ideen aufzuspielen?

»Wir sehen uns doch morgen auf dem Friedhof?«, fragte Maren ihn zum Abschied, und wieder krampfte sich ihm der Magen zusammen. Er nickte und machte, dass er rauskam.

Lotte schwimmt um ihr Leben. Das Meer ist windgepeitscht, schaumgekrönte Wellen rollen auf sie zu. Wieder und wieder wird sie unter Wasser gedrückt. Unzählige Ampullen und Einwegspritzen tanzen um sie herum in der Flut. Es klirrt und klingelt und glitzert.

Am Himmel hängt schwer und grau ein Wolkenschloss. Es ähnelt verblüffend ihrer Pseudo-Ritterburg, nur hängt es falsch herum vom Himmel herab. Paul und Dion stehen auf dem Dach, an die

Zinnen geklammert, kopfüber herunterhängend. Weit weg am Horizont zeichnet sich der Neubau der ClarTop-Zentrale ab, gleichfalls falsch herum. Die beiden verglasten Gebäudeteile, das C und das größere T, sehen aus wie Bogen und Pfeil, und der Pfeil ist auf Lotte gerichtet.

Von schräg hinter ihr nähert sich bedrohlich schnell ein Motorboot. Es ist schwarz und gedrungen wie die Gestalt hinter dem Steuer. Der Pfeil von dem ClarTop-Bau wird abgeschossen und rast auf Lotte zu. Aber er schlägt hinter ihr ein und spießt das schwarze Boot auf …

Dann plötzlich kippt das Bild, dreht sich um seine Achse. Jetzt ist Lotte im Himmel, unter ihr steht der Glasturm, das riesige T, die Spitze scheinbar in einer schwarzen Wolke, doch wenn man genauer hinsieht, ist es das aufgespießte Boot. Weit weg davon und viel kleiner erhebt sich ihre Fake-Burg, mit Paul und Dion auf dem Dach, nur alles jetzt richtig herum. Sie winken Lotte im Himmel zu, und dann fängt es an zu regnen: Millionen Ampullen und Spritzen regnen auf die Erde herab …

Jedes Mal, wenn Paul aus diesem Traum erwachte, hatte er Tränen in den Augen. Er war von Trauer erfüllt, doch es war nicht mehr der ausweglose Schmerz der zurückliegenden Wochen. Dieses Zerrissensein zwischen Nicht-ertragen-Können und Nicht-wahrhaben-Wollen hatte er hinter sich gelassen, seit er von Lotte Abschied genommen hatte.

Ihre sterblichen Überreste waren am fünfzehnten April freigegeben und nach Berlin überführt worden. Der Anblick des stark entstellten Leichnams war ein heilsamer Schock. Zwei Nächte darauf träumte Paul zum ersten Mal, wie Lotte sich durch ein Meer voller Ampullen und Spritzen kämpfte.

Nachdem sich der Traum mehrfach wiederholt hatte, ging er zum ersten Mal seit vielen Jahren in sein Dachatelier hinauf, um zu malen.

Ihre Fake-Ritterburg stand zum Verkauf, und im Vorgriff auf ihr neues Leben war er mit Dion bereits in ihr kleines Landhaus in der Uckermark umgezogen. Paul malte, wenn Dion schlief, und er selbst brauchte keinen Schlaf. Es kam ihm vor, als wäre er gerade erst aus einem langen, dumpfen Schlaf erwacht. Das Bild nannte er *Lotte in Auflösung*, und er empfand tiefen Kummer, wenn er daran dachte, wie lange und krampfhaft sie sich in ihrer Burg aus Angst und Paranoia verschanzt hatten, anstatt loszulassen.

Einfach loslassen ... Es war wie ein Mantra, das in seinem Kopf, in seinem ganzen Körper summte, während er an dem Bild malte.

Dr. Toppert hatte ihm auf marmoriertem Büttenpapier ihr »*tief und aufrichtig empfundenes Beileid*« ausgesprochen und im Namen von ClarTop angeboten, seinen Schmerz und eventuelle Finanznöte durch ein »*Übergangsgeld*« in Höhe von fünfhunderttausend Euro zu lindern. Paul antwortete, er selbst und Dion bräuchten nichts, aber sie könne gerne eine Spende in beliebiger Höhe auf das Konto von Katia Wozniaks NGO *Fight For Humanity* überweisen. Die Beerdigung werde im engsten Familienkreis stattfinden; die Anwesenheit von Dr. Toppert oder sonstigen ClarTop-Repräsentanten sei nicht erwünscht.

Lotte in Auflösung wurde gerade noch rechtzeitig zur Beerdigung fertig. In einem einfachen, rahmenlosen Bildhalter hing das Gemälde, Acryl auf Leinwand, 120 mal 120 Zentimeter, in der Friedhofskapelle hinter dem schlichten Sarg aus Buchenholz.

Als Lottes Vater sich eingestehen musste, dass seine geliebte Tochter ihrer Mutter tatsächlich schon in den Tod gefolgt war, hatte er einen Zusammenbruch erlitten. Doch nun, bei der Beerdigung, hielt er sich aufrecht – zumindest soweit es bei seiner heiklen Statik möglich war. Eine Hand auf ihrem Sarg, die andere auf dem Herzen, verabschiedete er sich von Lotte mit einer verschlungenen Rede, die manche Trauergäste zwischenzeitlich befremdete, wenn sich der Redner in Schilderungen der Kämpfe zwischen heldenhaften Forschern und tückischen Virenstämmen zu verlieren schien. Doch am Ende waren alle zu Tränen gerührt. Und auch Paul war schließlich mit seinem Schwiegervater versöhnt.

Beim Abschied von Lotte waren keineswegs nur enge Familienangehörige anwesend. Neben ihrem Freundes- und Bekanntenkreis nahmen Mitarbeiter von ClarTop teil, und sogar Dr. Akatha von Raya hatte poetisch formulierte Beileidsbekundungen gesandt.

Anwesend waren auch Sven Paretz und Maren Hilbig sowie Katia Wozniak. Am offenen Grab stellte Katia sich in der Reihe der Kondolierenden an, umarmte Paul schwesterlich und flüsterte ihm etwas ins Ohr, das Sven, zwei Positionen hinter ihr in der Schlange, nur teilweise mitbekam. »Das Bild … großartig … echter Künstler«, glaubte er zu hören.

Doch das hatte er wohl falsch verstanden, er selbst fand *Lotte in Auflösung* … na ja, ziemlich merkwürdig. Normalerweise stellten Angehörige Schwarz-Weiß-Fotos von der geliebten Person auf dem Sarg auf. Gerlach dagegen präsentierte seine Frau, wie sie nackt in einem Ozean aus Spritzen und Medizinfläschchen um ihr Leben schwamm. Pharmakritische Kunst, nahm Sven an, verständlich, wenn man die Umstände bedachte, aber in einer Friedhofskapelle auch irgendwie unangebracht …

Weit mehr beschäftigte ihn, wie mitgenommen Katia aussah. Er war ein großer Bewunderer der Stärke, die sie immer ausgestrahlt hatte. Doch jetzt hatte sie verweinte Augen und einen verstörten Gesichtsausdruck. Darüber dachte er während der Bestattungszeremonie nach, und schließlich dämmerte ihm, woran ihn der verhuschte Blick erinnerte – an ihn selbst …

Warum er sich schuldig fühlte und keinem in die Augen sehen konnte, wusste er schmerzlich genau, aber was war mit Katia los?

Endlich war er an der Reihe. Vor diesem Moment, in dem er vor Paul Gerlach stehen würde, hatte er sich gefürchtet. Ich habe alles vermasselt, dachte er; wenn ich auch nur halb so gut wäre, wie ich mir immer eingebildet habe, hätte ich mich nicht abhängen lassen, sondern die »Asiatin« geschnappt, bevor sie sich den Stick schnappen konnte. Auf dem Datenträger waren bestimmt genug Beweise, um das ganze Rattenpack dranzukriegen und die apokalyptische Bedrohung ein für alle Mal zu beenden. So geht womöglich bald schon alles von vorne los, und an jedem Mord, den Justice noch begehen wird, trifft mich zumindest eine Mitschuld ...

Der Witwer verkörperte für ihn sein Totalversagen auch als Ermittler. In seinen Albträumen war es das Schlimmste für ihn gewesen, ihm in die Augen zu sehen – so als wäre er persönlich auch am Tod von Lotte schuld, genauso fühlte es sich für ihn jedes Mal an.

Doch jetzt drückte er dem Witwer nur murmelnd sein Mitgefühl aus, ohne viel mehr als den Drang zu empfinden, das alles hier hinter sich zu lassen. Hastig verabschiedete er sich von Maren und eilte hinter Katia Wozniak her.

Er musste darauf gefasst sein, eine Abfuhr von ihr zu bekommen, und er wusste, dass sein lädiertes Selbstwertgefühl das nur schwer verkraften würde. Und trotzdem, er musste es riskieren.

Ob ihr Freund wieder aufgetaucht sei, fragte er, nachdem er sich stotternd vorgestellt hatte. Er habe damals zufällig mitbekommen, dass Sammy verschwunden sei, fügte er hinzu, als sie ihn befremdet ansah.

Da waren sie bereits auf dem Friedhofsparkplatz, und Katia hatte eine Hand schon an der Tür ihres Mini-Geländewagens. Svens Gedanken blieben kurz bei der spukhaften Ähnlichkeit von »Jimin« und »Jimny« hängen. Dem Auto, in dem Katia und Gerlach in jener Nacht unterwegs gewesen waren, als sie den Stick fanden und gleich wieder an Jimin Holland verloren.

Katia verneinte mit kaum sichtbarem Kopfschütteln und schloss die Tür auf. Im nächsten Moment würde sie einsteigen und für immer aus seinem Leben verschwinden. Eine solche Gelegenheit würde sich nie mehr bieten …

Aus der heftigen Reibung zwischen Müssen und Fürchten entstand ein Geistesblitz … vielleicht auch nur ein Kurzschluss. Blitzartig sah er Jimin vor sich, wie sie am Seil hängend auf ihn zugeflogen kam. Und dann, wie sie mit einem Baseballschläger den Kanaldeckel aufhebelte, als er halb k. o. neben ihr am Boden lag.

Irgendwo am Tatort muss auch so ein Bodenloch sein. Ein anderes Versteck, in dem sie auf die Schnelle die Leiche verschwinden lassen konnte, gab es dort nicht …

»Ich weiß vielleicht, was damals passiert ist«, sagte er schnell. »In dem Haus neben Gerlachs Villa. Von wo aus Sammy ihn in deinem … Ihrem Auftrag überwacht hat.«

Jetzt hatte er ihre Aufmerksamkeit. Allerdings war ihr Gesichtsausdruck eindeutig drohend, und so redete er noch schneller weiter.

»Ich nehme an, dass er am achten April dort ermordet worden ist. Ich weiß auch, wer der mögliche Täter ist … die Täterin, besser gesagt …«

Er biss sich auf die Unterlippe und schwieg. Seine Nase kribbelte fast unerträglich.

»Aha?«, sagte Katia mit der kaum merklichen Andeutung eines Lächelns. »Geht das auch ein bisschen genauer?«

»Ich muss erst noch etwas überprüfen«, antwortete Sven. »Aber was halten Sie davon, sich heute Abend mit mir auf einen Drink zu treffen? Dann lege ich alle Karten auf den Tisch.«

»Du machst es spannend, Junge.« Ihr Blick wurde wieder drohend. »Ich hoffe für dich, dass du dann auch liefern kannst.«

Sven überlief es heiß und kalt. So lebendig hatte er sich seit Langem nicht gefühlt. Er stammelte den Namen einer Bar in Mitte, die *Omega-Lounge*, würgte noch »Dann bis halb neun« hervor und stürzte davon.

Gerlachs piekfein sanierte Villa stand zum Verkauf, damit hatte Sven nicht gerechnet. Doch das Treiben auf dem Grundstück nebenan war ein regelrechter Schock. Er kam zu spät …

Handwerker gingen in der baufälligen Pseudoburg aus und ein. In der Einfahrt stand ein Truck mit Betonmischer, der sich dröhnend um die eigene Achse drehte. Ein orangefarbener Rüsselschlauch führte von dem Lastwagen durch den Garten zum Kellerfenster an der Hinterseite des Hauses.

Sven rannte zurück zum Truck, zeigte seinen Dienstausweis vor. »Stoppen Sie das!«, befahl er dem Fahrer, der an der Flanke seines Gefährts lehnte und damit beschäftigt war, sich eine Zigarette zu drehen.

Der Mann zuckte mit den Schultern. »Zu Befehl, Chef.« Er zündete seine Kippe an und paffte.

Sven rannte zurück aufs Grundstück, durch die weit offene Haustür und fand seine Befürchtungen bestätigt. Die Bodenplatten in der Halle waren allesamt weggezackert worden. Von den Balkenresten und Sägespänen, die hier mitten in der Halle gelegen hatten, keine Spur mehr; so wenig wie von den Schuhabdrücken, die er in der damaligen Hektik nicht mal fotografiert hatte, oder von den Blutspuren, die mutmaßlich von Holzresten und Sägespänen verdeckt worden waren.

Blut von Sammy, vergossen durch Jimin Holland.

Ein bulliger Handwerker, mit Glatze und betongrauem Overall, trat ihm in den Weg; Sven schwenkte seinen Dienstausweis, rannte zur Kellertür und die Stufen hinab.

Der düstere Gang, der vordere Kellerraum mit dem Fenster, durch das sie damals alle ein- und ausgestiegen waren – Jimin, Sammy, Katia, ihre beiden Begleiter, er selbst –, Sven erkannte alles wieder, auch wenn das Fenster ausgehängt worden war, um Platz für den mächtigen Rüsselschlauch zu schaffen. Wie ein Lindwurm quoll er durch die Luke, füllte fast den Gang bis zum Kellerraum nebenan, in dem damals die Schreinerwerkzeuge aufbewahrt worden waren. Hämmer und Sägen auf einem Tisch, auf dem Boden daneben ein Stapel alter Bretter, den er nicht weiter beachtet hatte … und jetzt war es zu spät.

Die Bretter waren verschwunden, genauso wie die Werkzeuge und der Tisch. Wo der Bretterstapel gewesen war, befand sich ein kreisrundes Loch im Boden, und das Ende des Rüsselschlauchs hing in das Loch hinab.

»Was zum Teufel …?«, sagte der bullige Handwerker, der hinter Sven die Treppe hinabgepoltert war.

Sven zeigte auf das Bodenloch und den orangefarbenen Schlauchwulst. »Das Ding muss da noch mal raus«, sagte er. »Nur ganz kurz, ich muss unbedingt noch einen Blick hineinwerfen.«

Der Mann im Overall zuckte mit den breiten Schultern. »Wenn der Beton hart wird, bevor er verfüllt ist, kriegen Sie die Rechnung.«

»Lassen Sie den Mischer an, dann wird hier gar nichts hart.«

Der Bullige starrte ihn noch drei Sekunden an, drehte sich um und bellte einen Befehl.

Zwei Minuten später war die Öffnung freigelegt. Sven kauerte am Rand und leuchtete mit einem wattstarken Arbeitsstrahler in die Tiefe.

»Das ist ein stillgelegter Kanal«, erläuterte der Mann im betongrauen Overall. »Alles ausgeschachtet und plattgemacht, das sehen Sie ja selbst. Das geht gar nicht anders, wenn Sie so einen Hohlraum verfüllen wollen. Sonst sackt Ihnen der Kladderadatsch über kurz oder lang einfach ab.«

»Verstehe.« Viel fehlte nicht, und Sven wäre in Tränen ausgebrochen. »Und die Männer, die da unten ausgeschachtet haben, wo finde ich die?«

»Das Räumkommando?« Der Bullige zwinkerte seinen Kollegen zu. »Das steht vor Ihnen.«

Sven warf noch einen Blick in den Hohlraum, dann schaltete er die Arbeitsleuchte aus und stand auf. Da unten sah es aus »wie geleckt«, hätte seine Oma gesagt. Boden und Wände wie geschmirgelt.

Kein Steinchen lag dort mehr herum, geschweige denn die Überreste eines toten Körpers.

»Beim Ausräumen irgendwas Auffälliges da unten bemerkt?«, erkundigte er sich noch.

»Sie meinen, eine Leiche?« Der Bullige zwinkerte erneut, die anderen Männer grinsten.

»*Die Fragen stelle ich*«, hätte Sven in so einer Situation früher gesagt, doch dafür fehlte ihm schlichtweg der Mumm. »Zum Beispiel«, antwortete er und versuchte, auch seinerseits zu grinsen. »Oder sonst irgendetwas, das nicht in einen stillgelegten Kanal gehört.«

Erneutes Schulterzucken. »Da war jede Menge Dreck«, fasste der Bullige zusammen. »Sonst nüscht.«

Sven bedankte sich und machte, dass er wegkam.

Offenbar war der fluchtartige Rückzug zu seiner bevorzugten Fortbewegungsart geworden. Seit Namiac. Seit er endgültig wusste, dass er ein nervenschwacher Drückeberger war, der sich versteckte, wenn die anderen kämpften, und tatenlos zusah, wie sich Mia in tödliche Gefahr begab. Dabei hatte er noch in seinem Schutzanzug gesteckt, im Gegensatz zu ihr. Jimin Holland hatte ihn übel zugerichtet, aber keineswegs so schlimm, dass er nicht an Mias Stelle die Verfolgung hätte aufnehmen können. Das war ihm auch bewusst gewesen, als er in Namiac neben dem Kanaleinstieg saß und zusah, wie Mia darin verschwand. Doch er hatte keinen Finger gerührt, um sie aufzuhalten.

Damit noch lange nicht genug: Auch den Mordfall Sammy hatte er verpfuscht. Jeder Kommissaranwärter wusste, dass man Spuren untersuchen musste, solange sie frisch waren, und Beweise sichern, ehe sie sich in alle Winde zerstreuen konnten. Und was hatte er gemacht?

Er war auf die Spuren eines Verbrechens gestoßen und hatte sich nicht weiter darum gekümmert. Er hatte hier und da an den verschwundenen Sammy gedacht und sich gesagt, dass mit den Schuhabdrücken in den Sägespänen etwas nicht stimmte, aber er war der Sache nicht nachgegangen. Na gut, er hatte keine Zeit gehabt, aber er hätte einen Kollegen informieren können, nein, müssen. Und warum hatte er auch das nicht getan? Die Wahrheit war: weil er gehofft hatte, durch »die Sache mit Sammy« vielleicht noch mal bei Katia punkten zu können.

Wie armselig, Sven. Jetzt, nach fast drei Wochen, waren alle Spuren verwischt, alle Beweise verweht. Er hatte sich vor Katia aufgespielt und behauptet, dass er wisse, was mit Sammy passiert sei. Doch nun blieb ihm nichts übrig, als kleinlaut zuzugeben, dass er es vermasselt hatte.

Nein, das ging auch nicht. Damit konnte er sich bei ihr nicht blicken lassen.

Er würde sagen, er habe sich leider getäuscht. Das war erbärmlich genug. Er hatte ihr Hoffnungen gemacht, vielleicht glaubte sie sogar, dass Sammy noch am Leben sein könnte. Doch jetzt musste er ihr gestehen, dass er so wenig wie sie wusste, was mit ihm passiert war. Und das war nicht mal die Wahrheit, er war fast sicher, dass Jimin Holland ihn getötet, die Leiche im Hohlraum unter dem Keller zwischengelagert und danach irgendwie weggeschafft hatte. Doch er hatte es verpfuscht und würde es nie mehr beweisen können.

Trotzdem würde er zu seinem Date mit Katia gehen. Während er zum S-Bahnhof Lichterfelde-West lief, traf mit energischem *Pling!* eine Telegram-Nachricht ein. Noch bevor er sie geöffnet hatte, wusste er, von wem sie war.

»Hi Svennie, stecke gerade ›zwischen den Fronten‹ fest. Keine Chance, es zum Date mit der Kanzlerin morgen zu schaffen, sorry. Aber du machst das schon. Mia«.

Na super, dachte Sven. Durch seine Spione wusste er fast immer, wo sie gerade war. Zurzeit erholte sie sich auf der indonesischen Insel Flores mit Niku von einem Kurzeinsatz in Mali. Die einzigen Fronten, zwischen die sie dort geraten konnte, waren Nikus Arme.

Sven gönnte ihr jede glückliche Minute, die sie noch vor sich hatte. Dass sie Jimins »Todeskuss« überlebt hatte, verdankte sie der Geistesgegenwart, mit der sie sich blitzartig weggedreht und die Luft angehalten hatte. Laut ihren Ärzten in der Quarantäneklinik hatte sie außerdem ein extrem robustes Immunsystem und wies eine gewisse »Kreuzimmunität« auf, basierend auf Antikörpern gegen alle anderen Viren, die sich an ihr schon die Stacheln abgebrochen hatten. Super-Mia eben …

Und jetzt?, dachte Sven. Musste er also doch morgen im Bundeskanzleramt erscheinen? Nein, er würde trotzdem nicht hingehen. Der Entschluss war schon seit Tagen in ihm gereift. Wenn er sich in Namiac durch irgendetwas hervorgetan hatte, dann durch Drückebergerei. Er hatte sich per Zufall an der richtigen Stelle verkrochen, aber wenn er sich dafür einen Orden überreichen ließe, könnte er sich endgültig nicht mehr im Spiegel ansehen.

Von ihm aus durfte Siebener sämtliche Ehrungen entgegennehmen, die die Kanzlerin zu vergeben hatte. Sven war sicher, dass Mia es genauso sah.

Während Sven am Bahnhof Friedrichstraße die S-Bahn verließ, um den Rest der Strecke zu Fuß zu gehen, ging ihm durch den Kopf, wie zerbrechlich die Welt doch war. Wie schnell kann alles zerschellen, dachte er, was uns eben noch selbstverständlich erscheint und morgen vielleicht für immer dahin ist …

Als er die versteckt gelegene *Omega-Lounge* unweit des Oranienburger Tors betrat, war er eine halbe Stunde zu früh, doch Katia war bereits da. Er hatte sich schon seit Langem mal mit einer Frau hier treffen wollen, aber es musste eine sein, die zu dieser Location passte, sich hier wohlfühlte und das Ambiente zu würdigen wusste.

In dem teils trashigen, teils trendigen Szenekiez wirkte die Bar mit ihrem altmodisch mondänen Design fremd wie eine Zeitkapsel, die aus einer lange versunkenen Ära angespült worden war. Die burgunderroten Ledersessel in diskreten Nischen waren breit genug für zwei; die Live-Combo auf der Bühne spielte zu jeder Tages- und Nachtzeit Jazz aus den Zwanzigern des letzten Jahrhunderts. Einer Ära vibrierender Lebensgier, der die Schrecken der eben überstandenen Spanischen Grippe genauso wie die Vorahnung kommender Gräuel überdeutlich anzumerken waren … zumindest empfand Sven das so.

Er glitt in die Nische, die Katia ausgesucht hatte, und setzte sich in den Sessel ihr gegenüber. Sie hatte die weizenblonden Haare hinten zusammengebunden; unter dem schwarzen Jackett trug sie ein ebenso schwarzes Shirt, dessen Beschriftung er nur zum Teil entziffern konnte. Irgendetwas mit »*Free…*« Was sonst, dachte er.

Sie bestellten *French 75,* benannt nach einer Weltkriegskanone, und prosteten sich zu. Nachdem er einen Schluck von dem prickelnden Champagnercocktail gekostet hatte, gab sich Sven einen Ruck und machte reinen – oder doch halbwegs reinen – Tisch. Er habe sich geirrt, leider wisse er doch nicht, was Sammy damals in dem Haus neben Gerlach passiert sei.

»Weißt du, ich bin mir gar nicht mehr sicher, dass er überhaupt dort war«, sagte Katia. »Er war dagegen, Paul auszuspähen; wir würden unsere eigenen Ideale mit Füßen treten, hat er mir vorgehalten. Und ich fürchte, er hatte recht.«

Sie lächelte ihn an. Die Art, wie sie ihn ansah, mit diesen großen, intensiv blauen Augen, und wie sie sprach, mit dem minimalen russischen Akzent, machte ihm eine Gänsehaut. Und brachte ihn erneut zum Stottern.

»Aber ich dachte … Du siehst so fertig aus …«

»Nicht halb so fertig wie du.« Sie grinste ihn an, wurde gleich wieder ernst. »Sammy ist verschwunden, weil er es so wollte«, sagte sie, »zumindest glaube ich das. Aber als Marissa plötzlich weg war …«

Sie unterbrach sich, kämpfte sichtlich mit sich, ob sie weitersprechen sollte. Ob sie ihm vertrauen konnte.

Ausgerechnet mir, dachte er. Bitte, ja, vertrau mir …

Sie habe eine Tochter, begann sie zögernd, Marissa, dreizehn Jahre jung. Seit zwei Jahren lebe das Mädchen in einem Schweizer Internat, es sei nicht anders gegangen, weil sie Morddrohungen bekommen hätten. »Nicht gegen mich, das bin ich gewohnt – diese Schweine haben damit gedroht, Marissa zu entführen und ihr etwas anzutun.«

Und genau das sei jetzt tatsächlich passiert, fuhr sie fort und starrte durch Sven hindurch.

»Was sagst du? Deine Tochter ist entführt worden?«

»Nur für kurz. Als Warnung.« Katia machte ein angewidertes Gesicht. »Sie haben mir das hier geschickt.«

Sie holte ihr Smartphone aus der Jackentasche, wischte über das Display und hielt es Sven hin.

Ein gestochen scharfes Foto von einem nackten Teenager-Mädchen in einem Käfig. Sie war hellhäutig, hellblond; die Ähnlichkeit mit Katia war überwältigend. Sie hatte Hämatome im Gesicht, blaue Flecken am Oberkörper. Die zusammengepressten Oberschenkel waren mit Blut bespritzt. Neben ihr lag ein blutbefleckter Baseballschläger. Ihre Augen waren geschlossen, sie schlief oder war bewusstlos.

»Die blauen Flecken sind aufgemalt, das Blut ist Ketchup oder was weiß ich«, sagte Katia. »Aber die Panik, mit der Marissa jede Nacht aufwacht, ist umso echter.«

Sven wusste genau, wovon sie sprach. Ganz kurz erblickte er Jimin, wie sie ihm mit den Stiefeln ins Gesicht sprang … In seinen Albträumen hatte sie den Machetenmann von Platz eins verdrängt.

»Hast du einen Verdacht, wer dahinterstecken könnte?«

Katias Augen runzelte die Stirn. »Bist du Komiker oder Kommissar?«

Gute Frage, dachte er.

»Marissa wurde am Morgen, nachdem diese Horrorkuh uns den Stick abgenommen hat, entführt. Und das hier haben sie mir zusammen mit dem Foto geschickt. Anonym natürlich, von einem Hotmail-Account.«

Sie suchte erneut auf ihrem Smartphone, hielt es ihm wieder hin.

»*War nur ein kleiner Probelauf*«, stand da auf Englisch, »*inzwischen ist die Jungfotze wieder in ihrer Bumsschule. Wenn du willst, dass sie da bleibt, halt deine verfickte Fresse. Keine Blogs mehr, keine Videos, sonst kriegt sie den Baseballschläger bis zum Anschlag reingerammt.*«

Mit höllischen Grüßen von Jimin, dachte Sven. Vielleicht war die »Horrorkuh« nicht persönlich noch in der Nacht in die Schweiz gejettet, um Marissa zu verschleppen. Aber Justice hatte bestimmt genügend weitere Psychopathen zur Hand, die für ein paar tausend Dollar bereit waren, jeden noch so abartigen Auftrag auszuführen.

»Das tut mir so leid«, sagte er.

»Mir auch. Seitdem halte ich meine verfickte Fresse. Außer, um zu schreien und zu heulen, wenn mich garantiert keiner hört.«

Plötzlich fiel Sven wieder ein, wie er bei Maren im Büro gesessen und überlegt hatte, ob Namiac vielleicht ein von Justice geplantes Szenario war, um die Wirkung des Todesvirus zu demonstrieren. Es würde bedeuten, dass die Aktion *Zukunft sichern* fehlgeschlagen war und das große Sterben vielleicht unmittelbar bevorstand …

Erneut musste er daran denken, wie zerbrechlich diese Welt doch war.

»Komm, Sven, setz dich zu mir.« Katia rutschte auf ihrem Sessel zur Seite. »Die Dinger hier scheinen mir dafür gedacht, dass man zu zweit abhängt.« Sie klopfte auf das Sitzpolster zu ihrer Rechten. Ihr Jackett glitt auf, und er sah, was auf ihrem Shirt stand: »*Freeze your cry …*«

Sven beeilte sich, ihrem Wunsch nachzukommen. Nicht dem auf ihrem Shirt.

»Wie ist das hier eigentlich passiert?«, fragte sie, als er neben ihr saß. Sie tippte sich auf die Nase.

»Mission ›Welt retten‹.« Er setzte ein verquältes Lächeln auf, wie jedes Mal, wenn er das gefragt wurde.

»Und – hast du sie gerettet?«

Er schüttelte den Kopf. »Ich hab's vermasselt. Zu beschäftigt mit meinem eigenen Kram.«

»Das ist das Problem.« Sie lächelte ihn an, doch mit ihren Gedanken war sie nicht nur bei ihm, das spürte er. »Fast jeder Mensch ist in seinem Leben, seiner eigenen kleinen Welt so eingesponnen, dass er sich gar nicht vorstellen kann – und auch nicht vorstellen *will* –, dass die große Welt, all das hier, das Leben von uns allen plötzlich ausgelöscht werden könnte – von einem Augenblick zum anderen.«

Wieder ließen sie die Gläser gegeneinander klingen.

Noch ist die Welt nicht zerbrochen, dachte Sven, noch gibt es Orte wie diesen hier, an denen sich Liebende und Freunde treffen, zusammen trinken und lachen dürfen. Also nutzen wir die Gelegenheit, es könnte die letzte sein.

Katia hatte anscheinend etwas Ähnliches gedacht. Sie legte eine Hand um seinen Nacken, zog ihn zu sich heran. Sie küsste ihn, zuerst forschend, und er verfluchte seinen Nasenkäfig, der ihnen im Weg war. Doch dann legte er den Kopf einfach noch etwas schiefer, und Katia küsste ihn so wild, wie er noch von keiner Frau geküsst worden war. Nicht einmal von Mia.

Danksagung

Mein herzlicher Dank gilt Carolin Graehl und Regine Weisbrod für ihr aufmerksames und engagiertes Lektorat; der Knaur-Belletristik-Programmleiterin Natalja Schmidt und meinem Literaturagenten Roman Hocke für ihre Unterstützung meiner kreativen Notwehr gegen einen leider auch ziemlich kreativ mutierenden Widersacher; sowie allen anderen – Informanten und Ratgebern in Instituten und Laboren sowohl in Deutschland als auch in Südostasien –, die hier ungenannt bleiben müssen, um unser aller Sicherheit nicht zu gefährden.

Deutschland, im Sommer 2021
Alec Martens

Hart, härter – Hallstein!
Der dritte True-Crime-Thriller um die Kommissarin aus Berlin

ANDREAS GÖSSLING

RATTENFLUT

TRUE-CRIME-THRILLER

Offiziell ist Kira Hallstein vom LKA Berlin beurlaubt – inoffiziell arbeitet sie für eine geheime Sondereinheit von Europol. Ihre Aufgabe: alles zu unternehmen, um das weltweit agierende Menschenhandels-Kartell »Die Bruderschaft« endlich zu Fall zu bringen. Eine Kinderkrebsklinik in Berlin scheint zum Netz der Bruderschaft zu gehören, und Kira ist es gelungen, Kontakt zu einem der Pfleger aufzunehmen. Doch bevor sie etwas Nützliches von ihm erfahren kann, wird der junge Mann bei einem fingierten Raubüberfall brutal ermordet …

»Gößling schont weder seine Ermittler
noch den Leser [...] Schockierend realistisch.«
Rhein-Neckar-Zeitung über »Wolfswut«

KNAUR